谨以此书献给
中国改革开放40年里一起走过来的同行者!

《峰回路转——我们的1978》编委会

主 编　应光耀

编 委（按姓氏笔画排序）

于吉瑞　岑　杰　李向荣　沈天鸿　汪鹏生

吴功华　张庆满　郑炎贵　姜世平　俞晓红

查振科　凌德祥　漆小冬

峰回路转

我们的19₇8

应光耀/主编

人民出版社

封扉书名题签：袁　涛
责 任 编 辑：林　敏
装 帧 设 计：石笑梦

图书在版编目（CIP）数据

峰回路转：我们的 1978 ／应光耀　主编 . — 北京：人民出版社，2018.11
ISBN 978 - 7 - 01 - 019746 - 3

I.①峰⋯　 II.①应⋯　 III.①回忆录 - 作品集 - 中国 - 当代　 IV.① I251

中国版本图书馆 CIP 数据核字（2018）第 204955 号

峰回路转

FENGHUILUZHUAN

——我们的 1978

应光耀　主编

人 民 出 版 社 出版发行

（100706　北京市东城区隆福寺街 99 号）

北京新华印刷有限公司印刷　新华书店经销

2018 年 11 月第 1 版　2018 年 11 月北京第 1 次印刷

开本：710 毫米 × 1000 毫米 1/16　印张：27.75

插页：8　字数：400 千字

ISBN 978 - 7 - 01 - 019746 - 3　定价：79.00 元

邮购地址 100706　北京市东城区隆福寺街 99 号

人民东方图书销售中心　电话（010）65250042　65289539

目 录

CONTENTS

晴川历历

知行于世

序

严云受 *

当我展开《峰回路转——我们的1978》时，40年前的往事，立刻又鲜活地浮现在心头。时光的流逝，磨去了我记忆中的许多储藏，但是，本书中出现的人物和场景，却依然保留着当时的色彩，当时的声响，当时的温度，使我感动，促我沉思。

那是一个伟大的历史转折关头。我们的民族刚刚走出了"文革"的阴霾，神州大地，拨乱反正，百废待兴。正在这时，党中央作出的恢复高考的决定，燃起了千千万万青年人的希望。许多在农村的下乡和回乡知青，往往温饱尚难解决，却点着油灯，夙兴夜寐，刻苦学习。一些在工厂、工地上班的体力劳动者，只有挤出有限的业余时间，以工余的疲惫之身，勤奋看书，用心做题。而离校多年，缺乏备考学习的教材，难觅所需的复习资料，几乎是众多考生面临的共同困难。只有靠自己四处奔走，想方设法，找米下锅来解决。而且，他们中的许多人根本没有受过完整的高中教育，有的就是名副其实的小学毕业生。只能依靠自学，硬啃高中课程。需要一提的是，1977年的招生中，颇有一些人因为家庭或社会关系方面的原因，遭受不公平的待遇，成绩虽好，却未被录取。面对挫折，这些考生并未消沉自弃，而是努力振作，于次年再赴考场，终于改变了命运。77级与78级的考生们面临的困难，今天的考生已无法想象。但是，他们怀抱理想，参与竞争。经过选拔，数十万学子，走进了梦寐以求的

---

* 严云受，1937年出生。原为安徽师范大学中文系教授、副校长，历任安徽省新闻出版局副局长、安徽省人民政府参事室参事。

大学校园。

安徽师范大学的校园也在改革的春风中，恢复并迸发出更加旺盛的活力。赭山之麓，重又回荡着诵读的声音。往日空荡荡的教室，重又坐满了求知的学子。荒草没胫的运动场上，再次驰骋着青春的身影。虽然，当时"文革"刚刚结束，物质生活还比较匮乏，但是，人人心中燃烧着对未来的期待。有幸考入大学的年轻人，更是朝气蓬勃，求学问道。中文系 78 级 4 个班的 200 多名同学，在这里度过了紧张而又愉快的四年校园生活。当时每周日休息一天，他们却连这一天也不愿放过，星期天的教室、阅览室里依然是满座的读书人。在学生们惯行的教室、寝室到食堂三点成一线的途中，总能见到背着书包，一手拿着饭碗和热水瓶，一手还拿着书本阅读的同学匆匆走过。在课堂教学中，每每看到同学们埋头记着笔记，时而也会相遇心有共鸣的眼神。教师讲到得意处或疑难处，总能获得满堂笑声或听到交头接耳的交流声。课下更是常常被包围起来，师生间热烈讨论着课上的内容，延续着有价值、有争鸣的话题。为了适应同学们寻求有深度的专业问题的解读，以及对学术前沿动向了解的要求，教师们努力学习，更新自己的知识。我有缘曾为中文系 78 级讲授专题《典型问题》，师生们围绕典型的共性这个难点，各抒己见，自由交流。那种思想开放，任心而言的学术讨论，真是人生的至乐境界。

经过四年的刻苦学习，中文系 78 级的学子完满地完成了大学阶段的学习使命，由赭山校园，走向各自的工作岗位。也有一些同学考取研究生，继续深造。他们中的许多人一直勤奋地在中学、大学的教学、科研和管理的第一线工作，取得了不俗的业绩。在出版界，涌现出了一批领军人物，为图书业的繁荣发展，作出了有目共睹的贡献。除此之外，中文系 78 级学子中不乏跨界作业而结出硕果者，有的在各级党政领导岗位上兢兢业业地任职，有的在司法、财税、影视、文博和地方志等领域积极奉献，还有活跃于商界、企业界的等等。所有同学在 40 年的求学和工作中，遇到和克服的不同程度的困难，所做的各有特点的努力拼搏，取得的各项进步，每有所闻，心有戚戚。

回顾 40 年的历程，中文系 78 级的 200 多名同学，可以问心无愧地说：我们没有辜负改革开放的时代，没有辜负赭山校园的春晖，没有辜负自己的青春年华。

如今，这个群体的绝大多数人已年过花甲。为了纪念1978年高考40周年，也是改革开放40周年，中文系78级同学撰写了这本《峰回路转——我们的1978》，回顾人生，自我反省，谋求为伟大时代和历史留下一份个体视角的文本。书中的文章，或铭记高考1978带来的命运转折，感恩时代给予的难得机遇；或回望四年求学中勤勉努力的点点滴滴，饮水思源，不忘母校栽培；或陈述与时代同步，不负使命、回报社会的历程等。尤为可贵的是，在回顾过往，展示风采的同时，本书中不少篇章包含着对个人、对78级群体的反思，省视着曾经走过的步步脚印，从而体现了一定的思想深度和人生境界。200多名同学40年的生命途程，曲折，丰富，复杂，艰难与顺利相伴，挫折与成功同在，自然难以在这几十万字中一一尽述。但仅就书中所记述的这些侧面看，仍能让我们了解中文系78级这个群体的真实人生，从一个特定的角度，感知时代的波涛与风采。

因为与中文系78级共度过一段令我至今还会想起的日子，他们毕业后，不少同学与我仍常联系，亦师亦友，情志相投，所以展开本书时，自然有一种特别的亲切感，自然会从中引发更多的体会。我想，这个群体大多出生于20世纪50年代，当他们走进小学，中学，准备接受完整、正规的基础教育时，"文革"的浊流正席卷全国。小学与中学均停课，后来虽"复课闹革命"，仍然找不到一间安静的课堂。伴随他们中大多数人本该读书求学、滋养身心的人生最宝贵阶段的，却是无学可上，无书可读，到处造反，一反常态的局面。在社会公共生活领域，"读书无用论"甚嚣尘上。今天，媒体树起了"白卷英雄"。明天，报刊又向公众推荐"黄帅日记"。有一部电影，挖空心思地嘲笑教授，只知研究马尾巴的功能。即使是在那样的年代里，据我所知，中文系78级中不少人没有间断过学习。他们在乡村僻壤，田间地头，工厂角落，寻找一切可能的机会和时间，运用各种难以想象的方式，取得书籍，找到老师，独自苦想，相互切磋。因此，一旦恢复高考，他们就能在激烈的竞争中脱颖而出。1977年与1978年两次招生，参加者1100多万人，仅录取60多万人，录取率仅有5%，可见录取之难。身处逆境，矢志不移，终偿夙愿。

这使我想起了明代理学家吕坤的一段话："亡我者，我也。人不自亡，谁能亡之！"人们的生命旅程中，总是会遭遇种种曲折、艰难与险阻，但只要坚持"人不自亡"的态度和意志，勇于拼搏，就会迎来希望。中文系78级同学们的青少年时期，正是在"读书无用论"的潮流铺天盖地之时，"人不自亡"，在艰难的条件下，依然刻苦学习。毕业后，他们各自处于不同的环境中，面对的压力、挑战、困难也各有特征。但是，他们都不忘初心，坚守素志，始终履行着当年高考和求学时就确立的社会使命感和责任感，不断追求着自我价值的实现，谱写了自己充实而有特色的人生篇章。今天，这个群体的绝大多数人已经退休，我相信他们必将保持一贯的人生轨迹，至老"人不自亡"，让生命继续焕发出绚丽的光辉。

《峰回路转——我们的 1978》编委会的同学们约我为书作序，我已垂垂老矣，思路迟滞，岂堪作文。但盛情感人，只能勉力向前。信手写下这些感受，权充作序吧。

2018 年 7 月 20 日

柳暗花明

1978，在中国，
注定是万象更新的年份。

1978，在我们，
意味着步入精神的殿堂。

1978，在校园，
我们与改革开放同步出发。

纵然岁月流逝，
不会忘怀1978，
个人与中国的命运一起转折。

春风拂面阴云散

曹则斌

1966年6月，我刚读完初二第二学期，准备迎接期末考试，就听到广播上批判《海瑞罢官》、"三家村"之类的事。作为一个农村的初中生，我并不知道一场"浩劫"即将到来，总认为只要努力学习好各门功课，就有希望升高中、上大学。

一天下午，学校突然进驻了"工作组"，当晚召开全校师生员工大会，宣布"停课闹革命"。从此学校成了"文化大革命"的"战场"。天真无邪的初中生们在"工作组"的动员和布置下，绞尽脑汁写校领导和老师们的大字报。我也佩戴着"红卫兵"的袖章，神气地投身于革命的战斗行列。

1966年9月中旬以后，风云突变，形势陡转，组织领导我们开展"文化大革命"的"工作组"，忽然变成了全国最大的走资本主义道路当权派刘少奇派出的"爪牙"，由革命者变成了破坏和压制"文化大革命"的"罪人"，成了我们革命小将口诛笔伐的靶子。

令我做梦也没有想到的是，不久我也被清理出革命队伍。

1966年国庆后的一天晚饭后，我正在教室写大批判稿，红卫兵连长找我到连部去一趟。一到连部办公室，见指导员和我们排的排长都在那儿。指导员严肃地向我宣布："有人

曹则斌，1951年出生。中文和行政管理讲师，曾任肥西县经济委员会主任兼党组书记、肥西县人大代表、合肥市党代会代表。

揭发，你的二叔解放前曾担任 6 个月的伪保长，属于坏分子，经研究你不能参加红卫兵组织，希望你与叔父划清界限，成为可教育好的对象。"他们还当场摘下了我的"红卫兵"袖章。我的头"轰"的一下蒙了，两腿顿时发软，似乎自己一下子什么都完了。

我没精打采地回到教室，从同学们的目光中，感觉到他们已把我当作革命队伍以外的人了。我默默地离开教室，一团阴云笼罩在心头。

我想，学校已"停课闹革命"，自己又被清理出红卫兵组织，留在学校已成为多余的人了，不如回家算了。于是，我卷起铺盖，告别了学习和生活了两年多的学校，连夜踏上了回家的路。

没有月光的晚上，乡村一片漆黑，野外见不到一个人。约半夜时分，我回到了熟悉而亲切的老屋门前。劳累了一天的父母在熟睡中被我的叫门声惊醒。父亲赶紧起来开门，见了我第一句话就问："这深更半夜的，你怎么敢一个人走回来了，不怕嘛？"母亲也慌忙起了床，点着了土制的煤油灯。

在昏暗的灯光下，父母看到我沮丧着脸，知道一定是出了什么事。听完了我的诉说，父母也感到十分委屈。父亲默默无语地陪我坐在桌旁，母亲一边安慰我，一边忙着为我烧了热水，并用木盆将热水端到我的面前，不容分说，蹲下身来为我脱掉鞋子，将我的双脚按到热水中，轻声地说："你跑累了，让妈给你洗洗脚。"我顺从地听了母亲的话。母亲轻轻地搓洗着我的双脚，温热的泪珠滴落在我的脚面上。

那晚父亲陪着我睡，他用粗壮的手抚摸着我的肩膀，安慰我说："什么文化革命不革命的，农民靠种田吃饭，管不了那么多，红卫兵瞎轰轰也轰不出粮食来，不让你干也好，少作点儿孽，反正学校也不上课了，你就在生产队学干农活，有空看看书。"

房间的油灯熄灭了，伸手不见五指，然而我感到十分温暖，十分安全，感到父母和这漆黑的房子是自己最大的依靠。从此，我把上大学的梦想深深地埋在心底，夹着尾巴做人，老老实实地在生产队学干农活，争取做个不受歧视的"社员"。

1970 年，大学开始了"文革"以来的第一次招生，名曰招收"工农兵学员"。

招生办法是推荐与选拔相结合，不需要考试。但名额很少，一个公社只有一两个名额。我所在的公社分到一个名额，被推荐的是一个只读过初一的公社干部的孩子。那时，下放和回乡知青的出路有四条：一是推荐上大学；二是招工进工厂；三是参军；四是就地提拔为接班人（即当干部）。但无论哪条出路，对出身"地富反坏右""黑五类"家庭的知识青年来说，是根本无缘的。虽说党的政策是"有成分论，不唯成分论，重在本人政治表现"，但在实际执行中坚持的绝对是"以阶级斗争为纲"。

这次大学招收工农兵学员，我虽然连边也没有沾上，但在羡慕、向往和失望中却萌生出丝丝希望。我想，毕竟大学又招生了，或许有一天会恢复高考制度。就是这点近乎痴心妄想的希望，给我带来了学习的动力。我开始了断断续续的自学。我那"坏蛋"叔父的儿子长我八岁，系66届高中毕业生，在初、高中连续当了六年班长，成绩非常优秀。我们堂兄弟俩同命相怜，惺惺相惜。我在堂哥的帮助下，开始自学初三和高中的课程。

1973年仲夏的一天上午，大队团支部书记来告诉我说："今年大学招生又开始了，推荐与选拔办法和上年是一样的，但今年增加文化课考试，如成绩不合格，其他条件合格也不行。我们公社预选考试明天下午2点举行，考点就设在刘河小学。我已帮你报了名。"我惊喜地问："我真的符合报名条件吗？"团支部书记告诉我："初中以上文化，本人政治表现好，年龄25周岁以下，这三条你都符合啊，这是摸底预选，你先鼓足勇气，考好了再说下一步。"在团支部书记的鼓励下，我于第二天下午走进刘河小学的教室，参加了生平第一次的"高考"预考。

当时就考一份卷子，把数理化放在一起，以数学为主，80%是初中知识，20%为高一课程内容。卷子是请当地的中学老师出的，出的都是基础性题目。我比较轻松地完成了考试任务。

第二天上午我便上公社打听考分。文教委员告诉我："这次考试成绩仅作为公社党委决定推荐名额时的参考依据之一，不对外公布，只在各大队支部书记参加的研究推荐工作会上宣布。"我迫不及待地等待着考分的消息。第三天傍晚时分，我正在地头劳动，大队党支部吴书记从公社开会回来，特地到田头来找我。我心里"嗵嗵"地跳，不知吉凶如何。吴书记高兴地告诉我，我的成绩是全公社第一，公社允许大队作为预选名额上报公社，由公社党委会议研究决定正式推荐名单。田头干活的乡亲们都放下手中的工具，热情地为我鼓掌，夸赞我有真本事。当时，我的内心热血沸腾，似乎一下子，书记和村里面的人都成了我的亲人。

第二天早上，吴书记即按公社要求，召开我所在生产队的群众座谈会。善良而忠厚的乡亲们虽然没有文化，但他们心里明白，这种会上一定要说好话，多夸奖。乡亲们踊跃发言，把我夸得像雷锋一样。接着大队党支部经过研究，也为我下了一份很好的政治评语，并特别表明我能与"坏蛋"叔父划清界限。大队的推荐表上报后，我怀着忐忑不安的心情焦急地等待着公社最终的研究结果。虽说大队党支部把我的政审材料弄得很好，但"坏蛋"叔父的阴云却始终笼罩在我的心头，内心还是感到担忧和无奈。

推荐表上报的第五天下午，公社的正式推荐名单张榜公布了，可我却名落孙山。当晚，我和父母围坐在昏暗的油灯旁，相对无言，母亲在偷偷地抹着眼泪。后来我得知，吴书记在公社召开的推荐会上还认真地为我争取了一番，他因此被公社党委委员、妇联主任兼推荐工作领导小组副组长解委员批评了一顿，指责他是阶级斗争意识不强，在关键时刻散布阶级调和论。

没过几天各大报纸上纷纷刊载了《辽宁日报》发表的《一份发人深省的答卷》，所谓"发人深省的答卷"，实际上是辽宁考生张铁生在做不出的考卷背面写给领导的一封信。几乎在一夜之间，张铁生变成了名噪全国的勇交"白卷"的"反潮流英雄"。我也因这次考试成绩好，而变成了公社解委员等少数领导干部批判指责的典型例子。在各种政治学习或批判会上，我被指责为不热爱集体，不热爱劳动，走"白专道路"的典型，是"坏蛋"叔父反动思想的继承者。从此，我心头的阴云更加浓厚，感到上大学的美梦已是遥不可及了。

20 世纪 70 年代初的农村正处在瓜菜代饭的穷困年代，农村小伙子在 25 岁以前是谈对象的黄金年龄段，一旦过了 25 岁，甚至拖到 30 岁尚未成亲，就有可能成为终生"光棍"。当时几乎每个村每个生产队都有若干个"穷光棍"。我家是姐弟俩，父母只有我这么一个儿子，我的婚姻问题无疑是他们心目中的头等大事。

1975 年 10 月，在父母的积极敦促下，我结婚了。我和妻子没有经历过爱情火花碰撞时那飘然激动的时刻，没有品味过花前月下挽手漫步时的甜蜜与温馨，也没有体验过浪漫曲折而终成眷属的恋爱过程，而是以传统的方式走到一起。准确地说，是先结婚后恋爱。

1976 年，"文化大革命"已进入第十个年头。这一年是中国历史上极不平凡的一年。10 月，祸国殃民的"四人帮"被一举粉碎，全国人民欢欣鼓舞迎接"第二次解放"。

就在粉碎"四人帮"的前一个月，我在恩师范先荣的推荐和帮助下，被县教育局聘为初中代课教师，在本县四合中学担任初中体育老师并兼一个初三班的语文课。我十分珍惜这份来之不易的非正式工作，全身心地投入其中。

1977 年 7 月，敬爱的邓小平同志第三次东山再起，紧接着恢复了高考制度，准许知青回城。祖国大地上再一次欢呼雀跃。1977 年 12 月 5 日，我手持来之不易的准考证，充满信心地走进了设在县城一中的考场，开始生平的第二次高考。

考试一结束，我在焦急中等待着上级或母校的通知。一天下午，公社文教委员面带笑容地来到四合中学，送来高考喜讯。四合公社预选上两人，都是四合中学的代课教师，理科一人，是和我一样身份的袁孝友老师，文科一人就是我。接下来便是公社招生领导组对预选生进行政审。公社管文教的唐委员和我所在学校的教革组（相当于今天的教导主任）马组长负责我的政审工作。记得在一个星期四的早上，我怀着惴惴不安的心情把唐委员和马组长送上了通往自己老家的土路。第二天下午课一上完，我就站在校门口翘首盼望，等待着吉凶未卜的政审结果。

傍晚时分，两位政审人员回来了。我在校门口迎着他俩。唐委员用沉重而和善的口吻对我说："别急，晚上请你们彭校长告诉你。"我禁不住打了一个寒战，预感到问题十分严重，也许又完蛋了。晚饭后，彭校长通知我去他办公室，他亲手为我倒了杯热水，招呼我坐到他陈旧的办公桌前，长长地舒了口气，惋惜地对我说："你这次考试能预选上已很不简单，但你应做好不被录取

柳暗花明

7

的思想准备。这次高考录取虽然主要凭分数，但政审也是重要一关，如政审不过关也不予录取。万一不被录取，你将来还有转正机会，要继续努力学习，好好工作，千万别灰心……"我再三追问为什么，彭校长说："这是机密，告诉你就是违反纪律，请你谅解。"

第二天上午，我跑到县教育局，找到了分管政工的沈副局长，他语重心长地安慰我说："你很优秀，要坚强一点，不要悲观失望，凭你的文化程度，将来转正是没有问题的。转正后，教育局可以推荐你到教育学院深造，和上大学还不是一样嘛。"老局长还亲切地拍着我的肩膀开导我说："回去千万不能到公社吵闹，以后万一有机会转正或深造，说不定还要找公社签字盖章呢？"老局长的话既宣判了我这次高考的"死刑"，又把我从绝望的深渊中拉了上来，使我在绝望中看到近乎渺茫的希望。当时，我百思不得其解，报纸上宣传得明明白白，这次招生放宽了范围，66届、67届、68届毕业的初中生和高中生都可以报考，且年龄放宽到30周岁，婚否不限。公社凭什么不让我政审过关呢？

后来我终于得知，还是那个解委员作的孽。他任公社招生政审组组长，他歪曲地坚持："年龄放宽到30周岁，婚否不限"是指"老三届"高中毕业生，"老三届"初中生虽可报考，但放宽年龄和婚否不限不适用他们，而他（指我）结婚时还不满25周岁，属于早婚，违背了公社晚婚的规定。唐委员和马组长为我婉言争辩，希望解委员按政策办事，予以盖章通过。可是，这位操政审生杀予夺大权的解委员硬是蛮横地在我的政审表上签上了不合格的意见，并加盖了公章。

这次高考"失败"，让我母亲悲痛万分，那时只要听到有人谈及某孩子在某大学读书，她就禁不住潸然泪下。

1978年2月，第一届恢复高考录取的新生正式入学了。我的同事袁孝友被录取在安徽师范大学化学系。这年新学期开学不久，有消息传来，暑期又将举行一次高考。可是，"黑五类"侄子的阴云在我心头尚未驱散，莫须有的"早婚"罪名又像黑云一样重压在我的心头。但不管怎样，上大学的信念在我心中犹如磐石一样坚不可摧。我暗下决心，一定要用大学录取通知书抹去母亲心酸的泪水，让父母扬眉吐气。我一边认真教学，一边偷偷地复习迎考。

1978 年 5 月，大学招生的宣传和报名工作正式开始。这次范围放得更宽，25—30 周岁，相当于高中文化的社会青年也可报名考试。为了少转圈子，我决定回户口所在地的老家报名。彭校长批了我三天假。一到老家所在的公社，我就得到了意外的惊喜。熟人告诉我，那位把我视作阶级敌人的解委员调到县种猪场当副场长去了。我心中暗暗称喜：幸运！幸运！

冬去山明水秀，春来鸟语花香。1978 年 7 月 21 日，我又一次手持崭新的准考证，进入了设在千年古镇三河第一小学的考场，开始生平的第三次高考。

记得 1978 年暑期的高考是恢复高考制度后第一次由全国统一命题的（77 级由各省统一命题）。考试科目文科和理工科都是 6 门，其中英语科目的成绩除了英语专业计入总分外，其他专业都作为参考，不计入总分。三天的高考，实际上大多数考生两天半就算完成了任务。也许是"天道酬勤"吧，在高考的几天里，我的情绪非常稳定，晚上香甜熟睡，白天精神焕发，每场考试都发挥得令自己满意。

高考结束后，已是暑假期间，我便直接回到家中，听候佳音。虽说当时全家人都对我这次高考抱着很大的希望，但毕竟因前两次的"失败"，心有余悸，总有一种难以排解的隐忧，唯恐政审又节外生枝。

8 月下旬的一天下午，我再也按捺不住焦急的心情，冒着酷暑，徒步 30 多华里跑到恩师家里。此时，恩师范先荣已调入本县宣传部任职，师娘是本县二中的教师，家也就住在二中。恩师告诉我说："今年是不拘一格降人才，政审将由县招生领导组统一要求，统一审核，政审中遇有特殊疑难问题，报请地区招生领导组研究决定。教育局了解你，认为你今年完全合格。"恩师的话让我吃了颗定心丸。

9 月中旬，各高等院校的录取通知书陆续发出。我所在的刘河公社共预选三人，9 月 28 日，已有两人收到了录取通知书，一人录取在安徽农学院，一人录取在安徽师范大学，而我却仍然杳无音信。当晚，我们一家又忧心忡忡地围坐在昏暗的油灯旁，猜测着难以预料的结局。妻子忽然提醒我说："你的录取通知书也许寄到你任教的单位去了，你不妨明天到四合中学查查看。"这本来也就是一句没有把握的话，然而全家人听后似乎茅塞顿开，仿佛希望又来了。那时乡村没有电话，只有公社以上的单位才有那种老式的摇把子电话，通信十分闭塞。于是全家一致决定，要我明天一早赶到学校去。

第二天凌晨 4 点，人们还在酣睡之中，我便迈开大步，在夜色中踏上了熟悉的乡村道路，向四合中学奔去。上午 9 点未到，我就赶到了学校。我首先来到马组长家门前，他一见我来了，连声说："来得正好、来得正好，正在心里嘀咕如何联系上你。"我已有七成明白了他的意思，顿时心中大喜。马组长一把拉着我的手说："祝贺你，祝贺你，快进屋，我让你看样东西。"他转身进房从抽屉里拿出一个比普通信封大得多的牛皮纸信封，我一眼就看见那信封上印着的红字——"安徽师范大学"。他一边把信封交给我一边说："昨天下午才收到，对不起，我忍不住已先睹为快了，太高兴了，太高兴了！"我用颤抖的手取出里面的信函，那是一张安徽师范大学的录取通知书，我被录取在安徽师范大学中文系。父母的殷切期望、汗水、泪水，自己孜孜不倦的追求，好心人的关怀鼓励和帮助，好像一时间都凝聚在这份录取通知书上了。谢别了马组长，我飞也似地踏上了回家的土路。

山重水复疑无路，柳暗花明又一村。1978 年 10 月 9 日，我带着父母的嘱咐、良师益友的勉励和乡亲们的美好祝愿，告别了生我养我的故土，乘上了通往安徽师范大学的列车。车轮滚滚，我的心潮滚滚。父母的期望，我的愿望终于实现了，虽说是迟到的春天，但春天终于来了。

憔悴的梦

姜世平

人的一生总有一些不堪回首却又难以忘怀的尘封往事。那些沉淀已久的苦涩悲欢犹如一缕挥之不去的青烟，永远萦绕在心灵的深处。

我的1978，是个刻骨铭心的年代。那年9月，当我接到安徽师范大学的录取通知书时，止不住泪雨纷纷……

我是1974年底高中毕业的，旋即被裹挟在那场"上山下乡"运动的洪流中，一头扎进合肥郊县的一个偏僻的村庄。

广袤的黄土地上呈现出一望无际的贫瘠，面朝黄土背朝天的农民祖祖辈辈生活在这里，除了勉强填饱肚子，就是在苍白、无望的日子里打发着苍白、无望的时光。

日复一日，我与这些善良、纯朴的人们披星戴月，日晒雨淋，洒汗挥镰，鏖战"双抢"……耕耘在这块人均不足7分地的土地上，饱尝了物质的匮乏和劳动的艰辛。

白天要"与天斗与地斗"，晚上还要"与人斗"。我们常常在晚饭后，到生产队里参加政治学习。队上的老陆有些文化，总是他找来报纸上的社论和大批判文章，在昏暗的灯光下，扯着嗓子读着，什么"割资本主义尾巴"、"反击右倾翻案风"等，读完之后，叫大家讨论，再表个态或举个手，便完事了。这种枯燥的学习模式成为生活的常态，我深深地感到农村精神生活的穷荒和乏味。

姜世平，1958年出生。曾任安徽电视台总编室主任编辑、中共安徽省委宣传部研究室巡视员。

我插队的公社距离省城合肥市不远，这里的下放知青来自不同的家庭，出身尊卑，判若鸿沟。我家在郊区，属于城镇户口就近插队落户，上调进城的工作机会极少。别的知青由于家庭背景好，插队一两年就被招工走了，有的一时没有返城，却一转身成了民办教师，或在公社里谋个什么差事，与艰苦的田间劳作擦肩而过，还有的幸运儿被"推荐"上大学，唯独我和像我一样出身寒微的"哥儿们"，被"宿命"在广阔天地里，寒耕暑耘，用稚嫩的肩膀默默地承受着体力劳动的重负。

1976 年我已 18 岁。在与贫下中农朝夕相处的日子里，除育种、犁田、打耙这些属于年长、经验丰富的老农操持外，我参与了拔秧、插秧、薅草、割稻、割麦、割油菜、锄地等妇女们常做的活计，还亲历了以男劳力为主的挑塘泥、挑大粪、挑把子之类的体力活。

做农活是非常辛苦的。炎炎夏日，庄稼汉的皮肤都被太阳晒成了古铜色，他们光着膀子，将一条沾湿的粗布披巾搭在背上，两侧的肩膀头隆起一个黑红色的大包，摸摸都铁硬的，这是长年累月挑担子让扁担磨出的老茧子。

只有到了冬季，农活相对少一些，人们称之为"农闲"，但也有一些为下年春耕做准备的零星杂活。

有一天下工回来，队里 40 多岁、干起活来顶呱呱的张队长对我说："今夜轮到你给老牛把尿（"尿"，合肥方言读 suī 音）。你要记住：不要让老牛把牛棚给撒湿了，那样牛容易生病。"

把牛尿？这是多么轻松的事啊！我满口答应后，找来一个闹钟，将闹铃定到夜里 3 点整。

是夜，我准时披衣起床，拿着手电筒，深一脚浅一脚地来到黑魆魆的牛棚里。只见地上铺满了干稻草，以备耕牛过冬用。老牛见到我来了，眼神似乎有些冷漠，它挪动了一下身子，我便弯腰把粪桶放到它的肚子下。

一分钟、两分钟过去了，我足足等了约四十分钟，浑身冷得直打寒战。可是，老牛却始终没有撒尿，它只是眯缝着眼朝我摆了摆几次尾巴。我无奈地摇摇头，只得怏怏而回。

"小平子！"第二天一大早张队长就敞着嗓门叫开了，"牛棚里的干草全湿了，你夜里怎么没去把牛尿啊？"

我闯了祸，赶紧委屈地向队长说明了原委，她才没有再追究。

村里的吴大爷后来告诉我，把牛尿不能站在那里空等着，要用粪桶上的竹夹均匀地敲击桶沿，发出清脆的敲击声，牛还要听你唱。

"怎么唱？"我问。

吴大爷如此这般地交代一番，我一一记住了。

第二回轮到我夜里把牛尿时，我如法炮制。我把粪桶放到牛肚下，用竹夹子轻轻敲击着桶沿："哒—哒—哒—哒……"嘴里还不停地伴唱："尿—耶—尿—耶—尿—耶—尿……"老水牛听到这美妙的音乐，像是条件反射似的，"呼哧呼哧呼哧"地飞流直下了。

我掌握了一个独门"绝技"，高兴得几近手舞足蹈。

冬日窗外是寂静的原野，稀疏的枯树叶无风自落，留下的是光秃秃的枝干在风中摇曳，孤零零的鸟儿随着树枝的摇晃而颤动，好像要随时掉下来似的。唉，何等的凄凉呀！我怅惘地关上窗户，一种莫名的愁绪萦绕心头。

入夜，我躺在"吱吱"作响的木板床上，望着屋里惨淡的灯光，深感当下的"广阔天地"如同一片荒漠，前途渺茫。回想起幼时看过《地道战》、《地雷战》、《敌后武工队》等电影和连环画，革命英雄主义的熏陶，使我渴望成为一名戍边卫国的军人。这次插队落户，我目睹了农村的贫困落后，了解到农民的生存状态，看不到自己在农村会有什么作为，于是参军的愿望更强烈了。

1976年底征兵开始，我满怀一腔热血报名参军，却不料很快被大队主任"搪"了回来。大队领导不向我作任何解释。我如一棵被遗弃在路边的小草，开始感受到现实的雨雪风霜。

送新兵那天，我老远地站在通往省城的马路旁，眼巴巴地望着那些穿着崭新的军装、胸前佩戴大红花、脸上写满骄傲的同龄人，被人们敲着锣鼓簇拥地送走了，我的脸上刻满了酸涩和无奈。

渐渐地，我心头罩上了一层阴云。记得小时候，我隐隐约约听到家人说起，我有一位堂兄1947年随孙立人将军去了台湾。1949年，我的大表兄参加国民党的青年军也去了台湾。中华人民共和国成立后，按照当时的国家政策，堂兄和表兄都不是我的直系亲属，我们本不该受到他们的牵连。可是，在那"以阶级斗争为纲"的年代，我的家族没有一人在政治上获得进步的机会。家族中的亲人向来都是夹着尾巴做人，他们有的当教师，有的做工人，还有一些在乡下务农。三伯家的堂兄是合肥市教育界的数学名师，入党志愿书写了一大摞，但每次交上去都是泥牛入海。二伯家的两位堂兄做梦都想参军报国，却没有一人能够获准入伍。我的叔伯兄长在各自的岗位上兢兢业业，恪尽职守，但最终只能是素志泯灭，默默沉迹于社会底层。我这个生在新社会、长在红旗下的青年，会不会也因家族中有"历史反革命分子"而梦想破灭呢？

知我者谓我心忧。父亲看到我整日闷闷不乐，便想方设法通过熟人关系，把我调到石桥大队吴小邨生产队落户。这个村庄只有我一个下放知青，大队书记又与我父亲素来熟识。父亲要我在这里虚心接受贫下中农的再教育，争取在下一年再次报名参军。

吴小邨是一个民风淳朴的村庄，村里没有人知道我家族的过往。党的政策是重在表现。我暗下决心：一不怕苦，二不怕累，坚持跟贫下中农打成一片，争取在劳动中表现出色。

江淮地区的农民很能吃苦耐劳，一年要忙完两季水稻、一季小麦。最忙最累的季节是盛夏的"双抢"。这是乡村青黄不接的时期，庄稼地离村里打谷场再远，也要凭着一双磨出老茧的肩膀，硬生生地一担一担把打捆的庄稼给挑回去。挑把子在农村属于重体力活，尤其湿漉漉的稻把子，一担少说100多斤。有的壮劳力，一下子能挑上200来斤。我挑的稻把子相对轻一些，一般也就百把斤，但和大家一样，从早挑到黑，一干就是40天左右。

善良的乡亲看到我汗流浃背的身体单薄、瘦削，挑把子时扁担上肩，腰杆子都抬不直，压得牙直哼，肩膀头针刺一般疼痛，两腿颤颤巍巍，艰难前行，便悄悄地传给我磨洋工的"经验"，他们说重担子在肩上时要快步走，挑空担子回来时要慢步走，疲乏时要学会磨蹭着走到稻田。

对乡亲们的好意，我总是笑着点点头，心想那样做就不是虚心"接受贫下中农再教育"了。除非累得实在坚持不了，我还是要咬紧牙关撑着挑把子。

我无怨无悔地在黄土地上摸爬滚打，坚持在精神的荒漠中忍受着岁月的煎

14

熬。春耕、夏收、秋种，我拖着疲惫的身体，虔诚地祈盼命运之神点燃希望之光。

1977年秋末，高考制度恢复了，这对于下放知青来说，宛如大地母亲身上的镣铐解除了。惊喜之余，我这个曾经深受"读书无用论"戕害，被迫投身于"停课闹革命"、"学工"、"学农"、"拉练"的青年，却因腹中底气不足而踟蹰不前。

参加高考，还是放弃？我很难回答这个问题。考吧，我从读小学三年级开始就遭遇"文革"，整天捧着红色语录本，唱革命歌，跳"忠"字舞，荒废了学业，高中毕业时仅剩下三本语文书和一本《农业基础知识常识》，原本学到的一点文化知识也趋向退化。谁曾见过地沟里的癞蛤蟆能蹦跶成天上的"文曲星"？不考吧，我又如蒙着眼睛在地沟里蹿来蹿去的地老鼠，再怎么折腾也逃不出这块土地。

光阴荏苒，转眼离高考只有20多天时间了，我却还在"锄禾日当午，汗滴禾下土"。怎么办？我已没有犹豫彷徨的本钱了，与其躺着装死还不如站着撞枪！

为了改变自己的命运，我悄悄借来一些中学旧课本，临时抱起佛脚，啃着自己薄如蝉翼的老底，便硬着头皮上了考场。

这次我落榜了。

我连高考的"预选"关都没有闯过，因为压根儿我就不晓得考文科还要考数学，临考时虽然知道了，却又来不及复习了，数学考试我交了白卷，活脱脱成了张铁生第二。

沉舟侧畔千帆过。看到许多同辈上了大学，我羞愧难当，恨不得一头钻进地缝里。我痛悔在那疯狂的浩劫年代随波逐流，在自己最佳年龄段把领袖的语录记了一箩筐，不仅会背而且还会唱，却偏偏荒废了数理化和英语等课程，蹉跎了美好的少年时光，以致如今沉浸在痛苦的迷惘中，仿佛一叶孤舟只能任凭风浪的推搡……

少壮不努力，老大徒伤悲。可是，世界上没有后悔药吃。要走出贫瘠的土地，只有弃农从戎，参军报国。

1977 年底征兵通知下发，我眼睛忽地一亮。一天，我兴冲冲地跑到大队部报名，大队支书和民兵营长笑呵呵地对我说："参军？行啊！"我喜出望外。他们还夸奖我"接受再教育"的表现不错，并爽快地让我填写了报名表。

我高兴极了，我的梦想不会再流离失所了。我一溜烟地来个马拉松小跑，将这道得来不易的"圣旨"传到家里，全家人都喜上眉梢。

不久，我的名字报到公社政审时被刷了下来。

我懵了。

一个月黑风高的夜晚，我顶着一垛垛乌云，踩着崎岖的田间小路，悄悄地来到大队支书家里，支书不无遗憾地向我透露："你表哥解放前随你堂兄去了台湾，公社武装部长晓得这桩事，你被……"

我愕然了。

在回村的路上，我的眼前一片漆黑，仿佛一下跌入无边的苦海，看不到可以托身的彼岸。我终究明白了，我从来没有与之谋面的近亲"历史反革命分子"的身份真的粘住了我的命运，而且粘得如此之紧，我的参军无望了，我的前途暗淡了。

屋漏偏逢连夜雨。1978 年初，我父亲单位发生火劫，财产损失巨大。次日，年近六旬、身患高血压的父亲因为同事烧电炉起火而被隔离审查。由于当时起火原因尚未查明，父亲当天又值夜班，自然成了问责对象，他先后七次遭受公安人员的严厉审问，身心承受着巨大的压力。

父亲蒙冤期间，母亲仿佛老了一大截，她坚强地支撑起这个家庭，殷殷地嘱我不要放弃，要再次迎考。姐姐、姐夫也耐心地鼓励我振作精神，挑战命运！可我因屡遭打击而心灰意冷，痛苦和绝望像一团团火舌不时地吻舐着我那伤痛的心。

在我心情沮丧、心境晦暗之际，姐姐把我从乡下接到城里，她不仅劝我复习迎考，甚至从单位请假回家把我"看管"起来，姐夫还给我搞来了许多复习资料。

在亲情的抚慰下，支持化作了一种力量，我决心紧紧勒住命运的缰绳，用剩下的 94 天时间，不分昼夜地复习功课。白天，我艰难地啃噬着早已荒废的数学课程，如同攻克一座座横亘在眼前的碉堡。晚上，我去市内中学补习没有修过的部分历史、地理科目，不断填补知识的空白点。古人的悬梁刺股滋味，我是艰苦备尝。有几次我复习功课时，由于精力过于集中，不觉晨昏颠倒，错把傍晚当成了早晨。在与命运搏斗的这段日子里，我像一个身临绝境、困兽犹斗的格斗士，奋勇拼杀，拼命地"掠夺"失去的学习时光。

这年火热的 7 月，我终于重上考场。

秋季放榜，我的数学成绩虽只得了 28 分，但各科考试的总成绩竟超出文科本科分数线 28.5 分。公社文教委员将这一喜讯告诉我时，我如中了举人的范进，简直不敢相信自己的耳朵。然而，录取通知书是真的，我最终还是迎来了"山穷水尽"后的"柳暗花明"，那一刻我无法抑制自己心脏的搏动，泪水不禁夺眶而出。

又过了不久，我的父亲也洗白了冤情，他被无罪释放，但他却因多次无辜受审而患上了高血压并发症——阿尔茨海默病，被迫提前一年退休。

40 年过去了，我由一个懵懵懂懂的弱冠青年成为鬓发苍苍的"老骥"，经历了几多风雨、几多沧桑，今年 6 月退休赋闲。奇怪的是，往事并非如烟。不管岁月流逝如何淹没人的记忆，我怎么也都忘不了恢复高考制度后的两次高考，因为无论是第一次落榜还是第二次登榜，对我来说，那都是一种公平，一种难得的公平。由于高考制度的恢复，也由于"血统论"的废除，我的梦不再憔悴，我的人生之旅出现了根本的转折。

我的高考记忆

徐宏杰

徐宏杰，1954年出生。安徽省语文特级教师，安徽师范大学文学院兼职教授、硕士生导师。曾任安徽省淮南市教育科学研究所所长。

我的高考回忆应从 50 年前开始。

1969 年隆冬季节，鹅毛大雪纷纷扬扬下了一天一夜。老家安徽省广德县一个叫东亭湖的小山村，被这一场突如其来的大雪覆盖得严严实实。村旁公社所在地的山岗上，皑皑白雪中静静地卧着竣工不久的"日"字形的校园，这就是破天荒地办在老百姓家门口的学校——东亭初级中学。

报名第一天，我起了个大早，踩着积雪，来到学校。一位老师模样的人在报名处桌边清扫着零星雪花，交谈后，我知道了他就是芜湖市"下迁"的皖南大学附中教语文的任老师。只是当时不知道，若干年后高考，任老师是我引路人之一。

20 世纪 60 年代末，安徽省有一个"城市中学下迁活动"。从"文化大革命"的"炮打司令部"第一张大字报算起，全国的学校已有三年多的时间处于混乱状态。我们这些 1966 年夏季读完小学六年级，经过考试升入初中的学生，因中学全面停课，又回到小学读七年级、八年级。虽说是上学，可是学校正常教学秩序已面目全非，上过几天中学又回到小学的我们，再也不能安安稳稳地上课了。就这样，几年的时间便悄无声息地从我们身边溜走了。

"文化大革命"在迅猛发展，全社会的派性冲突导致死人的事件时有所闻。人民解放军为保一方安宁，奉命到地方"支左"，以维护社会稳定。全省形势稍稍平静，中小学教育便引起全社会的关注。相关部门针对城市中学和县以下的乡村中学之间存在巨大差异，决定把教学资源丰富、教学质量较高的城市中学迁出一部分到偏远、落后的农村去办，以改变农村中学的落后现状。在军代表的主持下，芜湖市百年名校"皖南大学附属中学"（前身是著名的"萃文中学"）一半教师和部分教学资源，下迁到比较落后的芜湖地区广德县农村办学。

皖大附中到广德后，分配到新杭、独山、砖桥和东亭四个公社创办初中。东亭公社位于苏、浙、皖三省接合部，所以东亭中学的地理位置比较偏僻。

那是一个讲政治、讲出身的年代，分到这里的教师一般是年龄偏大，出身和经历都有这样或那样的问题。殊不知，这些老教师中藏龙卧虎，且不说在广德县，就是在芜湖市恐怕也是屈指可数的佼佼者。比如，在当时属凤毛麟角的生物一级教师吴宜民老师；在安徽数学界素有"小华罗庚"之称的戴长天老师；原驻苏联大使馆外交官冯志侠老师；原国民党政府教育部留用人员、中央大学教授贺楚森老师；"文革"前芜湖市高三语文中心组组长任肇发老师；印尼归国华侨、全国著名体操教练翁伊祥老师；等等。

东亭公社这一年首次招生，一个仅2万人口的公社就招收了130余名学生。一上课，我们这些读完小学适逢"文革"，知识现状还停留在小学或小学以下的农村孩子，真是大开眼界。老师们用他们深厚的专业素养、高超的教书育人技巧、诲人不倦的教学态度，展示了迷人的风采——

戴长天老师的数学课出神入化。他总是拿着几支粉笔精神饱满地走进教室，讲课时，将黑板一分为二，左边书写教学要点，右边演算习题。下课后，我们发现黑板上写下的内容和我们课本上的完全一样。几何课更是不可思议，戴老师从不用圆规、直尺、三角板，手一挥一条直线；胳臂一抡一个圆，和用圆规画的分毫不差。

梁可新老师除了教数学，还承担了学校的大部分行政工作。由于李昂校长的时间被各种活动和会议填满，校长工作很大一部分就落到了梁老师身上：每周一的晨会，都是由他主持，布置一周内学校工作；每周一早读课之前，各班都从他那里领到周课表。那时的学校有各种名目繁多的活动，一两个小时的宣传演出，编剧、导演、剧务等等，梁老师一个人全部搞定。

任肇发老师的语文课，不拘泥于课本，不分课内课外。他引导我们阅读了大量古今中外的经典名篇，如契诃夫的小说、高尔基的散文、李白和苏轼等唐宋诗人诗词，还有时下流行的名篇。这都是任老师在附中打好蜡纸带下来印发的，他知道农村中学没有钢板。他还经常带领我们出专栏、编墙报、写慰问信，配合公社中心任务开展各种活动。记得1970年4月，我国第一颗人造地球卫星遨游太空，当天，任老师就布置了朗诵诗写作，虽然大多不过是"人造卫星冲云霄，山在欢呼海在笑"一类句子，但在诗歌朗诵会上，师生同台，情绪饱满。语文课的源头活水，使我们养成了学语文的浓厚兴趣。

有了这些高水平的老师，我们享受了一流的课堂教学，但老师们从培养人的角度，又不局限于课堂，尽可能为我们成长开拓新的沃土——

春秋两季的田径运动会，不仅仅是全校师生生活中的大事，还深受当地老百姓的关注，他们像过节一样观看比赛。田径场上老师和学生的跑跳投掷，场边的观众不时爆发出暴风雨般的喝彩声；不拘形式的篮球、乒乓球比赛等，各种体育活动既锻炼了我们的体魄，又拓宽了我们的视野。

老师们深厚的音乐素养，也是我们生活中的一抹亮色。音乐课上，他们不仅教我们学唱风靡一时"样板戏"，还普及现代京剧知识。课后，老师们击鼓操琴，粉墨登场，演出一些经典片段。弦歌不绝，笑语阵阵，给我们这个偏远的农村中学带来了许多难以忘怀的欢乐。

1970年秋季的学军"拉练"，更是为我们洞开了一个学习社会、认识社会的窗口。秋高气爽，红旗先导，我们背着背包成两路纵队，行进在蜿蜒曲折的山间小道上，老师们也身背背包，走在连、排行列里。师生们精神抖擞，昂首阔步，一路欢笑一路歌声。

此行目标是皖南大学附中迁下来的其他三个中学，到了每一个学校，我们都举行联欢，学到了课堂上学不到的东西。在独山中学，师生之间举行了篮球友谊赛，"老将"和"小将"打得难解难分，球场内外高潮迭起。在新杭中学，我们举行文艺演出，老师和学生同台大显身手，引来周边农民的阵阵喝彩。在砖桥中学，剑锋山山高林密，我们别开生面进行了军事演习，"敌我"双方摆开阵势，一方隐藏，一方搜索。我们用纸写上军事装备名称和兵力，藏在林中作为道具，还有人化装成"敌人"。当我们把戴着墨镜、穿着夹克的翁老师押解下山时，真有一种演电影的感觉！

难忘的老师，难忘的学校。这一切，对经受"文化大革命"磨难的我们，无疑是莫大的福祉。多少年来，每每回忆起这一段日子，心里的慰藉油然而生。在那个特殊的年代，我们学校有这样一群老师，秉承着教育工作者的良知，以自己无私的奉献，在艰苦的环境中传授知识，启迪智慧，教书育人，为我们在脚下营造了一方"净土"，也为我们日后考上大学打下了坚实的基础。

两年过去，我们要毕业了。同学中上过八年级的，初一结束的时候，老师挑出十几个人编成一个小班，直接升入初三。当我们告别了亲爱的母校、敬爱的老师，分配到其他学校上高中的时候，难忘的初中生活，经常在梦里重温。

高中时期，我们常回母校。没过多久，让我们既欣喜又伤感的是，老师们陆续回到了芜湖市。

生活就是这样，很多事情往往不以人的主观意志为转移。当年老师们在皖大附中，突然被莫名地卷入"下迁"。时代的风云，让这些学富五车的老先生措手不及，谁也不知道未来的命运，老师曾不止一次地同我们促膝谈心时说起过，他们下来的时候，实实在在有过扎根农村的打算。如今他们能够回到魂牵梦萦的地方，我们当然要在心里为他们祝福！

1973年底，我们高中毕业。1977年，停止了11年的高考终于恢复了。

附中的老师们在得知恢复高考的消息后，纷纷以各种方式关心我们的高考。回城后任安徽师范大学体育系主任的翁老师专门写了一封信，第一时间把该校的招生信息通报给我们，并鼓励我们复习迎考。可是由于我家庭背负沉重的历史包袱，心里早已蒙上了一层阴影，对能否参加高考心存疑虑。

父亲年轻的时候和一些志同道合的朋友，把酒临风，缔结金兰，但很快便风流云散。"文化大革命"旧事重提，当年的金兰之交便成了歃血为盟的反动组织。后来国家外贸部的造反派来广德县外调，是因为当年结交的一个戚氏兄弟，时任驻阿尔巴尼亚商务参赞。自此"历史反革命"的帽子就戴在了我父亲

柳暗花明

的头上。

祸不单行，1968年，父亲的同学、舅表兄弟偏偏在这一时期给父亲来了一封信，他是在解放前夕去了台湾的，后供职于台湾《中国时报》，这封信是他通过香港转寄的境外来信，当时是公社武装部长背着盒子枪送到家里来的。于是，"海外关系"的帽子又戴在我父亲的头上了。

在那个"以阶级斗争为纲"的年代，这两个"帽子"中的任何一个足以毁掉一个人的一生，毁掉一个幸福的家庭。我们兄妹在升学、参军、入党等问题上，前景一片暗淡，哥哥于广德中学67届高中毕业后一直在家务农。

正是由于在政治上被打入另册，我知道高考消息时，虽然也激动过，但很快归于平静，我无法进入迎考的复习状态。加上我当时在几个大队联办的小学戴帽子初中任民办教师，集校长、主任、语文老师的工作于一身，以我当时的处境，不敢向领导提出任何要求，以致很少有时间看书复习。

几个月过去，我还没有搞清考试范围，便仓促走进考场，结果可想而知。第一批录取无望，扩招后录取到一个师范专科学校。那时我不懂，觉得大学就是大学，专科不能算是大学的，我理所当然地拒绝到师专上学，录取通知都没有去拿。

1977年高考过后，我消沉了一段时间。此时，一位处境和我差不多的高中同学录取到安徽师范大学物理系所经历的种种阻挠，又给我以新的打击，我更感觉上大学无望，失去了起码的应试信心。就在此时，已是安徽师大附中的老师们纷纷写信、捎信，问起我们的高考。翁老师借出差之机，从芜湖到广德，在县委招待所和我彻夜长谈，鼓励我振作起来。为了我的高考，翁老师还来到我家，通过与我父母的交谈了解到我的顾虑。他告诉我，过去严格的政审如今也出现了松动，今年的招生，一些省份已经明显地淡化了此前政治审查的魔咒，安徽师大就录取了多名高考成绩优异、曾因家庭出身问题而名落孙山的65届高中生。他的话从根本上打消了我的顾虑。回芜湖前，翁老师还看望了现任的东亭中学汪校长，请他转告我们学校，希望在下学期给我减轻一些负担。

在和翁老师的交谈中，我也流露了在复习中存在的困难。比如文科要考数

　　1978 年高校招生考试实行全国统一命题，有别于 1977 年由各省、市、自治区各自命题的做法。

1977 年高校招生考试准考证

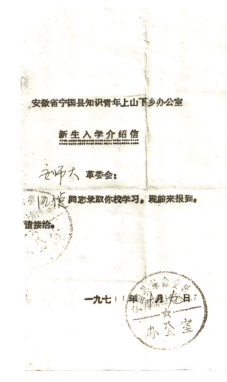

　　考生报到除了持有录取通知书外，有些地方和单位还要出具介绍信。

1978 年安徽师范大学校园鸟瞰

学、地理，可是数学考试试题大多不会做，地理教科书也从来没有见过。翁老师听后表示理解地点点头。

一天，我收到一个包裹，拆开一看，引人注目的书名跃入眼帘：《1950—1965 全国高考数学习题详解》。这是一本油印的复习资料，印刷、装订都很粗糙。看了信才知道，是戴长天老师寄来的。他说："听了翁老师的介绍，知道你高考数学还有些问题，当年在校学习时，由于特殊的时代背景，数学就学得不够扎实，加上高中毕业后，这么多年数学又被扔到一边，短时间要有根本的改观是不现实的。"他告诉我："一个过去的学生，1977 年高考中用过这本复习资料，据他说这本资料还管用。你就看看书里的解题思路吧。"戴老师还勉励我努力复习迎考。

过了几天，我又收到一个邮件，一看熟悉的字迹，就知道是翁老师寄来的。打开一看，里面是用几种不同的纸张和几种不同颜色的墨水抄写的地理高考复习资料。翁老师告诉我，他回去后也找不到地理教科书，只得借别人的抄写，怕时间来不及，就让他家吴老师和家里人一起帮着抄写。我捧着这厚厚的"手抄本"，心中暗暗发誓，绝不辜负老师的殷切期望。

1978 年 7 月，我满怀信心地走进考场。考数学的时候，我沉着答题，感觉比前一年好多了，因为戴老师寄来的 1950—1965 年 16 年来的高考数学试题详解汇编，我都认真做了，也认真思考了解题的思路，解题能力明显提高；考地理时多亏翁老师手抄的复习资料，使我许多题目都会做。比如有一个名词解释"信风"，要不是老师亲手抄写的地理教科书，我肯定连这个名词是什么意思都不知道。

转眼 40 年过去了，在与同学们纪念恢复高考制度之际，我情不自禁地想到，50 年前老家的乡村中学是我高考之路的起点。那早已不复存在的简陋教室，那些曾经把我领进知识殿堂，后来又鼓励我参加高考，帮助我走出人生迷茫的老师们，都融进了改变我命运的高考记忆中。每一次旧地重游，一如圣徒朝觐般的虔诚，因为在这里，老师们教会了我如何做一个学生爱戴、家长欢迎、社会肯定、教育需要的好老师。

高考的起点，就是我人生的起点，也是我永恒的记忆。

我的大学之路

鄢化志

鄢化志，1949年出生。宿州学院教授，先后任教务处副处长、图书馆馆长。著有专著多部。荣获曾宪梓教育基金会1994年高等师范专科院校教师奖。

在历经三次"高考"未成正果之后，我终于在1978年的第四次高考中实现了自己的愿望。今逢恢复高考40周年，不禁让我感慨良多，四次高考的曲折之路，便自然地浮现在我的眼前……

耕读之家的耳濡目染

我出身于旧时所说的"耕读之家"。高曾祖习文后由农耕入行伍，清末位至徐州镇台；曾祖父耕读兼木工，以善于讲故事而闻名乡里；祖父鄢瑞堂家有薄田而任乡村塾师，不少1949年前后的地方官员和文化名人出其门下。童年和哥哥随祖父同榻而眠，祖父每晚必带我们诵读古诗。我上小学期间，祖父又专门为我讲解《千家诗》、《幼学琼林》、《龙文鞭影》等书，并让我诵读、记背一种坊本的《历代小纲鉴唱词》。

父亲鄢正勤也是教书种田兼顾，而且悟性颇高，仅小学肄业，却可以为正读中学的长子鄢化同讲解《古文观止》中的《陈情表》、《归去来辞》和《捕蛇者说》等篇。

我入小学那年，哥哥考进县城初中。我小学毕业，哥哥考入合肥工大，成为全村第一个大学生。家庭的影响使我自小形成一个想法：读书上大学，应是顺理成章的前景。殊不知世事难料，后来的经历使我逐渐体验到什么是"命蹇事多乖"！

"回乡知青"的两次"高考"

"高考"二字加了引号，是因为这是"十年动乱"的高校招生，和"文革"前后的高考，在试卷内容、考试形式尤其是录取标准等方面，都存在着很大的差异。

至于"回乡知青"，是因为当年"知青"有下乡和回乡的差异。差异本来是指考入高中前分为农村和城镇户口，入校读书后是同等待遇。但毕业离校后，就有了下乡和回乡之分，随后更派生出一系列的差异：且不说招工、升学等改变命运的机会几乎成了下放知青的专利，即使是参加基层的宣传队和路教队，以及担任基层干部和代课教师等相对轻松、体面的岗位，也基本是首选下放知青。回乡知青若无特殊背景，很少有"分一杯羹"的机会。更令回乡知青难以平衡的是：高校毕业后，下放知青连同入学前的下放时段和在校学习的学龄，可以叠加计算为工龄，而回乡知青的工龄只能从毕业之日计算。

1968 年，我从怀远一高中毕业，回到距县城 70 多里的乡村务农。1970 年 10 月，我被推荐为县办"五七"大学农机专业的"工农兵学员"。学员基本是初中学历，只有我和一位淮南下放知青读过高中。担任授课的除了一位机械学院的下派教师，其余都是县农机厂的业务干部和技术工人，另有一位部队驾驶维修汽车的转业军人。授课内容是以拖拉机为主的农业机械的操作与维修。实习期间，跟着各地农机师傅驾驶着"东方红 75"拖拉机，在乡村旷野不分昼夜轰轰隆隆地辗转耕田，倒也有点神气。一年多后毕业，"科班出身"的我，原以为肯定会分配到公社农机站工作。谁知道，因为家里无得力的关系，所以公社农机站没去成，又回到原生产队参加劳动。没过多久，公社小学缺少民办教师，虽有不少人为此请客送礼，想捷足先登，但公社领导还是选择了我，这便算是第一次"高考"的结果。

1973 年，我又被推荐，参加了事后被批为"修正主义教育路线回潮"的大学招生的文化课考试，与当年被宣传为"反潮流"典型的张铁生是同期。虽然自己卷面考试感觉良好，口试更得到老师的加力赞许，但随即被《一份发人深省的答卷》击碎了大学之梦。据说当时录取的原则，和当时一部名为《决裂》的电影宣传的"手掌老茧就是上大学资格"的标准同调。其逻辑依据是：凡是考分高的，都是没好好劳动的"大学迷"，录取必须从严控制。那些考分差而劳动好的，尤其是党员、复员军人、农业基层干部、学毛选积极分子等，无论成绩多差，都必须优先录取。我笔试、口试的良好感觉，也许正是未录取的关键依据。

按上述原则录取的，虽然不能说全无人才，但这种逻辑导致的录取乱象，也不免实在荒唐。——我 1982 年毕业分配到宿州师专后，就见识了一个啼笑皆非的事例：后勤有个专修校车的黄师傅，修车之外撬门修锁配钥匙样样精通，可谓心灵手巧。只是写自己姓名三字都犯难，却又常被人称为大学生。我好奇询问，他也坦然说明原委：原从部队转业到工厂，1974 年厂里有个工农兵学员的推荐指标，因厂里一批文化人的家庭或社会关系都存在不同问题，厂长怕担政治责任，就对他说："你出身贫农，当过兵，现在又是工人，工农兵都占了，你去当学员吧！"他也不懂是怎么回事，稀里糊涂地被推荐到合肥工业大学。学什么专业不清楚，上课更如堕五里雾中，第二天就提出退学，学校不答应。但不到一个星期，实在熬不下去了，只好私自逃回工厂，并向领导发誓：宁死也不上这个大学了！厂里与合肥工业大学协商，最后只好无奈任其返回工厂。

现在与这位黄师傅同住校园，朝夕相见，我常常一边逗他带遛的一群大狗小狗，一边就他的大学经历发问调侃，引大家一乐。

春寒料峭的 1977 年高考

"文革"后的 1977 年高考，对怀揣了 10 年大学梦的"老三届"而言，是令人激情澎湃的机遇。但怀着同样心情的我，却在经历了一次心惊肉跳后终于落榜。

　　那年秋天，我正在乡村小学教书，偶然听到恢复高考的消息，上大学的向往不禁蠢蠢欲动。但想到自己年近而立以及已有妻儿，便对能否参加高考忧心忡忡。不久文件传达说"老三届"年龄、婚否均不限制，自然喜出望外。虽因只学一年多高中课程而感到水准不足，但在母校恩师权循斌的信函指导、鼓励下，在本地的"文革"前大学生后为中学教师的许真永、王同、康殿华、杨志先等先生的悉心点拨下，信心逐渐充盈。经过短期的紧张复习，我和同学彭振生一起满怀信心地走进了考场。几场考试下来，我没有感到难度，进考场答卷，几乎和复习做练习一样轻松。考完返乡的汽车站上，一位老者问："数学能考多少？"我竟毫不犹豫大言不惭地回道："90分！"

　　然而这份自信还未膨胀下去，就被县委委员兼母校老校长王歌胜"已婚和成分高的考生不要抱太大希望"的一句传话，引发得犯了嘀咕。随后的录取中，回乡的"老三届"考生除了个别坚持未婚的老光棍，已婚的几乎全军覆没。据传是省教育厅个别领导秉持极左标准，凡已婚或成分高的"老三届"考生，一律从严控制。传闻使大家悟出：老校长的传话，确实有内部政策的依据。但我和同学彭振生还是气不过，觉得无论按国家政策还是凭考卷成绩两条硬件，我们都不应被排斥。于是我俩联名给刚复出工作的邓小平副总理和宿县专区招办领导写信申诉。大意是"四人帮"粉碎了，高考恢复了公平，我们为什么享受不到政策的公平？

　　信写好后，正值我的一位解放前参加革命的长辈、时在解放军总参谋部任职的老干部褚绍远回乡探亲，我请他审阅把关。褚老阅后指出：信中说理较充分，但给党和国家领导人写信，不宜仅限于个人诉求，还应有对国家民族利益和教育事业发展的思考。我们遵照意见作了修改后发出。当时也就是姑且一试，并未抱多少希望。但不久却意外接到国务院办公厅复信，告诉我们："信已存档备查，感谢你们对教育事业的关心。"虽然信笺是打印的公文形式，但其中我们姓名和答复意见的手写文字，却使我们激动良久，并暗生希冀。事后我屡次揣摩，之所以答复我们，应当是信中反映的问题较为普遍，同时引起国家的重视，才在1978年又给了"老三届"最后一次上大学的机会。到1979年，则不再放宽年龄，并在报纸上对政策的调整予以解释时，以"个人服从国家大局"婉拒了许多"老三届"的参考要求。那些未搭上77、78高考班车的"老三届"，只能在此后兴起的电大、夜大、职大、函大、刊大等成教系列去圆大学梦了。和他们相比，我是侥幸地搭上邓小平恢复高考决策"两次班车"的幸运者。

收到答复后不久，县里通知我和彭振生参加体检。本以为这次不应意外了，孰料天有不测风云：彭振生一路过关顺利入学，我则在体检测血压时，被医生紧皱的眉头引发得心惊肉跳，血压顿时升高，而且居高不下。此后一周内又分别被县和地区的招办两次电话通知复查，由于紧张，血压心跳数据则愈测愈高，导致1977年的高考以失落而宣告结束。在以后的几个月里，我就不能面对血压器，甚至一想到这三个字，也会心跳异常。

我至今认为，当年体检的高血压应是心理情绪导致的临时状态，并非真是生理、病理意义的高血压。因为我1977年高考之前血压一向正常。1978年顺利入学后，无论入学复查、学校年检、毕业体检，血压都正常。当时的异常，表象是因为我的极度紧张，究其本质，这与历史原因造成的"命悬一线"现象，有着莫大的干系！在此，我想祈求上苍和未来，再也不要这样人为的"命悬一线"了吧！

否极泰来的1978年高考

1977年高考落榜后，县和地区招办传出对我高分未取的遗憾，地方就把我从乡村小学调到乡镇中学，顶替彭振生入学后空出的物理教学岗位。于是，我一边从事初三、高一的物理教学，一边积极从事文科高考的复习。虽然明知高血压的障碍不能单凭考试解决，但又不甘放弃，只盼能以每晚休息两三个小时的努力，换来柳暗花明的结果。那时，我有一个预感，一定能够实现我的大学梦。

或许真如前人所言"苦心人，天不负"，命运开始格外地关注于我了。复习期间，我偶从废纸堆中捡到大半张《文汇报》，看了上面无头尾的文字，奇异的是，其内容与后来政治试卷中 20 分考题"为什么必须实现四个现代化"的答案，颇如桴鼓相应！高考前夜，头年录取入学的彭振生，托人送来他在校期末考试获满分的政治题答案，题目是"用辩证唯物主义原理阐释实事求是的观点"，奇妙的是，其与我次日政治试卷上一道 20 分的考题，几乎一字不差！历史考试前，我随手翻阅一位同考携带的《周恩来革命生涯》小册子，其目录对历史卷中的 20 分论述题"概述周恩来革命战争年代的光辉业绩"而言，几乎是照抄答案！

在三天高考期间，县教育局局长在一次巡视的间歇，与随行人员说起我高分未取的故事，流露出惋惜。同乡考生听到这件事之后，立即转告我："这次你不要担心血压了，局长关注你了！"这样的关注，真真使我无形中受到了某种宽慰，感到有了某种依靠，心脏也仿佛跳得平稳了。

在最担心的体检中，我所在的龙亢公社考生要求在体检前逐个登记姓名与考分，其他公社则没有这样的要求。奇怪的是，当我登记完之后，那个教育局老师就叫停了，说"行了"，便拿起名册去了体检室，后面的也没再让登记了。事后我向亲友同事叙述这个经过时，大家都说："一定是教育局有意安排，为你的高血压放行吧！"

1978 年首次在录取之前公布了每人考分。我因基础尚好和一连串幸运，五科百分试卷考了全县文科最高的 400 多分，虽然数学、地理只考了 70 来分，但语文、政治都是 80 多分，历史 91 分。

10 月上旬，我终于收到了心仪已久的安徽师范大学的录取通知书。

高考之路感言

20 世纪 80 年代，我曾读过一本英国人写的《考试》的书，书前序言云："一个人走入社会之日起，就面临着一次次考试。人的奋斗历程，本质上就是一系列不同类型考试的链条。而每人所做的答卷与得分，叠加的结果就是命运。"

高尔基在回忆其《我的大学》素材背景时说，在喀山虽然没能进大学门，但正是这段经历，使他与各阶层人物接触中，精神获得了新的生命。因此，喀山成为他最喜欢的"一所没有围墙的大学"。依照这一理念，个人的种种磨难和兴衰际遇，也就是铸造其性格与命运的大学。

我的四次高考，分别经历了1970年极左思潮下不用考试的推荐入学；1973年在周恩来总理努力下举行的文化课高考；1977年"文革"后由邓小平决策的招生考试；1978年"老三届"得以最后一次参加的高考。我常向同事自诩："四次高考代表了从'文革'、极左思潮到'文革'后拨乱反正期间高考形式变迁的缩影。"历次高考导致的"沉郁顿挫"使我心理备受折磨，也使思想方法、人生理念诸方面获得了新的认识和提高。高考直接影响的是一个个人生，而作为教育领域内的社会事件，背后牵涉的则是时局国运。

回顾40年前的历次高考，也使自己对生存价值定位有了更多的冷静反思：身为芸芸众生，除了修身齐家、敬业乐群、遵纪守法、利人利己之外，既无叱咤风云的猛志，更无驾驭时局的宏愿，但面对古人慨叹的人生《行路难》时，总要对自己人生试卷作出一次次答案的选择，以促使生存质量和生命价值向更高处攀登。

书卷同行不负身

俞晓红

从史称"东南邹鲁"的山城，来到地处长三角的江城，记忆中总有一些深刻的画面会在脑海中浮现。在走进大学40周年之际，我写下这篇文字，写给1978，写给历史。

寂寞荒原下，草离离

我从小生活在徽州的一座历史文化名城。城中主街往东渐上有东城墙，东门外有我读书五年半的中学。学校背靠问政山，山边有始建于南宋嘉定、复建于清乾隆年间的紫阳书院。主街往西行，矗立着闻名天下的许国牌坊，那是全国唯一的一座八脚牌楼。经牌楼下，出西城门，可见到明代弘治年间建的太平桥横跨练江。沿江往南三里许，行经明万历年间修的紫阳桥，就到了著名的渔梁坝。渔梁街是我学前住过的地方。

在飞机撒传单、大字报贴满墙、会场高呼口号、男女老少背诵毛主席语录的历史记忆中，我逐渐长大。在行知小学复式班读一年级时，有很多时间听老师讲二年级的课。一年级结束，母亲让我跳读三年级。四年级时我转学到徽州师范附小，大概这时候起，我开始读长篇小说。在八亿人民八个样板戏的时代，可读的小说无非是《金光大道》、《艳阳天》

俞晓红，1962年出生。安徽师范大学文学院副院长，教授，博士，博士生导师。中国红学会常务理事。全国三八红旗手。

和鲁迅的书，可看的电影是《地道战》、《地雷战》、《南征北战》。母亲发现我读小说，就令我每天从中摘录20个形容词、20个动词，后来又令我摘录写景段落和名言警句。懵懵懂懂之间，语感渐渐养成。小学四年级时写的一篇作文，被初二年级的老师拿去当作范文在班上读。

我初中时的课程，只开主课语文、数学，学过一段时间物理和化学，外语课时间更短，生物改成了农业基础，物理后来上成工业基础。在"学工，学农，也要学军"的最高指示下，学校开门办学，每个学期都会安排一两个星期的学工学农活动。我们步出学校后门，走过紫阳书院的石坊，去山上平地、抬土、种茶；校园内有明代学宫明伦堂，我们在堂前空地上剁山芋藤喂食堂的猪；学校南门外有清乾隆年间建的县学甲第坊（又称三元坊），那是歙县历史上教育与科举名望的象征，我们经牌坊下，到大操场上学开手扶拖拉机。过太平桥，行经北宋年间造的长庆寺塔，古道的那端是有800年历史、明清两季出过"四世一品"的曹氏家族的雄村，村中有乾隆时曹家建的竹山书院，但我们是去插秧，去扶犁。城郊古关村、南源口，素来"十户之村，不废诵读"，而我们是去割麦，去打稻。南乡蜈蚣岭是学大寨的典型，我们去参观过梯田、采过茶，回来我写过一首七律。曾在邻近的纺织厂中纺过纱，在工地上抬过砖石、木板，在校办蚊香厂制作盘式蚊香，到地处渔梁的茶厂做过茶；也曾将三斤重的被子打成四方齐整的背包背上，绑好腿，穿上解放鞋，然后沿着城外山上小道快步走上半天，那就是"拉练"了。

学工学农过程中，曾因剁猪草的菜刀不够快而狠命剁，一不小心将左手食指剁开花，肉粒清晰可见，就像一瓣剥开的橘子肉。同学陪着到医院缝了三针，两天后灌脓发烧，又去医院重新切开伤口，重新清创后再度缝起。古关割麦时，镰刀曾割破左腿小腿肚，不过只流了一点血，没什么大事。割稻时，镰刀很快，将已愈合的左手食指上的伤口处重新拉开口子，回到家中，父亲就往上倒了小半瓶碘酒消毒了事。纺纱时，梭子曾蹭伤左手腕内侧。工地抬砖石时，因走在后面，箩筐挡住了视线，踩上一块拆损的木板，板上直立的一根锈铁钉穿透了左脚板……这些伤痕至今宛然而在，提醒我曾经度过的中学时光。现在想起来，那些课程和活动安排，是为了让中学生毕业后去农村插队时能够更快更好地适应必经的生存环境而设，相当于一种岗前培训。

有一次，在徽城北郊的校办农场里除草，眼望那寂寞荒原，蔓草离离，耳听得身旁大我两三岁的两个女生谈论世事沧桑、忧郁地感叹"人生真没意思"，抬头却见愁云漠漠，远山如烟，我茫茫然，默默然。那年我 13 岁。

初中课程本来就单薄，整个社会大环境又不是读书的环境，稍微听点课，成绩就会很好。李玉生老师的语文课重视熟读与背诵。初二课文有一篇《谁是最可爱的人》，老师讲完后并没有布置背诵。然而第二天上课伊始，老师照例点人背课文。一连点了三个，站起来后都是默不作声。老师瘦削的脸顿时冷如铁板。我低下头，大气不敢出，害怕会点到我。可是老师眼光巡视了一圈后，偏偏第四个点到我。我缓缓站起来，镇定了一下，眼望前方黑板，脑中却闪现出课文页面的样貌：那些句子，那些段落，那么可爱，一行行出现在我的脑海里，它们的位置和眉目是那样清晰。我从容淡定地"读"完了整篇课文。老师发话了："为什么你们背不出来？为什么某某某能背出来？因为她回家在背课文，你们回家却去玩了！"其实我一直很愧疚，那天我回家一直在院子里玩，并没有背诵课文，堂上我只是想起了它的样貌，那次我只是侥幸过关。

在那个以交白卷为英雄的时代，初中可以直接升高中。可是我们这一届，却要通过升学考。作文题是《歙城新貌》，我以时间为经，空间为纬，从太阳东升写起，笔端依序从东向西扫描，东城门那斑驳的城墙，斗山街，八脚牌楼，打箍井，新华书店，徽州府，夕阳余晖中的河西桥……时间到时，我还在写夕阳西下。李老师过来看看，收走了前面的卷子，特许我延时交作文。最后李老师给了满分。

年少不更事，亦惜时

人的身体要发育，精神也要发育。当校园成了荒园、处处长草，当课堂改为大批判会场、写批判稿成为学习的主业，当紫阳书院成了诛伐朱熹的现场，当知识变得卑微、人性浸透冰凌，我却渴望读书。

读课外书似乎成了我最大的乐趣。母亲有县图书馆的借书证，开始时她借回书来给我看，没多久就让我自己去还书、借书，原因是我看书太快，而母亲又太忙。于是我从东门外八字墙出发，穿越整个歙县古城，行经许国牌坊，到西门外城楼上的图书馆去借书。这是怎样一段愉快的时光！但是好景不长，图书馆有位管理员发现之后，便不许我再使用成人的借书证。她是隔壁班一位女生的母亲。

家里原就有四大古典名著，当终于被我发现，又没有什么书可读时，这些书就颠来倒去看。还有一本《红楼梦评论集》，父亲在书上写了很多批语，我无事时也常翻翻。因为群众性的"评《水浒》，批宋江"活动，初中的我们也参与其中，所以《水浒》是特许公开阅读的。家里有两个版本，政治老师听说，便要将他的版本和我交换看，说为了更好地写批判稿。结果是，我读完了他的书还给了他，他从我手中借去的《忠义水浒传》再也没有还回。

初三、高一前后，我开始广泛阅读各类报刊杂志。父亲单位订有多种报纸，每天放学我都会去翻阅。家里也订阅了《参考消息》，我每天都会浏览一下。翻翻旧箱子，发现有 20 世纪 50 年代出的《新观察》杂志，还有一本《诗词格律》，也拿来一遍遍看。

同学视我为书痴，同时待我也很友善。她们自己不看书，但只要遇到书，都想办法借到手，再带到学校借给我看。《红旗谱》、《创业史》、《铁道游击队》、《欧阳海之歌》、《钢铁是怎样炼成的》等，是可以光明正大地看的；《林海雪原》、《青春之歌》、《暴风骤雨》、《烈火金刚》是有点小资情调，在禁读边缘，只能偷偷地藏在书包里带给我看；《三家巷》、《野火春风斗古城》似乎是严禁阅读的，借来给我时明言限期读完。

有一天课间，一位女同学悄悄地到我座位边，凑在我耳朵边神秘地说："我有一本书，《牛虻》。"她将"牛"字说成了"流"字，"虻"与"氓"在歙县方言里本来就是一个读音。我一听，笑了起来。她急了，说："真的！不骗你！""哦。"我说。第二天，趁没人注意时，她将书塞到我书包里，极其严肃地说："你明天必须还我。"诸如此类的书还读过很多，当然都是连夜躲在被窝里，就着手电筒的光看完的。大概就是这样，我练出了看书的速度。

再也没书可读时，在家里搜捡出一套线装的《聊斋志异》，竖排版，繁体字，还有插图。开始读时，很多字是根据上下文语境猜读的。《画皮》、《喷水》之类，配图加上文字描述，令人心生恐惧。不过读了三遍五遍之后，渐渐不怕女鬼和僵尸了；小说可以顺畅地阅读，也不再只是猜个大概情节。或许正是这段阅读，养成了我的文言阅读能力，以至于我十几年后在高校课堂上讲解《聊斋志异》时，所有关于小说情节的记忆还是基于这段阅读。

这样的日子，养成了我每天必读一书的生活习惯。要是白天没有读书，晚上一定要找本书来看。哪天不读书，我都不能入眠。多少年又多少天，枕书而眠是自然。读书，已然成为我的一种生活方式。

"你将来想做什么"可能是中学阶段很多人都要说起的话题，父亲也会问起。我只有一个心愿：我要上大学。这是我的执念。当时上山下乡已经成为高中毕业生的必由之路，大我五岁的哥哥响应国家号召，已先行去了农村插队落户。对此我们都有思想准备。"你将来要上山下乡的，上什么大学？"我不能先去插队、再上大学么？——反正我要上大学，我要读书。"读那么多书做什么？"当作家——这是我没有说出来的话。至于我以后是不是也会这样，我还没来得及想那么多，时代就发生了巨大的变化。

1976 年 1 月，周恩来去世。7 月 6 日，朱德去世。9 月 9 日，毛泽东去世，城中很多人都自动戴上了黑袖章，我还写了一首长诗，李老师看到了非常惊讶。10 月 6 日，"四人帮"被粉碎，"十年动乱"宣告结束。这一年，我高一。

1977 年，学校开始恢复正常的教学秩序，停掉的课程重设，师生关系解冻，记得从这一年起，不再开门办学，学生全都回归课堂，校园中阳光明媚的日子开始多起来。那感觉，仿佛春天的花园，春风和煦，花儿一朵一朵慢慢绽放。10 月，国家决定恢复高考招生制度。学校四处都在谈论，老师们的脸上有了不同寻常的笑容。很快，年底报名，1978 年初就进行了"文革"后的第一次高考。当时的学制，高中只读两年，按常例我们应该春季毕业，1977 年底我们已经举行了高中毕业考试。但县里决定让我们延长半年，学制改为两年半，我们自然就延长到了 1978 年夏季再毕业。延长就延长吧，我们可以直接高考了！这是一件令人兴奋的事。它意味着我上大学的梦想会提前实现。

延长的半年内发生了两件事。一是文理分班。我自然而然报了文科班。但母亲知道后很生气，坚持要我学理科。她还去找教数学的班主任沟通，希望老师能说服我改科。鲍老师来做工作，说你数学好，学理科正正好。老师，我懂你，可是我学理科，能受到文学的专业指导么？我学理科能当作家么？这些是我不好意思说出来的，我只说个"不"字。毕业于屯溪女高的外祖母出来斡旋，终于我还是留在了文科班。等后来真的上了大学，才明白大学中文系的目标并不是培养作家。

二是合班上课。春三月时，县教育局决定将县一中、二中和上丰中学三个学校的高二学生合班上课，经过考试后根据成绩重新编班，然后将三个学校各科最好的老师派在快班。此后的两个月，我每天穿过斗山街去一中的文科快班教室听课，听一中的地理老师说"斯堪的纳维亚半岛"时的音译发声，听一中的历史老师图说"秦齐楚燕韩赵魏"的地理位置、示范"夏商周……辽夏金，元明清"的歌谣式朝代记忆法，从零开始、从零开始的我们感到声音那么悦耳，那么动听。语文是二中的老师上，也就是我们班的江淑鸾老师。下午四点下课后，二中的学生复又穿行斗山街，步出城墙斑驳的东城门，再回到自己学校原班教室，老师们还要加课。江老师从最基础的文言语段开始补起。从"女娲补天"、"夸父逐日"、"精卫填海"、"共工怒触不周山"，到"中山狼"、"愚公移山"……多么有趣的故事，多么丰富生动的画面！背诵，默写，翻译，乐在其中！

今天看来，这是一次资源整合的过程，是一项优化教育资源配置的有力举措，对荒芜了很多年学业、半年就要上高考沙场的我们来说，是非常有利的。正是这段时光，令我有了底气，有了精神成长的快乐。

陌上花且开，嘉年华

1978年7月20日至22日，我在平和淡定的心情中参加了高考，也是"文革"后全国高中应届生群体参加的第一届高考。和我一起长大的同年级同学，只有一位女生作为体育特长生，以全县唯一一个在校高中生的身份，被推荐参加了77级的考试，并考进了安徽师大体育系。我来学校报到那天，她到东大门来接我，并帮我安排好宿舍再离开。

因为成绩一向很好，在高二延长半年的学习中，从没遇到什么障碍，所以考前没有一丁点儿紧张的情绪。那时候普遍不知道什么叫紧张。看到现在的考生、家长、班主任以及社会全神贯注的状态，心中暗暗吃惊自己那时候的懵懂。由于学制延长，县里决定4月份重新举行毕业考。这次我的数学居然拿了满分，全年级包括文理科在内，一共只有三个人拿到100分。后来就大意了，也不怎么做数学题了，而是去恶补以往很少开的地理、历史课程，数学的高考成绩自然不好。

毕业考后，一部分不打算参加高考的同学离开了学校。前些年那种基本不开课、一下课就作鸟兽散、因而彼此之间比较疏淡的情况，在这个阶段有了极大改变。同学之间的关系变得平和友善，大家讨论问题，匆忙学习，也不再互相嫉妒，对成绩突出的同学只有羡慕和由衷的称赞。

在这样的氛围中，我没有学会紧张。语文课是我最拿手的学科，也应该是我最能拿分的一门。但与77级《紧跟华主席，永唱东方红》这样的能叙能议、适合抒情的题目迥异，我们遇到的作文题是一篇缩写，要求将《速度问题是一个政治问题》这篇文章缩写为五百至六百字的短文。半年中只是补课，匆忙浏览各种知识，作文也训练，但从没训练过缩写。语文分数不高，大概是作文没得高分。不能发挥我的所长，对此我十分沮丧。后来我推测阅卷时应该是按条条来赋分，少一条扣多少分什么的。最近查阅资料，看到了这道作文题的"标准答案"，果然列有10个要点。那么30分应是每点3分，漏掉三五个要点的可能性是存在的，这样，作文题自然拿不到好成绩。那就影响总分了。

"十年浩劫"刚过不久，以第一届应届生参加高考——这意味着一切都不够成熟：文化教育体系不够完备，考生知识结构有严重的缺陷，老师对在校生的高考教育还没来得及进入正常的轨道，学生的备考状态也不像后来那样紧张有序，校园还没有来得及产生高考压力。语文考试时间应该是两个小时，我做完后检查了两三遍，看了看父亲送给我的英纳格手表，才40分钟，颇感无聊，没有压力地出了考场。一位外班的语文老师站在考场外树荫下，看到我出考

柳暗花明

37

场，便微笑着迎上来问情况，听我报的几个答案都对，喜悦之情溢于言表。此时一点没觉察到作文没写好。

高考我们没有考外语。中学没怎么开外语课，延长的半年内也没有补外语课。我们是进了大学之后才从 ABCD 开始学的。也没有一个人觉得奇怪。等次年要考外语的时候，才感到有点异样。

那时候的考生，仿佛只要能考上就好了，至于考上什么学校，很少有人考虑。作为县里的二中，一个文科班考上两个已是了不起的光荣。所以当通知书到达，我作为那个著名文化古城里当年文科考生中两个考上大学的应届生（而且还都是女生）之一，还是享受了整个县城的关注和赞誉。

现在看来，这无疑是一桩历史之痛。徽州一向重视文化教育，科名之盛亦胜于其他区域。据民国《歙县志》，明清两季徽州文进士 1110 人，占全国总数的 2.11%，其中歙县文进士 535 人，占徽州府六县文进士总数的 48.2%。有诗文作品留存至今的明清徽州二百才媛，歙县有 119 人，占 59.5%。清代全国 112 名汉人状元中，徽州本籍和寄籍的状元有 19 名，占全国状元数的 17%。《资本论》中提到的唯一的中国人王茂荫即是来自歙县的道光壬辰科进士。近代史上的徽州文化巨儒许承尧，出身"末代状元"、后成为崇儒重教的中共党员吴承仕，"人民教育家"陶行知，哲学界"维也纳学派"的中国传人洪谦……都出自歙县。我所在的中学，身为名族之后的大有其人。语文老师本自江姓，其夫君也是语文老师，乃清中叶著名的数学家、天文学家汪莱之后；数学老师则源于鲍氏名族。同学中则有程、洪、方、胡、许、吴诸大姓，多少拥有点辉煌的家族史。这样一个底蕴深厚的文化名城，本该有更多的高中生接受高等教育，却因为"十年浩劫"，荒了学业，荒了年少，误了韶华，甚至误了终身。命运注定了一群生于文化名城的少年在文化教育的历史进程中缺席，被迫为那一动乱而荒诞的时代付出悲剧性的代价。

好在学制延长了半年，既令应届生避让了积 12 届高中生（及初中生）为一届生源的高招大潮，又给了我们一段颠覆原有认知、补学基础课程的缓冲时间。实践检验真知，科学的春天的确来了，要为中华之崛起而读书——在重构了价值观念之后，很多人渐渐明白，要和时间赛跑。可是，"失去的光阴"岂是那么容易"夺回"的？谁来疗伤？心灵的痛点由谁抚慰？

报到时，父亲让我搭了一辆运货的便车，从没一个人出远门的我，带上一个卷被和简单的用品，一个人来到离家数百里之外的大学。那位小学和我同班两年、提前参加高考的女同学，以 77 级老生的身份在东大门接应新生。所谓 77 级，只是为了称呼的方便，其实他们只比我们早半年进校，他们虽然是 1977 年考试的，入校时却已经是 1978 年的 3 月了。而我们 78 级，入校时是 1978 年的 10 月。多少年来，77 级的学长们总是称呼我们为同学，聚会时不怎么分上下彼此。

1978 年全国 610 万考生，录取 40.2 万，录取率是 6.59%。安徽师范大学中文系 78 级入学时一共 230 名同学（其中女生 37 名），应届生只有 39 名（其中女生仅 2 名），占比 17%。今年征文过程中得知，应届生基本上是所在县高考成绩的第一名，且多为唯一。同学中有很多来自"老三届"（1966、1967、1968 三届初中和高中毕业生的合称），甚至是 1965 届高中毕业生，功底好，却因为年龄偏大、家庭成分等原因受阻，1977 年底不能报考（1977 年报考年龄上限为 30 周岁），或是考上了因为政审被卡，没能入学，几个月后政策放宽，他们获得参加 1978 年高考的机会并被录取。所以中文系 78 级同学平均年龄比 77 级大，生源结构更为丰富，思想也更为活跃。

到了 1979 年，高考招生程序逐渐走上正轨，外语作为参考成绩列入考试科目，大量应届生开始警醒，奋力拼战，中学升学率骤然提升。当年全国考生 468 万，录取 28 万，其中应届高中生已占大多数。我校中文系 79 级同学中，仍有半数是在"十年浩劫"中毕业，历经 77、78 两次高考，由于各种原因没能上大学，有如沧海遗落的明珠，1979 年再一次被时代拣起，以自己的奋斗擦去灰尘与泪痕，从此生命焕发出耀眼的光辉。因此之故，1977、1978、1979 这三届大学生，被称为"新三届"。

改变我命运的 1978

周经纶

周经纶，1949年出生。曾任中学语文教研组组长、党支书，兼任中语会苏鲁豫皖研究会理事，安徽省课题专家组成员。

2018 年 6 月，高考的铃声响了，它唤醒了我对改变自己命运的 40 年前高考的记忆。

1977 年冬，国家恢复了中止 11 年的高考制度，这在国内外引起巨大的轰动，成千上万的知识青年，怀着大学的梦想，澎湃着振兴中华的激情，涌向高考报名处。我也有大学梦，但报名的时候，却生发出了许多疑问。

我初中毕业，没有读过高中，可以报考大学吗？ 1966 年，我 17 岁，那一年史无前例的"文化大革命"开始了，所有的考试制度都取消了，中学毕业意味着书读到头了，已经没有了升学之说，没有了大学之梦。10 多年过去了，我这样的文化基础，可以报考大学吗？

我还会因为父亲的问题受到牵连吗？父亲曾是"国军"的上尉军医，他因此成了每次政治运动的"老运动员"。我初中毕业正是"文革"之初，等待我们的未来是：其一，到农村接受贫下中农再教育；其二，到工厂，接受工人阶级再教育；其三，因病、因残留城待业。我只能选择"其一"。因为，父亲此时是一家医院的院长，被打成"历史反革命＋反动当权派"送往农村，所以我只能随着全家到广阔天地"滚一身泥巴"了。

1968 年 10 月，我成了接受贫下中农再教育中的一员。

农村的生活让我难忘，农民的朴实与勤劳、关心与爱护，给我以足够的信心和希望。我学会了各种农活，因为劳动出色，时而被评为"五好社员"；又因为有些文化，时而写些广播稿，时而被抽到文艺宣传队，担任过记工员、农业技术员，贫下中农没把我当"狗崽子"。1972年村里准备推荐我上工农兵大学，但还是因为父亲的牵连，我的那份"大学推荐表"，自然就被枪毙了。

我已经是个有孩子的父亲了，还能报考大学吗？1972年，虽然没读成工农兵大学，却让我当了民办教师，我觉着只能如此了，于是认真教学，不久结了婚，1976年有了孩子。有了孩子的父亲能报考大学吗？

似乎一切踌躇都是多余的。我顺利地交了两张照片和五角钱报名费，填了报名表。不多久，1977年安徽省高等院校招生的准考证发了下来。于是考试，于是等成绩，因为考得不错，所以感觉好极了。心想：万事俱备，就等政审了！那天，上面来政审了，父亲业已习惯了陈述他的历史，每个字都进行过多次斟酌，所以一句不漏，一字不差。接下来就是十几天漫长的等待，那天，我终于等到了确切的消息——我落榜了。

仅仅过了半年，1978年全国统一高考招生报名又开始了。听小道消息说，上次政审刷下来不少人，有人给中央写信，邓小平下了批示，要放宽政审尺度，以考试成绩为先。这无疑是一剂强心针，让我重整旗鼓，继续向着心中的目标进发。

1978年，参加高考的人依然如海如潮，从"文革"时期的"老三届"、"新三届"的初中和高中毕业生，到1978年的应届毕业生，相差20多岁的考生同时涌上了高考的独木桥。然而，大约只有少而又少的考生敲开了大学高贵而威严的大门。我，以高出本科约60分的成绩，幸运地成了其中一员。

1978年是改变我生命轨迹的一年。

大学生在当时是令人羡慕的，被称为"天之骄子"。但我认为，这并非我优秀，也不是我聪明，按我儿子（他是1998年毕业的大学生）的说法：那时高考试卷难度低，被"文革"荒废了的考生的水平普遍不高，您只是比较勤奋刻苦侥幸成功而已。儿子说得不无道理。回顾备战高考经历，我的确很佩服自己的毅力，庆幸自己的选择。

　　备考的阶段是紧张、艰难甚至是痛苦的。没读过高中，没有课本，没有资料，没有老师指教；再加上初中毕业后两年闲逛、十年农民，尽管其间在担任民办教师的几年里和初中、小学的书本打交道，但教学的内容大部分是学工、学农、学军，文化课的内容却少之又少，课程也完全是适应工农需要，自然科学类课程学一些怎样识别庄稼和杂草、生产队会计、机械制图；社科类课程无一例外都被当作了政治图解等，很难达到教学相长的效果。就凭这样的底子，想考大学的难度可想而知。又由于遭遇1977年高考的挫折，害怕别人说三道四，尽管我低调做人，尽量向广大贫下中农学习，但还是有人讽刺我说："他要是考上大学，我给我家的狗缝一条裤子。"所以我根本不愿声张，也不敢请假复习，白天八小时工作不能有丝毫怠慢。

　　就是在这种情况下，家里人并没有给我多少帮助和鼓励，父亲内疚地劝我："都怪我！我们不高考了好不好。你是有家室的人了，得养家糊口。"母亲说："我们家年年超支，星期天得到生产队挣工分。"妻子虽然当时什么也不说，但从她幽怨的目光里，她分明是怪我疏远了两岁的儿子。我在尽量满足家人要求的同时，有选择地借来了别人也是借来的课本，答应按时归还，于是便开始了艰苦卓绝的自学。每天下班之后，我便一头扎入书中，拼命地学习那些对我来说完全陌生的知识，一切从头开始，一字接一字地嚼，一题接一题地练，甚至一本接一本地把书抄写下来，为了加深记忆，也为了按时还书。那个时候，没有休息的概念，工作、劳动之后就是学习。忘了吃饭，忘了睡觉，这也许就叫废寝忘食吧。妻子终于忍不住说："晚上我带儿子睡觉，你在看书，半夜儿子吵醒了我，你在看书，早晨我起床了，你还在看书。你心里只有书，你离不开你那张破书桌了。"其实，即使睡觉，我也把书放在床头，迷糊一会儿，只要眼一睁，就看书。每天大约两三个小时的睡眠，那时，书成了我的最爱。

　　农村的夏夜是静谧的，应是学习的绝好环境，但蚊子却来骚扰你，尤其是闷热的时候。我住的坐北向南的土墙草屋前后，都是望不到边的水田稻地，东面十五六步，便是一条水渠，白天风景如画，却也是蚊子孳生的好地方。晚上蚊子如面糊往身上贴，无论屋里屋外，只要你裸着腿，静坐一会儿，伸手往腿上一捋，便是满手掌的蚊子尸体和鲜血。蚊香不管用，大热的天，我穿着厚厚的衣服坐在我临时的书桌前学习，把腿放到盛满水的水桶里，倒是防蚊降温的好办法。那时，我们村刚通电，遇到农忙用电高峰，农家经常停电，又买不到煤油，只好向公社开拖拉机的朋友讨来些柴油，用大瓶子做成油灯，然后挑灯夜战，第二天早晨你猜怎么着，满脸乌黑，像刚出矿井的煤矿工人，鼻孔里都能挖出一团一团黑的东西，如同挖出的煤。就这样，直到高考的前一天，我一边勤奋备考，一边努力工作，没有请过一天假，没有在单位说过报考的事。

天道酬勤，我终于入围了。而且，我当年执教的学校那个唯一的初三班，有九名学生的成绩高出省重点录取线。我到公社填报志愿表时，很多人都用羡慕的眼光看着我。招生办的人也非常客气，询问我的志向。我当时不知道全国有多少大学，也不懂重点大学和普通大学之分，只是认为自己是民办教师，应该读师范大学，于是填了安徽师范大学中文系。不久，大学的录取通知书就来了。

1978，满足了一个心灵的追求；1978，开启了我人生中新的航程。我想，1978 年不仅是改变我生命轨迹的一年，也是改变千千万万人生命轨迹的一年。

抉　择

邹明光

邹明光，1959年出生。五河一中高级教师，曾获蚌埠市五河县教坛新星二等奖。

　　我，一个出身于贫农家庭的少年，求学拜师，1982年自安徽师范大学毕业，就站在家乡学堂的讲台上，一站到头白，初心不改。

　　40年前——1977年10月底，本来还有两个月，我们就高二毕业回乡"修地球"了，却传来喜讯——恢复高考，推迟半年毕业。个别优秀学生可被推荐参加考试。

　　我就读的固镇县石湖中学，是20世纪70年代初才办的全公社唯一有高中部的学校，一届毕业生不足百人。历史、地理还没有专业老师，课表上也没有这两门课的位置。因为那时正值"开门办学"，物理、化学、生物都被所谓用得着的"农机"、"农技"、"人医"、"兽医"取代。学校选了四位同学单开小灶，我是四位之一。我语文好些，另一位数学好些，还有两位理化好些，所谓"开小灶"就是学习吃住都在一个茅草棚里，专补理化。我的语文老师兼班主任张俊贤老师找我谈话，说与其从头学史地不如攻理化。学理路子广，将来有作为，于是我就在茅草棚中"安营扎寨"了。

　　茅草棚是以前搭的，马鞍形，上面用高粱秆围着，一面朝阳供人进出其中。只有在棚中间，人才能昂首挺胸站着，但又要放个小方桌，所以只能猫着腰在棚中活动，晚上还要把桌子请到一边去，地上铺些麦秆，才能铺下两床被子。有两位同学家在附近，晚上就回家了，我和另一位同学家离学校都将近二十里，两星期才回家一趟，带点芋头丁子回校。每到夜晚我俩就独享这片天地了。每天老师只是布置些作业，然后就去给班里同学上课了。四人围在一起，各做各的，不会问能者，能者解答不了，等放学后老师来再问。中午太阳照进来还有点暖意，晚上手冻得僵硬拿不住笔。一灯如豆，火苗在风中瑟瑟发抖，一擤鼻涕全是乌黑的油烟。遇上刮风下雨，风无处不在，浑身冰凉，两人紧紧地裹着被子像寒号鸟一样哆嗦着，却在激烈地争论着原子量与分子量。一个星期六的晚上，大雪把茅草棚压得吱吱响，冻得实在睡不着，芋头丁子也吃光了，饥寒交迫中心一横，用一块塑料纸裹在身上，踏上回家的路。风和雪纠缠撕扯在一起，我深一脚，浅一脚，只是凭感觉往前走。回家要穿过一条大沟，沟两边栽满刺槐，路恰从刺槐林里的乱坟堆通过。风雪吹打着树林，发出"呜呜"声响，冷寂的夜空更显凄厉。头皮不由有些发麻，不由自主地唱道："穿林海，跨雪原，气冲霄汉，抒豪情，寄壮志，面对群山，愿红旗，五洲四海齐招展，哪怕是火海刀山也扑上前。我恨不得急令飞雪化春水，迎来春色换人间……"耳畔竟分不清是风雪声还是音乐伴奏声，自己仿佛就是杨子荣，眼前一片春暖花开……

虽然豪情万丈，可是克服理化难题，并不像过乱坟堆那么简单，那些公式定理像镜中花、水中月，若即若离。12月28日开始报名填表，表上要填报学校、专业，30日报名表要送到县招办。报什么学校和专业？我却一点底也没有，心中茫茫然，两眼一抹黑。学文吧，史地书一点没看，白白耽误两个月，凭什么去考？两天两夜苦苦思索——我想干什么？我能干什么？两个问号像两条蛇缠绕心中，寝食不安。

理科路子有多广我不知道，但我知道初中进校第一节课数学班主任对我们说的第一句话："学好数理化，走遍天下都不怕。"我知道搞"两弹一星"的都是学理的；我知道钱伟长在北大入学考试时文史两门都考了满分，数理化总共才考了30多分，但为了抗日救国弃文改理；我知道科学的大会刚刚开过，国家正把实现"四个现代化"作为未来的目标。理科多么让人神往啊！

文科路子有多窄我不知道，但我知道作家不是学校培养的，学文不过做个中学老师。我知道当时人们说起某人是"耍笔杆"、"耍嘴皮"、"舞文弄墨"时，都是用轻蔑的口吻，鄙视他"嘴尖皮厚腹中空"。我知道老师当时在人们心中的地位——"家有一口粮，不当孩子王"。一位公社书记在教师会上说："你们好好干，将来提拔当营业员。"这些话在耳边萦绕，真有点不寒而栗。人往高处走，水往低处流，我该选择哪条路呢？

当理想与现实发生激烈冲突时，我必须清醒地认识自己：想干什么？能干什么？虽说兴趣和能力可以培养，但截长补短总不能扬长避短。如果非要找出自己还有什么一丁点长处的话，不过是记忆力还可，会写点文章。背"老三篇"，别人一天一篇疙疙瘩瘩，我一天三篇毫不费力，张口就来像流水一样。兴趣吗？小学就爱看报纸，因没有课外书，生产队有份报纸，看了以后写写画画。小学以来作文被老师在课堂上当作范文念给同学听。数学吗？1972年底在宿县地区升初中统考中虽也得了满分，但进入中学后总不如语文。至于应变能力更不行，至今许多事常会觉得应该这样这样，可当时怎么就想不起来呢？性格吗？较固执，一根筋，爱一条道走到黑。比如酒一滴不沾，任你东西南北风，我自岿然不动。反应慢，能搞科研吗？处事不灵活，能当官吗？我能干什么？当老师。老师讲课，只要课下把学生该掌握的内容充分准备好，课堂上让学生喜欢听就行了，其他都可不管，只管做好自己。对于胜任教师工作，我应该有信心，因为看的课外书较多，爱讲故事给人听，一讲起来听的人都聚精会神。又经常写些通讯、批判稿、宣传稿，作为宣传队员在全公社万人大会上说起话来滔滔不绝。

我能当老师，我更想当老师。因为老师是我的恩人，我的第一位恩师叫邹明恩，是民师，高高个，络腮胡。是他说服我的父亲让我走进学堂，给我人生指点。他一个人带两个年级，十几个小孩在一间教室里，做算术、背课文、唱歌、做操，全是他教。"言念君子，温其如玉。"怎样做人，怎样做事，他用行动，在我幼小心灵打上烙印。老师是我的偶像，初一带我语文的是曾庆明老师，20多岁，字写得特漂亮，常在文学刊物上发表作品。在他辅导下，我在全校作文竞赛中获得奖品：名为《高玉宝》的一本小说。每当看到他在暖暖的阳光下看着书本或写着字或偶尔唱一句"我站在虎头山上，迎着朝阳放声歌唱"，真是羡慕得要死，那是多么的惬意！难怪孔子的弟子，在阳春三月带着几个少年，在沂水边吟咏，得到孔子的赞扬！难怪孟子说：得天下英才而教之是人生一大乐事！

老师不一定都是智者，但一定是仁者、贤者、能者，孔子、耶稣、释迦牟尼，皆为万代宗师。天地君亲师，天下除了老师还有谁能与天地君亲相比？

高板凳，矮板凳，自己坐着舒服才是好板凳。

认清了自己，云消雾散，心中艳阳高照，无须彷徨了，就算考不上，还有半年学习的机会，耽误两个月换来一生的追求，值！于是拿笔就在报名表上填了第一志愿：安徽师范大学中文系。

当我拿着报名表往张老师家去时，刚刚轻松的心情又沉重起来，老师对我寄予的殷切期望，被我深深地辜负了，情何以堪！茅草棚离老师家不足两百米，我却走了很长时间，像刘兰芝被休弃回娘家，"进退无颜仪"，老师没有"大拊掌"，只是用惊讶不解的眼神看着我。我低下头，话在口中打转，不知如何说起，最后吞吞吐吐地说了一句："我——，我觉得——考理——还是没把握。"

结果只给一个名额，那位数学好的报表送到县招办，也未考上。7月份他和我一起参加1978年高考，他考上了黑龙江商学院，我考上了安徽师范大学。

梦想成真，信念更加坚定。

我还记得系主任祖保泉教授第一节课给我们解释的"中文系"：系者，系统也。你们的每一门课都是中文学习和教学不可缺少的组成部分。课堂上不敢懈怠，课下凡与教学有关的都尽力关注。《乡村女教师》，苏霍姆林斯基、于漪、钱梦龙……都让我从井里一下子跳出来，看到广阔蓝天。尤其是陶行知"捧着一颗心来，不带半根草去"、"千教万教教人求真，千学万学学做真人"，影响了我一生。

还记得刚毕业分到离县城70多里的任桥（当时固镇师范学校所在地），距心上人所在的五河县城200多里。她说：你看那里四周没有村庄只有庄稼；校园里连条水泥路都没有，除了两排教室是瓦房，其余都是草房——那是"北大荒"，是"西伯利亚"，你不调来就不结婚。我说：那多有诗意，没有喧嚣，没

柳暗花明

有纷扰，是专心学习的好去处，是我崇拜的曾老师的母校，那是"西南联大"，是"延安"！1985年暑假快结束了，我们结婚已半年，她体弱多病，我还在"西伯利亚"。为不影响学生的学习，我想辞去班主任职务，但学生知道后一起请求我把他们带到毕业，我只好答应。

还记得1997年中文78级学生返校，妻子说：你看你的同学，在市里在省里在京里，做局长、做司长、做处长；还有几个像你这样在穷乡僻壤做教书匠的，你也该联系联系，挪挪窝。我说：你已经把我从"西伯利亚"挪到淮浍淙潼沱的水乡了，山清水秀，哪也不能和这比呀！你看那棵树，为什么快死了？挪多了根失去了原来的土壤。再说了，这绿茵场上如果把草都铲掉栽上树，孩子们怎么活动？这里的孩子、家长那么欢迎你，你还得了诺贝尔奖，不感到自豪吗？妻子给我一拳。我笑着说：不知道了吧，居里夫人获得诺贝尔奖，记者问她，谁对你一生影响最大，最有资格和你分享这份荣誉？居里夫人说，是我的幼儿园老师。

现在我的学生，有的是局长、县长，有的是教授、工程师，有的和我在同一个校园里教书育人。看到他们像鲜花一样开放，大树一样成长，耳边不由地想起当年住在师大男生宿舍0号楼，几乎每个晚上都能听到从镜湖边传来那首动人心弦的乐曲——"年轻的朋友们，今天来相会，荡起小船儿，暖风轻轻的吹，花儿香，鸟儿鸣，春光惹人醉……"

草棚抉择，赭山圆梦。与师结缘，淡泊宁静。为所能为，不违天性，种花除草，乐在其中。若有来世，还做园丁。

那年，我的高考

吴功华

又是一年高考时。上午路过安庆二中考场，望着乌泱泱一片的考生和满街焦虑的家长们，我的思绪一下飘到 40 年前，我参加高考的那些日子。

1977 年国家宣布恢复高校招生考试，来得十分突然，事前几无预兆。当这个消息传开时，我的脑子一片空白，我无法相信天上会掉馅饼。我更不会相信，会允许我们这样一些出身不好的"另类"，有资格公平地参加高考。那时，我还没有从"十年动乱"的噩梦中走出来。直到我昔日的同学、伙伴们怀揣着鲜红的录取通知书进入大学校园时，我才相信：不论出身、不讲关系，每个人都有平等参加高考、接受高等教育的权利。这一天真的来了！

1978 年，在 1977 年高等学校招生制度改革的基础上，开始实行全国统一命题，统一考试时间，考生的各科考试成绩全部公布，使招生制度进一步完善。我真正看到了希望。

我是 1966 年小学毕业的，正当我们踌躇满志，为准备考进一所理想的学校而在课堂上紧张复习时，突然，学校的广播站开始一遍一遍播放"五一六通知"。我们从教室里冲出来，挤到操场上，对着高音喇叭，师生们都一片茫然，不知道究竟发生了什么。我们更没有想到，这是中华民族"十年浩劫"的开始。从此以后，偌大的中国，竟会安放不下一

吴功华，1953 年出生。高级教师，曾任安庆市教育局副局长，现为安庆师范大学兼职教授。专著《桐城地域文化研究》获 2015 年第四届中国大学出版社图书奖优秀学术著作二等奖。

张书桌。

接下来发生的事件，就像一场场噩梦。先是一位十分儒雅、平时无事便捧着个紫砂壶、踱着方步、哼着诗词的老先生，因为所谓的历史问题被批斗，紧接着就是抄家。当我们听到这个消息，随着人流来到这位先生家时，现场一片狼藉，庭院里是一堆尚未燃尽的书籍。最让人无法忘记的是，这位平时十分威严的老先生，此时胸前挂着巨大的牌子，弯着腰，低着头，对每一位随意进出的学生都鞠躬致意。

这场火迅速蔓延。几乎没有一位老师能逃过被批斗的厄运。望着往日备受尊敬的老师，如今挂着牌子，一排排站在课桌搭起的台上被他们平日悉心教育的学生们无情批斗、侮辱时，我的世界陷入一片迷茫。

社会上更乱，"破四旧"暴风骤起。先是古建筑尽数被毁，随后便是四处抄家，成车的书被拉出来堆放在操场上焚毁。

这场大火终于烧到了家中。我的父亲早年毕业于天津军医学堂，一辈子悬壶济世，救人无数，因此受到街坊四邻和众多市民的尊重。虽然当时已退休在家，却突然接到单位的通知，因其历史问题（抗战时期曾任国民革命军第79后方医院院长，参与救助负伤）被要求第二天参加批斗会。老父亲已经亲眼目睹昔日的同事挂牌批斗、游街示众的场景。尽管他已历经运动磨难，但还是无法忍受如此侮辱，于是选择了自行结束自己的生命。一夜之间，家中的顶梁柱轰然倒塌。他的子女却因此成了"狗崽子"，被打入另类，开始了屈辱的人生。

为养活自己，我开始四处做工。1968年的一天，一位小学同学突然来到我家，给我送来了"中学录取通知书"，原来是复课闹革命，我成了安庆二中的初中生。学工、学农、学军；早请示，晚汇报；跳"忠字舞"，最荒唐时，是每节课开始时都要跳。就是不用读书，因为"知识越多越反动"。转眼到了1970年，初中毕业，当时是"四个面向"——升学、到军工、到工厂、下乡。前三个面向的前提条件是"根正苗红"，自然与我无关。我唯一的选择便是奔赴"广阔天地"。我便流落到社会。其间，我到过农村、在工厂打过临工、当过代课教师，1976年招工进了一个区办工厂，成为一名技术工人。

尽管命运多舛，所幸的是，我一天也没放弃读书。我始终记着我的老母亲反复对我说过的一句话："孩子，知识在任何时候都是有用的，你一定要读书！"

我几乎想尽一切办法寻找书源：家中没烧掉幸存的书，所有能借到的书。最值得庆幸的是，我的一位儿时朋友，他是一位老干部的孩子，他也十分喜欢读书。我从他手里看到了许多社会上根本见不到的"内部特供书"，如《多雪的冬天》、《怎么办》、《病夫治国》等。

恢复高考，面临机遇，我却不得不考虑一个问题，选择哪个学科？前面说过，整个初中阶段，数、理、化知识几乎是一张白纸，有这样一个笑话：我在考场外等待考试的时候，两位考生探讨数学中有理数和无理数问题，我一头雾水，"数字就是数字，还能有理无理？"当监考教师听到我的问话时，像看到怪物一样的盯着我看。"你是来考大学的?!"当看到我肯定地点头后，他深深地叹口气，摇着头离我而去。而选择文科，必考科目中的历史、地理，我也从未学过，连本教材都没有。好在我还在中学待过，于是找到那所学校的两位老师，他们极为热情，不仅提供教材，还提供了当时市面上少有的油印资料。剩下的就是与时间赛跑了。

那时的社会风气与现在迥异。一个基层小厂的工人想上大学，会被扣上不安心本职工作的大帽子，复习迎考只能偷偷摸摸地进行，直到考试前 3 天，按照当时的政策，允许请假离岗复习，可是当我将请假条送到厂长手里，不批准。理由是影响工作。无论你说破天，他不为所动。厂办的秘书实在看不下去，私下偷偷劝我，请病假。不得已，我也只能这样行事。

紧张的考试结束回厂后，便得到不好的消息，厂长对我不听从他的指示极为震怒，在全厂职工大会上大发脾气，称有人借国家要人才之机，装病不好好工作。你以为你就是人才啊?! 并扬言如果考不上，立即发配到翻砂车间做粗活。我便在这惴惴不安中焦急地等待着。

录取通知书是在 10 月 2 日寄到工厂的。那天工厂放假，适值我和师傅在传达室值班。上午 11 时左右，邮递员送来一封挂号信，上面赫然写着我的名字。我一时愣在那里，性急的师傅一把拿了过来撕开，抽出邮件，看后高兴得大叫:"取了取了,你录取在安徽师范大学。"一旁的邮递员也十分高兴地向我祝贺。后来我才知道,我们区当年参加考试的近百人中,仅有两人收到了大学录取通知书。当年全国 600 万人报考,仅仅录取了 40 万人,录取率 7%。

高考的恢复,改变了一代人的命运。对于整个国家来说,那次高考的意义更是非同寻常——意味着世界上人口最多的国家,从此回到常识,回归理性。于是就有了恢复常识后的 40 年的沧桑巨变。

1978 年金秋 10 月,我走进了安徽师范大学。从此,一个崭新的未知世界向我张开双臂,我开始了四年的求学生涯。

那年,我 25 岁。

一种反抗

沈天鸿

1978 年 3 月，我心血来潮地决定参加高考。

这当然首先是因为历史已经转折，不然，推荐上大学哪有我的份。历史转折时期，特别可以见出个人与国家命运的紧密关系。

其时，我是安徽望江县漳湖公社渔业大队已经有十年"工龄"的渔民。23 岁。六年制小学只读过四年——因为家庭出身是富农而被小学造反兵团司令赶出了校门。人从出生开始就是被存在，由此得到了证明。而我决定参加高考是我懵懂中对被存在的第一次反抗。

此前还有一个反抗，不过是消极的，这就是虽然已经23 岁，我仍然拒绝考虑结婚。那时早婚的人很多，和我差不多大的都有两三个小孩了。看看拖着鼻涕、玩着泥巴的小孩，看看和我差不多大的伙伴们，再看看大队里的中年人、老人，就看到了我的一生。但无力也无法反抗，于是就下意识地拒绝结婚。这虽然也是反抗，但却是仿佛几乎无意义的消极抗拒。人们自然不能理解，我走在大队周围的路上，常常有在地里干活的农民说：那个怪荷子，不要堂客。怪荷子是方言，可以是称赞聪明的意思，也可以是贬义，相当于"孬子"之意。

心血来潮地决定参加高考，与这个消极反抗是有关

沈天鸿，1955年出生。高级编辑、兼职教授，安徽省作家协会副主席、安徽省散文随笔学会名誉会长、安徽省报纸副刊研究会副会长。出版诗集、散文集、文艺理论集多部。

联的。

但我仍然得参加生产队的体力劳动，而不能停工复习。一是不挣工分就没有饭吃，再一点就是也无从真正复习，每年两个渔汛加起来有大半年时间都在船上、水里，衣服基本都是湿的，不可能带上书。但好在还有三个月时间是人工培育珍珠，晚上住在生产队队屋里，可以看看书。

我只能选择文科。严格地说，我不是复习，而是要自学中学文科课程。我到区所在地街上的小书店想买中学课本，但是没有。于是买了上山下乡知青自学丛书中的数学、地理、政治。语文和历史我不打算复习了，因为时间不够。地理、政治也只是结合公布的复习大纲匆忙过了一遍，大半时间都花在自学数学包括几何上，因为我的小学算术才学到分数，直觉如果数学交白卷，影响就太不好了。至于到底是什么太不好，也没想清楚。

刚打开数学书，看到有理数、无理数真的觉得奇怪：数字还有理、无理？

我决定参加高考也让人觉得没有道理——1977 年已经高考过一次，许多初中生、高中生都落榜，一个小学四年级的也想考上大学？有好心人劝我父亲或者劝我别自找苦吃，我的想法很简单：既然可以参加高考，那么就考一下，即使考不上，无非是继续干活，我干体力活的力气也不会因为参加一次高考就没有了。

7 月 20 日至 22 日，我去参加考试。第一天走在通往考场的街上，虽然也不断有人朝我指指点点说些什么，但声音很小，第二天却有一个人指着我大声说："就是他！小学没读完就想考上大学，想吃天鹅肉啊！"我回头看看，没吭声，心里着实气愤：都不认识，这么挖苦我干什么！

一刹那，我想起了人心叵测这个词语。好在这样的人极少。

我参加高考的事广为人知，大概和我已经连续几年在报纸、杂志上发表文学作品，还有作品被收进书，并且拿稿费有关——那时发表作品是比较轰动的事，而且一千字稿费 15 元，一篇就二三十元，农民一个工不过两三角钱，一般职工月工资也就二三十元。

我的高考座位是第一排正中，和主考大人面对面。无所谓，我根本没有作弊的念头。但我才在试卷上写下几个字，试卷就被一只手拉斜了，我有些恼怒地抬头,看见主考笑眯眯地对我说:"你把试卷斜着写,让我看看。"原来想看我答题,又想兼顾监视整个考场。我认识他,是望江县有名的中学语文教师许昌太主任。于是,除了数学,每门考试的答案都是他看着写出来的。被录取之后,我对他说:"你一直看着我答题,不是我心理素质好,就被你害死了!"他愣一下,抓抓头:"对不起、对不起,当时我就是好奇,没想到会给你压力。"

临时抱佛脚自学的数学还是不行。高考前一个月有位中学数学老师到我生产队找到我,出几个题考我,我都很快做出,他说:可以啊,你达到高二的数学水平了。但一个月后高考,我竟发现学到的数学基本忘记了,高考数学只得了 10 分。好在语文、政治、历史和地理得分都比较高,总分距重点大学本科录取线只有几分(好像是 5.5 分或者 3.5 分。记不清了)。如果我读的小学教了汉语拼音,如果有人辅导了我任何一门功课——可是没有如果了。

许多事,就是差那么一点点。

语文和历史没有复习或者说自学,除了没有时间,还因为我有些自信。从小学被赶回家,我遇到书就看,读了《诗经》、《魏晋南北朝文学史参考资料》、没有注释的《唐人选唐诗》(共 10 本)、私塾课本《千家诗》,《红楼梦》、《三国演义》、《水浒传》,陆侃如夫妇的《中国诗史》,以及由三个不同作者写就但拼起来也大致衔接得上的《中国文学史》。我后来体会到,书虽然不多,但如果真正读懂了,语文,或者说文学的基础也就打得差不多了。而汉语,是要从古汉语,尤其是文学文体的作品来学的。历史则读过范文澜的《中国通史简编》,高考历史卷中一些题目的得分,则是来自读过的杂书,包括四卷《毛泽东选集》,例如普遍答错而我答对了的官渡之战、孟良崮战役。

那时的小学四年级水平,读书,尤其是读没有注释的《唐人选唐诗》并且没有字典,不少字的读音、字义,的确是不断地连估带猜。上大学后不放心,再遇到当初连估带猜的字词,立即查工具书,发现竟然极少有读错的,而意义则都对。回想一下,读音方面应该是不知其所以然地蒙对了汉字造字法,字词意义则是根据上下文猜对的。总之,依靠的主要是对文字的直觉。无奈中形成的这种读书法却训练、培养了我语言文字的直觉,使我后来走上了文学创作的道路。因为,能否进行文学创作以及文学创作有无成就,与作者对语言文字有无直觉，乃至这直觉是否细腻、敏锐，是有直接关系的。

记得得知自己肯定会被一般本科录取时，我看着窗外密集的夜雨，第一感慨是：以后总算减少了被淹死的可能。然后才是终于又能读书的喜悦。为什么第一感慨是这个？因为作为渔民，每天都和水打交道，至少有三次，我是在必定溺水的险境中意外地活了下来。活着，首先要反抗的是死亡。

录取通知书来了以后，我父亲急得直转："你怎么考上了？你怎么考上了？"他急的是我一旦上大学，家里每年就少了 3650 个工分。一大家子三代十几口人呢。大概半个月后，他终于叹口气："你书念得太少了，考上了你就去念吧。"直到大约六七年后，农村土地承包到户，渔业大队没有土地，以前任由捕鱼的水面被各地政府实施管辖，捕捞费大大超过渔获，村里许多人家几乎揭不开锅，父亲才开始感叹，发现当年让我去读大学的决定是多么英明。

然后是大队不给我出政审文件，原因是大队的人工培育珍珠以我为主，我走了，珍珠发展怎么办。后来还是公社的"五七"干事（即文教干事）主动来做了大队书记和革委会主任的工作：你们的珍珠以后再说吧，别耽误了人家一辈子。这位干事是安庆市的下放干部，我和他仅有数面之缘。人生有时候，甚至是在命运方面帮了大忙的，却是仅有数面之缘乃至陌生的人。

1978 年考上大学，我想，人需要有时心血来潮，突发奇想，然后为之努力。一旦真的实现了，就在被存在的决定性中获得了一点在的能动性。

高考琐忆

李向荣

上大学，对于每个考生都是一段难忘的经历，有过一番历练，有其奋斗过程。而对于恢复高考的 77、78 级社会考生来说，每个人的高考故事几乎都是一波三折，我的上学之路也不平坦。

在部队时，我有过一次推荐上大学的机会，上级下达给我们部队四个名额，记得是北京大学、第二军医大学、北京外语学院、洛阳军事外院各一个，推荐条件要高中毕业、共产党员、班长职务、有军龄与年龄限制等；这样的标准，当时我所在部队符合条件的人并不多。推荐名额下到了我所在的单位，对照条件，也就是我一人够格了。上大学，那时对于我们这些军人，没有多大的吸引力，大家平静地几乎没当回事。偏偏这时我们队长去了青岛，临时在家负责的孙军医对我说：上学就是你了，你做好准备，等候通知，随时动身。每天起床号响起，我就打好背包，等候出发的命令，白天照常工作，到晚上再解开背包。一个多星期，就这样在等待中过去了。再往后，干脆没了消息。经打听，才知道是队长回来了，他对于推荐士兵上大学，丝毫不感兴趣，所以对孙军医的汇报，就左耳听，右耳冒了。前一年，我们部队推荐了一个兵，上大学后因个人问题被学校反映，给他留下了不好的印象。他说："我培养的兵，干吗送去上大学？送走

李向荣，1954年出生。多所高校兼职教授，曾为安徽省委政策研究室研究员，兼任安徽电大副校长。

就回不来了，不去。"就这样，我的第一次上大学机会流失了。那年分配给我们部队的四个大学名额：竟一个也没推荐，全都作废了。军人以服从命令为天职，那时的口号是："革命军人一块砖，哪里需要哪里搬。"我没有闹任何情绪，甚至没想过也不懂得去做些争取，只是听之任之，现在想来，十分可惜。那时已经是"文革"后期，社会动荡，部队人员的思想比较混乱，是继续当兵，还是转回地方，一直在我脑海萦绕，我想：如趁早转回地方，也许还有被推荐上大学的机会。于是，我选择了复员。

1977年春，我退伍回到了地方，不久，推荐工农兵上大学的制度被废止了。这年年底，恢复高考制度的消息传来，犹如一声惊雷，响彻祖国的大地长空，千千万万人的人生轨迹由此发生变动。我刚分配到新单位工作，那时根本没有请假复习这一说。我的工作是经济民警，实际上就是今天的保安、警卫，白天、晚上都要值班、巡逻，根本没有复习时间。没请过一天假，我就稀里糊涂仓促上阵，参加了首次高考。记得有道试题是写出《三大纪律八项注意》的内容，考场上不少考生急得边唱边写，回想起来，颇为有趣。那年语文试卷的作文题目是《紧跟华主席，永唱东方红》。我的作文正写到一半，考试结束前的提醒铃声响了，铃声是那么清脆而惊心，一个激灵，片刻文思如泉奔涌，下笔滔滔。考试结果，通知我入选了。这期间，清查"四人帮"死党和"文革""三种人"的工作刚刚开始，我作为人保科的干事，参与调查一个案子，不知是因为专案调查不让走，还是其他什么原因，我没被录取。

几个月后，全国第一次高考统考正式开始了。我接受了上次高考的教训，采取"明修栈道，暗度陈仓"，不再从我所在单位报名，而悄悄改为从户籍所在地报名。每天我照常上班，正常工作，在单位绝口不提考试，也不摸书本；只有到了晚上回家才挑灯夜战，十分辛苦。因为要上班，我没有回到原先的学校补习过一次课，没找过一个辅导教师，全是自学复习。那时的复习资料奇缺，极为珍贵，我手头没有一本教材和资料，只有四处化缘，到处手抄，整个历史复习是我自编的提纲，而数学是我的弱项，于是集中时间"恶补"，我不知从哪里借到一本苏联奥林匹克数学习题集，虽觉高深，还是硬着头皮死攻。一段时间下来，虽然看懂了习题，但记不住，解题十分困难，速度很慢，这让我走了一段大弯路，白白耗费了宝贵的时间。在报考文理科的选择上，按说我在部队有过四年专门从医的经历，应该选择报考医学类院校，可是数理化丢的时间长了，基础很弱，仅有几个月晚上的准备，光靠自习恢复是怎么也来不及了；又担心招生政策生变，自我感觉考文科较为胜算。那时是"饥不择食，慌不择路"，只有选择报考文科。说是复习语文，不料再次走了弯路。我借到一本汉语言语法书，一看很多语法竟然都没有学过，急促间，又是一番自学"恶补"，结果高考试卷中一题也没用上，上大学后才知道这是大学学习的内容。自己的程度究竟如何呢？我很茫然，"投石问路"吧，邻居有个应届高中生也在准备高考，他是学校的学习尖子（这所中学日后成为市重点高中），很受学校老师肯定。我就在星期日休息时，请他把学校考过的试卷借给我做，这也是按图索骥，调整、校正我的复习内容与范围。几次试卷做下来，我心里有底了，和这些应届生比较，我绝对不差。我对专门来家给我鼓劲打气的伯伯、阿姨（没想到，他们日后竟成了我的岳父岳母）说：不用安慰，我肯定能考上。

几个月的复习时间飞快过去了，我再次参加高考，这是全国首次统考。我充满自信平静地进入考场，语文题我答得比较顺利，中途出去小解，竟碰到中学时的政治老师，这个才华横溢的老大学生（我曾就读的高中有半数教师因下放，均来自一所大学），见到我很高兴，立即攀谈起来，他见我没有立即回到考场的意思，目光狐疑地着急地催我珍惜宝贵的考试时间，让我赶快回考场。监考教师们对我们这些大龄社会考生充满同情，也很感兴趣，一位女教师不时走到我身边，看着我飞快地答题，流露出赞许的目光，我知道，我不会考得太差。轮到考数学时，这位女教师又来到我身边，看了一会儿，她失望地离开了，我知道没有考好。

在同一教室，我遇到我哥哥的一个同学，他是"文革"前的"老三届"学生，我最后一次见到他时，是在批斗会场，他胸前戴着"现行反革命分子"的大牌子，被人按着头押上批判台。看来，到我们这一届，不唯成分，择优录取的政策算是真正实施了。一位明显大龄的女生，进入考场还随身带个饭缸，考试中，看到她不时从饭缸中舀汤喝，补充能量。我想，那是鸡汤吧，她大概已拼得精疲力竭了。

最后的铃声响了，考生们三三两两走出考场，操场上大家尽管互不相识，都在交头接耳询问和互对答案，久久不肯散去。我看到那位岁数偏大的女生，她走到考场外失声痛哭，把头不停地撞向树干，显然是考砸了。一些考生看到这情景，都从她身边默默地走开，谁也没有上前劝阻。大家知道，这时候帮不了她，谁也不知道自己的考试结果会如何，真是几人志忑几人愁。11年废除高考，11届考生云集一时，千军万马过独木桥，命运的眷顾不可能洒向每个考生。后来数据得知，1977年全国考生有570万人，仅录取27万人，录取率为4.8%；1978年考生610万人，只录取7%，再分为本、专科录取，说百里挑一，毫不为过。

那时填报志愿和学校专业在先，公布高考成绩在后，大家填报都十分盲目，不知深浅。填报后，遇到我一位小学同学，他填报了复旦大学新闻专业，那年复旦大学新闻专业在我省招生仅有二三个名额，我问，这么少的名额能录取到你吗？他答道：怎么就不会是我呢？结果，他高考落榜了。

考试结果揭榜了，听同事说，录取通知书已经寄到我们公司，可是公司领导既不把通知书交给我，也不告诉我已经被大学录取。当时的高考政策十分明确，规定所有考生一经录取，各单位必须放行，不得阻拦。我默默地做着离开的准备，把公司档案柜里积存多年的"文革"期间的匿名信、举报信、诬告信等一股脑翻出来，独自抱到外面空地上，自作主张地一把火烧了个干净，许多干部职工，远远地看我处理这些文档材料，没有人干涉和靠近。现在想起来，我真够大胆的，烧掉这些东西，会免去多少无辜的人再遭诽谤诬陷啊。就这样，僵持沉默了好几天，离大学报到的最后期限只剩下两天了，我来到公司书记的办公室，开门见山地说："书记，离大学报到时间只有最后两天了，再不报到，录取通知就要作废，算自动放弃，我要走了。你把通知书给我吧。"这位书记也是军人出身，他有些不舍地劝我说："你上这大学有什么用，毕业了不就是当教师吗，别上了吧。"我说："这是我最后的上大学机会，我不想放弃，至于将来干什么，现在顾不了许多。"书记无奈地说："那你的工作交给谁呢，档案由谁保管呢？"我说："那是书记你的事了。"他想了想说："你把档案钥匙交给我吧。"

就这样，在安徽师范大学新生报到期结束的最后一晚，我才赶到学校，从此开始了自己的大学生活。

两次高考的点滴记忆

陶善才

1977 年、1978 年的两次高考，最终改变了我的命运，使我这个回乡知青跳出农门，成为一名新时代的"天之骄子"。回顾 40 年前高考经历，点滴记忆清晰可见。

陶善才，1956 年出生。高级讲师，枞阳县委党校教学业务副校长，获"枞阳县有突出贡献的中青年专家"称号并享受县政府津贴。

消息传来，仓促准备

得知 1977 年将要恢复已停止 11 年的高考招生制度的消息，那是当年 10 月底从收音机上听到的。这之前，许多知青一直等着如往年一样的推荐招生，当时我在大队当会计，"文革"中"老中青三结合"，将我这个回乡知青结合到大队当支部委员，同时又兼大队会计，是当时在农村令人羡慕的脱产干部。但我对它毫无兴趣，我不喜欢每天坐在大队部里做做账、开开介绍信，我到底喜欢什么，一时也说不清。

20 岁的我，对人生是一片茫然。我曾想到过当一名大学生，这念头一闪自己就觉得好笑，这根本是不可能的事，因为大队几个主要领导的孩子都是回乡知青，还有一些下放知青和家庭有背景的知青，若开会推荐时根本就没有我的份。也想过当兵和招工，可也觉得不可能，因为在大家的眼里，你应该知足了，别再异想天开。就这样，大家都各揣着心思，等待下达推荐的计划指标。

就在漫长的等待中，突然《人民日报》和中央人民广播电台等重大新闻媒体发布了当年恢复高考的消息。消息传来，偏僻的小乡村仿佛炸了锅，揣着心思的也没有心思可想了。几天之后，公社也来了通知，说是凡是没有犯罪记录的广大青年，都可以报名参加统一考试，择优录取上大学。有了中央的尚方宝剑，任何有妒忌心的人也不敢阻止他人报名参加高考了。这时最忙的是公社的教育干事和中学的骨干教师，教育干事要组织广大考生报名，填报志愿，还要组织骨干教师编写复习资料。当时的复习资料主要是政治题目，包括哲学、政治经济学及社会发展史和党史等几个方面，语文老师专门组织猜高考作文题。除了组织编写，外面凡有好的复习资料，也都想法弄来。

那个年代的知青，有的高中一毕业就把课本扔了，而现在要报名参加高考，要熟悉课本，实在无书可看。他们看到学校油印的复习资料，便如获至宝，有的把复习资料背得透熟烂滚，什么"生产力"、"生产关系"、"社会发展的根本动力"等，那真是一字不差，令人敬佩，心想这些人肯定能考上，因为"文革"是一个突出政治的年代，政治考得好，就会被视为人才，优先录取。当时考生报考文科的很多，这些考生良莠不齐，有的是知识较为全面，喜欢文科；有的则是不仅对数理化一窍不通，就连一篇短文也很难写得通顺，他们或许是想趁着恢复高考政策来碰碰运气。我的数理化知识虽然不太好，但文科知识还可以，因为高中毕业后课本一直没有丢，在无书可读的年代还常翻翻，还保持着写日记的习惯，还常写诗、写散文、写大批判文章，更是喜欢哲学，喜欢胡思乱想，所以在报考时我也就毫不犹豫地报考了文科。

贵池中学是我的母校，在贵池工作的二姐夫在母校委托一些熟悉的老师为我弄来政、史、地复习资料，我在大队部，白天接待来人，晚上夜深人静时在煤油灯下就看这些复习资料，离高考也就两个星期时间，居然把这些复习资料翻得透熟。

县城赶考

考前去公社教育干事那里拿到了准考证，考试时间是 12 月 10 日至 11 日两天。由于当年全县考生特别多，县里在各地完中都设置了考点，我们公社的考生考点在枞阳县城，公社当时对考生很重视，除有人跟队送考外，还用公社仅有的一辆解放牌汽车把我们送到 40 公里之外的县城。吃饭和住宿自己解决，有门路的住在县城熟人家里，没有门路的自己找旅社，还有许多考生带着被褥住在车站码头或教室，我和本大队的一位同窗好友住在县医院，好友庄子上的一位邻里在县医院做炊事员，医院里有两张台球桌，我们各自带着被子，便把台球桌当床，亦很舒适安静。

8 日到县城，9 日熟悉考场，记得我们当年的考场在枞阳小学。10 日便早早地来到考场。在监考老师的组织下，我们有秩序地走进教室，放好准考证，对号入座。第一场考试是《语文》试卷，试卷开封前，教室鸦雀无声，我想大家的心情也都和我一样，既感到神圣又很紧张，也不知高考题目是咋样的，说是"一颗红心，两种准备"，从心底还是希望题目别太难，能考个像样的成绩，别出丑。

启卷的铃声响了，监考老师向我们亮了亮密封完好的试卷袋，然后开启，然后数好张数，将数好张数的试卷交给第一排考生，逐一向后传递。我拿到试卷，映入眼帘的是两个作文题目任选一题，一个是《从"科学有险阻，苦战能过关"谈起》；另一个是《紧跟华主席，永唱东方红》。100 分的试卷，作文占 70 分，语文常识题占 30 分，另外还有 20 分的附加题，是一段文言文翻译。就当时来说，觉得语文试题对我并不难，这之前的紧张感也就烟消云散了。作文是我的强项，我选择了第二个题目，当时出于对毛主席指定的接班人的崇拜，写这个题目实在得心应手。做完了语文试卷上的所有题目，老师才提醒离下课还有 30 分钟，我也不想提前交卷，就边复查所写的内容边等着下课。

第一场考下来，自我感觉良好。下午考史、地。有了第一场的顺利，第二场考试也就没有上午那样的紧张了。拿到史、地试卷，粗略浏览了一下，觉得内容与我平时所看的复习资料都很接近，每一道题目都不感到陌生，因而做起来也就同样得心应手。第二场考试结束，走出考场，如果说上午第一场考试大多都自我感觉良好的话，下午第二场分化就很大了，有的说没有做完，有的说做不来交了白卷，还有个别考生说明天准备回家，不参加考试了。听了他们的议论，感觉第一天考试，我自己发挥得还不错。

第二天上午考数学。这是我比较跛腿的一门学科，因为从得知恢复高考到上考场，也就一个多月的复习时间，这一个多月时间，精力全放在政治和史地上，数学基本上都没有看它。当时天真地认为，既然是文科，数学大概也只是参考分数，无关紧要。接到数学试卷，从头到尾看了一下，感觉相识而又陌生，题目内容多是初中知识，明白题意，但就是做不出来，一道题弄了半天，还不知道答案对不对。下课铃响了，还有一半题目没有做，老师强行收了卷子。考场上其他考生早就交了卷子，我还以为他们考得不错，下课一交流，原来他们放弃做题，交了白卷。高考最后一场是考政治，上午虽有阴影，下午还要认真对待，政治考试结束，觉得发挥也还正常。

两天神圣而又紧张的高考终于结束，不管考得好与不好，大家都觉得很轻松，有的跑亲戚，有的找熟人聚会。我在县城没有熟人和亲友，也是平生第一次进县城，觉得县城繁华而又热闹，便跑到电影院看了一场电影。

从县城高考回家，也没有把考试最终的结果当个事儿，因为考不上的总是大多数，只有少数学习尖子才能考上。虽然一道参加高考的考生有些人回来后眉飞色舞，十分自信，但我把自己划入大多数行列，因为我的数学虽然做了一些题，但一对答案全错了，我估计数学这门课几乎是零分，我有考不上的思想准备。

就在我逐渐淡化高考结果的时候，突然一天公社通知我高考初选入围，准备参加政审和体检。"政审"这一词，对今天的小青年们可能很陌生，但在当年是如同"吃饭"、"睡觉"一样耳熟能详的常用词。入团要政审，入党要政审，参军要政审，招工要政审，提干要政审，甚至到外面搞副业也要政审，如果政审不过关，一切都是白搭。"政审"就是政治审查，审查你的社会关系，审查你的政治表现。你尽管一切很清白，但如果遇到一个对头鬼，他可以上纲上线，或者无中生有，尽说你的坏话，也够让你喝一壶的。我有没有对头鬼呢？在"千军万马过独木桥"中，那些妒忌你的人就是对头鬼，特别是那些本庄的小红人，你比他差自然无话可说，你一旦出人头地，他想法要将你踩下去。我当年升学考高中，入党当会计，就尝够了这些人的冷枪暗箭。好在公社指派了两名人员参与我的政审，其中一位是我的初中老师，他知道本庄的情况复杂，有意避开这些小红人，专门找那些老实本分的贫下中农代表了解我在本庄的表现情况，然后写上比较好的评语推荐上报。

高考体检是在枞阳县医院，当时大雪纷飞，冰厚路滑。第二天要参加体检，交通再不便，头一天都必须要赶到县城。一大早，母亲为我准备了一袋炒米，便冒着大雪赶路了。村庄离项铺镇有15华里路，那里有到县城的汽车站。到了小镇车站，人们正在吃早饭。车站也有两位青年在等车，一问，也是到枞阳参加体检的考生。平时到点的班车，今天迟迟不来，车站站长说，今天所有车辆停开，没有班车。从小镇到枞阳县城有30多公里，没有汽车，只好步行。我们大多穿着黄球鞋，便用稻草绑牢鞋底，以防鞋松路滑，沿着公路向县城进发。

在行进的过程中，我们的队伍也在逐渐壮大，由开始的几个人，发展到十几人。"困境人易近"，每当一个陌生人走近身边，便主动打招呼，一了解，几乎全是参加体检的考生。穿唐山大坝，过夏咀大桥，翻越拔毛山，中午时分，到了七家岭。这里山高坡陡，陡峭的坡路有几公里之长，平时晴天汽车经过这段路也是小心翼翼，今天冰天雪地，怪不得交通中断了。我们爬上七家岭，实在太累，肚子也饿，便就地休息，咀嚼着各自随身携带的干粮，算是中餐。此时，雪止云散，露出白花花的太阳，太阳已经偏西，还得趁早赶路，否则天黑之前到不了县城。走下七家岭，终于结束了这段15公里的砂石路，便是省道柏油路了，柏油路固然好走得多了，但腰酸腿胀，巴不得坐下休息。停停走走，走走停停，一辆手扶拖拉机从身后开来，一位"老三届"考生主动请求司机带我们一程，司机见我们是参加体检的考生，便把我们带到官桥小镇，免去了几公里的步旅之苦。从官桥小镇到县城大约还有20多华里，我们忍着疲劳和饥饿，继续双腿赶路，到达县城边，正好太阳下山。

落榜再重考

体检结束后，就在家里等入学通知了。我们大队共有四名考生参加了体检，首先接到入学通知书的，是高考时与我一道睡在县医院台球桌上的那位同窗好友，他被合肥工业大学录取。几天后，又有一位考生收到了武汉航运学校的录取通知书。我和邻队的一位是我幼时玩伴的考生都没有接到通知书，我们都在焦急地盼望着，可就是收不到。每天打开收音机，收听有关录取的消息，当知道录取工作早已结束时，我的心也凉了半截。后来，又从各个渠道了解到各个学校将扩大招生，还可进行补录，志愿填高了没被录取的，按照"服从分配"原则，可调剂到普通专科学校，这又燃起了我们"大学梦"的希望。我们公社凡参加体检的考生，在第二批补录中有几位都接到了通知书，我每天期盼好运天降，然而，补录又没有我的份。后来我知道了问题的所在，当年高考是先填写志愿，后参加考试。当初在 11 月份报名填志愿时，很多考生都是不知天高地厚，不自量力地专填一流大学，我也同样只填写了"复旦大学哲学系专业"一个志愿，另外几个志愿都没有填，备注栏内又没有写"服从组织分配"。勉勉强强才达到初选分数线，还竟然异想天开只考复旦，多少年后想起这事，真是无知者无畏，幼稚可笑。

1977 年高考入围而最终落榜，1978 年决定再考一次，并且下了破釜沉舟的决心，大队会计的工作委托出纳会计去代做，我决心悬梁刺股，再复习再报考，考上当然功成圆满，考不上也不干大队会计了，干脆回生产队当社员。总结 1977 年高考失败的教训，除志愿填写外，主要还是数学拖了后腿，总分达不到要求。于是，我重新制订了复习计划。

我用两三个月时间专攻数学，剩下的少量时间再巩固政、史、地。复习数学知识，从初一课本开始，先吃透知识要点，然后认真完成每单元习题。花了一个多月时间，终于把初中课程一直到高一课本仔细复习了一遍。接着又再来一轮，复习第二遍，并且强化做题速度。5 月份，考上合肥工业大学的那位同窗好友给我寄来《1977 年全国各省市高考习题汇编》，我重新做了安徽省的高考文科数学试题，一个多小时就做完了试题，再对照答案，几乎全对。我欣喜自己的数学成绩提升得这样快，要是几个月前能做出这样的成绩多好哇！除了安徽的试卷，各省的数学试题我都认真完成，然后再看答案。

6月中旬，我跑到贵池二姐夫那里住下来复习，贵池中学老师编印的文科各科复习资料，每一科0.8元一册，二姐夫全部给我弄齐，该记的记，该背的背，对照教育部组织编写的《一九七八年全国高等学校招生考试复习大纲》，每一个知识点都不放过。这样一直住到7月中旬，回到枞阳再准备迎考。

1978年高考的时间是最炎热的7月下旬，从20日到22日两天半时间，我又经历了第二次高考。1977年冬季高考由各省命题，照顾到考生文化程度参差不齐和准备不足，题目的难度不是很大；而1978年则由全国统一命题，题目的难度与1977年相比则提升了很多，尤其是文科的数学试卷，试题与理科考生完全一样（理科考生只多了最后一道附加题），许多理科考生考数学，几乎都交了白卷中途退场，而我答卷只有一题没有完成。看到很多文科考生数学考下来都十分沮丧的样子，我坚信自己只要其他几科发挥和去年一样的正常水平，录取的把握就很大了。

整个考试结束，回来对照答案，我心里十分自信，但在外面显得很低调。大队我不再去上班了，有人替代了我的会计工作，在生产队里边和大家一道出工边等着考试结果的消息。果然，公社又来人通知我参加高考体检，同时体检的还有邻队的那位年初与我一道落榜的幼时玩伴考生。

1978年取消了"政审"这一关，同年考分下来再填报志愿。吸取1977年填报志愿的教训，我跑到白云中学咨询昔日的数学老师，他见我数学考得不错，建议我报考东北财经学院学经济。我问毕业出来干什么，他说从事财会工作。我说大队会计我都干怕了，不喜欢这项工作。他又问：那你喜欢什么呢？我说喜欢写作。于是他建议我报考安徽师范大学中文专业，并说师大中文专业非常厉害。于是回家后，我便毫不犹豫地在志愿表上的第一志愿中，填写了"安徽师范大学中文专业"。

1978年10月1日，我终于收到了安徽师范大学的录取通知书，我的那位幼时玩伴同时也收到了长春地质学院的录取通知书。

1978 年高考录取中的一段往事

孙维城

孙维城，1947年出生。安庆师范学院中文系教授，先后任安庆师范学院文学院院长和古籍整理研究所所长。

　　我叫孙维城，出身于一个教师家庭。1964 年，父亲因为"历史反革命"问题，被遣回老家贵池唐田公社监督劳动。母亲也因历史问题，作人民内部矛盾处理。她身患鼻咽癌多年，到了 1978 年，生活已经不能自理了。所以，除了上班，我都要在家照顾妈妈。随着十一届三中全会的召开，政策有所松动，爸爸在唐田公社请了三个月长假回安庆照顾妈妈，我可以腾出晚上的时间复习迎考。我还有一个弟弟孙维士，小我三岁，此时在 311 地质队当工人，驻地安庆潜山县。不幸的是，他身患严重的肾炎住院治疗，很快转为尿毒症，不幸于 1985 年去世。

　　我当时在安庆市一家五金电器厂当车工，离城 10 里路，每天早出晚归。由于家庭原因，我一直找不到老婆，一直到 1976 年才有一个姑娘愿意嫁给我，就是我现在的老伴刘先旺。我们于 1976 年结婚，第二年有了一个孩子。她在望江县凉泉公社卫生院工作，那时带着几个月大的孩子独自在卫生院生活。

　　我的学习经历是这样的：初中进了速成班，两年毕业，考进了安庆市第一中学。在当时，一中属于全市头牌高中，在全国都有一定知名度。1965 年，我高中毕业，高考结束不久，"文化大革命"就开始了。尽管我当时理科考了平均

81 分，按考试成绩，全国所有大学都能录取，但是由于家庭问题，还是名落孙山了。我只好到小学去当代课老师，后来又进了集体工厂当工人。我们厂有一个优点，"老三届"初、高中生多，1978 年他们复习迎考，把我也挟裹进去了。我犹犹豫豫，将信将疑地也复习起来。

到报名时，我遇到一个难题，按当时的政策，我年龄大了四个月。当时的政策也奇怪，"老三届"（指 68 届、67 届和 66 届）不管年龄大小，哪怕 40 岁也不管。我比"老三届"的 66 届还高一届，必须按年龄 1947 年 9 月以后出生的才合格。我是 1947 年 5 月出生，大了四个月。怎么办？原想就照实填表，不同意就算了。可又一想，心有不甘，这很可能是我人生的最后一次机会了。经过几天的犹豫，咬咬牙，我填成了 1948 年 5 月，少报了一岁。报名表交上去了，我那颗忐忑的心也揪了上去，整天提心吊胆，度日如年。谁知道，我的报名竟然被通过了。他们是没看呢？还是看了不以为然呢？还是又来了什么新政策了呢？我的心思被妻子看出来了。那天午饭，她端着碗沉思良久，说："你还是跟组织说清楚吧，不然，又是历史问题……"听到"历史问题"四个字，我蓦然从椅子上跳了起来。

我连忙到厂政工科长那儿讲明了这个情况，还深刻地检讨了几句。谁知道，政工科长哈哈大笑起来，"没事儿，为了革命瞒岁数，是件光荣的事！"他很爽快地答应帮忙，第二天就给手工业局写了一个我出生于 1948 年的证明材料。

在厂里当车工，车床必须转起来，一点剩余时间也没有，晚上回家必须服侍妈妈，天天忙到 9 点钟，才能坐下来复习。天又热，我总是打一盆凉水，一手拿芭蕉扇，一手拿笔，赤膊上阵。又没有教科书，我已经高中毕业 13 年了，自己也没想到还有机会上学，所有当年的教科书都送到废品站去了。厂里一个 66 届的高中生好心借书给我看，他自己也要复习，所以都是规定时间要还，这样我复习起来总是捉襟见肘。也是因为没有更多时间复习，我选择了考文科。记得我复习地理拿的是初中两册地理书，所以考试时地理成绩最差，77 分。

考试顺利过关。过了一段时间，成绩下来了，我考了 437.25 分，其中数学是 100 分，是安庆地区的第一名。我亲耳听到当时安庆有线广播电台播出了这个分数，是安庆地区文理在内的第一名，佪是没有播我的姓名，接着公布理科第一名，是一名在校生，分数比我低（当时一般理科比文科分数高），却播出了姓名。大概还是受"文革"思想的残余影响，我这样家庭背景的人是不值得，甚至是不应该宣扬的。当时的市招办主任是我们市一中的老教导主任王康先生，他稍后说，我是安徽省文科第二名。这个成绩在当时的安庆轰动了，一起参加考试的考生，尤其是老一中的学生都喊我"文魁"。市手工业局也很兴奋，整个大安庆地区包括八个县的第一名出在手工业局，为他们长了脸。

但是我所在的工厂高兴不起来，这次达到录取分数线的考生中，我们厂有四人，都要带薪上大学，是一笔不小的开销。不知出于什么心理，厂里派人外调我们，四个人中另一个叫朱式庆的也是家庭出身不好，厂里派人到我老家唐田和他父亲的劳改单位去外调。外调回来后，召集我们四人开会。召集人是厂革委会副主任彭某某，一个不知怎么上来的女青年，不过恕我直言，此人一张粗糙的大圆脸，看不出一点女性的妩媚。会上彭主任分别谈了我们四人的表现，记得她说我与反革命的父亲没有划清界限，还下乡去看望父亲，对朱式庆也有不好的评价。最后，她拿出一张纸，宣读了对我们四人各自的鉴定。鉴定按照"文革"中外调的惯例，写了一句"经过内查外调，目前尚未发现有重大的政治历史问题"。那两个家庭没什么问题的考生不作声，我和朱式庆跳了起来，强烈反对。我说："目前尚未发现？那就是说以后还可能会发现了？"彭主任说："那，那也说不准，谁敢保证呢？谁也不敢保证。如果不这么写，你说怎么写？"我只好说，"这种格式是搞阶级斗争时，针对有问题人的一种说法，我们是第二代人，现在又是参加高考，怎么能这么讲呢？还要不要我们上学啦？"她再问："你说怎么写？"我说："不好写就不要写，把这句去掉。"最后彭主任终于勉强同意去掉这一句。

事情还没有完。第二天厂里派政工干事曹某某去市手工业局找局里招生办，拿到我的高考履历表，当着局里经办人员的面，把我的出生年月改回了1947 年 5 月。这就是不想我考取呀！局里经办人员很着急，说："年龄是多大我们不管，但是履历表是不能涂改的，涂改就作废了，这个全市第一名就无法考上了!"曹某某不管,丢下局里着急的经办人员,扬长而去。

　　据局里经办人事后向我讲,事情的发展是这样:他们很着急,因为下午就要把表交到市招办,于是他们决定找我要户口本,审查并重写我的年龄。当时只有厂里有电话,他们往厂里打电话,结果那天起大风,把电话线吹断了,电话怎么也打不通,于是决定到我家来核实户口本,从我的履历表上找到我家地址,两个工作人员到我家来了。可怜我那头上还顶着反革命帽子的老父亲吓得不轻,他又认定这些人是来害我的,高低不肯拿出户口本,说我把户口本带到厂里去了。经办人员又好笑又无奈,再次决定到派出所去翻我家的档案。派出所一个年轻女同志接待了他们,听说我是安庆市第一名,非常热情地在大量的家庭档案中翻找我的档案,终于找到了,翻出了我的年龄:1947 年 5 月 16 日,并写了证明材料。事情在几个素不相识的善良人手上得到完满地解决。事后局里工作人员还不忘告诉我,这个女同志姓康,是市里一把手康兆郁书记的女儿。他们还告诉我,局领导说,如果这次高校不录取我,他们就把我调到局里当秘书。

　　接着是漫长而焦急的等待录取时间,我天天按时到厂里上班。消息不断地传来。市招办负责人,我们原安庆一中老教导主任王康先生叫人告诉我,省里长途电话说:那个安徽省文科第二名被复旦大学要了。我这才知道,我是省文科第二名,同时对这样的好事降临到我身上,有点不相信。果然接着又有消息传来,对我的年龄问题,有人写了检举信,复旦招生人员决定不要我了。最后还是王康主任告诉我,我被安徽师范大学录取了,并说这也是很好的学校。以后过了很长时间,我已经在安徽师大上学了,一次在路上见到王康先生,他告诉我,检举人是我高中同班同学!真是人心叵测呀!这样,我不敢相信地进了安徽师大中文系,开始的一学期我怎么都适应不了,晚上睡觉总是梦到自己还在厂里上班。

　　后来,我大学毕业,分到安庆师范学院中文系当教师。多少年后,我已经是中文系主任了,一次在安徽师大中文系老师孙文光先生家,他的夫人王老师告诉我,当年安徽师大录取我时也有争议。她当时是招生人员,有人说我年龄大了,她说:文科年龄大一点没关系。

我就这样以 31 岁的高龄进了大学，毕业分到安庆师院时，已经 35 岁了。此后的时间，我一路在赶，1997 年，我 50 岁，评上了教授，当上了系主任、文学院院长，此后以我为院系学科带头人，评上了古典文学的硕士点，当上了硕士导师。在安庆师院工作了 30 年，先后在《文学评论》、《文艺研究》、《文学遗产》、《中国现代文学研究丛刊》和大学学报等学术期刊发表了 80 余篇论文，出版了《况周颐与蕙风词话研究》、《宋韵——宋词人文精神与审美形态探论》、《张先与北宋中前期词坛关系探论》、《千年词史待平章——晚清三大词话研究》等九本书，同时也成了国内古代词学领域的比较知名的学者。这一切的得来，甘苦寸心知！同时也感谢我的亲爱的母校，给我提供了这样的舞台。

40 年了，现在我有机会把当年的郁积一吐而快！吐出来就算了，我对于当年有意或无意构陷我的那些人，并不恨，他们这样做，也许是那个时代的畸变。在这儿，我表示原谅他们，宽恕他们！对于我那位写检举信的同学，我实际能够找出他是谁，或者说：我心里也有数，但我多年来也从没有去调查。一切让它过去吧，就像烟消，就像云散。我感谢当年帮过我的那些人，是他们的善良和正直，给了一个无助的人以出路。我相信善有善报！

40 年过去，弹指一挥间，其间景事如梦如烟，如往事前尘，梦醒后剩下的就是对同学的感情，就是对母校的感恩、依恋和热爱！

1978 的记忆

舒育玲

说起 40 年前的 1978 年，我的高考太平凡，没有什么跌宕起伏的情节，也没有荡气回肠的感悟，有的只是正常的生活，一切都是过日子。选几篇当年的日记，算不上心路历程，就是响应号召，给"朝花夕拾"凑个数。

1977 年 12 月 31 日——过年

新年来到了。在静寂冷僻的黟北山村里，又度过了一年。这是进山当教师的第六个年头，但愿也是最后一年。

前屋村电站的水轮机早已停止转动，煤油灯光下，大家依然围在火盆四周喝着酒。善龙书记（柯村公社宝溪大队书记）送来的野猪肉，让我们几位宝溪小学的外地教师痛快地过着新年。已经是新的一年了，可酒还在喝，牛皮也依然在吹。烟味、酒气搅拌着火盆上的大铁锅里冒出的咕咕白烟，四下弥漫着，快乐充斥了我整个房间（山里的学校办公室、宿舍、餐厅合用）。

收音机里刚刚播送了两报一刊的元旦社论《光明的中国》，总结了过去的一年。大概意思是："四人帮"横行霸道造成的万马齐喑的局面结束了……党的实事求是优良传统和

舒育玲，1950 年出生。中学语文高级教师，曾任黟县人民政府《黟县志》主编。

作风，正在恢复和发扬。特别是被"四人帮"严重破坏的科学、教育、文化领域，出现了令人喜悦的局面。广大知识分子的思想得到了解放，广大青少年学文化、学科学的积极性空前高涨……

我的过去一年如何呢？主要是瞎忙着申请调动（妻子工作在宣城南湖农场），就连公社辅导站站长也没能给我签字，说什么"山区需要人，我们舍不得放你走"，报名参加高考吧，一瞧那"政审"条件，也就早蔫了气（其时我仍属可以教育好的子女）。前几天，程正泰（先父同事，时任县教委教育组长，后为忘年之交，黟县旅游开拓者、申世遗领军人物，已作古）① 来检查工作，劝我不要着急报考，他说："根据文件，你工龄不满五年，不能带薪；明年还有高考，你就可以带薪去读书了。"看来，这牛郎织女生活还得延续下去，我就熬着吧。

新的一年开始了。正如元旦社论说："坚冰已经打破，航路已经开通。"未来的路，还是要坚持朝前走，一如既往地去努力。好在近一年来自习一直没放松，今启兄（挚友，师大数学系毕业，后为县纪委书记，已作古）的辅导、祖期伯伯（同学父亲，民国东吴、复旦大学毕业，县中名师，已作古）的传授也一直没有间断。新一年的高考什么时候进行，满心期待着。管他是骡子是马，总要有个机会遛遛。

酒还在喝，伙计们还没有一丝一毫的散意。结束了今天的记事，再挤到火盆边，端起茶缸（里面是烧酒）继续与大家一并快乐着……

过年啰！

1978 年 6 月 10 日——报考

从现在开始，除了日常上课，其他一切活动都应该停止了。因为今天在公社，我报名参加了高考（当时高考报名是由各公社、厂矿、机关、街道、学校

---

① 本文括号内的文字是今日所作的补充说明。

等单位汇总审核后送县区（市）招办审批发准考证）。尽管洪庆发（公社教干，曾是酒友，已作古）讪笑着说："玲拿五毛钱来打水汅啦！"可我一点也没在乎，态度照样是那么坚决。因为我想，假如真能考上，就肯定可以省去"调动出山"这一档子麻烦事了。

同我一道报名的还有胡贞祥、汪善义以及柯村中学的几位老师。这里我算是年龄最大，而学历最低的一个（我是用《徽州师范学校结业证书》报的名。1972年，被推荐到屯溪的"徽州师范学校"中师班学习几个月，拿到了结业证书，当了一名山村小学教师）。

进入4月份来，听到的尽是一些好事。

4月6日的《人民日报》报道：教育部决定当年高考，在上一年各省命题的基础上，由全国统一命题，夏季再次招生。接着，教育部组织编写了《一九七八年全国高等学校招生考试复习大纲》，并且在报纸上全文刊登（当初就是拿着报纸，一条一条地对照复习，整张报纸被划得密密麻麻）。同时教育部还发出通知，"要求各单位根据生产、工作情况，为考生创造必要的条件，积极热情地组织和支持考生进行复习"。20日，全国教育工作会议在北京召开，邓副主席针对教育工作讲了四点。22日，《人民日报》发表了"搞好复习，迎接一九七八年高考"的短评。26日，《人民日报》发表评论员文章《高考政审必须坚决执行党的政策》。5月5日，《1978年安徽省高等学校、中等专业学校招生简章》张贴上墙，我完全符合招生条件。尤其是最后一条，对我更是诱惑：国家职工工龄满五年的高等学校和中等专业学校新生在校期间，工资由原单位照发。当时我就想，"做不了官，秀才在"，考取了还工资照发；考不取，我也毫发无损。

艾月已经寄来好几次复习资料了，今启兄周六都来我这儿住。尽管是在山旮旯里，复习也还是有东西可看的。周围的人都支持我参加高考。钦辉校长自不必说，减了我一个班课；炊事员钱姐送来一篮鸡蛋，并且说早饭让学生送到我房间；就连供销社的老朱，也对我承诺，煤油敞开供应，决不断货。

离高考还有40来天了，要尽最大努力、以最大干劲投入复习，要信心百倍地去迎接这场人生大搏斗。当然，也应该充分认识到，前面一定是困难重

柳暗花明

重。山外有山，天外有天，一切都不要过于乐观。这个思想准备，是一定需要的。

1978 年 7 月 23 日——考试

阿弥陀佛，总算将三天的考试熬过去了。有几天没记事了，把这几天的考试回回镜。

这考试之前心静如水，考试之间心紧胸闷，考试之后心慌后怕。这考试之前，倒不觉得有什么，考不取就考不取，反正我也没上过中学，考不取是很正常不过的；可这一考完试，倒担心起来，如果考不上，那该多没面子，尤其是不愿见到公社老洪那幸灾乐祸的样子。

事后想一想这几门考试，觉得也蛮好玩。20 日的政治与历史，也还顺风顺水；多出了个"官渡之战"是复习大纲上没有的，可我看过"三国演义"呀，所以这也没能够难倒我。估摸着怎么也该有个"八九不离十"吧。

21 日上午考数学，题目不是那么难。也许是太紧张，第一题的因式分解，最后一步竟算错了。一跨出考场门，我立刻就意识到，可是后悔已经来不及了。这是有多么的不幸。不过也有叫人庆幸的事。第三大题 14 分的平面几何，竟然与头天晚上叶祖期老师给我讲的那个例题，几乎就是一模一样，可以说是不费吹灰之力就得到了 14 分，这真得要好好感谢叶老师，起码要送两瓶上等的好酒。地理也还过得去，就是一个"信风"的名词解释，一点印象都没有，因此也就根本没下笔。

22 日上午考语文，真没想到，我准备得充分又充分的作文，竟然没出题目。写作改成了缩写，即将《速度问题是一个政治问题》一文，缩写成 500 或 600 个字。拿到语文试卷，首先是看作文题目，这一下子令我顿时轻松起来，三下五除二完成了考试。下午考英语，我什么都不会，自然也就没有去考。

高考的考场设在黟县中学。说来也真巧，我高考的教室竟然就是十几年前我参加小学考初中时的教室(当时没有多想，现在回想起来还真觉得挺有意思。

到黟县中学工作后，对这个旧教室，我一直有意识、无意识地保存着。2004年，将它改成了图书馆，命名为"致知苑"），该不会重演当年那一幕吧。不过昨天傍晚，给我们这个考场监考的教委程正泰对我说，凭他的直觉，我考得不错。说整个考场全部做完试卷的寥寥无几，我是其中一个。还说有不少人考了没多会儿，便睡起觉来，他们肯定是来陪考的啦（高考发榜后，这个考场30名考生，我成了唯一榜上有名的，他们确实是陪考了）。

1978 年 10 月 16 日——开学

10 月 13 日来师大报到后，到今天才算是正式开学。

上午，裴辅导员把我们带到了一栋楼的楼顶阳台，一人自携一凳，横七竖八地随处而坐，系书记、主任分别讲话。说实在的，领导的腔调，大学也不例外，我一句都没听进去。从老师一下子转为学生，这角度也太大，一时还真的适应不了。人在师大，心还在那山旮旯，四年的大学生活还真不知道如何度过。倒是一位姚老师在讲述"78 级教学计划要点"的时候，我不仅听了进去，而且还认真记了下来，听那口音，也许就是我们徽州人。

今天又开始写日记了，因为高考，断断续续有三个来月没动笔。在大学生活开始的时候，重新恢复这个坚持了十来年的习惯，我想还是很有必要的。

首先应该记下我们"310"寝室另外九名同学的姓名，因为有四年时间要共同生活、学习在一起，这可是兄弟呀。毛鲁康，上海人，比我大两岁，原是五河县民政局干部，已经有了一个孩子；学习挺厉害，英语、俄语说的呱啦呱啦的。张传信，宿县人，也是一个孩子的父亲，是教师考上的；身材魁梧，完全是淮北大汉的模样，只是鼻梁上架的一副宽边眼镜无形中增添了不少文气。朱玉宝，阜阳人，也是带薪，不清楚原先的职业；退伍军人、共产党员，不苟言笑，一看就知道是一位严谨之人。曹则斌，肥西人，原先是民办教师，也有了一个孩子；圆乎乎的脑袋剪了平顶头，浓眉大眼，配上略有的络腮胡子，挺男子汉的；一口的省城方言，说起笑话来，叫人特别爱听。徐国宝，嘉山人，瘦挑的个儿，高鼻梁；眼睛很漂亮，眼角微微上挑，如同京剧舞台上的武生；他记忆力特别棒，一看就是一位刻苦人。还有陈绍斌、王安弟、李则胜、高勤（高勤很少在寝室住，同学中也很少交流，所以当时连他是哪儿人都没记下来；第二年换寝室，就更不知道了。如果不是日记中写了这个名字，我根本就想不起来有此人），他们要小多了。尽管我们的年龄相差悬殊，性格、习惯也不尽相同，可真的是应了"我们都是来自五湖四海，为了一个共同的革命目标，走到一起来了"的话，以后少不了要互相关心、互相帮助、互相爱护。

附："78 级教学计划要点"：

一、培养目标：10 个字（略）共四点（略）

二、学制规定：四年，1982 年暑期毕业

三、时间安排：按周数计算，四年共 203 周（已经迟开学一周）

1.假期 32 周，在校 171 周；

2.各项教学、科研 148 周，占 86%；

3.兼学 17 周，占 10%；

4.机动 6 周，占 4%（用于教学、科研）；

5.兼学 17 周具体安排：

本学期，1 周战备，两周后进行。第二学期，1 周农场劳动，分散安排。第三学期，5 周学农。第四学期，1 周农场劳动，1 周建校劳动。第五学期，1 周建校劳动。第六学期，5 周学工。第七学期，1 周学农。第八学期，不安排。

四、课程设置：

两大类：必修课 18 门（略）；选修课 9 门（略）。

1978 年 11 月 11 日——挖洞

今天虽然是周日，但却没有休息，因为开始战备施工了。所谓战备施工，

就是挖防空洞。用黟县话说，就是挖地洞。

施工分为白班和夜班。白班是干一天，上午 7 点到 11 点，下午 12：30 到 17：00 点。夜班是从吃过晚饭的 6 点到深夜 11 点。夜班有补助，每人三角钱、三两粮票。

今天是夜班，下班回到寝室已经是 11：30 了。这是我第一次来到这么深的地下，第一次见到这么大、这么长的地道。在洞中施工的工人师傅告诉我，这个防空洞已经挖了十多年了，一直没有停止，整个凤凰山下的地道是四通八达，山都要被挖空了。这"深挖洞"算是真正见识了。相比之下，咱小县城挖的土洞，算个什么，顶多算是个老鼠洞。

洞中的空气不大好，老是感到有些胸闷。说话也不可以大声，因为回声很大。大家都是做小工，我的任务是拌水泥。我对这个活是已经很熟悉的了，下放时修水库、修公路时都干过，所以干起来是轻车熟路，倒也不觉得累。

和我搭档的是应光耀同学，这是我俩第一次亲密接触。他是上海人，来安徽插队落户，然后考上大学的。高高个儿，白皙皮肤，非常健谈。上海人的精明、睿智以及见多识广，从他的谈吐里就自然显现出来。我是自愧不如，和他交谈，就是一个快活。

夜深了，已经是第二天。

1978 年 12 月 18 日——包伙

进师大两个月，就吃了两个月的包伙，实在是叫人难以忍受。最吃亏的就数咱带薪的了，交钱吃包伙，我还真是头一回。

早饭时间，食堂的大路上，摆放了一张方桌，上面堆放了许多被一食堂学生扔掉的馒头。这是校学生会、团委会、伙食科共同举办的所谓展览，问大家看了以后有什么想法。

没到中午，大馍下压了两张毛笔字条。一张曰："这是包伙造成的'硕果'！"另一张写道："如此包伙！"到了下午，字条逐渐多了起来，桌上已经放不下，自然便贴上了墙。有人还写了一首打油诗："包伙树下，硕果累累；不曾开花，无人浇水；如此馍展，原因问谁；八戒卖耙，众目睽睽。"这馍展，犹如一堆干柴上扔上个火把，呼啦一下，反"包伙"之火又燃烧起来了。这些事儿，咱中文系是不会落后的。回到寝室，大家你一言我一语，也凑成了一首打油诗，名曰《包伙小景》：

"下课跃进食堂，队伍排得老长；一旦盆儿到手，分饭分菜真忙。

饭菜到手还慌，急忙又去抢汤；相互踩踏丢鞋，桌拐挂破衣裳。

端起饭碗凄凉，三口两口扒光；白菜、土豆、萝卜，怎能对付肚肠。

包菜、包饭、包汤，包得腹饥面黄；伙食自主安排，唯恐又是黄粱。"

这是第二场反对"包伙"运动了，估计还是没什么结果的。但是勇敢地发声，总比沉默寡言有希望一些吧。

第一次反对包伙，是在 10 月底。那时，各个系的新生就在去食堂的路上张贴了许多大字报，旗帜鲜明地提出"反对包伙制，要求饭票制"。这是 30 日的中午，到了吃晚饭的时候，学校领导开会，通知了各班干部，指出学生的行为是错误的，包伙制不会废除。

吃过晚饭回到寝室，同学们的情绪开始激动起来。激情演说的，拍桌子打板凳的，不乏其人。第二天（31 日）几乎全部人都没有去领饭卡。第三天几乎没人去食堂吃早饭，全都跑到了芜湖大街上去吃，说是"罢饭"，闹得芜湖街上的餐饮供应一下子紧张起来。组织上还是有办法的，下午学校各级层层加压。校、系、班领导头儿纷纷出动，党员、干部带头进食堂，辅导员上门挨个房间动员，"罢饭"就这样无声无息地结束了。

领导永远是胜利的，且看明天形势发展吧。

1978 年 12 月 31 日——又一年

今天是 1978 年的最后一天，恰好又是星期日，因此有两天休息。

下午没事，到 307 宿舍转了一下，无意中发现了孙维城放在桌子上的学习笔记。笔记做得太好了，尤其是课堂的、课外的、触类拓展的，归纳得非常科学，不愧是"老三届"。他是安庆人，戴一副宽边近视眼镜，一口的安庆话，特别好听，使我老是想起黄梅戏……大老焦是淮北人，豪爽是他们的天性。老焦极会讲故事，用有声有色来形容是恰到好处。他说在他们家乡有一位合肥师范学院毕业的，在校谈了一位女同学。回到家中，女方父母不同意，另给女同学找了一部队的排长。他得知后找上门，其父亲告之："年纪小，不谈!"他又急又气，哗啦一下站起来，没想到板凳倒下，砸破了身后的大水缸。无奈，只有掏钱赔偿，这叫赔了夫人又折"兵"……

今天是年三十，买了一些菜，同寝室六位同学一块喝起酒来。他们是毛鲁康、李则胜、张传信、曹则斌、朱玉宝和我。酒菜不算是丰盛，但大家酒兴不减，喝着喝着竟然还划起拳来。老曹还用双手有节奏地拍打着桌子，哼起了庐剧。大家一直闹到中央人民广播电台的女播音员宣布 1979 年的到来。

这是我进大学的第一个新年，回想起一年来走过的路，感触颇多。原想能在 1978 年调出山，解决夫妻分居两地之苦。找了不少关系，整整半年过去，连个影子都没有。结果却凭借着自己的努力，竟然考取了大学。

上大学当然是梦寐以求的事儿。1966 年 11 月，"大串联"来到芜湖，曾经走进"皖南大学"的校门，在小礼堂里听"八二七"的演讲宣传。当时就曾萌发"我什么时候也能上大学呢"的念头。1970 年，参加"省专县农业调查组"培训会，又来到芜湖，走在校外围墙的人行道上，听到墙内运动场上的喧闹声，那个"念头"更强烈了一些。1974 年，女朋友被推荐进了师大化学系，"念头"转变成了"誓言"。

如今"誓言"实现了，1978 年是我的好运之年；妻子已有五个月身孕，1978 年更是我的双喜之年。

高考路上师恩深

卓益民

卓益民，1956年出生。中学高级教师，安徽省特级教师。先后担任中学语文教研员，安徽省宿州市教育局教研室副主任、主任，教科所所长等职。

　　1978年，我在家乡的学校担任民办教师。对于是否参加高考，我犹豫不决。一方面，我心中有强烈的愿望，想通过参加高考改变自己的命运；另一方面，我又很胆怯，心想仅凭现有的文化知识能考上大学吗？因为我小学没毕业就遇上了"文化大革命"，我的学业被荒废了。

　　记得1966年爆发"文化大革命"，全国的学校都开始"停课闹革命"，直至1969年复课，我才断断续续地上了两年初中、两年高中。

　　村办的农中，师资严重缺乏，没有物理、化学老师，只有一名中师毕业的老师教数学，但大约也就教了两个学期就调走了。所以在上两年初中期间，我没有学过物理、化学，数学也只学到一元二次方程。后来我到镇上的公社中学上高中，又恰逢学校热火朝天地开展学工学农活动，大量时间是到生产队参加农业生产劳动，所以两年高中所学知识也不多。如果说我还有一些知识积累的话，就是上小学、初中期间看了一些诸如《三国演义》、《西游记》、《渡江侦察记》这样的连环画，上高中和当民办教师那几年陆续看了《红岩》、《红日》、《野火春风斗古城》、《欧阳海之歌》等小说以及从公办教师那里借来的他们在"文革"前上中学、中师时的历史、地理、语文等课本。至于说《红楼梦》这样的名著，我只是知道这一书名而已。

　　促成我下决心报名参加高考的，是当年我去县城见到的几位尊敬的老师之后。6月初的一个星期六，我到县城西边的一个村庄看望一个亲戚。当天晚上，我赶到灵璧中学，看望我上高中时的几位老师。上高中的时候，因为我担任班干部，与这几位老师接触得比较多，他们对我都很好。这两年，他们陆续从我上高中时的乡镇公社中学调到了县城。当晚，我见到了周仁贵、张素云、李敦义、王玉柱等老师。他们对我非常关心，鼓励我一定要参加高考。我至今还清楚地记得他们说过的一些话："前几年都是推荐上大学，你家在农村，又没有什么背景和关系，也推荐不到你。而考试是公正的，凭本事，对于你来说，这是非常难得的机会，一定不能放弃！"还说："能不能考上，要考了才能知道结果。考了，至少有一份的希望；不考，希望就是零。要有勇气和信心！""不要担心自己基础差，许多准备报考的同学，知识基础也不比你强。再说了，还有一个多月时间，我们都可以帮你补一补课。"

　　在几位老师语重心长的劝导和鼓励下，我下决心准备参加高考。王玉柱老师更是非常热情，他说："在我们灵璧中学院内，有个高考文化补习班，是县教育局办的。不过，他们已复习有一段时间了，我现在就带你去问问县教育局教研室吴朗主任，他负责这件事，看能不能参加补习班的复习。"当时对于我来说，还没有见过县教育局的干部，心中既肃然起敬又惶恐不安。王老师带着我找到灵璧中学西大门外边吴朗主任的家里。吴主任听王老师说明了来意，他直接问我："你是想考文科还是理科，你觉得你能不能考上？如果希望不大，就算了。"我紧张得不知如何回答，还是王老师帮我解了围。他说："他上高中时成绩很好，能考上，考文科。"王老师这么一说，吴主任不好拒绝，只好说："王老师，你明天去问问文科补习班的班主任孙老师吧，看他什么意见。"

　　第二天上午8点多钟，王老师带我去见了孙老师。他对我不熟悉，向王老师简单地问了问我的情况，然后对我说："你10点钟之前到我的办公室，正好还有两个学生要来补习，我对你们三个人一起测试一下，到星期一通知你就来复习，不通知你就不要来了。"

　　9点半左右，我与另外两名学生到了孙老师的办公室。10点整，孙老师拿出油印的语文试卷，分发给我们三个人，要求用一个半小时做好。试卷只有三项内容：一是几题语文基础知识，二是翻译一段文言文，三是作文。我现在还能想起来，那一段文言文我没有读懂，翻译纯粹是望文生义编的。

因为星期一我还要上课，当天下午我回家。走的时候，王老师再三嘱咐，说他和孙老师关系好，一定会同意我来补习的。又说，补习班是县教育局办的，不收任何费用。食宿不要愁，就住他的单身宿舍，吃饭上学校食堂。我怀着万分感激的心情返回家中。

星期一下午，王老师把电话打到了我们公社中学，请一位老师转告我，说星期二就可以报到参加补习。当晚，我找我所任教的学校校长请假，他很支持，说："这是难得的机会，你去安心复习，争取考上，你的课我会安排其他老师代。"第二天下午，我到了灵璧中学，王老师再次带我去见了文科班的班主任孙老师，请他对我多予关照。从周三开始，我开始了为期一个多月的紧张复习。

当时的补习班，代各门课的都是在全县中学中挑选的名师。他们的课确实讲得好，对于我来说，是大开眼界。但由于我初、高中阶段学的知识过少，有些课是听不懂、跟不上的，比如数学。我非常着急，向王老师、张老师诉说了我的苦恼。有一天晚上，他们几位老师专门聚在一起，把我找去，帮助我梳理复习思路。考虑到我数学基础差，时间又紧，建议我不要把过多的时间放到数学上，要把主要时间和精力放到其他几门课的补习上。几位老师还商定，他们每人根据自己的教学经验，整理一部分学科重点知识，让我复习，不懂和不会的地方及时问他们。

大约过了一周时间，几位老师陆续给了我或手写或刻钢板油印的重点复习内容，还有的是从其他学校找来的油印讲义或试卷。当时是没有什么复习资料的，老师给我的这些资料显得特别珍贵。我复习起来也特别用心。遇到疑难问题，抽空我就向几位老师请教，他们不论多忙，都会挤出时间给我讲解。几位老师不但帮助我补习知识、解疑答难，而且还指导我学习方法。那时的复习，我们许多学生都不懂得学习方法，认为最好的方法就是把复习的内容背下来，特别是政治、历史、地理，天天背。

记得当时有一位姓张的年龄偏大的补习生，老师不上课的时候，他就端一陶瓷缸的水，肩上搭着一条毛巾，到学校操场边一棵大树下背书。一天，由于天气太热，他竟晕倒在大树下，成为当时在补习生中议论了几天的话题。因为这件事，几位老师分别问我，各个学科是怎么复习的，是不是也经常背内容。他们说有些知识是需要熟背记牢，如一些名词解释和历史事件的发生时间、地点等，但多数知识不需要背下来，而是要看熟弄懂，理清线索，知道从哪个角度，用什么方法，或者什么原理去分析题目，回答问题。经过几位老师的点拨和补习班老师在课堂上的引导，我的复习效率和效果确实逐步有了提高。

王老师当时住的是灵璧中学院内一排平房西首的一间教师宿舍，面积大约十平方米，铺两张单人床，放一张桌子，地方就显得很狭小了。我每天晚上晚自习结束回到王老师宿舍，还想再看一会儿书或做练习题，考虑到王老师要休息，就出去到学校外面大街旁边，在路灯下看书。当时灵璧中学校园内还没有路灯，不少补习生都是到校外大街旁边路灯下看书。过了几天，王老师知道后，对我说，路灯下怎么看书，环境嘈杂，效果差，你就在我宿舍内看书，不影响我休息。自从给我说过以后，王老师每天晚上都以外出散步、乘凉等理由，很晚才回到宿舍，留出时间、空间让我学习。我感到这样太影响王老师正常休息了，于是跟王老师提出，我出去找地方住。在我的一再坚持下，王老师通过熟人，找到离学校距离很近的南关桥头搬运站内的一间暂时不使用的平房，我便搬到那儿去住。王老师、周老师和张老师等经常到我住的地方看望我，继续在学习上、生活上关心照顾我。

在高考临近的前几天，补习班不上课，自由复习。那几天王老师几次把我叫到他的宿舍，由他们几位老师分别给我讲重点内容和题型。1978 年的高考题相对比较简单，经验丰富的老师是能够预测到部分内容的。比如 1978 年高考历史试题中的大题："扼要举出周恩来同志在我国民主革命各个时期的主要革命活动"，老师辅导我时，就一再嘱咐我要把周总理的生平事迹等相关内容看全记熟，结果真的考到了这方面的内容。

1978 年 7 月 20 日上午，在几位老师充满关爱的目光下和嘱咐声中，我走进了普通高等学校招生全国统一考试的考场。两个多月后，我走进了风景如画的安徽师范大学校园，成为中文系 78 级 1 班的一名大学生。

时至今日，我还会常常想起著名作家柳青的一段名言："人生的道路虽然漫长，但紧要处往往只有几步，特别是当人年轻的时候。"的确，我难以忘怀的是，在决定我命运的 1978 年，正是那些给予我诸多关怀、指导和帮助的老师们，引导着我走进大学的校门，我才能相识相知亲如兄弟姐妹的各位大学同学，才能聆听到大学老师们的教诲，领略到大学生活的精彩。

师恩，如山的师恩，永远铭记在我的心中！

中文系 78 级部分男生在宿舍楼前

中文系 78 级 2 班 5 组男生下课了

中文系 78 级 3 班部分男生畅谈于校园一角

中文系 78 级 1 班女生欢聚于操场上

同窗亲姐妹汪健和汪芸教室读书

中文系 78 级 1 班女生在校图书馆入口

中文系 78 级 3 班女生在教室围绕作品
讨论问题

回望我的高考

徐玉爱

时间过得真快，转眼之间，离我高考，离我上大学已经过去40年了，但回想起来，还是十分激动，十分想往，因为它改变了我的人生。

荒唐年代的"一米阳光"

徐玉爱，1955年出生。在安徽省宿松中学长期从事高中语文教学工作。

我家在长江北岸安庆市的农村，受到桐城派古文的影响，"耕读传家"的遗风尚存。可我们读书的时候，正赶上"文化大革命"，真的没有正正规规地读书。那时，学校经常组织学生参加大批判会等政治运动，还要到工厂、农村去参加学工学农实践活动，挤压了大量的上课时间，再者就是连教材都没有保障，我记得在小学，有一年没有语文课本，老师就叫我们去新华书店买《毛主席诗词三十七首》来读，权且充当教材。

正是因为处在这样一个"野蛮生长"的时代，我才有机会在课外找书来阅读。

记得我小的时候，最喜欢到小姑父家去，姑父是20世纪50年代的初中毕业生，他家的阁楼上有他读过的初中教材，闲置在那里没用，我发现却如获至宝，正好满足了我的读书饥渴。那时也不管读得懂不懂，反正新鲜好奇，有书就读，开卷有益，不长时间，我就通读了他的初中教材，包括《植物学》之类的，一本都没有放过。

我的家乡还是有读书的传统的，民间喜欢阅读忠孝节义的故事。那时候我在乡间阅读了大量书籍。《三国演义》、《水浒传》、《杨家将》、《岳飞传》、《七侠五义》、《薛仁贵征东》、《罗通扫北》、《东周列国志》，还有《百家姓》、《今古贤文》、《弟子规》、《声律启蒙》之类的杂书，偶尔还能读到私塾先生圈点过句读的《论语》、《大学》等儒家经典。

那个时代还发行了不少红色革命书籍。《烈火金刚》、《红岩》、《林海雪原》、《放歌集》、《南行记》、《风雪之夜》、《钢铁是怎样炼成的》、《卓娅和舒拉的故事》、《红星照耀中国》等，陪伴我度过了很多少年时光，成为我成长中的红色记忆。

那时真正在学校读了一点书的是高中那两年，我遇到了值得怀念的最好的高中老师。

我的家乡是长江冲刷而成的洲地，背面是一片大湖，土地肥沃，水产丰富，但地势低洼，两面夹水，水灾连连，不宜居住，所以原住民很少，大多是迁徙移民而来的。家乡的湖边有一大片芦苇荡，偏僻荒芜，在新中国向荒滩要粮的方针指引下，这里开垦成了劳改农场，这些人刑满后被留下来成了农工，变成了国营华阳河农场，"文化大革命"中，这里实行了军管，又变成了安徽省生产建设兵团。老三届毕业生，他们毕业后滞留在学校，随后被下派到农场来劳动锻炼。

以前，我的家乡没有高中，只有一所初中，"文化大革命"期间，升格成为高中，在农场劳动锻炼的大学生就近分配到了我的母校——复兴中学，成了我的高中老师。

这些老师是因为"文化大革命"才落难到我们那里。对他们来说，可能是人生中的不幸，可对我们来说，却是人生中的大幸。在刚刚兴办的偏僻乡村中的高中，我们遇到了最好的老师。

程济昌，我的数学老师。浙江人，和李鹏同时留学苏联，从事激光技术研究，在部队服役，因为出身问题，"文化大革命"中落难到了这所乡村中学。

他戴一副深度眼镜，头顶秃得很彻底，油光锃亮的，平时穿一套质地很好的卡其布军装，上课前通常先读一段毛主席语录再讲课。他作图从来不用圆规三角板，而只用一支粉笔，图却很标准漂亮。时不时还拿出那16开的大部头俄文书籍给我们讲课。程济昌老师那时在我们眼里，显得有些神秘，但绝对是我们景仰的有大学问的先生。

刘少力，我的物理老师。安徽桐城人，武汉大学毕业生，年轻英俊，讲课激情飞扬，语言简洁明了，思路清晰。

凌步云，我的化学老师。安徽宿松人，皖南大学毕业生，上课时总是眯着一双小眼睛，一绺白发耷拉在脑门前，那形象看上去有些滑稽可笑，但讲课通俗易懂，风趣幽默。

王心中，我的政治老师。安徽阜阳人，合肥师范学院毕业生，衣着朴实，平易近人，粉笔字写得七歪八扭的，不讲究，但课讲得十分精彩。再复杂的问题，他都能条分缕析，言简意赅，深入浅出地得出令人信服的结论，思维敏捷，逻辑缜密。

正是因为这些机缘，我在那样一个知识荒废的时代，还没有完全荒废，这可说是一种幸运。所以，高中一毕业，我也就很顺利地进了我们镇上的一所初中——复镇中学，当上了一名民办教师，可以在生产队拿工分了。

春到人间的"幸运儿"

1976年10月，粉碎"四人帮"，长达十年的"文化大革命"动乱结束了，历史进入了一个新的时代。

我记得那是在1977年1月，《毛泽东选集》第五卷刚出版发行，全国掀起学习高潮。中国科技大学的老师到我县来宣讲辅导，县教育局组织集中全县的初中校长和政治老师到县党校学习，在那里，洲头初中的张新槐老师告诉我，今年要恢复高考，他正在准备复习。他是从省城合肥下放来的知青，消息比较灵通。

只可惜当时我不够敏感，对这么重要的消息，姑且听之，并没有往心里去，当然也就没有复习，准备迎考。

果然，报纸上公布了当年恢复高考的消息，那已经是 1977 年 10 月了。

在毫无准备的情况下，我仓促地参加了 1977 年的高考，落榜了。

转眼之间，到了 1978 年，离高考只有 3 个月的时间，这是自 1966 年中断高考以来恢复的第一次全国统考。我在心里盘算，今年一定要认真准备，刻苦复习，力争考上大学。

我们这一年参加高考的人共有三类。第一类是"老三届"，这些人都受过完整的小学中学教育，文化基础较扎实。由于"文化大革命"取消了高考，他们大多数人在工厂、农村从事繁重的体力劳动，而且不少人已经成家，恢复高考给了他们改变命运的机会。第二类是所谓的"下放知青"和"回乡知青"，这些人上小学中学时，正赶上"文化大革命"的动乱岁月，没有正规地上课，初高中毕业就直接去了农村，接受贫下中农再教育，让他们失去了上大学的机会。第三类是应届高中毕业生，他们的经历比较顺利，刚一高中毕业，就参加了高考，没有被耽误。

我们这一年的高考，人数最多，那积聚了 11 年的初高中生，为改变命运，绝大多数人都参加了当年的高考，可谓"千军万马过独木桥"，录取的概率自然很低，尤其是文科，大概不到 3%。

我打算一边上课一边复习。当时有些准备高考的社会青年，通过关系到附近的高中跟班上课，毕竟我们高中毕业离开学校好多年了，知识有些生疏了，更何况高考要考的历史、地理这两门课程，我们在学校里根本就没有学过。也有好心人劝我辞掉民师工作，回母校去复习，这样更有把握些。我心里并不想这样做，一是我学校里的工作放不下，更重要的是我要靠挣工分养活自己，不想轻易放弃这份民师工作。假如大学没有考取，我还可以继续我的民师工作。

我决定利用晚上的时间苦干三个月。当时我在学校的工作是蛮多的，带两个班的语文、三个班的政治，还有教务处的教务员工作，负责排课、刻钢板、油印等杂事。很忙，白天根本抽不出时间来看书复习。再说，那个时候的农村初中，教师的办公和住宿条件都不好，宿舍也是办公室，我和校长是住同一间宿舍，白天里因工作来找校长的人较多，人声嘈杂，根本没办法安静地看书复习，我只有利用晚上的时间。那段日子，每天夜里 2 点左右，我就起床，点亮一盏煤油灯，开始通宵达旦地看书复习。我们农村那时候没有电网，有些机关单位用柴油发电机组来发电照明，一般白天不发电，晚上通常不过 12 点。我们学校借用旁边华阳河农场的油厂的照明用电，茫茫黑夜，只有孤灯相伴。第二天清晨 6 点钟，学校的起床铃声响起，我则结束一个晚上的复习，迎着朝阳，开始了新的一天的教师工作。这种"双面人"的生活，一直到高考才结束。

我周密地制订复习计划，争取实现复习的最高效率。

首先，历史、地理这两门课程，我没有学过，要找两套教材，用 1 个月的时间认真地通读一遍，然后找出其规律性，制作成图表，挂在墙上，每天过一遍，以加强记忆。最后一个月，适量地做些习题，估测一些可能考的题目，重点复习。

其次，语文、政治这两门课程，自认为学得较好，不花较多时间复习，只是划定一个重点范围。

第三，数学这门课程，是我学得较差的，没有办法，只得临时抱佛脚，"恶补"。还是用最笨的办法，按单元做习题，抓基础，做最容易的习题，力争少丢分。我的复习时间，大部分都给了数学，做习题的稿纸堆在一起总有尺把厚，但高考的成绩出来，才有 32.5 分。今天看来，令人汗颜，可在当时，却感到很满足，很自豪。苦心人，天不负。要知道，我们当年参加高考的文科考生，数学成绩绝大多数人都很差，考零分的大有人在。

1978 年，我很自信地参加了全国统一高考，高考成绩张榜公布，我被安徽师范大学中文系录取。

同年 10 月 11 日，我穿着母亲亲手做的新布鞋，带着一只樟木箱子，乘船前往江城芜湖，开始了我的大学生活。

梦想成真

刘桂华

刘桂华，1955年出生。合肥师范学院中文系副教授。

1978年10月，是我永生难忘的日子。暮雨之后，一地落英。桂花的清香仿佛还未散去，被秋意浸染的赭山分外美丽。23岁的我来到了前有陶塘、后临赭山的安徽师范大学，开启了我有诗、有远方的生活。40年来，我时时记起我的母校，时刻铭记那让我和母亲梦想成真的年代。

20世纪20年代，母亲出身于一个家境颇为殷实的地主家庭。但她四岁时，外公就因病去世了。母亲读过几年私塾，能够识文断字。她看过很多书，其中如《说岳全传》、《龙凤再生缘》、《薛仁贵征东》、《薛丁山征西》、《薛刚反唐》等，都能整本讲出来。记得每年夏天的晚上，我们这些住在平房里的人家照例要洒扫庭院，在门外担上凉床，全家或相邻的两三家在繁星下摇着蒲扇，唠着嗑，叙着话，那叫一个温馨。而我家则是最热闹的地方，母亲每每在这时给我们讲故事，而故事的内容就是她看过的那些书。开始只是我们兄弟姐妹听，渐渐地邻居家的孩子也围了过来。好在我家的凉床，用一个隔墙的竹笆充当，比常规的床宽大了不少，可以睡五六个人。要是坐，大约可以容纳十来个人。床上没位置，有的孩子就坐在小凳子上听。故事很长，要讲很多天。母亲讲得很生动，很多人物和情节至今我还记得。我们聚精会神地听着，尽管天气很炎热，大家也浑然不觉。这热闹的故事会后来终因"文革"的到来而不得不中断了。

母亲没有上过正规的学校，而和她一起在私塾就读、年龄相仿的堂姊妹都上了学校，有的还上了大学，母亲很羡慕她们，经常说要不是外公死得早，她肯定和她们一样。上正规学校、上大学是母亲一生遥不可及的梦，她最终把梦想寄托在子女身上。1963年，我大姐初中毕业，她想考卫校，母亲坚决反对，坚持要她考高中，结果大姐高中落选了。她没填报中专，但却上了中专。原来安徽财政学校第一年招生，报考的人少，便从高中落榜生中择优录取，大姐意外上了财校。这在后来看是件好事，因为如果上高中，毕业正遇到上山下乡。大姐中专毕业后就去了一家医院工作，母亲庆幸之余又有些遗憾，她希望我们几个小的能替她圆梦。二姐品学兼优，但1968年底就下放农村了。由于出身不好，好些年上不来。有一次被推荐上大学，却因政审不过关而流产了。母亲的梦想在"文革"中被碾得粉碎。

我1962年上小学。受母亲的影响，爱学习、爱读书，并把考大学当作自己的理想。"文革"不但使我的理想化作泡影，而且连"有书读"、"学文化"这些基本愿望都难以实现。"文革"开始时我仅上小学四年级，老师让我们写小字报贴在教室的墙上："邓拓、吴晗、廖沫沙，三条疯狗是一家。"接着，学校就成天开批斗会，许多人戴着红袖章，拿着"文攻武卫"棒，到处打人、斗人。在我最想学习、最需要学习的时候，学校停课了。后来虽然号召复课闹革命，但学校乱了，教学秩序乱了，人心乱了，根本学不到东西。记得五六年级时，我们进教室，不走门，上课、下课就爬窗。老师在上面讲，学生在下面讲。还有的学生老是找老师的茬。学校还经常以学工、学农的名义让我们去农村割麦、拔草、栽树，或到工厂劳动。我家成分不好，社会关系复杂。大舅解放初被镇压，大姨父和老舅都是右派，外婆是地主分子被监督改造，父亲也是地主出身。大人们在"文革"期间惶惶不可终日。由于学校也不认真上课，父母有时就不让我们上学，怕我们年龄小，万一不小心惹出事来，由我照看两个弟弟。于是，我们姐弟仨就成天游逛于街头，一会儿跑去看抄家，一会儿去看戴着高帽、挂着牌子的"走资派"和坏分子游街。这样一晃，两三年就过去了。我小学上了七年，终于要升初中了。

因为成分不好，当地一所好中学不让进，只好在戴帽子的小学初中班就读。但我们五六年级的课程基本没有学过。地理、历史、自然三门课书发了，却从来没上过，数学的分数压根就没学，老师惊讶于我们居然不知道二分之一是多少，随后他原谅了我们。为了让我们能听懂后面的内容，他每天下午无偿地给我们补教分数。当然是自愿的，参加者寥寥。但补课很快就夭折了，因为有人举报，他不得不终止。这位可亲可敬的老师叫任本善，他的音容笑貌我至今记忆犹新。在没有学上的日子里，我多么想上学啊！多么想读书啊！上大学那就更不敢想了，或者偶尔想想，就赶快翻篇，那只是一个遥远遥远的梦……我在家里拼命地找书看。大姐、二姐的语文课本找出来读了，家里订的《人民文学》、《儿童时代》、《少年文艺》，不但自己看了，还借给了要好的小伙伴们看。二姐从农村借回来的《西游记》、《三言二拍》已经破得不像样子，必须一页一页拼起来，我也抢着看完了。大姐借来《风雷》，她看第一二册，我就从第三册看起，白天没看完，晚上打着手电接着看。

1974年初，我高中毕业，原准备下乡的，表也填了，组也选好了。交表时，我的班主任老师悄悄把我拉到一边，小声地说："你姐姐下放这么多年都没上来，你还想下放啊？"我说："那我不能永远待在家里吧？"老师说："你深度近视，按规定可以留城。你去医院开个病残证明交到学校就行，只需检测个视力。"在老师的关心下我留了城，并在一年后通过考试，在淮南十四中当上了一名教师。开始，学校让我教高一语文，我吓得哭起来。我知道自己没学到东西，没有底气，所以，坚决不愿教高中，后来领导只好把我调到初中。在中学教书的四年，是我一生中最辛苦、最焦灼、最忐忑的日子，但也是最充实的时光，我认真备课，认真上课，认真批改作业，认真做好班主任工作，受到了广大师生的好评。我和学生建立了深厚的友谊，在我上大学离开后，许多学生给我写信，表达对我的思念；我人生记忆中也永远镌刻着与他们相处的美好瞬间。但尽管如此，我和我的年轻同事们深知自己基础差，底子薄，强烈要求学校组织夜校，由资深老师给我们上课。在夜校的开学典礼上，我代表学员发言。我含着热泪说："夜校对我们来说太及时了，太重要了。我们感谢不辞辛苦为我们授课的每一位老师。我们会珍惜这个机会的。"我时常想，我要是能

峰回路转——我们的 19 78

94

到大学学习该有多好！后来，我所在的中学有了一个上大学的指标，和我一样有此渴望的人很多，但学校不知根据什么让一位姓黄的体育老师去了，这位老师在安徽师大学了3年物理后，回校仍然只能教体育。从此，我上大学的梦想变得更加遥不可及了。

1977年下半年，中断11年的高考恢复了。和全国千万青年一样，听到这一消息，我欣喜，我振奋，高高兴兴地报了名，尽管我对自己也信心不足。但学校领导不批，学校出台了"土政策"，上初三、高三年级的课的人不准参加高考，怕大家因复习影响教学，并威胁说，若考不上，就不再录用了。因为底气不足，我想放弃，但母亲一而再、再而三地鼓励我，不用担心，你会考上的，真考不上回来也不要紧，我养你。但是，考虑再三，我还是胆怯地退却了。因为我自"文革"开始就没有学到多少知识，数理化基础差，理科不敢报考；考文科吧，地理、历史没学过，甚至连本像样的教科书一时半会儿都找不到，短时间自学绝无可能。就这样，我与1977年高考失之交臂。那时，我很痛苦，母亲也很痛苦，母亲的心又一次受伤了。

1978年暑期，我终于报上了名参加了高考。复习迎考的那段时光，对我来说紧张而又充实。周一到周六，早晨7点就要到校看学生早读，每天至少有两个班的语文课要上，还要批改日常作业和作文。担任班主任，整天杂事不断，白天完全没有时间看书。晚上备好课，至少是10点了，再复习，不一会儿就困得不行。那时候为了省电，我家的灯泡都是七瓦的，在昏暗的灯光下夜战，可要有点儿毅力。我独自复习了几天，一个同事约我晚上和她一起看书。她一人一个房间，灯也亮些，我俩在一起看书，遇到问题可以讨论；困了，可以说说话；或者一个人先眯个十多分钟，另一人把她叫醒，两人再挑灯夜战。就这样，我俩几乎每天都要到两点钟才睡，天一亮又要起来。同事的母亲后来说，要不是我，她的女儿很可能考不取，因为晚上太困了，她一趴下打盹就不想起来，每次都是我又推又搡地叫醒她。在复习的那些天，为了节约时间，早饭我都是在同事家吃，然后我俩一起上班。高考那天早晨，也是她的父亲（我喊他肖爸）为我俩精心准备了早点，但因觉睡少了，完全没有食欲，肖爸看我俩吃得少，又为我们冲了蜂蜜，非要我们喝下去。现在老人早已作古，想想当时的情景真的好感动。考场上，政治、历史和地理考题我做得还算顺手，数学好多题都不会做，语文有一大题因紧张，看错了题目，到快交卷时才发现，但也来不及了。考完试，我基本上没抱什么希望。和我一起考试的许多老师都说自己考得怎么怎么好，我既羡慕又难过，只好拼命工作，强迫自己不去想，但很难做到。

等待的时光过得真慢啊，考试分数终于下来了，考得还不错，我大喜过望。填报志愿后，我又处于焦急的等待中，担心政审会不合格，因为1977年我的一个同学据说就是政审被刷下。学校陆续有老师收到录取通知书。我表面上很平静，像往日一样备课、上课、批改作业，但内心却波涛汹涌，我后怕梦想又一次破灭。但上天眷顾我，终于收到了录取通知书。当邮递员将火红的通知书送到我的手中时，我的眼睛湿润了，母亲的眼睛也湿润了。

1978年10月，是梦想成真的年月，就在那个疏朗的清秋，那个丹桂飘香的季节，我步入了大学，放飞了梦想，和许多同时代人一起，谱写出秋的篇章。我感恩我的父母，感恩我的老师，尤其我要感恩果断决定恢复高考的小平同志，没有他，就没有我的今天！

1978，我不再忧伤

叶　红

夜深了，我在翻阅手机微信，看到大学同学发来一则纪念恢复高考 40 周年征文的通知，我的思绪一下飞到 40 年前的故乡——弥陀小镇。

1966 年"文化大革命"开始，我的父亲在遭到一轮又一轮的批斗后，被遣送到蚌埠新马桥干校劳动改造，父亲常常把我放到平板车上，带着我去扫街。后来，母亲拖着三个儿女被赶到我父亲的老家安徽省太湖县属下的弥陀镇。

当年从太湖县城到藏在大别山区深山老林中的弥陀镇，感觉好远好远，一路全是盘旋上下、崎岖险峻、杂树丛生的山路；即便是再炎热的夏季、再高的气温，只要汽车驶入团家岭，顿觉寒凉沁肤。我就读的弥陀中学位居弥陀小镇的丁字街口，依山而建，砖木结构。学校只有三排房舍，左右对称的是二层简易木瓦楼，下面教室和教师宿舍间杂；上面是学生宿舍，踩着十来级木楼梯，摇摇晃晃上到二楼，在楼板上铺上稻草放一床被子，晚上，同学们就挤在这里睡觉了。还有一排房子横在三十多米高的半山腰上，那是高中教室，站在教室门口，可以把巴掌大的弥陀镇看得一览无余。校门口是高出街面十多米的篮球场。就是这样一所破破旧旧、摇摇晃晃的学校，却是我心中的圣殿与天堂。在这里，陈先豪

叶红，1958 年出生。上海实验中学高级教师，曾任巢湖八中校长、巢湖市人大代表，获安徽首届教坛新星称号。

校长常常拍着我的头说："没事没事，别怕！"李道衡老师常常抹去我的眼泪，把碗递到我手上："不哭不哭，吃饭！"奶奶（李老师的婆婆，她是我们所有学生共同的奶奶）也在一旁不停地说："不哭不哭，吃饭吃饭。"在这里，我们所有学生都聆听过石刚年老师诵读"蜀道难，难于上青天……"那刚健沧桑的声音、那个托着饭盘、蹲在院里用筷子在沙土上比画着的，一定是给我们讲物理题的鲁宜清老师。黄昏，那个趴在课桌上讲着讲着，常会习惯性地叹息一声"孩（a）嘞你到底听懂了没有噻"的，一定是我们的数学老师李鸿祥。在这里，清晨，张英霞老师给我梳过辫子；放学，卓越老师教我打乒乓球……最有趣的是，一放学，破旧的篮球场上总有一群学生你争我抢，这时，烧好晚饭的老赵头又着个腰往旁边一站，总会嘟嘟囔囔、自言自语地说："又在抢了，抢什么抢，一人发一个不就得了！"在那个风雨飘摇的岁月，我的家庭在政治高压下从省城被赶到弥陀小镇，濒临破碎，而这所学校，这里所有的老师，给了我最最温暖的阳光和真情！

记得那个夜晚，我坐在弥陀中学篮球场的台阶上，望着夜空，夜那么远那么黑，黑得让人仿佛失足坠入深不见底的黑洞，耳边寒风呼呼而过，寒风中夹杂着隐隐约约的笛声，那是我弟弟深夜立在学校篮球场上，孤零零地吹着凄凉的笛声，月光把他的影子拖得很长很长；笛声中又似乎带着些下街小河边隐隐约约的棒槌声，那是山夜沉睡时，母亲领着我们兄妹到河边洗衣声。整整一个夏季、秋季，夜夜如此，年年如此，从不间断。

1976年1月高中毕业，我告别弥陀中学，下放到弥陀公社罗界大队当知青，没几天被叫到罗界小学当代课教师；半年后，又被叫到向阳公社"五七"中学做语文老师。11月底的某天，区里来人说，要调我到区广播站当播音员，叫我去试音，我顺便回了一下家。石老师听说我回来了，立即来告诉我，说年底要恢复高考，叫我赶紧准备准备参加高考。老师说完带上门走了，我傻傻地愣在那里……打有记忆起，我就长在这偏僻闭塞的小山村，从没听说过"高考"，更不知道"高考"是怎么回事？

走在回"五七"中学的路上，我一直在想老师说的"高考"，想着想着，恍然间明白了一件事：与我仅两三米之隔、门对门的另一位老师最近突然话少了，老是低着头看东西，原来她早已得知高考招生消息，正在悄悄地复习准备着呢——因为她姑姑、姑父是安徽大学的老师。既然已经有人开始悄悄备考了，那我也得准备准备，可怎么准备呢？我不知道……在母亲的催促下，我先懵懵懂懂地报了名。

1977年12月10日，我和哥哥、弟弟兄妹五人，有生以来第一次踏进神圣的高考考场。万万没想到，这年高考预选我居然榜上有名，我家老三和老五也榜上有名，当时但凡知道此事的老乡没有不替我们高兴的，见到我满眼都是笑意和羡慕。来弥陀小镇十几年，我们从没有如此扬眉吐气过，连每顿烧饭的小炭炉冒起的青烟也是香香的。那夜，月光特别柔和，小河旁的棒槌声也格外清脆动听。记得语文考下来，弥陀中学的老师也在场外候着，石老师一看我出来，便过来问我考得怎样，我说除了英语，其他感觉还行。当时真是信口胡说，我哪知道考得好不好。老师又追问："披露"一词写出来没？我傻了，"披露"？从没听说过这两个字！那时我们没报纸看、没新闻听，只有大喇叭整天在耳边喊叫，早已充耳不闻了，哪里知道"披露"是什么东西？但尽管如此，我们兄妹有三人预录取、体检、政审了。第二次政审的结果是，老三被安医大录取，老五也接到了安大录取通知书，只有我——满心欢喜一场空！

后来多方辗转打听，得知这年对考生"政审"很严格，在分数上线、体检合格后，对每个考生组成了两人以上的"政审调查小组"，查考生的政治表现、家庭出身，包括亲属有无政治和历史问题，写成专题"政审材料"。我——一个落难至此的右派分子、地主坏分子的后代，在报考复旦大学这所重点院校时，想来在政审上遇到了不少麻烦。

当年我之所以斗胆填报了复旦大学新闻系，缘于我就读的弥陀中学那些见过世面的老师们的指点。学校虽位居深山，但却是个藏龙卧虎的宝地，我的老师们有自学成才的英语老师，有安徽大学的高才生，有人民大学的教授，还有晚清重臣李鸿章的亲孙女……填志愿时，老师们认为我聪明胆大热情不怯场（其实这只是个假象），这个性格很适合做记者，要我填报复旦大学新闻系，我也不知天高地厚就这么填了。谁知1977年高考对报考法律、新闻等专业的考生政审极为严格，也不知道是政审原因或是其他什么原因，最终就是我落榜了。

1978 年春节一过，弟弟背着行囊去安徽大学了，三哥在合肥也上了安徽医学院。落榜的我经历这次打击，又老老实实地回到"五七中学"教书去了，默默地上课、改作业，偷偷地背自己抄写的《红楼梦》诗词及注解……4 月中旬，又得到了我老师捎来的口信，他们要我别灰心，今年夏季还将举行高考，嘱咐我赶紧准备再考。

1978 年 7 月，我再次走上了高考考场。

高考结束，又要填志愿了，可我究竟该怎么填呢？我最最崇拜敬仰的语文老师石刚年先生还是劝我填复旦大学新闻系，但 1977 年高考的落榜让我彻底没了底气。我真不知道自己还能不能考上大学，害怕达线后仍会在最后的阶段被甩掉，毕竟我父亲的右派帽子还没摘掉，母亲仍时不时地被叫去训话，再说地处偏僻闭塞的大山深处，无从知晓任何有关高考的信息，我感觉自己完全处于无知无助的状态，尽管如此，我内心一个意念仍然清晰而坚定：我一定要考上大学，才能尽快离开这个被驱赶而至的偏僻之地！弟弟上大学去了，经审批确定的唯一招工名额是给大哥的，二哥顶替父亲入职，我没有任何别的出路！再待下去，我会怎样？我不能想象！

我要逃离！无论用什么办法！去哪个学校并不重要，于我而言，逃离这里才是最最重要的。于是，1978 年，我就成了弥陀镇有史以来第一位女大学生，成了安徽师范大学中文系 78 级的一名学生。

从 1976 年 1 月当教师至今，我从教 38 年。38 年来，我从一名农村的代课教师跳转成吃"皇粮"的公办教师，后又从一名普通教师成长为安徽省第一届教坛新星；在 40 岁那年，我又从安徽一所重点中学跳转到上海一所十年一贯制学校，成为上海市先进教育工作者！退休后，我又从公办学校转而进入私立国际学校。

感谢母亲，是母亲教会我无论经历怎样的磨难与苦痛，仍然坚强开朗地活着！

感谢母校，是弥陀中学所有老师崇高的师德、精湛的才学为我树立了人生的标杆，激励我努力成长为像他们那样的人！

感谢邓小平，是小平同志把我的家庭从 20 年颠沛流离的折磨与苦海中解救出来！

感谢安徽师大，是母校让我成长为一位像弥陀中学老师那样可敬可亲的人民教师！让我用自己的一生去践行德高为范、学高为师。

那年月，最难忘的人与事

陈　峰

陈峰，1948 年出生。合肥工业大学附中教师，所教的毕业班语文高考成绩优异，多次获合肥市语文高考一等奖。

岁月匆匆，很多东西都被时光冲淡了，磨平了，唯有那 1978 年前前后后刻骨铭心的内容却在历史风雨的洗刷下，愈发凸显，愈发明亮，愈发珍贵。

我的母亲

首先，我不能不提起她——我的母亲。她是平凡的，但又是伟大的，尤其在转折关头，她是我的领航人。

母亲出身于富贵之家，嫁给父亲后也是锦衣玉食，但要强的母亲一定要工作，父亲不让。母亲偷偷参加了财会班，后分到安医当了会计。父亲性格孤傲，成分又不好，当然成为右派，被抓劳改，母亲用她羸弱的身体撑起一个家。母亲唯一的信念是：一定要让孩子们读书，万般皆下品，唯有读书高。我们家五个孩子全部读书，仅靠她一人微薄的工资，而满墙的学习奖状是母亲坚持不懈的动力。

动乱的年代，将母亲的信念撕得粉碎。因为父亲问题，母亲作为干部下放到凤台架河公社。我和小妹也一道下放。记得一天傍晚，天很热，母亲带着我和小妹来到一棵大槐树下乘凉，天空中的星星繁多而明亮。母亲说，我们每个人就像这星星一样，只有自己努力发光，别人才能看见它们，如果自己不发光，那它还能叫星星吗？我仰望夜空，第一次觉得夜色真美呀！天幕上缀满了宝石般的星星，它们一颗一颗都在展现自己的光芒，都在努力闪烁着光亮。母亲说："努力了不一定能成功，但不努力，肯定会失败。"是啊，在人生的低谷中，我们不能放弃，母亲的这句话深深地刻在我的脑海中。

后来我进了电机厂，当过电焊工、话务员，最后又调到电机厂子弟小学当老师。邓小平复出，恢复高考，给上千万的知青带来了福音。1977年，当无数知青走进考场时，我家却没有一点动静。父亲问题是罩在我们头上的无法驱除的阴云。母亲本来是要求我们都去试试的，可是一提起政审，母亲便泣不成声，她的心在流血！

77级的录取通知书发放时，母亲四处打听，然后颤抖着小声告诉我们，安医有个右派的孩子也考上啦！你们一定会有希望的。母亲鼓励我和弟弟报考，她说人的一生很短，机会往往会一闪而过，必须紧紧抓住。

经过短短的三四个月的准备，开考的日子到了，我们家年龄相差整整十岁的三姐弟，在不同的市、县同时走进考场。考完了，我们家三姐弟参考，居然两人考上本科，在母亲单位一时传为佳话。母亲美梦成真，喜极而泣，仰天大喊，是邓小平救了我的孩子，救了我们一家，邓小平是我们家的大贵人大恩人呀！而后，父亲的问题得到了彻底平反。

可敬的老校长

与当年我参加高考有关的另一个重要人物，就是我们的老校长。

当时，电机厂子弟小学的校长是被下放的省委宣传部的一位老干部，他真是学贯中西，天文地理无所不知，简直就是一本活字典。

他勉励学校的教师要爱学习，常常组织老师们参加作文比赛，使学校自然形成了一种爱学习、爱写作的好风气。对爱学习的年轻人，他是十分赞赏、十分器重、十分支持的。为帮我们学地理，他特地让学校买了地球仪。有这个地球仪，我把几大洲、几大洋的地理位置、气候特点、人文风俗等搞得一清二楚，在高考中起了非常大的作用。有时我们要请假复习，他都安排别的老师代课，处处为我们提供方便。1978年我们电机厂子弟小学一共有三个老师报考，结果全部考上本科。

老校长非常高兴，十分隆重地为我们举办了庆功送别会。10月一个周三的下午，学生放假，大会布置在一个教室里，金灿灿的九个大字"喜庆三老师金榜题名"贴在黑板上。会上，老校长动情地说："恢复高考，真是邓小平为国家选拔人才办的一件大事，国家要发展，社会要进步，靠的是科技，是人才！真是英明！"老校长走到我们三人面前，与我们一一紧紧握手，对我们说："你们总算赶上了，抓住好时机，最终上了车，好哇，真好！"说到这里，他竟然声音哽咽了，全场鸦雀无声，继而又爆发出热烈的掌声。不知不觉中我已经泪流满面。我们三人毕恭毕敬地向老校长深深地鞠躬致谢，向全体老师致谢！

会上，老校长还郑重地送给我一本十分漂亮的笔记本，扉页上是他遒劲有力的题词："雄关漫道真如铁，而今迈步从头越。"在我以后的从教历程中，老校长的殷殷嘱托、厚重期待，一直是我前进的动力。

难忘大学时光

四年的大学生活是难忘的。记得第一节体育课上，老师非常严肃地要求我们体育考试的科目必须要达标，老师说如果有困难的，平时要加强锻炼，别指望他手下留情。我怕不能过关，我们班女生也都害怕，怎么办？练！于是我们早早起床，到操场练跑。我觉得自己跑得比别人慢，有时不但早上跑，晚自习后还练两圈。大运动量的练习大大增加了饭量，一顿要吃一大茶缸，那真叫饱食终日，体重噌噌向上蹿。没有几个月就达120斤，达到巅峰。到我放寒假时几乎所有亲人、朋友都大呼：哎呀，大学就是养人呀，人都养得水灵水灵的，难怪都想上大学呢！

我们最开心的日子，就是放假归来。大家都把从家里带来的各种好吃的拿来展示、分享。有的带来卤菜，好香好香；有的带来小枣、松子等香喷喷的特产，好看好吃。我总是把家里炒熟的糯米拿出来，金灿灿的，一打开米袋子，香气便弥漫了整个宿舍，从门缝里飘出去，连邻班的女生都忍不住要伸头探看。大家吃着、说着、笑着，真是乐不可支。随后几年有的同学便开始带来了小锅小灶，宿舍里常常弥漫着饭菜的香气。

那时候，很流行邓丽君的歌，女生尤其喜爱。每当空闲洗衣时，打水时，上课的路上，都飘荡着女生的歌声："送你送到小村外，有句话儿要交代——"往往是一个人唱，其他人哼，很快就变成了女声小合唱。那就是一道风景，招来多少男生羡慕的目光。女生也昂首挺胸，迎着男生的目光，唱得更加陶醉、痴迷："路边的野花你不要采，记着我的情，记着我的爱……"

那时，我们在阶梯教室上课，谁都想坐前排。记得刚上课没有几天，一个男生来得早，坐在前排。我们几个女生就一言不发，并排站在他前面，后面几个男生就拍桌子，那个男生尴尬地笑笑说："女士优先，女士优先。"赶紧收拾书本退到后排。以后，第一排总是我们女生的固定座位，男生来得早，也是很自觉地往后坐。我们便说，还是1班和2班的男生好，都那么绅士，那么有风度。这话一传出，男生更加自觉了。几个女生相视一笑，这是友情，也是智慧。

还有一天，我去图书馆看书，路上突然下雨。我拿出刚买的红色折叠伞，可是，摆弄了半天也打不开。正准备顶着雨跑，后面上来一个20来岁的小伙子，腋下夹着书，看来也是去图书馆吧。他说：我来。不容分说，拿过折叠伞，身子轻轻一转，手一伸，折叠伞呼啦一下就开出一朵美丽的红牡丹。我问他，你用过这样的伞吗？他说，从来没有。我又问，那你怎么这么熟练？他笑了，还说，这么漂亮的伞，我觉得只有这样打开才最合适，不是吗？我要带他一起打伞，他一下子跑了，笑着说，我腿长，雨哪能跑过我呢？跑了几步，他又回头大声问：姐，在哪买的？我回问他：你要买给你女朋友吗？姐带你去。他连连摆手，一下子红了脸。一个多么可爱的小学弟！

记得在现代文学课上，一位女老师在教《祝福》时，用深情的朗读把我们带到那个场景中："我真傻，真的！""我以为……"老师用她的语言，生动再现了祥林嫂形象，也深深震撼了我。然后，她又对这个悲剧形象条分缕析。鲁迅的这篇小说我早就读过，但远没有那天受到的感染大。哦，原来这不仅是文学的魅力，更是教学的魅力呀！之后，我在语文教学中，都按照老师的标准来要求自己，先把自己融进去，先感动自己，再把这种感情传递出来。果然，这种方法深受学生的喜爱，赢得了良好的口碑。

四年中，除了学到了专业知识外，还大大开阔了眼界。大学生活是一个很好的平台，凭此可以更好地眺望远方的风景。在这个平台上，我才发现原来世界这么多姿多彩，这么丰富绮丽，暗自庆幸自己抓住了机会，上了这趟晚班车呀。

40年，弹指一挥间。同窗中有的才华横溢，诗词歌赋无不精通；有的成就卓著，世人瞩目；有的位高权重，炙手可热。衷心为同学们取得的成绩而骄傲。相比之下，自己只是一名普普通通的中学语文教师，从一而终，一干到底。无愧的是，我在自己的岗位上尽心尽力，活得云淡风轻，自在从容。我曾多次获得合肥市语文高考一等奖，2008年合肥理科高考状元就出自我们班。辛勤培育的桃李，如今已遍满天下。2013年，我去洛杉矶带孙子。当我们去旧金山游玩，在餐馆就餐时碰见了我教过的实验班的一名女生，她现在硅谷工作，还领导一个团队呢。我们聊了很多、很久，最终她坚持要为我们一大家子买单，说她在异国他乡能请老师吃饭，这是天意。

每年都有实验班、普通班学生返校20周年、30周年纪念日，当年的孩子们都已经变成了英俊潇洒的小伙子，青春靓丽的姑娘，足迹遍布世界各地。所以，我觉得教师这个工作很好，特别适合我。虽然，我们每个人只是一颗小星星，但只要在自己的岗位上努力发光、发热，那么众多的小星星也能成就璀璨的星空啊！回顾人生，我也实现了当年许下的誓言：报效祖国，报效母亲，报效老校长，报效所有支持我帮助过的人。

那时正青春

罗　刚

　　2018年春节期间，得知我们中文系78级的同学正在举办面向全体同学的征文活动，旨在回顾自1978年走进大学校门起的点滴片断及人生感悟，心中不禁怦然，40年前的似水年华，断续地浮现脑海：有时似黑白影片，有时则炫彩如新。古语云：人生如白驹过隙；哲人曰：弹指一挥间。诚然，置身于历史的长河中，人生百年不过一瞬之间，可对于吾辈凡夫俗子，40年可谓半生光阴，一路走来，孜孜矻矻，备尝酸甜苦辣、悲欢离合；曾经的青葱少年，已是白发苍苍，大多已逾退休年龄，或含饴弄孙、晨昏健身；或周游列国，观光休憩。我已于去年正式退休，算是完全空闲下来，至于今后任由自己随心所欲支配的几十年，是该作规划的时候了。鉴于我多年教书办报的经历，曾写过一系列知青生涯、教书生涯等的散文随笔，于是乎，回顾自己的一生，给孩子、家人留下一本自传，当然地纳入计划之中。此次征文自是将我的这点私念撩拨得愈发汩汩突突。此际，脑海忽地涌现出一部讲述20世纪末和21世纪初一群在重庆求学的莘莘学子们经历的电影《既然青春留不住》中的主题曲，现抄录下来，致安徽师范大学中文系78级的同学们并作为此文的开场白：

　　罗刚，1956年出生。曾任安徽省团校高级讲师，安徽省政协机关报《江淮时报》编辑、副总编辑。

夜色正阑珊，微微荧光闪闪，一遍又一遍，轻轻把你呼唤，阵阵风声好像对我在叮咛，真情怎能忘记。你可记得对你许下的诺言，爱你，情深意绵。

1977 年 8 月，从广播报纸上得知，在经历了"文革"十年后，终于恢复高考了！我虽非常惊喜但又不无担忧。我这个初、高中阶段大多在学工、学农、学军的毕业生能考上大学吗？尽管有着诸多的担忧和不安，是年底我还是毫不犹豫地报名参加 1977 年 12 月举行的首次高考，报的是理科，三天考试用的是三天存下的休假时间。当时，我们同单位参加高考的足有近百人，参加马鞍山市高考的就有满满两辆解放牌卡车。至于考了些什么内容，我已记不清了，反正没考上，分数呢，因没公布至今也不知道。对我而言，最大的收获是明白了自己的短板，知道了高考不是闹着玩的，非得下大气力准备不可。

当下，我就决定：从即日起认真准备今年的高考，将自己由"知识青年"变成真正的"知识分子"。

当时对我而言，面临的最大挑战就是缺少教科书和时间紧迫。缺少教科书，对于今天的年轻人来说可谓天方夜谭，但在 1978 年却是千真万确的，不仅缺乏而且极其缺乏。为解决这一难题，我托与我同科室的一位工农兵大学生向他在家乡公社中学当老师的妻子借来了一套高三教材。时间急迫，只好自己挤了，工作是不能耽搁的，出野外作业及出差是无法推脱的。鉴于此，我只能充分利用早、中、晚的空闲及周日休息时间，刻苦攻读复习。中、晚间主要阅读教材，记下要点、难点；早晨以背诵为主；星期天则专攻一科。在那半年多的日子里，田间地头、林中树下及至南京、上海招待所的院子里、江南江北小镇的旅馆里都曾留下我勤学苦读的身影。

为什么我将高考的方向改为文科呢？此事有必要做一番交代。

在决定参加 1978 年的高考后，我曾对自己的小学、中学经历作了一遍反思。1966 年"五一六通知"后"文革"开始，我当时是一名小学三年级的学生。到了 8 月份全国大中学校红卫兵大串联时，学校就已经停课闹革命了。我也想跟着大哥哥、大姐姐们串联去北京，见敬爱的毛主席，可一是家里不同意，二是别人嫌我太小不愿带，让我这名红小兵十分郁闷。就在此时，一个偶然的机会，让我拥有了一把学校图书馆的钥匙，这下我虽无课可上却有书可读，实在是件高兴的事情。我所就读的南山小学，是一所主要为马鞍山市向山镇的南山矿区及周边城镇设立的小学，学生主要是南山铁矿、向山硫铁矿、322地质队职工子女及周边城镇的孩子。因为每年的六一儿童节，三个企业都要以工会名义向学校赠送一批图书及文体器材，所以，虽是一所小学，图书馆里的藏书却十分丰富。从我家到学校仅要十几分钟，每天早晨我就去图书馆，坐在角落里找来一本喜欢的书，一个人一直读到吃午饭前关上门回家。这种情形大约持续了近一年时间，我在这独自拥有的图书馆里，如饥似渴地阅读了大量书籍。回想起来主要以小说为主，如苏联著名作家高尔基的"三部曲"——《童年》、《在人间》和《我的大学》，奥斯特洛夫斯基的《钢铁是怎样炼成的》和《暴风雨所诞生的》及法捷耶夫《青年近卫军》，绥拉菲靡维奇《铁流》，富尔曼诺夫《夏伯阳》和科斯莫杰米扬斯卡娅《卓娅和舒拉的故事》等其他苏联作家的作品。中国现代作家的作品主要如冯德英的《苦菜花》、《迎春花》和"三红"——罗广斌和杨益言的《红岩》、吴强的《红日》、梁斌的《红旗谱》等。正是这批洋溢着革命英雄主义、爱国主义和现实又浪漫的文学作品，不仅让我渴求知识的心灵得到滋润，而且激发了我对文学的爱好。在那火热的年月里，我时时默诵着奥斯特洛夫斯基的名言：

> "人最宝贵的是生命，生命对于每个人只有一次，人的一生应该这样度过：当回首往事的时候，他不会因为虚度年华而悔恨，也不会因为碌碌无为而羞愧。在临死的时候，他能够说：我的整个生命和全部精力献给了世界上最壮丽的事业——为人类的解放事业而斗争！"

作为共产主义事业接班人，我们有着崇高的理想和道德情操，为中国乃至世界的共产主义事业作出贡献。每念及此，我都会热血上涌，激动不已。

1969年小学毕业后，因为马鞍山市中学容纳不了应届的学生小升初，加之原来的秋季入学改为春季入学，故而，我是1970年春才得以进入由我就读

柳暗花明

的南山小学"戴帽子"后（指由基础较好的小学，补充一部分其他中学的老师和"老五届"大学毕业生创办的初级中学）变为的南山中学。甫一入学，先不上课，而是参加学校的基建劳动（因另选址建校，故一切从零开始）。一年后，中学初具形制，我们这批六个班的学生才走进教室开始初中的学习。初中毕业后进入马鞍山市第四中学，这是一所由原师范学校师资为主的中学（初、高中全日制），教学质量在当时应是不错的，但两年的学制，学工、学农、学军就几乎占去一半有余，到1975年春拿到高中毕业的文凭，数理化、语史外学了些什么真材实料，我是不得而知，心里最惦记的就是上山下乡。

与当年大多数"知识青年"一样，面临的唯一选择，就是向学校提出了申请：要求到最边远、最艰苦的广阔天地里去锻炼劳动，淬炼成钢。那一年马鞍山市知青下放最远处是滁州地区的来安县。1975年清明刚过，我成为来安县新河公社岱山大队张湾生产队的一名下放知青。虽是豪情万丈的"一颗红心，两种准备"下放农村，但繁重繁复的农耕，实在看不出我能在此为全人类最壮丽的事业奋斗出多大名堂。是年10月，借着内部招工的机会，带着原封不动的一箱子书又回来了，成了一名地勘测量员。

虽说在我成长的环境中多是读理工科的各类知识分子，但就我而言，骨子里还是喜爱文学，窃以为若想以后有所成就，选一门自己心里喜爱的职业是极为重要的；即便为生计所迫也不能委屈自己一辈子。鉴于此，我选择了报考文科。

1978年的夏天，酷热难耐，这是"文革"后首次采用全国统一卷的高考。我被分配在马鞍山市二中临街的一间教室，三天的考试，每天汗流浃背，湿热的江南，连空气中都透着燠热。甫一考完，我就大病一场。躺在床上，回溯着每门考卷的题目，自忖考得还行，剩下的就是等待结果。分数下来了，分数线也下来了，我高出分数线40分，算是考上了。接着就是填志愿、体检，我一口气报了几个中文系，最终被安徽师范大学中文系录取。办完辞职手续，迁了户口，我的人生开始了崭新的、充满幻想和理想的大学生涯。

记得我是最后一天报到的，原因是父亲准备送我。这天一大早父亲和我一道扛着箱子和铺盖卷，乘一辆解放牌卡车从马鞍山赶往芜湖。一个多小时车就开到了安徽师大的校门口，父亲爬上车厢取了行李，只嘱咐了一句"安心学习"，便坐进驾驶室向宣城方向出差去了。望着父亲的身影，记住了"安心学习"的嘱托，我愣了一下，心里一阵发紧，这种感觉，直到我读了朱自清的《背影》后才理解：可怜天下父母心。

78级的大学生，可谓特殊的一代大学生。进校后得知，学生年龄悬殊大至整整一代人。有"文革"前的高中毕业生，有"老三届"初高中学生，有"文革"期间的初高中毕业生，还有应届高中毕业生等。就安徽师大而言，有叔侄同学、舅甥同学、姐妹同学、兄弟同学、姐弟同学等等不一而足。就我所在班级而言，职业、身份有小学校长、大队书记、车间主任、知识青年、高中学生，年龄从1946年到1963年，差了一辈人。除了年龄的悬殊，知识水平更是参差不齐，许多老大哥、老大姐同学，基础知识极为扎实，因此，大一的基础课学习毫不费力。正是看到这一差距，我只有暗下决心：刻苦学习，不要落后。

学习中，我最感吃力的就是先秦文学了，许多唐宋元明清的诗词曲赋、散文小说中引用的典故、成语均出自先秦文学作品里，不读懂先秦文学，连唐诗、宋词也弄不明白。找到了自己的短板，只好勤学"恶补"了。在此后近两年中，我每天的课余时间都泡在图书馆、阅览室里，借助工具书，吭吭哧哧地、一字一句地，硬是把四大册清人严可均辑录的《全上古三代秦汉三国六朝文》通读了一遍。从此，在古代文学、文论的学习中，立马感到了一阵轻松、清晰。正是有了这样的经历，为我后来注译清初文人张潮的《幽梦影》（此书2002年由中央文献出版社出版）一书，奠定了自信而又坚实的基础。

刚进校，老师就为中文系的学生开出了一长串必须阅读的书目，全为古今中外的经典。回想起来，我虽也读了不少，但没能全部读完。印象最为深刻的是一口气读完海明威的《老人与海》的那次经历。记得那天，我感到胃部隐隐作痛，虽不是十分严重，但毫无食欲，连午饭也没吃，下午还是去了图书馆，借来了这本书，读了起来。这是一本薄薄的小册子，却是诺贝尔文学奖获得者海明威最著名的作品之一。故事的跌宕起伏、古巴老渔夫桑地亚哥漫长渔猎生涯中惊心动魄的钓鱼历险令我的心中激动不已。说来也怪，读书时竟然胃痛全好了。从老渔夫不屈不挠地坚持中，我感悟到，人的一生定会遇到各种各样的挫折、困顿，但只要坚持，坚定地向前奋进，一定会"前面是个天"的。在以后的多个晦暗、困顿的时段里，我常会在脑海里闪现出老渔夫桑地亚哥的身影，坚持、坚持、咬牙坚持；生活在继续，一切都会好的。

四年的大学生活在团结、紧张、严肃、活泼中很快就度过了。团结，四年的朝夕相处，让同学们从了解到谅解达成了理解；以班、组为单位的集体更加团结友善。紧张，有规律的学习作息，加之大家都十分珍惜这份来之不易的深造机会，所以，四年的渐进式学习、考试，都是在期待和紧张中度过的。严肃，学习是件严格而高雅的活动，来不得半点的投机取巧，唯有博学笃行，方能学有所成，严肃对待成为每名大学生的必修功课。活泼，我们的大学生活，肇始于中国改革开放，其间，圆舞曲、交谊舞逐渐在校园里流行开来；校园歌曲、流行歌曲最早也是在校园里得以蔓延开来的；体育达标测试在大专院校的实行，使得大家在学习之余纷纷活跃在各类运动场上；活泼不但成为大学生活一部分，而且让校园里处处焕发着青春的生机与活力。

1982年7月，大学毕业后，我当了11年教师，办了近10年报纸，然后进入省直机关，从事了10年港澳台侨和外事工作，最后干了5年的"老吾老，以及人之老"的工作，于去年正式退休。40年的职业生涯，我可以毫无愧疚地说道：我已把我最美好的年华，奉献给了祖国的改革开放事业，尽了我之所能。当教师，我培养了一批优秀的学生，大多至今活跃于省内的各级机关、国企和学校，成为中坚骨干；办报纸，我得过中国新闻奖、安徽省好新闻奖、报纸副刊奖、经济新闻奖等近20个奖项；在从事港澳台侨和外事工作期间，去过港澳台地区及亚洲、欧洲、美洲、大洋洲和非洲的一些国家作考察和访问，广交一批港澳台的知名人士及华人侨领。

2012年10月，中文系78级4班部分同学在安徽师大老校园里有一次相聚。在曾经的阅览室里，大家围坐一圈，各自依次谈谈自己的近况。一圈下来，有位同学总结道：我们班的同学文气太重。我很欣赏此语，也曾写过一篇题为《本愿做一介书生》的随笔，还获了奖。回想起来，这份坚守通通与大学四年的教育血脉相连不可分割，我先后出版了著述20多本，计300万字；发表文章千余篇，涉猎学科包括文学、史学、社会学、管理学、新闻学、人才学等诸多领域。这些成果，均可归结到教师"授人以渔"的根本。

1978—2018 年，40 年，弹指一挥间，我们大多已年逾花甲。当年的意气风发、指点江山的热情，被岁月磨蚀得仅剩雪泥鸿爪。《三国演义》的开篇词再次回荡于耳畔："滚滚长江东逝水，浪花淘尽英雄；是非成败转头空。青山依旧在，几度夕阳红。白发渔樵江渚上，惯看秋月春风。一壶浊酒喜相逢。古今多少事，都付笑谈中。"同学们虽大多皓首白头，但以此次征文中如此热情踊跃，充分说明，大家的心未老，青春记忆永驻。

我虽已银发飘飘，但心气仍如既往。毛泽东有句名言："自信人生二百年，会当水击三千里。"刚过花甲，生命还在继续，生活还在继续。退休赋闲，正好可以为自己"再活五百年"。

40 年，是我通过高考步入大学校门之后的 40 年，也是中国改革开放的 40 年；我们不仅与中国发展进步同呼吸共命运，而且也是中国从贫乏走向富强的见证者、亲历者。我们的韶华岁月正是融入了这一历史进程中，因此，我骄傲，我的国！今天，站在为中华民族伟大复兴而努力的节点，中华优秀传统文化的传承弘扬显得尤为迫切、重要，我愿为此再学习、再努力、再进步，献上绵薄之力。

"世上有朵美丽的花，那是青春吐芳华。"——1978，那时，我们正青春。

从知青到大学生

江　舒

江舒，1959 年出生。先在金寨一中任教，后在六安市党史研究室工作。

　　我 1974 年初中毕业，因为家庭成分不好，被同样是家庭成分不好的班主任给剥夺了进入高中学习的机会，理由是：贫下中农的子弟都不能全部上高中，怎么能让地主羔子进入高中课堂?! 尽管我父亲 1949 年 7 月参加了解放军，一直在地方人武部门工作，1972 年转业到县邮电局工作，当时没办法找人，也没有渠道可以疏通。

　　看着我的同学们大都进入了高中学习，我觉得前途堪忧。当时我父亲工资 48 元，母亲不识字，也没有工作，我兄弟姐妹 5 个，家中生活十分拮据。我不想给家里增添负担，便拿着户口本到民劳局知青办准备下放农村。可是办事人员一看我的年龄还不足 15 周岁，说是不到年龄，不能批准。于是，在同学们上高中的两年里，我便找了瓦工徐师傅做小工，一天挣 1.2 元。大多是给企业或个人做点修修补补的小活，有时候还到河里拉沙卖给基建单位，能给家里减轻点经济压力，我心里还是小有欣慰的。

　　一晃两三年过去了，1977 年春节后终于下放农村了，为了减少家庭负担，我要求到县里最偏远的山区公社去，目的就是希望家里少受公社、大队干部的骚扰，说实在话，家里穷，招待不起。当时金寨到六安的公共汽车票是 1.95 元，去我下放的地方车票 3.25 元，下车后还要翻山过河，走上将近 10 里路才到知青点。

我们知青点有三名早我们三年下放的知青，他们已经很混出了样子，分别是大队书记、民兵营长和大队团支部书记，和我一起到知青点的有三人，这六名知青中，只有我是初中毕业生。当大队书记得知我还不是共青团员的时候，就吩咐团总支书记给我办理了入团登记，就这样，我也算是有组织的人了。说实话，当时生产队对我们知青还是很给力的，下队半个月，就把温室无土育秧的任务交给了我们小组负责。我们 24 小时轮流换班，给温室烧火，测温度，看苗情。总共就出了一批秧苗，第二批秧苗还没长成，在一个狂风暴雨的夜里，温室土墙终于没能顶住雨水的渗漏，坍塌了。为了抢搬秧苗，我们几个人浑身都被淋湿了，好在没有出现人员病伤。温室倒塌，温室育秧也就寿终正寝了。

我们到农村不久，就开始了批判"四人帮"的文件学习。我们知青算是文化人了，所以，大队各生产队的流动学习辅导就很自然地落到了我们肩上。每天晚上，我们几个人到各个小队组织学习，充其量也就是读读文件，大家群情激奋呼几句口号而已。经常是我们读得口干舌燥，社员们听得无精打采，所谓学习与批判，其实也就是走走过场罢了，但是上面有要求，所以必须要弄得像模像样才行。记得当时还要求各大队要出墙报栏，队里就把这个任务交给我了。我找了几个社员要他们出文章，可是要来要去，只收到三篇短文。没办法，我只好大包大揽。一共八张纸的墙报栏，我自己就写了三四篇形式不同的文章凑数，诗歌、散文，还有心得体会等，刊头还画了一张宣传画，我记得是一只铁拳砸在小丑"四人帮"身上。墙报栏两边还写了一副对联作为外框，联语是毛主席的两句诗：金猴奋起千钧棒，玉宇澄清万里埃。

那时生产队都是秋季结算，应该是秋收结束之后，也就是农历 9 月底左右。记得从公历 3 月 1 日下放开始，第一年我的结算工分是 2400 分左右，当时我们男知青是按照每天 12 个工分记工的，也就是说，这一年，我差不多是出满勤。在此之前，恢复高考的消息已经传到了县里乡下，我们大家都回家找了中学课本来复习，但是都是利用工余时间，因为还要考虑到影响和前途，如果考不上，还得在农村待。所以，一开始的时候，春节回家之前，都是边做工边复习的。那时候，我们大队只有在山上的小队有小水电站，可以发点电，照明还不能保障，遇到无水时节，便只能点煤油灯或者松明子。当时煤油还是计划供应，指标用完了，不知从哪儿弄来了柴油，每天晚上，鼻孔里都是黑的。一开始复习时，听说初中生只能考中专，没办法，只能看数理化的课本，等到去县里登记报名，知道不受限制时，就立马报了大学文科考试。我去初中班主任家探望，和他说起，他建议我还是考中专把握大些，我没有吱声。

第一次高考是12月份，省里出卷子，记得最清楚的是政治卷子吧，有一道题是默写《三大纪律八项注意》的内容，还有作文题目是《紧跟华主席，永唱东方红》。考了多少分我也没查，反正没达线。

考试之后，回到农村，因为感觉高考有压力，又正赶上年底征兵，我就和大家一起报名参军。体检时，由于我的视力不好，近视300度的样子，因而就请别人暗中给我做提示，勉强过关。岂料之后被人检举，于是军旅之路宣告终结。那时候，唯成分论还没有完全解除，所以对我来说，当兵不合格，招工靠边站，唯有参加高考这一条路了。之前复习迎考还羞羞答答的，白天上工，晚上复习，春节后，许多知青都直接留在城里参加复习了，我家人带话要我回县城专心复习迎考，于是，我也跟队里请了假回县城了。

回到县城之后，我参加了县中学老师举办的辅导大班，每天在学校大礼堂上课，报名费仅仅1.5元。我因为没有读过高中，语文、政治、历史、地理什么的我自己看书就能学习个大概，至于数学就很难看懂了，所以大部分复习时间都用在数学上面了，之后考试，数学得48.1分，也算是差强人意了。

这次回城复习，不再像在农村时单打独斗了，有课堂，有老师，还有了意想不到的强援。父亲的至交好友，其侄女在县中学文科班属于学霸，叔叔有意让她对我进行一对一辅导。起初，我不清楚此事，又加上之前很少和女生交往，所以，她来我家时，我只做一般问候后便伏案看书。她回家后很是不满，觉得我颇是傲慢。又过一段时间，其叔叔再次提及，并要我去她家就学。大概是儿童节傍晚，我便去她家向她当面讨教。此次见面，不仅相谈甚是投机，互相感觉都有教学相长之宜，更是由此奠定了终生姻缘。

两个多月的共同复习，是我进步最为显著的时段。8月下旬考试，9月放榜，至10月中旬时，我已进入师大校园，进驻男生宿生0号楼303寝室了。

走出长河坝

胡金凤

赤滩是个集镇：一个街道——赤滩街道，一个大队——赤滩大队。长河坝位于赤滩的东南，离赤滩也就几百米距离。长河坝的水往北流一段后偏向西，再流一段就是赤滩的东侧了，在赤滩的东北角汇入青弋江，青弋江到芜湖入长江。我1978年走出赤滩进安徽师大，好比长河坝的水流入长江。

1974年1月高中毕业后再也无处可去，我只能老老实实回家种田。过了一段时间，生产队赵队长在离我家五十多米距离的一户人家门外乘凉时说：如果我是他家女儿，就把我倒栽葱撂到长河坝去。

这种地雷爆炸似的话，注定会传进我的耳朵，因为赤滩的房子几乎都是屋连屋、墙靠墙。假如我真的被人撂进长河坝，绝对没有生还的可能——不会游泳！

属拨火棍的

"属拨火棍的"，是我十来岁开始我妈对我的抱怨，记不清她讲过多少次了。现在我六十好几了，想想我妈的这句话，精准啊！从我可以做一些力所能及的事开始，父亲或者我妈交代我做什么事，我会认认真真、一丝不苟地把事情做

胡金凤，1953年出生。先后在泾县二中、合肥物价学校、安徽经济管理学院公共管理系任教。

117

好。假如没人交代，我就没事了。我是家中老大，有能力做而没做的事情，只能等父母从生产队收工回来才做，他们常年收工之后并不马上回家，而是到菜园里忙一阵子。就是等到天黑，我也不晓得该做些什么。我妈的多次抱怨，并没能改变我拨火棍的秉性。我的前生莫非就是一根拨火棍？我不贪玩，放学回家老老实实把父母交代的事做好。做得相当好，比如扫地，我会扫得一丝垃圾不见，尽管是泥土地面，也扫得净净光。可我就是想不起来还有其他要做的事。

赵队长要把我撂进长河坝，与我属拨火棍的性格极有关系。

我高中毕业回家种田，公社的汪主任在我们大队包队。我不是高中毕业吗，在农民中属于有文化的。巧合的是，赵队长的小女儿，比我大几岁，小学文化，原是大队妇女主任，这时候生小孩了。公社汪主任就叫我当大队妇女副主任。赵队长的小女儿是正主任啊，我真不愧为拨火棍，根本不晓得这里面的奥妙，二话没说，就以妇女副主任的名义干起正主任的事来，遇事自己做主，从来没找过正主任汇报和商量。

公社妇女主任杨齐敏把我们15个大队的妇女主任召来，中心任务是抓计划生育。可怜我啊！1953年出生，1974年高中毕业，20多岁了，谈朋友这种念头连闪都没闪过，陡然间就得抓计划生育。好在我是拨火棍啊，家里的事父母拨，这个事杨主任拨。杨主任每次开会都要强调国家定的人口自然增长率控制在13‰。我们大队11个生产队，总人口1000人出头，第一批要动员十几个三胎以上的育龄妇女接受结扎手术。

杨主任布置了任务，我立马找生产队妇女队长核实情况。符合做结扎手术要求的家庭定下来，我便利用晚上的工夫，一家一家地说服。好说话的一家跑三趟，难讲话的一家我上门九次。艰巨的任务终究拿下来了。

再往后，大队团支部书记的帽子也套到我头上了。那年头，动不动大队要向公社交汇报材料。党支部书记但凡遇到要上交什么材料呀稿子啊，跟我交代一下，第二天我把稿子交给他。双抢，大队要印战报，我好惨啊，白天下地干活，晚上还要写稿子、刻钢板、再油印。长时间刻钢板，手指差点儿废掉了。

本来我不是大队妇女副主任吗？时间一长，"副"字没人提了，没有谁去招呼原来的妇女主任。这么一来，赵队长自然恨不得把我撂进长河坝。

我1966年小学毕业，考上泾县潘村中学，上了一个月课。这一个月多美好啊！做操、吃饭、上课，平静、安宁、踏实。李兰芬老师的数学课，听得轻松、有劲、迷人。谁知，一个月后，一切戛然而止。高年级学生斗老师，给老师带超长的纸糊高帽子，胸前挂牌子，牌子上写了"牛鬼蛇神"之类的字。李兰芬老师也被斗，她的爱人陈民权校长更是被斗得厉害。

在我面前只剩一条路：回家，种田。做工分、种菜、挖野菜、砍柴；阴雨天学绣花、纳鞋底、搓麻线、补衣服、打草鞋……做为了生存所要做的一切。

1970年4月的一天——哪一天我实在记不准了，这一天，我的命运改变了。这天天气晴好。晚饭过后，赤滩小学的凤庚祥校长、曹梦华老师、王志权老师、赤滩大队的王长林支书，我大伯胡義财支部委员，五个人一道到我家，跟我父亲说让我去上学。父亲二话不讲，答应了。

第二天，我回到读了六年书的赤滩小学。当时学校有初一、初二两个初中班。报名找王志权老师。王志权老师是我读小学时五年级六年级的班主任、语文老师。王老师说你报初一。我说不，我要报初二。王老师说你初一没读，进初二跟不上。我说如果进初一我就不上了，进初二跟不上我自己加把劲。王老师说那你等一会儿，我过去商量会儿。与我一道小学毕业的没有人读书啦。初二年级的都是原先在小学比我低一级或者低两级的。我进初二都是岁数大的了，还进初一！一会儿王老师过来了，说学校同意我进初二，但是会吃力的。我说我努力。

那次，我一点也没拨火棍，自己的事自己做主。不到两年初中毕业，依据家庭成分、年龄、成绩，推荐一半人上高中。我们班30个人，15位同学上了泾县中学，我便在其中。

拨火棍当然是木头的

越想我妈对我的这句抱怨的话，越觉得她语言能力不错，她没有文化哦。

农村家家土灶门前有一根拨火棍，都是木质细腻而坚硬难以烧着的。那些年，我的心灵与木头相差无几，没有向往，没有憧憬，没有打算，不想未来，脚踩西瓜皮，滑到哪里是哪里。

1976年，推荐上高校的名额分到我们大队一个，那年的招生政策宣传说是哪里去哪里来，下放知青都不报名，我们本大队的报了两个：我和许秀凤。许秀凤与我同年龄，初中毕业。这事得大队主要干部拍板，毕竟，只能走一个。那天吃过晚饭，我出门在路上遇到大队书记和副书记，书记跟我说：金凤，你是党员，又是大队干部，上学的事你就发扬风格让了吧。副书记跟后面也附和了几句。我不假思索地点头了，大队书记有些诧异：你同意了？我又点点头。副书记问：你没什么不高兴吧？我摇摇头。几分钟的时间，关系到前途命运的大事，我竟然就这么定了。

也许这是上天的安排，非得让我凭实力考上大学。1977年，高考恢复了。奇怪，高考指挥棒一挥，我好像换了个人，一点也不木了。立即去找周献宽老师、曹秋芬老师。周老师、曹老师是两口子，我1970年4月插班进赤滩小学附设初二班时，周老师是班主任，教语文，曹老师教英语。恢复高考时，他们俩在泾县乌溪宣纸厂中学。我赶几十里路到宣纸厂中学，两位老师真心实意地尽他们全力为我找复习资料，我如获至宝回到家中。

1977年高考我预选上了，参加了体检，却不知道什么原因而没录取。

1978年复习期间，夹着栽早稻秧。我妈不会栽秧，只会做手边活，工分是一天8分。我栽秧技术还可以，跟男劳力挣一样的工分，栽一天秧挣的工分是我妈的五到六倍。父亲特别了解我的心思，没等到栽早稻秧，父亲提前打招呼，他让我不要管他们，一门心思复习。再则，不要想着停工复习，要是考不上怎么办。考上就考，考不上不要紧，他们一辈子种田也有饭吃嘛。说完父亲向全家宣布：我每天除了早上挑两担水，其他百事不管。

父亲的话不光使我复习时没有压力，进了考场照样气定神闲。

考分出来，填报离家最近的学校。进了安徽师大中文系，很长很长时间，我恐怕是同学中处境最苦的。高考各科成绩语文最低，我猜想有的同学完全可以做我的老师。对于我，学中文既没基础又没有兴趣，好长时间都想转系学数学。为什么不考理科呢？物理的电学我最怵。高中我是学习委员，学习不是很差的，但物理的电学却听不懂，下课问老师，清华毕业的李高益老师给我单独仔细地讲解了半天，我还是不懂。因为这样，只能考文科。渐渐地，随着我跟同学一起钻图书馆、进阅览室、读小说、背诗词，听各位老师溪水奔流般地讲授，感觉好一些了，对文学中的妙境好像有所领悟了。

毕竟，长河坝的水最终汇入长江。我进师大中文系虽然底子薄弱，大自然这部书倒是略知些许。多年间，无论春秋还是冬夏，不管水稻、小麦、油菜、棉花，从种子下地到收获庄稼，植物生命全过程的美，只有自己全程经历，才会有那种浸入骨髓的感觉。

天上的云彩，尤其是天气骤变时，那种变幻的离奇怪诞，不是常年在田里地里忙活，无法享受到天神赐给人们的奇妙的画。

赤滩、马鞍、洲上、林芝四个大队连片的小盆地的北边，青弋江缓缓流向南陵、芜湖，其余三面是山，参差错落，生云起雾，四季山色，夺目润神。

在师大学习时间长了，看到文学作品中描写自然环境的美，感觉不一定比得上我们赤滩啊。其实，那多少年，我天天忙，年年忙，只为了吃饱穿暖！文学，唤醒了一直沉睡于我心底的对美的知觉和感悟。

岂止大自然。生产队里多少人为我出过力、费过心，有些人早已离我而去，我感谢的字没讲过一个。都因为当初麻木不仁，人世间点点滴滴的温暖，仿佛风一样刮走了。文学作品读多一些，心灵中知暖的小溪活泛起来了。

长河坝只是几十里琴溪河中的一个河坝，琴溪河源于泾县汀溪，青青的山，净净的水，卵石河床，水流淙淙，落差大的地方，水势直下，铿锵轰鸣。山路傍着溪流，行人既听到水声潺潺，鸟儿也不时地亮几声金嗓子。

琴溪河是大自然对泾县东乡人的恩赐，两岸纯是竹树花草。多年饮用这样的水，人生路上遇到的困苦、不顺、麻烦、沟坎，自然会像琴溪河那样，顺势而过。

我进校不喜欢中文，渐渐地，感觉好多了，再后来喜欢文学了。经过四年的学习，终也顺利毕业。

不再属拨火棍了

1982 年 7 月，安徽师大中文系毕业后我进了泾县二中，按部就班地教书、带学生，开始了我的教学生活。谁知，1984 年上半年，县委组织部一封借调令到学校，要借调我到泾县县委组织部。面对一纸借调令，我首先想道：学生怎么办？两个班语文课和一个班班主任，交给谁？学生和我都熟了，往课堂一站，哪几个会积极回答问题，哪几个就想躲提问，哪几个捣蛋鬼偶尔会来点小九九，都心照不宣。不少学生的眼神都印在我脑海里了，突然间要离开他们，不行！我问自己：去，还是不去？我内心给出答案：不去。于是，我到组织部回掉了。

安徽师大中文系诸多老师虽然没有谁教过我遇到借调令该怎么办，然而在教学过程中凭他们的渊博知识和过硬口才带领学生神游八极之表，向我们展示出的丰富多彩的人文画卷，以及他们的学识和风范，使我骨子里已经定下来：此生就做这件事——当老师。

仔细想想进安徽师大中文系之前和毕业之后的我，身高还是那个身高，心灵再不是那个心灵了。经过几年的学习，一个拨火棍似的胡金凤渐渐地成为自己辨路自己走的人了。

还有，捕捉美、感受美、欣赏美，这是安徽师大中文系诸位敬爱的老师赠予我的人生最珍贵的礼物。

更有意思的是，进安徽师大中文系之前，我基本只知道有用之用，经过安徽师大中文系几年的学习熏陶，我知道了人生尚有无用之用。

长河坝的水一路流淌，汇入长江，融入海洋。我有长河坝的水滋养，有安徽师大多位老师的培养，有那么多图书的滋润，有诸位同学的陪伴，深深感到：此生有幸！

春江水暖"高考"知

马德俊

1978 年 10 月 12 日，我带着大学录取通知书来到安徽师范大学中文系报到，成为"文革"结束恢复高考制度后的大学生。成为那个时代的幸运儿之一。现在回想起来，这次高考，不但改变了我个人的命运，也改变了整个国家的命运。高考，拉开了中国改革开放的帷幕。

我出生于安徽西部大别山下的一个山乡。童年正值特殊年代，学校停课闹革命，高考、中考停止了、读书无用了。小小年纪也去串联，不过跑到几十里外玩玩而已。家学无承，父亲 13 岁丧父，只念过 3 年私塾，母亲 3 岁失母，也只念完初小。他们在新中国成立后有份拿工资的工作，还是毛主席让中国人民"站起来"的结果。由于破"四旧"、立"四新"，幼无书读，那时《老三篇》、《毛主席语录》是常看的读物。因为我住在公社的院子里，看报纸、听广播比别的同学方便，信息量稍大，多了些获得山外世界信息的渠道。1970 年以后，毛主席号召学哲学，"批林批孔"，评法批儒，读鲁迅的书，看《红楼梦》，批《水浒传》，我们堂而皇之地看了一些古书和《共产党宣言》、《反杜林论》等，偷看了《三国演义》、《烈火金刚》、《苦菜花》、《小兵张嘎》、《唐诗三百首》等"毒草"，还钻墙打洞从尘封多年的学校小图书馆偷来了一些书，我的一点文学、古文知识、共产革命小常

马德俊，1957 年出生。曾任安徽省六安市委宣传部副部长、市文联党组书记、市政协常委，为安徽省文联委员、中国作家协会会员。

识和哲学理论是从这里来的……就这么混到高中毕业，作为城镇青年，下放到农村。

1976年2月15日，那还是一个春寒料峭的日子。从季节来看，大自然处于初春，气候还是很冷的。从政治生活来看，敬爱的周总理的逝世，更是给每个人的心头都覆盖上了寒冰。不知家事更难知国事的我，来到农村开始了"广阔天地，大有作为"的岁月。学大寨、改天换地，乡村大地的宽厚和农民的质朴，容纳了我们的热情也宽容了我们的过错……那时我们的劳动报酬每天不到4角钱，有的比我所在的队还要低。经过"文化大革命"十年劫难后，农村的生产力遭到严重破坏，经济管理体制中延续了20多年的"大呼隆"、"大锅饭"等弊端恶性发展，多劳不多得，分配不兑现，社员收入低，不少人连温饱都不能维持。这些问题严重挫伤了广大农民的生产积极性，农村经济形势十分严峻……与我们下乡前的想象有着极大的差距。当时的我们，目光还不可能穿透历史看破未来，想象不出自己的命运和别的插队知青的命运会有什么截然不同。就我来说，也没有想象过还会上大学，因为没有人给我们灌输过上大学的概念。大学对我来说是遥远而又神秘的未知数。那时，我最大的理想，是当兵或者驾驶员，还是开大卡车的，现在想，那时这两种职业之所以吸引我，是它能让我离开狭小的山乡，走向山外。

1977年秋天，大地初结寒霜，我正在田里干活，忽然听到大喇叭中播音员用洪亮的声音播报中央恢复高考的决定，自己听了真是不敢相信。虽然此时粉碎"四人帮"已经一年多了，但中国思想解放的浪潮还没有展开，连我们自己也不相信"文革"中大批特批的高考这么快就会被恢复。于是仓促上阵备考，由于基本功不扎实，1977年没有考上，便成为1978年夏季高考的610万名考生中的一员，而且十分侥幸地胜出，考上了安徽师范大学中文系……

1978年10月8日，从安徽西部大别山区的山镇，坐汽车、至省会合肥，又转火车、过长江轮渡，来到安徽师范大学。从我的家乡到这里不过200多公里，却是我21岁人生旅程中走出的最大人生半径，也是我第一次看到魂牵梦绕的长江。

安徽师范大学不在省会合肥而在芜湖。芜湖是鸦片战争之后通商的口岸之一，是安徽睁眼看世界较早的城市之一，也是安徽"五四"新文化运动的中心地之一。那时楼房不多却近现代遗迹较多、人口不多但女孩子穿着特别洋气……安徽师范大学是一座历史悠久的大学。她的前身是"五四"时期安徽新文化运动中心的省立五中，陈独秀、高语罕、刘希平在这里授过课，蒋光慈、阿英在这里读过书，邓小平在土地革命时曾到此指导中共安徽省委工作。经过"十年浩劫"，动乱的痕迹依然是无处不在地存留着，但大学那幽邃的学魂和敬业精神的气韵，教授那迷人的人品与学品，却有着强大的感召力。

经历了动荡坎坷，我们走进了大学课堂。同学可谓五花八门了。工农兵学商、党政军民学都有，就年龄来说，我们班最大的有 1947 年出生的，最小的大概是 1963 年出生的，相差一代人了。我虽成了"大学生"，却是在动乱的岁月里完成了小学、初中和高中的学历，从知识的角度来说，是先天性贫血的，在大学校园里，我才知道自己的浅薄和无知：未读过《史记》，听说过莎士比亚，但从未读过他的任何一部书……拼音字母和四声是在大学一年级才补上的一课。

是大学的校园使我们恢复了年轻人特有的书生气，老师春蚕吐丝诲人不倦传送着知识，图书馆奉献出人类文明的果实，滋润着我们。大家都是如饥似渴地学习。从教室到图书馆，从早到晚，可以说是拼命地用功。这无疑形成了一种竞争氛围。那时每个考上大学的人都有一种紧迫感，图书馆、阅览室成了我们课余常去之地，每一个老师都是我们求教的对象。老师教我们背《离骚》；欣赏《静静的顿河》、《乱世佳人》和昆曲……拼命吸吮知识的乳汁以补充贫血的身躯。阅历加上勤奋弥补了我们先天不足，感受到自身如庄稼拔节，生理和精神都在"咯叽咯叽"地增长。当时，国家开始走向正轨和复苏，何去何从，怎样发展，怎样看待中国的过去和未来，这些都是我们思考的问题。我们想找到答案，同时也发表自己的主张，这可能是我们很多大学生选择写作的原动力。

大学读书四年，也是中国改革开放潮起潮落的四年。首先是中国社会重心由阶级斗争为纲转移到经济建设为纲，其次是召开了十一届三中全会，然后是平反冤假错案，地富反坏右的帽子也摘了，社会增加了新的生产力，人们已完全平等地享有各项民主政治权利。乡亲们来信说，我们原来下放的公社变成乡政府，大队变成了村，农民有了责任田、责任山，粮食包产指标增长近三成。包产后，家家起早贪黑搞生产，生产形势很快好转。有了时间，大家还要搞点副业生产……

四年过去了，我们人生的履历多了"大学本科"这一重要的经历。我们从大学走向社会，参加了工作，直接走入改革开放的征程之中。我们在工作的大地上，埋下自己的情感、自己的思想、自己的梦想，如同农民把种子撒在大地上，满怀着希望，期待着丰收的日子……

40年了，我们这代大学生大多数已届退休，那些关于高考的回忆渐渐消失在心田的各个角落，就好像小溪淙淙在空寂深远的山谷里流逝。可是我们的思考和感受并未停止。遐想和对往事的追念，有时会涌上我们的心间。夜深人静的时候，往昔的日日夜夜都映在眼前。是大学岁月提高了我们的人生质量，开阔了我们的视野，改变了我们的命运。转眼40年过去了，在工作和生活的旅程中，有的从青年变成了中年，有的从中年变成了老年；有的成了高官达人，有的仍在吃粉笔灰；有的成了富商大贾，有的仍是步履维艰；有的身在异乡，有的已命断黄泉；大多数平安退休，极少数身陷囹圄……可是我们对高考和大学的思念仍是越来越浓。40年了，我们时常念叨着恢复高考和改革开放，犹如大海惊涛拍岸，卷起千堆雪。

高考，这成为我们人生一个重要的驿站。那次高考给我个人和大多数中国青年的人生带来的变化是永远难忘的，并且心中总有一股虽历经岁月消磨也淡化不了的豪情。文学史上抒发对大学感激之情的名人名篇很多，徐志摩向我们倾叙过他轻轻地来又轻轻地走的康桥，冰心优美地描写过她所钟情的威尔斯利慰冰湖的风光，还有的学子赞美过哈佛、倾心过早稻田那些巍峨的学术殿堂的美轮美奂，但我想这都代替不了我们这代人对恢复高考考上"我的大学"的刻骨铭心的感受。

随着对40年前恢复高考制度决策的了解，我们才更深切地认识到这是中国历史的一次新的转折。国家由此拉开了改革开放的大幕，从此迈上了从"站起来"走向了改革开放"富起来"的新征程。在这一伟大征程中，我们这些大都退休的人，要有功成不必在我、建功必定有我的心态，我们仍然还可以运用在大学所学的知识，为实现中华民族走向繁荣富强伟大复兴的中国梦而尽智出力。我们不能冲在第一线，但不妨碍我们做一个历史的传承者、记录者。如我们的安徽老乡海子诗中所言：从明天起，做一个幸福的人；喂马，劈柴，周游世界；从明天起，关心粮食和蔬菜；我有一所房子，面朝大海，春暖花开。如我们的大学同学朱良志所言：一花一世界，一草一天国，做人要有哲学和诗意地通达、关联。改革开放的征程仍在辉煌地进行着。而我们这一代，以及无数中国人，正在运用大学所学到的知识，为推动中国改革开放的进程，实现中华民族振兴之梦，如春蚕吐丝般尽出自己的绵薄之力。

子在川上曰：逝者如斯夫。40 年过去了，推动中国改革开放、决策恢复高考的党和共和国领导人大都作古。当年的大学老师，有不少已离我们而去，成为我们永久的思念。当年上学时父母对我们的谆谆教诲，又变成我们对子女的仔细叮咛……但是，我感觉恢复高考赋予我们的新生命和在大学孕育的理想没有被夺走，大学给予的知识没有被夺走，我们的奋斗依然如故、我们的激情依然如故、我们的生活目标依然如旧。千秋伟业，40 岁正值不惑，不忘初心、不负使命，跟着时代的队伍，继续前行！

1978

晴川历历

有人说：我的大学，我的选择，
怎能不求知若渴，追赶时光！

有人说：同窗的你出生1946，
我1963，
求学路上，携手并肩！

有人说：何其幸运，
赶上了学术争鸣、思想解放的潮流！

无论何种回响，
洋溢的全为蓬勃向上的活力，以天下为己任的情怀！

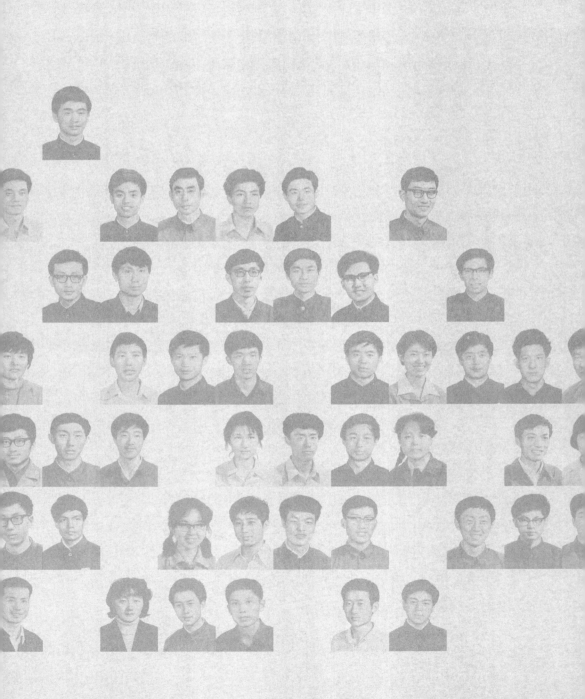

我的黄金时代

颜　鸣

我的大学也是我的黄金时代。

1978 年考进大学，接上了我中断十年的求知之路，一扫我下放期间强烈的孤独感、沉重的压抑感，复活了我少年时代开朗、活泼的个性。四年大学生活的知识储备，是我一生受用不尽的财富。

为伊消得人憔悴

进大学前，我下放安徽淮北农村已经有八年零三个月了。虽然小学都没正经毕业，却被冠以"知识青年"的身份去接受贫下中农的再教育。背负着城市出身的"原罪"，以尚未发育好的羸弱之躯在田间地头出力流汗；为大队的毛泽东思想宣传队撰写演出脚本；到处搜集斗私批修、农业学大寨的好人好事，写成通讯报导送公社广播站；被公社多个部门借用写各种材料……终于有希望被发展入党，还填写了大红的入党志愿书，但因为政审不过关，没被批准。也被推荐过上大学，但迟迟没有下文，生产队的大队长帮我去公社问，回来对我说：你不知道知识越多越反动啊？你考得太好了呀，人家张铁生是交白卷的！后来又被借调到县知青办，

颜鸣，1953 年出生。南京梅园新村纪念馆研究员。曾任民盟南京市委文化工作委员会主任、南京市政协委员、南京周恩来研究会秘书长。

写知识青年的先进事迹和先进个人的材料，当时是有招工机会的，但是我怕一旦招工就没机会上大学了，就狠心放弃了。最后被借调到地区广播站做编辑、记者的工作。

1976年10月，粉碎了"四人帮"，国内政治形势也发生了翻天覆地的变化。1977年8月全国高等学校招生工作会议召开，在邓小平的推动下，会议通过了《关于1977年高等学校招生工作的意见》，决定高等学校招生恢复统一考试、择优录取的政策。1977年的高考是全国各省自己出试卷，安徽的高考是在12月举行的，我被地区广播站派去现场采写新闻稿。

当时参加高考还是要政审的，并且是哪来哪去，广播站的工作是我所喜欢的，又有固定月收入，足以养活我自己，不再需要家里资助，所以做得比较安心，这让我对参加高考有点犹豫。但家里来信催我赶快请假回家。我去找站长请假，他说："我们这个地区广播站很快就会扩建，我会想办法让你转正。你即使考上大学，将来毕业也不一定能分到我们这样的地区广播站。"当时地区广播站正在组建电视台，他特地带我去看了机房，还说："你不是广播站的正式职工，你是知青借用的，离开了就是放弃了。"上大学是我的梦想，但我也担心母亲微薄的收入无法支撑我大学的费用。这时大姐来了一封航空信，语言简洁，口气坚决，叫我赶快回家复习。哥哥来信则表明他会资助我上学，要我打消顾虑。于是我把手头工作结束掉，1978年的春天回到上海开始紧张地复习迎考。

1978年7月23日考试结束，虽然监考老师说我是这个考场考得最好的，但心里还是忐忑不安，毕竟还有政审，还要公社知青办、革委会的签字认可。8月30日接到公社通知，说政审过关了，9月初去县城体检，也过关了。接下来那段时间是焦急的等待。我天天到村口大路去张望，看到邮递员的身影就激动，邮递员摇摇手，又马上陷入深深的失落中。直到10月2日才收到录取通知书，当时真是抑制不住的欣喜、激动，赶快去公社办各种手续，打包行李，10月10日离开了生产队。当时交通不方便，连续的马车、长途汽车、火车、轮船。直到10月12日才到达芜湖码头。

10月16日举行开学典礼，校长说：从现在开始，你们就是安徽师范大学的新生了，大家热烈地鼓掌，但是不知怎么的，我已经没有一点激动的情绪了！

刚进大学我常常会做一个梦，梦到自己在淮北农村光秃秃的旷野里徘徊，想去上学，想回上海，却怎么也走不出这片土地，心中万分压抑、沉重。当时物资贫乏，买什么都要票证，我进校用的蚊帐仍是下放农村时用的，醒来后看到自己睡在相同的场景中，顿时惊出一身冷汗！及至听到同学们轻微的鼾声，还不放心，又掀开蚊帐伸头看看寝室的陈设，再看看窗外射进来的灯光和月光，才敢确定我已经在学校了，心情才平静下来！

刚刚在学校安顿下来，我母亲退休了。上海有一个政策，如果父母退休，可以有一个下放农村的子女顶替工作，户口也就可以回上海了。我母亲当然不愿意放弃这个机会，她想让我退学回到农村，再以下放知青的名义调回上海。母亲在办理退休手续的同时，就到学校来了。她先找我的班主任裴老师，表示要让我退学。裴老师说这个事情他不敢做主，要向领导汇报。后来系里就让祖保泉老师跟我母亲谈话。他们的谈话注定是不顺利的，祖老是巢湖口音的普通话，我母亲是宁波口音的上海话，互相都听不懂。原来祖老让我在系办公室门口等待，因为他们无法交流，祖老就让我进去。祖老说：我要跟你母亲说的话其实也是跟你说的，"十年动乱"，知识断层，你们这些能够考上大学的人都是特别优秀的，"四化"建设需要你们，不要轻易放弃。再从现实考虑一下，现在应届生出来了，竞争会更激烈，考试会更难，你要考虑一下，到上海以后你还有没有可能再考上大学？

我自己是倾向于完成学业的。但是母亲提醒我，招生政策是哪来哪去，我毕业以后还是可能要回到淮北，目前的"顶替"政策是我唯一的回上海的机会。在芜湖船厂附近的一个旅馆里，我们母女商议了两天，最后母亲还是顺从了我的意愿。临别，我望着母亲的背影，不禁流下泪来，我知道我已经没有退路了，只有努力学习，不让母亲失望。

一寸光阴一寸金

学校生活按部就班地开始了，同学们对这来之不易的学习机会都十分珍惜。当时学生宿舍条件很差，住得很拥挤，床挨床，几乎没有多余的空间，但大家都不在乎。系里给每个学生发了一本必读书目和借书卡，鼓励我们多看书。接着，语言类、文学类、写作类、哲学类的课程也一门一门地开出来了，教学楼、图书馆、阅览室每天都被赶早抢座位的同学挤得满满的。

除了正常上课，学校为了提升我们的学术水平，也请了外校老师来开讲座，如南京大学张玉超教授的《文学艺术评论中真善美的原则》；复旦大学濮之珍老师的《语文、思维和形象思维问题》；复旦大学的蒋孔阳做了两场讲座，分别是《关于美的本质问题的讨论》、《怎样分析文艺作品》等。本校老师也给我们开了不少讲座，如黄志萍老师的《静静的顿河》赏析；胡叔和老师的《杰出的现实主义艺术——评雷雨》；段茂南老师的《中国文论中关于创作方法问题的见解》；张柏青老师的《论系词"是"的出现时代》；刘普林老师的《论"五四"戏剧运动》……这些对我们这些被荒废了十年学业的学生来讲是多么的渴求，我们就像一片干涸的沙漠，拼命地吸收着知识的甘霖！

我们班 60 个人，分成 5 个组，我的第一任组长是吕斌，为人正直。班里的学习委员王忠文也在这个组，他高考语文分数是我们这一届最高的。那时每周有半天政治学习，无非就是念报纸，我们都舍不得浪费时间，许多同学就会边听组长读报，边看自己的书，小组里的气氛也只有在谈到某本书时才会热闹起来。

不久，小组进行调整，我换到了另一个组，组长是周水生，他和我们组年纪最小的王新疆整天相伴左右，像大哥和小弟。我们每次去参加小组学习，王新疆、蒋晓铭、方世钧、刘安平等总会腾出自己的凳子来给我们坐。记得杨树林很爱干净，常常看到他拿洗好的衣服在窗口拉绳子晒。朱良志则总是安安静静地拿一本书坐在靠窗的位置上翻看，他知道的很多，发言就显得很有学问。很少看到王希华，因为他喜欢窝在床上，我们读报时他也不下来，有一次我就跟袁曙霞说，这个人是懒虫！袁曙霞说，他躺在床上看书呢！组长周水生很聪明，他读一会报纸就说休息一会，其实是让大家看看书，或者讨论一会正在学习的课程知识。

记得是大二的时候，有一天，几个男生来找我，说我们年级要成立文学社，邀请我参加。我奇怪他们怎么会来找我呢？他们说，上写作课的仇老师说，我们这个年级只有你的写作全部是优。我顿时觉得在农村八年多没有完全荒废，虽然当时从事文字工作的初衷是为了躲避下地劳动，但最大的收获是打下了比较扎实的文字基础。我后来参加过一次文学社的活动，看看都是不认识的男生，以后就不去了。

随着课程的进展，我们读的古代诗词、文学经典作品也越来越多，正是吐露芳华的青春时期，女孩子们一颗诗人的心也萌动起来。正逢 1980 年五一劳动节放假，于是我们寝室的几个同学就商议去赭山赏花作诗。当天一清早，我们六个人就转出校门去登赭山。在山顶亭子的栏杆边上，我们眺望长江美景，每个人起一个雅号，通过抓阄，定出联诗的顺序。联诗很长，连了一长串，很不工整合韵，但是大家为初次联诗成功而得意。作完诗，我们让昱山君念了一遍又一遍，然后又合起来朗读。山上有两个人正在看书，我们又念又笑又叫又拍手的，直接把人家吓跑了！我们一路采着盛开的野花，每人捧了一大把花回到寝室。人回来了，诗心还没过瘾，又决定用"今朝风和日暖"六字，每字为一韵再作诗。

那段时间我们写诗都痴迷了，后来 3 班的郭其智也加入了，起了个雅号"豫中使者"。石榴花开的时候，我们仿效《红楼梦》中"赏菊"，拟了十二个题目，一人作两个，我抓到的是《问石榴》、《供石榴》，规定作七言古风，三天后去艺术系山上吟诵。袁曙霞的诗句最好，宋中华爱琢磨遣词造句，王李平最讲究对仗，汪芸对平仄音韵纠错很到位，点子也多。记得有一年中秋，寝室里就剩袁曙霞、汪芸和我三个人。袁曙霞提议说：我们写中秋的诗吧。但那天是阴天，看不到月亮，汪芸把她圆形的镜子放在桌上，说：就当这是月亮吧！我们就对着这个镜子月亮兴致勃勃地联起诗来。

小荷才露尖尖角

转眼到了大四，前三年的学习，要有一个交代了。我们是师范生，将来是要当老师的，所以到四年级的时候就有教学实习，考验我们是否将来能当一名合格的教师。还有一件事就是写毕业论文，这既是对前三年学习的一个总结，也是将来自己学术研究的方向，同时，老师通过我们写的毕业论文，也在检测我们的学术研究能力。

我选的毕业论文题目是《论冰心"五四"时期的儿童文学》。系里领导说我们学校没有专门研究儿童文学的，把我安排给现代文学的王若麟老师。王老师没给我们上过课，我有点担心王老师不耐烦辅导我。等到见了面，发现是一位可敬可亲的老教师，很有学问。他先问我为什么要选这个题目，我说，我在农村插队的时候就喜欢写儿童文学作品，曾经被送到县文化馆去培训写作，选的也是儿童文学的题材。上大学后，看到更多的儿童文学作品，特别对现代文学史上那些儿童文学作品，我很喜欢，想研究儿童文学在整个现代文学史上的地位，特别是冰心的作品对儿童教育的作用。王老师耐心听我讲完后，又给我开出书目，让我先读书，再列出论文提纲。在王老师的指导下，我写出了论文的初稿。

有一次在王老师家谈论文的修改，谈的时间长了，到了吃饭的时间。王老师说：就在这里吃饭吧。我有点不好意思，师母过来说：没关系，都是家常菜。那天师母特地加了一个菜，当时物资还是贫乏的，买什么都要票证，加菜属于计划外的开支，我很感动。王老师风趣地说：我今天是沾了你的光啊！师母是某文工团的专业京剧演员，我想他们年轻时一定是郎才女貌，令人艳羡的一对璧人！吃过饭，王老师问我：你会唱京戏吗？我们在"文革"期间都唱过样板戏，就说：会呀！王老师拿出京胡拉了起来，没想到王老师拉得一手好京胡！我唱了一段《我家的表叔》，王老师笑说："你唱的哪是京戏啊，你唱的是京歌呀。"师母大度地说："不要为难孩子，唱得不错！"我们那时的师生关系真的就像家人一样，现在大学里的师生关系还有这么融洽的吗？我常常会想到王老师，可惜他已经仙逝了，写到这里，我已泪湿衣衫……在王老师的精心辅导下，我的论文顺利地完成了。毕业以后，我凭着这篇论文参加了第四次现代文学研讨会，并且得到了与会专家学者的好评。

临近毕业的时候，同学中的佼佼者崭露头角了。有一次我们上美学课，老师走进教室一开口就说："你们认识你们年级的朱良志吗？他有一篇论文发表在学校的学报上，这是很了不起的！我们当老师的好多年都不一定有一篇论文能发到学校的学报上，他能在上学期间就在学报上发表论文，说明他学得很扎实，你们要向他学习。"作为同班同组的同学，我们都很为他骄傲。我们这届很多学生想考研究生，因为外语没把握而不敢报名，报名考试的，大多也因为外语不过关而落选。突然有一天，得知周细刚被山东师范大学现代文学专业录取为硕士研究生，师从山东师大校长田仲济先生。周细刚是我们班唯一考上研究生的同学，在班里也引起一阵轰动。同学中又传说，俞晓红写的关于《红楼梦》人物宝钗的评论文章已经受到很多老师的赞许，并且有老师认为她观点独到，研究《红楼梦》大有发展潜力。又听说张少中发表了不少电影评论文章，还得了不少稿费，大家也都为他高兴。

偷得浮生半日闲

"文革"中，男女之间交往会惹来闲话，直到 20 世纪 80 年代初，即便我们在大学校园里，男女同学交往仍很少，但是我们小组不同，大家都坦诚、单纯，男女生还是有互动的。记得是 1980 年的元旦，我们小组男生策划开了迎新春茶话会。男生们准备了油炸蚕豆、橘子和糖果，拿出好茶叶，摆在宿舍中间的课桌上。当天我和曙霞带去一束花，是前一天买了红绿绉纸，请汪芸一起帮忙做的，往桌上一放，很有节日的气氛。王希华用电影片名、演员名字和各地地名，制作了很多字谜让大家猜。联欢活动从 6 点半开始。大家击鼓传花，都唱了歌，我唱了一段越剧。渐渐地，大家情绪上来了，抢着唱歌，几个男生唱五朵金花里面的歌，朱良志、方世钧、刘安平三个人逼尖了嗓子唱金花，杨树林、张勇、何宫炳唱阿鹏。我们笑声不断，把其他组同学也吸引来了。汪鹏生一来，大家就让他讲他的家乡话，他讲了一段："从肥东到肥思（西），买了一只老母籽（鸡），放到水里死一死（洗一洗），去了毛还剩屁（皮）。"大家都笑得东倒西歪的。联欢活动到 9 点半还没有尽兴，但是学校规定 10 点钟熄灯，所以只得在 9 点半的时候结束活动，分别的时候大家高呼："See you next year！"

我们的大学生活基本上是寝室、教学楼、图书馆、食堂四个点，但毕竟都是年轻人，也有偷闲的心。1980 年 4 月 3 日，我们年级组织去南京春游，我们班女生有汪芸、宋中华和我参加。那天乘的是 301 次东方红长江轮，凌晨 2 点从芜湖出发。我们买的是五等舱，没有铺位，长江两岸黑魆魆的，没什么夜景可看，只能听长江水拍打船身。早上 6 点半到达南京，找到一个很小的早点铺，简单吃了早点，就直奔长江大桥。那时候看南京长江大桥真是"长虹"般的雄伟壮观，桥头堡没开放，大家在桥头堡的雕塑前照了很多照片。

从大桥去新街口的车子很挤，我们好不容易挤上了车，才发现汪芸和宋中华没上车，她俩正看照片看得开心呢！车行一站后，派一位男同学下车回头去找她们，却发现她们已乘第二部车来了，于是大叫要她们到新街口下。不料，等找他们的男生赶到新街口却未等到她俩，于是又让另外两个男同学去找。有了这次的教训，谁也不敢掉队了。

下午去玄武湖公园，女生都很想去划船，但是男生说："风太大，湖上浪也不小呢，万一船翻了怎么办？"也有男生很英勇地说："我们是能救你们，但是我们昨天一夜没睡，太疲乏了，万一力不从心，怎么办？"我们语塞，于是就逛公园，看动物。在玄武湖遇到一群外国人，有南大的学生在和他们用英语交谈，我们就跟在后面听。凌德祥说："我们大方些，别失了中国人的体统！国威！"当我们在九曲回廊休息的时候，姜诗元还朗诵了他即兴写的一首诗。晚上我们又到大华电影院去看了一场电影《四〇五案件》。当天晚上我们睡在浴室，浴室里的躺椅才到我的腿肚子，很不舒服，但是我们很快乐。

大学四年，老师的传道、授业、解惑，是我一生受用不尽的财富；同学间的情谊，融化了我下放期间形成的孤独感。回首往事，我心怀感激。

中文系 78 级部分
同学留影

中文系 78 级 4 班部分同学于黄山   中文系 78 级 1 班部分同学游览西梁山

中文系 78 级部分同学登山留影

个人编年：1978—1982

于吉瑞

于吉瑞，1957年出生。宿州职业技术学院副教授。曾任学报主编，中国作家协会会员。

1978

1978 年。

1 月，高考初选名单下来，葛套 3 人榜上有名。我，包冠名，苏高亭。那天，代销店门口用红纸写了名单，同时说平均 2.5 人录取一个。我们都忐忑。我们想读大学，又不知道有没有那样的运气。在葛套这样的村庄，想读大学，对于那些农民出身的孩子来说，无异于梦想，无异于童话。在听到门口的那个黑喇叭里广播了公社今年录取的名单后，没有我们的名字，我们 3 人都没有录取。我们的心，用一个小品的话说，拔凉拔凉的。杨寨的杨思华竟然考上技校了，他拿着通知书去葛套找我，说：老于啊，我考上了，以后自行车有了，老婆也有了。

但是，1978 年里注定埋藏着一个让人兴奋的日子。

3 月，查老师通知我去黄河中学复习。我没有去。我离不开葛套，那里有一个初中班，我带着语文和历史课。我向学校孙广勋校长请假复习，孙校长搬来了高主任。高主任是葛集公社教办室主任。那时或许叫教革组组长。其面色黝黑，个子瘦高，找到我，说，你一边教书一边复习吧。那天是晚上，放过学了，我正要回家，碰见了骑着自行车的高组长。高组长没有多说，语气也不重。但对于那个时刻的我来说，是有分量的。我只好听命，教书、复习两不误。

1978年春天。葛套是那时的葛套。学校是那时的学校。同事是那时的同事。学生是那时的学生。葛令友老师，一个长者。一个可以让我尊敬的乡村教师。李福建，一个在办公桌对面的同龄同事。毛爱东，学校的数学老师。魏光品，于瑞英，李效民，葛德顺，王老师，还有一些，竟然记忆模糊到叫不上名字了。当然，还有高素梅。我们这些人在孙校长的领导下，在葛套小学校里教育、管理着大约500个葛套的学生。我还能记得那些日子。记得我带初一的语文，记得我让我的学生把诗歌改写成散文。记得那些不听话的学生让我这样的没有经验的老师血压升高手脚发凉。记得我在办公桌上用粉笔头摆出山川的地理位置，用纸条抄出来数学公式和历史年代。记得那张乒乓球案子，我偶尔和李福建打球。记得我们去侯寨改作业，晚上夜餐吃羊肉面，吃得我们满头大汗，满口留香。记得周五的下午，我们去葛集初中去备课，在那里听王治业吹笛子。没想到，1978年竟然有那么多的记忆。

5月底6月初，那时的宿县地区教育局组织全地区的考生会考，我去黄河中学参加考试。结果，在全县的文科考生中考出了最好成绩。那天，邵则峰老师在黄河中学南边的一条土路上给我说，你今年要考不上，全县文科学生都考不上了。你一定会考上。我回来后，接到去县城集中复习的通知，去给孙校长请假，并把课交给李福建代理。我和包冠名一道去县城，我们住在姑父的单位。姑父那时在教育局上班，他在教育局院子里有一间平房，一张床。我们就住在那里。

有一个人，我知道他是一个大学生。我们住进教育局的时候，他就关注上了我们。他戴着眼镜，看上去蛮像个知识分子的。在教育局他好像没有什么事情可做，思想还停留在他人生的某个阶段中不能自拔。他似乎不知道时代已经发生了变化。他到我们住的姑父的那间小屋后，就往床上一坐，自言自语，他说：我的批判文章写得好，县委书记说要我去宣传部呢，可是，怎么老是不找我谈话。这里面肯定有问题，这是阶级斗争新动向。他在讲话的时候，好像眼球也不动一

峰回路转——我们的
19 78

140

下，表情里透露着一种执着和恐怖。他好像不知道我们是学生，是来复习的。他只是诉说内心里的来自两年之前的一些思想。后来，姑父说，不要和他交往，他神经了。而包冠名总是喜欢撩拨他，常常丢一支烟给他，请他说他深藏在内心的两年前的思想和往事。

1978 年夏季，从 6 月到 7 月，我每天要从教育局走到东关师范学校的一间大教室里，听县城里一些老师的讲学。那些课程，至今已经没有多少印象。只有一个老师，似乎还在记忆里讲课。那个老师，那时 50 多岁吧，胖，一切地方都胖。他坐在讲台上，好像胖和尚似的。他讲的什么，我好像也忘记了，只记得说过他写过文章，在本省的报纸上发表过。他说这些的时候，似乎立即在我们面前高大、神秘起来。能够在报纸上发表文章的人，那时都会有神秘感，对于文学爱好者来说，大约都是这样。那时我做过文学梦，我就用另一种眼光来看那个胖和尚一样的老师，觉得他智慧无比。觉得他比另一个给我们讲作文的老师要厉害。那个讲作文的老师清瘦，戴深度眼镜，那么像文人的一个老师竟然没有在报纸上发表过文章，实在太那个了。

那个班级有 200 多人，大多数学生是县城的，还有一些县城官员的子女，穿戴比我们强多了，皮鞋，的确良灰色裤子，白色上衣，或者女生穿着好看的裙子。那个时期的女孩朴素中带着青春特有的颜色，那个时期的女孩也一样在男孩的心目中成为偶像，成为梦中的角色。我觉得自卑，只是暗暗喜欢，只是一种无望的偷看。我想，一个男孩子，到了一定的时期，都会这样用执着的眼神看一些自己喜欢的女孩。

1978 年的高考在 7 月，似乎是 20 日到 22 日。那几天特别热。我在汗水中面对那些试卷，语文，数学，历史，政治，地理。我就考这样 5 门。那时，外语不是必考科目。属于加试，因为中学基本没有学习外语，我就不考了。在一片知了拼命地嘶鸣中，考完了所有科目，回葛套。1978 年夏季，在烦躁的等待中度过。

1978 年 10 月的一天，我拿到了录取通知书。那是傍晚，在葛集邮电所昏暗的灯光下，我找到了安徽师范大学邮寄的信封。打开信封，看见那张等待多年的通知书。我被录取到中文系。我高兴地揣着信封回到葛套。那天，爷爷还没有睡觉，我看见他在门口吸烟，那烟袋锅子在一明一暗地闪烁着，爷爷在想些什么我不知道。当我把通知书递给他的时候，爷爷笑了。这是我们家族的第二个大学生。距离三叔1962年考上安徽农学院，已经16年了。

送我上大学是1978年10月10日。吃过午饭，父亲说走吧，坐下午的班车。父亲拉一辆平板车，车上带着我的行李。那天太阳很好，我平生第一次去芜湖，那是我第一次去一个那么远的地方，心里有说不出的兴奋。我约好和王晓光一起去，王考上了安徽师大的历史系。我们在李寨等车。

1979

1979年。1月，放寒假。

我回家过年。从芜湖到南京，从南京到砀山。从砀山火车站到砀山汽车站。来到汽车站的时候，是旧历1978年年底。砀山城里到处都是那个时代的从乡下来到城里置办年货的农民。那些农民穿着灰色黑色的棉衣，因此，砀山城里到处灰黑一片。这和对芜湖街头留下的印象大为不同。那时芜湖街头已经显示了衣服的五彩，使得1979年1月的芜湖多了一些妩媚。那些由女子的服饰带来的城市的妩媚，总让人觉得冬季的城市还是有些色彩的。可是，砀山，可能因为只是一座皖北的小县城，或许只是一座风俗淳朴的小县城，到处都是灰色黑色。连县城的街道也弥漫着1979年的尘土和纸屑。我的心情也被这样的色彩染得一片灰暗。我穿着1979年的小棉袄，棉袄的外面罩一件的确良的黄色外衣，没有戴帽子，我的年轻的面容透着那个时代的青春气息。我觉得砀山在这样的时候很寒冷。

汽车站挤满了回家的人群。我竟然在这个地方看到了我高中时候的一位女同学，她竟然微笑着向我走来。她的微笑十分娇好，以至于30多年过去，仍然留在我的记忆里。我相信，她喜欢我，我也相信，我也喜欢她。这样的爱在我们青春年华里面萌动，却没有发芽。那个时代，我们不能表达我们的爱情。她微笑着和我招呼，我竟然像傻瓜一样，内心里的心跳和表情的凝滞是那么不和谐。那时，我们没有单独相处。那时，车站候车室狭小又拥挤。我们各自身边都有同学，我们只是彼此微笑。而这样的微笑，是那样青春，那样意味深长，又是那么缥缈。很快，上车了，车上挤满要回家的人，那么多的人，在1979年年初，在旧历1978年年底。

葛套的家还是1979年年初的家。四间草房，没有变化。西头那间，还是我的临时卧室。我曾经的一个木箱，是从葛集外婆家拿来的，曾经作为我的书籍存放的柜子和写字台，竟然没有了，那些书，也没有了。问父亲，父亲说，被葛套的读书人拿走了。我说，那是我的书啊。父亲说，你都读大学了，还要那些书做什么啊。我没多说。怀念那些书。葛套一些知道我回来的乡邻，都来看我。我和他们说些他们在葛套不知道的东西。比如，芜湖的学校，在学校里吃什么；又比如，我在学校里住什么地方一类的问题。老八婶子问在学校可能天天吃肉，老八叔说，怎么会呢，那要多少钱，一周一次就不错了。他们不知道，读大学后，确实能天天吃上肉。我知道，离开葛套，我与葛套的生活已经拉开距离了。我的每月22元的政府补贴，让我天天能吃上肉，还有了公费医疗，使我在葛套的乡邻面前成了一个一步登天的角色。

第二天早上，我还没有吃饭，就看见那个微笑的女生从东南方向走来。她穿着灰色的确良裤子，头上顶蓝格子方巾，胳膊上没有挎篮子，她见我后，要和我一道去葛集，去年年底前的最后一个集。我很傻，竟然说自己还没有吃饭，竟然说你先去吧，我一会儿去。等我去了葛集，才发现那天那里街头拥挤不堪，我根本也找不到那个微笑着的穿着灰色裤子和顶着蓝格子方巾的女生了。此后，再次见到她，她已经成了别人的新娘。

1979年，我已经习惯了师大的生活。习惯了在早晨6点钟听着校园广播的歌声醒来。那广播里似乎常常用抒情的声调唱一条大河波浪宽，唱着我身边的长江，我在这样的歌声里起床，去操场上跑步，然后迎着那时的朝霞做操，伸腿，扩胸，弯腰，那时的我精神旺盛，觉得师大校园分外美丽，充满魅力。那条南北路上总是人影纷乱，常常能够看到张晓陵拎着八个水瓶去充水，常常看到张敬邻背着黄色的书包走过，也常常看到对过女生宿舍里影影绰绰的青春的身影。我拿着我的缸子吃饭，早上稀饭一个馒头和2分钱的小菜，中午4两米饭 2 角钱的菜。教室里坐着 1979 年的学生，教室里响着 1979 年老师讲课的声音。每到上午第四节课快要上完了，教室里就响起叮叮当当的敲击声。老师说下课，我们下楼，去食堂，然后，吃饭，然后午睡。下午去图书馆，去阅览室，去那些地方读小说或者诗歌。那时，我喜欢去阅览室，去那里看新来的杂志，那时的杂志界正流行伤痕文学或者反思文学。记得一首诗，《将军，你不能这样做》。记得一出戏，《假如我是真的》。记得一篇小说，《风筝飘带》。记得北岛记得舒婷记得顾城记得徐敬亚。我们跟随着这样的潮流，我们在教学楼门口的墙壁上贴出墙报，我们在教室后面的黑板上出黑板报。我们的思想被潮流推动着，我们开始成为解放的一群。

1979 年，江城芜湖呈现着它的 1979 年的风貌。城市是灰色的，路，楼房，街道，给人的感觉是灰色的。但是，在灰色的基调里，1979 年的芜湖开始显示别样的色彩。年轻的人开始出现前卫的服饰和装扮，手提录音机，喇叭裤，卷毛，色彩鲜艳的外套，流行于街头。电影院里上映《王子复仇记》和《追捕》，戏院里演出《于无声处》，街头还贴出了《假如我是真的》演出海报。芜湖在感受着时代的脉搏，芜湖街头有一个卖瓜子的老人，芜湖人以为他是傻子，他就给自己的瓜子命名"傻子瓜子"。"傻子瓜子"在街头巷尾出摊，"傻子瓜子"使得那些主妇排起了长队。"傻子瓜子"成了江城的记忆之一。那时，芜湖中山路是一条繁华的商业街，临近镜湖，那条路上散落着芜湖第一和第二百货公司和大众电影院、新华书店，成了我经常去的地方。那条我记忆中的中山路，那条很江南的路，喧闹着芜湖的方言，我一个淮北侉子的侉腔在芜湖方言的河流里特别鲜艳。只是，他们或者她们知道我是师大的学生，也没有格外地给我白眼。慢慢的，我习惯了中山路，我把中山路当成了葛集的那条路，我觉得它就像是我的家乡一样了。1979 年的芜湖城，滋养着我的肉体和精神。

1980

一天下午，S 说，大家在 308 不出去，听邓丽君。

308 是我们的宿舍。我第一次听到邓丽君这个名字。我不知道这是哪里的歌手，唱着怎样的曲子。我们觉得新奇，长到这么大，当然听了不少歌曲，也会唱不少歌曲。只是，歌曲，在我们的印记里，高亢，激越，强硬，听着会让人觉得亢奋或者空洞无聊。我们习惯了的只是集体的合唱，那些歌曲，我们很少一个人的时候，独自哼唱。那些歌曲和自己没有关系，它们和领袖有关，和国家有关，和时代有关，和阶级有关，和运动有关，和政策有关。只是，和我们自己无关。那些歌曲里没有抚慰我们青春的孤独忧伤的柔弱的丝巾。我们似乎也习惯了这样的歌唱。在那个时候，国内虽然开始有了抒情歌曲，开始有《我们的生活充满阳光》，有《八十年代新一辈》，但是，那和我们曾经的"就是好"之类，没有太大的差异。

S 借来了录音机，借来了磁带。那时，邓丽君小姐偷偷地用磁带吹来了她的柔软的风。我们在听她的歌曲时，似乎还处在地下工作的状态，私下听，不敢张扬，就像电影里地下工作者开什么秘密会议一样。我们把音量放到很低，能够听到即可，仿佛门外随时都可能有密探监听一样。我们怀着忐忑、怀着好奇听邓丽君。

那个下午的感觉真是奇特，真是震撼。我们本能地觉得这就是靡靡之音，这就是资产阶级的黄色小调。可是，怎么，会有这样的感觉呢。邓丽君的突然出现，使得 308 的几双眼睛睁得老大，我们的耳朵被邓丽君弄得似乎温软起来，我们的听觉中似乎长期埋藏着的一种对于这样的抒情的声音的东西的感应被突然唤醒，我们觉得那些坚硬的空洞的旋律突然坍塌，那些声音距离我们突然很遥远，那些声音比如"就是好"就显得那么声嘶力竭却又没有丝毫的对于抒情的抵抗力。邓丽君在那个三洋录音机里一首接着一首地歌唱着，就在那个时候，成为我们的精神的领地，邓丽君是我们生活中的必需。即便有人在报纸上说污染，我们也只好任其污染，我们觉得这样的污染比那样的污染，让我们性情更温暖柔软一些，我们开始在这样的歌曲里，思考长期以来的所谓文艺的痼疾。我们开始怀疑。

一切都在这个时候开始了新的局面。那时我关注诗歌，我开始了解北岛、舒婷、顾城、梁小斌，开始了解谢冕、孙绍振、徐敬亚，我知道，那个时代的新与旧之争，已经水火一样。而我，也常常陷入迷茫。在师大，我是一个内向的人，常常一个人走在赭山的小道上，坐在赭山的山坡上，在绿色的摇曳中、在野花的灿烂中思考着那时的诗歌现象。也曾大段大段地背诵过贺敬之、郭小川的诗歌，可是，我知道，这些诗人，连同郭沫若、臧克家，遇到了时代的尴尬。为什么？我们总是极端，总是绝对对立。我们不会妥协和包容，不会求同存异，我们一定要把和我们不一样的人，不一样的思想，不一样的艺术，都判为反动，然后打入地下。我们谁能掌控绝对真理呢。那时，我们就是这样。但是，新的艺术新的思想还是在旧的艺术旧的思想的母体里滋生，并渐渐长大。这样的长大也成了颠覆，成了革命。可是，在时间里，我们这样的颠覆这样的革命，意义何在呢。一切暴力都不会有好的结局。

1980 年安徽师大中文系的教师和学生在这样的文化语境下教学和学习。教师不敢超越教材禁令，他们在教学时，要把规定的内容按照规定的观点讲解文学理论，讲解当代和现代的作家，学生们在接受这些的同时，开始怀疑。因为思想的牢笼被打开了一扇门，自由的光开始照耀 1980 年的天空。而文学的觉醒和解冻，形成了那个时代的潮流。我常常走在从 308 到文科楼之间的那条小路上，听着广播里的歌曲，听着我内心的声音，一边走，一边想。想我读过的《创业史》、《林海雪原》和《青春之歌》，读过的《放歌集》、《雷锋之歌》，在想问世不久的《芙蓉镇》和《犯人李铜钟的故事》，想《回答》和《一代人》。我朦胧地觉得，我们曾经生活在一个虚假的谎言的世界里。

思想的突变在这个时期。身体的变化也在这个时期。那时，我的白发突然增多。还在青春时期，我就白发了，难免因之而焦急。从镜子里，我看到我没有苍老，但我的头发的面容，却已经苍老。而对于爱情的渴望在这个时期也表现得强烈。一位老师给我介绍过一个女朋友，她是一个在师范学校读书的女孩，我们开始通信。那个时期，信是我们能够交流的唯一手段。我几乎每周都要写一封信，也每周都能收到一封信。那时对信的盼望和等待，今天想来，有些浪漫。现在的年轻人，似乎已经体验不到书信传递爱情的魅力了，现在的极度发达的交通和通信设施，扼杀了人类原本美丽的思念的情感，难有体验离别的机会了。现在的青年人似乎更注重一些非常现实的东西，而情感，好像可有可无了。那时的银幕上上映《被爱情遗忘的角落》，我们去影院看电影，回来后拿一位同学开玩笑，那位同学被我们称为小豹子，小豹子，30 多年过去了，他还被我们喊作小豹子。我们的老师，一位时至今日年近 90 的老师，到现在还是喊他小豹子。而 S，我的一位同乡，在那年的冬季，上演了一出追女孩的喜剧。那年康梅生得阑尾炎，我们 308 室轮流照顾他，S 去了一天，发现芜湖二院有一位小护士，那位小护士打动了他，确切地说是她的背影打动了他，那是怎么样的一个背影呢，那位小护士走动的时候，是怎样的袅娜着的，怎样迤逦着的，怎样散发着迷人的青春风采和气息的，我们都不知道。那位小护士叫什么名字，我们也不知道。而且，S 竟然没有看见她的面容，回来后就像张生迷上莺莺那样，迷上了那个小护士。考完试，S 写了一封长信，要我们几个一道去二院，去找那个姣好的小护士。我们陪他去了，可是，他不知道他该找的是哪一个人，因为他不能确认。

1980 年冬天，某一日。阳光温暖。午饭后去赭山。赭山南坡有枯草。坐枯草上，拿出小本子写东西。可惜现在，那些东西已经找不到了。记得是一个黑皮软面抄，上面写满我的心情。我常常把各种不同的心情用不同的语言写出来。我把那个黑皮本子当作我的精神生活的一个园地，就如当下我在新浪上开的博客一样。我应该是那时候养成的一些习惯，把心情转换成文字。这是文学创作吗，我不敢说。可是，我喜欢这样的行动。我在读书的时候思考，我在思考后写作。而那个冬季的那个向阳的山坡，那山坡上的温暖的枯草，都给我留下了深刻的印象。那些枯草已经扎根在我的记忆里了，现在一想到 1980 年的冬季，那些枯草就在我眼前，那些洒满冬季阳光的枯草。

1981

在芜湖三年了。听说过黄山。可是，黄山对我来说，只是个传说。我的同学，许多人用假期时间登黄山。因为他们有些多余的钱，我没有，我就只想去黄山，而不能去。三叔在马鞍山工作，我可以去马鞍山。我知道，马鞍山有采石矶。

那是一个周六，我和丁冶一道去马鞍山。丁冶是马鞍山人，他父亲是马鞍山工会主席，他家住在雨山区。我和丁冶坐火车，早晨的火车行走在江南的土地上，那是秋季，江南的稻田呈现着金黄的颜色。1981年的江南的村庄散落在那些稻田之间，那些村庄是由黑色屋瓦白色墙面组成的，在早晨的太阳下升腾着1981年的炊烟。火车是蒸汽机车，那些蒸汽排出后，在江南的水乡画出图画。白色的雾气旁有水牛和孩子。我和丁冶在火车上看着这样的风景画，觉得江南就是江南，它的景色确实美。

从芜湖到马鞍山时间很短，下了车，我们去采石矶。

我记不得坐几路公交去采石矶了。采石矶是长江岸边的突兀的山。因为李白曾经在这里饮酒，在这里捉月，在这里吟诗，这里便成了诗人的精神领地。采石矶是李白精神弥漫的地方，似乎李白之魂不在长安，长安没有李白的空间，长安是帝王的，长安也有许多唐代诗人的梦想，但是，那些梦想都缥缈了。李白也去过唐代的长安，也曾经怀有仰天大笑的豪气，可是，李白最终还是选择了江南的山水。采石矶是李白来过的地方，西边的当涂，是李白终老之乡。我和丁冶来采石矶是看李白，什么也没有拿，没有花，没有火纸，我们只是来寻找李白的踪迹。李白在他曾经对月举觞临风起舞的地方，有一座他的衣冠冢。我们在李白的衣冠冢前遥想着潇洒浪漫的李白，恍然觉得在采石矶的每一棵树木上，在每一枝花叶上，李白似乎还衣袂飘飘，李白看着我们从远方来，李白在虚空中吟诗，那个青莲祠里李白的塑像，好像依然有灵性一样。

1981年去采石矶，给我留下了深刻的印象。在芜湖读书的四年里，外出旅游，这是唯一一次。每次途径滁州，都想着欧阳修的醉翁亭，想着琅琊山，可每次都是匆匆地来匆匆地去，没有去看欧阳修。我们也经过南京，南京也是一座古都，我们也没有做过多少漫游。只是那个年代的有些灰色的南京，那个年代的玄武湖，那个年代的中华门，那个年代的鼓楼，在记忆里还保留着当年的影像。那些影像罩在高大的法国梧桐树的浓荫之下。

在师大，我们已经读了三年书。当然也结识了一些老师和同学。张先觉，一位讲先秦文学的先生。他上讲台后，就把讲义拿出来，一边咳嗽，一边一字一字地念。张柏青老师，上课的时候总是带一个菜篮子，把讲义放在菜篮子里，他还常常冬天上课不穿袜子，鼻子下边流着清水鼻涕，竟有一次掏出好像是袜子的东西来擦鼻涕。祖保泉老师在讲《文心雕龙》的时候，常常把一些和他不同的观点也引述出来，然后进行驳斥，他还让我们背诵刘勰非常典雅的骈体论文，而且在考试的时候，默写分占百分之四十。那位讲两汉文学的袁传璋老师，把四字格带到口语中来，他脑袋里装了许多成语，他想把那些成语一口气都说出来，我们常常看到他的那些长句把他憋得脸色铁青。可是，袁老师是一个和善的老师。还有，那位显得儒雅的外国文学老师王维昌，给我们讲莎士比亚的喜剧和悲剧。王老师曾经生过我们的气，因为在一次课堂上，他发现100多人的教室只有10多个同学听课，忍不住气得哆嗦地离开教室。16年后，他又给我们在返校聚会的时候上了那节课。那些老师距离我们越来越远了，也越来越近了。他们的形象刻在心头。

同学中有些精英。张晓陵，中等个，肌肉发达，喜欢篮球、乒乓球，去食堂打水两手拎八个暖瓶，口才好，说起话来滔滔不绝，可又文采横溢。杨屹，来自合肥，喜书法，喜笑。孙维城，一口安庆腔，脑袋里沟壑纵横，里面全是古典诗词和文章。袁立庠，我们喊他小豹子，成绩总是出色，广交好友。姜世平，看上去壮实，但是肋骨条条，常常写点东西，发些宏论。在我们那个教室里，还有诗人沈天鸿、姜诗元，剧作家方雅森，小说家张少中、焦炳灿。我的同学，那时风华正茂的同学。

现在，那些老师和同学都不是原先的模样了。2008年返校，一些老师需要他人搀扶，一些老师已经作古。赭山上已经见不到张涤华先生，见不到宛敏灏先生，见不到浦金洲先生，也见不到杨小翠同学。能够见到的张晓陵，面带土色，岁月在他身体里留下了深刻的刻痕，其他同学也渐入晚景，体态不复当年。那些当年的漂亮女生，已经时过境迁，变得不敢相认，那些当年的帅哥，也是鬓发斑白，牙齿松动了。可是，1981年，那时唱着《八十年代新一辈》，是多么意气风发啊。

1982

1982年春季，大家开始实习，撰写毕业论文。

我们实习的地方是芜湖江东造船厂子弟学校。我在初二一个班级里带一个月的语文课。和我同班的还有李则胜。李则胜是二班的，喜欢写作，那时想当小说家。记得我用淮北方言讲课的时候，引起班级里笑声一片。班级里有大约50多个学生。因为我曾经是民办教师，并不怯场，在课堂上进退自如。尽管我的方言和芜湖多有不同，可还是尽量用普通话讲课，也就让那些芜湖生长的孩子不再因为突兀的葛套方言而讪笑自己。

1982年的记忆里就有这个班级的许多孩子的影子。尽管他们、她们的名字或许我已记不清，但是，他们、她们还是以1982年春天的模样活在我的业已有些苍老的头脑里。那个机巧聪明的女孩L，那个虎头虎脑的班长，那个身材苗条的高挑的H，还有，那个总是和L在一块的丫头。他们和我建立了很深的感情，以至我实习结束了，他们还常常到师大去看望我。我那时好像还写了一首诗歌，来纪念那个雨水淅沥的傍晚，那天，他们去看我，却又下雨，我看他们在雨水里消失的身影，觉得难过。

这是一个时间段里的感觉。那段时间里，脑海总会晃动着那些学生的影子，江东造船厂，学校，那条水泥路，那时的红砖楼房，那时的黑色软皮笔记本，总会在我的生活里，成为我的关注。直到毕业后，到了另外一个地方，才慢慢退出。

1982年暑期考完试，距离分配还有几天。袁立庠约我去他家。袁立庠是宣城农村的，我也想去体验一下江南农村的生活。我们就在一个下午，坐火车去宣城。那时从芜湖到杭州的火车还只能通到宣城，连黄山都不通。所以，宣城是我们那次火车之行的终点站。可是，到了宣城后，天就晚了。我们必须步行20多里路，去袁立庠家所在的那个村庄。

好在我们年轻。好在我们两个人说笑着走路。江南乡村的景致很美，稻谷金黄，柳色青绿，村庄黑瓦白墙，河流蜿蜒，炊烟袅袅，夕阳洒满大地。这些景色使得我脚步有力。尽管走着走着夜色降临，也没有觉得累。到了袁立庠家的时候，已经晚上10点多了。袁立庠家的人好像已经睡熟，那几间房子里没有灯光。我们到了，袁立庠把家人喊醒，一阵寒暄，我们才安顿下来。袁母张罗做饭，似乎上了米饭，小菜。那次袁立庠家乡之旅，使我对江南农村生活有了初步的认识。从小菜看，熟腊肉一盘，臭豆腐一盘，香菜一盘，好像还有肉丝雪里蕻一盘。这是江南人家平常饮食，与之相比，葛套就差得多了。安徽的淮河以北，在农村，晚上10点招待客人，最多是面条和咸菜。

但是，我感觉种地之苦，江南超出葛套许多。那里没有像样的路，从田地到村庄，都是田埂小路，只能走人，不能走车。在葛套，朝任何一个方向都可以走车的。而水稻田不行，全靠肩挑。袁立庠在这样的村庄中长大，遂练就了肩部的力量，他那天挑两箩筐稻谷，走一条乡间小河的独木桥。他走得很稳，脚步不晃。他让我试一试，我以为自己也是农村出身，在家也挑过水桶的，就试了，结果，那样满箩筐的稻谷我根本挑不起来，后来，去掉一半，挑在肩上，依然沉。走路打晃，走在独木桥上，就跌落水里。我个头比袁立庠高，可是，力气却比他小多了。

江南村庄的劳动，的确艰苦。袁立庠说他们村有一个回乡青年，受不了劳作，竟然几次自杀。这在葛套是没有的。袁立庠兄妹二人都还争气，袁立庠读师大，其妹在马鞍山读师范。他们回家后都能帮父母劳动。

1982年8月13日学校开始分配。那天上午，我们到文科楼教室，领导给我们宣读了分配计划和名单。我被分到灵璧师范，同去的还有灵璧籍的卓益民。我竟然不认识他，他也不认识我。我们在知道了自己的去向后，才彼此认识了。师大，熟悉的校园突然显得陌生了，那些楼房，那些树木，那些路，那些曾经的身影和笑声，还有那些欢乐和忧伤，都会远去。因为我们远去了。那些朋友那些同窗从308消失，远离他乡，从此时开始，芜湖，再见了。

那年8月14日晚上住在宿州胡广成家。第二天，去灵璧。坐2.5元的汽车。从宿州到灵璧，近三小时车程。那路，弯曲，破烂，狭窄。汽车过去，一路扬尘。

从芜湖到灵璧，是一个转折。

　　我站在灵璧的寓顶口，感觉是那么狭窄，乡土。寓顶口大都是平房，只有西南一隅是两层的书店。看到这样的环境，竟然让我产生了与城市分别的伤感。芜湖，芜湖的镜湖，中山街，芜湖的师范大学，芜湖的百货大楼，清晰地浮现在眼前，浮现在灵璧县城的街面上。一种对于城市的留恋是那么透彻地袭击了我。

　　来到灵璧师范，适逢放假。师范坐落在凤凰山下，东面是轧花厂，西面是水泥厂，南面是化肥厂，北面是山，山上经常放炮炸山，是石料场。这个学校说不上四面楚歌，却是四面污染和危险。那天是假期，师范里面没有人，我只是看到几位住校的老师。大唐，后来我们这样称呼唐成金老师，他住在路口，似乎正在修理自行车。我询问大唐，校长住哪里，大唐热情，说住一中。说你哪里人。我说我是新分配来的老师，我是砀山人。大唐就留我在他家吃饭。那天中午，我在大唐家吃炒土豆丝，吃烙饼。

　　师范就是几排平房。中轴路两方排列，前后四排，第三排是 20 世纪 50 年代建造的类似于窑洞的建筑，东头第一家就是大唐家。他的门口好像有棵梧桐树。房子是沿着山坡建筑的，路从南到北依次升高。我们后来成了邻居，在窑洞里，腾空一间给了我和王景龙。

　　分配我带二年级的语文课。我很认真。认真备课，认真讲课，认真批改作业。我刚到一个陌生的地方，我每月 53 元的工资，我住着窑洞，我年轻着。我没有理由不认真。我的那些学生，是灵璧本地的学生，他们操着灵璧的口音，把"就是"说成"都是"，把"生活"说成"生和"。他们还把"下地"说成"下湖"。作为一个个体，注定漂泊，注定了我要在灵璧这个地方，有我的特殊的经历。

赭园生活感念

凌德祥

40 年前，来到梦寐以求的安徽师范大学中文系就读。赭山脚下宁静幽雅的校园，弥漫浓郁的沁人心脾的书卷芬芳，至今仍令人魂牵梦绕。

入学报到时，感觉像火车业已开动，一阵狂跑才气喘吁吁抓上最后一节车厢后门把手，心神未定地上了车。刚进校几天，仍恍如梦中，接到校徽和学生证那天，似乎才真真切切觉得自己跨进了高等学府。

安徽师大临镜湖，依赭山，园林葱茏，荷塘其中，环境非常静美雅致。山顶艺术系，也是个绝佳去处，拾级而上，曲径藏幽，隐约飘来悠扬琴声和美妙歌声，宛若诗境。

同学常相伴游赭山、逛镜湖、临江矶，"学即卖弄"、争晒诗文。

操场东边一排男生宿舍楼，西边一排女生宿舍楼，整齐典雅，很有历史文化气息。我们当时住的 0 号楼紧靠东南角临街围墙，新建不久凸显新雅。校门较远，翻墙成很多男生出入的便利选择和常态。

大学四年，我与凤文学、张庆满、罗刚、姜诗元、马军营、董焕光、王学岚、左言平、倪宇明等同学同宿舍。宿舍 5 张上下铺住 10 人。中间有张桌子，箱子码放两床相连的床头，几无像样通道，甚是拥挤，但却显得紧凑、整洁。走

凌德祥，1953 年出生。上海交通大学国际教育学院（今人文学院）教授，汉语国际传播研究会副理事长。

153

道宽敞无一物，卫生间也非常洁净。

中文系 78 级 4 个班 230 多人，1 班和 2 班合用一教室，3 班和 4 班合用一教室，都在 1952 年建的教学楼上。大教室地板高出地面似有三四十厘米，在教室里读书学习有置身旧时大户人家书房的感觉！

（前年与芜湖同学聚会，晚上再探原教室，地板桌椅破旧不堪；踏入 0 号楼"旧舍"，更是如涉足棚户区电器修理店，昏暗楼道及房间太过杂乱，楼梯过道斑驳墙壁涂贴满横七竖八小广告，已很难寻觅记忆中那些美好印记，徒增一些酸楚和心躁。）

入学后，系里即发给大家一份印刷的每学期必读及参考书目单。

面对我们这批水平不整、基础薄弱又被过度耽误、太过"平庸"之辈，老师们仍视我们这些天下"蠢材"为可堪造就英才，百倍投入，精心育之、点化之，这也正体现了教育最为本质的精神。因为教育最根本的任务就是将所有普通人培育成社会可用人才或栋梁。

每位老师的讲课都让我们异常痴迷。孟庆惠老师教授现代汉语语音、文字，结合正音、诵读实践，系统全面教授国际音标及方言调查，并在课下指导我们研究古音韵和朗诵。陈庆祐老师教授词汇，语言精练、表述清晰。龚千炎先生教语法、修辞，条分缕析、结合实际。张柏青老师教古代汉语，通俗易懂、平易近人。教授我们文论、写作和文学的课程老师也都非常棒！祖保泉先生的《文心雕龙》讲授精彩，让我们如醉如痴，课下竞相追捧求教、求字。仇幼鹤老师写作教学非常认真，指导我们将李白《望庐山瀑布》改写成散文，感受最深。仇老师教授写作同时也让我们从作者视角去认识诗歌，让我们对诗歌有了更为深刻的认识和了解。几年前拜读仇老师赠送的自选文集，才更为深切感知，正是老师们身体力行地创作、研究的支撑，才能获得当时那么好的教学效果。

"十年动乱"后，百废待兴、求才若渴，人们对"文革"后恢复高考入学的大学生们充满着无尽的期许。同学们似乎可感受那无处不在的惊羡目光，因此格外珍惜，也倍感骄傲，人前总"挺"着佩戴胸前的校徽！

78 级同学年龄跨度很大，最小十六七岁，最大三十好几岁、拖儿带女。

"和尚头"们总是对有家室的"老大"们充满好奇。记得寝室老大探亲回来，大家都穷追不舍拷问，久别见面，嫂夫人会说些什么？听说一见面也只是简单地问："你怎么回来啦？"对于深浸文学浪漫的我们这些文青真是万难相信！毕业后成家多年，"牛郎织女"分居两地，夫妻团聚见面第一句话竟然也是："哎？你怎么回来啦？"方知浪漫文学太高、太虚于生活！

当时，如同连队，信件由班生活委员统一从系里取回分发。分享家信也是一大乐趣。一次，有个宿舍同学将老大妻子来信拆开换成一张白纸，害得这位老大一个星期都像祥林嫂般癔症絮叨，请张三找李四帮助，分析琢磨这封无字书到底是啥用意？

同学中，知识水平相差也非常大。"老四届"高中毕业生基础非常扎实。记得65届孙维城同学高考数学就得到惊人的满分！高中毕业生及应届生大多倒还是学了些语数课程。但我们这些年龄中不溜的人，有的实际只读到小学，即便读过初中，大多也只上过有关马列理论、毛泽东思想等课以及有关务工、务农所需基本生产劳动知识的"工业基础"和"农业基础"课程。外语也只是学了几句英语的毛主席语录。语、数和史、地、生等专业知识主要靠自修或由这些课程零星获得。

面对十数年不遇的学习机会，同学们都疯狂般拼命抓紧一切可以利用时间百倍刻苦学习。

天还没亮，很多同学就已在楼前操场跑步、打太极、练单双杠，天刚亮即开始早读、背书。早餐后，多去食堂西侧花房、荷池边自修。

入学第一学期，曾像部队那样集体就餐。八人一桌，围站着就餐。餐有大块肉，感觉伙食还不错。就餐也很省时、省心。因须等齐八人方可开饭，故也会因太久等候而生些许龃龉，甚至曾引发大规模"罢饭风波"。改用饭票自由就餐后，排着长队，秩序井然，人人捧书习读背诵已成当时食堂一道道亮丽风景线。

当时，芜湖不知何故被传为"四大贼城"，偷盗猖獗，记得一次门卫询问一神色紧张男子，问他："哪里的？"他说"师大的"，追问他是那个系的，答曰："师大系的！"这下笨贼被逮个正着。

一天晚饭时分，男生宿舍抓到一入室小偷，被同学围观痛打。

据说当时被偷，若有户口、粮本和工作证等重要证件，一般都会被投送到路边邮筒从而可及时交还，似乎贼亦人性。

上课几无迟到、早退，下午课后，操场、球场满是锻炼人群。

晚饭后，一般都是在教室看书自修。教室里总是满座，大多要 11 点左右才会回到寝室，似乎永无周末休息概念。

每遇停电，虽也欣喜可获片刻理所当然懈怠，但稍作休整往往就会有很多人又毅然"扑"往昏暗路灯下继续修读。

夜晚熄灯后，"预睡"总会是一些海阔天空的"昏话"，在不知谁的"睡觉吧"声中，大家顷刻就会钻入梦乡，几无不眠。

生活也异常简单。每日不外是背书包，提饭盆、热水瓶，教室、宿舍和食堂三点一线。为节省排队时间，多数同学都是你打开水我买饭分工合作。读书四年，与同屋凤文学同学就是这样一直密切配合的。

虽有大池澡堂，多周末去洗。平时大多在宿舍公用卫生间自来水冲淋。冷水浴从春季开学持续到 11 月末或 12 月中下旬。不知是"冷水疗法"，还是年轻体健，当时倒是很少感冒。

每位同学都对知识满是无尽的饥渴。无论什么课、什么讲座都非常积极踊跃参加。

记得当时学校曾邀请了国内外一些名家。如古典文学大家程千帆先生讲授唐代文学，美国哥伦比亚大学中文图书馆馆长、时任纽约市立大学教授亚洲研究系主任唐德刚先生讲授中国"文革"历史资料及家谱文化，蒋孔阳教授美学讲座等等。讲堂场场爆满，连过道都挤满了人，互动气氛热烈，盛况空前。

课下，大家也经常组织在一起研讨。考试复习，同寝室还常聚一起互相问答模拟，学习气氛异常浓厚、和谐。

在这样良好的学习环境中，很多同学在校期间发表了论文和作品。受大家激励，我大二也曾在美国 *NEW China* 杂志上发表了文字方面的文章。当时系里还开放汉语教研室给我们存放研究资料，在孟庆惠老师指导下还曾与周国光同学合作研究《说文解字古今音读》，中国社科院《语言文字通讯》对此曾加以报道，论文也曾收录当时创刊的《安徽师大学生论文集》。

同学关系密切，课余活动也非常丰富。周国光、孔令达同学既是语言学同好，也是球友。每日下午多在球场打会儿篮球。记得当时还曾参演了丁元同学导演的原创话剧。丁元同学不厌其烦示范教我们如何走舞台步的场景，至今仍记忆犹新。学生时代的这些文体爱好一直受用至今。

同学中不乏文学青年，我们4班，沈天鸿散文，张少中小说，姜诗元诗歌；方雅森"自写自复体"新颖的书信创作也算奇绝。查振科和风文学书法水平也很高。

当时，为缓解宿舍紧张，辛苦了芜湖同学住家"走读"。感恩"走读"同学，他们每日辛苦奔走成就了多招的外地同学。钟超成、刘伯奎等芜湖同学虽不住校，但同我们的关系也都非常密切融洽。

拼命读书同时，也曾兴致盎然地实践"行万里路"古训。

大二暑期，曾与光明等同学一道游黄山。值旅游旺季，宾馆爆满。当时，为情侣蜜月新搭建的"鸳鸯楼"倒是有空。靠光明的朋友帮助，我们四名男生得以住进慈光阁下由绿毛竹搭建的"鸳鸯楼"中。

竹楼依山顺溪而建，身处溪水青山，鸟鸣溪喧，若浸仙境。

清晨，有游人好奇推开我们的房门，看到里面只是两名男士，惊道："原来是两个大公鸡噢！"煞是有趣！

黄山之行，能在立雪台和西海都观看到了非常美丽壮观的云海日出，更是三生有幸！

大三上半学期，周五的一天晚上，快11点，刚下自习回到宿舍，同系原合肥三中的几位校友前来邀约去庐山，并已帮助购好了船票。当晚即简单收拾随他们直奔码头乘船去庐山。那是何等的畅快啊！全无丁点如今的瞻前顾后！记得，到庐山牯岭，还碰到了李向荣等10多名中文系78级的同学。

此后，虽多次去黄山、游庐山，再也没有当时那样的酣畅、美妙的游感！

读书期间也曾聊发少年轻狂，试图效伟人之"壮举"。大三暑假，与花学筑留在学校，一时兴起，想到查振科家在安徽南部东至县，我有亲戚在安徽中部的合肥长丰县，学筑曾插队在安徽北部的凤台县，三人商量做"安徽农村考察报告"！联系好振科即动身去东至。

到东至县城后，我们先乘一顺路拖拉机，殂后步行。方圆十数里，提及振科大名即有指路。后路遇一村民，他"明确"告之振科现正在前面一两里路边一家宅院理发。走进宅院，果见振科正理着发！

振科家住山冲三四里深处山腰，周围山峦环抱若躺椅。山腰唯有他一家，木屋前平台开阔，极目可见云雾缭绕的葱绿群山。

当时，照明仅靠村里小机电定时供电。当晚，村里就已知来客，并通知电站专门破例多供电一个多小时，让我们倍感惊喜。

次日上午，振科堂弟送来从附近水库抓来的鱼。

无手机、电话等现代通信手段，仅靠人们奔走口耳相告，方圆数十里信息传递竟如此迅捷。不得不慨叹"传统通信"的神奇！也更加深对当年"鬼子进村"即陷入人民群众汪洋大海之中的理解！

村支书设晚宴盛情相邀。翻过一座小山头，到溪流对面的村庄。溪水清澈见底，两边绿树掩映，四周空无一人，渡口横一小木船，颇有"野渡无人舟自横"的意境。我们拽着对岸横拉过来的粗绳索，自行拉拽渡到对岸。

主人照例要格外杀鸡弄菜。天近黄昏，村支书还陪着人们在堂屋聊天，振科怕我俩太无聊，等主人备饭当口，散步到溪水潭边。

天马行空，谈天说地，不知不觉夜幕降临。

夜晚的山里是那么寂静！过了很久，我们才发觉，平静水面似乎有非常轻柔"哗"的水声，像是鱼儿戏水。

偶然，昏暗月光下，涟漪水边踏板前端依稀见有暗蓝白底花纹样衣物，在又一声轻柔"哗"的水声后，我们才突然意识到，"水中可能是人"！

振科小声提醒，"有姑娘洗澡"！我们赶忙悄悄撤回堂屋。

不大一会儿，支书小女儿，头发湿漉漉，红着脸，羞答答，白底蓝碎花紧贴身的连衣裙从面前轻柔闪过，水流般隐入闺房。

拙闯村姑"露天沐浴"，方醒神话"织女牛郎"遗风，而日本"露天风吕"不知是否也为此华夏古风延续？

此后我们又奔赴长丰和凤台等地调研。振科还执笔写了一份调查报告提交政府有关机构。报告中谈到了土地承包以后农村在应对水旱灾害、土壤板结化、集体资产流失、乱砍滥伐等方面的一些问题，并提出了一些具体建议。可惜都了无下文。

姜诗元不久前发到微信中的照片，那是我们 1980 年 4 月与查振科、姜诗元、花学筑、马军营等在南京玄武湖的合影。记得毕业时还曾与杨树林、陈宪年等同学合影过题名"心影长留"纪念照。那时，同学们个个都是那样的英姿勃发！

时光如梭，不觉 40 年过去，我们都已相继步入"乐年"。

非常感谢安徽师大中文系老师们。老师们正直为人、严谨治学、认真教学、非常敬业精神是我们的楷模；感恩师大及文学院严谨、厚重学风的熏陶；师生关系密切、融洽，理论学习的同时注重实践能力和演讲能力的培养。所有这些都对我们有非常好的影响，也让我们从事教学几十年，不至于成为只偏于埋头研究而不会讲课的跛脚教师。在人生道路上，我们之所以能够无憾地为社会作出了一些应有贡献，首先应归功于母校及母校的老师们，也得益于幸运结识了一大批同窗好友、益友。

人生有"三业"，大致三个 30 年："学业"（学会为人、生活、技能）30 年，"事业"（做事、从业）30 年，"乐业"（快乐随心而为）30 年。

甭管过去是否辉煌灿烂，步入乐龄，我们应继续不忘初心，拥有良好心态，感恩、回报社会，珍爱家人，安享幸福乐年！

我的师大，我的故事

高亚森

高亚森，1949
年出生。曾任职于
南京审计大学《审
计与经济研究》杂
志部，编审，江苏
省优秀编辑。

有人说，高考的经历是痛苦的、不堪回首的；但对于我
来说，高考的经历是难忘的，值得回顾的。感谢 1978 年的
高考，它改变了我的命运，给了我重塑人生的一次机会，也
让我和安徽师大结下了一些缘分。

撕碎了的高考梦

"文化大革命"前，我是安徽省重点中学蚌埠一中的 66
届高中生，这场运动开始时，我们 66 届高中生已经举行过
毕业考试，分过文理科，万事俱备，只欠东风，同学们都在
备战升学考试——高考。全省著名的教育家、受人尊敬的老
校长唐赜谿立下我们这一届要坐上全省高考成绩头把交椅的
豪言壮语。

不料，"文化大革命"迅雷不及掩耳，政治运动变幻莫
测，批斗走资本主义道路的当权派、停课闹革命、高校暂停
招生半年（实际上推迟了 20 多个半年）、知识青年接受贫下
中农的再教育等运动撕碎了我们的高考梦，学生顿时陷入混
乱、茫然、盲从、分派、文争、武斗之中。老校长和一大批
有名望的老师很快被打成"牛鬼蛇神"，不仅打翻在地，还

160

要踏上一只脚。

　　"文革"中期，学生组织活跃起来，我们对当时的很多宣传心存疑惑，认为"上山下乡"也是"愚民政策"。起初我拖延着不去报名，后来进驻学校的工宣队穷追不舍，他们到我家、到我父母工作单位施压。拖到最后，我父母只能屈服了。妈妈无奈地说："你赶快下放吧。这也是为你好。"我被迫卷起铺盖，下放农村，由在校学生变成了下放知青。

　　"文革"后期，大学停止招生造成各地中小学师资奇缺，为了解决师资队伍青黄不接的问题，市教育局抽调部分下放知青送到师范学校简单培训后充实到各中小学当老师。抽调时比较看重66届高中生。我也在被抽调、培训后分配到一所"戴帽子中学"当了老师。

　　此后的高校招生带有浓重的"文革"色彩，学生不叫学生，叫"工农兵学员"。他们不用考试，只需单位推荐。家庭出身好是当时推荐的标配。我的家庭出身不是"红五类"，自然也没有被推荐的机会。

　　我的高考梦，就这样一断就是11年！

兜兜转转师大路

　　1977年的一天，我和因中暑而住院的先生在医院里散步。突然听到大喇叭里广播恢复高考的新闻，对照高考报名的条件，居然包括我们！那时，距离1966年我们高中毕业已过去11年，听到恢复高考的消息不由激动万分、心绪难平！我的先生住院需要我照顾，1977年的高考两个人都望洋兴叹，但被"文革"撕碎的高考梦死灰复燃了。

　　当时我们觉得自己年龄还不算太大，结婚几年没有要孩子。此刻遇到恢复高考这班车向我们招手，岂有不争取之理？先生出院后，我们一边工作，一边收集资料，备战高考。伴随着一大堆辣酱瓶和开夜车熬红的眼睛，我们收到了大学录取通知书。

　　安徽省教育部门对填报志愿明文规定：凡教师报考大学，重点大学和普通

晴川历历

院校的第一志愿必须填报师范院校。这还是为了解决教师队伍青黄不接的问题。我的高考成绩超过重点大学录取分数线。事后得知，我的档案最初被重点大学第一志愿北师大的招生老师拿去。但北师大招生老师仔细研究我的档案后，认定我这个"老三届"年龄偏大，不适合我填报的幼儿教育专业，就退回了我的档案。后来我被普通院校第一志愿安徽师范大学提档。我先生的档案同时也进了他普通院校第一志愿的安徽师大，但安徽师大招生老师发现我们是夫妻，他们感到很棘手：安排分开住男女生宿舍？还是提供夫妻房间？权衡再三，他们丢掉了我先生这个烫手的山芋，他被降到第二志愿录取。

1978 年 10 月，我离开家乡跨进了芜湖的安徽师大，他却留在蚌埠就读"劳动大学蚌埠教学点"的财政金融专业。他一直对中国文学情有独钟，在中学教语文时不止一次被教育局抽调参加采风、编剧等活动，对财政金融专业不感兴趣，且看不上"劳动大学教学点"，不想上这个教学点。后来在亲友同事们的劝说下才很不情愿地到学校报到。

1978 年正处中国拉开改革开放大幕之时，中国随之发生翻天覆地的变化。两个月后，经国务院批准，"劳动大学教学点"被拨乱反正改为安徽财贸学院。从后来的中国社会发展看，他学经济比学中文发挥的社会作用更大。艺不压人，他的语言文字功底也没废掉，而是助力他在经济学、经济史方面的研究。

我们夫妇的专业、爱好以及后来的职业发展其实有很多阴差阳错的成分。考大学前，他酷爱中国文学尤其是中国古代文学，我喜欢社会学，当然这是比较宽泛的概念而非严格定义的专业术语，我脑袋里的社会学还包括政治、经济等。但恰恰我考上并不太喜欢的汉语言文学专业，因为当时教语文，为增大录取系数就填报个相近专业。而他因被安徽师大中文系退档落到并不喜欢的第二志愿财政金融专业。但在后来的学习、工作中，我们都逐渐适应了各自所学的专业，并在工作中取得了成绩。

安徽师范大学是一所人文底蕴深厚的高校，名师荟萃，英才咸集。安徽财贸学院的很多老师是在解放初期院校合并时由上海财经学院（上海财大的前身）、东北财经学院（东北财大的前身）调整过来的著名专家学者，名士云集。我们经常为彼此学校、专业、爱好、职业的转换感慨世事难料。

窘境难阻求知欲

1978 年的高考，成了我人生新的起点。

但在求知路上并非一帆风顺。在安徽师范大学读到大二时，我意外怀孕了。医生检查后提出年龄大，又是第一胎，不宜流产。我顿时陷入惊慌失措之中。定定神，和家人商量后，我强打精神，努力克服很难为情的心理，硬着头皮、忐忑不安地找老师说出窘境。完全出乎我的意料，老师没有责难、没有犹疑，立刻满腔热忱地和我一起商讨解决方案，最后安排到下一学期休学待产。

休学一年后，我重返安徽师大，随 79 级学习。由于人为因素，老师给我安排宿舍时，还费了不少的精力和口舌。

冷暖自知，休学一年生孩子而造成的损失还是挺大的。

怀孕前期在学校上课，身心得不到调理，孕吐反应厉害，老远闻到食堂那股油烟味就想呕吐，根本吃不下去饭。但又不好意思告诉学妹。感谢学妹们，在我实在不想进食堂时，她们都很友善地帮我从食堂打饭。

休学一年后复学，母女分离使两代人都很受伤。当六个月的孩子刚刚和我建立感情，也是她发育最快最需要母爱的时候，我却不能守在她的身边，必须离开她继续学业，错过了将近两年陪伴她成长的宝贵时光，一旦错过了就无法弥补，这种影响伴随着孩子的终生，尤其是比较敏感的孩子。女儿跟我始终没有跟她爸爸亲。我们两家父母或因工作或因身体不好都不能帮我们带孩子。孩子爸爸既当爹又当妈，一边在本地上大学一边拉扯女儿。白天，他把女儿送到一位同事的妈妈家里。这位同事的妈妈看我们实在困难，在已经带了另一个老师孩子的情况下，还同意做我们女儿的保姆。

原来我的性格是粗线条的，用我们家乡话讲是粗针大麻线，心直口快，对别人细腻的情绪反应比较麻木。女儿出生后，我的性格倒变得丰富细腻了不少。离别女儿在异地求学期间，只要看到和女儿大小相仿的孩子心里就会怅惘不已，格外思念女儿。傍晚上街时，最怕看到万家灯火及想象中各家厨房里热闹忙碌其乐融融的景象。想家、想女儿到无处可逃时，就找一个僻静的地方，或者是教学楼的平台，或者是赭山的小道，远一点也可能是师大对面的镜湖边，看几眼北方，流几滴眼泪，诌几句歪诗，宣泄释放一下心底的思念之情。情绪渐渐平静下来后我就会问自己：你能半途而废吗？答案是：不能！那就到图书馆！

安徽师大图书馆的图书、杂志、报纸承载了我很多刻骨铭心的别绪和乡愁。我和先生每周一封的两地书主要就是谈论女儿的喂养和成长，见字如面。由此，我一直对班里送信的同学心存感激。另外还自觉不自觉地养成了一个癖好，逮到机会就和女学友们谈孩子。很多学友虽然没有见过我女儿，也从我口中知道我的女儿非常聪明伶俐、讨人喜爱，谈到她时喜爱之情溢于言表。很多年过去了，她们都还记得我女儿的名字。当时几个当妈妈的同学碰到一起谈论最多的也是孩子。

那时私人家里没有电话，女儿生病了，孩子爸爸生病了，或突发其他的紧急情况，都是邻居、亲友帮忙跑到邮电局拍电报，或者寄"航空信"，或者从那边邮局、某单位打长途电话到这边朋友单位再辗转传递消息。一接"鸡毛信"我立马请假。所以我非常感谢安徽师大的老师，大学期间我请假多次，他们从来没有打过"坝子"，没有给我脸色看。总是请假回家、在校期间又心神不宁的我，居然考试成绩还好，可能是吃老本吧。

上大学期间生孩子也给我们的经济造成很大压力。虽说我们"带薪"，记得工资也就 33.5 元吧。我有婆婆需要赡养，先生有买书的癖好。女儿出生后，又新增雷打不动的两大开销：每月 15 元女儿的保姆费，每月 15 元女儿的牛奶、奶粉、辅食费，不时还要给她买点玩具、儿童读物等。先生把买书的癖好部分转移到女儿身上。到现在我们家还有成捆成捆的儿童读物，因感情凝聚其中而舍不得当废纸处理。看看现在重重的豪华版的儿童读物，孩子们拿也拿不动、翻也难翻开，感到还是二三十年前的简装版儿童读物更亲民更经济更环保，也更贴近孩子和家长的阅读实际。我在外地求学，动辄乘车往返，还要从合肥或南京转车，很多钱抛撒在铁轨上。加上逢年过节还有人情往来。每月月光是肯定的了，能坚持到月底就不错了。我父母当时工资也不高，弟妹要负担，但比我们情况稍好一点。有时父亲会找各种借口给我们一点钱。而我个性强，尽量不收。实在推辞不掉的，拿了后心里除了感激也还有几分愧疚。

复学初，我本打算自己找个保姆，租间小房子、把孩子带到芜湖自己照看，但能找的友人都帮忙了，仍然没有找到合适的保姆。此路不通，我只有劝自己安下心来，老老实实把大学读完。

休学还有其他尴尬的事情：78级学生本该 1982 年毕业，我却拖到 1983 年毕业。每次填履历表我都要在大学毕业时间后面加个括号注明：休学一年。生怕别人看不懂我的履历。

不过，失之东隅，收之桑榆，跨越 78 级、79 级两个年级读书，甚至和 82 级小妹妹们住过同一个宿舍。历更多事，阅更多人，可以客观地比较 78 级与以下其他级的异同，推而广之，也使我能用较通达开放的心态观察周围的人和世界。

难忘拳拳师生情

大学之大在于大师，非大楼也，安徽师大同样可以佐证这句名言。我有幸在母校遇到许多高素质、优品位、大情怀的老师。其中接触较多、对我影响较深的首推祖保泉老师。祖老当时是中文系副主任。他不但坚持给我们本科生上课，而且认认真真、兢兢业业、一丝不苟，及时把最新科研成果融入教学之中，阐幽发微，深入浅出，信手拈来，鞭辟入里，从来不糊弄学生，这是令莘莘学子感动而又敬仰的地方。他曾坦诚地告诉我们"文革"中他的苦难经历，在那个是非颠倒的岁月，他的精神受到极大摧残，以致失常。他说自己时常感到身上发热，看到水井就想这里面一定很清凉，就想跳到井里。但他最终挺过来了。他还告诉我们，清晨 4 点是他开始工作的时间，"反正睡不着了，索性就起来工作吧"。

毕业实习时，祖老亲临芜湖的中学了解学生实习情况。我的实习指导老师安排我举行公开试讲。那时流行公开课。我因为在中学教书时不止一次举行过公开教学，胸有成竹。试讲结束，情绪膨胀，心底深处很有点自鸣得意，认为别人很难挑出我试讲的毛病。作为实习生派出单位的领导，祖老听了我的试讲，结束后进行点评，在指出优点的同时也指出我的不足：普通话夹杂有家乡口音，在学生踊跃发言环节把控不足，给人乱哄哄的感觉。经他点评，我才意识到这些缺点的存在。祖老的这次点评令我终生难忘，时时以此提醒自己成功时需要冷静下来多找自己的缺点，缺点总是存在的。但有时想想又不禁哑然失笑：祖老那带有浓重的巢湖口音的普通话给我们留下深刻印象。他居然能听出我的普通话带有家乡口音，可见老先生对普通话的辨识能力还是很强的，只可惜乡音难改。其实我也是乡音难改的受害者，讲普通话时乡音总要跑出来刷刷存在感。

我的毕业论文是关于古代文论方面的，祖老是我的论文指导老师。在指导论文的过程中，每一稿他都用朱笔工工整整地修改，包括标点符号。他还经常让我们几个学生到他府上耳提面命。他那严谨科学的治学态度、诲人不倦的导师风范、细致入微的辅导指点，都令我感佩不已，获益匪浅。毕业前夕，他挥毫泼墨，为我书条幅："板凳甘坐十年冷，文章不写一字空。"古人云："信其师，才能信其道"、"真经一句话，假传万卷书"。后来在学术道路上，我的确严格遵循着祖老的教诲。

毕业后，我和祖老时有明信片、书信往来，问候问候他老人家，谈谈工作上的挫折、困难和苦恼。他不止一次写信让我帮他到南京图书馆古籍部查资料。我诚惶诚恐，首先反复认真阅读他的来信，写出要查的资料清单，读懂他的要求，然后严格按他的要求完成了资料查找工作。在这个过程中，我进一步学习到祖老做学问和做人之道。祖老在耄耋之年，仍孜孜矻矻，著书立说。为完成60万字的书稿《文心雕龙解说》字斟句酌，比如题目是用"通释"呢还是用"解说"？笺校《司空表圣诗集》，祖老极其认真地四处查核涉及的原著，"力争在80岁时有书稿问世"。86岁高龄的他还出版了《王国维词解说》。

除祖老外，我在安徽师大还有幸听过一些其他优秀教师的课，如刘学锴、余恕诚、张柏青、王维昌等，他们才华横溢、教学科研俱佳，无论是衣着考究的，还是被历届学生口口相传、有时会两只脚穿不同皮鞋来上课的老师，他们都非常尊重坐在教室里求知若渴的学子。一旦站上三尺讲台，他们立刻精神焕发、激情投入、神采飞扬、旁征博引、口吐珠玑、师德普照，使台下学生全神贯注、乐承教恩、终身受益。他们让我想起新文化启蒙时期北京大学的教授，想起抗日战争时期西南联大的教授。他们绝不仅限于向我们传播知识，而是在进行一种文化传承。他们的教化映射、沉淀在我们身上，潜移默化地铸就着我们的灵魂。"学为人师，行为世范"，是他们，托起了"师范大学教师"的光荣称号。

回眸来路，距1978年参加高考已整整40年，也是改革开放的40年，个人的命运同改革开放交织在一起。弹指之间，蝉蜕龙变，不忘初心，方得始终。写到这儿不由感恩"江淮英才咸集于斯"的母校安徽师大：她像母亲，静静地伫立在那儿，宁静致远，厚德载物，历经风云变幻，薪火相传，默默关爱着年龄悬殊、才学不同、性格各异的莘莘学子。感恩安徽师大赫赫有名的中文系和图书馆奠定了我们的语言文字功底、知识整合能力以及把握学术前沿的敏感。感恩学养深厚、筚路蓝缕、爱业敬业、扎实科研、激情教学、遇挫前行、愈战愈勇的师长们教会我们向上前行。感恩78级学友才俊们不弃不离、一路同行、指点相助，使我即使在眼前的苟且中也能领略到诗和远方，即使在雾霾中也能遥望到光亮。

那四年，我们的赭山下故事

查振科

查振科，1954 年出生。文学博士，曾任中国艺术研究院文化艺术出版社总编辑。

1978 年 10 月，作为恢复高考第二届大学生，我们迈进了大学校园。在这之前，我压根儿没见过大学的模样，只知道一定比中学大得多。大学生见过，极其稀少品种，那是要怀着崇敬的心情仰望的。

比起先进校半年安安静静读书的 77 级学长，中文系 78 级是最好动的一群。当时与中文系同住在学生宿舍 0 号楼的，还有政教系的工农兵学员。我们这些新来者还不知大学的规矩，又志得意满，免不了让学长们侧目，发生龃龉。殊不知新来者压根儿没将他们放在眼里，不占上风便不罢休。有几件事足以证明 78 级不是省油灯。

刚进校时集体用餐，一组一桌，人齐了方举箸。一开始不明就里，还有新鲜感。很快发现弊病多多，很不自在。再看看 77 级他们，拿着瓷缸悠悠然到窗口，点着自己想要的，复施施然离去，旁若无人。他们从容自得的样子，客观上对 78 级的我们构成一种示威、挑战和精神压迫，让我们愤懑之情不断在胸腔鼓荡，凭什么 78 级低人一等？终于中文系发动，酿成"罢饭风波"，全校 78 级起而响应。校方瞬间紧张起来，辅导员、系领导很快来到宿舍安抚，承诺 78 级可以与高年级一样，饭菜票发到个人手里，自主打饭吃。"罢饭风波"以迅雷之势获得全面胜利。胜利后的 78 级一片喜气洋洋，也让校方和其他年级见识了78级追求平等权利的那种一往无前的精神，拉开了78级"如火如荼"的四年大学生活的序幕。之所以说是序幕，的确在四年中发生了好几起有声有色的运动。

果然，在第二学年的一开始，就发生"抢占宿舍"运动。起因是上学期结束时发生地震，0号楼出现裂缝。开学后见裂缝已被加固，但学生仍心犯嘀咕，不想住。很快79级新生入学，按惯例，由78级接待新生，从车站、码头把新生接住，送到宿舍。结果发现，系里将79级新生安排在原由女生住的8号楼。8号楼旁边是单双杠锻炼区，每天早晨傍晚都有很多男生去秀肌肉。不知道如果不是在女生宿舍窗口下，还会不会有那么大的锻炼劲头，以敝人经验，玩了四年单双杠，好像没起到媒介作用。当发现8号楼变成79级男生宿舍时，78级的兄弟们彻底被惹怒了，放着迎接79级新生义务不去承担不说，越过操场，呼啦啦一下子把自己的破被子烂箱子搬进了8号楼，做起了长住8号楼的美梦。系领导、辅导员得知后急得如热锅上的蚂蚁，慌忙赶到8号楼阻劝。这些78级学生大爷，领导、老师的劝说哪里听得进去，振振有词地与领导、老师辩论起来。无论系领导好言相劝还是声色俱厉，就是不买账，一副能奈我何的架势。群龙无首，班干部们早不知躲到哪去了。可怜了79级的孩子们，在8号楼外怯怯地守着自己的行李，一脸茫然，不知如何是好。系领导与老师口干舌燥，无济于事。无奈之下，给辅导员下了命令：把班干部找来，让他们把自己的班带回去！本来就是始作俑者，这帮小头目们只好又乖乖地把人领了回去。这次运动虽然以彻底失败收场，却让系领导和老师们看明白了：78级这群小子们，为将自己正当权益最大化，还真是不屈不挠。此事幕后故事留作茶余饭后再说。

1981年女排获得世界杯冠军，以七战连胜成绩完败卫冕的日本队，给了中国人爱国情绪一次大提振。作为学生的我们自然也不例外，关键是，每天三点一线的千篇一律的生活，多少有点乏味，女排胜利，正好有了一个寻找刺激寻求宣泄的正当理由。记得那天晚上，没有去教室，大家在宿舍里守着收音机听宋世雄扣人心弦的解说。胜利锁定，宿舍里顷刻沸腾起来，擂盆敲碗，拍桌子打板凳，在窗外烧席子摔水瓶。宿舍太小，一窝蜂拥到操场，又跳又叫。不知谁喊了一声"上街去",接着一片呼应,人流也即刻向校大门涌去。校方大概早就注意到学生宿舍那边动静不小,还不知学生要干什么,就得知学生要出学校的消息,急急赶来阻拦,打躬作揖,求求这些活老子千万别出去,就差没下跪了。这些已经燃烧起来的青春生命,哪里还听得进去,一起用双手摇撼着大门。门卫一看,与其被推倒,不如开门得了。于是,洪流倾泻而出,呼号震天,向北京路滚滚而去。沿途市民争先响应,十分热烈。途中听说皖南医学院、芜湖机电学院也上街了。游行队伍从北京路绕镜湖一周回校,总算尽兴而归。从"文化大革命"结束到当时,好几年没体验过游行的滋味了。但区别是,那是组织起来的,而这是自发的。这次游行让我觉得,自发的庆祝游行还真能有凝聚群体情感、宣泄群体情感的正面作用。无论是抗议性游行还是庆祝性游行,都是社会集体心理的一种减压、泄导。地方管理者对自发性和平游行,总是感到害怕,尽可能地不让它发生。国家深知这是人民表达诉求的权利,始终将这条留在《宪法》里。

不记得具体是哪一年,1980 年还是 1981 年,发生了一场由"馒头事件"引发的大字报运动。起因是,一个放干了的馒头从 0 号楼(不知是哪层楼)扔到了大街上,路过的市民捡起来,送到了芜湖市政府,十分愤慨地批评现在的大学生如此不珍惜粮食。市政府把这个馒头送到学校,学校让校团委用红纸写了一张《致全体同学书》,严肃批评这一行为,以此教育大家珍惜粮食,并将那个倒霉的馒头放下面"示众"。大红通告贴在荷花塘边 6 号楼的墙上,所有的学生都能看到。这本来没什么大不了的,学校拿这事说一说,按理说也是教育者的责任,但却惹恼了这帮高傲的大学生们,很快就有大字报贴在了大红告示旁边。大意是,这馒头又黑又小,有二两吗(那时馒头二两一个)?为什么不说食堂克扣我们粮食?这张大字报非常巧妙地转移了焦点,诱导了后来者如何跟进。于是揭露食堂各种各样的毛病、揭露学校方方面面漏洞的大字报、小字报纷至沓来,什么饭里有老鼠屎啦,床缝里臭虫成球啦,下水道不通水房发臭啦,借书卡太少、还书时间太短啦,路灯太暗、下自习回来不安全啦,如此等等,不一而足。大大小小各颜各色的纸张几乎贴遍了所有建筑显眼的墙面和树干上,形式上诗歌、散文诗、政论、对联、标语、漫画一应俱全,前前后后差不多持续了一周的时间。揣度那时学生们的心理动机，不外是，扔馒头是一个人的行为，为何用来教育我们所有人？小题大做！我们也来查查你们的不足！时值期末，虽然大字报火爆，但学生们依然正常上课、考试，学校似乎也不见干预的举动。待到考试基本结束，学校通知在东操场召开全校师生员工大会。操场上一片人海，主席台上，沙流辉老校长作报告。没有读稿，足足讲了至少两小时，列举学生大字报中提及种种管理的不足，检讨原因，提出整改意见。当然，最后也不痛不痒地对学生的行为提出批评。

上述运动中，中文系78级几乎都是勇于扮演上相的角色的。

好动，让我们怀旧时对大学四年种种激情泛滥颇为自得地以书生意气自诩。然而，抛却自我，去细思那时学校领导师长的作为时，我却难以掩抑我对他们的敬爱之情。他们是那样宽厚地容纳了我们的狂热与非理性表达，没有粗暴的斥责、处分与惩罚，而是用容忍、导引、自律与纠错来应对这些意气风发却又有些不知天高地厚的学子。这是怎样高洁的胸怀，怎样高尚的师德！

除了好动，就是好学了。我们这拨大学生，正好历经了从烧书到嗜书的社会氛围转换。从极寒到极热，断崖式的转换，让我们的情绪也处于高频的翕张中，学习的热情如同干透的海绵碰到了水。那时候上课，笔记记得可以说是史无前例。有的同学竟然可以把老师上课时的讲话一字不落地记下来！有的同学落了几个字，课间也要去老师那里补回来。那时考试，基本上两部分人考试成绩最好，"老三届"与女生，心里都暗暗地铆着劲。入学后不到一年，许多同学都有自己的专业兴趣方向，先秦两汉、魏晋南北朝、唐宋、元明清、古汉、现汉、古文论、外国文学、文艺理论等等，都有人去专攻。以我们4班论，毕业时有两位考上研究生，这个比例在当时就不小了。从事文学创作的人在4班也是个不小的群体，且在外有不小的影响。诗歌、小说、散文都有出类拔萃的。以朦胧诗而言，按他们自己的说法，师大是当时全国大学里写得最好的一群。我不写诗，不敢定夺。但可以肯定，是一个最具现代意识的群体。古诗词也有写得极佳的，很是受到祖保泉等老先生的夸奖。祖保泉先生在我们入学时大会上朗诵了"万人丛中一握手，使我衣袖三年香"的诗句，着实激励了我们很久。

从入学算起，40年过去了。毕业后那年，我与凤文学兄为班级制作了一个同学通信录，并附了一副自撰对联：镜湖秋晚，赭岭春晓，更兼有浩荡长江，注我满腔诗情。想当年，书山携手，学海共舟，振国自有真学问；天高地迥，宇宙无穷，毋叹息倏忽人生，似那缥缈流云。瞻未来，壮志凌空，雄关漫道，勉励还须吾同窗。而这一切仿佛还在眼前，却又是真真切切地时过境迁。唯一不变的是，你是我的同学，我是你的同学。4班的人已不再青涩，但却时时想着再见，再见时依然如故地相互打趣，似是把毕业后的36年都略去了。

拾穗人说

张少中

我出生并成长在一个叫蒙洼蓄洪区的贫瘠僻远的淮北小村落。在童年的记忆里，那里最好的风光和人文就是辽阔的麦地，和那些在麦地里躬伏着腰脊，缓缓而行的拾穗的孩子。

每每忆起那番图景，总会涌起莫名的感动和惆怅。

因为，我就曾是那些捡拾麦穗孩童中的一个。

我们躬身捡起那金灿灿饱满穗儿的同时，也在抵首感恩大地的馈赠，重温"粒粒皆辛苦"的古训，在虔诚中俯拾了民族的勤俭美德。

几十年后的今天，在这遥远的南国城市里，没有一块麦地，需要我虔诚地俯首了。再没有一穗芒麦，需要我弯腰捡拾了。我只有在一次次眺望里，捡拾过去的风景和鲜为人知的情愫，捡拾心底的怅惘、感伤和落寞……

当年那拾穗的一幕，与我几十年在文学的大田边奔逐、拾穗、彷徨的情景何其相似乃尔！

1975 年 3 月，我自离家八里地的郋台中学高中毕业。毕业即回乡，回乡即下田。那时的我，上大学？无门——黑暗而扭曲的推荐制度下，像我这样家徒四壁，又与公社、大队领导无亲无故的下等人，绝对不要去痴想上大学的事；当兵？无望——因外婆家是地主成分而政审过不了关；当民办

张少中，1955 年出生。主任记者，曾任海南省邮政工会常务副主席、《海南邮政报》总编辑等，现为海南徽文化研究会、海南省安徽商会秘书长。

教师？无份——大队领导沾亲带故的七姑子八大姨都安排不完，哪还有我这等人的份！只有重回生产队集体大田里垂头劳作，忍气吞生。晚上，于百无聊赖甚至无比绝望中，伴着如豆的油灯开始了执着又坚韧的纸笔对话。写什么，怎么写，写了又能派啥用场，心中一片混沌一片茫然。但于混沌和茫然中，于父亲痛惜我点灯熬油的唠叨声中，于稿件的屡投屡退、屡退屡投中，照写不误，坚持不辍。后来，一位在县文化馆工作的名叫许春耘的远亲，一个偶然的机会看到了我的胡乱涂鸦，在一句"乖乖！写得还真不赖"的肯定表述中，选了一篇让我再加工，之后投到了合肥市文联刚刚复刊的《文艺作品》杂志。很快，一位叫温跃渊的编辑亲笔给我回了信，明确无误地告诉我：散文拟发。后面又写了一番诸如"继续努力争取写出更多更好的作品"之类鼓励的话语……于是，《文艺作品》1977 年 7 月号上，一篇名之曰《潮》的散文赫然在列，本人的"大名"也第一次变成了铅字。带有那个"火红"年代烙印的作品显然是不值一提了，但那篇散文为我那个淮河岸边的小村庄所带来的轰动效应，给潦倒的我和我的那个日不聊生的家所带来的荣耀和实惠，却让我终生难忘——高达七元稿费呢，是我那个家庭几年来除了养猪之外的最大一笔收入呢！父亲去公社所在地的邮电所取款归来时，买了三斤肥猪肉和几斤大白米，全家人美美地加了一餐。同时还给我买了一双想往已久的蓝色的"回力牌"球鞋。而剩下的钱还清了左右邻居三角五角的零星债务。

那些天，自豪常挂在父亲脸上，喜悦和憧憬更是深深地沉淀在我的心头——由此始，我熬夜写作再也听不到十分节俭的父亲那没完没了的唠叨声了，于是，写作热情空前高涨，投稿的命中率也出奇地大增———一年多内又接连在《文艺作品》、《工农兵演唱》（后改成《江淮文艺》）上发表了四篇散文、小说、新故事等，直至 1978 年 9 月考入安徽师范大学中文系……

如果说，煤油灯下的涂鸦希图以文学为阶梯爬出蒙洼那个苦难的深坑，那么，1978 年 10 月开始的安徽师大四年中文学习，才使自己真正跨入了文学的门槛！

原以为曾经发表过几篇作品的本人，进校后一定引人注目，乃至鹤立鸡群、无限风光。但几次摸底考试下来，立马看出了自己的差距和浅陋。

我们入学报到的时间是 1978 年 10 月 13 日和 14 日，第一堂课是 10 月 16 日，从 10 月 23 日教写作的仇老师给我们布置第一篇作文《入学新见闻一则》开始，到 11 月 12 日的第二篇作文《不禁使我想起了他》，其间还进行了四次其他课程的摸底考试，如汉语拼音、英语基础、政治历史等，每次考试我的成绩都在中下水平。就连自以为强项的写作课，分数也是差强人意，更没能被老师拿出来点评。由此我开始警醒，并在 12 月 28 日现代汉语考试当晚，在日记中与自己进行了一次深刻的乃至触动灵魂的对话。

大约就是自这天起，我成了图书馆的常客，在杂书、小说和彼时时尚观点的启发引导下，脑子里也不断冒出各种人物和故事来，对大学生活的现实也给予了热切关注，这些人物、故事和关注沿着我那细细的笔端，悄悄地溜到听课笔记的空白处和日记的某个角落，成了一片片的"豆腐块"、小品文，并先后在班级黑板报和《安徽师大》校刊上发表。

为写这篇"命题作文"，我查看了从 1978 年 10 月 13 日入学到 1982 年 8 月 13 日离校的全部四年"流水账"似的日记，并对四年的大学日常生活做了简单的归类：

期中、期末考试的分数、差距、得失、自我评价；

在图书馆借书、读书、还书的心得体会；

看过的电影及感受、短评，如《追捕》、《望乡》、《三笑》、《早春二月》、《流浪者之歌》、《山间铃响马帮来》、《怒潮》、《在那些年代里》（墨西哥电影）、《钢铁是怎样炼成的》、《傲蕾·一兰》等；

与家人、朋友的来往通信记录；

对国内外、校内外时政大事的实录与评价，如中美建交、邓小平访美、对越自卫反击战、1979 年 7 月 9 日江苏溧阳五级多地震、中国排球队赢得世界冠军同学自发走上街头庆祝……校内重大新闻事件有：占领 8 号楼风波、"罢饭风波"、祖保泉谈学习、数学家杨乐访问安徽师大……

当然，记录最多最细最全面的还是关于文学创作、发表作品的记载。

经过第一次摸底考试后的深刻反思，我既认识到自己的短板和不足，也似乎找准了突破的方向。比如，外语没基础，背不了、学不好，基本放弃；古文论，艰深、涩奥，是个苦活，咱不是那块料，能过得去即可。我的大部分精力，就是一边大量阅读古今中外文学书籍，一边试着写点身边事、小文章，并陆续在《安徽师大》校刊和班级黑板报上发表，既能赚几两银子，又能出点小名。自 1978 年 10 月 22 日第一次在班级黑板报上发表散文诗《信啊，飞来了》开始，写作的热情就被悄悄点燃，小品文、小散文、小小说等"豆腐块"一发而不可收，有些还在一定范围内产生过影响和争论。比如，1979 年 3 月 26 日《安徽师大》校刊发表了我的小品文《要照此办理》，就是讽刺拖堂和利用学生课间休息时间布置工作的现象，有好事之徒就把它与我们的辅导员进行了"对号入座"，从此使得我们这位直接领导对我"另眼相看"，在 1979 年 4 月 11 日的年级大会上，辅导员"委婉"地表扬我说："我们 4 班的张少中，写作很勤奋，很有写作潜力，最近发表不少文章，为我们 78 级中文系争了光。今后写作时注意点真实性就更好了……"

我无语。

随着时间的推移，我在《安徽师大》校刊发表的文章题材越来越多样，篇幅也越来越长，如评论《江南水乡荡诗情——评沈天鸿散文》，小说《榆树院轶事》，散文《人桥颂》，小说《水上漂》（与焦炳灿合作）等。1979 年 5 月 15 日，应《安徽师大》校刊通知，我和焦炳灿去编辑部领取了六元稿费，并由此认识了《安徽师大》校刊总编詹出悌老师。这位 1946 年厦门大学中文系毕业的新闻人，很有资历，也很有学养，满头银丝，一脸儒雅，言谈间对我们垂勉有加。

从编辑部出来，已经到了晚上开饭时间，但我和炳灿没去食堂，而是径奔九江饭店附近的美食小街，然后就大块吃肉，大碗喝酒，大声吹牛，豪气干云，决心干单大的——于是就有了我、炳灿和方雅森合写电影文学剧本《霸王恨》的"壮举"（《霸王恨》剧本刊发于 1981 年 4 月号《电影文学》杂志，我们并由此与该杂志主编张笑天结缘。我们三人还合作创作了一出话剧《走向新生活之前》，获 1981 年 12 月中文系文艺调演一等奖）。

由于偏好和创作的需要，我对当代文学课特别上心，并与刘普林老师特别投缘。刘老师时年四十五六岁，清瘦，中等偏高身材，戴着深度近视眼镜。衣着朴素干净，声调舒缓沉稳，分析作品层层递进，丝丝入扣，条分缕析。讲授何其芳的诗，茹志鹃的小说，我们像听评书一样享受，在享受中汲取了丰富的文学营养。

刘老师的课我从不缺堂，还经常到他家里讨教。一次，我陪焦炳灿和孙维城到他家一起讨论维城的小说《再嫁》。小说的情节现在记不起了，但当时讨论的情景记忆犹新。我赞赏《再嫁》的文学表现手法以及细节描写，但好像不太同意小说的立意，为此与维城展开了小小的争论。刘老师静静地认真听着，最后发表了对小说的修改意见。后来这篇小说发表与否，不得其详。

1979 年 3 月 8 日，安徽师大中文系 78 级几位热爱文学的同学，相约来到镜湖迎宾阁，酝酿成立文学社团事宜。那天讨论的话题是如何建立社团。那天，什么人说了什么话、社团的名称和宗旨是什么，等等，如今只有些许模糊的不确切的记忆了，但几位参与者的姓名却赫然记录在当天的日记中，他们是：安庆人孙维城、沈天鸿，阜阳人焦炳灿、张少中、孙士风，上海人颜鸣。召集人孙维城，联络人张少中。

社团的正式成立，则是一年后的 1980 年 1 月 6 日下午，地点在 303 教室，社团名称为"镜湖文学社"，正式团员七名：焦炳灿、张少中、沈天鸿、吴尚华、王前锋、姜诗元、方雅森。

在以后的几年，"镜湖文学社"成为联络本年级、本系乃至全校文学爱好者的平台，出过不少好作品和有影响的作家、诗人、评论家，也成为安徽师大中文系 78 级一份集体的人文记忆！

大一第二学期刚开学，因了一篇小说，我还与一位于文学对我有大教、于人生对我有大恩的教授结下深厚师生情缘，并保持联系直至他驾鹤西去——他就是中文系副主任、文论权威方可畏先生。

方可畏先生是安徽师大中文系一位资深教授，在文艺理论研究方面成绩斐然，著述颇多。我们 1978 年进校时，他就是中文系副主任，我们毕业了他还在原来的工作岗位上。他大约只给我们 3 班 4 班代过一学期的课，但印象深刻——并非他教书如何了得，如何标新立异，如何花点小心思、用点小技巧讨学生欢心，恰恰相反，他的课风属于四平八稳的那种，严谨有余、活泼不足，咬文嚼字、照本宣科。但那时候，我们这些半路上大学的幸运者，一是年龄偏大，懂事；二是求知若渴，对谁的课都细心地听，认真地记，傻傻地悟，所以方教授对我们评价甚好，每每在系里、在任何场合都说我们78级的好话——他没在课堂上说过这些，但我们都知道。

我和方先生的个人交往源于我写的一篇小说。

1978年春节期间，心情不错的我很顺手、很流畅地写了一篇8000余字的小说初稿——《过年》。小说的背景是"三年困难时期"，人物和故事取材于本村的真实事件，字里行间透着我的悲悯和哀伤……

开学后，我兴冲冲地来到方先生办公室，呈上小说稿，请这位著名文论家、教授、授课老师给予指点。第二天方先生便约我到他家进行了一次谈话。方先生说，他是昨晚躺在床上看《过年》的，看后害得他失眠了。他直言：这并非小说写得如何的出色而让他激动失眠，而是小说触及的主题引起了他深长的思索。他说，首先在三中全会刚刚闭幕的新的时代背景下，所谓"三年自然灾害"期间发生的那些回避不了的、人祸大于天灾的悲惨的往事，应该不再是什么历史学术和文学的禁区，应该有文学作品去揭示、去反映；其二，《过年》较为深刻又很形象地反映了"大跃进"时代农民和生产队之间、农民和乡村干部之间不可调和的矛盾，揭示了当时社会情势下农民的无奈、无助和凄凉；其三，环境和细节描写比较真实可信，比如对于"毛雾"、"毛抗日"心理活动、言谈举止的描写，对那两只"软塌塌"的老鼠的描写，尤其最后对于毛解放的描写，给人以身临其境之感。还有，作品中人物姓名也似乎暗寓深意……但小说语言和结构还很粗糙，需要花些功夫去打磨、去锻造，争取一炮打响……

这是我第一次去方先生家，也是最后一次去。

后来那篇小说虽然辗转20多年才在《海外文摘原创版》发表，但方先生明显对我有点另眼相看了——记得一次在课堂上还特别提到了我的小说，肯定了我的观察生活、概括生活的能力和文学创作的基本功。那是对我很大的懋勉和鼓励呢。

从那以后，方先生开始注意我的"动向"了。一次，在课间休息时，他端着水杯，慢慢踱到我身边，对我说，你最近发在《安徽师大》校刊上几篇小说、散文我都看了，主题积极，生活气息也浓郁，很注意写人物的个性。但构思不够精巧，主题挖掘得不深，人物也欠丰满……

原来，那样几篇应景的、为赚稿费而写的小东西还被我们的系主任、教授注意上了，我顿有受宠若惊之感，同时也觉得惭愧。如果不是急功近利，不是"生活所迫"，本来那些作品是可以打磨得更好一些的。

从此，我不敢再轻易动笔、率意出手了。每每抓住一个好的题材，总是认真构思，从容谋篇，精雕细刻，于是才有了大学后两年发表的几篇小有影响的小说"力作"，如《赖大嫂新传》及其续篇《老天爷外传》、《摆渡人》等。这些小说的发表，在校园引起了一些小小的轰动，评论界也开始注目安徽师范大学"镜湖文学社"我这名"社员"了。安徽省著名评论家周道训先生专门写了一篇文学评论发在 1982 年四五月间的《安徽日报》上，题目是《可喜的第一步——读张少中乡土题材小说》。

1982 年 6 月，安徽省作家协会在马鞍山召开"安徽省第二次青年作家代表大会"（第一次代表大会在 1962 年召开），我代表安徽师范大学参加了会议……

8 月初中文系的一个会议上，研究 78 级同学的毕业分配问题，当时有个去安徽省文化厅的指标，为分配谁去产生了很大争议。这时，方教授发言了。他开门见山地说，4 班的张少中同学最有资格和条件分配去省文化厅工作。他在四年里发表作品最多、影响最大、文字基本功过硬，不会给我们师大中文系丢人，这样的同学不去，谁还能去？……争论的结果是大多数人同意了方教授的意见，于是我被直接分配到了安徽省文化厅《文化周报》社工作。

到文化厅报到的第二天，我就给方先生写了一封情真意切、表达感恩之情的信件，他回信时除了勉励我好好工作，早日做出成绩，为自己立身，为师大争光外，有关毕业分配的事一个字也没提。

1992 年 11 月 9 日，我随大流漂到海南，稍作安顿，就把我新单位、新地址函禀方先生，很快又接到了回信，对我的选择表示赞赏。春节时，还收到了他的明信片。至此，每年都能收到先生那虽寥寥数语，却字字浸透情谊的形状不同、色彩各异的贺年卡……

有一次，留校任教的袁立庠，在黄山学院任教授的汪健等大学同学来海南开会，我才得知老先生已经仙逝。

心底的遗憾和难过只有自己知道。10多年来，我是一直有去看先生的想法和计划的，但直到他去世也未能如愿。乘着这次出书的机会，写下这些文字，以表达我对恩师方可畏先生深深、浓浓怀念和不尽的感恩。

1982年8月13日下午，我来到位于合肥市长江路省政府对面的第四招待所《文化周报》社报到，开始了长达10年的专业文化新闻从业工作。10年间，我没有辜负母校的培育和方先生的嘱托，发表了大量文化新闻、名人专访、报告文学和小说、散文等，获得各类文学、新闻奖20余项，其中小说《榆树院轶事》获安徽省1982年度农村题材文学创作二等奖；3600字长篇通讯《西伯利亚的暖流——中共阜阳地委书记陈硕峰关心知识分子纪事》发了《人民日报》第二版大半个版面，并为自己赢得了"名噪一时"的新闻荣誉；长篇通讯《黄土地的悲歌》获安徽省好新闻特别奖和全国好新闻一等奖。1986年提拔为报社群工部主任。

自1992年11月9日迄今，我已在海南岛这片热土上行色匆匆地走过了26年岁月。

2009年创作的长篇散文《佛门里的姐》，被国家级刊物《散文选刊》全文选载后，受到读者和评论界的高度关注，荣获"2009中国百篇散文奖第五名"和2009年中国散文排行榜第五名等殊荣，这是本人散文创作的新收获、新突破。

2010年5月19日，《人民日报》"大地"副刊发表了我最新创作的散文《映秀菊黄》，在读者中引起较大反响，并在当年《光明日报》全国散文大赛中荣获一等奖第一名。

2010年底，由光明日报出版社出版的十卷本海南作家丛书，我的散文集《佛门尘缘》为其中一卷。

2011年12月号的《中国作家》杂志发表了我的电影文学剧本《香格里拉的女儿》。

2012 年 5 月 18 日，中国邮政作家协会在海南成立，我当选副主席兼秘书长。

2013 年，中国邮政集团公司党组鉴于我对中国邮政宣传的贡献，授予我"终身荣誉奖"，并给予"资深经理"行政待遇。

2016 年 7 月，在我退出职场的两个月前，成为中国作家协会会员……

"文艺"那些事

汪 健

汪健，1959 年出生。黄山学院副教授。曾获校"教学名师"称号、"教学优秀奖"一等奖等。国家级普通话水平测试员。安徽省朗诵艺术学会会员。

那天辅导员宣布学生干部名单，我听到了自己的名字，文艺委员。有些诧异，当时觉得大学里人才济济，轮不到我当班干部的。后来我自己做辅导员，通过查看学生档案确定最初的班干部，便猜到了当时辅导员是看了档案的，我念高中时是文艺委员。不过，我一直以为是辅导员和班长一起决定的，写这篇文章时跟班长查振科确认这事，才知道是辅导员在我们还没进校就决定了全体学生干部。这个决定，让我的大学生活成了后来的样子。

组织舞会

应该是 1980 年前后的事了，当时突然就流行集体舞，大家手拉手围成圆圈跳的那种。在那个年代，一批在男女生连话都不说的环境里长大的青年，就这样手拉手跳起舞了。一开始还有些腼腆，很快就自然起来，体悟到了青春的美好。

参加跳舞的以"55 后"为多，跳的是《青年友谊圆舞曲》："蓝色的天空像大海一样，广阔的大路上尘土飞扬。穿森林过海洋来自各方，千万个年轻人欢聚一堂。拉起手唱起歌跳

中文系 78 级 4 班张少中大学四年的日记，记载学习、创作和日常生活等。

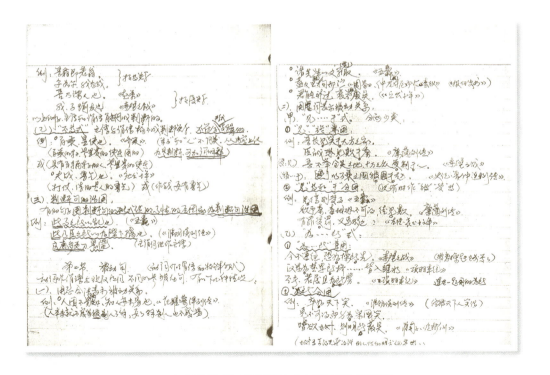

中文系 78 级 4 班汪健的《古代汉语》课笔记

学生踊跃投稿和阅读安徽师大编辑的学生文艺刊物《赭山》杂志，尤其受到中文系学生的青睐。

中文系78级于1981年12月自编、自导、自演话剧《走向新生活之前》，全体演员和编导人员合影。

起舞来，让我们唱一支友谊之歌……"舞蹈动作简单而欢快，一会儿拉成一个大圈，一会儿变成两层小圈，更多的是男女生一对一的动作，手拉手转圈，肩靠肩转圈，转着转着换到下一个人，没有确定的舞伴，一曲跳下来，所有的人都会跳到。

这种集体舞会多是系里组织的，参加的人不限哪个年级，我的任务只是通知大家。

集体舞跳的时间不长，又突然不让跳了，据说上面是有通知的。

过了一段时间，交谊舞悄悄地流行起来。我作为文艺委员，学舞、教舞自然不在话下，又因为从小喜欢舞蹈，这样的活动再辛苦也不觉得苦，就是开心。那时候到了周末，许多教室都成了"舞场"。

组织舞会其实是比较麻烦的。先得找场地，桌椅可以搬动的教室才行，因为舞会已蔚成风气，找个能跳舞的教室并不容易。然后就是借录放机，找舞曲磁带，搬桌椅板凳什么的。喊人跳舞也难，交谊舞要求男女比例协调。那时候虽然学生总体上女生比男生少很多，但是跳舞爱好者多是女生，反而找男生来跳舞很困难。有时候为了找男生跳舞，我会在教室里来来回回走几趟，还不能大声喊人，大家都在上晚自习，况且许多同学是不喜欢跳舞的。

再后来，交谊舞也渐渐降温。我再跳交谊舞已经是 90 年代初了。

发电影票

文艺委员有一个日常工作：发电影票。

那个时候，许多在"文革"中被封禁的电影都解禁了，大家被这突然降临的精神大餐震到了，尤其是我们这些 50 年代末 60 年代初出生的同学，从小学到中学的十年，基本上就是"文革"十年。我们的电影记忆，是 8 个"样板戏"，是《火红的年代》《决裂》，是"有条件要上，没有条件创造条件也要上"，是"马尾巴的功能"。那个时候我们才知道，原来我们还有这么多好电影！看电影成了我们当时最快乐的事。我跟妹妹汪芸在大学期间零零散散也写了点日

183

记（我断断续续记了半年，60 余篇），那天我们聊到日记的事，发现，我们俩记得最多的是看电影！

学校包场看电影，是三天两头的事儿。我喜欢看电影，对发电影票也就不排斥，况且这是我分内的工作。但是，发电影票也不容易。

日记里有一句话，"学校包场电影《基督山伯爵》，可把我给忙坏了，别的不说，光是跑 0 号楼就跑了三次，鞋都磨去一层底"。为什么跑了三次，日记没写，现在也想不起来了，也许这是发电影票的常态吧。

学生太多，每次包场电影，发到班级的票是很少的，不可能一人一张票，有时候甚至只有三分之一的人能拿到票，所以，发票的原则是，大家轮着来。我把票按照位置的好坏搭配好，分成四份交给小组长，由小组长发下去。我是不能给自己留票的，即使轮到我，我也不敢拿好票，电影院的边边角角我都坐过。也不是什么高风亮节，就是怕被人说闲话，爱惜羽毛吧。

到了大三，我好像又做了年级文艺委员做的事（应该是几个班的文艺委员轮流做），发全年级的电影票。这事就更麻烦了，每次发票都是在宿舍的桌上摊开来弄，各种搭配调整，昏天黑地。有时候还会去电影院剧院给大家买票。"1980 年 12 月 8 日，星期一，晴。这次包场歌剧《大海作证》正好轮到我买票，又是甲票，又是乙票，把我搞得头昏脑涨，"现在想来，这事对我这个数字多了都要扳手指的人来说，也的确是太难了。

校文工团

大一下学期我进了校文工团舞蹈队。当时校文工团舞蹈队里中文系的女生就我一个，77 级好像有个男生也在队里，个子很高，名字不记得了。2 班的李洋波也进了文工团，她是独唱演员。

我喜欢民族民间舞，小时候最大的梦想就是成为舞蹈演员。上初一的时候，我是学校宣传队的，有一次徽州文工团来招生，老师推荐了我，但后来没了下文，估计是嫌我长得不够漂亮。这事对我是有打击的，文工团由梦想变成梦幻。

舞蹈演员当不成了的时候，我遇到了一位让我喜欢甚至崇拜的年轻的女语文老师，于是，我的第二个梦想就顺理成章了：当语文老师，让我的学生也喜欢我。这就是后来我所有的高考志愿都是师范、都是中文系的原因。

没想到的是，大学也有文工团，我居然进了文工团！

我参加的第一个舞蹈是《鄂尔多斯舞》。这是一支蒙古族舞蹈，五男五女。欢快的音乐、经典的蒙古舞动作让我非常喜欢，排练很累，但快乐无比。也许是太喜欢这支舞了，我后来看到"鄂尔多斯羊毛衫"都觉得亲切。我还参加了另一个群舞，斯里兰卡舞蹈《罐舞》，好像是东方歌舞团的舞蹈。异域音乐、动作是我从来没有接触过的，跳起来非常过瘾。我学舞学得很快，跳得也还像样，常常被表扬。

我们文工团曾经去过芜湖湾里机场慰问，好像是冬天，很冷，都披着军大衣。湾里机场是军用机场，我们是慰问解放军的。那天的掌声很响，到今天仍然记得。

舞蹈队要排双人舞《化蝶》。政教系的学弟许小刚有非常好的舞蹈基本功，是当时舞蹈队最好的男舞者，他找到我，问我愿不愿意跳《化蝶》。我其实是很想跳的，那支舞用的是小提琴协奏曲《梁祝》的音乐，很美，但我拒绝了。真正的原因没有告诉他：我不好意思跳爱情的舞蹈。现在想来，是有点遗憾的，错过了那么美的艺术作品。性格决定命运，不错的，虽然这事与命运无关。

大三的时候，舞蹈队的老师通知我，让我学一支独舞，《敦煌彩塑》。当时是请安徽农业大学的舞蹈队的学生来师大教我的，这位女同学叫什么名字已经不记得了，但是她的舞姿我永远也忘不了，在当时的我看来，简直就是专业的了。我很快学会了这支舞，演出了几次，效果也还不错。后来我到徽州师专工作，把这支舞教给校艺术团的学生叶静。

后来妹妹汪芸也进了文工团，担任报幕员，我们姐妹俩一块儿演出，这成了我大学生活里一个温暖的记忆。

文艺汇演

　　大学里参加过几次文艺汇演，有学校组织的，有系里组织的。现在记忆深刻的有两次。

　　一次是 1981 年下半年系里的文艺调演，我们 78 级排演了一个小话剧《走向新生活之前》。编剧是张少中、方雅森、焦炳灿，导演丁元，男主漆小冬，女主许鸣。杨屹、汪芸、范坚、郝登峰、张晓陵、李洋波等参加了演出，我是跑龙套的，没有台词。这部戏的演职员我能记得这么清楚，主要是因为演出结束后我们拍了一张合影，一直珍藏至今。杨屹和张晓陵的角色是长辈，脸上化的是老年妆，照片里他俩的脸都是黑乎乎的。记得张晓陵的台词说得很棒，他后来成了大律师，那时候就显现出很好的语言天赋了。我妹妹汪芸的日记刚好记了这次演出，我们便能忆起这部戏的演出情况，演出的现场效果很好，获得了一等奖。后来还代表中文系参加学校的调演，也获奖了。因为是文艺委员，这部戏从排练到演出我都有参与张罗的。

　　还有一次是参加学校的舞蹈比赛。1981 年 3 月，师大举办了一个"音乐舞蹈演员比赛"。我参演了两个舞蹈，一个是跟 77 级朱殷跳的双人舞《溜冰圆舞曲》，一个是 79 级车晓勤拉我去帮忙的三人舞《洗纱舞》。当时，李洋波还建议我学个独舞，民族舞，说这能发挥我的长处。我也很想跳这样的舞蹈，可那时候如果自己不会编舞，要想找个人教是很难找的，不像现在，在网上扒一个舞很容易。因为找不到教舞的老师，自己也编不出有品质的舞蹈，就放弃了这个想法。

　　《溜冰圆舞曲》是鲍玮带我跟朱殷到安徽机电学院学的。鲍玮认识机电学院艺术团的老师，这老师介绍了一个叫杜艺士的女生教我们，这事得感谢鲍玮。杜艺士这名字好文艺，见到她人，人也优雅，还没学呢，便对这支舞有了好感，到现在还能记得几个舞蹈动作。《洗纱舞》是跟谁学的一点印象都没有了，舞蹈动作也是一个都想不起来，就记得服装不错，曳地长裙，仙女似的。

　　排练舞蹈不辛苦，找个排练的场地很辛苦。我们在楼顶的平台上练过，在食堂外面的平地上练过，记得有一次是在一棵大树底下的一小块平地上排练的。

这次"音乐舞蹈演员比赛"不是评节目奖的，是评演员奖，对于获奖我还是有点信心的。那时候评奖不像现在，各种比赛现场亮分，公开透明，那时都是比赛结束几天后公布结果。后来的结果是"舞蹈演员三等奖"。虽然有点失落，但毕竟得奖了，那么多的舞蹈，参演演员那么多，也不容易。

我在大学里主要做了两件事：学习、演出。学习没有方法，也没有目标，只想着考试要考好，课外多读书。演出让我的大学生活有了色彩，有了味道，记下这些算是对这个生活的感谢。

黑板报的回忆

庞幸福

庞幸福，1957
年出生。历任安徽
省监狱管理局政治
部科员、办公室信
访科长、狱政处主
任科员等，后任省
监狱劳教警官培训
中心副主任、安徽
省滨湖强制戒毒所
调研员。

教学楼里，几乎每一个教室都有两块黑板。前面那块是
老师上课所用，后面那块则是同学们大显身手的地方。我们
中文系是个大系，每个年级都有 4 个班，我们 78 级 1 班和
2 班合用三楼西边的阶梯教室，后面的黑板报则两个星期出
一期，两个班轮流编辑。

黑板报的内容丰富多彩，诗歌、散文、小品、微型小
说、历史掌故乃至于校园事件，热门话题应有尽有，中文系
的学生舞文弄墨都有两下子，而得以宣泄的机会却十分有
限，黑板报自然成为磨砺笔端、施展才学、竞显身手的好
天地。

来稿多，选择的自由大，黑板报刊载的文章也就语句俏
丽、文采斐然，每期都会吸引许多的读者。不但本班本教室
本系，甚至外系的不少人也专程来观看。给我们授课的老师
们每每于课间休息时拾级而上，缓缓踱至黑板前细细地浏览
一番。

我们当然也不例外，只是在观看文章的同时，还会比较
一下各期的版式和题花，以期自己出刊时不断翻新更上一层
楼。有一次我把在物理系就读的中学好友邀来帮忙，这位很
有一些美术功底、据说高考时差点被艺术系录取的仁兄出手
不凡，那精美的版面和漂亮的题花使黑板报格外出彩。尤其

是木刻效果的刊头画的竟是学校的生化实验楼，使同学们眼睛为之一亮、赞叹不已。还有一次系里举行排球赛，本来争取不垫底的班级队竟然挤入前五名。恰巧我们刚刚出了一期黑板报。晚自习时，我擦掉黑板报上的头条文章，画了个爆炸型的图案，配上两个浓重的大字"号外"，言我们班级队如何不畏强手，力克群雄进入前五名云云。同教室的 1 班虽获此次比赛的亚军，但他们曾因大意被我们打败，且因当期版权不在手中，只能任由"老五"出号外而望板兴叹，徒唤奈何。

最令人难忘的是黑板报发起的一场关于文艺创作风格问题的大讨论，当时对面 3 班和 4 班的黑板报登载了一位女生的文艺杂谈，她对"大江东去"的豪放派和"小桥流水"的婉约派的分析比较，抑大扬小的倾向引得许多同学不太服气。我同寝室的一位同学因此写了一篇针对性很强的文章，随即我们将其在黑板报上登载出来。谁想此文一出如大堤溃决，争鸣文章滚滚而来。

为此，我们干脆和 1 班编辑黑板报的同学联袂合作，3 班和 4 班也和我们一样联合起来共同出刊。两个教室的黑板报不到一星期即更换内容，还是满足不了需要，许多人索性把文章直接贴到黑板报旁边的墙上。同学们一个个笔墨恣肆、挥斥方遒，每个人都是豪情勃发、真理在握——真是语不惊人死不休。而且争论似水满外溢，以至于早中晚餐的饭厅里，上课前后的路径上，熄灯之后的寝室里，到处都能听到"大江东去"和"小桥流水"的争鸣。

这场争论持续了一个多月，参加者不仅仅是中文系 78 级的学生们，许多 77 级、79 级乃至于外系的学生也都积极参与。当时我们所开的古代文学、现代文学、外国文学、文艺理论、美学和写作等诸多课程的老师，包括系主任祖保泉教授都曾在课堂上和我们谈论过这场争论。校报《安徽师大》也发过专文予以评介。当然，这场由学生们自发引起在校园内开展的争论，于思想、理论、学术界根本谈不上有任何影响。但那毕竟是"文革"结束不久，"真理标准"问题的讨论在高层也刚刚拉开帷幕。对于我们这些刚刚从农村、工厂、兵营的坎坎坷坷中走出，跨进高等学府的莘莘学子，那种心无旁骛的关注、全部身心的投入、充满青春活力的热情，至今还令人激动不已，留下回味隽永的记忆……

师大的饭菜票

胡治平

胡治平，1957
年出生。历任太湖
县教育局中学语文
教研员、副局长、
局长、党组书记。

光阴荏苒，记忆犹新。

1978 年 10 月的一个夜晚，我带着棉被和木箱，住进了
安徽师范大学 0 号楼 302 室。不知什么原因，当夜寝室里的
灯不亮，先到的同学都入睡了。我借助走廊里的灯光，找到
了自己的铺位，铺好被子就睡觉。几天的旅途劳累，那晚我
睡得很沉很香。第二天一早，先起床的马德俊同学喊"同学，
起床吃早饭啦"，我一骨碌爬起来，与先到的几位打了招呼。
待我洗漱后，刘慧宇同学对我说："你昨天来得晚，没有买
饭菜票，我这里有，先用我的吧。"接着就带我去学生一食
堂吃早饭。同学们的热情让我感动不已。

正式开学后，学校安排我们 78 级学生在一食堂吃包伙，
8 个人一桌，没有凳子站着吃饭。每天开饭时，食堂里熙熙
攘攘，人声鼎沸，好不热闹。当时我们是一个寝室 10 个人，
基本上是以寝室为单位分桌吃饭，一桌坐不下，多余的人就
与其他组的同学拼桌。吃包伙弊病很多，一是等人到齐了才
能开饭，那时不像现在有手机联络方便，有时为了等一个
人，都站在那里急得跺脚，看着别人快吃完了，怨声不断。
二是都觉得吃不饱。饭菜限量供应，本来就不多，好一点的
菜一个来回就没有了。就我们一桌 8 个人来说，年龄小的才
16 岁，年龄大的近 30 岁。吃饭的时候两个老大哥经常提醒

大家，"动作搞慢点！动作搞慢点！"几个小的狼吞虎咽的，哪控制得住速度，后来就都不斯文了。当时很羡慕有女生一起共餐的桌子，一是女生饭量小，饭食上男生要占点便宜；二是男生在女生面前多少也装点斯文，有说有笑的，不像纯男生共桌，吃饭就像赛跑似的，争先恐后，一点也不谦让。总而言之，吃包伙矛盾多，人人都不满意，吃饭的时候有人敲碗有人敲盆，随时起哄。有时把不好吃的菜倒在桌上，或撒在地上；时不时地与工人师傅吵嘴，发泄怨气，好像是工人师傅要我们吃包伙似的。吃了一段时间，大家再也忍受不下去了，反对吃包伙的大字报也上墙了，几乎是人人签名。鉴于此，学校也就顺乎民意，改为发饭菜票了。

当年我们的生活费是每月 15 元，后来物价上涨，增加到 17.5 元。不发钱只发饭菜票。饭票、菜票分红、黄两种颜色，票面就火柴盒那么大。每个月，班里的生活委员徐桃荣同学把扎好的一叠饭菜票发到我们的手里。我算计着每一天的开支，要求每个月不能超支，也确实做到了，有时还有一点节余。好在那时物价便宜，5 分钱就能买一份青菜，2 角钱就能买一份炒肉片，一日三餐吃什么自己做主，吃得很满意。有一次打饭时我还闹了一个笑话。年长的阿姨打好饭伸手要票，说我没有给票。我很惊讶，我递瓷缸时明明给了饭票，怎么说没有给呢。我理直气壮，坚持说给了。后面排队的同学急得直嚷："快点快点！"阿姨也就没有再坚持了，饭虽然打到了，但我以为自己受了委屈，当然有些不高兴。回到寝室，我闷头吃着饭，及至最后饭菜见底时，浸透了菜水的饭票露出了"峥嵘"。我恍然大悟，立即赶到一食堂，正好那个阿姨在收拾窗口。我亮着瓷缸，说饭票在碗底。她看后宽厚地笑了笑说："可能是没有注意就打饭了。"一点没有责怪的意思。反倒使我羞愧不安了。我要拿一张干净的饭票给她，她说："就用这张湿的，我可以把它换新的。"从此以后，我和这位阿姨成了熟人，每次见面都要打招呼，我也喜欢去她的窗口打饭，每次都觉得她打给我的饭都很到位。

我们 78 级学生，大多数人阅历丰富，生活节俭，学习刻苦认真，自觉性很强。晚饭后总是急匆匆到阅览室去抢位置，借书阅览，复习功课。有时来不及就请别的同学把自己的书包带去占位子。平时未到开门时间，阅览室门口总有一大批人等着，开门时一阵骚动，男女同学也不谦让，互挤着进门抢位子。没有抢到位子的同学只得另找别处。男同学几乎背的都是黄挎包，进食堂进教室进图书馆，甚至上街也背着。有一次我背着黄挎包去中山路新华书店买书，回来后发现书包里的钱包被小偷偷去了。钱包里有几元钱，还有不少的饭菜票。这可是我的全部生活费呀！当时又急又气，恨不得杀了那小偷。我的老乡师姐姚小菊同学知道此事后，一面讪笑我防范能力差，一面从她不多的饭菜票中拿出5斤饭票3元钱菜票，帮我解决燃眉之急。尽管百般不忍，但我还是接受了她的好意。40年来，我一直记得她在6号楼树底下给我饭、菜票的情景，一直心存感激。

段茂南先生教我们文艺理论课，他为人谦和，教学严谨，深得同学们的喜爱。先生的夫人与我的一个亲戚是同学。一天受亲戚之托，送东西去他家，刚坐下，师母就说："你来得正好，我的一位朋友在中山路大众电影院小巷里捡到了师大一食堂的饭菜票，她以为我们用得着就给我了。我这里离一食堂太远，不去那里打饭，你拿去吧。"师母把饭菜票拿到我面前，我又惊又喜，红黄相间，用小夹子夹着。这不正是我丢的饭菜票吗。尽管钱没有了，但饭菜票失而复得，一分不少，真是巧合啊！段老师和师母了解情况后高兴地笑了。师母善良贤惠，问到我的学习和生活情况，食堂的伙食好不好？我说伙食很好，比家里的伙食好。师母感慨地说："来我家的学生不少，都是说伙食不好，食堂的饭菜不好吃。就你一个人说好，什么原因呢？"于是，我向师母说了我的感受。食堂里每天都供应青菜、炒肉片，经常卖米粉肉、猪蹄子，还有鱼，家里平常哪有这么丰富的菜。我们用瓷缸打饭，饭在下菜在上，菜水油汁能浸到碗底。我们在初中高中读书时，由于离家太远，住宿在校，每个星期天下午挑着柴、米、菜上学，菜就是两瓶咸菜，大多是咸豇豆咸芥菜豆腐乳等。一个星期中就着咸菜下饭。冬天还好，每到夏天，菜就发霉生蛆，但不管怎样都得吃，因为学校食堂不供应学生的菜。年复一年，就是这么过着。那个年代物资匮乏，生活艰难，能填饱肚子就算不错了，人人如此，家家一样，也不觉得苦。那晚在段老师家交流很多，坐了好长时间。临走时师母炒了蚕豆酱，用酱干、花生米相拌，装在一个瓶里，要我带回来吃。我捧着热烘烘的菜瓶，心里美滋滋的。回到寝室，被酱香所袭，室友们争相品尝，上了床的同学都要起来尝一口。第二天早上，几个嘴馋的买好馍回寝室吃，因为用馍蘸蚕豆酱吃，味道最美。

在师大的四年里，一直觉得伙食很好，饭菜很可口。不仅是我，农村来的同学都有我这样的感受。我们寝室的老大哥年四杰，家在宿县农村，家里有老婆孩子。老大哥为人厚道，学习认真，生活朴素，很少看到他穿新衣服。让我难忘的是，他每次假期回校时总从家里带来一大包咸辣椒。吃饭的时候，他左手拿勺子，右手拿一个辣椒，吃得津津有味。有时我们也尝一尝，又辣又脆，真的好吃。我们边吃边开老大哥的玩笑："老大哥，嫂子对你这么好，你在这里可别花心哦。""俺不会的！嘿嘿……嘿嘿……"老大哥笑得那么憨厚朴实、可亲可敬。我们寝室的二哥侯光存，也是来自农村有家室的学生。他确实比我们优秀，有兄长的风范。大四的时候，物价飞涨，食堂里菜的价格贵了。为了节约钱，光存兄经常买点小菜回来，在寝室里烧煤油炉炒小菜吃，更多的时候是做青菜汤。那时我与他合作，一人打水一人打饭，吃饭都是在一起，所以我一直分享着他的厨艺，吃了不少他做的菜。现在想起来，油然而生感激之情。我的老乡——79级的孙浩然、李迎春两个学弟，家境清寒，平时节衣缩食，入校时两人经常只打一份菜分着吃。有一次我支援了一点饭菜票给李迎春同学，他一直记在心里。现在我们在一个县城里工作，好友聚餐时，他总是提起此事，每每都要陪我多喝一杯感情酒。

师大的饭菜票保障了我四年的学习生活，丰富了我的人生阅历，也让我养成了和善的性格和乐于助人的处世态度。岁月悠悠，往事历历。永远忘不了在师大校园里的生活情景，永远忘不了帮助过我的那些人那些事。

那年我们去爬西梁山

袁曙霞

袁曙霞，1954年出生。先后任教于肥东师范、肥东一中和上海香山中学。

那是初夏的一个早晨，我们一行十几位同学去爬西梁山。

在码头乘的是芜湖到西梁山短途往返的船，本想坐在船上可以饱览这一段长江的景色，没想到那船是有船舱的，人在里面，窗子又小，坐在窗边才能看到一点点外面的景象，再加上那天雾锁长江，船似乎在驾云。我们没能如愿。尽管如此，我们也非常兴奋，一路大声地说笑。

电视剧常常上演恢复高考制度后，大学生们在大学校园里丰富多彩的学习生活，可我的回忆中，四年的大学生活似乎没有多少丰富多彩的印象。只是我们的学校确实处于好地方，地处闹市，又背靠着赭山，面临着镜湖，校园环境优美，地形特征也丰富。可记忆里都是些同学们背着满满一书包的书，一口气爬上楼，到教室、图书馆、阅览室占座位，掏出书来，"啪啪啪"，占个两排。或者是天天早晨去教学楼，背着书包，一手拿着吃饭的缸子，一手拿着暖瓶，一路"叮叮当当"地响过去。哪里有什么浪漫，哪里是丰富多彩啊！我们每个同学都在努力学习，多少年没有读书的机会了，真正的如饥似渴啊！倒是这次去爬西梁山，算是走出校园了，称得上是一次大动作了！能不兴奋吗？

还有呢？最风雅的就是和同学汪芸在镜湖边联句。月光朦胧，柳影婆娑，我俩在湖岸边漫步，随便出个什么题，或者无题，谁起一句，就联起来了。当时都说了些什么，有什么好句子，现在都想不起来了，只记得，那情境很美好，一个不认识的大概是别的系的同学见此，对他旁边的人说，早知道我们也不要学数学了，学个中文多好，我们当时听了颇为得意。可是，即使是这样，也比不上这次去爬西梁山。这次人多啊，有十几个同学呢！下船没走多少路就到了西梁山。西梁山就立在长江边，那时候的西梁山没有多少人来爬，山上没有石级，很陡峭，基本上算是座野山，倒也有些野趣。记得有一处笔陡，没有放脚处，好像是汪鹏生先爬上去，然后把大家一个一个提上去的。

爬到山顶，雾退了，太阳一下子跳出来，一下子就热起来，大家满头大汗，仍说说笑笑。山顶上什么也没有，就只有一座陈旧的亭子，孤零零地立在那里，但这不影响大家的兴致。亭子里阳光照不到，阴凉，江风拂来，擦干了刚才的一身汗水，凉爽。大家还在亭子里拍了照片，是丁元拍的。然后呢？是怎么下山的？现在想不起来了。30多年过去了。岁月是什么？岁月就是把你的曾经，把你的记忆沉入海底，然后当你打捞时，只能打捞出一些碎片。我只记得在山下的一个饭店里吃了饭，还喝了一点酒，汪芸不会喝，喝得满脸通红。吃的菜有韭菜炒香干，还有干虾、咸鱼鸡蛋什么的，我们每个人都吃得津津有味。

当时是怎么想起去爬西梁山的呢？是谁提议的呢？好像是在一个周四下午政治学习讨论时有人提出的。记得那时候每周四下午，必须停止一切其他活动，要进行政治学习，雷打不动，即使考试也不停止。政治学习要以小组为单位，我们女生就从8号楼穿过操场到0号楼男生宿舍去。组长读那些枯燥乏味的东西，大家就围坐在桌边装模作样地听，报纸或者文件下面放着自己看的书，谁也没有真正地听，所以谁也不知道组长读了什么。有时候学完要讨论，辅导员似乎还来检查，大家就假装热烈讨论，等他走了我们就说些别的，说些大家感兴趣的。那天好像谁在读李白的诗歌"天门中断楚江开"，马上有人说李白写的天门山就是附近的西梁山和东梁山，很近。那为什么不去看看呢？于是就有了爬西梁山之约。

后来是怎么回来的呢？似乎是我们回到早晨下船的码头，被告知当天的最后一班船也开走了。再后来又是谁从哪里弄到了一叶扁舟的呢？不记得了。但我却清楚地记得那乘舟的情境：夕阳西下，江水碧清而平静，风无片仅仅是风丝，夕阳在江面上散金撒银，水面上还漂浮着一些绿色植物，不是菱角，我们或坐或蹲在这一叶扁舟上，大家还伸手抄起水花，悠悠然就渡过了江，到了东梁山。从那以后我就想，李白的"天门中断楚江开"的"开"字用得似乎不符合实际，那一段长江水一点也没有那种汹涌澎湃的气势，那天黄昏的江水平静得如同镜湖一样。

然后就乘上了公交车，回到学校天快黑了。

同行者有王希华、汪鹏生、周水生、陈宪年、丁元、朱良志、颜鸣、王李平、汪芸、宋中华。

大学日记五则

张庆满

初到师大

1978 年 10 月 13 日　星期五

昨天离家赴师大。在火车站有戴俭保、方正二人送行。戴、方二人是我多年的同事、好友，临别依依不舍之情难以尽述。

一路颇顺利。过江到芜湖码头，学校有车来接。进入学校大门，有老师亲迎，并一直送到宿舍，感到暖意融融。当天办好入学手续。

今日上午在校园转了一圈，看到高楼林立、绿树苍翠。寝室、食堂、教学大楼、图书馆、操场、礼堂，排列有序、布局合理，觉得环境优雅，是读书的好地方。

下午与几个同学打扫寝室卫生，然后到图书馆阅览室翻看报刊。一位热心的管理员告诉我们，这里的藏书有上百万册，可与省图书馆一比高下。"五四"以来的主要报刊这里基本齐全。一看，果然不假，仅报库就有几十间房子。书库不给进，仅从借书处的柜台看就很不凡，台长四五米，宽一米多，这是我见到的最大的图书馆。"书山有路勤为径，学海无涯苦作舟。"我一定要在大学四年里利用这里的有利条

张庆满，1950年出生。马鞍山市委党校副教授。

件，好好到知识大海里畅游一番，以获取知识的珍宝。

晚间偕四位同学游览了赭山公园，登上了顶峰的红亭。大家兴致勃勃，各吟诗一首。我的四句是：

　　门同道合汇江城，戴月兴高登赭亭。

　　指点万家灯火处，昂扬意气志凌云。

夜晚拜访师长

1979 年 8 月 30 日　星期四　晴

晚间和徐克勤同学一道去拜访严恩图老师。严老师与徐克勤有同乡之谊。严老师的家位于小赭山音乐系教学楼后的一个老旧院落里。由于是晚间，看不分明。这里大概住了 10 多户人家。早先听说过，民国时期这里是个学校，章士钊在这儿教过书，恽代英也在这里讲过学，张恺帆在这里读过书。由此可见，这房子起码有 60 以上的年头了。房子外表很陈旧，里面看还很整洁。

严老师接待我们的地方是他的卧室。地下是光滑干净的地板，进屋是要脱鞋的。四壁白净净的。天花板做得也很好，没有脱落的痕迹。房子不大，一大间一隔为二。外间一方桌一床，大概是小孩子们住的。里间一床一桌外有三个书架。到处都堆满了书。

严老师是教现代文学的，谈话便从现代文学入题。我们向严老师请教如何学好现代文学。严老师告诉我们，事先要预习教材，听过课后再看看教材或课堂笔记，同时参考其他材料。课堂笔记要认真记，笔记一侧可留下三分之一的位置，以便将课外资料上发现的不同点记上，以作参考。预习不要过多地超过老师讲授的内容，而要循序渐进。在看"史"同时，要看名人名作，还要看看反面的东西，以便了解现代文学史的全貌。严老师的思想比较解放，他对胡适、周作人评价颇高。他还给我们讲了周作人的几件轶事。他对因人废言现象十分不满。

谈到古代文学的学习，严老师强调要多读多背，特别是先秦文学部分不可马虎。这是古典文学的源，掌握好这个源对以后的学习大有帮助。

严老师还要我们制订一个学习计划，不可盲目乱抓。他还以自身经验告诉我们："不要硬去创作，那样不会有成就的。只有在生活经验丰富、文学修养有了一定基础后去写，才能水到渠成。否则硬去挤，是不行的。"严老师还提醒我们不可忽视文艺理论的学习。

谈了一个多小时，我们才离开。严老师虽然不是我们的任课老师，但对我们一点不见外。他知识丰富、思想解放以及诲人不倦的热情态度给我们留下深刻印象。

课堂上的掌声

1979 年 9 月 26 日　星期三　晴

今日上午上现代文学课，赵世杰老师给我们讲《狂人日记》时，联系到现实说："现在吃人的人仍然有，他们尸位素餐，与封建社会的吃人者没有什么两样。那些官僚主义者就是。现在的官僚主义者不只是主观主义，不调查研究之类，而是高居人民之上，养尊处优……"老师越讲越激动，又引用了《伐檀》中的几句，说："彼君子兮，不素餐兮。这样的君子还少吗?"听了这话，我全身如触了电一般，感到一阵热浪。大概和我一样，甚至比我更激动，有几个同学竟鼓起掌来。在他们的引发下，全班同学都鼓起掌来，其中自然也有我。

这是我第一次在课堂上听到老师这样公开大胆地批判现实中的阴暗面。当然我不是对批判现实特别有兴趣，我也赞成对我们社会主义优越性唱赞歌，但我反对报喜不报忧，反对只准讲好不准讲坏，反对一味粉饰太平、搞蒙和骗。我们应当正视现实，特别是对我们身躯中那些痼疾应毫不隐讳地公之于众，并广求良方割除之，那样我们才能有更健康的身躯。

鲁迅先生可以说是我们民族最高明的观察员。他每观察到我们民族身上一个痼疾便要大声疾呼一番，以引起疗救的注意。赵老师这样联系当今实际讲解《狂人日记》，正是继承了鲁迅精神。希望有更多的人如当年的鲁迅和我们现代文学老师那样敢于并善于深刻地指出种种社会弊病，然后大家再一同来疗治这弊病。那么，我们的国家必将更加强盛，我们的民族将更有希望。

庆祝中国女排夺冠

1981 年 11 月 16 日　星期一　晴

今晚五点钟开始的中日女排对抗赛经过两个半小时的激烈争夺，中国队终于以 3：2 战胜了日本队，赢得了第三届世界杯女排赛冠军。这是中国在三大球世界比赛中获得的第一个冠军。当世界排球协会负责人将冠军的奖杯授予中国女排队长孙晋芳的时候，电视机前的观众爆发出雷鸣般的掌声。当中国的国旗在日本大阪体育场徐徐升起时，现场的运动员和电视机前的许多观众流下了喜悦的热泪。

青年学生是容易激动的。电视一散，大家便涌到操场上燃起了火炬，呼喊起口号，再也不能平静了。平时教室里坐满上自习的人，现在呢，人都走空了。整个校园都沸腾起来了！同学们在校园里欢呼啊，跳跃啊！锣鼓声、鞭炮声震天动地。可是大家觉得还不足以表达激动的心情。"上街游行去！"

不知是谁带头喊了一句，接着便是一片"上街去！游行去！"的呼喊。中午，校团委会、学生会贴出的团中央关于不要游行、不要狂欢的加急电报在大家脑海中似乎一点影子也没有了。"走啊！走啊！"体育系几十个同学打着"火炬"(煤油炉胆制作的)、敲着锣鼓走在最前头，后面跟上了一大片。队伍向校外走去。

我站在一边观看，忽然一只手挽起我的胳膊，一个热烈的声音在我耳际响起："老张，我们也去！"一听声音便知道这是我们班班长查振科。我本不想去，在他的热情感召下，爽快地答应了一声："好！也去！"

队伍走到学校大门口，忽然像潮水被大坝拦住了，原来大门紧闭着，连两旁的边门也被紧锁。大家呼喊着："开门！开门！我们要去游行！"学校团委书记袁起河和另一个团委干部走上来向大家解释说团中央和省高教局有指示，叫不要上街，请大家回去。可谁也不理睬他们，一个劲地嚷着要上街。袁起河和那位同志放大嗓门劝阻着，可他们的声音被更大的"我们要上街"的声浪淹没了。他俩只得背靠大门划动手臂阻拦大家。那样汹涌的潮流能阻拦得了吗？人群中不满的呼喊声更大了，不知谁又喊了一声："冲！"于是一片"冲"的声音响起，并真的有十几个人向大门撞去。那大概是体育系的健儿们。大铁门在剧烈的晃动，看大门的老头儿颇有眼力劲儿，看闹下去要出大问题，便赶忙拿来钥匙开门。门开了，人的潮流涌出校门。袁起河同志侧立在一旁沮丧地说："怎么这样不听话。"这时大门外有不少看热闹的群众，见队伍出来了，有的离开了，有的则加入了游行的队伍。

这约莫上千人的游行队伍涌上了街头，从工人俱乐部走向北京路，又转向长江路。一路上"中国万岁！""中国女排万岁！""孙晋芳万岁！""郎平万岁！"的口号声响个不停。到了机电学院大门口，队伍停留下来，大概是呼唤那里的"战友"。那里的"战友"似乎也已上街去了。可能有所准备，机电学院有人出来燃放了一通鞭炮，也算是对我们游行的支持与鼓励吧。游行的人群中发出一片欢呼声，继续前进着。长长的长江路走完了，又拐进新芜路。在人民电影院门口遇到扛着校牌的皖南医学院的学生们，相互间发出一阵呼喊，双方擦肩而过。路途中，有好几家商店和住户向着游行队伍燃放起鞭炮。每当鞭炮响起，队伍中的口号声便更加响亮。

游行队伍穿过中山路，绕镜湖一圈，经百花剧场到市委。这时几个"火炬"都熄灭了。夜晚的游行队伍没有了火炬就像失去了旗帜。锣鼓手们也敲累了，大家的嗓门也喊哑了，谁也不想再喊了。快到校门口时也就溃不成伍了，大家七零八散地走开，一场充满激情的游行也就结束了。

这是青年大学生爱国热情的一次释放。

最后一场考试

1982 年 7 月 4 日　星期日　晴

上午考马列文论，这是最后一战。题目出得较为灵活，需要在全面理解、融会贯通的基础上才能回答好。我自以为做得不错。在两个小时内，大脑处于高度兴奋、紧张状态。平时储存于脑皮层内的相关知识如同听到号令的士兵，纷纷涌到笔下。几乎是笔不停挥，写满了四大张试卷纸，估计有 3500 字。在做完全部试题后，我检查了一遍。自己看了还是满意的，不仅文从字顺，有的议论还很精彩。九点半下课铃声响起，我正好交卷。这时还有约三分之二的同学未交卷。监考的汪裕雄老师面带微笑地对我说："这下解放了！"是的，我们从一场又一场的考试中解放了，用一位同学的话说，自此我们不被别人考了，以后轮到我们考别人了。但我想，在今后人生道路上，我们肯定还会遇到各式各样的考试。我们不得松懈，还得认真做人，认真做事，去迎接有形的无形的考试，力争在每次考试时交上一份优秀的答卷。

剩下的时间等候分配。这是充满期待与焦虑的等候。

芳华常回梦境里

——为 310 室友画像

王安第

师大 0 号楼 310 寝室，这里就是我入学的住宿宝地。寝室朝北，有 5 张上下铺双人床，住着 10 位同学。40 年过去啦，魂牵梦绕，他们的音容笑貌，依然那样清晰。心念窗友，让我尽可能为他们小立玉照，以释念怀。限于篇幅和部分同学调换寝室的变动，我只写了其中的 8 位室友，难免留下遗珠之憾。请允许我用所来之地和姓氏来代替他们的姓名。

上海老毛：家在上海，下放在安徽，属于高中"老三届"，带薪读书，家有妻女，爱人在五河县招待所工作。他身材魁梧，双眼皮，皮肤细腻微白，壮实，腰板挺直，力大难敌，掰手腕多数人不是他对手，投掷比赛，每每获奖。他父亲是英语教师，老毛受过良好的中学教育。如不是"文革"，可能早就考取大学了。老毛有一个弟弟在上海曾参加摩托车越野比赛，更是让人刮目相看。老毛英语、俄语皆通，基础扎实。师大英语竞赛，他还获得过三等奖。他的字，刚劲有力，铁画银钩。我曾抄过他的课堂笔记，简洁明了，提纲挈领。老毛为人大方亲和，有时还分发苹果、小糖让室友分享，在寝室人气最高，备受尊崇。毕业后，我和他通过一回信，探讨为人处世之道，他说要"外圆内方"，此言不虚，可谓要言秘诀。诚然如此，齿以刚折，舌以柔存。

王安第，1956 年出生。上海铁路局南京职工培训中心高级讲师。

203

可我这个耿直的炮筒子，怎么也做不到外圆内方，外柔内刚。几十年过去啦，缺少联系，不知他高栖何方，深为系念。

枞阳小李：来自安庆枞阳，应届生，属牛，是我们寝室最小的一位，中等身材，鼻挺眼大。文学青年，志向高远，当时文学梦作家梦正酣。对影星王心刚、孙道临、谢芳等演员如数家珍。对电影文学电影改编，也颇有研究。小李博览群书，阅历深广。刚来报到，才安顿好，他就要我陪他到镜湖书社借书看。这么爱读书，让我对他高看一眼。小李生活随意，不太讲究。他读大学期间曾投过稿，跟作家编辑涂白玉还有过书信来往。小李的父亲在汤沟水产工作，经常来信，叮嘱爱子，一片赤诚。小李不太爱好体育，跑步做操只是应付而已。四年朝夕相处，并肩骈行，相知甚深，情同手足。毕业后各奔一方，很少联系。他的文学梦，是否收割着累累硕果？据说，他后来到合九铁路公司当副总。我期待他政绩斐然，政声卓著；更期待他文坛蜚声，大作问世。

亳州陈氏：中等敦实微胖身材，五官俊雅，双眼皮大眼睛，眉骨高露。衣服整洁清爽，爱笑，有看透一切的睿智和看淡一切的从容。生活学习，不急不躁，按部就班，从从容容，优雅怡逸。他对体育不是很爱好，肌肉略嫌松弛，刻苦锻炼，拼搏不足。他经常和我吊嗓子，唱几首经典老歌老曲。他说，唱歌有益身心，何乐而不为呢？我唱歌是左嗓子，没人的时候唱几句，吼几声，不管跑腔走调，不计高低八度，开心快乐而已。毕业后，音信杳无。近年来，在班级微信群里联系上，又重温昔日青春绮梦。老陈毕业后一直在亳州一中工作，先任教，后任图书馆馆长。他经常在读书圈内发表一些诗文，小有名声，深得学生赞誉。他退休后，游山玩水，常在微信上发一些景点靓照，不亦乐乎。

嘉山老徐：身高中上，平头长脸，眉骨分明。如果让他演斯大林，颇有几分相似。如果让他演诗经中的氓，氓之蚩蚩，抱布贸丝，更是神似。老徐只读过小学，凭勤奋自学高分考取师大。他口头禅常带"家伙"，室友便称他为"家伙"。他父亲是教师，"文革"初因撰文反对姚文元批《海瑞罢官》，被打成反革命，遭迫害致死。父亲去世后，他家里穷困万分，薯干就是他们常备口粮。在此环境中长大的老徐，不畏穷苦挫折，砥砺前行。老徐对自己要求甚严，做事一丝不苟，从不马虎，钉是钉，铆是铆，环环相扣，有板有眼。广播操每一个动作，他都做到位。计划每天早晨在操场跑三圈，他绝不会跑两圈半；做50个俯卧撑，绝不会做48个。他从不偷懒懈怠。生活学习为人，他都很执着。他与人为善，笑脸相迎，说话慢声细语，待人接物有君子儒雅之风。可他的耿直，说话不拐弯，不留情面，又常常得罪人。在师大四年读书期间，他每天都要看十几个小时的书，从不间断，其毅力坚韧远超常人。他每天背多少个英语单词，看多少书，都限额完成。在师大，他可以说是双丰收，身体练得强健，精神食粮获取丰硕。毕业那年，他以优异的成绩考取了中国人民大学文艺学研究生。毕业后又考取藏文化博士。据说，他后来在全国人大常委会工作，正局级职位。师大四年，我与老徐形影不离，相知相交相契甚深。毕业后我与他通过信。弹指一挥间，分别36年啦。嘉山老徐若相问，愚弟一片冰心在玉壶。

肥西老曹：中等身材，平头，浓眉大眼，五官匀称，胡须浓密，皮肤微黑，衣着整齐，可以说是个小帅哥。老曹属于初中"老三届"，有妻儿在乡下。在寝室里，他是笑话不断，幽默中素里夹荤，雅中带俗，他说话绘形绘声绘色，让人捧腹，笑断肝肠。他的口才与赵本山、冯巩有一拼，堪称段子高手。他有时把头发抹油，令之乌黑发亮。爱美贪色，人之本性。他时常说债台高筑，经济拮据。这丝毫不影响他的快乐开心。我曾经把一句古诗的字音读错了，他给我纠正，是为一字之师啊。我与老曹私下交往不多，但他的言谈举止、幽默风趣，给我留下了难忘的印象。日月如梭，别梦依稀。今不知曹兄高就何方？期待曹兄能行稳致远，一路欢歌。

东至查氏：中等身材，高颧骨，天庭饱满，头上有爆炸式诗人般的卷发。口语夹杂着安庆、江西、湖北一带的方言。刚开始，互相对话还有一定的方言障碍。随着现代汉语课程的开设，推广普通话，逐渐能听懂对方的说话，交流已没有问题。老查曾经担任过大队支部书记，有一定的社会工作经验。他担任4班班长，脾气随和。他身上还保留着山里人的质朴耿直的至纯个性。他平常很少公开谈论自己的理想抱负，心机不露，城府深阔。老查对学习工作生活有一股绵劲、韧劲和忍劲。大学毕业后，留校担任辅导员。又先后考取辽大硕士、武大博士。博士毕业后。老查供职于国家文化部，爱妻又到非洲某国大使馆担任一秘。在很长时间里夫妻过着两地分居生活，确属不易。老查进京后，官运文运齐通达，多次出国赴欧美国家参观考察，归来屡屡有佳作发表。他退休后，在老家山林幽深的溪畔筑居，追慕陶渊明王维诗风，有诗句为证："终脱朝衫穿野衲，唯亲绿水友白云"；"濡齿清茶宜常啜，忘忧老酒不可违"。老查诗词、散文、书法俱佳，有《江南雨》、《千家言》等著作多部，可谓功成名就。退休后的老查潇洒旷达，经常游走于四方。每到一处几乎都有弟子及友人接待，酒酣耳热之际，常常泼墨挥毫，作诗填词，狂歌高吟，大有太白遗风。

宣城袁氏：中等身材，英爽帅气，胸肌发达，体质强健，为人随和，笑语迎人，喜交友，室友称他为小豹子。他写一手快速优美的钢笔字，他的课堂笔记最全，甚至连老师讲课哼吱哼吱的口头禅都能记录在册。很多同学都借小豹子的课堂笔记抄补。中国人讲究字是门面。能写一手好字，确是老袁过人之处。一招鲜，吃遍天。毕业后他留校任教。据说，他曾经下过海，搏击一番后又回师大，任职行政领导与教授，桃李天下，人缘口碑甚佳。近年来，他常在微信上发一些幽默搞笑段子与图片及一些有价值有深度的信息，新奇特别，聚焦热点，娱人悦己。

巢湖王氏：农家子弟，老实本分。其人身高偏瘦，长长的卷发，一脸憨相。经常穿一件有着四个口袋的蓝涤卡上装，背一黄色书包，常用两个篾壳保温瓶，一个吃饭用的搪瓷海碗。其人虽瘦而不弱，精干有力。高中毕业后，回乡务农，担粮挑粪，犁田筑坝，插秧打麦，割稻掼桶，寒风热雨，吃尽苦头。后来到中学担任语文课民办教师，始脱累压。考取师大后，进入了新的天地。锻炼、上课、寝室睡觉，三点一线，过着机械而又机械，单调而又单调的苦行僧生活。每天十几个小时的学习任务，紧张而又充实，忙碌而有序。如饥似渴地阅读中外文学名著，背诵一些经典诗词，抄录一些名言隽语，常听一些专家教授的学术报告，泡阅览室图书馆，借阅图书，查阅资料。真是几年如一日，从不懈怠，无怨无悔。进师大前，在乡下经常跟水田打交道，患过关节炎。到师大后，锻炼跑步，没过几个月，关节炎全好了。师大运动会，百米跨栏，还进入前几名，奖品是一本塑料封面的笔记本。到毕业前，走路更是健步如飞。从这一点来说，王氏打心眼感谢师大。

此王氏，便是我。俗话说：王婆卖瓜，自卖自夸。咱本人没有大的成就，也还有一些小的得意处，在这里不禁要多自我表扬一番。

记得有一次教育实习，到芜湖一中观摩该校名师胡辛斧《谁是最可爱的人》的两节课，课后每人写听课报告，实习带队老师在我的听课报告上评分为优。记得公共历史课，美女老师陈力布置历史作业，作业上交后，老徐、老曹大谈自己作业做得如何如何好，作业发下后，他俩只得了个良，我一言未发，还得了个优。在芜湖十二中教育实习，我与袁涛两人带一个初二年级语文课，一月实习圆满结束，我和袁涛都获得优的评级。毕业论文，指导老师袁传璋，他严格认真，在写论文之前要求我先立小标题，写段落提纲。审阅提纲后，再写论文交上去，他能精批细改，还提出强干、振枝、除叶，突出重点。几个来回，反复修改，渐臻完善，方才脱稿，终得袁师法眼垂爱，获优评级。

毕业后，我分配到当涂一所普通中学，担任语文老师。四年后，调到上海铁路局南京培训基地，站了几十年的讲堂，吃了几十年的粉笔灰，毫无出息，平淡无奇。我喜欢读书，也喜欢买书。买书甚勤，耗资甚巨。我有《全唐诗》、《全宋词》、《莎士比亚全集》、《鲁迅全集》等大部头。列夫·托尔斯泰的《复活》、《安娜·卡列尼娜》、《战争与和平》我都有好几种译本。还藏有一些古籍线装书等。总之，中外名著，尽力网罗。我先后在《人民铁道报》、《江南游报》、《青年知识报》、《大江晚》报、《上海铁道》等报刊公开发表诗文百余篇。有论文被收集在《中国语文教师优秀论文集成》大型丛书（珠海出版社1998年版）。有教学论文发表在中文核心期刊《职教论坛》上（2002年第18期）。有《王安第（诗词）精品集》、《王安第书法专集》问世。本人艺术小传、诗词与书法作品先后入编《共和国人物辞海》、《世界大百科全书》、《中国书法美术影响力人物辞库》、《中国当代书画家名典》及《情系国魂书画大成》等书籍中。

往事多彩的碎片，若能精心地缝缀起来，也许就是一幅人生的《清明上河图》；前尘曼妙的足音，若能细心地刻录下来，也许就是一首优美动人的乐章。循着岁月的印痕，朝着记忆深处漫溯，就会越发感觉到青春飞扬的时光是多么美好，多么甜蜜，令人陶醉，令人久久萦怀。我这个曾经自卑的丑小鸭，经过岁月的磨洗、生活的陶冶、书香的熏陶、工作的历练，逐渐由等外品成半成品，而臻成品，终于淬炼成今天信心满满的极品翁。曾经的茅房低矮，蓬门简陋，如今拥有美庐新居，宽敞亮堂；曾经的陋室空堂，如今满墙书画，满堂风雅；曾经家无一本藏书，如今室有书香万卷，成了精神上的大富豪。真是惊人的嬗变。我当感谢生活，谢忱岁月，感恩改革开放的伟大时代！

岁月如歌，初心永恒。大学时代的书生意气，潇洒倜傥，芳华青葱，欢歌笑语，帅哥靓妹，不时地在脑幕中一一浮现。思念总在分别后。最后，还是用我作于 2016 年 12 月《同学相聚口占》一诗收束全篇：

镜湖赭麓惜春踪，

相聚情牵忆满盅。

三十八年弹指过，

芳华永驻梦酣中。

我们 302

年四杰

我们小组的行政全名叫中文系78级2班2组，因为10名男同学住在0号楼302室，所以被辅导员称为302，于是班长就这么叫了，于是大家都这么叫了，于是302就成了2班2组的代称。其实，我组还有2名女同学，全组共计12人。以男同学寝室号代替组别号，虽有不妥，但因顺口好叫，也就约定俗成了。

下面，我按照年龄的大小，简要介绍几位小组里的同学。

年四杰，1946年出生。高级教师，先后在宿县符离中学、宿县蕲县中学和宿城一中任教。

我叫年四杰，原名为年嗣杰，宿州市埇桥区人，1978年32岁，66届高中毕业生，在家是民办教师。1978年高考报名，要由学校推荐认可，在填写推荐表时，校长把"年嗣杰"给写成了"年四杰"。当时，我们淮北出了一个全国闻名的解放军英雄，叫年四旺。校长以为我俩是同族兄弟，就把我写成了年四杰。当时见到这个"四"字，我很生气，要求改回来。校长也挺尴尬，说："改吗？夜长梦多，再重新报，怕耽误时间啊。"我一听，心里"咯噔"了一下，连忙摇头说："不改了，不改了，就年四杰吧！"于是就将错就错，顺其自然了。现在回想起来，真有点滑稽，人生大名，虽为严谨之事，但有时候还必须驴唇不对马嘴，将错就错，以错为真呢。

因为全组数我年纪大，小组同学都尊重我，称呼我为"老大哥"。

侯光存同学来自肥西县农村，随着合肥市城区扩张，现在他家已属合肥市区了，农村户口自然而然成了城市户口，农村人也变成了城市人。1978年他30岁，66届初中毕业生，在家也是民办教师。当时，他就有了3个孩子。由于上大学没了薪水，家里生活和孩子上学，就全靠一点积蓄和亲戚周济过日子。这点与我一样。当时的农村，挣工分只能是挣个口粮，点灯的煤油钱、吃饭的盐钱、孩子上学的学费，这三样必须用现钱，所以，这就是我们这样家庭的最低用钱数。据我所知，在我们淮北，最贫穷的家庭，还可以去掉两样，只保留一样——盐钱。庄家人要干重活，没盐可不行。现在回想起来，心里又难过又温暖，仿佛流过两股水流，一个凉一个暖，凉的短，暖的长……

记得，老侯当年十分注意锻炼身体，每天黎明，他就悄悄醒来，开始全身按摩，从头到脚，一寸一寸按压，宁静中，骨节发出轻微的声响。按摩操要进行40多分钟，然后他起床，到操场跑步30多分钟，天天如此，寒暑不移。多年后相聚，谈及此事，老侯望着远方，小声说："那时，我真怕生病啊！"

胡金凤是我们组的女同学，皖南泾县人，共产党员，19岁入党，上大学时24岁。她个子不高，圆圆的脸，一双黑白分明的大眼睛，一双浓黑粗壮的羊角辫，给人一种淳朴倔强的感觉。在我的印象里，乡下姑娘是党员的情况比较少见。一次交谈中，她说起了入党的缘由。那年，她17岁，大队妇女主任生了慢性病，她见胡金凤年纪小，就请胡金凤帮她代职一年，等她病养好了再换回来。这种事情，要不是胡金凤亲口说，我还不太相信——官家职位，可以私下授受吗？她说，在我们那儿，只要大队书记认可，是可以的，没人敢说闲话。胡金凤架不住妇女主任再三央求，就同意了。未曾料到，胡姑娘一干，就四下叫好，特别是公社妇女主任特别高兴，所以，不但换不下来，她还在那年抗大旱过程中火线入了党。谁知，这下得罪了大队妇女主任以及背后的实力派，处处给胡姑娘小鞋穿，工作难度陡然增大，甚至是寸步难行。胡姑娘一赌气，辞职回家复习，准备参加1978年的高考。天遂人愿，她考上师大，离开了那块是非地儿。

组长马德俊同学，当年22岁，是六安人，入学前就是共产党员，曾担任过大队党支部书记。我和他上下铺，整天是抬头不见低头见。让我诧异的是，他年纪轻轻，茶瘾挺大，一杯水要沏三分之二的茶叶。进校的第三天，他吃惊于我从来没有喝过茶，就劝我饮茶，我第一次喝他的家乡名茶六安瓜片，刺激得大脑神经极度兴奋，以至于一晚上我都没睡着。

记得是大学三年级，有一天下午，他一个人喝得醉醺醺地回到宿舍，手里攥着一本书，上面已经沾了一点呕吐物，颤颤巍巍爬上上铺，倒头便睡，嘴里还一直嘟囔，不知说的啥。半夜里，他踉跄下床，好像要去呕吐，我连忙跟了出去。夜光下，他脸色苍白，把那本书递给我——书名叫《蒋光慈传》，由吴腾凰撰著。他抓住我的手，激动地说："老大哥，你是知道我的，我要写《蒋光慈传》，已经准备好几年了，光他的老家，我就去过五次……蒋光慈，六安人，应该让我们六安人写出来，没想，让他滁州人吴腾凰——先登了……捷足先登，我是六安人，该我先登啊……"我知道，他一直在搜寻蒋光慈的资料，光是卡片就有几百张。没有想到，滁州人吴腾凰捷足先登，给他打击这么大。

大概是毕业后的第四年，我去宿州市新华书店买书，蓦然在书架上看到一本书，上面印着四个字——《蒋光慈传》，著者马德俊。不知为何，我当时好激动，眼窝一酸，差点流出了眼泪。

2012年我们班在舒城聚会，马德俊送给我他写的《血战大别山》、《壮歌大别山》两本书，拜读之后，我送他一首诗："拜读《血战大别山》，红军战士勇善战。鄂豫皖有红四军，敢教日月换新天。四次围剿多悲壮，西征血洒万重山。还原历史书正义，斧刊史责有承担。"后来，意犹未尽，又写了一首："德俊《壮歌大别山》，赤子之心显笔端。歌颂家乡山川美，地灵人杰谱新篇。不忘初心文学梦，著作丰厚堪领先。回想大学上下铺，四年书情流心田。"

苏孟珠同学是无为人，应届高中毕业生。在我们中文系78级，数他年龄最小，只有15岁，我整整大他一倍。大学四年，每逢星期日，他是与我在一起玩得比较多的人。2012年我们班在舒城聚会，我给他写过嵌名联："孟仁孔礼教茧雪知书达理；珠联璧合让可菡博学多才。"2017年4月，苏孟珠邀我去合肥参加同学小聚，有感而发对苏孟珠诌出几句顺口溜："大学你是小老弟，纯真无邪特好奇。毕业之后进步快，平步青云好运气。不甘安逸敢闯荡，波涛汹涌潮头立。毕业将近四十年，心中常记同窗谊。"

我脑海里始终留存着小老弟英俊潇洒的形象——记得那是大学二年级的冬季，我和他在食堂面对面吃着早饭，我都快吃完了，他却一口未吃，眼睛失神地望着前方，奇怪的是，他的鼻头却一直冒着晶莹的汗珠。他跟我说过，他心里一有纠结事，就会鼻头冒汗。我窃窃地问："有啥事吗？"静了半晌，他说："我爱上一个人。""谁？""我们中文系的吗？"他没有回答我的问题，而是自语道："比我大好几岁，我想，她肯定是不同意……""如果不同意，我该怎么办……""是退学，还是……事情应该有个了断……"我慌了，生怕他走极端，连忙说："你还小，还不到 20 岁，千万不要胡思乱想！咱们眼下是读书，恋爱结婚是毕业以后的事。"那些天，我一直跟随他左右，生怕他做出什么出格的事来。那天下午，他找到我，静静地看着我，鼻头很清爽，"老大哥，没事了，我想通了。自己的事，应该自己熬。"

毕业以后，我十分关注他的消息——毕业没几年，他结婚了；不久，他从学校调到财政局了；不久，他升官了，又升官了……突然传来他辞职下海的消息；几年没有消息，好多年没有消息；传说他赚了不少钱，广州深圳买了房……

五年前的一个深夜，我的手机响了，传来他熟悉的声音，奇怪，这么多年了，他的声音一点没有变。"老大哥，你猜我在哪儿？"此时此刻，他仰天躺在云贵高原上，星空高远灿烂，大地寒冷幽深，喝着一瓶白酒，仰天躺在一块岩石旁。他已经在高原上奔波了几个月，正在和几位合伙人考察一个玉矿。他告诉我，事情有难度，风险比较大，富翁和负翁也许就是一瞬间的事情。他笑着说："老大哥，我上大学有一个大好处，知道了天地有多大！知道了天地多大人心就该有多大！"听他那话音，我知道他遇到了大坎坷，不知为何，我说出了他当年说给我听的话："你自己的事，只能你自己熬了。"他听后，电话那头静了好一会，接着传来了一阵十分爽朗的笑声。我想，在那高原上，在那灿烂的星光下，这笑声一定传得很远，很远……

以上的几个故事，我经常说给我的几个孩子听，希望他们能够听明白，听出里面美好的滋味。

校园趣事

多　仁 [*]

送　伞

那年，学校规定大学生不准谈恋爱。

我的同学 S 君是 78 级中文系年龄最小的大学生，当年进校时年仅 15 岁。

稚气未脱，身体和个头都还没有长开，如同果园里尚未成熟的瓜果，他对一切都是懵懵懂懂的。夹在 78 级这个"特殊的社会群体"里，他是那样不起眼，不被人注意。

但是，S 君的稚嫩是暂时的。在 78 级中文系 2 班的班级和 0 号楼 302 寝室里，他的周围是一群早已蜕掉青春痘的一张张成熟的脸，一颗颗伺机骚动的心，不少同学都比他大好几岁，最大的比他大 17 岁。

欣逢改革开放的新时代，一切新的思想都在萌芽，破土而出。男同学的春心勃发也悄悄地在校园里次第展开。

不知不觉，春天来了，在温润明媚的阳光下，操场上的小草在发芽，校园的荷塘也漾起了微澜。

S 君的身体和心智开始趋向成熟，仿佛是催长的瓜果，属于少年早熟，情窦初开。每当大班上课，他一遇见隔壁班的那位长发披肩、身材窈窕的女同学，总要小心翼翼地瞟上几眼，那长长的脖子、修长的双腿，使他心旌摇动，

　＊　本篇系本书多位作者的文章片断荟萃。

再也无心听老师的讲课。这种躁动很快又使他一厢情愿地暗结相思。

渐渐地，他的这种朦朦胧胧的情思成了戒不掉的瘾。那位女同学的一言一行、一颦一蹙，无不牵动着他的心，百千尘思，唯念一缕；万千红颜，唯恋一人。只要是上课，他总要不经意地瞅一瞅那位女同学，却又怕她发现；只要是下课，他就会朝思暮想，寝食难安。

一天傍晚，同寝室的老侯回来告诉他："你想结识的那位女同学正滞留在教学楼前的报栏下躲雨，你的机会来了，快去！"S君顿时双目放光，喜出望外。这位大龄同学的教唆式鼓动，终于使他鼓足勇气，拿上雨伞，以百米穿杨的速度冲进淅淅沥沥的雨幕中。

他喘着粗气径直跑到教学楼附近的荷塘边，忽然又停住了脚步。他的心"突突"地跳起来，开始害羞、胆怯，担心贸然去送伞会遭到那位女同学的拒绝，因为他从来没有和她说过话，哪怕是一句招呼。他怀疑自己这样做多少有些唐突。倘若被她拒绝，倘若被人发现……他不敢再往下想了。这种爱在心头却又难以启齿的苦楚，深深地折磨着他。他不知道是什么横亘在他和她之间，明明是近在咫尺，却偏偏硬生生地站成了两岸，仿佛隔着千里烟波，暮霭沉沉……

正值他内心矛盾和焦灼之际，那本是淅淅沥沥的春雨忽然停了。他抬起迷离的双眼仰望天空，夜幕将临的天上升起了绯红的晚霞。

等他缓过神来，那位女同学已经悄然离开，他只能默默地看着她那远去的背影，直到她消失在拐角处。

直至毕业，S君都未敢向那位女同学表白，以致错过了一段美好的姻缘。

会理发的"侠们"

"侠们"是合肥方言，孩子的称谓。在中文系 78 级 2 班的一群大龄同学中，刚满 18 岁的合肥人任旭东就享有这个爱称。

任旭东是班上为数不多的几个考上大学的应届生，在那些当过兵下过放吃过粉笔灰攥过锄头把的"老杆子"当中，他自然是个货真价实的小弟弟。所以，合肥籍的李向荣、杨小平等同学都直呼其为"侠们"。久而久之，我们也都这样称呼他。

"侠们"出身于干部家庭，家中物质条件优越，又有哥哥姐姐呵护，几乎不知吃苦为何物。但"侠们"却没有一点娇生惯养的毛病。当年新生报到，多少和他一样的应届生都是在父母家人的陪护下来到学校，他却自己拖着一大堆行李，坐火车转轮渡独立自主地办完了入学的各项手续。事后有同学问他，怎么家里没人来送一送？"侠们"说：本来哥哥打算来送他的，但哥哥考上了西安一所著名的理工科大学，报到时间比师大早了半个月，所以来不了。父母都要上班，不可能请假送他。姐姐倒是想来送，但姐姐送完还要一人回合肥，想想不放心也就没让姐姐送。

最让人想不到的是"侠们"居然还身怀"绝技"——会理发！而且还带来了一整套理发家伙。原来，"侠们"在初中时就参加了学雷锋小组，不仅学会了理发，还用勤工俭学的钱买了专门的理发工具。据说他一直坚持为同学们义务理发，还为许多社会各界人士理过发。嘿，一个干部子弟，居然几年来一直免费为大家服务，实在是让人啧啧称奇！

开学没多长时间，"侠们"的独门绝技就派上了用场。第一个吃螃蟹冒险领略"侠们"武艺的是班长李向荣。向荣刚刚在板凳上坐下，身边早围住了一大堆的看客。头还没剃好，大家就已经发现这个"侠们"的功夫着实不错。此头一开，其他同学们也就接踵而来。班里有几个年龄稍大工龄较长又带薪上学的同学，平时总是到芜湖饭店和街上的向阳理发厅一类的高档场所去理发，"侠们"的独门绝技暴露后，他们直接转移过来成了"侠们"的固定客户。也难怪，"侠们"就在身边，随叫随到，不仅不用排队等候，而且技术不错，服务也周到，跟现今的"私人定制"简直是相差无几。不过，私人定制虽然好，可价钱不菲，寻常人是难以消受的，而"侠们"则完全是免费尽义务。

为同学们理发占用了"侠们"不少宝贵时间，中午午休和平常自习，甚至是就餐时间，都可能成为"侠们"为同学们服务的工作时间。记得大三暑假将临时，同学们都进入了紧张的复习迎考阶段。因为赶写毕业论文，我两个多月都没理发，感觉头发疯长。晚饭时在第二食堂遇到"侠们"，就径直约他帮我理发。可话一出口我就后悔了，因为我发现从不拒绝人的"侠们"此时面露难色，敢情他端着饭碗拎着水瓶不是回寝室，而是要到教室去上晚自习。

那学期是我们大学四年最紧张的一个学期，考试的课程多，而且都是主课。作为好学生的"侠们"，对每门功课都那么认真、那么严阵以待，又那么全力以赴。这时还让他给我理发太不像话了。我赶紧说："没事儿，没事儿，你先去上自习吧。"话没说完，我就急匆匆地走开了。

我回到寝室没一会儿，"侠们"也尾随着赶了回来，他饭都没吃完就要给我理发。我说不着急，等考完试再理吧。"侠们"说："你几个月没剃头，头发实在是有点长，而且剃一个头也用不了多少时间。"我无话可说了。

看到"侠们"给我理发，寝室里又有其他同学顺水推舟也要理发。"侠们"没说二话满足了同学们的愿望。给我们几人剃完，晚自习的时间已所剩无几了。"侠们"没有再到教室而是留在了寝室。那一晚，我书没看成觉也没睡好，我为自己轻易占用别人的宝贵时间而后悔惭愧！也更感到比我小了好几岁的"侠们"的善解人意和对同学们的包容。

大学四年，班里的每一位男生都让"侠们"给理过发。他究竟给同学们理过多少次头发，却没有人统计过，因为当时大家觉得这是一件再平常不过的事情，谁都知道"侠们"是个好学生，他会真诚地为每一个人服务，绝对不会拒绝大家。

跑地震

那天晚饭后，我在308寝室帮着生活委员杨屹数饭菜票。姜世平站在我旁边。

突然，姜世平撒丫子就跑，像是亡命似的。似乎外边走廊上也有一些惊慌的人在跑。我觉得有情况，赶忙丢下饭菜票，也跑出308。

这时走廊上人潮似湍急的河水，我只听到脚下的楼板发出"咚咚咚咚"，像炸闷雷似的声响。

那是 1979 年的暑假前夕。大家在宿舍穿着简单，裤头、拖鞋、背心，在这样的氛围中，就没有了"天之骄子"应该有的姿势，不像平时走路有点文质彬彬，有点挺胸昂首，有点什么范儿。可是，这个傍晚，我们慌乱得没有章法。307 室的老焦是班长，他第一个跑出门，也没来得及招呼大家一声。康梅生是学校的排球队员，他身手矫健，地震发生时，一个鱼跃从床的上铺跳下来，又飞一样窜到楼梯口，也许正是因为跑得太快了，慌乱中脚下被什么东西绊了一下，他从楼梯口开始滚落下去，好像还有别的人也滚了下去，那群慌乱中的人也水一样涌下去。我在那里就被人流推搡着，脚不沾地，悬空涌了下去，脚上的塑料凉鞋也滑落了。直到从三楼到一楼，出了 0 号楼，我才被放下来。一出楼的大门，我喘了一口气，呀，我们逃过了一劫！

一群人在操场上站着，到处人挤人。楼梯口满地都是塑料凉鞋，没有人敢回去拿。男生们穿着裤头背心，有光着脚的，也有脚上趿着一只拖鞋的，那样子实在有些狼狈。

看西边女生宿舍外的美女，好像在慌乱中也不像平时那样袅袅婷婷、眉目顾盼，也是衣着随意，呈现出夏季宿舍的风格，她们在慌乱中仿佛也不知所措。

天上在下小雨，晚霞却格外绯红。小雨淋在身上，有点凉。在操场上淋点小雨，看看晚霞，似乎有些浪漫。可是，那时我们没有这样的感觉。我说，还是回去拿件衣服吧，我和姜世平就猫着腰回到 308，心里很紧张，上去拿了衣服，赶紧下楼。雨还在飘着。

那天晚上，到 10 点多，好像再也没有地震的迹象。我们就回宿舍了，躺在床上的时候，还机敏得像个松鼠。大约 11 点多，外边忽然谁又喊一声：地震了！我竟然像兔子一样跳下床，冲出 308，而且这时候，好像 1 号楼体育系那边又有人从楼上跳下来，摔断胳膊腿脚的似乎不止一个。

没有办法，这个夜晚注定是个记忆深刻的夜晚。我、姜世平似乎还有沈武，我们拿了草席和床单去篮球场，篮球场上挤满了人，也挤满了蚊子，那些蚊子从来没有像那天那样，可以饱餐我们。我觉得，它们肯定哼唱着自己的凯歌呢。

上帝给我们设个局，我们在上帝的眼睛里，此时是一群有些好笑的小动物。

有关《望天门山》的一段故事

我们这一代大学生，最为苦恼的一件事情就是学习资料的缺乏，高考前如此，进入大学后更是如此。在我们大一大二的教材中，绝大多数为学校自行印制（甚至是油印），而由正规出版社发行的则凤毛麟角。曾记得，为了一本《现代汉语词典》，还是托了家在芜湖的同学钟超成"开后门"购得的。在大学的四年里，我始终对中国古典文学兴趣浓郁。1979 年下半年起，我在新华书店里发现由上海古籍出版社出版的一套"中国古典文学基本知识丛书"陆续面世了，自此后，每次逛书店，我是见一本买一本，先后共计购有十余本，其中有《诗经》、《屈原》、《司马迁与史记》、《陶渊明》、《李白》、《杜甫》、《刘禹锡》、《柳宗元》、《欧阳修》、《苏轼》、《陆游》、《辛弃疾》、《关汉卿》等。这是由一本本薄薄的小册子组成的一套书，但所有作者均为名家学者。就求知而言，我们这批同学可用如饥似渴来形容，这没有溢美之嫌，而是确实如此。于是我是买一本读一本，并且认真作了笔记。这期间还发生了一件事，使我与《李白》的作者、复旦大学著名教授王运熙先生有了一次难忘的通信往还。

记得我在读《李白》（王运熙、李宝均）时，见书中写道："《望天门山》也是描写长江景的名篇：'天门中断楚江开，碧水东流至北（一作"此"字）回。两岸青山相对出，孤帆一片日边来。'……天门山位于安徽当涂西南长江两侧，在东岸的叫东梁山（一名博望山），西岸的叫西梁山，两山隔江对峙，形似天门。"读到这里我感到很亲切，上大学前，我是一名地质测量员，曾多次去过此地，勘测过这一带的地理地貌。但接下来的一段文字，却让我顿生困惑："这首诗写诗人乘船从上游东下，遥望天门。"可在我的记忆里，长江至此是南北走向的呀。为验证我的记忆，在一个星期天里，一大早我就带上面包、汽水，乘车去了当涂县的大桥公社，再向西步行约一小时，终于到达了天门山东岸的东梁山上。经过实地考察，我不但验证了我原有的记忆：天门山乘舟只能南北而望，而且还搞清楚了第二句"碧水东流至北（此）回"的"北"、"此"之争中应以"北"为准确的，因为长江在此的流向是自南向北的。

回到学校，我立即给王运熙教授写了一封信，就我的实地考察结果，坦率地向他提出，《李白》一书中"诗人乘船从上游东下，遥望天门"是错误的，应改为"自南北下，遥望天门"。现在回想起来，我还真有点初生牛犊不怕虎的劲儿，一个普通学生敢于向著名教授质疑，请求更正。没曾想，不久就接到了王运熙教授的回信，信中不但肯定了我的批评，并且答应在《李白》再版时一定更正原来的错误。这封信让我十分感动，一位著名学者勇于认错，坦诚纠误，是实事求是的精神，也是一种襟怀、品格的体现。

这封只有两页纸的信件，我一直珍藏着，虽历经多次搬家和"吐故纳新"般的大扫除也不舍得丢弃。今日行文翻出旧事，慨叹过往，更多的是对学者风范的怀念和尊敬。

战臭虫

那年芜湖的臭虫特别多，一不小心我们与臭虫结了仇。

从"文革"中走来的中国，百废待兴，安徽师范大学也一样，我们78级中文系男生住在0号楼，10人一个房间，中间摆放着一张黯旧的枣红色长木桌。房间没有电扇，更没有像今天大学生宿舍安装的空调。学校找来一些陈旧的有上下铺位的木板床，我们这些在社会底层吃过苦、受过罪的大学生自然也就心满意足了。

第一个学期正值秋冬季节，我们的学习紧张而又兴奋，寝室里平安无事。

次年春夏之交，芜湖这个"火炉"城市渐趋炎热。晚上，我们只要一躺下，一群臭虫便从它们长年栖息的床板缝里偷偷地爬出来，凭借刺吸式的口器嗜吸人血，咬得我们身上痒痒得睡不好觉，而且每晚要咬醒好几次，真是又气又恨又无奈。

第二天一早发现床铺上几只吸血臭虫，被捏死后一个个血淋淋的。我仔细地瞅着这些虫子，大约只有 4 毫米长，红褐色，身体扁平，腹大，遍体生有短毛，身体还散发着臭味。再看看自己身上一块块红斑上的包，奇痒无比。

臭虫常常昼伏夜出。学校规定学生宿舍晚上 10 点半熄灯，臭虫这个"夜袭队"就一个个出来了。我本来就患有失眠症，夏季炎热难以入睡，被臭虫一咬，更是彻夜未眠。第二天去教室上课时，难免哈欠不断，无精打采，同学们看到我的脸蜡黄蜡黄的，下课走起路来像弱柳扶风。

我们一连数十天受到臭虫的袭扰，每位同学身上都是"千孔百疮"，苦不堪言。有好多次，我们夜间被臭虫叮咬得不堪忍受，大家纷纷起来把床上的草席卷起来往地下一磕，呵，好家伙！臭虫简直多得惊人，它们公然列队"耀武扬威"。同室的老孔一下逮住 8 只臭虫，听说隔壁寝室还有同学磕出 10 多只。

臭虫这种寄生虫阴险狠毒。它偷袭你时总是神不知鬼不觉，一个招呼也不打，就冷不防狠狠地咬你一口。可我也不是逆来顺受的"省油灯"。虫不犯我，我不犯虫。虫若犯我，我必犯虫。有天晚上我被咬得睡不成，半夜起来打开手电筒捉臭虫，一会儿工夫就战果辉煌。抓住这些人见人恨的"俘虏"，我把对"四人帮"的仇恨全部倾泻到它们身上，坚决给它们处以"极刑"，我用指甲代替屠刀掐捏，以脚板代替坦克碾压，让它们一个个碎尸万段！

臭虫的"为非作歹"激起了众怒。暑假前夕，同学们自发地开展起"灭臭虫运动"，大家先是各自为战，然后又进行联合清剿。但臭虫们也很狡猾，它们一个个都像身经百战、且会遁地的"土匪胡子"。你用开水烫，它躲到床板的裂缝、洞穴和旮旯里，死活不出来。你在床沿四周撒上石灰、六六粉，它居然会用"游击战"跟你迂回，先爬到不知什么地方，然后夜间再回来袭扰你。我们用尽了一切办法，剿灭了一些"罪大恶极"的臭虫，舒坦安稳地睡了两三天后，臭虫又"前仆后继"来侵扰了。唉！真真是"华佗无奈小虫何！"

秋季开学，学校给我们换了新买的钢条床。我们与臭虫的战争也就宣告结束。

831 消夏琐记

8 号楼的 831 室是我们 78 级 1 班女生的闺房。

8 号楼是东西向的筒子楼，中间是楼道，楼道两边是两两相向的寝室，最西头楼上是厕所，楼下是水房。

831 室在楼道的北侧，门朝楼道而窗户朝北。室内地方不大，住了 1 班全部 8 名女生，进门左右两侧分别是放箱子和饭缸、脸盆的地方，往里走，贴两边墙放置着 4 张上下铺，中间是两张一线直排的桌子，因为拥挤，每人一张的凳子都塞在桌下。

宿舍楼是没有浴室的，冬天洗澡要走很远去教工宿舍区的大澡堂，夏天就在寝室里解决了。每个寝室只有一个木制澡盆，8 名室友轮着洗。洗澡水是拎着热水瓶到几百米外食堂边的开水房打回来的，兑入用脸盆从楼下水房端上来的冷水。刚进大学那会儿，彼此不大熟悉，虽是同性，洗的人也难免有几分拘谨，而排队等候着的只能或看书或干活以避免尴尬，当然也有大大方方欣赏浴女的。进 831 室已经是大三了，对于洗澡，大家只关心排序先后不及其他了，毕竟早洗早清凉才是最要紧的。

筒子楼通风条件不好，只有楼道东西两头有窗户对流空气，平时倒还对付，到了炎热的季节就让人很憋闷了。

好在走道两边寝室的房门是正对着开的，1 班对门是 4 班，暑假前后高温时节，两班常常会商定邦交：通南北之门，令清风往来。

然而，遇到持续高温，这一招也并不是很管用。

那时的宿舍楼没有空调没有电扇，连纱窗纱门也没有，而芜湖的蚊子向来雄壮而凶猛，坊间有"三个炒一盘"之传说，所以蚊帐是必不可少的。"吴牛喘月时"的夜风本来就没有多少凉意，又被纱帐阻隔了八九分，即使我们用湿毛巾敷在额头上降温，也抵御不了闷热的暑气。

有男生在教学楼顶的平台上露宿，说是下半夜很清凉。831 室和对门的室友们觉得这件事情上咱们是可以巾帼不让须眉的，于是某天晚自习后，回寝室洗漱完毕，便纠集了三五人，带上草席、枕头和床单，女子露营队迅速抢占了教学楼顶的西区。

楼顶果然凉风习习，但是蚊子也格外嚣张，只有用床单把自己从头到脚都蒙上才能躲避空袭，而蒙在床单里的感觉比在蚊帐里似乎更闷得难受。正纠结着要不要回寝室呢，忽听楼梯上男生们说笑声和脚步声越来越近。姐儿几个淘气劲儿爆发，约好了要吓退入侵者。等他们刚踏上平台，我们一声尖叫，诈尸一样蒙着床单坐起来，吓蒙了的男同学"啊"的一声落荒而逃，平台上嘻嘻哈哈得意的笑声响了很久……

相比现在的校园，那时的生活条件是清苦的，夏天尤甚。但是831室的姑娘们却对生活充满了热情，结诗社、吟诗联句、讨论文学、偷听邓丽君、起早贪黑看早场和夜场电影、下自习后路灯下熬夜复习……生命的春天恰逢改革开放的春天，每个人都对未来充满憧憬充满信心，如子所曰："人不堪其忧，回也不改其乐。"

贤哉，831室的姑娘们！

诗咏生活歌浪花

在78级2班同学心目中，康民君绝对是个诗人。比如某日中午食堂有红烧排骨，同学们得知后无不趋之若鹜，赶紧排队买上一份后大快朵颐。整个过程是只见动作难闻声响。唯有康民君买到排骨后一边津津有味地吃着，一边不住地感叹："啊，排骨！……啊，红烧排骨！……"

听着康民君的吟诵，红烧排骨的色香味俱现，我们这些吃到排骨的和没吃到排骨的，大家的消化液分泌明显地加快了。

现代汉语上到语音部分，授课的孟先生把老式录音机搬到阶梯教室里，要每人用普通话念一段诗文，对大家的普通话进行测评。同学们怕普通话说不好，尽可能选些短小的诗文，唯独康民君专门写了首长诗，洋洋洒洒好几张纸。他一上来朗诵，"啊！……"之类的感叹句在阶梯教室里隆隆作响，同学们偷偷地发笑，他却旁若无人。

一日傍晚，康民君打完篮球回到寝室，同室代打晚饭的同学早已把饭菜摆放桌上。洗漱后没吃几口，康民君端碗推开了对面305的房门："happ，有没有存货？"

与康民君一起打球的happ此刻也是刚刚端起饭碗，听到问询连声应答："有！有！"说着从桌肚里拿出一个罐头瓶，掀开瓶盖，只见一片片榨菜整齐地码在瓶里。黄翠相间的榨菜被夹到康民君的碗里，榨菜片披沥的彤红辣椒酱和喷香芝麻油让人垂涎欲滴……

"呀，太棒啦！"康民君端着饭碗边吃边往自己寝室走，一腿刚跨进门就情不自禁地诗意大发："啊，榨菜！"

门户洞开的304、305室同学们顿时齐声应和："啊，榨菜好吃！啊，好吃榨菜！"

康民君不但爱诗亦爱唱，尤喜唱电视纪录片《哈尔滨的夏天》的主题曲。这首由东方歌舞团关贵敏主唱的歌曲当年可是红遍大学校园。歌曰：

> 松花江水波连波，
>
> 浪花里飞出欢乐的歌……
>
> 可康民君开口却唱成这样：
>
> 松花江水波连波，
>
> 浪花里飞出浪花朵朵……

同学们受不了了，有人试图纠正他："哎，康民君，你怎么唱的？什么浪花里飞出浪花朵朵？你是唱歌还是放水呀？"

"哦，我唱得不对吗？"康民君很诚恳地向同学请教，末了，还特意唱了一遍。当然，这回算是唱对了，同学们也皆大欢喜。后来的日子，我们听着康民君哼着这样的小曲去上晚自习，算得上是一种美的享受！

下晚自习了，走廊里又传来了那熟悉的歌声："浪花里飞出浪花朵朵……"

真是随心所欲，歌由心出。同学们也只好任由率性而为的康民君浪花里飞出浪花朵朵了。

体育课的尴尬

黄老师是我们的体育老师。他个头不高，30 多年前他就 50 岁了，现在应该是耄耋之年了。可是，想起来，黄老师还是当年的模样，他吹着哨子，说集合，我们就集合；说跑，我们就跑。他对体育课负责，其实也是对我们的健康负责。黄老师说，体育课不及格，不能毕业。他说的时候，满脸严肃，好像看见老驴上树他也不会笑。

我是个菜鸟，尤其是上体育课。那个年代，是菜鸟的不只我一个，H 君、Y 君、S 君、Z 君，还有记不得是谁了，都是菜鸟。记得一次，黄老师让我们做单杠上的引体向上，要求至少做 20 个，我拼了老命也只能做 10 多个，我的两条细胳膊竟然不能把我的并不是很重的身体往高处带，倒是把我的脸弄得和鸡下蛋一样红彤彤的。H 君年纪小，个头不高，但体型有些胖，他的体重有些像坦克，想用他的胳膊把坦克带到规定的高度，有些难。可黄老师说，你，必须做够 20 个。H 君不是不努力，而是实在难以做到，只能在黄老师面前苦着脸，在我们这些大小不等的同学面前打悲情牌。他做着做着，把眼泪急出来了，把鼻涕流出来了，似乎受了欺负一样。而 Y 君，那姿势做的，有滑稽剧的效果，体育课上的引体向上，他竟然可以把身体拧巴得如麻花一样，真是叫人忍不住要捂着嘴笑。

还记得，我们跑步考试。跑 5000 米。要求围绕操场跑 12.5 圈。那天很热，跑得慢了，不及格，跑得快了，实在是累。汗水是从头上浇下来的雨，那个狼狈，令人非笑不可，我只好偷懒耍赖，跑到一堵墙后边，就不走了，停下喘气，如果不停下，说不定那口气就上不来了。后来停下喘气的多起来，被黄老师发现了，黄老师在白花花的太阳下把脸拉得老长。顿时，我想找个地缝遁去，可惜没有。

广播操是一个必学项目。排队，对齐，散开，然后，1234，2234，3234，4234，节奏明快，伴随着音乐。我们在操场上的广播操大多数人做得都很整齐，动作难度也不是很大。可是，Y 君好像有些另类，他竭尽努力，却动作夸张，身体扭曲，虽位居后排，大家忍不住还是齐刷刷回过头来朝他看去，捧腹大笑，又一次在群体中凸显出喜剧效果。这并不是我们要刻意取笑他，实在是Y君的喜剧表演惹得我们忍俊不禁。

S君和Z君那年体育考试不及格，毕业前要补考。他俩都是"老三届"，年龄大了，体型偏胖，身体的协调功能不好，黄老师带他俩训练。赤日炎炎，他俩在操场的沙池边苦练跳高，一遍又一遍地练，练得气喘吁吁，大汗淋淋，可黄老师还在不断地帮他们纠正姿势，严格要求，一丝不苟。我们远远地站在宿舍楼前看，既忍不住笑，又难免动了恻隐之心。

这就是我们体育课的尴尬。

幸运的"妹子"

刘灭资

刘灭资，1961年出生。南京市大厂高级中学教师，曾获得南京钢铁集团十佳标兵、南京市教工委优秀共产党员等荣誉称号。

吾生也幸。

幸运的是参加了1978年高考，幸运的是遇上了安徽师范大学中文系78级那么多同学。

少年出山

40年前，那是一个夏天。17岁的我还是一个懵懵懂懂的山乡少年，高中一毕业，就参加高考。带着想吃"商品粮"的纯朴愿望，怀揣着走出大山的朦胧愿景，我轻松自如地走进考场。大概一个月不到的某一天，有人告诉我，说我考上了，县十字街张贴的红榜上有我的名字。当时的我正在河里挑沙子，因为一个立方的沙子可以卖到一元五角钱。傍晚回到家里，父母家人都很高兴。第二天开始就不用挑沙子了，而留在家里烧饭。不久，分数下来了，该填志愿了，正担任公社书记的父亲说他平生最尊敬两种人：一是教师，一是医生。于是就在班主任的指导下填写了安徽师范大学这个志愿。当时的我真没有想到自己会与安徽师范大学从此结下一世的情缘。

10月了，该上学了。父亲亲自送我上大学，他很高兴，家里出了一个大学生，他很有面子，也有"里子"。毕竟有一个小孩不用愁找工作了，上师范有国家负担，家里只要出点零花钱。与我同行的是我的中学同班同学彭业发兄，他和我录取在同一个学校同一个专业。父亲用一根扁担就担起我们两个人的行李，上车下车，上船下船，全不用我们烦神。父亲出过远门，见过世面，因此我们顺风顺水，一路平安。这是我第一次出远门，也是第一次走出大山，望着车窗外的世界，望着船舱外的世界，我没有一丝疲倦。潜山—怀宁—安庆，大江东去，就是池州—铜陵—芜湖，地理书上抽象的名词成为眼前真实的存在，好美丽，好精彩。开心的还不只这些，在安庆上船时，我们竟然碰到同系同级的同学，他就是日后成为4班班长的查振科兄。在船上，我们静静地扶着栏杆，耳畔全是前方的召唤，心绪化作一片片云帆。在以后的四年里，尽管我们不在一个班，但不论在什么地方见到我，他总是先打招呼，有时微笑地拍拍我肩膀算是鼓励我。毕业后他在北京发展得很好，我很高兴也很自豪，因为我们是一条船上下来的。

求学芜湖

到了芜湖，到了师大，到了男生宿舍0号楼305房间，刚安顿好，就有一个人敲门而入，他就是上铺的徐虎兄。也许出身于军人家庭，当时的虎兄在我眼里显得孔武有力而又彬彬有礼。记得当时他的行李很重，难以搬入位于门上方的小阁楼里，于是他很有礼貌地请我父亲帮忙。后来这事每每成为庞幸福兄打趣他的素材。庞兄说：徐虎你真大胆，居然让公社书记给你搬行李。在虎兄整理行李的时间里，同寝室的同学先后入住，不一会儿，不大的房间就显得十分拥挤。记得开学的第二天上午是开年级大会，在新生欢迎会上，听完祖保泉教授的讲话，自豪感顿生，我才感到自己是"万人从里，英才千数"中的一分子了。下午开班级大会，内容是开学注意事项和班级情况介绍。然后是小组会议，会议主题是自我介绍。听完同学的介绍，上午刚鼓起的气又泄了，因为无论阅历还是学习能力，我与同学们的差距委实太大了！不但如此，接下来发生的事更让我沮丧。入校以后，依例要进行体检复查。在复查时，校医说我心脏有问题，需要去第二人民医院检查，当时我一下子懵了！新来乍到，人生地不熟，我上哪儿去找二院？好在天无绝人之路，同班盛志刚同学与我同病相怜，愿意与我相携前往，于是我们"步仄径，临清流"，无心观赏陶塘美景，直奔二院，结果是虚惊一场。现在想来，仍然心惊胆战。去年回乡，途经安庆，同学聚会，见到盛兄，观其目光炯炯，神采奕奕，心中大悦。言及当年事，二位"病友"抵掌而笑，一座粲然。

时光流逝，我与全组、全班的同学逐渐熟悉起来了，我的自卑感也逐渐淡化了一些。我发现，同学们并不鄙视我来自穷乡僻壤，并不鄙视我的才疏学浅。在全班，我的年龄并非最小，比我小的还有月兵、孟珠，在组内，黄波也比我小。但我有自己的优势：羞涩年少，"海拔"不高，喜欢串门，爱个热闹。在大多数同学眼里，用安庆话说我就是个"伢子"，用合肥话说我就是个"侠们"。有一次，"大帅"（陈培福兄）开玩笑地对我说：现在我们是同学，按年龄你应该喊我叔。"陈叔叔"进校时已是三个孩子的父亲，来自皖北农村，生活十分节俭，在他身上，我才真正体悟出求学的艰难。在寝室，老庞（幸福）经常喜欢在我面前"显摆"成熟，成熟的标志就是他那件经常穿在身上的绿军装。老庞喜欢开玩笑，有事没事总要给我找个对象，且这个女生就在本班，这让当时还未开窍的我"情何以堪"。有一天，我去对面的304串门，治学一向严谨的李班长（向荣）笑眯眯地对我说：灭资这个名字不好，太霸气。我以后就叫你"妹子"吧，谐音。记得说这话时他正穿着海魂衫，刚刚"秀"完身材，目光里有一丝得意、一丝狡黠。出于对班长的敬重，也因为对自己名字的不满意，我当时欣然受用。我知道，与同学们相比，无论学识还是修养，我永远是"妹子"，40年前是如此，40年后依然。记得去年，丁元兄把我拉入了年级同学群，有一天有一个叫"云水"的人喊我"妹子"，我立马反应过来，这是班长喊我呀，我立马回应。当群主汪芸（女神级同学）得知"妹子"原是"须眉浊物"后忍俊不禁，群里一片欢然。近日来，我把这个故事在小组群里又讲了一遍，群里立马反应，纷纷"赐余以嘉名"，于是年近六旬的我成了蜜子、咩子、魅子。我立马回帖：蜜子有人爱，魅子有人睐，咩子有人宰。群里又是一片欢然。

　　刚进师大时，我宛若一张白纸。说起来不怕人笑话，作为中文系的大一学生，竟然不会汉语拼音，靠笔画查字典，说话难懂，一口方言。尽管如此，同学们对我仍关爱有加，让我重新找回自尊和自信。渐渐地，我也找到了学习的捷径，那就是"跟着走"（到后来才知道这句话的主创是我们的恩人邓小平同志），在课堂上跟着老师走，在课后跟着同学走。为了说好普通话，走在校园里常常会停下，为的是倾听李洋波姐姐在校广播站里婉转流利的播音，在组会上，我常常会模仿汤燕雯小姐姐认真地说"我是北京人"，让人遗憾的是一直到现在我也无法复制她说话时的风采。写到这里，我坚信会引起不少同学的共鸣，因为两位姐姐一直是众多男生心中的女神。在寝室里我常常练字，为的是有一天能写出像鄢化志、张德修兄一样漂亮的课堂笔记。在寝室里，我喜欢和老庞一起读闻捷、郭小川，进而喜欢马雅可夫斯基，还有贺敬之和柯岩。在寝室里，我喜欢听李长斌兄谈天，他一边说话一边抽烟，特别有幽默感，在他的口中，知青故事似乎永远说不完。在寝室里，有时还能听到宋史军兄和来访的客人应光耀兄一起谈论外国文学，在这里，宁派和海派有机结合，一下子拓宽了我的思维空间，从此我就知道阿瑟黑利和他的《大饭店》。我开始迷上缪斯和海伦，也暗中祈祷：那个可爱的小男孩在我的心上狠狠地射上一箭。每天早晨，为了锻炼身体，我会像徐虎兄一样在楼下的操场上跑步，有时还会跑出校门绕镜湖转圈。晨练结束，我总喜欢走到荷花池畔背靠大树读书，为的是有一天能像功华兄那样对唐诗宋词如数家珍信手拈来。后来我也不留恋寝室了，于是就像黄波老弟那样早早起床，洗漱完毕后就肩背书包，一手饭碗，一手水瓶，走向阅览室、图书馆，一泡就是一整天。在图书馆，我会很有耐心地像任夫子（国庆）一样学写篆字、抄录卡片，有时会遇到老马（德俊兄），我们就在一起讨论红色根据地、风雪大别山。闲暇时最爱做的事是挤书店，那时学校书店前总是排着长长的队伍，街上书店里总是人山人海。尽管如此，我仍把家里每月给我的五元零用钱全部用在买书上，"年年岁岁一床书"，夜晚有书伴我入眠，白天从不疲倦，"我扑在书本上如同饥饿的人扑在面包上"。那时的我还不知道有一种读书境界叫忘我，有一种学习方法叫转益多师，有一个美好的年代叫80年代！

同学情深

　　快乐的时光总是过得很快。一晃就到了毕业时间。毕业分配，没有周折，没有悬念，只是带着满满的收获，回到故乡的怀抱，在三尺讲台前，一站就是13年。故乡地处皖西，三省交界。山区石头多，出门就爬坡；山连着山，看不见天。尽管交通不便，信息难通，同学们仍然记挂着我，不时地出现在我的眼前。山里人好客实在，常常把外面来客多作为一个人混得好的标准。如果一个人说自己"外面有人"或"上面有人"，就会获得别人的尊敬或青睐。因为常有同学来访，虽穷在深山却有朋自远方来，我活得挺滋润。有一年，张晓云、胡金凤、魏远征姐姐等一行五人光临寒舍，让我雀跃。不久江舒兄又来到我的"地界"，他的美髯，如同他当年写在寝室桌上的草书，气韵生动，着实让人惊"艳"。他来自深圳，一举手一投足，全是南方大老板风范。宾客先后而至，让我在同事面前一时风光无限。有一次，时任市委办公室主任吴敬东老弟来我县检查工作，晚间用餐不去宾馆，却来我处小酌。领导闻之希望奉陪。吴主任说同学聚会恐不方便。后来有好事者将此事告我，我又证之以吴老弟，吴顾左右而言他。倒是自此以后相关领导见我时笑容可掬热情有加。1988年夏天，我妻子身怀六甲，到医院做B超，医生朋友说恭喜刘老师喜得贵女，于是家人朋友送来许多女孩衣物。这时林月兵兄来访，赠送的礼物是一件颇为时髦的男孩穿的海军衫。后来妻子生产，竟然男孩。儿子稍大后经常穿着这件衣服，手拿竹杖在校园里耀武扬威，着实好玩。再后来，儿子上了北方一所高校，所在院系竟然与海军密切相关。造物安排，让人惊叹。再再后来我到海南，言及此事，此时已事业有成的林总哈哈大笑：老同学，我当时比你有预见！

　　在山里待久了，人总会感到困倦，有时会一脸木然。这正如围城：外面的人想进去，里边的人想出来。每当此时，我就想走出大山，看看外面精彩的世界，于是省城就成为当然的首选。我的办法是参加教研，申请高考阅卷，这样我就可以报销来回路费、住宿费。我乐于白天干活，晚上拜见老同学，还可以蹭蹭饭，班长家、老侯（光存兄）家、老庞家、桂华大姐家、老叶（青生兄）

家多次成为我的"饭店"。老叶夫人张大姐每次见到我都说"小灭资，到我家，要吃饭"，因为这，我就可以和当时的小叶、而今的知名金融专家叶帆同桌进餐。此情此景，一经想起，仍觉温暖。合肥是一个金色的池塘，栖息着我们年级诸多"大虾"，得知"小虾"来访，尽管官居要位诸事繁忙，他们总是抽空接见。记得有一晚，刚结束一天的高考阅卷，20多个同学聚集在同学光明夫妇家中，一边享受着佳肴美味，一边就着美酒吹个天花乱坠。毕业分配，天各一方没几年，这次相聚，不再拘谨，完全放开，满眼都是同窗情同学爱。现在想来，依然心醉。

在古城安庆，我还有一个"据点"，一直安放在吴府。功华兄长我八岁，当然就是兄长。认识吴兄后，每次去芜湖，我总是先去他家拿船票，顺便蹭一顿饭。回到家乡后，每回到安庆，吴兄"知我贫也"，总是不让我住饭店。先是我一个人住他家，后来是我一家人住他家，每次进门都是笑脸。前年回老家参加学生聚会，经过安庆，学生安排我住一高档饭店，吴兄见我便不悦，我连忙解释，他才给我以"青眼"。就这样，我一直享受着"下榻吴门"的最高接待。吴兄对我要求一向"严格"，得知我"站稳课堂"后，他十分高兴，继而提出殷切希望，那就是"写点文章"。为此，他借"职务之便"，通知我参加教研会，在会上必须有文章交流。他还从出版社要来任务，让我出版书稿。出书辛苦，吴兄要求又严，脸色总是不好看。为了不误人子弟，每篇书稿必须字字过关。但"此中有足乐者"：因为写书，我又见到胡治平、王建军、陈新等兄弟；书出了，稿费有了，吴兄便带我夫妇去金店，买了戒指和项链，为此我妻子开心了好多天，我也觉得自己是个男子汉。在省里、市里走了一遭，见了一些世面，有一天我对吴兄说：我要出山。世界那么大，我想去看看。吴兄懂我，连忙张罗。不几天就有了好消息，一个月不到，我们一家人就登上了飞往广州的航班。一出机场，就看到余龙根兄那熟悉的笑脸。第二天就吃到了传说中的广州早茶，第三天上午就走上这所知名的华侨中学的讲台，下午校方就通知我留下。时值广州雨季，我妻子水土不服，孩子禁不住蚊虫叮咬，妻子一个人带个孩子回去我又不放心，于是只好谢绝校方美意，留下残局让余兄收拾。

从广州返乡，心情一直不佳。"到远方去"，"寻找异样的人们"，这一念头像春草一样在心田里疯长。也许是机缘巧合，1995 年夏天，我孑然一身来到南京大厂。大厂位于南京江北，属于郊区。与市区相比，这里是"穷乡僻壤"，有道是"宁要江南一张床，不要江北一套房"。在这异乡，为了证明自己，白天潜心工作，夜晚则被寂寞这条大蛇缠绕。有一回参加区里的优课比赛，我的实力并不比竞争对手差，仅仅因为我面孔陌生而失去机会。当好心人将此告诉我，一向乐观的我开始咀嚼大雁离群的感伤。

天意怜幽草。随着妻子的调入，孩子来到身边，寂寞灰飞烟灭。不久老同学得知我的地址也专程造访，桂斌、先云、江舒兄的先后到来，让我的内心充满阳光。先云兄刚参加完同学 20 周年聚会，给我带来诸多同学的好消息。桂斌是孔雀东南飞，可惜的是我所在学校"庙"太小。令人称奇的是，在偌大的金陵我竟轻易地找到了"组织"，找到了分别多年的组长。有一次我到城里见一老乡，说起史军兄，他竟然熟悉，还说史军母亲就住附近。我连忙就去拜见伯母，之后很快见到了宋兄。宋兄变化不大，仍是形貌昳丽，一头黑发，蓬松飘逸。宋兄初以为我是旅游至此，我说我是寻找队伍，他十分开心。此后我一有事去城里，总找机会去他办公室，他也总是放下手头繁忙的工作对我嘘寒问暖。交谈中，得知他仍醉心外国文学，依旧文人本色。公务之暇，还主编《东方文化周刊》，所交挚友多是苏籍知名作家。2003 年，孩子考入金陵中学，租房子"陪公子读书"就成为迫在眉睫的问题。宋兄得知后，就说他有空房子可以暂时让我孩子入住，可是这"暂时"竟是三年的光阴。其间我曾多次提出交点房费，每次都被他严肃制止，未交一分钱的房租。孩子上大学后，我们就搬到城里。宋兄很高兴，要请我们吃饭。碗碗都是佳肴，红烧牛尾尤其让人垂涎。孩子见此，便来个风卷残云吃个痛快。2016 年，我们一家人在悉尼歌剧院对面一家著名西餐店用餐，看见牛尾巴，就自然想起老宋（电话里宋兄总说"我是老宋"）那顿牛尾宴。孩子说，从此我就记住了节节香这道名菜。南京距安徽不远，但因为隔省，同学来宁不是很多。同学来访，就是我们的节日。通常的情况是我陪同学聊天，老宋负责餐饮酒店。如果我提出要事先安排，老宋知我"地处偏远"，总是说我订的酒店不方便，到最后还是他买的单。

2017 年学校组织业务培训，我又来到久违的北京，住在昌平。白天抓紧进修，夜晚外事频繁。一天上午，我给一位在出版社工作的学兄发一微信后手机关机继续"充电"。午休时打开手机，看到是学兄的六个未接来电。于是在一个雨夜，在祖国的心脏，我又见到多年未见的老同学。见到凌德祥兄，我喜出望外。初见凌兄是在合肥那次同学聚会，再见凌兄是在古都金陵，此时他已是南大教授，我与凌兄十分有缘，每次见到我，他总是微笑地俯视我，长长的手臂握住我的手，让我觉得很安全、很温暖。诗元兄与我是毕业后的初见，他的诗作一直让我十分景仰。这次见到我，他说，一进门我就认出你是我们同学。席间，大家觥筹交错，其乐融融。临别时，还获赠一袋图书，全是出版社精品。第二天同事们问及书的来历，看到我来京沉甸甸的收获，不由自主地发出惊叹：想不到老刘也是一个喜欢读书的人！

吾生幸也。幸运的是参加了 1978 年的高考，幸运的是遇上了安徽师范大学中文系 78 级那么多好的同学。用我妻子的话说就是：你的同学个个都很优秀，只是有时文里文气，让人难以接近。我告诉她：中文系毕业的人就应该"文里文气"，只要透过这层气，你就可以看到这样一群人：他们踏实做事，低调做人；他们外表有时偏冷却有古道热肠；他们能白眼看鸡虫，也能热血荐轩辕。佛说，前世的五百次回眸，才换来今生的擦肩而过。同学四年，这是一种什么样的情缘？40 年来，我总是乐于与同学们取得联系，在交往中，学业可以获得砥砺，思想可以得到提升，幸福时有人可以与你分享，苦难时有人主动为你分担，阴郁的日子可以获得安慰，阳光灿烂的时候有人会给你以清凉的提醒。40 年来，我的生命如同一泓溪水，很清澈，源自大山，潺潺而来，虽平凡却也精彩。我是一个普通的中学教师，一直坚守在高中语文教学、教研的第一线，像一叶扁舟一样，把一届又一届学子送到彼岸，而今尽管成为一只破旧的老船，风雨中我仍有冀盼。40 年来，我一直心存感激，我一直想一吐为快：没有同学，就没有我的昨天和今天；哪里有同学，哪里就有我的艳阳天！

梦回赭山下，情在歌和中

袁　涛

袁涛，1962年出生。由教转商，诗书为伴，作品曾入选中国年度诗歌，现为企业管理人。

　　学中文的人，难免寄情文字；各种文字形式中又以诗歌最为精粹。4班写新诗的有姜诗元、沈天鸿、黄大明诸君；而旧体诗却鲜有问津者。自从新文化运动，尤其是1949年以来，旧体诗便被主流文化剥离而成为一种"遗产"：一方面人人都会背上几句，体会寥寥数言中的隽永意味；另一方面觉得那只是祖先的光荣，如今已经不再生产这种东西了。幸运的是，因为恢复高考，因为中文专业，因为时代和个人命运的风云际会，16岁的我得以和这份"祖先的光荣"相遇、相知、相惜。

　　40年前的傍晚，面对一次发下来的大学四年几十本教材（安徽师大中文系全套自编，据说当时全国只有两个中文系能做到），那种新鲜和踌躇满志，至今记忆犹新，像是一个刚学会游泳的男孩一头扎进大海，畅快极了。文学作品课程不能满足我的阅读欲望，但凡文学史课程中提到自己又有兴趣的书籍，就会去图书馆找来看，每周再去一次新华书店，在摩肩接踵里隔着柜台寻找自己的心仪读本。《楚辞》、《诗经》、三曹、陶渊明、大小李杜，都是这么读下来的。除了兴趣，还有一个"现在可以说了"的秘密：当时买到一本《台湾爱国怀乡诗词选》，接触到对岸的新诗，耳目一新，他们显然对于传统有更多的继承，更为精致和优雅，启发我也想从古诗词中获得一些滋养，使自己的新诗楚楚动人一点。这是当年的私心。等到进入社会，奔波生计，现实离诗意越来越远；只是在夜深人静时，仍然时常对着杜甫、李商隐、纳兰性德，以及余光中和庞德们，细细商略人心世道，好忘却物质的焦虑，在喧嚣世界的一隅寻得内心的宁静。

进入网络时代，走散了的人们忽然又重聚了。先是凌德祥建了4班QQ群，后来班长查振科建了4班微信群"梦回赭山下"，进来的人多了，花样也多起来，其中以旧体诗感怀言志，前者呼后者应，日渐增益，几年间大约有三五百首，遂成为一道独特的风景。

兹以自己的见闻与回忆，辑录如下。

笔意萧萧推律吕

2010年前后，在北京和诗元、振科同学相聚。其时他们在玩书法，拉我入了伙，于是对旧体诗也常常临案。诗元把他的王力《诗词格律》送了给我。以前翻过安徽师大陆子权老师的《诗词格律研究》，茫然如天书。这次承诗元美意，才认真读了。2012年10月，4班作毕业30周年聚会。欢洽之下，想诗以咏之却无从措手，感觉是一套完全不同的语言系统；废寝忘食七八天，才凑成几首绝句。这是第一次正式写近体诗：

其一：

恍惚少年追凤辇，钩沉往事惜娉婷。

曾将换盏推杯手，挽取长弓射海青。

其二：

一城灯火半城霾，岸芷汀兰各自开。

扬子前潮输后浪，滔滔卅载旧尘埃。

其三：

飞鸿杳杳落云河，竞走蛇龙入白窠。

月射激湍如卷雪，江天引发楚狂歌。

235

其四：

赭山红叶与谁共，守望青春误几重。

费尽精神打草稿，登临归晚醉秋风。

其中的遣词造句，好比盖房子，先得有足够的材料，又要会置换腾挪，最后还得放得妥帖稳当。螺蛳壳里做道场，痛苦和乐趣都在里面。班里查振科、沈天鸿是大家，其间一直得到他们的指点，也获得二位和诗：

查振科和：

行旅人生天地共，悲欣跌宕复重重。

此生勘破红尘雨，休管阴晴休管风。

沈天鸿和：

赭山红叶和云老，犹梦春花九万丛。

卅载浮尘全落定，栏横星汉对秋风。

令我印象深刻的，是沈天鸿告诉我"青、清"不同韵。本以为知道平平仄仄就行，这才知道有平水韵，知道了不仅声调，连韵部也是不按今声的。见诸《习诗偶记》：

笔意萧萧推律吕，盖因平水韵难寻。

长荷短荚相遮掩，日脚移来玉阙森。

又：

当时辞赋赋当时，此刻沉吟此刻知。

杜李高标邀日月，野花细柳亦参差。

仰俯极目各由踪

旧体诗在深度和创造性上比不了新诗，但是细致微妙，适合玩味，是所谓传统文化那种自足的空间，也适合用来记录一点生活中的浮光掠影。在朋友圈里曾经发过一张图片，是我和邻居打造的一条钓鱼小木船。诗元看到，发来这一首：

燕山半片月，东海一船秋。

纸上诗来迟，壶边客坐久。

临风忆皖江，闲坐话徽州。

独立苍茫处，沉浮皆自由。

遂相和：

未见玲珑月，寒衾一夜秋。

同门皆兽散，时论独风流。

绿树生紫禁，新词吟小舟。

相邀浮碧海，缓缓弄清柔。

同学聚会游历就更值得纪念了。乙未初，与查振科、李则胜访郑炎贵兄兼游天柱山。山色壮丽，山下也有两处地方令人流连唏嘘，一处是溪水上的摩崖石刻，有王安石、黄庭坚等先贤笔迹，一处是野寨中学，埋有176师数千抗战烈士的遗骨衣冠。得三首：

其一：

谁言水过了无痕，溪岸摩崖笔印深。

山谷且招诸上座，唐贤宋俊到如今。

其二：

三千忠烈埋名校，野鬼游魂走若烟。

待我重来堪凭吊，松风凝噎泪凝笺。

其三：

山阴犹积经冬雪，知暖已开岭上花。

斟酌三巡未及醉，临行叮嘱再分茶。

注：《诸上座》为黄庭坚（山谷）草书名帖。

丙申秋，同查振科、钟超成、凌德祥、李则胜游敬亭山，参观芜湖长江二桥工地，相约作古风记其事：

查振科《新登谢朓楼》：

谢朓楼上听秋风，忽见太白凌虚空。

口呼小谢无遮拦，醉态千般眼朦胧。

望中又见高飞雁，鸣声直上五云中。

寿夭不关贤与愚，才气纷飞古今同。

钟夫子，德祥君，顾盼相携涛与新。

敬亭山下方斋饭，却见宣州紫云蒸。

辗转街衢车停罢，眼前楼阁木森森。

不见谢公屐痕在，惟有秋叶落纷纷。

庭中老叟守扃户，相迓启门意甚殷。

慷慨陈诵谢公事，朗朗如闻古时音。

拾阶共登楼，觅得古人愁。

凭栏望不远，今人正优游。

庭中多嘉树，荫浓不知秋。

豪情归何处，杯酒可忘忧。

闻道古渡孤舟尚可系，何不月白风清之夜访九洲？

袁涛《秋江长虹歌》：

江头江尾望不见，江西江东谁为筑天堑。

我曾横江渡舟船，而今秋雨霏霏访故园。

故园红墙犹可仰，赭山青绿未焜黄。

乃计江边觅旧影，旧影依依无处寻。

少年褴褛随风散，佳人二八芜城新。

江上二桥雄欲起，塔吊指引访工地。

江底钻岩立宏基，百年千载皆巍峙。

秋风飒飒红旗卷，秋雨潇潇江水平。

从来江水向东流，至此回转凯旋门。

鸥翼青烟共翱翔，岸舒猿臂向中央。

倾情倾意后合龙，欲待长波落彩虹。

彩虹落处任东西，我欲朝发淮南庭午访西子。

西子从此无戚容，鸠兹数声兴意浓。

看长桥，欲尽觞，浊流奔来堪浩荡。

赤铸新浇越王剑，骑鲸捉月太白狂。

天门隐隐向谁开，唤友呼朋入座来。

酒洽兴酣小天下，忽然低回叹白发。

昔时同门悉数执长鞭，惜乎江湖蛇虫未肃杀。

间或插科打诨，用来点缀枯燥的生活。查振科善作大字，似无师承，后见其临兰亭，乃赞之嘲之：

八柱其承体势丰，仰俯极目各由踪。

无分泾渭终归海，啜饮清泉深谷中。

诗成谁许传鱼素

旧体诗有一个好处，就是方便互相唱和。字、句、对仗、音律和起承转合是一套固定的讲究，前面起了韵，后面只要跟着就行了。好比泥泞里拉车，后车跟着前车的辙，会快捷省力得多。春节中秋期间，若有一人在群里发一首，很快就会有呼应。其他时候也多是感物候而吟哦，少有谈时事的。

郑炎贵《丙申春节后访梅西苑》：

铁杆虬枝小院中，茸茸梅萼笑三冬。

几番雨雪无蜂日，红放东风第一浓！

查振科和：

小院春回旭日中，新年甫至即辞冬。

踏青邀友出城去，已是山花似酒浓！

袁涛随韵：

又是青青烟柳中，半涵春色半涵冬。

堪堪唱罢太平调，转顾苍生意转浓。

下面查振科这首诗，是他在从怀宁到合肥的长途汽车上作的，我在微信上发出去到他回过来也就十分钟，倚马之才，令人叹服——

袁涛《乙未初十咏春雪》：

> 东风才放数枝梅，惊动琼花万片飞。
>
> 绿草茵茵明砌玉，枯条磊磊黯含晖。
>
> 寻芳总觉凝寒重，梦蝶每知重茧围。
>
> 莫道天时总忤逆，高穹滚滚走轻雷。

查振科和：

> 又借东风弄腊梅，低天矮树鹊轻飞。
>
> 半山宿雾疑含雨，一抹闲云映晚晖。
>
> 濡齿清茶宜常啜，忘忧老酒不时违。
>
> 新霖叩瓦难成梦，独坐庭中待起雷。

人生易老，我们总是在跋涉、眺望、努力，承受失败和疲惫，以证明一己的存在；然而我们以为拥有的，却迅速地随时间之流带走、湮灭。借助诗，得以记录真实世界的片砖只瓦，同时也构建了一个独立的自有自在自由的新世界。在旧体诗中，先贤们发展出一套独特、精妙的感知与符号系统，"人生到处知何似，应似飞鸿踏雪泥"，在春华秋实草长莺飞等诸般具体而微的物象中，折射出生命内在的光华，由此而从流逝的时光捕获存在的证据，从虚无里建立起有的国度，从焦虑中释放出达观与生之喜悦。

查振科《丙申初伏步友人原韵》：

> 倏忽人生几聚头，春华漫发已生忧。
>
> 蹉跎忍负申鹏志，浩叹何如秉烛游。
>
> 借得刘伶三载醉，输为甫圣万年流。
>
> 层楼登罢归鸿远，也道天凉好个秋。

袁涛步韵：

> 未信此身已白头，锦灰堆处有轻忧。
>
> 风吹易水生侠气，车出岱宗从礼游。
>
> 君寄庙堂分牡鹿，我从湖海任清流。
>
> 诗成谁许传鱼素，要约重阳揽劲秋。

郑炎贵《中秋抒怀》：

> 晴峦昨去杳无踪，漫步郊行雾幕重。
>
> 待月长年唯此夜，摸秋一酉仍从容。
>
> 河边黄叶萧萧下，岭上红枫渐渐浓。
>
> 坐等凉风吹藻末，婵娟不负了于胸！

袁涛和：

> 黄羊白鹤问何踪，一去关山千万重。
>
> 长望丹峰添暮色，转疑碧水显枯容。
>
> 行经禅寺人情少，忧患生民雨意浓。
>
> 此夜此时无月色，思君轻冽填我胸。

2016年仲夏水患，郑兄在群里说"连日大雨不歇，皖山皖水之间灾情严重，夜雨淫肆，心颇不安。""老家黄泥镇必须转移的人口有一万多！"这场水患触动了大家的情怀，张庆满率先发声，其余相和近十首。今撷其四：

张庆满《丙申仲夏雨中作》：

> 隐隐雷声霄汉间，绵绵不绝雨连天。
>
> 蛟龙出没兴波浪，鱼鳖狂欢戏川原。
>
> 多少村墟成孤岛，数千乡镇断炊烟。
>
> 凭窗愁对潇潇雨，期盼风调雨顺年。

查振科和：

> 九池倾倒在人间，遥望雨帘挂昊天。
>
> 法海去年惊漫寺，龙王今夜可游原。
>
> 檐前羽族犹耽水，山顶沉云恍若烟。
>
> 耿耿天河星隐翳，骄阳不见日如年。

袁涛随韵：

> 霁夜上林成大泽，已知神力乱周天。
>
> 瓮罅能接屋中雨，歌哭难登陌上塬。
>
> 白浪横行如铁骑，黑云纵卷似狼烟。
>
> 壅时不作疏时计，艾艾期期又一年。

郑炎贵《仲夏夜无眠作》：

> 墨幕沉沉皖鄂间，金蛇吐火水如天。
>
> 顽云密织难开眼，淫雨肆潦竟漫原。
>
> 禾稼没荍成泽国，村墟看海起苍烟。
>
> 推窗风入愁何计，劫去当祈补歉年。

一去关山千万重

张庆满年龄较长，同学们昵称为老大。2017年春有一段时间没露面，说是病了。大家纷纷问候。老大答谢：

> 声声关切情意深，阵阵春风暖我心。
>
> 不负诸君深厚意，会当恢复添精神。

袁涛致意：

> 静水清流岁月深，听君细细论初心。
>
> 会当重整三杯酒，松柏未凋更有神。

这是2014年12月12日，同一天听说沪上陈前进同学病逝，又看到黄山同学聚会消息，感慨系之：

> 新安江水清复清，江畔归人带酒行。
>
> 莫向菊丛怜落瓣，宜从席上诵新声。
>
> 曾经同学分生死，何必相交问重轻。
>
> 望月分明如积雪，不须秉烛到三更。

逝者如斯，唯有多关注生活中美好的人和事。在徽州，和同学江边漫步。难得数十年之后，理想犹在，热忱犹在，对真理和正义的追求犹在。以此致青春：

> 行舟驻江畔，绰约见佳人。
>
> 佳人有所思，旦暮复沉吟。
>
> 高柳荫长岸，微澜接上津。

流风向天阙，天心不自陈。

青山沉璧羽，白云正纷纷。

忽然天色异，紫芒出星辰。

歌欢平地起，酒令转朱门。

伫立毋庸久，久恐袜生尘。

以一首《小重山》寄各位同学：

曾记当年驻镜湖。

正波平柳乱，杂菁芜。

为留春色向东隅。

编三绝，夜夜听鸣鸪。

曳尾尽相濡。

待阿蒙长大，出东吴。

池鱼鹏鸟入宏图。

狂风歇，我与子乘桴。

江东十六咏

杨　屹

杨屹，1948 年出生。历任安徽省文联副主席、党组书记、书记处第一书记。

自 1978 年赴安徽师大读书至今，已忽忽 40 年矣，然赭麓芳华、江上帆影仍历历如在目前。适逢应光耀等同学发起纪念恢复高考 40 周年征文活动，遂检点旧事，以小诗应之。

一

十年文革后，高考始重开。

一著枰中落①，万千学子来！

注：①恢复"高考"是粉碎"四人帮"后拨乱反正的重大举措。邓公高瞻远瞩，在历史转折的时代棋枰上，呼然落下此子，顿使举国上下春潮涌动，局面为之一新。

二

血统无荣贱，公平试卷前。

东风初解冻，百卉一时鲜。

三

学业荒芜久，蹉跎岁月多。

名题金榜日，洒泪作滂沱。

四

负笈赭山下，相逢大江东。

常怀家国念，学海挂风篷。

五

焦大三旬老，阿红二八妍①。

分明人两代，端的又同年②。

注：①恢复"高考"后入校的前几届学生，年龄悬殊，小的十五六，大的三十多。盖"文革"之误也。焦大，中文系78级3班班长焦炳灿的外号；阿红，班级年龄最小女同学俞晓红之昵称。②同年，古代科举考试同科中试者之互称。此处借指同年考取大学的同学。

六

涤翁开《现汉》①，保老擅雕龙②。

名士风云会，讲堂气若虹。

注：①涤翁，即张涤华先生，我国著名目录学家、语言学家。著述宏富，

245

20世纪50年代即有《现代汉语》（上册）问世；70年代末又主编高校《现代汉语》教材，与复旦胡裕树，兰大黄伯荣、廖序东主编的《现代汉语》教材鼎足而立。《现汉》，《现代汉语》之谓也。② 保老，即祖保泉先生，著名学者、古文论研究名家。所著《司空图〈诗品〉解析》、《〈文心雕龙〉解说》等影响广泛，后书曾获省社科成果一等奖，在"龙学"研究领域自成体系，独树一帜。

七

导师开绣口，弟子笔生风。

妙论偕词采，尽收讲记① 中。

注：① 讲记，讲课记录，亦即课堂笔记。

八

下课闻铃铎，扬长向食堂。

书包肩半挂，击钵① 走荒腔。

注：① 钵，僧侣所用之食器，此泛指饭盒、瓷盆、瓷缸之类的餐饮用具。

九

盈盈荷池① 水，微雨落参差。

不觉衫衣湿，盘桓诵《楚辞》。

注：① 荷池，即教学楼左前方的荷花塘，一池碧水，柳暗花明，是读书的好去处。

安徽师范大学中文系七八级〈1〉班毕业留念

1982.5.20.

安徽师范大学中文系七八级〈2〉班毕业留念

1982.5.20.

十

一音方吼罢，老信玉山颓①。

歌赛轻生死，大咖舍我谁？

注：① 中文系举办合唱比赛，我班演唱的歌曲是《解放区的天是明朗的天》、《军民大生产》。当最后一个音符唱完时，张传信同学由于紧张和用力过猛而晕倒在地，全场为之动容。比赛结果，我班拔得头筹。

十一

手倦抛书去，江城素月高。

悠然魂断处，深巷馄饨挑①。

注：① 馄饨挑，即走街串巷叫卖的馄饨挑子。芜湖馄饨挑子的馄饨，皮薄馅足，汁汤浓而不浑，加入葱花、香菜、虾皮、榨菜、酱油、醋、白胡椒等作料，鲜香味美，令人叫绝。

十二

寄傲刊"击楫"①，微言涵此生。

冲刀崩玉屑②，方寸动江声。

注：① 祖保泉先生刻有一方闲章，印文曰"击楫"，寓奋发图强、立志报国之意。典出《晋书·祖逖传》：祖逖带兵北伐，渡江至中流，击楫立誓曰："祖逖不能清中原而复济者，有如大江。"故此诗末句有"动江声"之语。② 玉屑，奏刀刻印崩落的石屑。因所用章料疑为寿山芙蓉石，乃以玉称之。

十三

那堪毕业时，江畔柳依依。

忽报《通知》① 下，又闻健马嘶。

注：①《通知》，指工作分配报到的通知函。当年大学毕业生由国家统一分配工作。

十四

木叶纷纷落，潸然别江南。

一声老师好，长揖拜赭山！

十五

走向新生活①，书生气自昂。

泥融飞燕子②，颉亢织春光。

注：① 此句为毕业前夕，中文系78级同学自编、自导、自演的一部话剧剧名。该剧寄托着学子们对未来生活的向往。② 此句袭用杜甫成句，燕子喻走上工作岗位的新一代大学生。

十六

风雨三千里，沧桑四十年。

白头同学在，倚酒话从前。

悠悠办学史　深深同窗情

陈满堂

2018 年，是我国改革开放暨恢复高考 40 年，又是我们安徽师范大学建校 90 周年校庆的喜庆日子，遍布海内外的师大学子，纷纷以各种形式，纪念这一具有重大历史意义的日子。看着这一个个熟悉的校友名录时，我的思绪一下飞往 20 年前，在安徽师范大学建校 70 周年校庆之际，我受命参与编写《安徽师大英才录》工作，在那些难忘的日子里，我得以走遍大江南北，结识了许许多多杰出的师大学子，从而得以了解我校悠悠的办学史，收获了满满的同窗情。

《安徽师大英才录》主编是时任校长沈家仕，书名题字是全国政协副主席、著名书法家赵朴初，全国人大常委会副委员长孙起孟和赵朴初先生为本书题词。赵朴初题写"秀木含秀气，奇峰出奇云"，"李白望皖公山诗句题吾省师大英才录"。当时的朴初老人年事已高且身体欠佳，早已金盆洗手，不再给任何人题字。但当我们的校友找到赵朴初先生，说明家乡学子的殷切期盼后，当时还躺在医院病榻上的朴老，不顾家人的关切劝阻，毅然破例题字，既题书名又题词，且不收学校一分钱。要知道当时朴老的字在国内是一字难求。由此足见朴老对故乡的情怀，对高教事业的支持。

《安徽师大英才录》的编写以《安徽师大报》编辑部人员为主体，加上我等共五人，承担此项工作。编辑部为征集

陈满堂，1955 年出生。历任安徽师范大学老干部处处长、教育科学学院党委书记、校机关工委副主任。

校友材料，四处寻找线索。当时省内每个地市及高校都有校友联系人，编写工作的第一步便是寻访联系人，收集各地的校友资料。为此，我们的足迹踏遍安徽 15 个地市及邻近省市，信函发往 14 个省市和 4 个国家及地区。根据分工，省内我跑过合肥、安庆、六安、阜阳、宿州等地，还与校办的同志一起出差到宁、苏、锡、沪等地。

编写工作虽很辛苦，但在这过程中，却也有许多收获，许多感动。

增进了同学之间的情谊

记得 1994 年夏到安庆市，先联系到在市教育局工作的同学吴功华。他热情依旧。先是帮我找到相关校友，随后又约了几位老同学小聚。我是安庆人，家在偏远的农村，毕业后长期在芜湖工作，离开家乡已经多年。再次相聚，一听到熟悉的乡音，倍感亲切。其中盛志刚跟我在一个学习小组。毕业五六年后，他曾来芜湖出差，顺道到寒舍一叙。我送他到学校大门口，他一路走，一路背诵他写的好几首新诗，感情充沛，手之舞之。他记忆力特好，在校时能背《离骚》等许多古诗文。他讲过的一句话至今让我记忆犹新，"别看我们同学在校时学习成绩有高有低，毕业出来工作，几乎都是各单位的骨干。"

1994 年冬第一次来到六安，找到了在市委宣传部工作的同学马德俊，他冒着冰雪派车陪我去六安师专（现皖西学院）找校友章金荣校长，他于 1965 年合肥师范学院中文专业毕业后遂投身部队，1979 年参加了自卫反击战并立功，后从部队转任师专领导。因为长期在部队工作，其举手投足间有种军人的威严，见到我们他非常热情。师大中文系老领导李凤阁书记当年曾是他的辅导员，临行前特地嘱咐我转达对章校长的问候。有马兄陪同，又有老书记的嘱托，双重亲密关系，受到的招待自是很隆重，办事也很顺利。

到淮南，在市经委工作的花学筑同学陪我到市水泥厂找校友，有他这个上级领导单位的人陪同，事情办得也很顺利。

到蚌埠医学院，找学院党委丁锦祝书记，遇到了在院办工作的蒋晓铭同学，受到热情接待，很快联系到一批校友。

到阜阳，人生地不熟，找同学。3班同学焦炳灿当时在市文化局工作，老焦是"老三届"学生，喜爱写诗，聊起当年在校时他领着一帮年轻的同学"斗诗"的往事，老焦仍然激情洋溢。阜阳人豪饮最有名，同学相聚又是要"斗酒"，想不醉是不可能的。与此同时，又联系到市直单位和阜阳师院的相关校友，又一次深切感受了皖北人的豪爽之气。

从阜阳乘汽车经蒙城至宿州。一马平川，公路笔直笔直。第一次乘车在皖北平原上行走，既很单调，也很新鲜，联想到北方人的豪爽与率直应与大环境有关。在当时的宿州师专（今宿州学院）见到了同学鄢化志。鄢兄是2班学习委员，和我是一个小组。他也是"老三届"。这些"老三届"同学基本功扎实，学习成绩优秀，且乐于助人。因此，同学们时常向他们请教。记得毕业时他曾送我一本米芾临王羲之十七帖，自己裱好封面，请祖保泉先生题上"米南宫临十七帖"，落款是"保泉署，壬戌秋"。当时我正好手头有一本崭新的明代文徵明行书《滕王阁序》，作为回赠。鄢兄让嫂夫人下厨备了一桌菜，请来他的一位同学，并请出师专朱熊名誉校长，也是校友联系人作陪，席间觥筹交错，其乐融融。随后他又帮我联系到宿州市多部门的校友，皖北一行，收获满满。

省会合肥的师大校友多。到合肥多次，见过不少同学，得到过不少帮助。到省教育厅，见到中文系78级2班班长李向荣，他提上白酒，邀请我和庞幸福到杨小平家小聚。在当时的安徽教育学院，见到幽默风趣的同学候光存，想起他毕业后要借师大图书馆的几本书，给我写信说是十万火急要在信封上插三根鸡毛，促我快办。又见到在安徽农业大学工作的完绍刚同学，与我同一小组，当年他是应届毕业生考上大学的，学习成绩很突出。

叶青生同学当时是省劳动厅一家公司的负责人，资深"老三届"同学，工作经验丰富，在校期间以至毕业后交往较多，到合肥也多次找他要征集材料。打扰最多的是安徽出版界的校友同窗，他们特别热心，不厌其烦，对《安徽师大英才录》征集材料以至出版给了很大的帮助。

一路颠沛，几多艰辛。有幸得到了不少同学的帮助，恕不能一一列举，至今仍心存感激。

感受到校友对母校深深眷恋的情结

在收集到的材料中，许多校友都表示怀念母校，不忘老师的谆谆教诲。

1949 年前的老校友虽年事已高，但对母校仍是一往情深。我们两次拜访南京星期日电子开发公司董事长王渊，他曾于 1946—1949 年在安庆国立安徽大学法学院学习，虽年届古稀，但精干热情，仍涉足经济；作为江苏的校友联系人，曾多次与南京、镇江、无锡、苏州等地老校友到安徽师大参观，看国立安徽大学关防，查阅有关历史资料，倍感兴奋。这次他联系到了 1944 年在南京中央大学学习，1946 年转国立安徽大学学习的刘玉浦，刘是当时学校的地下党支部书记，后在南京政府工作至离休。王老还联系到了镇江、无锡、苏州的一批校友。

在无锡，见到一位 1946—1949 年在安庆国立安徽大学经济学专业学习的蒋承悟，高级统计师，身材较高，透出一身精明精细。他给我们讲了一件往事：60 年代乘大轮前往武汉经过安庆，停靠约一个小时，他下船连赶带跑到安庆菱湖畔的原国立安徽大学的红楼，拍了两张照片，又赶回大轮。对在原国立安徽大学的学习时光，他充满着美好的回忆。

校生物系负责人陆润麟老师，无锡人。他建议我们到无锡一定要去见一位姓刘的老校友，那天电话相约在一公园见面，印象最深的是他胸前戴着红底白字的"安徽师范大学"校徽。刘老师说，他因家庭出身问题，再加上又是政治系毕业，虽然在后来的政治运动中受到不公正待遇，平反后在中学教了 8 年英语才退休。现在知道国立安徽大学就是今天的安徽师范大学，戴着回母校得到的校徽很自豪，逢人便指着校徽说，这就是我的母校。

1994 年夏，在美丽的华东师范大学校园，见到了副校长江铭教授。他1951 年考入安徽大学教育系，三年级时随院系调整到上海华师大，后留校任教。一年前我在这里参加三个月的培训班学习，曾听过他的报告，有几分亲切感。江校长问及当年老师的情况，赞美赭山镜湖山清水秀，对母校师生到华师大学习很关照。

各地校友的联系人都很给力。尤其是几个地市的秘书长。他们积极联系校友，催促提交材料，为《安徽师大英才录》校友材料收集工作作出了贡献。淮南市一位姓韩的秘书长，对母校风景和老师，印象深刻。特别要我带信给当年一位年轻的女神老师严老师，说当时男生女生都喜欢她上课。一位在蚌埠工作的 60 级校友感慨："心系赭山情不断，浪拍云天意未休。"

正是因为有诸多校友同窗的热心帮助，我们的《安徽师大英才录》编写工作进展顺利，历时四年，1998 年得以面世。从中我们看到在悠久的办学过程中，安徽师范大学培养了许许多多优秀人才，虽然他们中的大多数工作在基层，兢兢业业教书育人，但托起了基础教育的一片天地，功在千秋；也出现了一大批在各行各业取得优秀业绩的校友，他们是翘楚和精英，为母校赢得了声誉，同样值得我们骄傲和自豪！世事沧桑，每位校友的发展轨迹不尽相同。有的顺利，不断攀登新的高峰；有的则遇到暂时的困难，遭受挫折。不管身处顺境还是逆境，安徽师范大学传承给每位学子的精神不变，信念不变，追求不变！不管怎样，我们依然是同学，依然是校友，我们相信母校的怀抱永远是最温暖的。

寄西藏友人

花学筑

花学筑，1954年出生。曾先后在淮南理工大学、淮南市政府工作。

我又铺开信纸，要给他回信了。

我在南方，他在西藏。几年来，我们就是通过这种方式联系着友谊和感情，交流着我们各自在人生路上的欢乐与苦恼的。尽管当今有着现代化的交通工具，可千万里的距离并不能如天方夜谭般地在一夜之间便能缩短，我们只好以字代情，向遥远的对方，寄去我们的友情和思念；尽管我们在频频往来的信中不厌其烦地使用"如晤"、"如面"的字眼，可再好的语言形容也解不开我们之间苦苦的思念。

如今，他到底变成什么样子了呢？高原的风，是不是把他这个昔日的胖子吹得干瘪了？日光城的阳光，是不是把他变成了一个"非洲汉子"？去年，他来信告诉我，他已经参加了西藏作协。听到这消息，我险些为他流出了喜泪。我的同学，终于在艰难困苦的生活环境中开拓了一条属于他自己的道路，也在人生路上和创作路上为我竖起了一块路标。

这时候，我不知怎么想起了"人生"这个字眼。对于我，它已成了一条风平浪静的河，岁月载着我的小舟在上面平平缓缓地流着，没有波澜，没有起伏。而他与我却不同。他扯起了自己生命的帆，在雅鲁藏布江畔放行，经受着高原的风暴、雪崩、泥石流，伴着深沉的歌声，从藏南到藏北，从日喀则、林芝到羌塘无人区，痛苦地寻找，艰难地探索，寻找高原上每一块未被开垦的土地，探索羌塘无人区更深刻的意境，把痛苦、欢乐与成功融为他立体的人生。

他是五年前大学毕业后自愿到西藏去的。一开始，有几位同学跟他有同样的想法，但由于种种原因最终没能去成。而他，却硬是坚持到了最后，终于踏上了西去的列车。临走，他给我们留下了几句离别的话："……生活将把我带向另一个神秘的世界，冰川、大草原、野牛群、点地梅，占祖国版图八分之一的地球屋脊。由于地理原因，唐古拉山和雅鲁藏布江总是以特有的形象面对人们扑朔迷离的传说和猜测。一个为人民养育了多年的青年，能为开发那么辽阔、富饶的处女地而尽微力，该是多么诱人……诚然，在陌生的高原上生活，是艰苦的。年轻人吃点苦，就像小孩子吃点钙片，对骨骼发育大有好处。艰难困苦，玉汝于成。历史就是耐心等待负重者的胜利的进程。"

就这样，一别就是五年。五年来，陌生的高原，缺氧的苦闷，使他给我的诸多来信，都是沉甸甸的。但是，他于这沉重之中不断地开拓、奋进，不断地给我寄来关于文学创作上的喜人收获。他在来信中高兴地告诉我：今年暑假，他志愿报名参加了由内地和自治区联合组成的一支羌塘无人区考察队，虽历经风风险险和千辛万苦，但终于在这块土地上留下了自己的一双深深的足迹。回来后，他就成功地写出了一部中篇小说，内容就是描写一个大学毕业生在西藏生活的经历和奇遇。这无疑是在写他自己，当然，这是一个更高层次的自己，是一个对人生意义有了更深刻理解的自己。

这时候，我想起了他曾在信中跟我说过的话："生活告诉我，在欢乐与痛苦的共振点上，我才能写出属于自己的主题。"我点上了一支烟，久久地思索着……

铺开的信纸，居然一个字未写出来。

　　哪一块土地属于你？
　　在我案头色彩缤纷的地图上，
　　我寻找着属于你的土地。

　　这里，就是你常常给我写信的地方吗？

那一块荒芜、神秘的土地，

据说是冰川、大草原的世界，

还有格桑花、点地梅和野牛群；

喜马拉雅山麓神奇的传说，

常常汇进雅鲁藏布江畔牧人古老的歌曲。

也许，你会感到缺氧的苦闷，

生活，充满了膻羊肉的气息；

高原上的每一缕风，

都带着异乡陌生的情绪。

尽管你的来信，

每一封都是沉甸甸的，

似乎里面装满了乡愁，

但我隐隐地感到，

你的话透露着从未有过的浪漫气息。

你说，格萨尔一位美丽姑娘，

假期里，和你一起考察了羌塘无人区；

你说，你和她合作的作品即将问世，

描写的，就是一个江南人在这里生活的奇遇。

终于，因怀念故乡的并蒂莲，

你过早地泄露爱情的秘密；

在遥远而又神秘的处女地上，

你悄悄地把乡愁寄回，

留下的却是一片青春的铧犁。

补记：赭麓 36 年前的 1982 年秋，安徽师大中文系 78 级的学子学习生涯完成后，我们这些来自大江南北的同窗便按照母校的分配走上了各自的谋生之路。而与我同班、同组、同宿舍的方雅森和黄大明等同学，却在与同学们陆陆续续的告别中，暂憩母校、等待分配，去往西藏的支教之路。

记不清是多长时间，我在自己的新生活之隙听到方雅森与黄大明已踏上了西藏之旅。

由于在读期间关系较近，尤其是雅森，虽小我几岁，却思维敏捷，富有辩才，学习之余，在宿舍中常常宏论校园围墙之外的世界，有时因观点方法不同，常常争得面红耳赤。记得有一次争到不可开交，差点拳脚相向。结果不打不亲，反而关系更好了。

他们去西藏引起我高度关注。我当时很是钦佩他们的勇气与决心，要不是因下放当农民及招工当工人奉献了几度春秋，毕业时年龄已近而立，说不准我也同他们一道上高原走一遭哩！

毕业后的那几年，我同雅森同学一直保持联系，他的每一封来信都令我感到亲切新奇，我总是顺着他来信的描述及他的工作生活轨迹，想象着他们的内心世界及新高原人的风貌。

在藏前期，雅森同学还随着一个地质考察队考察了羌塘无人区，并创作了中篇小说《羌塘纪事》，在《青春》杂志发表。

独立坚韧的个性，敢于接受苦难磨炼的意志，对生活不懈的探索与追求，对人生意境的顽强开拓，以及富有社会责任感的生活态度与品行，皆令我肃然起敬，也为之感到骄傲。于是 1985 年初便创作了《寄西藏友人》，拙作在本市报纸副刊发表后，我又投寄给了《人民日报》（大地副刊），很快也发了出来。毕竟是文艺作品，肯定不是雅森、大明生活原生态的翻版，但却是我的真情实感，也是他们——包括诸多赴藏工作青年生活的艺术写照。我记得，我把它寄给雅森同学后，还得到他多多的褒奖与感慨。我们的同学之友情无疑又上了一个台阶。

大约又过了两年。中文系 77 级留校在宣传部校刊编辑部的凤群同学得知后，约我这个老校友再写一篇（师大校刊辟有校友之窗），我便在那首诗歌的基础上改写了散文发表在《安徽师大》校刊上，因长时期在《合肥晚报》上发了十多篇散文，我便在此之后也投给了该报。

时光荏苒，三十六载一瞬间。当年的你我大多已处在灯火阑珊之风景中。回首往日赭山之南麓学习生活，难免感慨系之。何日有雅兴，再续写一篇《寄赭山友人》念念那个读书岁月，思思那些同窗友人，用微信点赞我们之中虽白发皓首，但却精神不老、意志不衰的夕阳翁岂不快哉！

怀念天国的你
——忆我的同学杨小翠

祝　立

祝立，1949年出生。安徽教育学院中文系副教授。

　　我们78级入学40年征文正在进行之中，不知为啥，亲爱的小翠，我想起了你，你不与我们告别，2000年匆匆离开人世，是我心中永远的痛。今天提笔给你写信，双眼又布满泪水。你在最好的出成果的年华里走了，这是为什么呀？让我百思不得其解。你与我虽然只同窗了一年半，可是你的直率、自信、俏皮，给我留下了永远难忘的印象。依你的性格、脾气，你不该早走，你应该活得精彩而快乐。

　　记得1978年10月12日进校那天，我踏进我们3班女生宿舍，你的床与我的床面对面，中间只隔着一张长桌。我们在相互介绍之后，你马上张口叫我"老祝"，我先是一愣，马上又缓过神来，回叫你"老杨"。虽然当时我们都不到30岁，但属全班大龄学生。同室的其他六位女生，多为50年代中后期出生，最小的一位，1962年出生。因此我们相称"老"是应该的，也是一种尊重吧。接着，你又告诉我说："我家小虎已经五岁了。"这又让我一愣：看不出啊，你比我还小一岁，小孩已五岁了。你说这话时，红扑扑的圆脸上带着满意的微笑。看来，你必定有着一个幸福的小家庭，我从心中羡慕你。因为我当时刚结婚，还没有孩子。

　　见面第一天，就让我愣了两愣，你直率的性格，真的让

259

我感受很深。

你不仅直率，而且还很有个人见解，对任课教师的教学水平，你常常判断为"有收获"与"没收获"；对文学作品的评价，也不人云亦云。有一次，我们在宿舍聊起《红楼梦》中的人物，林黛玉的率性与真诚，薛宝钗的虚伪与冷漠，都是我们认定的性格特征，无可争议的，符合红学派任何一派的观点（无论是从人性论来分析，还是从阶级斗争论来分析）。你却不这么认为，你语气肯定地说："我不喜欢林黛玉，小心眼，坏脾气，身体又不好，谁娶她做媳妇，谁倒霉。宝钗比她好多了，有心胸，不任性，身体又好。选媳妇，如果两者选一，我肯定选她！"我开始觉得突然，贬林褒钗的观点不多见，像你这么说的更少见。可又觉得你说的全是实话。现实生活中，谁会挑选一个病歪歪又小心眼、使性子的女性做媳妇呢？于是，我马上附和了你的意见，并且在多种场合说起这种观点。现在想来，我们的评价标准是"实用"，与"审美"不搭界。可是你的一反常规的认识，大胆表达个人见解，还是令我佩服的。

你说话的声音很亮，中气很足。我悄悄对你说过，你唱歌，一定很好听。果然，你在我们入学后的第一个元旦，唱了一首《五哥放羊》，那高亢的略带忧伤的陕北民歌的声调传过来时，我被深深地感动了。演唱时，你没有刻意地打扮，一身朴素的服饰，甚至你的皮鞋上还有灰尘，没有那么光亮，你手上拿着歌本，埋头看着歌本唱歌，没有手势也无脸部表情。然而即便如此，你清亮婉转的歌喉，还是令我陶醉。以后我听过李谷一、于文华等大歌星唱此歌，不知怎么的，还是觉得你唱的，最能打动我的心。1997 年，毕业 15 周年返校，我们见面，我说起了你唱的这首歌，说出了我的感动，你听后两眼放光，喜滋滋地对我说："好，下次再唱一首给你听。"可是，没有下一次了……亲爱的小翠，《五哥放羊》竟成了你留给我的最后的绝唱。

你除了唱歌，还会一些幽默俏皮的"表演"。还记得体育课上，你带头的"朗诵"吗？那一学期，我们的体育课安排在《现代文学》课后边，《现代文学》课上的赵世杰老师向我们全面剖析了阿 Q 的性格特征，尤其介绍了阿 Q 的"革命胜利畅想曲"中对女人、结婚的畅想。我们听后，虽很有感触，但碍于课堂纪律与男女生同堂，只能木然无表情地接受。体育课，男女生分开上，我们的顾虑全然消失。那天体育课内容是立定跳远，每个学生单个进行。我们三四班女生合班上，有近 20 名，没有轮到跳远的女生就有了等候的时间。有的同学便议论起赵老师上课的内容，你突然学着阿 Q 的模样说"女……"我们立即知道你在说阿 Q 的"革命胜利畅想曲"中对女人的畅想，于是我接下去背诵《阿 Q 正传》以下的文字："赵司晨的妹子真丑"，"邹七嫂的女儿过几年再说"，"吴妈……可惜脚太大"，"秀才的老婆是眼胞上有疤"……将这些描写断断续续地背完，女同学个个笑得前仰后合，连一贯温文尔雅有"女词人"称号的张同学，也笑得蹲在了地上。那场面至今回想起来，还精彩无比。我们笑阿 Q 的痴心妄想，更笑鲁迅先生幽默风趣的笔调，把个流氓无产者获得"胜利"的卑劣心态表现得一览无余，真的是大手笔，大快人心啊。而那一天我们的开心欢乐，全是你——小翠一句俏皮的"女……"引起的。

我还记得你告诉过我，你出身于知识分子家庭，你的弟弟、妹妹都在 1977 年考入了大学，你有一个令人羡慕的大家庭。你已组建的小家庭，孩子已五岁，你的爱人老史（你这么称呼的）是你姑姑的儿子，你们是表亲结婚，虽说是大人们包办的，但你与老史从小就相识，你们常在一起下棋。从这点来看，你们也不算是包办婚姻。毕业后，你分在母校大词典组工作，老史也从浙江一所大专学校调入芜湖另一所高校工作。小家庭的生活就这么重新开始了。为何才生活了没几年，你又匆匆离开在外人看来一切都十分顺心的家庭呢？我最大的遗憾是，毕业后我们没有取得联系，没有对你心中的郁结进行及时的疏导与劝慰，而你却对我十分好。我因产假休学在家时，你给我来过许多关爱的信，介绍班级近况，讲解班级趣闻。记得你说过这么一件事，为迎接节日（国庆？五四？春节？）你们要参与全院的合唱比赛。一位被我们女生取名为"航空母舰"的男同学，生性执着认真，在排练时，因用力过猛，竟晕倒了。我既为这男生的认真精神感动，又为你幽默的叙述文字而赞叹。男生是否真的晕倒了？是否误传了消息？不得而知。你的俏皮通过文字传给了我，让孤独地休学在家的我，感到了你们多姿多彩的学生生活，如同自己经历一般，感激与喜悦便充满于心间。而你生病，我却一点不知。毕业后，为了小家庭的生活，为了教学工作，我常常忙得晕头转向，感觉自己就是一只在苦海里无依无靠行驶的小船，不知前方为何方，不知何时可歇息，只知前行、前行，完全忽略了同窗、同室的你的存在。在你最苦恼的时候，没有给哪怕是只言片语的安慰。想到此，便有一种深深的愧疚感。想起海明威的一段话："所有的人是一个整体，别人的不幸就是你的不幸，所以不要问丧钟为谁而鸣——它就是为你而鸣。"

是的，你的不幸，不是你一个人的，是大家的。若无人与人之间的关爱、友善、帮助、体谅，悲剧也会发生在我们自己头上。

亲爱的小翠，你的离去，让我们明白了许多。一个人的性格有多面性，直率、自信的外表下，可能潜伏着某些难解的人生难题。这时候，我们的态度应该是勇敢面对，积极治疗，争取早日获得医治与亲朋好友的关怀，从而走出阴影，走向新的人生。得到别人的爱与给予别人爱，这是人活在世上的两件大事，缺一不可。小翠，这是你让我明白的道理。对于你来说，虽然已晚了，但对于后来人，却是一个真诚的告诫。愿人类从此能活在"相爱"之中，在"相爱"中让世界变得美丽。

亲爱的小翠，信就写到这里。终有一天，我们会在天国相逢，那时真想再听你唱《五哥放羊》，再听你评文学人物，说俏皮的话语。

匆 匆

——忆王希华

汪鹏生

汪鹏生，1956年出生。编审，历任安徽人民出版社社长，安徽师范大学出版社总编辑、社长。

王希华兄离开我们已经两年多了，他的音容笑貌一直在我的脑海里徘徊，同学们相聚时也经常提到他，似乎他从来没离开过我们。

今年是我们高考入学40周年纪念，同学们纷纷撰文纪事，写下我们的往事和友情，我觉得，是该写写我对希华的记忆了。

2017年5月18日，是希华兄一周年忌辰，十几个老同学举行了一个小型的追忆活动。

这天，我们带着鲜花，来到希华兄的墓地——大蜀山公墓。入目是一排排绿树鲜花，芳草萋萋，花木都修剪得很整齐，在阳光的照耀下透着鲜亮，毫无阴森气息。希华夫人小何带着我们来到希华安息的地方，一块大约一平方尺的绿地，一个铜牌，写着他的姓名和生卒年，没有照片。小何弯腰轻轻地说："希华，良志、鹏生他们来看你了。"小何的声音很轻、很柔、很清晰。我们的眼光一下子被拉到墓前，大家都沉默了，放上鲜花，轮流给希华鞠躬。我本来想用我们日常兄弟间打招呼的轻松语气叫他一声，却有点哽咽，只是无言深深地三鞠躬。再抬头时，双眼有点湿润，与希华兄近40年来的交往情景，历历浮现。

与希华兄大学同学四年，毕业后交往几十年，他的为人做事风格，点点滴滴如在目前。希华有点唯美，从外表到内心无不如此，生活也好，读书治学也好，绝不马虎。一年四季，他始终穿得干干净净，瘦瘦而不太高的身材，白白的皮肤，给人一种很清爽的感觉。虽然抽烟很厉害，但身上总是一尘不染。从未见过他大声说话，好像没见过他发火，很生气的时候，也只是蹙着眉头，用不快的表情来表明态度。

希华有三大爱好：茶、烟、书，轻易均不让人。他家是皖南太平县的，那里出的名茶就是太平猴魁，自家采的茶虽不是高贵的太平猴魁，但是品质很好，味道很香。希华从家里带来的茶只限自己一个人喝，别人想蹭点一般不让。真有同学硬要茶，他会说你不懂茶，别糟蹋了，一般不会让步。当大家很熟悉且成为很要好的朋友时，他一点不吝啬，可以随便蹭茶。我生于农村，从小没喝过茶，更谈不上品茶，自家手工制作的与集体机器制作的茶，对我来说没有分别。有时为了开心，一边喝着他的茶，一边批评说茶不好。这时候，他会有点痛心疾首的感觉，觉得我简直是在暴殄天物，然后会细细地对我讲茶的制作工艺和品种的区别。如此几次后，我开始懂得一些茶，现在的这点茶的知识，全是希华给启蒙的。希华嗜烟，只要是在读书，香烟几乎不离手，晚上躺床上读书，还要抽烟，但他最大的爱好却是购买和收藏图书，可谓不遗余钱。大学毕业前，他偶尔和我说过，个人藏书已过千册了。记得他有一长方形的篆字藏书章，每买一本书都要盖上章，记上何年何月购于何地。有时候看到特别好的书，他不光自己买，还要多买几本送给有相同爱好的同学。当时书荒，书店到了新书，两天就卖完了，不知道何年何月会再到新书。我曾经挤破头买过一本李清照词集，拿回来一读，印刷出了问题。去退书时，营业员倒是很客气，原价退书，但后来两三年再没见到这本书销售了。希华送过我好几本关于诗话词话的书，还有一本专门买来送我的历代纪元表，对我们当编辑的人来说，这本书很实用，经常要查阅。我给它包上书皮，写上书名，一直在使用。

希华是一个很真诚率性的人，率性得有点不近人情，同学要向他借书，他说不借就是不借，也真能拉得下脸，所以短时间内难与同学们打成一片。但是一旦成为朋友就是一辈子的事情。我们几人从上大学到后来各自走上工作岗位，成家立业，家庭和孩子之间一直保持着紧密的联系，各人妻子间也很投脾气，常来往，相处得很好。各自的朋友也多成为好朋友，组成了一个新的朋友圈。

上学期间，希华有一个梦想，就是要成为国学大家。而成就大家，还有一关必须过，就是要精通外语。希华常说，那些大家哪个不是学贯中西，会几门外语。所以，有一段时间他也真的攻读起外语来。但是，对希华来说，他连高中都没读过，初中之后就上卫校了，根本不知外语为何物，学了一段时间后就丢了。那时候，我们感兴趣的都是中国古代文学，对外语没兴趣。在这种环境下，王希华的外语也始终停留在几个单词的初级水平上。

王希华的生活风格，可用一个字来概括："快!"

走路快，吃饭快，做事快，讲话快，与人交流的时候也是快，不高兴的时候，给别人一顿抢白，往往弄得人有些下不来台。起初觉得他有点不太近人情，后来大家都熟悉了，也就不再介意了。走路的时候，他微微低着头，急匆匆地向前，从来没见过他会悠闲地迈方步。我们那时候最多的娱乐活动就是看电影，经常几人一道上街去看电影，即使明知无电影好看，也抱着碰运气的心理去电影院门口转转。经常结伴而行的有我和朱良志，出了宿舍楼，不到二百米，距离就拉开了，王希华在前，朱良志在后，我在中间，我需要向前面喊住王希华慢点走，后面提醒朱良志快点走，要不然，不一会儿就走散了。

与同学相处，希华有他的特点，虽说脾气有点倔，但对人还是很善意的，并且常常喜欢来点小幽默，开个玩笑。有一次，他下铺的一位同学正在高谈阔论如何研究唐诗，希华打断他说："问你一句诗，看看你是否知道作者？黑云压城城欲摧，甲光向日金鳞开。"答：李贺。希华说不对不对！那是谁？李长吉！被问的同学有点反应不过来，疑惑地说：我一直记得是李贺的，怎么是李长吉的呢？看着同学的窘相，王希华高兴得以手拍床，乐不可支。被问的同学忙去查书，我恰好在旁边，好心地提醒说：老兄，别查了，你答的是对的，李贺不就是李长吉么？被问的同学这才反应过来，生气地说，你在坑我们老实人。类似的冷幽默，希华经常会搞几出来。

博闻强识，可谓是王希华的最大特点，有时候简直就是一部活字典，举凡古今中外，从政治到军事的历史掌故，以及名人名物，无不通晓。我们在上学的时候，遇到现当代的人物弄不清楚的，立刻去找王希华。他总不会让我们失望，往往能把这个人物的身世家世所学所长，统统讲得明明白白。我们真不知道他从哪里读来的这么多内容，而且读了还能记得，真是不可思议。记得大约在 2003 年，有一次我们在北京参加书展，来了数名中央领导参加开幕式。开幕式后是领导巡展，有几位领导我们不认识，大家都在猜，却都不清楚。我说，我能知道。打个电话问问希华。果然，电话一通，说明情况，他就告诉我们，这位是全国人大常委会副委员长，医学专家，某民主党派的主席，还有一大堆关于他的学术成果和造诣等的相关介绍，如数家珍。由于手机开的是免提，旁边的听众都傻了眼，佩服无比。有一次，我和希华闲聊中问他：你的这些冷知识是怎么记住的？他抽着烟，颇有点自得地说："我也不是有意地要记，看过后就记得了。这也像我们学习专业一样，只要用心，只要有兴趣，就能记住。"后来，我也试着想照这个办法来读书记事，但却是怎么也做不到。

2012 年 8 月的某一天，希华忽然给我打电话说："鹏生，我明天要去手术，在省立医院。"我说："好的，我知道了，周日回合肥去看你（我当时在芜湖）。"电话放下后，我一琢磨：不对呀，做什么手术？为什么突然做手术，之前一直没听说他有什么不对的地方，突然郑重其事地告诉我他要做手术，是不是问题有点严重？我越想越不对劲，马上告诉我的妻子，让她明天去省立医院希华手术的地方看看是怎么回事。后来，我们才了解，他患的是神经性内脏肿瘤，是我们连听都没听说过的疾病。所谓神经性，是指可以在内脏中的任何位置发生病变。希华的肿瘤长在肺上，手术中切掉一个肺，出院时，他的体重从 78 公斤一下子瘦到了 65 公斤，手术还算成功，但吃的苦头可想而知。

术后的两三年内，由于照顾得好，希华恢复得很快，体重迅速增长到 75 公斤。我们看到他都觉得好像没有做过手术似的，非常高兴地祝贺他摆脱了癌症的威胁。可是，在术后的第四个年头里，希华的身体突然发生了变化，肿瘤细胞转移，全身疼痛。2015 年，全年时间里，希华都在和病魔作斗争，体重再次下降，在家里走动一下就要上呼吸机休息一下。我去看他，他还在顽强地抗争着，但是从内心已经知道是不可挽救的了。虽然如此，他并没有放弃希望，也没有完全失去生活的信心。他和我说："退休后，还算是过了一两年的稳定生活，我每天买菜做家务，在家里指导一下未毕业的研究生和系里的青年教师。小何还在上班，女儿又上大学去了，家里就我们两口子，真希望这样的生活长期持续下去。"还是有点灰心的样子。我仍不断地以批评式的语言安慰他："不要胡思乱想，现在医学很发达，你恢复得不错，完全可以好起来，退休是人生的第二春，好日子才刚开始，好好努力，我们相信你！"我把我们共同编辑的《三国人物故事》丛书的销售和评价情况告诉他，他写的是周瑜分册，要求他身体好些的时候再看看，做好修改重版的准备。每说到这个时候，他总会笑起来，眼神里有点向往也有点无奈。我不是在欺骗他，我真是满满地期待着他好起来，能和我们一起畅谈家务和人生。

我最后一次去看他，是 2016 年初，5 月份，希华就永远地离开了我们。在他家里看着他留下的满屋子的书，桌上的电脑，似乎还在等待着他归来。他的夫人小何有一次和我说，她把希华送走后，回到家，觉得希华还在书房里。每天早晨起床，总不自觉地要叫一声："希华！"可是听不到他熟悉的回应声，他再也听不到我的喊声了。

早年读过一本散文集，是谁说的话不记得了，大意是：人到中年，一些性急的朋友匆匆地走了，让人无限怅惘。我觉得好像说的就是王希华，你为什么这么急？为什么不能走得慢一点？每念及此，无限惆怅！

1978

知行于世

百废待兴，
不负时代重托

奋发作为，
践行各个领域。

反思自我，
当有自信与清醒。

40年光阴荏苒，

胸中依然激荡 1978 出发时的热望。

40 年求学的一些体会

朱良志

今年，是我读大学后的第 40 个年头，40 年来我的生活很简单，前 20 年在安徽师大度过，1999 年调到北京大学，在此工作也接近 20 年时间。这两个阶段是一以贯之的，只有空间的变化，都是在求学，做我的有关传统文学、艺术、哲学的研究。

我之所以走上学术道路，做学问的兴趣，做学问的方法，研究对象的选择，都是我的母校帮助我培养起来的。

我上大学时，那时的师大云集了很多在全国卓具名望的学者。刚刚经过十年的动乱，这些被剥夺研究、教学甚至读书权利的读书人回到学校，重新站上了课堂，又开始中断多年的研究，我们是他们重获新生后接触的第一批学生。他们有的从下放的田地里归来，有的从被管教的处所归来，像祖保泉先生——这位安徽省文科的学术权威，"文革"中九死一生，曾经在精神病院住了六年，他由精神病院出院不久，来到了安徽师大中文系。这些老师像珍惜生命一样珍惜自己的教学和研究的机会。那时的师生关系，被知识的求索紧密联系在一起，似乎除了学习知识，便没有其他事情。师生们生活在一种单纯的氛围中。南方冬天没有暖气的、能容纳一百多人的教室，外面大雪飘飞，室内比室外还冷，老师穿着单薄的衣服在黑板前激情洋溢地讲课，满脸泛着光芒，同

朱良志，1955 年出生。北京大学哲学系教授，浙江大学兼职教授。曾任安徽师范大学文学院院长，现任北京大学美学与美育研究中心主任。曾为美国纽约大都会博物馆高级研究员。

学们用冻肿了的手飞快地记录着老师说过的话，寒冷似乎被这气氛拒斥在外。对知识的虔诚和热情主宰着人的性灵。那样一种场面后来常常在记忆中追寻，它给了我极大的影响。我觉得那时的单纯和热情，是真正的财富。虽然在上大学之前，已经在社会上滚打很多年了，但与现在的大学生相比，当时的我可以说简单到如一张白纸。极度的知识贫乏，但葆有吸收知识的热情；单薄的知识储备，但也提供开拓新知识领域的可能；获得信息手段极为简单，但也减少了一些外在的干扰。这些年，我身在京城，世事变化万端，熙熙而来，攘攘而去，总是纷纷扰扰。在这样的状况下，愈发感到那样的气氛再也无法得到了，我将其珍藏在心中，在徘徊和慌乱的时候，在实在不得已的情况下，常常会将它请出，以支持心中的定力。

人的生命中很多重要转换，是由偶然而书写的。我上大学时都已经23周岁了，能够上大学，抓住青春最后的尾巴，实属偶然。没有那些年的政治变革，我不可能接受大学教育。我与我的同龄人相比是幸运的，因为那个年月中至少九成的青年人无法进入大学阶段学习，与今天的情况完全不同。大学毕业之后能留校任教也是极为幸运的，我们那时还是统一分配的，我能留校，不仅解决了工作问题，有了谋生的手段，而且这一步，也决定了我未来的人生发展方向。没有这一步，我可能不会走上学术研究之途。留校之后，我被指定为时任系主任的祖保泉先生做助教，这我完全没有想到，也出于偶然。留校后，祖先生第一次见我，他还不认识我。祖先生对我来说有生命再造之恩。我留校任教时快30岁了，给祖先生做了近10年的助教，是真正的"老助教"。那时候的助教是真正的助教，不仅要帮助老师改作业，上辅导课，还要帮擦黑板。先生当时开《文心雕龙》研究，我随堂听课，坐在最前排，每周有一到两个晚上上辅导课。先生为人刚正，为文风清骨峻，教学也以严苛著称。《文心雕龙》课要求同学背诵很多篇，我有时就负责听同学背诵，也跟着熟悉其中的内容。先生是书法家，板书极佳。他在黑板上写字不多，每朝着黑板写字时，常能听到下面同学的赞叹声——的确写得太好了。我有时舍不得擦，擦得很慢，在黑板上品味白字擦去后的字痕，感受入木三分的魅力。我能调到北京大学工作，也是极偶然的机会。1996年，我跟随汪裕雄、陈育德等先生去黄山参加朱光潜、宗白华讨论会，会上提交了一篇题为《中国画的荒寒境界》的论文，引起主持此会的北京大学哲学系、宗教学系主任叶朗先生的注意。在这之前他对我一无所知。他与同时参会的当时北大社会科学部部长吴同瑞教授商量，要我来北大工作，当时北大文科正在全世界招揽人才。

感恩于一次次命运的眷顾，使我得以伸展自己的人生。这四次偶然的机会，将我推上了学术研究的路。这些对我来说都是幸运的，但一路走来，也极为艰辛。我40年的求学过程，其实多是在边缘状态中存在的，除了在我1993年破格评上教授的一段时间。我开始留校时，在古代文论教研室，因为种种原因，没有上课的机会，对于一个年轻老师来说，上课是非常重要的，我实际上到1991年才正式走上课堂，独立完成教学。这边缘的状态，使我有了更多的读书时间，我真正的读书习惯就是在那一段时间培养出来的。调到北大之后，由开始的兴奋，很快陷入焦虑之中。我花了将近四年的时间，千辛万苦，和家人一道来到北京。记得当时一并寄来的书籍和生活用品还在托运慢行的火车上，我所工作的地方为我开了一次欢迎会，其实那只能算是一次不太欢迎的会议。我甚至准备重新回到我的母校——但好马不吃回头草，我知道这路是回不去的。后来在工作中发现，自己当时决定来这里，就是一个错误。以我的学习背景，对于这所中国最高学府的有些精英来说，就像是没有学历。后来我也深深感到，我所从事的美学研究，在哲学的八大学科（马中外逻伦美宗科）中，是微不足道的小学科。我没有在京城求学，在这里无亲无故，我就在这边缘状态，做了一个真正的边缘人。唯一的安慰就是读书。后来我对北大兼容并包的校风有了进一步认识，它是在我参差错落的人生之路上体会出的——不是求别人包容你，而是你要做出值得别人包容的成绩来。

我从安徽师大的校风、老师的教诲，以及同学的砥砺中，获得了一种实在的力量，在平实的修为中，焕发出进取的精神。自己从事的是人文研究，人文研究从其根本来说，是一种价值研究。我时常将自己的人生体会与自己的研究对象融合起来，从而获得心灵的安顿，深深感到，边缘的存在，才是一种真实的存在。从属性的劳作，往往会造成对真性的背离。我喜欢佛教，不是它的宗教性，而是它的哲学智慧。佛教中的平等法门，如下大雨，落在小河里便激荡，便咆哮，落在大海里，便不增不减。这给我极大的启发。佛教中的一句话是我的座右铭："一切烦恼皆如来所赐。"佛（如来）是觉，烦恼是不觉，觉就在不觉中，清净的莲花是在污泥浊水中绽放出的。不要逃避，应直面人生，人生是唯一的，也是不可逃避的，世俗中是成就自己的唯一天地。我喜欢石涛的"至人无法，非无法也，无法而发，乃为至法"，我更挚爱八大山人在驴都不如的生活环境中，能以他的艺术，吟唱独立和自尊。我喜欢王维的平淡，更喜欢倪瓒的孤迥。我研究着他们，享受着研究的过程，有时写到泪水潸然。写着我的研究报告，也呈现出我对人生的看法。我写《曲院风荷》，试图彰显出中国人独特的艺术情趣和生活情操；我写《生命清供》，咀嚼着画中的寒林枯木、远山近水，说人内在生命的故事。后来我写过《真水无香》，说平淡天真的趣味，是关于艺术的，也是关乎人生的。我新近完成了一部作品，尚未出版，我将其定名为《寒华徒自荣》，说一朵微花也是一个圆满俱足生命的道理（寒华徒自荣，是陶渊明的诗句，一朵冷逸的菊，徒然无目的地在萧瑟秋风中自在开放），所谓一花一世界，一草一天国。倪瓒画一朵兰花，题诗道："兰生幽谷中，倒影还自照。无人作妍媛，春风发微笑。"一朵开在空谷中的幽兰，没有显赫的名声，从无人注意，没有人觉得她美，更没有人给她温暖，但她照样自在开放——她的微笑荡漾在春风里。

以上是 40 年来我的求学生涯中一些粗浅体会，谨作为我给我的老师和同学的简短汇报。

赭山书声犹在耳

徐国宝

由于时代和命运等种种原因，我真正的读书生活是从25岁考进大学的时候才开始的。安徽师范大学的校园依傍着赭山，琅琅书声在蔚然而深秀的林木间回荡，空气清冽如水，处处充满生机。此后，赭山的书声一直伴随着我的整个生命，至今余响不绝。

徐国宝，1953年出生。文学博士，曾任全国人大教科文卫委员会文化室巡视员。

贫瘠土壤里的读书种子

必须说一说我上大学之前的经历，才能使以后的年轻人真正理解我的求学之路。

我幼年时遭遇三年自然灾害，每天靠树皮、野菜和草根充饥。上小学时，有一次上树采桑葚吃，不慎摔到地上，右腿膝关节脱臼，腿肿得像瓦罐一样发亮，只好辍学，在自家租用的茅草棚里躺了几个月。父亲想了很多办法，后来找到了一位懂关节损伤的理发匠，硬是把关节合上了，当时疼得我全身出汗，父母也心疼得直掉泪。这段时间没法听课，就开始读一些"闲书"，如《西游记》、《说唐全传》、《烈火金刚》等。

父亲经常用他早年的艰苦生活教育我们。他14岁在淮河、洪泽湖一带为新四军做地下情报工作。15 岁加入中国共产党。他说，那时队伍缺粮，在洪泽湖里捞水草吃。没有盐，父亲就去送盐。有一阵甚至用盐或咸菜交党费。1949 年后他服从组织安排，先是在县机关干部学校教书，后来就一直在偏僻的北部乡村当教师。当时教师也列入国家干部系列，每月有供应粮。三年自然灾害时，供应粮是米糠和黄豆榨油之后压成的豆渣饼，可以同野菜、树皮、草根之类掺和着吃。全家就是靠这些活了过来。

1966 年 6 月 23 日，父亲在"文革"中被迫害致死，时年 38 岁。他的遗物里有购粮的凭证"粮食周转证"和"粮食调剂卡"，里面共节存 159 斤用粮指标。母亲告诉我们，这是父亲带领全家长期过苦日子节省下来捐献给灾区的。作为长子的我突然明白：在三年自然灾害之后经济稍微好转的那些年，为什么我们家的生活还是那么艰苦，经常吃苜蓿、红薯叶、胡萝卜叶和豆渣饼。父亲诗词中写道："读得书多能化气，不为冷暖作悲欢。"这是激励我读书向上、在任何艰难困苦的环境里从不气馁的强大精神动力。

父亲本质上是一个读书人。他幼年时因家里穷上不起学，便坚持自学。父亲遗物中有一本他当时用过的自学读本，封面上赫然写着三行小楷：

学校：自悟达

年级：无极级

学生：受生

我第一次看到这三行字就受到很大震撼，再后来就好像看到一位慈祥而严厉的师长高举着教鞭，时时督促我在求学的路上前行。

父亲去世时，我才 13 岁，正是读书学习的大好年华。但是赶上"文化大革命"，全国各地的学校都停课了。我们这些号称"初中 68 届毕业生"的群体，实际上连初中一年级还没上完，"文革"就开始了。不仅无学可上，而且无书可读，家里的书都在"破四旧"时被抄走了，甚至连一本《新华字典》也找不到。在农村"接受贫下中农再教育"的十年光阴里，能看到的书寥寥可数，除了《毛泽东选集》外，只有毛泽东号召大家阅读的 11 本马列原著。批儒评法时又接触了北大编的《〈论语〉批注》，以及荀子《天论》、柳宗元《封建论》等所谓"法家代表人物"的著作。有一次从乡邻那里借到一本《古代散文选》，如获至宝，准备逐篇诵读，但很可惜，刚把第一篇《郑伯克段于鄢》背下来，书就被乡邻的亲戚要回去了。这给我留下很大的遗憾，也在我心中深深地埋下渴望阅读古代经典的种子。

要上学，要读书，当时这种源自内心深处的渴求，说是"如大旱之望云霓"也不为过。

我至今非常感激父老乡亲的理解和支持。有段时间安排农活特意让我去"看青"，为的是让我能瞄几眼书。在时兴推荐工农兵上大学的年月里，他们为我在贫下中农推荐会上慷慨陈词，好话说了几箩筐，从生产队推荐到生产大队，从生产大队推荐到公社，从公社推荐到县里，但是连续两年的层层推荐都让他们白费了心血，最后一到县里都替换成别人。

1977年恢复了高考制度，统一考试，择优录取。我当时仓促应战，没有考上。紧接着迎接1978年的高考，终于考出文科类优秀成绩。填报志愿时我选择了安徽师范大学中文系，因为师范类院校是全额助学金，正适合我这样家庭生活困难的学生。

四年寒窗掠影

40年来，我一直收藏着就读安徽师范大学的全套资料：录取通知书、学生证、校徽、每个学期的成绩通知单、毕业证书、学位证书。这些是我命运转折的实物见证，是我读书求学之路上的里程记录。它承载着的不仅是我而且是我们这整整一代人太多太多的历史文化信息。

我们中文系78级200多人，在同一楼层的两个阶梯大教室上课。1班和2班教室靠西，3班和4班教室靠东。我在4班。楼上是77级的学长。再往上就是楼顶平台。四年大学生涯，我去得最多的地方就是这楼顶平台。

站在楼顶向四周眺望，整个校园尽收眼底。北面是郁郁葱葱的赭山，南面是波光粼粼的镜湖，以及芜湖市的街道和城市建筑群。春夏秋冬，景色不断变换。

我每天早上 5：30 起床，在大操场跑上 4000 米，然后做体操和单双杠。接着回宿舍，洗漱完毕，就背起黄帆布书包，左手拿着大搪瓷碗，右手提着竹壳水瓶，上食堂吃完饭，就直奔教学楼顶，从书包里掏出《诗经》或是《楚辞》、先秦两汉散文、汉赋、魏晋南北朝诗文、唐诗、宋词来朗诵。楼顶人少时声音就大一些，人多时声音就小一些。本班王安第、3 班曹则彬等同学与我有共同爱好，经常在一起畅谈读书心得，读到古人文章的妙处，或者说到开心处，不由得歌咏赞叹，兴高采烈，甚至手之舞之、足之蹈之，也难以尽兴。这赭山环抱的教学楼，整天回响着莘莘学子的读书声，显示着青春的活力，蕴藏着巨大的能量。

读到大学三年级下学期的时候，学校办了两个英语班，一个是快班，一个是慢班，自愿报名参加。我和几位准备报考硕士研究生的同学都积极参加了英语班。我的英语基础是零，只好进慢班，从 26 个英文字母开始学。许国璋主编的四本英语教材，一本英汉小词典，就是我初学英语的拐棍。临近研究生考试，每天突击背 100 多个英语单词。躺在床上，走在路上，嘴里都在念叨单词，甚至在大教室的座位上一边吃饭，一边拿着一沓写着单词的纸条反复背诵。就这样一年多下来，在报考研究生时，英语成绩终于冲刺过关。

"师者，所以传道授业解惑也。"我用韩文公的这句话鸣谢我一生遇到的所有师长。大学期间，祖保泉、梅运生、刘学锴、孙文光、赵其钧、贺崇明等先生（恕不一一列举）给了我很多具体指导。祖先生讲刘勰《文心雕龙》，梅先生讲钟嵘《诗品》，都使我受益匪浅。记得我在选择硕士研究生专业时，起先曾考虑过唐宋文学专业，并专门求教于刘学锴先生。刘先生建议首先熟读李、杜、白、苏、辛、陆六大名家的全集，再及其他。我仔细权衡，在毕业前不到一年的时间里要攻下英语这块最难啃的硬骨头，又要熟读六家全集，感觉很迫促。我最终选择报考中国人民大学中国文学批评史专业。因为我在祖、梅二位先生的指导下已打下较为扎实的古代文论的基础。校图书馆刘秀功老师为我提供借阅图书资料的便利条件。考前几个月要读的书很多，看完一摞书再去图书馆借来新的一摞，整日埋头攻读，过年也不回家。因为准备充分，考试时的状态是志在必得。终于以优异的成绩被中国人民大学正式录取为中国文学批评史专业硕士研究生。

1997年中文系78级返校举行"重温过去一课"活动，祖保泉先生又给大家上了一堂《古代文论》课。

祖保泉先生的板书

中文系 78 级徐国宝随全国人大常委会领导在安徽宣城市宣纸文化园考察传统造纸技艺

中文系 78 级岑杰在其编辑出版的叶辛作品首发式上

中文系 78 级孙维城与安庆师大中文系学生一起讨论

我读大学时，两个弟弟也在读书。家中还有一个妹妹和一个弟弟陪伴母亲，生活极其困难。大学四年，每月17元5角的助学金是以饭菜票的形式发到手中的。我经常把每月的菜票让出一部分给家庭条件好的同学，兑换几元现金用来买书、理发、零用。所以，我平时勒紧裤带，伙食基本上都是主食加咸菜或蔬菜，很少沾荤。只有考研究生那两天是例外，早上吃了油条、豆腐脑，中午吃了肉。在此我要向查振科、陈发林、张启胜、周国光、凌德祥等众多同学（恕不一一列举）表示感谢，诸位同窗在四年大学生涯中给予我很多关照，我当永志不忘。

京城读罢鬓已斑

从1982年进京到现在，弹指间36年过去了，其可以划分为五个阶段：第一阶段的三年是攻读硕士学位研究生，第二阶段是在我国民主法制建设的岗位上工作，第三阶段是在职攻读博士学位研究生，第四阶段是专门从事我国的文化立法工作，第五阶段是退休以来的生活和工作。有一个恒久不变的东西一直贯穿着这五个阶段，那就是读书、读书、再读书。

打个比方：上大学之前读书的种子，在大学时代真正的发芽、抽枝、长叶、开花，并且把根须深深地扎进了土壤。硕士研究生和在职博士研究生时期，这棵求知的树长出了苗壮的树干和枝杈，花和叶更加茂盛。工作阶段这棵树已经浓荫覆地，硕果累累。现在退休后继续为这棵树施肥浇水，修枝打杈，为的是让她长得更加苗壮，更加美丽，让今后的人生受到更多的益处。

在中国人民大学读研的三年，吴文治、蔡钟翔、黄葆真、成复旺、郑国铨、陈传才、陆贵山、王笑湘、赵遐秋、方立天、宋养琰、甘惜分、王作富、杜钢建等先生给了我很多学术指导和生活援助，袁济喜、管士光、李黎、谭青几位同宿舍的学友也给我很多帮助，这些都令我没齿难忘。尤其是业师蔡先生指导我们攻读先秦七子原著和佛教道教思想史、中国哲学史、中国美学史，并亲自带领我们到敦煌莫高窟、大同云冈石窟、洛阳龙门石窟、天水麦积山石窟等处考察，大大开阔了我们的学术视野。

1985 年 7 月，我从中国人民大学毕业时，被分配到全国人大常委会机关工作。作为一个攻读古代文论专业的硕士研究生，毕业后的职业选择为什么是国家最高立法机关呢？从所学专业的角度来看，当时有些老师和同学都说可惜了。但是我当时的初衷确实是想为中国的民主法制建设做一些力所能及的贡献。我的家庭和千千万万个家庭都深受"十年文革"浩劫之苦。人权和法治在"文革"中遭到严重践踏。虽然经过"文革"后的反思和清算，但是在有些地方这种反思和清算是很不彻底的，"文革"的流毒远未肃清，稍有机会就会沉渣泛起。

只有不断推进民主法治建设的进程，完善各方面的制度体系，才能防患于未然。虽然路途很遥远，但是我愿为此贡献绵薄之力。毕业后舍弃了去学术单位进行专业研究，确实是很大的遗憾。但为了心中的理想追寻，不得不忍痛割爱。

经过若干年的工作实践，我认识到理想和现实毕竟有很大距离，并且深切感受到，在重视制度的同时，尤其不可忽视人心。要使人心向善向上，必须创造一个良好的社会文化环境，形成"蓬生麻中，不扶自直"的良好生态。这就需要先进文化的熏陶和核心价值的引领。中国优秀传统文化，以儒道佛文化为主干，以仁义、和谐、诚信、公正、自强、爱国为精髓，是当今推动社会全面进步和人的全面发展的极其宝贵的思想文化资源。我当时决心为传承和弘扬历久弥新的传统文化多做一些事情。

1997 年，我已 45 岁，是国家规定的报考博士研究生的最高年限。此时如不痛下决心，奋然一拼，就再也没有机会了。感谢单位领导的支持，给我一个月假期强攻英语，经过考试，终被中国社会科学院研究生院中国少数民族语言文学专业录取为在职博士研究生，研究方向是藏文化。我主要做汉藏文化宏观比较研究。当时我给自己设定的攻读博士学位的问题导向是：中华民族多元一体格局是如何形成的？其文化根源是什么？我在本科生和硕士研究生阶段攻读的内容可以说是汉文化的精华，但作为整体的中华民族文化仅仅是这些吗？一体与多元是什么关系？远古时期众多的文化起源是如何汇聚为一体并一直传承至今的？于是我选择了藏文化作为研究的切入点。因为，藏文化与中华文化三大主干之一的佛教文化大同小异，与中华民族的"一体"联系极其紧密，而从"多元"的一面来看又极具特点。弄清这个问题，对于正确处理中华民族大家庭内部的各种文化关系、促进民族团结，具有重要的现实意义。

感谢方克立院长和我的导师降边嘉措先生的悉心指导，使我在选择课题研究角度时茅塞顿开。2000年7月，第12届国际中国哲学大会在北京召开，方先生任大会主席。应他的邀请，我将此前撰写的《论中华文化的多维向心结构》一文提交给大会，并在会上做了十五分钟提要式演讲。本文首次提出了"中华文化的多维向心结构"这一命题，以两万余字的篇幅进行了初步阐述。这在理论模式的建构上为今后的研究打下一个良好的基础。

此后两三年，我先后到香港中文大学、香港浸会大学、瑞典斯德哥尔摩大学等处访问，讲学，参加国际学术会议，较早提出以人为本的、可持续的、社会全面进步与人的全面发展相统一且自然环境与社会环境相统一的大发展观、文化共生发展论、中华民族核心价值、社会主义主导价值体系、社会主义核心价值观、广义生态论、全面和谐论、以德入法、德法俗(俗即良好的风俗习惯)并举、构建立法评估监督机制等一系列学术观点。

2004年，组织上安排我到全国人大教科文卫委员会文化室从事文化立法工作。这一年我国正式加入联合国教科文组织《保护非物质文化遗产公约》。为了履行我国政府加入公约时的承诺，全国人大教科文卫委员会开始启动《非物质文化遗产法》的立法工作。实际上几年前调研起草的《民族民间文化保护法（草案）》已经为此奠定了很好的基础。以《非物质文化遗产法》的制定为标志，开始改变我国文化立法长期滞后的局面。此后，《电影产业促进法》、《公共图书馆法》、《公共文化服务保障法》、《文化产业促进法》等立法项目先后列入全国人大常委会立法规划。每一部法律草案都要经过多年的立法调研，广泛征求意见，反复论证修改。即便进入常委会会议审议程序，仍须一改再改。目前上述法律法规大多已陆续出台。我原先关于汉文化和民族文化的专业积累，在文化立法工作中全都派上了用场。在此，谨向委员会的领导和亲密合作的同事表示衷心的感谢！

20 世纪末以来，为使中华优秀传统文化重获生机，我和一些有识之士一直坚持不懈地进行各种努力。开始的几年经常会碰到一些阻力和责难，比如：怎么看待"五四"运动？把马克思主义置于何处？通过办理全国人大代表议案和全国政协委员提案，以及向高层领导建言，情况逐渐发生变化。特别是《非物质文化遗产法》长达 8 年的立法过程，使一些看似很严重的问题慢慢得到消解。这部法律遇到的最大难点，是如何处理精华与糟粕的关系。这个问题解决了，其他问题都好办了。非物质文化遗产是靠人传承的活态文化，其中有物态的载体，也有这个载体所承载的文化内涵。传统习俗、传统艺术、传统节日、传统技艺、传统医药等文化遗产虽然千流百派、形态各异，但却有共同的精神纽带和核心价值。我们在传承这些众多的非物质文化遗产的时候，不应该做出买椟还珠、只要形式不要内容的傻事。有了"珠"，这个"椟"才真正有意义、真正有生命。每念及此，我们打心底为自己所做的工作感到欣慰。

我于 2013 年底办理退休手续。经组织批准，现兼任中国文化管理协会副主席，主要从事文化领域的社会公益事业。退休后的最大愿望，是想把过去 30 年在工作岗位上没时间细读的书都认真读一读。比如《十三经注疏》，我在大学阶段曾打算在考上硕士研究生之后把它啃下来。但后来由于研究重点转移，就把这笔读书账拖欠了下来。我决定退休后补上这一课。可惜中华书局出版的那套 16 开的缩印本（上下册）字太小，我眼睛老花得厉害，那些夹行小注即使用放大镜看也很吃力。而按照古代原版大小影印的同样内容的线装书，共 16 函 100 册，虽然书价很贵，但是读起来感觉很舒服，有时恍若与古人千载相逢。这套书已成我书斋里的至尊至爱，一有空就摩挲翻检，抚卷吟诵。此外，过去没有时间研究的问题，也想继续研究下去。其中有些研究成果打算形诸文字。正如王勃所言："东隅已逝，桑榆未晚。"

每一个生命来到世间都是机缘的偶然。同学、同事、朋友之种种聚合更是偶然中的偶然。按照辩证法的原理，在一切偶然之中都深藏着必然的种子。这个种子具有无限的生命能量，负载着巨大的信息宝藏，其中最可贵的信息就是光明愿景辉映之下的使命担当：让世间显现的一切偶然，都纯洁清净，都璀璨美丽，都幸福圆满。这样，也就在刹那中获得永恒。

1978：我与自主跨学科读书结缘

刘伯奎

如果说，1977 年国家决定恢复高考，改变了成千上万的年轻人的人生轨迹，那么，进入安徽师范大学中文系读书四年对我来说，还有另外一个更大的收获（这是去外地任何一所学校都不可能获得的），就是我歪打误撞，开始与"自主跨学科读书"终生结缘。

刘伯奎，1948 年出生。上海科技职业学院教授，曾先后在安徽、江苏和上海等地三所高校任教。

师大推动我学步自主跨学科读书

1978 年 11 月 15 日，我的独养儿子出生，对于当年 10 月份刚入学但年已 30 周岁的我来说，原本是名副其实的"双喜临门"。谁能想到，由于医院采用"新法"接生消毒不严，第 10 天时，儿子爆发了"新生儿败血症"，一入院医生即下达了"病危通知书"（在这家当地著名的三甲医院，出生的 3 名婴儿在同一天里同一病症紧急入院，未几，出生 9 天、11 天的 2 名婴儿先后夭折，可怜那时候还不知道可以追究医院的医疗事故责任，只是自认倒霉）。儿子被救过来后，其与生俱来的婴儿自身免疫功能被破坏，紧随其后的就是中毒性菌痢、甲型肝炎，以及没完没了的肺炎……（至于儿子 3 岁以后健康起来，后来一度差点成为专业运动员，那是后话）。

283

我要是当初被录取了外地高校，那么儿子的这一意外也就落到了妻子和家人的身上，"鞭长莫及"也许还能成为我在外地偏安一隅继续安心读书的理由。可我是家住芜湖本地的走读生，总不能让"三班制护士"的妻子一人独挑这副重担而我"一心只读圣贤书"吧！于是，刚入学时曾经令很多同学羡慕的"下了课可以回家"，一下子就变成了超负荷的重担：常常是下了课就直奔医院，一夜辛苦，天亮了再直奔学校上课。即使是不去医院的日子，也是每天早晨第一件事是洗一大堆尿布、接送孩子去保姆家，后来又是接送托儿所……

显然，坚持上学在我面前出现了重大危机。尽管当时学校对我们这些年已30岁的"老三届"的管理已经相当宽松，但是，缺课太多考试怎么办？这时，一位小学妹伸出了援助之手，临考试前很慷慨地把她的笔记借给我"抱佛脚"，也许她最初也没有想到：这一借竟然就是四年，从一开始我支支吾吾地开口，到后来她的课堂笔记竟然成为我放心跳课的"底气"。而至四年后毕业临离校时，我又因为在外地忙于交涉亲姑父工伤死亡的善后，和她连个再见的话都没有说，但是在我的心里，她永远是我真诚感恩的女神。

我的高考总分当年在芜湖市是领先的，由于一年级时被迫缺课太多，原本想以考出好成绩来表现"天天向上"的心也就凉了下来，只求考试能平安过关。

进入二、三年级以后，儿子的身体一点一点好转，我也开始将精力转移到"读书"上来了，首先当然是开始关注其他同学是怎样读书的。我发现，很多同学入学不久就已经在上课之余，开始了"有自主偏好地读书"，以致我感到同学中一股"自主学习"的热浪扑面而来。尽管我们这一届学生的年龄差距之大，学生来自社会不同层次之广，超过77级，但是，那种被压抑了12年之久的渴求学习的热情却完全一样。很多同学都并不满足于单纯地完成"课堂学业"，而是在"中文专业"的大目标下，纷纷开始设定自己的"不同学科方向目标"。例如，有的开始专攻古典诗词，有的开始研究"现代诗歌流派"，有的创作小说，还有的立足美学、文学评论……看到人人都有"自主学习的目标"，那我的自主学习的目标设在哪里呢？我选定了外国文学。当时的指导思想也很"现实"：外国文学和我一样，也至少被封锁了12年，这个学科的进入难度也许要小一点吧？

尽管很快我就发现，这个判断很幼稚，但是在身边同学的影响下，我也很快就将这一设定付诸了行动。三、四年级的学习阶段，我其实已经有很多次缺席本班的课程，而是跑到77级蹭课去了。就这样两年下来，我把"外国文学"、"马列文论"等相关课程听了两遍。

几十年后反思，在安徽师大校园求学的四年，其实已经推动我迈向了"自主跨学科读书"的第一步：自主读书。

为摆脱困境而被动跨学科读书

1982年，我被分配到芜湖师专任教外国文学，截至到1986年，短短四年里，我在《外国文学研究》、《外国文学欣赏》、《名作欣赏》等专业学术刊物发表重要论文三篇，也算是个肯在专业领域下功夫钻研的人了。

正当自己努力争取在外国文学教学研究领域站住脚时，1987年，国家职称评定解冻了。自己一边为评上讲师满心欢喜，一边也感觉被一盆凉水浇到了脚后跟。因为那一年评讲师不需要论文成果，即使是资深讲师申请副教授也只需交上一份书面讲稿即可，但下不为例（可能目的是为了清理历史欠账）。紧随其后，职称评定开始规范，即使有论文也要看发表时间。也就是说，此前我的那几篇呕心沥血的专业论文因为发表在"获评讲师以前"，被全部清零！

我沮丧透顶！看看自己"年近不惑"，上有老、下有小，困囿在师专这种缺乏研究条件的环境里（那时还没有互联网啊），一人主讲一门课，还要当班主任，想再次弄出几篇同样够分量的外国文学论文，谈何容易？

眼看自己想当副教授的渴求已经是"萤火虫的屁股，没多大亮头"了！可是茫然中还是不甘心。于是，我调转方向，写了曹禺的《雷雨》研究（周朴园究竟爱不爱侍萍）、《日出》研究（陈白露为什么拒绝真心爱她的方达生），《红楼梦》研究（人物对话与角色身份特点把握），又转向"演讲与口才"研究……到1993年能够申请副教授职称时，需要上交8件学术成果，我大大小小一共上交了40件，当然，代表作是孙悟空形象与歌德的"浮士德"的哲学比对，

285

也就算是外国文学的学科论文了。得知自己终于获评副教授的当时，心中只是深感庆幸，却不知道从此已经开始"自主跨学科读书"。

获评副教授后，我却想离开外国文学领域了。因为自己发现：外国文学是成熟学科，想独立发声难度太大。而口才训练是新兴学科，未来有着可供个人拓展的无限空间。例如，在《演讲与口才》等杂志上，我已经可以发表连载文章（一年发表 12 篇）。

不久，我跳槽苏州铁道师范学院，并借机成为"教师口语"（教育部师范司新创课程）的主讲教师，后来成为"小学—成人情商口才交际递进式训练体系"的独立创建人（这是后话）。1999 年申请正教授，又呈交了 40 件不同学科的材料。

成为正教授以后，看到身边同事中，很多前辈的大学生一年到头苦苦研读，却连年为一篇文章难以发表而揪心时，发现自己已经赶上来，与他们同步前进了。而拉近之间的年龄距离的，并不是我比他们更"勤奋"，而是我发现了一个全新的读书方法"自主跨学科读书"。

我曾经比对了"自主跨学科读书"与传统的学科读书的理念差异。发现传统的学科读书，其实是在小自耕农的自然经济文化理念基础上形成的读书方法。例如，我是农民，就老老实实在自己的一亩三分地里"精耕细作"，到了秋天再"靠天收"。如果诸事如意，那就过个"肥年"；如果诸事不利，那就难免"多收了三五斗"的悲剧。同样的，我是个读书人，就认认真真地在这个专业里"精耕细作"，"两耳不闻行外事，一心只读专业书"，如果专业需求饱和，同专业人才过剩，我就没有办法了，甚至难免"走投无路"。

而市场经济的文化理念，其实是并不主张"从一而终"而提倡"顺时应变"的，哪里更有发展前途，就向哪里去。"社会需要什么，我就向社会提供什么，哪怕重新开始学习，也要努力成为符合社会需求的人才"。实践证明，在当今中国，如果仍然坚持"隔行如隔山"的传统理念，固守着自己的"专业—行业"，只能使自己的人生发展之路越来越窄，最终难免成为"涸辙之鲋"。

为拓展人生而主动跨学科读书

2001 年底，我再次"挪窝"，跳往上海科学技术职业学院。一年以后，新任务就来了。有人看我能写，于是邀请我帮助嘉定区正在开展的社区教育实验做一点"理论润色"工作。就这样，自己在 2003 年初，又开始涉足社区教育，开始接触"Community Education"。

在反复接触"Community Education"的过程中，多年前曾经一闪而过的思考再次闪亮："Community"（社区）与"Communism"（共产主义）之间有没有什么内在联系？这时，跨学科读书的冲动又被激发起来了。我开始一遍一遍地阅读《共产党宣言》（中文版），并逐步拓展参考范围。

深度思考中发现，世界上很多国家和地区，尽管政治体制各有不同构成，但是只要转而考察在以生产力水平提高为动因的社会进程，以"人"为主体的"社区"（commune）的发展其实存在着一种"殊途同归"的一致的规律性：那就是社区的发展总体上也都大致表现为三个阶段：

1. 人的不自由联合体（原发社区）

2. 人的自由联合体（现代社区）

3. 自由人联合体（未来社区，即"共产主义"）

我将这一理解写成一篇《共产主义—社区主义》的文章，因为一时找不到发表之处，又觉得观点太过于重大，索性去嘉定区公证处做了公证。没有想到的是，随着在社区教育领域研究的逐步深入，已经被我关闭多年的外国文学学科的灯塔却重新闪亮起来。

我开始从《荷马史诗》延展到批判现实主义的文学文化发展，来探索欧洲社会转型的历史进程，转而借助外国文学的光柱，来考察中国社会转型已经走过的历程以及将要面对的任务，很快地，中国社区教育研究就变得豁然开朗通畅起来。于是，我从 2003 年 55 岁开始了创新研究的人生"第二春"，一气出版了《中华文化与圣经文化》、《突发事件社区化解》、《大国小民》、《从大国小民到富国强民》、《中国社区教育——从理论到实务》、《社区教育实验与实务的多头推展》、《情商的养成分类与疏缺补救》、《中国人的情商口才圣经》等著述十余种，平均每年出版新著两种。

而在收获多项成果的同时我又发现，如果把一门学科看作是一座灯塔，那么单座灯塔往往只能照亮光柱所指的远方，却很难照亮灯塔脚下的暗影，但是，如果两座灯塔互照呢？各自脚下的"灯下黑"暗影就都被对方的光柱照亮。再如果，三座学科灯塔、四座学科灯塔互照呢？原先每座学科灯塔脚下的暗影就会变成光明苑地一片。

我在不同学科的光柱交叉照耀下狂奔时越来越发现，自主跨学科读书其实是一种读书方法的"质"的突变与优化拓展。好比一个中国的小自耕农，无论多么勤奋地在一亩三分地里单一地"锄禾日当午"，也无法和现代农业动辄上千亩的立体交叉种植相抗衡。

为提升境界而能动跨学科读书

跨学科读书与传统学科读书相比，因为其关注点多在传统学科不太被人关注的边缘领域、"暗影"领域，因而相对容易出创新成果、出"填补空白"的成果，并有助于推动人生取得自主读书的成功。而我自退休以后，更是开始摆脱世俗功利目标的困扰，自由自在地投身于跨学科读书中，短短时间就取得了超过退休以前几十年的学术著述总和。这就又推动我发现，读书人如果能够适当疏离直接的功利追求（例如，不是为了应试、评职称、获奖）的干扰，自主跨学科读书就能够推动你去领略传统的单一学科读书难以领略的人生风光。

实践为证。我在社区教育领域的跨学科研究是借助《共产党宣言》的灯塔照耀进行的，紧随其后，我又一步一步地把《英国工人阶级状况》、《路德维希·费尔巴哈和德国古典哲学的终结》、《家庭、私有制和国家的起源》等著作的阅读心得分别融入自己对中国社会的转型研究，进而出版了（一套三本一百余万字的）"社会教育书系"。

至于收进了那篇《共产主义—社区主义》论文的个人专著《中华文化与中

国社区》，则于 2013 年即出版之后第八年被国务院侨办选购，由国家分送世界各地的孔子学院，以及国外大学中文图书馆，作为馆藏图书。

而读书逐步疏离直接的功利目标反而使自己取得了意外的收获。

我不是基督教徒，也没有系统地研究过西方神学，本与《圣经》无缘。只是因为欧洲文学中有一个非常重要的部分"《圣经》文学"，又因为自己觉得必须先将《圣经》读通才有资格去教学生"《圣经》文学"，于是从 1982 年到 1992 年，连读 10 年，终于通过 55 个不同角度的多学科聚焦，在《圣经》文本中有了一个令自己大吃一惊的新发现。

2017 年，美国学术出版社出版了我历时 30 多年思考探索写成的《刘伯奎猜想——从"火星探索"猜想"人类的起源"》。

这本书先是对传世 2000 多年的《新旧约全书》进行了视角独特的梳理研读，继而对达尔文的进化论进行了辨析扬弃，再借鉴人类火星探索的发现进行据实论证，分别从 55 个不同角度确认《圣经》中记录的其实是"人类如何迈出走向文明的第一步，并开始逐步向两个文明的巅峰登攀的完整进程"，再借鉴人类的个体生命为什么在地球上难以"寿终正寝"而全部以"夭亡"终结生命，推证出人类并不是地球原生土著，而更可能是来自某外星球的"移民"，至于以耶和华上帝为代表的人类远古传说中的"天神"，在我看来，其实就是地球人类的天外始祖。

为人生圆满而自主跨学科读书

自 1982 年从安徽师范大学中文系毕业，我先后在芜湖、苏州、上海的本专科院校工作，一直以"1. 没有研究生学历；2. 没有国外留学与国内离岗进修；3. 没有助手与经费资助；4. 没有背景人脉关系；5. 没有表彰嘉奖"的本科学士资质，常年立足教学一线。与此同时，我先后在哲学、社会学、教育学、心理学、文学评论等 10 门以上的不同学科"无师自通"地出版个人专著 40 种、出版自己主讲的影像作品 15 种、在 24 种不同学科刊物发表 80 余篇文章，名副其实地实现了现代意义的著述叠加"超过身高"。而之所以能仅凭一个本科学士的身份单打独闯"皖苏沪"三地，完全得益于自己在曾经的困境中开始的"自主跨学科创新读书"。

我已年至古稀，但只要阅读能力没有丧失，就将坚持"自主跨学科读书创新"。

我发现，传统的著书立说为什么往往多为标识"编著"？因为传统的学科研究注重"师承"，注重对学科知识的系统掌握，注重既有知识的积累厚重，这就难免出现同行之间共有知识重叠，观点承接前人；而自主跨学科读书更加关注的，是单一学科研究时往往会忽略的边缘地带的"灯下黑"，这些原本鲜有人迹之处一旦被照亮，你就可能发现，那里悄然生长着"千年人参"和"万年灵芝"！

我还发现，传统的著书立说往往是"十年磨一剑"，就好像传统农业，"春播夏种秋收冬藏"，一年到头只看秋收；而自主跨学科读书推动读书人同时进行不同学科不同话题的拓展跨越，可以"十年磨十剑"，就好像现代农业中的"立体化"种植，播种与收获可以交叉进行，探索思考的同时就有发现创新。

我更发现，传统的学科读书方法，使得很多人一辈子能出版一部或者几部能称得上专著的文字，就足以自我欣慰了；而跨学科读书则可以通过交叉研读获得立体化的全新收获。以我自己为例，标注"著"（注意：不是"编著"）的公开出版物已经涉猎 10 门以上传统学科。

2016 年达沃斯论坛（世界经济论坛）的教育发展报告指出：当前教育依然停留在"三百年前的农耕社会"，而 2014 年度诺贝尔物理学奖得主中村修二则指出，"在标准化课程表的禁锢下，原本浩瀚而美不胜收的人类思想领域被人为地切割成了一块块便于管理的部分，并被称为'学科'，同样，原本行云流水、融会贯通的概念被分成了一个个独立的'课程单元'"。因此，"必须告别过去，教育重点需要从学习已知知识转到探索未知事物"。

至于如何实现这一教育转型？"自主跨学科读书"至少可以是有效探索之一。

一点题外的心里话

如此回顾了自己的读书人生，不禁心中又多了几分感慨：一个本科学士，居然实现了"芜湖—苏州—上海"的"跳槽三部曲"，表面上看似光鲜，其实是由一个一个坎坷、曲折乃至"被边缘化"的过程串接而成的。就以在芜湖师专而言，申请副教授职称时送交了40件不同学科的成果（全校排名第一），事后就曾被当面指斥为"欲达目的不择手段"，"把筷子伸到别人碗里去了"。

至于后来，在苏州、上海，尽管依然是学术创新成果不断，却依然还是无缘获得立项经费，无缘科研评奖，这其中更多的原因估计还是自己始终没有"入群"，"人脉"单薄，众人"投票"不达标，这大概也就是中国传统文化的特色显现吧！

只是有时候会想：如果把这段人生来一个回放，我会换一个重视周围关系的活法吗？结论只怕还是"原样来过"。因为老祖宗不是还有一句话嘛："江山易改，本性难移"啊！

所以我希望老同学在阅读这篇文字时，淡化对刘伯奎特立独行的关注，因为，"不闻窗外而一心只读"地沉溺于自己的研究往往会把路变得非常难走。其次，文中罗列的"实绩"尽管没有"兑水"，也只能是作为"自主跨学科读书"确实有助于读书创新的实践证明，这些成果既然已经公开于社会，自己的认定是一回事，社会如何评价就是另一回事了。

诚恳期望能把这篇文字的阅读关注聚焦在"怎样自主跨学科读书"上，尽管我的读书范围是在文科，但是，自主跨学科读书对创新能力的养成推动，在理、工、医、农等其他学科领域也无不具有推动功能，这一在国外已经习以为常的读书方法，尤其在诺贝尔自然科学奖的获得者案例中更是有着鲜明的表现。它对人的创新潜能激发完全是内在的、自主的，这一读书理念推广开去，能给人类的主客观世界带来核裂变式的内在的推动力。

谨以此文与老同学们共享。

当年懵懂，终未辜负

黄大明

黄大明，1960年出生。主任编辑，曾任西藏山南地区文联作协主席，现任合肥市广播电视台广电研究院院长。

引　子

40年了！当年我从江北一个小县城走进母校时，是整整18岁。40年，犹如树之有年轮，一层层把光阴凝结；犹如现在，从我面前的稿纸上正升起一片森林，我凝视它，并被它的蓊郁和青葱俘获，无可逃遁。这时，记忆说要有光，于是就有了光。这光，结晶成琥珀，以时间的名义，在森林深处照耀我们；同时，它还慷慨地赐予我们以无可替代的风华！

呵，1978，是一束大时代的光，引领我们撞开命运之门！

是的，1978，大时代的光打在我们脸上；沿着这光源泅渡记忆之海，我和我的母校都是这光的一部分。于蓦然回首中沉吟，才不止一次发觉我们依旧丰盈，灵魂一如昨日之葳蕤……

历史是有温度的

在中国高等教育史上，从来没有像77、78级这样，深深镂刻着一个时代的印记。

从9月份收到入学通知书那天起，母亲就在喜悦中忙乱了一个多月。借着给亲戚报喜的由头，母亲带着我顶着烈日，一次次在不足300米的县城街道上穿梭，沿途接受街坊们的道喜。那时考上大学是何其稀罕，因而我相信街坊们的道喜无不发自内心；而母亲在这连缀成片的道喜声中愈发红光满面了。现在回想，母亲无意中把我当作一件战利品在展览呢，在不厌其烦的展览中，我这个考上大学的儿子，差不多给她挣足了上半生的面子。

"枞阳到芜湖，水程一百五。"那时坐小轮船到芜湖要早上出发，顺江而下整一天时间。到母校报到的那天，天刚蒙蒙亮，冒着初秋的薄寒，父亲、二舅带着我徒步5华里赶往小轮码头。父亲说好了，他把我送到码头，而二舅则负责把行李和我送到学校。

"鸣、鸣"汽笛一声长鸣，那只浑身斑驳的小轮船正摇摇晃晃靠向坞船。我们3人也正艰难地挪进拥挤不堪的乘客人流；说是人流还不确切，应当是人头攒动唯有空气不动的洪流：挑着各种蔬菜贩菜的、挑着两大竹箩贩仔猪的、背扛手提各种货物土产赶集的，你挤我撞，一派欢腾。这许是我所见到的最生机勃勃的小轮码头吧，后来我再也没有见到过。

这时只听"哐当"一声巨响，随着铁闸门被打开，洪流瞬间倾泻而出，以如虹气势扑向轮船；我们三人被这洪流裹挟着、簇拥着，撞进了船舱。待我和二舅在二层抢到了一个座位，父亲也气喘吁吁地上来了，满脸挂着汗珠。父亲喘息甫定，先把手中的小网兜递给我说："这是你妈妈早上煮的十个鸡蛋，你们路上吃。饿了吧，走了不少路，你先吃两个。"说着说着，又从上衣口袋里掏出一个信封给我，我打开看，是两张十元的票子。"你先用着，不够的话讲一声，再寄给你。""别丢了。"这时父亲已把信封放进我的上衣口袋，还在外面按了两下。

"鸣、鸣"再一次响起，这是离岸的汽笛。我奔向船舷，见小轮船已离开船坞一丈远了。又听二舅对父亲说："完了，船走着，你下不去了。"父亲倒很淡定，说："不要紧的，我们银行在江南岸各个镇都有营业所，我到前面大

砥含 ① 下，下午再坐回头船回来。"

我刚回过神来，一低头又发现，父亲赤着一只脚，就是说他的一只鞋被踩丢了。

这时"啪嗒、啪嗒"下起雨来。透过船舷挡雨的油毡布，只见秋雨裹着刚刚升起的雾，江面一片混沌苍茫。

船靠大砥含，我抓着船栏杆，目送年过五旬的父亲赤着双脚走过被雨水洗得发亮的坞船甲板……秋雨里他的瘦弱身影衬着黛色的天空，渐渐成了剪影。我向他挥手，他再也没回头。

我至今认为，父亲送我上大学丢了一只鞋是个隐喻。这是否提前暗示着，四年后我自愿去了西藏，让他天悬地隔地为我担忧牵挂了许多年？这是后话。

转眼到冬天，1979 年 1 月 1 日这天，父亲从老家来学校看我，顺便给我捎来母亲给我织的毛衣。那天傍晚，江城下起了雪。母校东门口那条不宽的街都迷离在纷飞的雪花里；不一会儿，沿街小食铺的灯光亮起来，顿时鲜明。

"瑞雪呀！"父亲和我拣一家安庆馄饨铺靠门的位置坐下。父亲显得兴致很高。

我也兴致勃勃，大口吃着一角钱一大碗的馄饨，觉得特别香。就在几天前，我在学校集体学习了邓小平同志在党的十一届三中全会上作的《解放思想，实事求是，团结一致向前看》的报告，我们党作出了全党中心工作转移到社会主义现代化建设上来的战略决策，实现了历史的伟大转折。

这时，架在小食铺墙上的十四寸黑白电视机里正播放重要新闻，我看见小食铺里所有吃馄饨的人都放下了碗筷，目不转睛地盯着电视机。原来，《新闻联播》里我国外交部向全世界宣布：1979 年 1 月 1 日，中美正式建交。那一瞬间，我读出了一食铺人洋溢在脸上的喜悦。

父亲连声说着："好喔！好喔！邓小平有办法！"他站起身，又叫了一碗馄饨。

许多年后我再回到母校，已寻不见那条曾经馄饨飘香的小食街，代之而起

---

① 大砥含，长江南岸一个小镇。

的是高耸的楼宇和现代时尚的商业街。

那个卖馄饨的安庆老乡，想来早已从最早下海的个体户变成大老板了吧？

呵，我的 18 岁，懵懵懂懂中，与母校相遇，更与一个伟大的时代相遇！

为自己的青春加冕

向西，去往世界上海拔最高的雪域高原。"无尽的远方，无数的人们，都与我有关。"在西行列车的月台上，我的耳畔再次响起鲁迅先生的这句话。

呵，朋友，你真的走了
踏着无数心跳的鼓点，
你远去的背影，
拉直了歪歪斜斜的视线。

你曾经说过：
做一个无愧后代的祖先！
背起时代的纤绳，
拉起中国的大船。
……

这是历史系 79 级吴笛校友发表在《安徽师大》校报上的一首诗，标题叫《走向最高最美的风景线——赠自愿赴西藏工作的同学》，时间是 1982 年 10 月 16 日。36 年后的今天，当我重抄这首送别诗的时候，心情久久不能平静，思绪被拉得很远，很远……

谈论诗和远方是当下的人们热衷的话题。而 36 年前，我和我的同班同寝室同学方雅森一骑绝尘，西上，西上，去了百分之八十的地区连树木都不愿生长、占祖国版图八分之一的青藏高原、地球屋脊。那一年我 22 岁，方雅森 20 岁。

吴笛校友发表送别诗的 7 天前，即 1982 年 10 月 9 日，是我和方雅森告别母校奔赴西藏的日子，这一天注定成为永难磨灭的日子，注定成为伴随我呼吸的永恒记忆！

10月9日上午7：30，母校组织了各年级各系别共1000多名同学为我们送行，自发来的同学也有很多。因为是吃早饭的时间，不少同学手中端着早饭的饭盒，一边嘴里含着馒头，一边拼命地欢呼，忘情地鼓掌。招展的横幅、飘扬的彩旗、热烈的锣鼓声和鞭炮声，在学校大门口汇成了汹涌澎湃的海洋。呵，那一天、那一刻，是激情在汹涌！是青春在澎湃！当校办主任沈家驷和校总务主任马振科携着我和方雅森的手，穿过青春的人墙，一阵阵"向黄大明、方雅森同学学习"的口号声此起彼伏、震耳喧天。那是怎样的庄严隆重，又是怎样的激情飞扬!？呵，那一天、那一刻，是我们和两千名送行的同学一起，共同为青春中国定义！为青春安徽师大定义！！

送我们去火车站的面包车就停在前面，30米……20米……10米，越来越近；被送行同学簇拥着的我，脚步越来越沉重。那时我心里只有一个声音：相见时难别亦难。母校啊，我何时才能与您重逢?！那一刹那，我才真正体会"男儿有泪不轻弹"的含义，但已满噙热泪。我不停地向同学们挥手，不时地向着母校方向鞠躬。我是在最后一次表达对母校深深的感恩。我感恩母校和恩师不仅教给我知识，还教给我青春热血，教给我在祖国需要的时候要勇敢地担当。是母校四年对我的恩育塑造，我才能有底气迎接雪域高原对我人生的再一次磨砺、塑造。

走笔至此，我想宕开一笔，因为看到这里也许有人要问，怎么你们10月才出发？怎么没有同班同学来送行？这当然是缺憾，同时这缺憾中就包含着许多需要补叙的曲折故事。

记得缘起是1982年6月5日晚上的一次公园散步，同行者四人：我、方雅森、潘德安和李则胜。因为进入6月，临近毕业分配，校园里连空气都在躁动，我们中文系0号楼更是燥热得很难待住。回寝室已经很晚，我在信手翻阅当日《人民日报》（那时每个寝室都有）时，看到一则短讯，大凡自愿进藏的大中专毕业生，工作八年后可以回原籍或爱人的原籍城市。这样我们就找到沙流辉校长，表达了自己的意愿，沙校长当即表示了赞同。但等到了7月14日毕业分配张榜公布时，我们四人依然被分配了，分别被分到含山县仙踪中学、肥西教育局、太湖一中和庐江矾矿中学。现在想来原因其实简单，皆因我们四人都是应届的"60后"，少不更事罢了。一是当年国家百废待兴，多么需要人才？二是自愿进藏是要经过省教育厅和西藏教育厅共同批准的，有一套复杂的程序。还有，进藏需要得到毕业生父母的签字同意。联系到当时西藏在人们心目中神秘、模糊的印象，去西藏不说生死未卜，起码也脱不开"匪夷所思"和"非同小可"的定论。潘德安和李则胜在等待了一个月之后，放弃西行而各自报到去了。现在想起来，就在那一个月当中潘同学和李同学都病倒了，不难体会他们当时承受的来自父母、亲人和社会的压力有多大。

同班同学们都走了，82级的新生来了，我和方雅森从原来的寝室搬到了地下室。但我们并不形影相吊。因为西藏的诱惑，我们身边聚集了更多79级、80级，甚至81级和82级同学。他们给予我们的无私支援，至今让我难忘。他们自发地给我们送来饭菜票；在我们需要到合肥跑教育厅时，他们给我们凑路费，凑的钱有五角的，有一元两元的……当教育厅的批复下来时，得到消息的同学们都齐集到地下室，为我们欢呼雀跃，并又一次凑钱请我们俩到镜湖餐厅喝一顿表达庆贺。

从7月14日到10月9日，差不多三个月的时间里，我们赴藏工作的愿望一天比一天强烈。

但我父母劝我们不要去西藏"冒险"的愿望一样强烈。先是父亲写来了信，他在信中的恳请是温和的，也并不激烈，而我的回信竟是那样冷峻；9月间的一个下午，当我从男生宿舍0号楼的阳台上，看到父母手牵着手顺着围墙小路来找我了，我突然想起四年前父亲送我上学丢失一只鞋的一幕，鼻子才猛的一酸……

现在你还能说那一幕不是一个隐喻？

"西藏不是什么人都能去的"，这句话是前不久我们同学聚会时一位同学的感言。远比内地稀薄的氧气和高出内地七倍的太阳辐射，对生长在内地的人们的身体损伤是不言而喻的。但西藏的壮美和神奇，同样不可言喻，不可方物。就为这，我独恋她11年。

进藏后，我们被分配在山南地区师范学校。我后来又调到山南电视台。我们进藏的第四年，方雅森就患上了高原性胸积水。西藏的医疗条件已不容拖延，必须回合肥治病。我送他到机场，那正是 10 月，一路上高原柽柳铺展着一派金黄。我问雅森还记得我们进藏前看的最后一场电影吗？他回答怎么不记得，在芜湖中山路上的大众电影院看的，叫《冰海沉船》。我说一部电影成谶啊，你走了，这船沉了一半了。他说没事，好了我会再回来，只是声音是那样虚弱，但神色又很坚定。

车子拐进柽柳林深处，我们霎时沦陷在金黄的光里，这光涌进车内，镀在雅森苍白的脸上像有金箔在跳跃……

　　呵，那苹果树

　　那黄金，

　　那歌唱。

谁的诗？让我想想，是古罗马诗人贺拉斯的。

我对于西藏生活和工作的回忆，应该属于另一篇文章另一本书；那本书或许已经开始写了，或许永远也没有开始。但往事并不如烟。那在亚洲腹地、雪域高原的艰苦跋涉，履痕处处，激溅起生命的狂欢，镌刻下青春的记忆。感谢母校给予我精神上最厚实的土壤和最明亮的底色，使我能为那片神奇、圣洁的国土贡献以绵薄。

感念叶倩文

1989 年冬天，为了拍摄一部反映山南边防军民团结的专题片，我带领摄制组驱车 700 多公里，奔赴喜马拉雅山东麓、中印边界东段的边防哨卡采访，目的地旺东高地。

时隔 29 年，当我沉入对这次终生难忘的采访的回忆，我的耳畔仿佛又回荡着叶倩文的那首《何不潇洒走一回》。那是当年很流行的一首流行歌曲，歌词记得是："红尘呀滚滚，痴痴呀情深，聚散终有时。留一半清醒留一半醉，至少梦里有你追随？我拿青春赌明天，你用真情换此生……"为什么是叶倩文，为什么这首很平常的歌让我至今感念，还是缘于那次采访。

离开错那县城，一路往东，当我们沐着灿烂的阳光，抵达海拔 5000 米的冰大坂博山口，已是中午三四点钟的光景了。博山口下面是一线狭长的峭壁山道，沿途尽可饱览令人心醉的蓝天白云和炫目的雪峰，雪峰下是黑压压的原始森林，山涧中湍急的溪流在幽谷中轰鸣。后来我才知道那一线泛着白浪的涧水就是娘姆江，江下游是一块冲击谷地，藏语叫勒布，居住着当时还基本上刀耕火种的门巴族群众。娘姆江流入印度的布拉马普特拉河，最后注入印度洋。

就在我们稍事休息，由博山口往下进发的时候，驻扎在这里的边防二团一营一连的连长带着几个战士赶来了。连长告诉我们一个不好的消息，说是错那边境的一场暴雪即将到来，团部已通知他们连，为了我们的安全，务必把我们劝回团部。再说，往下的路已经冰封，车子无法开了。这即意味着我们的拍摄还没有开始就可以结束了。

我知道喜马拉雅山麓的大雪会使博山口封冻，在博山口下的人也许要等到来年三四月才能出来。伴着冰雪、原始森林，当然还有黑熊、小熊猫熬过一个冬天，是需要足够忍耐力的。

我们摄制组一行四人，我是头。我不假思索地告诉连长：回去是不行的。请你们告诉团长，给我们炸开一段路吧。我们再走走试试。连长见我们如此坚决，迟疑了一下，带着几个战士走了。大约半小时后，就听得前面山谷一阵阵巨响，腾起一缕缕青烟。这是前面工兵连在用 TNT 炸药为我们开路。然而二十多公斤炸药也只炸开四五十米的道路。我摇开车窗，就见连长走过来，他身边多了几个战士，连长也不说话，眼睛眯成一条缝，盯着我，那意思是：喽，你都看到了，现在咋办？

这时车内的空气有些凝重。难怪呀，这是西藏，这是喜马拉雅的坡缘，不说三四个月回不来，前面还有多少峭壁悬崖，稍有不慎，便是粉身碎骨，直接注入布拉马普特拉河，算是"无护照旅行"了。

我的摄像嘎多和助理摄像普布扎西在后座上只是拼命抽烟，偶尔清一下嗓子，声响嘎嘎的。司机乌珠，汉语本来就说不流畅，这时更有些结巴地对我说："黄老师，我看……看……回去的……的好。"见我不吱声，他又像解嘲似地笑笑,说:"听听歌吧。"

盒式磁带"啪嗒"一声,就飘出了叶倩文,飘出了"红尘呀滚滚……何不潇洒走一回……"。

嗨,我至今想不明白,为什么是叶倩文,为什么偏偏是那首《何不潇洒走一回》?

我跳下车来,先对乌珠说:"你先回去,把车开回去,在团部等我们。"转身,我又对连长说:"叫战士牵几匹马来,拉上我们的行李和设备。我们三人跟你们一块从森林里徒步走下去。另外,叫前面的步兵营派车在勒布等我们。"

在原始森林里,跟着年轻可爱的中国西南边防军人一道攀援跋涉,一步步朝着预定的目标前进,我心中的愁绪一散而尽,充满了轻松喜悦。不时有冰碴子从松树和野杜鹃树上掉下来,碎了,晶莹的一片。这是在提醒我们,我们正行进在中国西藏东部的冰雪边防线。

吉如拉康

一部著名的英国畅销小说《吕蓓卡》,它被悬念大师希区柯克改编成同样畅销的电影,电影开头便有女主人公的旁白:"昨夜梦中我又回到贝弗利庄园……"

若灵魂像风,且让我回到我的吉如拉康(吉如,地名;拉康,藏语"佛殿"之意)。

吉如拉康是坐落在山南地区桑日县丁区的一座寺庙,唐代中期始建,不仅因为年代久远,还因为它的第一供养人是唐朝金城公主(金城公主,唐朝继文成公主之后第二位赴吐蕃和亲的唐朝公主),因而倍显珍贵和神秘。

若灵魂像风,我仍愿回到21年前,在高髻雍容、秀骨清像的供养人菩萨金城公主彩塑前,久久端凝,而绝不匆匆离去。

那是1989年5月,是我与藏传佛教佛像塑造艺术的一次真正零距离的接触。为了将这些超逸凡尘、美轮美奂的佛教艺术精品录制下来并传之恒久,我带着藏族同事扎西朗杰和普布扎西，在吉如拉康整整拍摄了 15 天。从公元 8 世纪中期算起，一千多年时光悠悠，却丝毫不曾稍减那一尊尊塑像的绝代风华，它们的色彩、线条乃至营造法度，既氤氲着浑厚博大的盛唐气象，又洋溢着极为罕见的西域犍陀罗（犍陀罗，西域地名，在今巴基斯坦和克什米尔一带，是早期佛塑风格的代表）造像风范。那是一种令人窒息的美，美得横空出世、美得惊世骇俗。许多年后，我在敦煌莫高窟观瞻佛像，比较其与吉如拉康造像艺术成就的高下，就觉得莫高窟造像难出后者其右。

这终生难忘的因缘际会，要感谢当时西藏社科院研究员、著名藏学家黄文焕先生。先生因为受山南文管会之邀，来吉如拉康作一次例行的学术考察，不想这次本来平常的考察却有了惊世大发现。

记得那天上午，我们一行人在山南文管会主任土登朗嘎的带领下走进大殿，结跏趺坐、气象不凡的释迦牟尼塑像迎面而来，大殿两厢透进来的阳光笼罩着释迦佛像，散发着殊胜的吉祥妙相，不由你不屏息静虑。此时，只听黄老先生朗声吩咐："快拿梯子来，佛像肚子里一定有宝物。"很快，两个村民搬来梯子架到释迦佛像身后，不一会儿从佛像肚子里取出了被发黑的缂缎包裹的一捆宝物。就在大殿中，就在老先生把宝物打开的那一瞬间，尘封千年的宝物呈现在我们面前：是两沓被金线捆扎的贝叶经卷和两沓桦皮树经卷。这是多么珍贵的国宝，而这国宝竟因着这样的机缘被发现、得以重见天日，又该是怎样冥冥的天意、怎样佛的慈恩呢？黄老先生的功德可见也非比寻常呵，因为寻常人又怎能如他那样感知到佛的气场？

29 年了，黄老先生应无恙？那部世出的贝叶经卷应无恙？

我去的时候是 5 月，像许多西藏的寺庙一样，吉如拉康被青葱的群山环抱着，寺周围杂树生花，一条小河环寺流淌。淙淙的流水声，还有寺檐角风吹叮当的风铃声，不时飘出的喇嘛诵经声，它们相互应和着，空灵，脱尘，当然还有一些清寂。记得每个气朗风清的早晨，我们带着毛巾、牙膏、牙刷，来到寺后的草地上开始洗刷，只需俯下身去，轻轻拂开青草，一汪汪温泉便汩汩涌漾出来，还冒着热气呢。

午夜锅庄

前不久，当年在西藏的战友，现在在上海做生意的杜东波先生，给我发来邮件，打开一看，是 34 年前我发表在《上海文学》上的两首诗。其中一首叫《午夜锅庄》。这么多年过去了，杜兄还记得那首诗。

那首诗记载了 1983 年我的藏北游历。那年 8 月，学校放假了，我受西藏作协之邀参加藏北那曲著名的赛马节采风活动，就是住在自己搭的帐篷里，每天喝着青稞酒，观看藏北牧民这一年一度的盛典。8 月是高原最好的季节，那曲虽然因为海拔高，没有一棵树，但蓝天下白云朵朵，雪山的铠甲晶莹剔透，路两边无尽的牧草郁郁葱葱地铺展开去，风吹草低，牛羊嬉戏其间，当然，牧女也闪烁其间。这时，作家扎西达娃（现西藏文联主席）摇开车窗，对着公路边牧羊的姑娘用藏语大声喊："克鲁米，咪哒咪哒。"（意思为：打开袍子，看看）。这时，难以忘怀的一幕倏然出现了，有一位身裹光板羊皮袍的牧羊姑娘，真的向车中的我们掀开了她的袍子——那时牧区的藏族姑娘一般是不穿内衣的——在蓝天下，熏风里，就那样，无邪地笑着。我的纯净无邪的高原呵！

白天赛马，是牧民的狂欢；夜晚围着篝火跳起圈舞"锅庄"是生命的庆典。橙色的大铜盘似的月亮挂在幽蓝宝石般的纯净夜空中。"噼里啪啦"的篝火蹿起高高的火苗，空气中弥漫着酥油茶和牛粪火的香味，十里八乡的小伙子和姑娘们来了，还有打着酒嗝、威严如酋长的老人也来了。一圈圈的人，一圈圈的歌声，杂沓着欢笑和喧嚣……歌声和舞步，忽而掀天揭地，如怒涛奔来；忽而顿挫曲抑，如倾诉、似吟哦。

> 仿佛世界是一片童话的叶子
> 但在此吹奏浮雕般的雪岭所封闭的
> 生命的炫耀和午夜庆典的火把。
> ——《午夜锅庄》

夜越来越深，而月亮还是那样晶莹如盘。这时，有的舞圈越来越小。我发现，不时有小伙子拉着姑娘离开舞圈，然后双双上马，融入月色中，奔向那不远处的山坡。扎西达娃跑过来拉我上车，说让我发现"真正的秘密"。很快，我看到了，但那无关"秘密"：山坡泻满月光，照着他们年轻的胴体，他们就那样在月光下纵情肆意地"爱"着，一对一对，这情景，美好而震撼，一如我们的原初。

还是用《午夜锅庄》来作结吧：

> 那曾在无数个十字路口
>
> 点燃牦牛狂奔的尾鬃
>
> 倾听黑夜瓢泼暴雨的孩子们
>
> 他们相信了
>
> 不再只有一种爱情
>
> 能慰藉高原广阔无垠的神圣
>
> ……

结　尾

作为母校安徽师大校史上自愿进藏第一人，我永远也不会忘记祖保泉教授在当年给我们送行的茶话会上，对我们的谆谆慰勉："铁肩担道义，妙手著文章。现在你们道义担了，但文章等着你们著。"

而今，言犹在耳，斯哲已逝。铭记母校恩师的教诲，秉承母校至大至正的学风，得益于母校根脉深厚的家国情怀的滋养，我才能够不辱母校，扎根雪域，在艰苦严酷的"生命禁区"奋发自励，把11年的青春热血和才智铺陈在那一片广袤的国土。在5年的教师生涯中，主编过西藏自治区历史上第一套中师汉语文教材；参与发起过在西藏极有影响的现代诗派"雪域诗派"，担任过西藏山南地区文联作协主席；在山南地区电视台工作的6年中，拍摄了山南的第一部电视专题片以及后来的诸多部有影响的历史文化纪录片。自内调合肥广播电视台25年来，策划并主创过《淮军》、《雪山风云——十八军进藏纪实》等多部获国家级和省部级奖项的大型电视纪录片；作为编剧和执行导演的电影

《圩堡枪声》2017年获安徽省"五个一工程"奖。

2017年8月至9月，我率领电视纪录片《雪域之恋》摄制组重返西藏采访拍摄，在拉萨又见到了母校79级政教系毕业自愿进藏的丁勇校友和81级数学系毕业自愿进藏的许成仓校友。他们都自称是踩着我们的脚印进藏的。他们现在分别担任西藏自治区党委宣传部副部长和西藏自治区人大常委会副主任兼山南市委书记。我欣慰的是，一脉投身边陲的报国情怀不绝如缕。我更想告慰母校的是：我们都曾集合在赭山之麓、镜湖之畔，也属食毛践土，岂能不继之以家国?!

谨以此文致敬时代，致敬母校，致敬恩师，致敬我曾懵懂的青春!

人往高处走

方雅森

《人往高处走》原本是我写的一部电视连续剧和一部电影故事片的片名，写的是 20 世纪 80 年代自己和祖国各地高校毕业生自愿申请赴西藏自治区工作的故事，很有趣。今天，拿"人往高处走"来做这篇回忆录的题目，似乎有些偷懒。不管怎么说，西藏的海拔，的确比安徽高。

"雅森"与西藏情缘

1978 年，我考入了安徽师大中文系。因是高一直接参加高考的，在 78 级 4 班里成了年龄最小的，班里最小的女同学也比我大几岁。因而，我成为全班唯一可以自由出入女生宿舍的男同学。班上一些男同学见我有此特权，便托我给女生送情书，邮费是一支冰棒。送到女生手中，女生又给一包瓜子。吃了"原告"吃"被告"，好不惬意。我这个"快递小哥"乐呵呵地做到了毕业，自己却一直单着。不过，因为年龄小，也没太在意。谁知，等到毕业分配的时候，问题来了。

1982 年毕业分配前夕，我向学校提出申请，要求赴西藏自治区工作，学校要求我征得父母同意。我回到肥西高刘

方雅森，1962 年出生。现任合肥正能量影业公司董事长。著有长篇小说多部，编有影视作品多部，曾获中宣部"五个一工程奖"、国家新闻出版广电总局"飞天奖"、中国文联"金鹰奖"。

家中，好说歹说，父母就是不同意。他们的理由很多，但最主要的一条理由是，你今年20岁，但8年后回来，就28岁了，谁会嫁给你呀？

为了解决父母的心病，回到师大，我开始四处物色"女朋友"。平时不烧香，临时抱佛脚，自然是不顶用的。我一连忙了多日，结果一无所获。走投无路之际我突然想起来自己是个作家，作家找个"女朋友"，或许很难，但造个"女朋友"，应该易如反掌。于是，我前往镜湖边，一边散步，一边开始构思——

首先，这个女孩必须是芜湖人，是我在芜湖十八中实习时的初三学生。如果是外地人，便很难用几句话说清楚我们是如何认识的，而言多必失，还是言简意赅为妙。记得老师在上课时就说过，删繁就简三秋树，领异标新二月花。这个问题刚刚搞定，新的问题又来了，如果她家在芜湖，我的父母要是想过来串门，该如何是好呢？于是，我将她家安排在芜湖冶炼厂，该厂位于四合山，距市区十余里。一旦我的父母提出去她家，我则以路途遥远、交通不便为由搪塞一阵子。接着，我又将她的社会关系一一落实。马克思说得好，人是社会关系的总和。而社会关系在中国尤为重要，中国的婚姻一般都是门当户对的。我的父亲是医院院长，母亲是小学校长，按照中国人事部门的分类，算干部，但我们家在一个小镇上（当时叫"区"），按照城市人的说法，算农村。她家在城市，如果她的父母是干部，即便她本人愿意嫁给我，她的父母也不会答应。因此，她的父母只能屈尊，担任冶炼厂的工人。如此一来，两家便扯平了，"门当户对"了。至于她本人的身份，那就更得符合中国夫妻"男尊女卑"的现实了。如果我是重点大学毕业，她可以上安徽师范大学，但我是安徽师范大学毕业，她就只能做个中专生。

她的身份确定之后，就剩下她上什么学校这一个问题了。她的学校当然应该在外省，且越远越好。可外省中专在安徽招生的，我所知甚少。天无绝人之路，就在我一筹莫展之际，我走到了芜湖市教育局招生广告栏前，看见了华北水利电力学校的招生招贴画。该校位于河北保定，完全符合她的"报考志愿"。

回到男生宿生0号楼，我邀请中文系80级和81级几位同学共襄盛举。学弟们问，嫂夫人叫什么名字呀？我这才想起来，搜肠刮肚多时，居然忘了最不该忘记的。当即说道，请弟兄们帮着想想，我一定从善如流。一位81级同学说，她应该叫"田文"。我问为什么。他说，田文，是我们81级最漂亮的女生。其他几位81级同学立即附和，均称此言不虚。在我的臆想中，田文原本就是个美女，现在，大家都说她美轮美奂，我自然心花怒放，说，你们的嫂子，就叫田文了。于是，我以田文的哥哥"田维刚"的名义，给自己写了一封信，大意是，不仅"文文"支持我援藏，他们全家也都非常支持。年轻人应该志在四方，不要围着锅台转。两情若是久长时，又岂在朝朝暮暮？写完信，我请80级一位同学抄了一遍，并安排一位弟兄于几天后寄出。

回家不久，就收到了田维刚的来信。我看了一眼，故意揉成一团，扔进床底下，出门散步去了。黄昏时，回到家中，父母笑逐颜开，均同意我进藏。虽然不得已，我编造了莫须有的女友田文，最终瞒过了父母，但从这件小事也不难看出当年我去西藏的决心有多么坚定。

1982年10月，我离开芜湖，前往西藏自治区教育厅报到。领导让我暂留拉萨，给西藏自治区教育工作会议写材料。一天，阿里地区的一位会议代表问我，你的名字有何寓意呀？其实我真的不知道1962年夏天我出生时父亲为何要给我起名"雅森"，他没有说过，我也没有问过。小时候，只觉得"雅森"两个字，笔画太多，很难写。但此时面对代表的发问，我总不能说自己不知道，只好信口道来：称王畿之地谓之"雅"，"雅森"就是首都郊区的大片树林，相当于今天张家口一带的三北防护林。他摇头道："非也，你的名字，是西藏的两条大河，一条叫'雅鲁藏布'，发源于我们阿里，一条叫'森格藏布'，也发源于我们阿里。看来，你跟西藏是有缘的，跟我们阿里，就更有缘了。"我听了心里不以为然，这样的解释也纯属巧合！在中小学和安徽师大，我一直接受唯物主义教育，对"缘分"说向来嗤之以鼻。是年底，西藏自治区教育厅先是将我分到日喀则地区师范学校，后又改派至山南地区师范学校。两个学校都位于雅鲁藏布江右岸，如此巧合，让我不禁对那位会议代表的"缘分"说有些心旌神摇。

1983年，为了寻找"森格藏布"，我去了西藏地球物理探矿大队。不久，便跟着一群远看像逃犯，近看像讨饭的勘探队员们，背着56式半自动步枪，开着解放牌30型大卡车，闯入藏北无人区（藏语称"羌塘"）。无人区的本质特点就是没有人，一个人或一群人在人迹罕至的地方生活，起初是清静，接着是寂寞，最后便只有烦躁了。一次，我们开着大卡车从纳木错去那曲，路过当雄县城时，勘探队员们看见一个穿着牛仔裤的汉族少女走在路边，突然一起用藏语高喊："克鲁米，咪哒咪哒！"（藏语意为：脱了裤子，看看。）我头一回听当代英雄们说脏话，不由得大吃一惊。后来，我将这段经历，写成了小说《想象统治我们：羌塘》，发表在南京《青春》杂志上，反响较大。不久，西藏电视台又将它改编成电视剧《他们的地平线》，由中央电视台播出。是年秋，我从无人区回到拉萨后，严重脱水数日，不省人事，碰巧被一位同年进藏的同志意外发现，他将我送进了拉萨市第二人民医院。也不知过了多久，随着一滴滴盐水注入体内，我开始慢慢苏醒。从奈何桥往回走的感觉，非常美好，久久难以忘怀。一次，与一位官迷兄弟喝酒，他说如果下地狱，能让他当地狱办公厅副主任，他放下杯子就去。我当即说道，即使让我当办公厅正主任，我也不去。死过一次的人都知道，死亡并不可怕，但谁都不愿意。不过，要是有谁愿意在死亡的大幕后，反观生命，就会意外地发现生命是如此有趣。

1984年，我担任《藏南文学》杂志的编辑，奉命前往北京，恭请文化部长、著名作家王蒙先生为杂志题写刊名，恭请解放军艺术学院文学系主任、著名作家徐怀中先生担任杂志顾问。在拿到了王蒙先生题写的刊名后，我去了解放军艺术学院，见到了徐先生。谈及此事，徐先生问我信不信"缘分"。我一时不知怎么回答才好，只得一笑了之。因为倘若说"纯属巧合"，虽然"唯物"，但很担心领导说我无趣；倘若说"命中注定"，又担心领导批评我"唯心"。

1985年，为"缘分"说所蛊惑，我决定调往位于森格藏布边的阿里地区狮泉河镇工作。因为顶头上司拒不放人，我决定去找西藏自治区的一把手。一个平头百姓，想见封疆大吏，是很不容易的，我苦思冥想了一个晚上，才想出了办法。次日一早，我以找老乡为名，混进了西藏自治区政府大院，打听清楚伍书记的官邸之后，我便潜伏到他家门前的草丛里。强忍着蚊叮虫咬，等到黄昏时分，见伍书记的轿车驶来，我一骨碌爬起来，冲到了车边，不料被两位警卫抓住，不得脱身。伍书记下车后，问明了情况，热情地请我到他宿舍中详谈。伍书记不解地问，除了拉萨，山南在西藏是生活条件最好的地区，而阿里则是西藏生活条件最差的地区，号称"世界屋脊的屋脊"，你为什么要到那里去呢？我不敢说我在雅鲁藏布岸边已经生活了两年，现在该去森格藏布岸边了，便只好跟他编了一个理由：在安徽师大的时候，我跟校领导说，我要去祖国最艰苦的地方工作，可到了西藏才发现，原来祖国最艰苦的地方在阿里。伍书记听了，甚为欣慰。但他的夫人打量着我单薄的身体，很是担心，婉劝我打消这个念头。离开安徽师大的时候，我的体重是113斤，而此时我的体重只有100斤左右。我最终没能去成阿里，自然也就没有见到森格藏布。对我而言，悲惨的并不只有这些，而是我连西藏都要不得不告别了。

抱病离开西藏，是我一生的憾事。由于长期营养不良，加之超负荷工作和写作，1986年秋，我染上了胸膜炎，左胸大量积液，严重影响心脏工作。起初，我没当回事，每天去地区人民医院抽一大针管积液，回来后仍坚持白天工作，晚上写作。直到有一天早晨，我握着钢笔从宿舍的墙角迷迷糊糊地醒来，这才明白，昨天深夜，自己从椅子上倒了下去，昏迷了几个小时。胸腔积液再次淹没了心脏，心脏的跳动渐渐微弱。我意识到，自己在小说《想象统治我们：羌塘》中引用凯撒大帝在踏上埃及土地时说的那句话"我来了，我看见了，我征服了"，实在是过于孩子气了。不久，我离开了雪域西藏。在安徽师大读书时，听老师说过，安徽人陶行知曾谆谆告诫晓庄师范的学生："捧着一颗心来，不带半根草去。"因此，我返乡时，除了几两胸腔积液，什么都没有带走，但我那段青春岁月的人生印记却留在了西藏，留在了我的师大校友的记忆中。

记得1984年冬，应母校邀请，我曾给中文系81级做了一场报告，如实介绍了我在西藏的活法。在谈到生活情况时，我介绍了单位食堂的菜谱：周一中午为海带，晚上为粉条；周二中午海带烧粉条，晚上为粉条烧海带……然后强调指出，菜谱中的菜也不是天天都有，遇上节假日，便没有饭吃；如果遇上停电，甚至没有水喝。就像证监会告诫股民"市场有风险，投资需谨慎"那样，我也非常负责任地告诉大家，人往高处走，但高处不胜寒。不料，来听报告的200名同学，在听完报告后，竟有多人提出支边申请，最后成行的有十几人。他们奔赴青海、新疆、西藏、甘肃等地后，每个人都取得了远超我的骄人业绩。

很多年后，几位仍在西宁工作、早已功成名就的81级学弟开着越野车，辗转2000多公里，来到我曾经工作过的山南地区师范学校门前，凭吊师兄的足迹。其时，我已因病离开了西藏，一位学弟提议，方雅森不在这里，我们就朝学校大门磕个头。另一位学弟提出异议，说，方雅森还没死，磕头不是在咒他吗？最后，大家一起朝学校大门鞠了个躬。

又过了很多年，我听到了这个温暖的故事，不禁热泪盈眶。我知道，他们是在向学兄致敬，但更是在向那座大门致敬。因为他们从高原的一侧过来，他们知道，高原上的大门，每一座都高高在上。党中央把几代援藏干部的文化遗产归纳为"老西藏精神"，曰："特别能战斗、特别能奉献、特别能团结、特别能吃苦、特别能忍耐"，说得一点也不过。

我的中国心

1982年秋，在我去西藏前夕，恩师祖保泉教授将李大钊先生所作的"铁肩担道义，妙手著文章"一联，转赠了学生。拖病返乡后，每每想起先生的殷殷嘱咐，背上不觉有阵阵寒气袭来。用了近两年时间，我治愈了胸膜炎，还有因家乡气候潮湿而引发的全身皮肤溃烂，终于坐了下来，开始写作。

重新握笔后，创作的第一篇作品便是小说《世界的屋脊》。那天深夜，我记起了我们几个支边大学生一起去日喀则的情形：从拉萨开了一天的车，凌晨才爬上岗巴拉山顶，司机停了车，让我们下车方便。此刻正是黎明时分，我望着不远处仍被印度占领的10平方公里的大片中国领土，突然想起了苏联的小说《这里的黎明静悄悄》，主人公在德军来袭时，对几位女兵的训话："同志们，我们的身后就是俄罗斯，简单地说，就是祖国。"少顷，旭日东升，染红了喜马拉雅山脉数千公里的冰峰雪岭，我极目远眺，潸然泪下。我请同行的战友们站成一排，然后哽咽道："同志们，我们的身后就是中国，简单地说，就是祖国。"望着自己身后的 900 余万平方公里起起伏伏、绵延不绝的国土，大家什么都没说，一任泪水打湿自己的脸颊。

自此，我全部作品的主题，就只有两个字：中国。

20 世纪 90 年代，我写了长篇小说《新四军》和同名电视连续剧。电视连续剧《新四军》于 21 世纪初年在中央电视台播出时，曾创下 9% 的收视率，后来又包揽了中国电视剧的三项最高奖——中宣部"五个一工程奖"、国家新闻出版广电总局"飞天奖"和中国文联"金鹰奖"。

此后，我又陆续写下了再现华侨三次爱国高潮的电视连续剧《华侨三部曲》，再现中华民国国歌曲作者程懋筠（词作者为孙中山）抗战经历的长篇小说《中国的声音》和同名电视连续剧，再现中国现代特务史的长篇小说《最高机密》和同名电视连续剧。

值得一提的是，这期间，我还写下了自己的代表作——百万字长篇小说《中国梦》，后又将小说改编成电视连续剧。作品通过安庆地区几个家族 1860 年至 20 世纪初在近代中国内忧外患、灾难深重、烽火连天、风雨飘摇的半个世纪间的兴衰沉浮、恩爱情仇的描写，艺术地再现了中国近代化曲折艰辛的历程，表现了中国人民争取国家独立、民族复兴、社会进步的英雄气概和民族大义。在作品中，我还用了较大的篇幅，交代了安徽师大的前世——敬敷书院、求实大学堂、安徽高等学堂等。所谓"中国梦"，一言以蔽之，就是中国的现代化。洋务运动之初，一群有梦的中国人在安庆造出了中国第一台蒸汽机和第一艘火轮船，开启了中国的现代化历程。这一事件是划时代的，它划开了中国历史的两个大时代：农业文明时代和工业文明时代。因而，它是值得安徽人自豪的。与此同时，用文字和影像来表现此一"三千年未有之大变局"（李鸿章语），自然也就成了安徽学子的责任，而安徽师大从安庆敬敷书院、求实大学堂、安徽高等学堂和安徽大学一路走来，她的学生更是责无旁贷。在此，我想说："我说了，我拯救了我自己。"不过，这句话的原作者是恩格斯，我只是拾人牙慧而已。记得 1979 年 9 月底，安徽师大中文系 78 级 3 班和 4 班，在教室里举行纪念国庆 30 周年大会，我在讲台也说过这句话。那年我 17 岁，今年 56 岁，逝者如斯夫，一晃就 40 年了。

写了大半辈子"中国"，我的体会只有一个，写"中国"不难，有"妙手"即可，但敢写"中国"则很难，非有"铁肩"不可。毕业于安徽师大，而非北大清华，每当我撰写的文章、著作、电视剧，只要抬头冠之以"中国"二字，则难免有时会遭到他人的讪笑，但是我从不改变自己位卑也未敢忘国、也要报国的志向与情怀。一个人不能揪着自己的头发离开地球，工资、奖金、职务、职称、父母、老婆、孩子，当然要关心，这是一个人的本分。但爱自己的国家并有所担当，也是一个人的本分，更是最起码的道义。我们每一个人命运总是和国家及民族的命运紧密结合在一起，我们离不开中国起起伏伏、绵延不绝的国土，而祖国也同样离不开我们每一个人的"铁肩"和"妙手"，"天下兴亡，匹夫有责"，我们的身后就是中国。

我与 78 级

2013 年，我的老同学查振科来合肥，希望我能将他们查家的前清翰林查嗣庭（内阁学士兼礼部侍郎）、查慎行（著名诗人）、查嗣瑮（侍讲）以及查嗣瑮儿子查开（河南中牟县丞）等人遭雍正帝胤禛残害的悲惨故事，写成电视连续剧，片名商定为《书香门第》。

因为要写查开，自然绕不开鸿篇巨制《红楼梦》的作者问题。关于《红楼梦》一书的作者，学界有多种说法，主流的说法是曹雪芹，非主流的说法有查开，还有 17 世纪中国大百科全书式思想家、哲学家、文学家、音乐家、画家、医学家、科学家，桐城派先驱，南明宰相，天地会（洪帮）创始人方以智。对于曹雪芹，我持否定意见，但究竟是查开，还是方以智，我犹豫不定。为难的原因并非来自学术考据，而是来自文化伦理。在写了查开之后，我又写了一部电影故事片《大明公子方以智》。

得悉我在写作《书香门第》，有同学开玩笑道：你父亲是医生，你母亲是教师，你们家也算是书香门第呀。可历史事实是，我从上小学到上大学，其间，一直没有闻到过所谓的"书香"。邓小平同志南方谈话发表后，我在北京办了一家茶叶公司，一边卖茶叶，一边写剧本。一次，恩师严云受教授做客我的办公室，见柜子里和桌子上杂七杂八放了一些书，当即给我取了斋号"二香室"。在场的同学问，何谓"二香"。老先生笑称，一为"茶香"，二为"书香"。我听了，既感动，又感慨。感动的是，囫囵吞枣读了几本书，居然受到了先生的鼓励；感慨的是，方家居然也有了"书香"。

1968年秋，我在肥西县巨新区上了小学。巨新原名"聚星"，"文革"中改为"巨新"。巨新小学的前身，是淮军将领创办的肥西书院，但等到我进校时，此处已无"书香"。校园内外，"文化大革命"如火如荼，男女老幼都在闹革命，老师们大多被打成"牛鬼蛇神"，斯文扫地；时任巨新区医院院长的家父和时任巨新区委书记的汤茂林等人，统统被打成了"走资产阶级道路的当权派"，戴高帽子游街。汤茂林叔叔在我上大学那年，在肥西山南搞包产到户，拉开了中国农村改革的大幕，那是后话。家父"靠边站"未几，即被发配大别山深处，去修建军用机场；母亲遭下放，失去了工作，只好领着我和弟弟、妹妹，去山南农村的外祖母家讨生活。1974年春，我上了肥西孙集中学，每天跋山涉水，来回要走几十里。其时，家父已调任肥西县人民医院高刘分院院长，我便在秋季转学高刘中学。高刘中学当时是肥西县"学朝农"的典型，学生基本不上课，主要任务就是干农活。学生的学年通知书上只有操行评语栏，没有学习成绩栏。我从来高刘医院住院的病人那里借了《阿·托尔斯泰小说选集》等几本没有封皮的残书，不慎被老师发现，当即遭到了严厉的批评。

让方雅森有"二香室"，把方家变成书香门第，是邓小平同志的"九一九"讲话。2004年8月，《合肥广播电视报》记者宗元元来访，请我在邓小平同志100周年诞辰之际，谈谈"78级现象"，我欣然应允。以下一段文字，就是那次访谈的原文——

问：邓小平同志是改革开放的总设计师，他最先领导的改革就是恢复高考制度。"十年动乱"积压的3000万有权利的考生中，1160万参加了高考。1978年，67万幸运儿跨进了大学校门。你是这67万人中的一个，你觉得幸运吗？

答：是的，我觉得很幸运。不过，我的幸运感可能远没有我的师兄师姐们强烈。1978年，我在读高一，参加高考时还不满16岁。上大学后，不少同学的孩子与我年龄相近，他们一喊我叔叔，我就红着脸往卫生间里跑。师兄师姐大多是工人、农民，已多年没有摸过书本，我虽然没有中断学业，但小学闹"文革"，中学"学朝农"，也难得进课堂。我们一直生活在社会底层，不少人还作为"地、富、反、坏、右"的后代饱受政治歧视。现在国人邂逅，就怕人说胖了，1978年，我因体重不够，吃了10斤西瓜，才过了高考体检关。接受高等教育，对我们这些人来说，在小平同志"九一九"讲话前，简直就是痴人说梦。

问：1978年，在你们67万幸运儿跨进大学校门前后，你们肥西县山南区开始包产到户，奏响了中国农村改革序曲，山南区的农民们因此获得了邓小平同志的褒奖。年底，以邓小平同志为核心的党的第二代领导集体在北京召开了党的十一届三中全会，拉开了中国改革的大幕。这一伟大的历史转折，对你们67万名同学意味着什么？

答：春江水暖鸭先知。78级还未来得及陶醉在"天之骄子"的赞誉声中，就卷入了思想解放的大潮中。1978年，除了你已提及的划时代事件，我们必须感受的重大事件还有：右派摘帽、彭德怀平反、天安门事件平反、真理标准大讨论……作为中文系学生，我们还必须接受《班主任》、《伤痕》、《于无声处》的洗礼。上课时，我们和老师争吵，因为他坚持认为刘少奇是"叛徒、内奸、工贼"；下课时，同学们互相展开激烈的辩论。我发表的第一首诗歌，就是写张志新的，张志新因为反对林彪、"四人帮"的专制主义而被割断了喉咙，今天的孩子已经很难听到这样血腥的故事了。在思想的同时，我们疯狂地读书。后来的人提到78级如何学习爱用"如饥似渴"这个词，其实，那个时候，半天不读书，我们就会"毒"瘾发作。在图书馆里，78级成为近代以来，继林则徐、康有为和陈独秀、李大钊、鲁迅之后，"睁眼看世界"的第三代人。1978年，我们清楚地知道，邓小平同志率领中共中央否定极左路线，确立了崭新的思想政治路线；1978年，我们还朦胧地知道，邓小平同志率领中华民族开始告别五千年的农业文明，迈向世界，迈向现代文明。

问：邓小平同志亲自领导的高考制度改革造就了78级，78级后来成为中国改革开放事业坚定的支持者和实践者。20多年来，78级在中国经济社会生活各个领域创造了辉煌的业绩。今天，作为中国社会主义建设各条战线的顶梁柱，78级蔚为大观。产生"78级现象"的主要原因是什么？以后还会有"88级现象"、"98级现象"吗？

答：谢谢你对78级的崇高评价。78级能为中国改革开放事业作出应有的贡献，首先缘于时代的要求。78级走出校门时，中国经济社会各项事业百废待兴，人才奇缺，他们在各个单位均获得了施展才华的巨大空间。1982年夏，我自愿申请赴西藏自治区工作，不久，自治区教育厅组织编写中师汉语文教材，我即被任命为主编。那时，我才20岁出头，这个岁数，放在今天，用人单位很可能以缺乏工作经验为由不予录用。78级的成功，也与他们特殊的成长条件和顽强拼搏分不开的。1993年，我策划摄制了大型电视专题艺术片《中国电影第五代》，张艺谋、陈凯歌……一人一集，26个人，都是北京电影学院78级。一代著名导演出在一个年级，这在世界电影史上也是绝无仅有的。但翻翻他们履历表，就不难理解了。"88级现象"、"98级现象"，我以为很难出现了。78级实际是十几个年级被历史挤压到了一间教室，从某种意义上说，"78级现象"是个悲剧现象，我们衷心祈祷它不再重现；随着社会主义市场经济的高速发展，高等教育在我国已从精英教育转变为大众教育，高等学府的神秘色彩亦将渐渐褪去，"78级现象"也没有必要重现了。

问："78级现象"终将载入史册。与88级、98级相比，78级有哪些特点？78级能给88级、98级留下哪些精神遗产？78级希望88级、98级如何超越他们？

答：78级具有强烈的民族精神和民族忧患意识，但往往缺乏博大的人类意识和世界眼光，往往囿于民族主义的狭隘和偏见；78级具有强烈的政治关怀和道德追求，但往往缺乏更为宽广的人文关怀和文化追求；78级具有强烈的实践意识和现实精神，但往往缺乏终极关怀和超越精神；78级具有积极的人生态度和乐观主义精神，但往往缺乏深刻的苦难意识和悲剧精神；78级热忱向往清明政治，充满为民做主、经纶济世的情怀，但往往缺乏现代公民意识，缺乏民主与法治精神；78级具有强烈的社会责任感和历史使命感，但往往缺乏自我实现的强烈愿望和自救意识；78级具有强烈的集体主义和英雄主义精神，但往往缺乏个性意识和多元意识。

问：最后问一个问题，到2104年8月，也就是邓小平同志诞辰200周年时，人们会如何评价你们这一代人？

答：到那个时候，综合国力位于世界前列的中国，正在为维护人类和平、推动世界经济增长、促进国际社会进步发挥自己无与伦比的作用，会有更多的中国人（含台湾特别行政区同胞）以崇敬心情来谈到中华民族伟大复兴的总设计师邓小平的。而知道我们这一代人的，除了历史学家，可能不多了。由于历史的局限，我们这一代缺少标志性人物，但作为邓小平同志倡导的改革开放大业最初的实践者，我们这一代作出了自己的历史贡献。如拿破仑所言，我们无愧于自己的命运。

关于"78级现象"的访谈见报后，78级不少同学给我打来电话，有叫好的，也有批评的。叫好的，多针对记者给予78级的那段崇高评价；批评的，一般针对本人根据记者提问，在将78级与88级、98级进行比较时，所提到的78级那几点不足之处。对于前者，我的回答是，长江后浪推前浪，骄傲使人落后；对于后者，我的回答是，一代总比一代强，谦虚使人进步。

记得我在某个学校做讲座，有个同学提问：你们安徽师大中文系78级，最值得自豪的是什么？我当时是这么回答的——

如果你问南开大学同学，南开最值得你们自豪的是什么？他们一定会回答你：抗战期间，中国的汉奸多如牛毛，但没有一个是南开的。

如果你问安徽师大中文系78级，最值得你们自豪的是什么？其他同学怎么回答，我不知道。我的回答是：人往高处走，而书籍是人类进步的阶梯。古往今来，很多学校、很多年级都有不爱读书的，但安徽师大中文系78级一个也没有。

再回首

岑 杰

转眼又到一年高考季，看着紧张忙碌的学子和家长们，不禁喟然长叹，"00后"的后生们都上考场啦。平日里，尽顾着工作、生活的忙忙碌碌，如同埋头赶路的行者，难得歇息，更无暇回望。只有每年的高考时节，好像又会触碰心里的敏感地。今年尤甚，恍若眨眼之间，40年飞逝。1978，历历在目。

可以说，我们这批惠享改革开放先风的"78"人，与中华人民共和国翻天覆地的40年休戚与共、命运相通，是经历者、参与者，也是见证者。毋庸置疑，身为"78"人，是我们心中永远的骄傲。1978，中断了11年的高考恢复后的首次全国统考。当年全国610万人报考，多少年压下的人才井喷了，最后包括大专共录取40.2万人，录取率仅为6.6%，不能不说他们是幸运的骄子。因为，他们的命运，确实都在1978之际，打了个顿，成了转折点或新起点，毋庸置疑地改写了自己后面的人生故事。回眸一笑40年，是一次回望来时路的梳理，更是40年人生的一次小结。轻松"一笑"里的蕴藉，太丰富啦。

我是1959年出生的，我们确实是曾被"耽误的一代"。关键的青少年期正赶上"文革"，小学、中学都在"轰轰烈烈"闹革命中度过，一路学工、学农、学军、开门办学等，

岑杰，1959年出生。编审，安徽文艺出版社副总编。

就是没有认真、系统地学文化，临了还去"广阔天地"接受了贫下中农的"再教育"。家庭经历了"文革"的冲击，1969年初，我母亲就向工作的省立医院主动提出全家下放，退了单位的分房，带着80岁的曾祖母、60多岁的奶奶一起，全家八口下放到了青阳，扎根农村。1972年，为了我们兄弟的学习、就业，全家又返城了。那时我上初二，历史、地理几乎空白，数理化也仅学一点皮毛，外语更是只识26个字母，却喜欢文学。记得"文革"中我的一次"偷书"的经历，那是1968年的暑假，我和大院的几个小伙伴跑去安徽大学校园游玩，无意中翻窗进了无人看管的图书馆，一人偷了一本书，我偷的是《鲁宾逊漂流记》。一回家便如饥似渴地偷着读起来，兴奋激动，深深被小说主人公奇异的经历所吸引，"漂流"也成了自己的一个梦想。1977年刚被招工做了建筑工人的我，也心心念念地备考1978，理科没戏，喜好文科的我还能使上点劲。缺科太多，请了三个月假，一口气没日没夜地狂补，懵懵懂懂地进了考场。直到查分时，招办老师告诉我过了录取分数线，这才扬眉吐气喜悦起来。

40年，沧海桑田，每个人都有自己"4年"和"40年"。一路走来的人生故事，有欣喜，有嗟叹，有感慨，有窃喜……有人把77级、78级、79级大学生合称为"新三届"，还有人把78级视作中国教育史上"前无古人，后无来者"不可复制的一届。1978年的高考是恢复高考后的第一次全国统考；政策上放开，如取消了政审和推荐，让一些此前因成分、政审等种种原因无法报考的优秀人才，得以自由报名；再就是年龄的放开，使得78级有了"40后"、"50后"、"60后"三代同堂的奇观。也正是这巨大的年龄差、职业差、城乡差的文化、生活、心理"代沟"，在大学这个环境里，相互剧烈碰撞、融合、影响，成为我们今后的人生财富。

如今想来，那时尚懵懂幼稚的我，无比感念四年"非同一般"的师大生活，怀念那时的校园、那时的学风、那时的师德、那眼中"神"一般的学霸同学。

母校不仅有得天独厚的优雅环境，前有镜湖，后有赭山，风水绝佳，更有藏书百万的图书馆。阅历先天不足的我们，被震撼了，也发现自身知识结构的缺陷。在安徽师大，我们的视野被极大地拓宽，不仅更充分了解了中华文明的丰富璀璨，也让我们惊喜地发现除了《高玉宝》、《艳阳天》、《金光大道》之外，还有诸如巴尔扎克、普希金、莎士比亚、尼采、卡夫卡这样的人类文明。浩渺的星空无边际，智慧的星光映满天。这堂精神启蒙的"补课"，通过"阅读力"的提升，逐渐重新构建每个人不同的"知识谱系"。这太重要啦！丰富、健全的知识谱系，才奠定了我们心底敬畏、坚守人文精神与情怀的坚实基石。阅读，就是一个人的生命道场，就是一个人一生的修行本身。

我们寝室，就有几个资深"书迷"，睡我下铺的老哥王新华，就是个阅读高手，整天烟不离手，手不释卷。他不仅阅读量大，还效率极高，一本大部头，两天就读完。隔壁的王希华，也与他同好：书与烟。大家钦佩希华的是他过目不忘的惊人记忆力，而且是"百科全书"式的杂家，记忆里的他，好像没有问题能难住（他因病而英年早逝，很怀念他）。

如果追问起，大学教育是什么？我想，爱因斯坦说过的一句话，该是最好的注释："教育就是当一个人把在学校所学全部忘光之后还剩下的东西。"这就是教育之魂。大学不仅是教人知识、技能，更重要的是精神启蒙，熏陶、养成一个人深沉的人文精神与情怀。这会是伴其一生的精神内核。情怀、修养、智慧与灵性，将成为这个人今后职业生涯和漫长人生的精神追求与操守！

同学中涌现一批才华四溢、引以为傲的教师、诗人、作家和学者，他们不仅有成就，更有情怀与追求。身为78级里的小字辈，我们相对因袭较少，被老师、学兄学姐、安徽师大独特的人文精神启蒙、熏陶，传承了更多优秀的精神品质，并在20世纪80年代思想解放、改革开放的大氛围里，阅读到大量优秀、丰富的人类文化精华，这才养成我们思想活跃、激情澎湃的人文情怀与追求。

80年代的文学是那么的神圣，人们对作家、诗人、编辑，简直是敬仰无比。记得大学时悄悄给报刊投稿，当第一次收到编辑手写的用稿通知，那个激动无可比拟。1986年起，我也有幸从事了文学编辑工作，一做就是30多年，喜乐自知，感慨万千。至今想来，仍得感恩母校的谆谆教诲与潜移默化的影响，让我自感做了一个有追求、有品位的文学编辑，看着自己30年来做的精品书，仍在安徽文艺出版社展示室里展示着，心里满是欣慰和自豪。编辑是个很能体现个人综合修养的职业。一个选题的策划，对作家、文本的选择，都反求，做到"不被积习所蔽，不为时尚所惑"，还真是不易。

说几个我做出版的故事与感悟。大学时，曾读到《象棋的故事》，就被奥地利著名作家茨威格所吸引，深深折服于他作品中细腻的人物性格、心理描写和奇妙的戏剧性情节。如我一般喜爱茨威格的读者太多啦，但未见国内有其作品的系统出版。做了出版人之后，我就想精心策划一套茨威格的丛书。于是，找到中国社科院外文所的德文翻译家、茨威格研究专家高中甫，志趣相投，一拍即合，组织、精选了国内最好的翻译家的译文，先编选了一套三卷本的《茨威格小说全集》；接着又给陕西人民出版社策划编选了一套七卷本的《茨威格文集》；2000 年我又为安徽文艺出版社策划了一套九卷本的《茨威格传记系列》。这几套丛书都大获读者喜爱与好评，这应该是茨威格作品在国内最系统的介绍和最全的译本。

《尼采：在世纪的转折点上》是一本影响了 20 世纪 80 年代热血青年的书，我偶然读到，便被激情的尼采和睿智的译者周国平深深吸引并爱上他们。90 年代初便登门去哲学所拜访周国平，真诚的交流赢得共鸣，约来了他的新作《今天我活着》，接着又约来了我喜爱的作家张承志的《清洁的精神》、赵鑫珊的《黄昏却下潇潇雨》、周涛的《深夜倾听海》、朱正琳的《也无风雨也无晴》、戴厚英的《结庐在人境》、周玉明的《天上·人间·梦里》，策划成一套名家散文丛书"金蔷薇文丛"，推出后也受到市场欢迎，并多次再版。

后来策划、出版的"留学生文学丛书"、"傅雷译品典藏"、"蒲宁文集"、"当代名家精品典藏"、"鬼吹灯小说系列"、"心路历程·当代女作家散文丛书"、"人生与少年丛书"、"理想图文藏书"、《大河上下——黄河的命运》等等，都可谓是用心、用情的精神佳酿，满心喜悦与无悔。

做出版，真太有趣啦。它是兴趣与职业的高度统一。因为真心喜爱，你才会全身心投入，激活更多潜能与想象。职业让你有机会结识、走近欣赏喜爱的作家，读到"下金蛋的母鸡"和作品背后的故事，多么难能可贵。在与喜爱的优秀作家真诚交流的同时，也成长、丰富了自己。我的真诚和情怀，也使我和许多作家之间，不仅是业务关系，更多的成了至交、挚友。你可以向吕同六、高莽、柳鸣九请教外国文学；与周国平、赵鑫珊聊哲学；与张承志、叶辛谈人生；与叶永烈、李炳银话纪实文学；与陈丹燕、刘绪源聊中学生；与天下霸唱、爱潜水的乌贼侃网络文学……他们精彩又丰富的人生阅历、故事，也成了我的人生财富。

出版更是遗憾的职业。做了这些年出版，因为种种原因，一些很好的书稿从自己手中错失，也是一个编辑最大的遗憾。前年，朋友推荐原《当代》主编汪兆骞的《民国清流》系列作品，是个内容丰富、分量厚重又很有可读性的文本，但因为种种原因，未能在我社出版，只能眼睁睁地看着它流落他社，成为畅销书，深感遗憾。还有些早年编辑的书，其设计、制作上也留下了各种遗憾，换作现在肯定会把它们做得更精致、更贴切。

或许，不完美，才是人生，让你总觉得：你还可以做得更好。

难忘高考　感恩师大

——记与"90后"女儿的一次闲聊

王大明

王大明，1957年出生。现任香港宝文置业（安徽）有限公司董事长，先后向社会与学校捐赠 6000 多万元。

今日忙里偷闲，小女儿瞧见我便放下手中的电子设备，饶有兴趣地说："爸，我正在看《极限挑战》，这一期的主题是孙红雷、张艺兴等大腕穿越时空，回到 40 年前参加的全国第一次高考。"

"高考？"我沉思片刻，忽然意识到从 1978 年至今已有整整 40 个年头了。没等我说话，小女儿问："我记得您是安徽师大中文系 78 级的吧？"

"没错。唉，真的是 40 年了。"

"那时的高考很难吗？怎么在综艺上看起来跟现在的高考相差好远，似乎真是百里挑一才能金榜题名呢。"

原来《极限挑战》是一档综艺节目，女儿正沉迷其中。我望着她疑惑的样子，解释道："你们这一代人怕是很难想象，那时的高考录取率只有 6%，尤其是文科更低。我记得 78 级中榜的人数大约是 27 万人，今年大约是 800 多万人吧。"

"现在，大学生算个啥呀，基本上逢人一问一个，遍地开花！"

我笑了，说："那也是，高等教育普及了嘛，大学生自然就多了。"

"时代的差异真大呀！我们这一代要说自己不是大学生，别人才会觉得有点奇怪呢。"女儿若有所思地自言自语。

我告诉她："在 40 年前那个时代，你若高考中榜，起码比当今的研究生甚至博士生地位都高。第一，大学生意味着有铁饭碗，国家包分配；第二，无论是下放知青还是回乡知青，只要考上大学就可以跳出农门；第三，街坊邻居都为你骄傲，可以说得上是特有面子的。"

看到女儿不以为然的样子，我补充道："'文革'时期，大学停招长达 10 年之久，文化和人才都出现了断层。1978 年是一个时代的转折。哪怕你再穷，只要考上便成为'天之骄子'，你毕业后就会有一份体面的工作。不像现在就算你考上北大，也不一定……所以对我们这一代人来说，恢复高考是改变命运的开始。"

"高考改变命运？"女儿问道。

"是的，还是一个质的改变！"我肯定地回答。

"现在网友都调侃说，如今考上哪个大学，只是决定你去哪个城市玩游戏而已。"

我大笑，心想这还是第一次听说，看来大学文凭不再是金字招牌了，正好说明当今大学生比比皆是，这是国家兴旺发达的标志。

见我没反应，女儿又追问："那您那时候上大学，和现在的大学生还有什么不一样的地方吗？"

我回过神来，答道："我们那时 10 个人一间寝室，住得非常拥挤，夏天也没有电风扇，不像现在的大学生，有些宿舍里还有空调。吃的饭菜比今天大学食堂里要粗劣得多。印象特别深的是，有一年夏天，芜湖的那个臭虫特别多，我和室友夜里爬起来把席子卷起来，在地下一跺满地爬的都是。那时候国家也并不富裕，但为了培养未来的老师，我们师范生每个月都能得到 17.5 元的饭菜票。别小看这 17.5 元，从农村来的同学省吃俭用，甚至可以每月节约 2 元菜票，期末拿菜票退回钱，还可带回去孝顺父母、补贴家用。"

"条件那么艰苦啊！"女儿不禁感慨道。忽然，她把话锋一转："我不止一次听您说感恩师大。古人云：滴水之恩，定当涌泉相报。这就是您多年来回馈母校的原因吧?"

"哦,当然。我这个中文系毕业生,现在算是个企业家,是个商界人士,我曾戏言此生不幸沦商。其实在中国传统文化里,商人可谓在三教九流中是比较低的一级,古人云:'商人重利轻别离,前月浮梁买茶去'。这是当时的社会价值观。如今的社会是市场经济,经济是基础,有钱就吃香,但我始终不把自己定位为商人。至今,我庆幸自己有一个保持读书的习惯,这是受益于大学时老师的教诲和文学的底蕴。读书可以明理。我爱阅读,这使我在经商的路上顺风顺水。我坚信人不可以忘本,既然得益于母校便应感恩与回馈。所以这些年我赠予母校的累计有了 3500 多万元。我为什么这样做呢? 因为高考是我人生重大的转折点,是大学培养了我成才,我要知恩图报。我大学毕业分配到安徽省外贸部门,才有机会接触'广交会',才能出差到香港了解市场经济。之后,我又有幸在深圳国际展览中心工作,在改革开放的前沿地带经风雨见世面。回顾我所走过的道路,我的一切都是时代的因缘,是时代造就了我们这些人。我的人生发展脉络,就是高考、上大学、毕业、进机关、下海,回老家后还给资本家打过工,直到 1998 年,也是我 40 岁的那一年,我才开始创业。"

"爸,您 40 岁创业,其实在当下的中国社会和西方,可以算是一个比较晚的年纪了。如果是我,应该不会选择这么冒险。毕竟这个年纪,应该以家庭为重,稳定的收入是家庭幸福的根基。到底是什么原因让您一下突发了这个创业的念头呢?"女儿好奇地问。

我想了想回答:"大概是因为性格。我内心深处自知我有能力,在各个岗位上都可以把工作做好。但是对于我个人而言,始终缺少归宿感,说得通俗点,其实就是从未有过一个岗位让我留恋不舍,也从未有过一个老板能够让我心甘情愿地去终生追随。我就是想自己试一下,我究竟有多大能耐? 我问我自己究竟行不行? 到底能不能按照我的心意去做成一件事? 当然,创业初期也是十分艰难的,毕竟 40 岁才从头干起,我要对自己的家庭负责,那个时候你年纪还小,我一天工作 16 个小时是常态。"

女儿听完后点点头,然后反问:"可即便一天工作 16 个小时,也未必能保证一定成功吧? 我以为善于对机遇的把握似乎要比您努力要重要得多。"

"这个问题很多人问过，我也曾仔细地思考过。我认为首要因素是自信心，首先你得有坚定的信心，相信自己能成功。当然，盲目自信也不行，自信心是建立在科学论证的基础上的。其次，就是工作经验的累积，像毕业后十几年的职场生涯，沉淀了阅历、见识和人脉，这些都是我的财富。常言道：'读万卷书，行万里路'。当你行遍万里路，见识得多了，自然所做之事不同于往日。最后，一个人成功的关键是行动力。行动力就是执行力。我觉得自己有好的想法，就应付诸行动。我认为一个行动力超常的人，一旦决定了就立即付诸实施。行动的要点是什么？是找准一个突破口。我的创业就是遵循这一点。1998年我满怀激情地大胆设想，分析把握国家的大势，找准了做房地产这个突破口，之后再展现百分之二百的行动力，这样保持下去自然就会成功。当然，你说的时运也很重要。我今年60岁，回头看的话，每个人对时运的把握不尽相同，而时运必须和智慧挂钩，你才能把握得住。"

　　"这就是人们常说的：机遇垂青有准备的大脑。"女儿像是悟出了道理。

　　我点点头。"把握住机遇后还需要你踏实、勤奋。俗话说：天道酬勤，幸福是靠奋斗出来的，而不是你在家里坐着想着就出来的。你必须调研，了解市场规律，才能够科学决策。在我们那个时代，社会上没有富人。所谓的干部子弟也好，与一般老百姓的收入实际差别很小。比如说当年一个处级干部，一个月收入100多元钱就算不错了，而普通人平均收入50来块钱，差别也不过就是两三倍，这说明那时的确没有富人。后来得益于改革开放和经济建设，我们成为新中国成立以来的第一批富人。近些年，党和政府又确定了'两个一百年'的奋斗目标，到2049年，要实现中华民族的伟大复兴，我们恰恰有幸赶上了这个时代。而中国第一批富一代，富起来了以后才可以有精力去思考何为金钱？财富如何传承？该怎么去贡献社会？同样的，中国的富二代也是第一代的富二代，他们生下来就家境富裕，譬如你就属于富二代。你们怎么用父母的钱去创造价值、造福社会，让钱发挥更大的意义，这才是我所关心和希望的。"

　　"感恩您这位富一代，才有了我这个富二代。"女儿笑笑，接着说："在您那个时代，大家的起跑线其实很相近。即便会有差异，但其实并不很大，完全是靠自身努力去追赶的。可现今社会，很多为人父母，拼命地往自己的孩子身上砸钱，让孩子学钢琴、学画画、学跳舞，还要买高价学区房，送孩子上好学校，就是希望下一代不要输在起跑线上。而一些家境不好的农村孩子，却偏偏缺少这样的条件和机会。时下还有一些青少年自幼就娇生惯养，习惯于依赖父母，做'啃老族'，其实他们尚未走上社会就已经到了终点了。以此，又怎能够培养出真正的人才呢？"

我解释道："归根结底，这是时代发展的一个产物。改革开放后，阶层悬殊所带来的贫富差异已经相对固化了。确实有些城里的孩子，他生下来就富有，也有一些边远地区农村的孩子，他生下来就处于贫困状态。社会阶层固化，贫富悬殊拉大，确实带来了一个新的社会问题。从我的角度来看，对于家境相对贫穷的孩子，机会减少了，接受的教育也变得畸形。我一直在思考，究竟怎么做才能以微薄之力对社会施以正面影响呢？我深信金钱是要有正当归宿的，这样才能使它更有意义。那么金钱的归宿点究竟在哪里呢？或者说我们人生最后的归宿点究竟在哪里？经过多年的思索和实践，我终于找到了答案：金钱'取之于社会，馈予之社会'。"

"您这辈子挣的钱完全够花了，毕竟在这方面也没什么追求了，您会不会觉得生活索然无味？还是又重新找到了人生的方向？"

我稍作停顿，答道："这确实是中国的富人们所应该思考的问题。其实在我50岁时，也有过一段很迷茫的日子。就像你说的，钱够用了，物质上的满足感对我而言已经不具备任何吸引力了，反而像失掉了人生的方向。那段时间我就开始大量阅读哲学书、历史书，有时候也能从书中解决一些困惑，但还是没有找到目标和方向，整个人很抑郁。后来机缘巧合，我碰上了师大的老同学，跟着他慢慢了解佛教文化。中国几千年传统文化之中的归结点是自利利他。佛教中叫作'回向'，就是将自己所修的功德、智慧、善行、善知识，不再自己独享，而将之'回'转归'向'与众生同享，以开阔自己的心胸，并且使功德有明确的方向而不致散失。这不正和我前面说的'取之于社会，馈予之社会'异曲同工吗？读书多了，你会有一个更好的认知论，更好的价值观，会更守规矩，心地更善良，同时对待当下的社会更有耐心，会去思考如何为社会做贡献。而这些都是你发自内心、真正会去做的事情。常言道，50 岁知天命，而我 52 岁知天命。知天命就是知道自己真正的使命。"

女儿总结道："看来，您人生中的两次重大命运转折，都离不开母校。首先是您高考中榜，大学毕业，您的社会角色发生了质的改变。"

我点点头。

"这成为您后来创业成功的一个必不可缺的奠基石。到 52 岁时，您在精神层面又受益于母校同窗的引领，归根结底是您所学的中国传统文化精神的濡染。"

我笑道："还真是这样，母校对于我而言，更像是人生的摇篮，令我十分眷恋。我在商界能以微薄之力为母校做贡献，实属心甘情愿。相信在我的带动下，会有更多的校友参与，从而引发更多的社会关注。我所馈赠的 3500 余万元，仅仅是一个开始。希望在建校百年时，也就是再过 10 年，我还能有幸为母校做贡献。"

女儿笑笑，闲扯几句后，又接着看她的综艺去了。

我知道，女儿关心的并不是恢复高考 40 周年，而是她的综艺。对她而言，历史再厚重，总归已经是过去，她沉浸更多的仍是当下和未来……

时光转逝，我的思绪倒是伴着综艺里的配乐，真的回到了 40 年前。我记起当年我怀揣着梦想踏入校门，在师大校园里，幸获恩师教诲，学习孜孜不倦。出了校门，我始终伴随着毕业时珍藏的那首歌谣：

忆吾自入学而就业分，转瞬间已四易春秋，幸恩师教诲之循循分，俾吾曹学业稍有成就。声相近，气相求，何忍与诸同学遽分手？歌一曲，诉离愁。愿他日，吾母校，如松茂。

思绪又跳跃到今年 5 月刚刚回母校参加 90 周年校庆的场景，默然念起自己的一首小词《浪淘沙》：

木欣赭山荣，春意正浓。同窗点滴到心头。雨打风吹多少事，依然英雄。今宵酒灯红，一饮千盅。豪情絮语两钟钟。此刻仍需各努力，莫负春风。

用荆棘编织律师的桂冠

张晓陵

张晓陵，1949年出生。南京大学法学院副教授，曾任江苏钟山明镜律师事务所副主任、江苏省律师协会刑事辩护专业委员会副主任、中华全国律师协会刑事辩护专业委员会委员。

我是安徽师范大学中文系 78 级学生，1977 年首次招生时，我就以滁县地区文科第一名的成绩被南开大学外语系录取，结果因为自己是 68 届高中毕业生，而被刷了下来。半年后我再次参加高考，又以语文单科总分全省第一的成绩考入安徽师范大学。我也不知道是因为语文总分考第一而喜欢上了语言，还是因为喜欢语言而使语文成绩两次都考了第一。总之，从那时候起，我喜欢上了语言。语言在我心目中已经成为了一门艺术。

马克思曾说过："外国语是人生斗争的武器。"我认为任何语言都是斗争的武器。正是在中国人民大学攻读法学硕士期间，担任演讲团团长为我今天从事刑事辩护工作奠定了语言基础。因为从某种角度而言，刑事辩护也是一种"斗争"。

1982 年，我从安徽师范大学中文系毕业后，没有去做作家之类的文学工作者，而是以优异成绩考取了中国人民大学法学研究生，师从我国刑法学界泰斗高铭暄攻读法律。在取得法学硕士学位后，几经辗转，于 1986 年调至南京大学任教，并开始做兼职律师。

我代理的第一起案件是 1987 年发生在南京市的苏北小保姆周某故意杀害雇主 5 岁女儿（未遂）案。我代理此案后，在细致的调查中发现，雇主男方以结婚为诱饵诱奸小保姆，是小保姆萌发杀人动机以报复的原因。我以律师的责任感，通过大量的举证和当庭阐述，说清了事实原委，唤起了雇主的良知。雇主当庭向小保姆表达了忏悔之意，作为证人的 5 岁小女孩也和小保姆抱头痛哭。法庭最终采纳了我的辩护意见，从轻判处了小保姆有期徒刑 10 年，雇主被劳教。

在国内外，象棋被喻为智慧的体操。对此，我完全认同。我在中国人民大学读研究生的三年时间里，三次蝉联学校组织的象棋比赛冠军，并任学校象棋社社长。象棋使我懂得了什么是出其不意、攻其不备，使我学会了"运筹于帷幄之中，决胜于千里之外"，使我的逻辑思维能力得到了空前的提高，并且培养了我面对"残局"能够镇定自若的心理素质。

在担任中国人民大学书法社副社长期间，是书法陶冶了我的情操，使自己的人格得到了升华。此外，在校期间担任校广播电台的播音员，也使自己的语言表达能力有了质的飞跃。在那个时候所接触到的从康德到黑格尔的哲学理论，后来也成为我从事刑事辩护的指导思想。

法庭毕竟不是纯粹的演讲台。特别是我们所具有中国特色的法庭，它不可能成为律师一方随意发挥的舞台，所以在法庭上，律师言行的准确比生动更重要，绝不可本末倒置。如此前提下，刑辩律师将所掌握的相关学养，如社会学、哲学、历史学、经济学和心理学等学识，在法庭上恰如其分地合理运用，才可能使自己在法庭上挥洒自如而不偏离辩护的中心，从而提高自己的刑辩水平。

就我个人而言，从事刑法学的教研和律师工作之余，对书法、播音、音乐、象棋、游泳及乒乓球的不同程度的爱好，构成了我目前颇引以为自豪的生活方式。这种科学的、艺术的、运动的生活方式犹如生命的主旋律和副旋律，交织在一起，组成了使我生命质量不断提高的底蕴。

且不说从事刑辩业务的中国律师在我国律师制度恢复后的几年里，是何等地艰难坎坷乃至于失去了自身的自由，就说律师在刑辩过程中，所承受的精神压抑和余悸，就是其他任何法律服务机构无法相比的。

尽管近些年随着"依法治国"进程的不断推进，随着《律师法》的出台，和《刑法》、《刑事诉讼法》的修改，以及一批有关刑事辩护的规范性文件和司法解释的推出，推动了我国民主与法制的逐步健全和完善，但是，在现阶段，我国律师在刑事辩护中仍然被"赋予"了不少不该有的限制。在审判中有时还是"你辩你的，我判我的"，律师甚至还承担着随时被追究伪证罪、包庇罪的风险。

由此可见，"刑事辩护律师头上的桂冠是用荆棘编织而成"之说法，不无道理。

"高风险的工作，必定有高额的回报。"曾有朋友这样跟我开玩笑。其实，辩护成功的案子不一定都能收到钱，或者与旁人所料想的应得收入相差甚远，因为我们做刑事辩护的律师要根据当事人的实际支付能力去收取律师费。除法律援助的案件外，虽然偶尔也会出现不仅没有分文报酬，而且我们办案律师还要往里搭钱的情况，但是每当通过自己的努力拯救了当事人，或在法律允许的范围内最大限度地减轻了当事人所受的刑罚，而改变了他们的命运乃至他们整个家族的命运的时候，那种精神上的愉悦，会成为对我们刑辩律师最高的奖赏。这种奖赏是无法用有价货币来度量的，它所带来的享受应该是马斯洛所说的"自我实现后的享受"。简单地说，就像作家在黎明时完成他作品的最后一笔时，工人完成自己最好的产品的最后工序时，内心涌动出的那种莫大的兴奋与欢乐。

"孤掌难鸣！"一个人的能量再大，它总也是有限的。一个律师事务所如果能有所发展，首当其冲地要做好"人和"。而高度的协调与统一，又是建立在同一个理念上的。今天，由南京大学法学院所属的原南京中山律师事务所改制而来的江苏钟山明镜律师事务所，就是由一群以维护社会正义为自己终极目标的律师所组成的。

我们所的人员中，副教授占30%，具有法学硕士学位的占80%。浓厚的学术气氛使得我们成为学院派律师事务所的代表。我们力图以精深的法理为依托，传承老"中山所"以诉讼为主的特色，在我国加入WTO后新的社会舞台上谱写新的篇章。

编者按：张晓陵同学是我国的一位杰出的律师。他始终关注弱势群体，并心甘情愿地充当他们的代言人。1994 年，他参与了震惊全国的"梅花奖舞弊案"的代理工作，在环境和气候对自己十分不利的情形下，不畏权贵，据理力争，最后在江苏省高级人民法院，帮一介书生的弱女子袁成兰打赢了这场官司。他经手办理的案件很多，其中有号称"中华人民共和国第一大案"的无锡新兴公司非法集资案。在他二十余年的刑辩生涯中，有数十起案件无罪辩护成功，避免了许多冤、错案的发生。他"铁肩担道义"的义举，感动了许许多多的人，其刑事辩护业绩被广泛报道。1997 年 4 月 18 日，与张晓陵素不相识的著名杂文家鄢烈山在《南方周末》上撰文，盛赞张晓陵为"当代大侠"。他被律师界誉为"中国刑辩第一人"。1997 年，新加坡《联合早报》誉其为"金陵铁嘴"。《中华儿女》称其为"护法斗士"。2000 年，德国著名的《世界报》称其为"南京乃至全国最成功的刑辩律师"。德国国家电视一台专程到南京拍摄了他的专题纪录片，向德国及欧共体观众介绍他的律师生涯和中国法制状况。2009 年 5 月 11 日，张晓陵因积劳成疾，不幸逝世。噩耗传来，同学们不胜悲痛。本书特选登张晓陵自述，以表达对这位同窗好友、杰出律师的缅怀。

印记，相随而行

蒋晓铭

蒋晓铭，1957年出生。副教授，历任安徽科技学院纪委书记、蚌埠医学院党委副书记。

时光飞逝如电，1978 年秋天进的安徽师大，转眼已经40 年了。

同窗数载，晨昏欢笑。那段纯真的时光，青涩且美好。还有某年、某月、某个地方，那些浪漫，那些珍藏，那些遇见，那些场景，熟悉又陌生。时间和距离冲刷着前世今生无尽的改变，或许越来越沉默了，但心里却镌刻下一些印记，那是独属于中文系 78 级的旧日时光，那是永恒。

地震风波的重情感恩

印象最深的还是 1979 年的地震。已经不记得具体的日期和震级，也无从知晓震源深度，应该是小震吧。

那天上午，正在上课，好像是现代文学，突然教室抖了几秒，日光灯晃了几下，有人说：地震了！随即惊恐的同学就从教室往外跑。我们的教室在三楼，上课的老师停顿片刻，有些犹豫，估计是思考走还是不走，继而也随着人流跑出了教学楼。那场景很有意思，至今难忘。

晚上，同学们开始不敢待在宿舍，都在足球场上晃悠。后来大概感觉没什么异常，又都回宿舍睡觉了。午夜，不知几点，睡梦中似乎有呼隆隆的声音在响，声音有些恐怖、压抑，那节奏让人窒息，我惊醒过来，听清了，原来是人们争先恐后飞奔出宿舍楼的声音，又是地震的缘故。

寝室里，"嗖"……一个身影飞出，紧接着又是"嗖、嗖"夺门而出。

我一直没想明白，怎么没人喊叫？可能是人求生的本能吧，神经紧张到了极致时已来不及叫喊，虽如此，我至今仍耿耿于怀，对这疑问百思不得其解。

彼时，我也没有丝毫怠慢，飞身跳下高低床就想冲出去。不巧，跳到了钉有钉子的木框上，脚被戳了个洞，顿时血流如注。我却不敢迟缓，几乎是连爬带跑出了宿舍楼，煞是狼狈。

出了宿舍楼，球场的台阶上站满了人。对面的台阶上是女生宿舍跑下来的，远远看去，几个女生围在一起，好像是床单裹在身上，还不停地动来动去变换状态，听说是艺术系的。

凌晨，我困得实在受不了了，索性喊两个同学回宿舍睡觉。我把啤酒瓶倒过来放在桌子上，作为地震预警，便躺倒入睡，倒也一夜无事。

第二天，各种传言，有的说地震是5.6级，有的说体育系的学生在夜里从三楼宿舍往下跳，摔伤了好几个。还有的同学自信满满地说：还要震！

我的脚受伤了，很疼。组领导周水生把我背到校医院治疗。一周里，周水生和刘安平同学分别背我去换药，从宿舍到校医院很远，他们累得汗流满面，我很过意不去。那时候没钱，不然我会带他们很像样地撮一顿。在我心里，他们的名字也和姓雷的同志一样，熠熠生辉的。

后来同学相见，每每说起，都感慨万千。

忘不了的，正是那段过往。

锦瑟华年的洒脱浪漫

在大学时养成的爱好会延续下去。读大学时，就喜欢旅游。这种爱好一直延续至今。

记得那年阳春三月的一天，午饭后，寝室的同学躺在床上神侃，讨论芜湖有什么好的去处。不知道谁说扬州出美女，于是，我和安平同学翻身从床上爬起来，直奔码头。

到江边时船正起锚，已经停止检票了。我们来不及和工作人员协商，直接跳上了船，就"烟花三月下扬州"了。在扬州，没见着美女。跑到瘦西湖边吃了一斤猪头肉，又去了镇江的金山寺和焦山，看到几个戴礼帽、拿文明棍的假洋鬼子，神神叨叨，甚是滑稽，但没有美丽的邂逅，略感遗憾。

毕业后常和同学结伴远行。有几次都是钱花个精光，转道芜湖，得同学接济才得以回家，很是狼狈。

倒是某个冬天的旅行，成就了一次瞬间的浪漫。

那年正月，我从重庆乘船顺江而下，领略三峡的壮观和神奇。船在江中疾速行驶，耳畔萦绕着广播里"绿草苍苍，白雾茫茫，有位佳人，在水一方"的悠扬旋律。以后每当听到这旋律，眼前总清晰地浮现出那次难以忘怀的"艳遇"。

轮船行驶速度很快，虽说是游轮，与往昔木船不同，却也有"轻舟已过万重山"之感，其兴奋程度，不亚于李白当年的感受。

沿途我和同游者老刘细细品味着"大自然真不简单"的含义。不巧，船到一个叫丰都的码头便停泊下来，一停就几个小时，乘客们烦躁不安，埋怨不已。

在舱内待久了，我走上甲板透透气，无精打采地在船上转悠。

天阴沉沉的，呈灰白色。码头上人较稀少，偶有几声叫卖声，枯燥而乏味，使人感到压抑。旅行的新鲜感一扫而去，盼着尽快起锚开船。

一声长笛，给乘客们带来一阵欣喜，船要开了，岸上的人也渐渐多了起来。我手扶栏杆漫不经心地朝岸边望着。

突然，不经意之中，发现一位女子在注视着我。起初，我以为她是在看别人，遂环顾左右，并无旁人。再转过身来，她仍在凝望着我。

那是一个美丽的姑娘，约十八九岁，清秀中带些天真，像一株秀美的桃树，亭亭玉立中略显柔弱、孤独，目光中似乎含着水，甚是惹人怜爱。

开始我有些恶作剧似的和她对视起来，她仍然用那双清纯的眼睛看着我。片刻之后，我被那纯洁的天使般的目光所感染、打动、俘获。就这样我们默默地注视着对方，默默之中凝聚着诚实、信任和爱意……我没有料到会在这时忘记了世界，忘记了存在。

不知不觉，船开始移动。我和那姑娘的视线却始终没有移开，像有一条无形的线，互相牵动着，使这一过程僵持着。似乎瞬间永恒，地老天荒。

然而，随着马达的轰鸣，距离慢慢拉开，她终于转过身朝岸上走去，约数十步，看到她又猛地转过身，对我微微挥手，几乎是同时，我也挥动了手臂……渐渐地，她的身影越来越小，慢慢远去，消失了，消失在美丽之中，消失在美丽的无可奈何之中。

炽热的真情在无拘无束地悸动着，滚烫的血液在和谐无边地弥漫着。然而，没有人能够记录下这一切。那天，我始终没有回过神来。

我知道，在这个世界上，有许多事，还没有开始，就已经结束。

后来，这情景常浮现于脑际。一天儿子读李白的诗，"相看两不厌，只有敬亭山"，我便将此事告诉妻子，妻子听后笑而未言，末了说上一句："丰都是鬼城。"

立身行事的从容自信

记得毕业时，同学相互勉励："任何时候都不要忘了我们是中文78。"

来到蚌埠医学院工作，我一直记着这句话。

蚌医是1958年建校的，有着悠久历史，原上海第二医学院分迁援建。渊源最早可以追溯到1896年的上海圣约翰大学医学院以及后来的上海震旦大学医学院和同德医学院。

先后培养出4名院士：1名中国工程院院士，3名中国科学院院士，应该说是很了不起的。

初来之时，我工作勤勤恳恳，处处小心谨慎。但是中文系养成的性格和熏陶出的为人处世的理念又与日常所做的行政工作性质磨合不到一块，常常出现一些困惑和矛盾的状态。

老子的话很管用：不尚贤，不贵难得之货，不见可欲，不争。顺水淌不失为好方法。纠结时，我常自己默念：我是中文78，自信就来了，解决问题的智慧就来了。真的就是经常这样克服困难、化解矛盾、当阿Q的。不管你们信不信，反正我信了。

譬如做行政的，大都从秘书干起。尤其是我们中文专业毕业的，要从爬格子的文字材料干起。有一种情况可能都遇到过，就是你写的材料在讨论时，意见不一致，尤其是两个领导意见不一致，甚至相左，这时你怎么办？没好办法。秘书在交流时都有同感，有的烦恼，有的愤懑，还有的想着调离。

我的办法就是一个字"等"！等到材料要用的前一两天，分别找两个领导，陈述己见，分析利弊，指明亮点。因材料急用，无暇修改，没空讨论，故顺利过关。事后领导说："写文章，还是师大。"当然，雕虫小技，壮夫不为。

一位智者说过：有些鸟是注定不会被关在笼子里的，它的每一片羽毛都闪耀着自由的光辉！

我的工作包含分管学生。学生工作既费神又有趣，当然意外也时有发生。最使我感到棘手的还是现代学生的心理问题，有的甚至很严重。比如：有一个边远山区来的女生，家境贫穷，成绩不太好，长相一般，与同学关系不太融洽，有心理疾病遗传史。在辅导员和同学重点关注下，几年间相安无事。

不知道什么原因，这女生一天下午找到我："中央开会为什么不通知我参加？"我知道，她的头脑出现问题了。立刻让辅导员带回去做工作，并通知家长迅速赶来。

第二天系里反映，该生很不正常，在宿舍里自言自语："有钱有什么了不起，我们朴素！长得漂亮有什么了不起，我们能干！"

晚上，我安排辅导员通宵值班，要求同寝室的同学轮流守候，交替入睡，生怕她做出过激的行为。

次日来报，该生更加异常，撵走了同屋的女生，把门从里面反锁住，不让任何人进去，站在高低床上乱打乱挠，扯掉了自己的衬衣，拽坏了日光灯管，又走到阳台上胡乱喊叫。辅导员、老师、同学劝说都不开门。真担心她一时糊涂，从四楼的阳台上跳下去。此时，大家都很紧张，家长还在来校的火车上。

我们立即启动原先准备好的预案。首先让在旁边守候的该生老乡从隔壁寝室的阳台爬过去，争取把门打开。接着，通知消防车提前进校，不拉警笛，减小动静，准备救护。然后，配合消防队员在楼底下拉好气垫，以防万一，所有环节安排就绪。

那个同学的老乡很灵活，翻过阳台，与这女生温和聊天，使她放松警惕，然后迅速把门打开，辅导员和同学乘机进了寝室，化解了一场有可能发生意外的危机。

这时女生的父亲也赶到，新的问题又来了，父亲要把她带回家。那么远的路，那么重的病情，路上肯定出事。我们帮助分析利弊，分清利害，建议就近治疗。其父同意后，我们立刻让在校园等候的专车开进宿舍区，两位有力气的同学一边一个，再加上辅导员，陪同她上车，护送到医院。

后来，据说恢复得很好，并且找到了工作，我们都很欣慰。

在蚌医，工作了好几个部门：人事处、学报编辑部、附属医院、校办、监察处、组织部等。其间，去安徽科技学院工作了几年又回来，做事上班，简简单单。

我有一个特别的感受，就是中文78给予了我们一种独立于外界因素干预的气度与从容，无论是在任何岗位、任何平台。

致敬生活的诗意情怀

在蚌医，虽是做行政工作，却仍不忘师大所学，也是自己的爱好。学兄称"端坐于淮河边党政领导岗位始终不忘的诗意追求"，太过奖了，只是想做自己喜欢做的事。

创建了蚌医文史教研室。2002年起，分别开设大学语文、《红楼梦》讲评、现当代文学讲座、外国文学讲座、生命美学、医学史等必修课和选修课。

记得一次在学术报告厅给同学上选修课，讲《红楼梦》，效果极好，全场静得很，鸦雀无声，有几个女生在擦眼泪。

下课铃响了，外面保洁人员在等着打扫报告厅。同学不愿意下课，要求"老师再给我们讲一会儿"。当时的医学生没接触过这些人文内容，感到很新鲜，很过瘾，我也很满足。在过去的那种教学模式下，开设这些人文课程，学生受益颇多。

就我而言，上课，相对于行政工作中的烦恼和人际关系中的纠葛，这是一种很实在的调和剂。

回首平生，工作几十年，已经遗忘了许多东西，也有许多东西深深地埋在了心底。每每触动，感慨不已，算是个人经历的感悟吧。

上苍对于任何人都是公平的。给过你如泣如诉的涓涓细流，给过你烟波浩渺的滚滚巨浪，也给过你荡魄惊魂的博大震撼。属于你的，你已经得到。你没有得到的那些原本就不属于你。

一切都是那么自然，那么得体。其实，取舍真的不算什么。在时间的长河面前，所有的一切都是面目全非的。你看不清我，我看不清你，呈现于世的只不过是泉水淙淙，涛声阵阵，夹杂着耳语。

镇江焦山上的一副对联写得好："眼前都是有缘人，相敬相亲怎不满心欢喜；世上尽是难耐事，自作自受何不大度包容。"人就应有一种宽容和妥协的精神，遇事应善而待人，不要把脸绷得太紧，或目空一切，旁若无人；或自恃能耐，偏激孤行。"若一味敛束清苦，是有秋杀无春生，何以发育万物？"

中国人素有温良恭俭让的传统，本事也只是相对的。设想一下，当你站在地球仪旁，还能找到自己所站的位置吗？关键是你选择微笑还是选择哭泣。

应该说，心中的记忆是不死的，会随着岁月，不断地在前面的地平线上泛起红光，而后再紧紧地挽着你的手，一天一天变老，憧憬也好，勃发也好……

大学里时兴写诗，我虽写得不好，可是喜欢写。工作后仍是经常动笔、动情，常向应光耀兄请教，也得到鼓励，很是感激。

人常常自作多情，把简单的问题复杂化。所谓的诗意情怀，说白了，就是有点酸，我还是在这里"酸"一下吧，谁让又是中文又是78呢？忍不住。

《闲庭偶拾》：

　　写诗的年龄已经过去，

　　再不说灵感来了。

　　昨天，刚读完最后一片宁静，

　　便拿起钱包，挤进喧嚣。

　　即使，再一次走进沙漠，

　　也难寻枯燥和压抑迸发出的绿洲。

　　是韬光养晦？

　　是西厢红楼？

　　还是，昨夜独陷谬误之间的一叶扁舟？

　　有一种情很美，很美，

　　有一杯酒很浓，很浓。

　　不禁想起：

　　野牛，你好好在，

　　布谷鸟，我要走了。

　　你说写诗的年龄已经过去……

功夫在"诗"外

——游转商海而领悟到的读书有用论

应光耀

应光耀，1954
年出生。曾在安徽
财经大学任教，后
到上海数家房地产
企业从事营销管理
等工作。

　　假如把世俗的商海称之为诗，那定会引来各种可以想象的指责。那么说它是打油诗呢？权且先让我这样称之并加以说明，以使读者诸君了解本文标题中的"诗"，指代商海。内里还有一层意思，是想表达对商海也可以用诗意眼光审视、过滤和观照。一旦这样做了，可否视为某种意义上的对商海的超越？而"功夫"则主要源于对我人生影响最重要的两个时期：一是下乡八年，渐有养成一定程度上的目标始终如一的意志力，以及对物质与精神双重艰难的稍许承受力。二是经1978年高考，入学于安徽师大中文系，受到的四年学术熏陶和包括汉语言文学、哲学、心理学和美学等方面的训练，使我具备了一定的思维、表达以及持续学习等能力。本文仅涉笔于对后者的交代。

读过的每一本书都是支撑跨界作业的背景

　　20世纪90年代初期，我有一种从1978年上大学以来没有过的茫然和困惑，这似乎也是许多相似经历者的通病。于我而言，主要在于整体社会环境的变化，一直视为象牙塔的高校已经摆不下一张安定而独立的书桌了。继而想到时常会困扰我们这代人的自我价值实现的问题。我任教之余投入很大精力而视为学术生命的当代文学评论工作，已随着市场经济的兴起，不再具有 80 年代那样的社会影响力了。而自己也对标过同辈的同行，如北大、华东师大等若干位活跃于现、当代文学研究的学者，自感不如。加之不懂外语的硬伤，未曾受过中学教育而致的知识结构的明显缺损等，都使我对自己在学术道路上能走多远，有着比较清醒的认识。

于是，我想跨界。尝试过办报，与 77 级师兄筹建起一份以中国写作学会名义主办的《中国写作报》。然而，在报纸即将出版之前，一个偶然的机遇，促使我悄然离开，并转折性地告别了曾以为会终生服务的大学，进入了一个完全陌生却在中国大陆开始崛起的房地产开发领域，成为万科的一名员工。常有人问我，你有任何的专业优势和人脉关系吗？答案是没有。然而，在 20 多年过去之后的今天认真想来，我可以负责任地说：在大学期间打下的比较扎实的人文学科方面的基础，还有伴随此生开蒙至今读过的每一本书，学习过的所有知识，以及人生经历，都是我在跨界作业中不可或缺的背景和动力来源。

记得刚入职万科的第二天，就让我去筹建一家物业公司，准备接手将要入住的一个面向城市中产阶层的小区，也是万科历史上从未开发过的大型住宅区——上海万科城市花园。而万科正是以优异的人性化物业管理著称的。如实说来，当时"物业管理"这个词，我是头一回听说，更不要说做了。公司老总与我谈了这个岗位的大致职责，便无它言了。我明白，接下来就要自己去琢磨如何做了。此时的第一个念头，便是去上海图书馆查阅资料，这是长期养成的中文人在教学备课、论文写作、想问题、做研究时的习惯。在 1993 年 5 月上海图书馆中文资料室里，我只检索到一篇介绍香港物业管理的文字材料，也大致了解了其所应作为的要点。

过了不到一周的时间，又被领导喊去谈话，城市花园项目开工在即，8 个月后首批业主入住，而现场还是一片满布稻茬的土地。这可能是当时万科从上到下感到非常棘手的一件大事。为此，上海公司整合各方面人力资源，组建以总经理为总指挥的建设指挥部，让我去当办公室主任。所做的事情是，协助总经理兼总指挥做好工程施工、设计、市政配套、设备、材料采购等方面的协调，负责人力资源管理，与市、区、镇相关部门和媒体的沟通及公共关系事务。不用说，这些对我一个当过八年农民、上了四年大学中文系、教了十一年书、毫无管理经验的人而言，压力有多大！不懂工程，不了解房地产开发流程，连一些最基本的行业术语也不懂，更不用说面对几十名刚从五湖四海汇拢来的各种专业人员组成的机构管理了。

依然是中文系灌输的孔夫子"敏而好学，不耻下问"的学习态度，孜孜不倦、兢兢业业的行为方式，让我这一双惯于人文学科的眼睛，迅速转向同济大学的建筑规划和土木工程等教材，以及管理方面的书籍，虽很难读懂，却依然埋首苦学。而身边同事和常打交道的设计院、建筑公司的工程师、建筑师等专业人士，都是我可以请教的老师。我尊之为师，待之以礼，获得了宝贵的知识和经验的回报。

我也发挥文字表达方面的强项。无论是起草给政府部门和集团领导的请示、报告和总结，还是与合作单位的公文往来，以及给媒体的新闻通稿，从不推诿，自己起草。合同、协议之类的业务文书，也尽可能地协助审核。在建设指挥部一年的工作中，我三天两头为专送万科集团董事长等高层而起草的简报就有200多份。这对位于深圳的集团总部及时了解上海项目建设的动态，给予指导性意见和资金等方面的支持，起了一定作用，而我自己也有点业内人士的范儿了。

我退休前几年，做一般的企业管理工作。其间，与同事们一道，完成了公司交给的一项编制房地产业开发流程和制度梳理的任务。在整个文本的调研、起草和定稿中，我认真听取领导的要求和各职能部门、下属子公司管理层的意见，理清公司业务的脉络；同时，发挥了自己在语法、逻辑、修辞方面的强项作用。比如，从最初文本框架的构想、搭建起便确定基本主旨的内涵规定性：流程管事，制度管人。由此出发，主线明确，分门别类，一一道来。在遵守语法规则和企业公文特有的准确、畅达、简明扼要的文字修辞要求上，更是精益求精。

我深感，掌握比较过硬的各种企业应用文体写作，达到每篇文本要求的文

1982 年 10 月中文系 78 级黄大明和方雅森去西藏，领导和同学去芜湖火车站送行。

中文系 78 级黄大明在西藏

中文系 78 级方雅森在西藏
地质勘探队工作

中文系 78 级王大明主持会议

2008 年走进大学 30 年返校活动时，中文系 78 级张晓陵、孙维城、雷荣生等同学在校园参观。

字修辞效果，以及具备在此背后实际隐藏的思维能力的重要性，这对于我在不同企业和岗位的工作中，起到了难以估量的作用。一个人要立足社会，有所作为，总得有一两样杀手锏。而中文系人理应拥有的广博的人文功底，触类旁通的自学和思维能力，以及良好的文字表达功夫，即是自己游走四方、辗转不同领域的利器和法宝。

在人学层面构筑文学与市场营销的通路

1994 年，一轮宏观经济调控来临，货币紧缩之下，企业贷款收紧，销售不畅，对房地产业压力很大。在此之际，我被调到上海万科的销售部任经理，开始操持此后近 20 年的市场营销的活儿。可以说，这方面虽然依旧是外行入门，但我已少胆怯，比较快地进入了职业角色。其中一个重要原因在于，当我阅读了几本市场营销学的经典，做了一段业务后发现，在陌生的市场营销与熟悉的文学之间，有着不一般的相通之处。这就是在关于人的层面上，两者所观照的核心和聚焦点完全一致。

文学是人学，这是比较普遍的认识。关注人，理解人，表现人，可谓文学的基本属性。而市场营销的目的在于深刻地认识和了解消费者，从而使产品或服务适合其需求，并便于获得。营销管理作为一种艺术和科学，它需要选择目标市场，针对有效需求的消费者。明白了营销的核心理念，我觉得过往所学过、用过的文艺理论、古今中外的作家作品分析，以及哲学、心理学、社会学和美学等知识，对于所从事的市场营销工作是那么富有启迪乃至直接的指导意义。

在做浦东一个面向金融、贸易界管理者和各种知识型专业人士为主的住宅项目的前期广告方案招标时，多家广告公司蜂拥而至。有的拿出了一些花哨、玩炫的平面广告来比稿，却说不出为何这样设计，更缺少对受众的消费和审美心理的准确分析。只是口口声声地忽悠，认为这样就能招人眼球，为人心动。记得有一个广告稿，画面中心是穿着超短皮裙的妖艳女性，旋转起舞，还配了

343

几句煽情的文字。我看了，第一反应就是缺少新意，俗不可耐，与营销推广对象的定位不合。该项目地处浦东陆家嘴的特定区域，以此种广告的调性，向这样的目标人群推广，岂不让人笑话？我禁不住打断讲稿者滔滔不绝的言语而发问：这给谁看？打动哪个？回答：炫丽就好，谁看都一样。不知触碰了哪根神经，我竟然完全没有必要地给人上起课来，从目标客户群、受众心理，直到接受美学。还问人家，一个作品的最终完成，是作者？是受众？或是从作者到受众？这些都是大学年代曾经认真阅读和思考并在书上画过线、作过摘录而烂熟于心的知识。一旦唤起，便涌上心头，脱口而出。

由此想到，在近20年的营销管理工作中，我比较得心应手的活儿，就是对目标市场人群的分析把握，从其人文、心理以及行为上的差异，来进行市场细分，并将这些信息提供给设计、建设者，使之营造出适合目标消费者需求的各种住宅、商业和办公等建筑产品。然后，再通过合适的推广渠道和手段，以便有效需求者比较便利地取得这些产品，满足自身的使用功能，以至获得超出产品本身的品牌美誉度等审美心理的溢出效应。

大约2007年前后，我所在公司在做好市场定位和产品定位基础上，开发和建造了紧靠上海市中心苏州河边的一个16层商住综合项目，5层以下是办公，以上是住宅。就上市销售的住宅而言，考虑到位于市中心临河景观及地块面积紧凑等特点，多为富有情趣的小户型住宅，每户均有上下复式楼层和临河景观，主流户型80多平方米。面对这些产品特征，我与营销部门的同事和聘请的市场策划和广告公司人员，通过市场调研，积累了许多客户需求信息，又一起喝咖啡，开头脑风暴会，反复研讨、分析各类市场人群的消费和需求特征。尤其是带领大家，做我认为行之有效而热衷的描述拟议中的目标客户群的功课，要求越具体、越形象，甚至写出各种人的小传为好。最终归纳出了五种主要目标顾客：单身贵族、丁克族、空中飞人（经常出差的商务人士）、童话王国幻想女士（热衷于扮演城堡公主）和艺术创作者。而市场销售的结果表明，购房者基本上是前四种人。现在想来，这样比较准确的目标客户定位，并非哪个人随心所欲的产物，起决定性作用的依然是注重对人关照的市场规律。就我而言，能够如此认识，也不是无迹可寻。追根溯源，与我所受的文学教育和训练有关，尤其是受益于中文系课程中的作品分析。记得现代文学课上，老师对曹禺先生《雷雨》中的人物分析，尤其是对周朴园复杂性格进行的多侧面挖掘、解剖，给我印象深刻。课后，又去图书馆借阅了包括钱谷融先生《〈雷雨〉人物谈》等相关的论著，结合阅读作品的体会，写了一篇关于周朴园性格分析的读书笔记。由此渐进，大三时，我还写了一篇七千多字的论述新时期短篇小说人物性格矛盾性的文章，投稿给《清明》文学杂志。虽然最终未能发表，还是获得了编辑的好评。大学毕业后，我在从事文学评论时，惯于对人物进行融社会学、文化心理学和文艺美学为一体的作品分析，即所谓知人论世、见微知著。

而在我投身商海，面对市场，去分析和把握目标人群的有效消费需求时，不仅关注惯常着眼的收入与房价比、收入与还贷比，以及房价和宏观经济趋势等问题，还重视对消费者个性气质、消费欲望、文化修养和审美情趣等软性特征的研究分析。而在进行这些诸多方面的思考时，所涉及的学科领域，岂止是某种专业出身所能应对的？以自己的经历而言，所有置身于大学校园长达 15 年的所学、所研、所教，很大程度上，塑造了我相对整体的思维方式和侧重于人文类学科的比较活泛的知识结构，使得后来 20 年的跨界作业时，一方面，不断学习、吸收所从事的房地产市场营销所需的相关知识；另一方面，又常常受到以往长期的文学训练和研究形成的思维习惯的影响，自觉或不自觉地有种路径依赖。

将文学的独特个性融入富有创意的整合营销传播

亘古至今的文学经典都向读者透露着一项得以流传的奥秘——个性化，这是文学作品的生命力和根本价值所在。即使在一篇短小的散文作品里，作者用到的一组词汇、一种句式、一个比喻或标题，只要是焕发出独特艺术魅力的，那就在实现着文学意义上的个性化创造。

我对此的认识，伴随着从小学四年级起的文学阅读史，而日益加深。而后的"文革"和下乡年代，在面对物质和精神的双重匮乏下，凭借对温饱和知识相似的渴求，饥不择食地去获取和填补，勉强、凑合着对付成长的需求。直到进入大学，听到安徽师大图书馆当时拥有的在全国高校名列前茅的 120 多万册图书，每个学生一次可以借阅 15 册的时刻，那是何等的满足和富裕的感觉啊！

作为中文系的学生，平时没有什么作业，除了上课，时间大多用在阅读上。而古今中外的文学名著和人文、社科类书籍，是大学四年借阅和购买最多的。这为我打下了一定的专业基础，包括基于中外文学史和文艺理论、美学为线索的一些文学和理论素养。加之毕业后多年的大学从教和操笔文学评论，应该说，识得了一些文学的堂奥，而其中最重要、最有价值的是艺术创作的个性。后来，我做了长远的房地产市场营销管理，其中比较乐于介入市场策划之类的事情，除了一种谋生的职业岗位的需要外，很大程度上与自己逐渐找到了文学的根本价值与市场策划需要创意、看重唯一性的联系有关。而这一纽带，就是由文学而来的长期积累和熏陶而养成的崇尚独特个性的审美观，或可视为一种常为人言的价值观，在我却更愿意把这种意思，称之为广泛意义上的审美观。人与人之间的差别，不正在于看待大千世界、万事万物的美好与否的尺度上吗？

20 世纪的最后几年，我在居于上海浦东陆家嘴金融贸易区领头羊地位的一家房地产公司工作，正逢一场世界金融风暴袭来。当时参与的一个住宅小区项目，在做前期市场调研和策划。我与同事们一起，着力于项目品牌优势的开发和挖掘，努力塑造楼盘的唯一性。包括：项目所在地是在中国当时唯一以金融贸易命名的国家级开发区内，作为开发商的经营规模居于当时中国大陆上市公司之首，项目自身为开发区内唯一的低密度、花园式大型高尚住宅区，以及经国际招标而确定的设计方案，在上海市版权局通过了首例作品登记。

我认为，追求唯一性的意义，就在于注重并寻找项目的独特创意。它是区别于其他项目的个性和价值所在，也是立足市场的生命所在。它与文学作品中人物塑造、语言表达和艺术风格所强调的个性化要求和独特性美感，可谓异曲同工。于是，我有意或无意地喜欢与同事和合作公司的伙伴们一起聊及个性、独特之类的关键词，其意图就在从项目本身出发，激发大家去积极寻求和确立市场策划的创意。最终该项目引起很大的市场反响，获得购房者纷至沓来的青睐。这表明，有了项目自身的唯一性，并将其挖掘和推广，就形成了项目独特的市场魅力和优势。抓住唯一性，就获得了建立品牌、取得卖点的根本所在。这些都奠定了营销策划的成功基础，剩下的事情，便是如何据此去做整合营销传播，引发其市场效应。

　　创意，依然是与文学艺术最珍贵的独特个性相似的创意，成为整合营销传播的关键。对此，我由文学艺术作品的价值所在，延及于市场推广的认识，深晓其意义，注重其实践。于是，我带领营销团队策划了系统的传播推广。其中有针对项目面向 21 世纪的大型公关活动——"下个世纪我的家"征文、征答、征画系列活动，联合大众媒体，围绕项目跨世纪的高起点和高品位，听取市场对住宅环境、配套、房型、物业管理等方面的意见和要求，使之具有良好的社会公益性和市场反响。接着，又抓住该项目在上海市版权局通过了首例建筑设计方案作品登记，着眼建筑总体和单体风格特点的唯一性，我起草了《从产品到作品的跨越——上海首例设计方案通过著作权登记》的新闻通稿，在《解放日报》、《文汇报》等媒体的显著位置予以报道。此稿之所以能为诸家媒体所用，其中《文汇报》几乎只字未动，主要原因可能还在于抓住了新闻追求新鲜感和独特性，并且通过具体生动的细节说话的要素来动笔。作为企业人，在写作这类稿子时，必须学会从媒体的公众立场和新闻特性出发，表情达意。想来，自己对曾经在财经院校讲授过的新闻写作的要求是有所印象的，轮到下海后写新闻通稿，当年的理论准备还是起作用的。最终，该项目获得了社会效益和经济效益的双丰收，被《文汇报》等机构评选为1997年上海房产营销十佳案例，我也忝列上海房产十佳营销人才。

　　而后，我跳槽到另一家公司，在做一个市中心示范居住区项目的市场推广时，抓住其生态、环保的主要优势和特点，轻车熟路地推进整合营销传播的方式。我和公司内外人员组合成的营销团队一起，策划了一系列不同形式的推广活动。诸如，在媒体硬广告方面，对小区引进大树密植，营造良好绿化环境；围合式建筑布局，形成的多个园林景观主题花园等，均冠以鲜明而有寓意的文案和绿化覆盖率等数据。在软文广告上，以人性化的小故事，对小区未来的生态环境、运动场馆设施和公共空间建设，将如何有助于业主身心健康，以及良好邻里交流关系的建立等加以描述。更有新意的是，还组织编写了两册《生态环保手册》，有中外作家笔下绿色家园的名作篇章，还有具体环保知识和窍门的介绍。以此作为业主入住的礼物赠送，加上业主与开发商签订《环保协议》等，引来了多家媒体的报道，取得了良好的社会反响。这些有创意的市场推广活动方式和内容，与文学艺术的独创性，能说无关吗？坦白相告，在这方面，我是依靠了包括著名诗人和广告创意名家等的外脑。而用他们的话说：会做无中生有的文艺想象，还怕在有模有样的草木、建筑基础上描摹一番吗？对此，我是倾情鉴赏者、支持者、配合者。

回想过往辛劳忙碌的日子里，文学作品和人文、社科理论在内的书籍给予过我太多太多的滋润，令人拥有精神富足和生存之道的可能，它有用。而今赋闲在家，读书依然是第一爱好。毫无功利之心，只求活得明白一点、充实一点、愉悦一点地读书，岂不是回到读书的本真状态？为读书而读书，如同儿童玩游戏，成人玩创作，或许也是一种境界吧？

笃学明志　砥砺前行

王星明

　　知道高考招生的消息时，我在乡下，那时我刚满 20 岁，当知青近 2 年。

　　记得 1976 年高中毕业后不久，我就急切地要跳出家门奔赴农村，惹得父亲说，不要以为有谁在村口敲锣打鼓地欢迎你！但我还是早早地去了，那是安徽省肥西县四合公社知青点。全国范围大规模的知识青年"上山下乡"始于 1968 年，此时已经进入第八个年头，那时全国的知青工作已经有了一些改善，许多地方已不再是分散插队而是集中安置。四合公社当时共有两个知青点，我去的是美其名曰"农科站"的点，坐落在一个小岗上，有几十棵柿子树，最初是一个大草棚，后期又拉起两排简单的知青宿舍，搭起一排猪圈。这便是"农科站"的全部"科技装备"。因为新鲜感，第一年我是在对各种农活、农村生活欢天喜地的接触中很快过去的，但第二年当一切照旧循环往复时，我便渐渐有些厌倦并开始怀疑其意义，忧虑未来。好在当时站里有一套为上海知青发放的《青年自学丛书》，数理化、历史、文学都有。雨天不出工的时候、冬日北风呼啸的时日以及闲暇时间我都爱读读，打发了许多时光。

　　1977 年恢复高考，在父亲的连连催促之下，我才心怀愧疚地回到了合肥家中准备复习迎考，心中还时时惦记着知

王星明，1957 年出生。安徽农业大学教授、硕士生导师，曾任校党委宣传部副部长、人文社科学院副院长。

青点上 20 多位伙伴，因为我是团支部书记，除有几位也像我这样回了家外，其余大多数人仍在那里修地球！因为仓促上阵准备不足，第一次高考落榜，当昔日的一些同学、朋友考上大学，离家读书来向我道别时，我才真正受到了刺激，我才意识到高考制度的恢复是真真切切的了！于是我又回到中学我的母校补习，在那里，我得到丁传泰老师、陈传之老师等热忱、无私的帮助，在他们的鼓励下我埋头苦读，日夜兼程，奋起直追。其间的心路历程也是复杂难以尽述的。

虽坐在舒适的家中开始备考，但一想到同伴们还在田间忙碌，不免有些惭愧，万一落榜，真是无颜见江东父老。而放弃复习，则意味着就得继续做知青，前途又一片茫然，何况内心深处还是深深羡慕那些已考上大学的同学好友。惊悸、恐惧、不安，缠绕心间，有时甚至感觉脚下犹如浮冰漂移，而唯有书桌的硬实才能使我重回安宁，不再犹豫，而是下决心背水一战。时间悄然而逝，由寒转暖，春天来了，大院里的邻家女孩换上了漂亮的单衣，而我仍是厚厚的棉衣在身而不自知；走在长江路大街上，见满枝叶的嫩绿迎着东风招展，春意盎然，深感万物蓬勃，吾似老矣。

就这样，1978 年 7 月 20—23 日迎来了高考。记得当时有文件，要求各地方单位组织、安排好这场人数众多规模庞大的考试，而我们公社恰是中国科学院安徽光学精密机械研究所子弟的下乡联系单位，所以所里派来了鲜亮的大客车，载着全公社参加考试的知青去了考试地点：肥西县三河镇，带队的领导也是公社负责知青工作的藤主任——一位干瘦、平日不苟言笑却内心良善、正派的老人。他为我们安排入住三河镇的澡堂，那里早已打扫得干干净净，考试期间一日三餐也丰富多样、清爽可口。记得天气特热，我穿着母亲为我裁制的一件绸料短衫，后背前襟不经意间几近湿透。我的考场是在一所小学校，要穿过一条熙熙攘攘的小菜场，清晨祥和的生活气息让我愉悦。我平静地走进教室，等待考试。和第一次考试的懵懵懂懂截然不同，因为前期的尽力拼搏，准备充分，自忖已尽己之能故无惧无畏，所以整个考试过程平静如常，安稳自信。

高考过后我立马回到了乡下，参加劳动，似乎要补上以往的亏欠。终于有一天，好像是一个阳光灿烂的上午，万里无云，我正独自汗流浃背地在猪圈这边用铁锹碾土块，忽然听一位老乡在喊着我的名字，说，通知书来了！我犹疑地直起身来，擦了擦汗，便快步跑了去，只见场前大道上大伙儿正围着一名欣欣然而来的邮递员，见我来了，他们的目光又一并转向了我，感觉每个人的脸上都是欣喜、和善的笑容："就是她，来了！""哦，是女的。""你签个名吧。"我接过笔签了。通知书是以挂号信的方式送达，我一眼瞥见封皮：安徽师范大学。哦，如愿以偿！

记得有一次在田间干活休息时，一位农民技术员老陈问过我："小王，你将来想做什么（职业）？"以往我还真的没仔细想过，那次我想了想说："当教师吧。"因为中学期间学工活动有过工厂生活体验，不感兴趣；想当兵吧，没门！教师职业与人打交道，教书育人，教学相长，颇有兴致。如今心愿已成，自然欢欣鼓舞。

当然我也看到，幸运者是少数。"文革"中，种种蹉跎、延误、打击、暗算，使许多人备受折磨，在欣逢拨乱反正之时与高考失之交臂，黯然神伤……国运与个人命运密切关联，国运晦暗，个人命运堪忧；而国运昌隆，必给更多的人带来希望与信心。

入学后，一切都是新鲜的。但很快我便发现，同学中高手云集，许多人的知识水平甚至超过一些老师，而我只有埋头苦学、修习不已、勤能补拙的份了，原先在中学读书期间的那点优越感荡然无存！故而大学期间我的确很勤奋，严格近乎苛刻地遵守作息时间，广泛阅读收纳各类知识，颇有些如高尔基所言"犹如饥饿的人扑在面包上"的状态。师大四年，我收获了知识文化，提升了学养；收获了友情，还有爱情，这些对我后来的人生都产生着深刻的影响。

1982 年 7 月，我们如期毕业。我被分配至安徽农学院（后更名为"安徽农业大学"），在附中工作两年后，按照约定，重新分配工作岗位。当我被告知去刚刚成立不久的德育教研室时，顿感失望而无奈，它各方面条件都很简陋，但最终还是服从了组织安排。随后在教学中，我很快找到了工作的价值和意义。我的学科背景给了我最好的支撑，改革开放思想文化上的变革使我在教学理念上跳出旧观念的窠臼，在教学中注重新时代理想与现实的结合，优秀传统文化的传承与创新结合，贴近学生、贴近生活，真正给学生以启发和教益，我的德育课犹如一股清新的风，受到了学生的普遍欢迎。1987 年，学校给了我机会，报考在职研究生。又是一番辛勤准备，9 月我顺利考入中国科技大学马克思主义原理研究生班学习，那年我 30 岁，孩子刚满 3 岁。

1995 年，我由教师身份被选拔担任安徽农业大学宣传部副部长，是个"双肩挑"干部，教学、管理两忙乎（这一挑就是 20 年）。然而，在两个任期后，我坚决要求去了学校的教学单位：社会科学部（后发展为"人文社会科学学院"）。我认识到，我其实是个简单的人，社会阅历浅，也没有非常缜密的人际关系处理能力，而教学需要的是知识文化的积淀，是学术水平的精进，我内心深处有志于此。况且，我已再次感到，课堂、学海、书香才能予以我来自心灵的安宁与欢畅！

在高校作为公共课类的教师，常常有不被重视、"边缘化"的感觉，但我却不太在意，总觉得做得怎样更重要。我坚持授课的理论深度与丰富的教学艺术有机结合，一直致力于德育课程方法、手段、途径方面的探索与拓展，关怀学生的成长，认为即使是公共基础课也得把它上得有理论、有深度，让学生学有所思，学有所获。况且改革开放几十年来波澜壮阔的社会实践，个人在时代大潮中丰富的阅历和体验，其中的启示、教训、箴言、教益深刻而丰富，都是上好这门课最好的内容。因此，多年来在注重自我修习，不断增进知识水平的前提下，紧扣时代脉搏，关注现实问题，引导学生健康成长，颇尽心力。

我的修习内容概括起来大体分为三类：一类是思想政治理论课的教与学，一类是中国传统文化经典文本研读，一类是国内外教育伦理的应用研究。我认为，以上是彼此关联、相互依托、相互促进的三个方面，构成交叉融合、有机联系、合理优化的知识结构，从而有力地支撑我得以较为自如地从事思想政治教育及相邻学科的教育研究。其中，思想政治理论的学习给我以指导，传统文化的学养使我拥有较为深厚的底蕴，而国内外优秀教育伦理则使我的教育理念不断得到升华。我不仅欣赏这种现代教育理论，且应用在实际教学生活中，并据此做出系列课题和论文。

2004 年至 2005 年，我被派往美国麻州罕布什尔学院做访问学者一学年，其间教授中国汉语。当年在师大读书时，龚千炎先生教授的现代汉语就给了我这样的印象：语言本身包含丰富的文化信息，而文化恰是一个民族最具生命特征的精神体现，语言文化自身就是鲜活的，故而语言的教与学过程也应当是生动活泼享受的过程。我努力实践之。譬如注重传达语言本身包含的民族情趣，设置情境让学生感受中国人的生活理念。对话练习要求学生既会用中文说，也能结合生活情境自由造句；句型练习鼓励学生们出新意，在变换中教学生举一反三而灵活运用，等等。生动、有趣、丰富、激发个体潜能的教学方法使得课堂气氛颇为活跃。因为教学实效，我深得这个项目的负责人 Kay Johnson 教授的好评。她专门出具评语，对我的工作实绩予以肯定并给以热情的赞扬，她写道："王教授的确是一位非常出色的教师。她以行之有效的教学方法和细致入微的教学关怀，将汉语作为第二语言教授给了我们美国的学生们。在工作上她投入了极大的热忱。教学中她对学生的要求很高，同时她也非常耐心地帮助学生达到这些标准，她花费了许多自己的时间给学生作课后辅导，并且耐心帮助那些有一定学习困难的学生。与过去对成绩较差学生采取批评的教学方式相比较，她的教育哲学是不断鼓励他们去尽自己所能做到最好，我们对这种态度感到非常钦佩，事实上也确实收到了成效。可以说，所有的学生在学习汉语这件事上的热情都非常高涨，尽管汉语是一门比较难以学习的语言。"的确，在我回国后，几乎所有我教过的学生都陆续自愿、自费追随而来，或继续暑期的中文学习，或进行中国文化的实地考察，有的待的时间甚至很长，我们师生之间也结下了难忘的友谊。

在此期间，美式教育给了我一些特别的感受。

记得中文课开课不久，有一次下课了，一学生有疑难，我为他解答后走出教室，竟惊讶地发现，下节课上别的课程的学生已经来了，他们席地坐在门外等候，没有喧哗，没有打扰，那情景让我感佩不已。还有一次，学生们课堂学习情绪高涨，很投入、很积极，于是我拖堂了几分钟，但却立刻感到有学生不悦。原来他们的计划性很强，有条不紊而不应随意改变。从此，我特别注意课程的有序安排，自觉遵守规则，按时上课和下课。

麻州位于美国东北部，冬天特别的冷，大雪能倏忽间下满天地，一片白茫茫！出门一定得裹上厚厚的羽绒服，餐厅、宿舍、办公室，那儿的暖气都得开得足足的。而春天，东北部的春天也特别的美！阳光灿烂，春和景明，鸟语花香，原野一派明媚妖娆。学生们早早地扔了冬服，在还有些料峭寒意的时日，就薄衣轻衫，恣意享受春光了。就连学校的教学有些也搬到了大自然里。草坪上，树丛中，都有师生愉快、活跃的身影。我惊叹于美国学校教学制度的宽松与人性化！于是我也在一个下午把中文课堂挪到了室外草坪上的一棵开满花儿的树下，我和我的学生们就在那儿开展学习活动。学生们很高兴，或坐或卧，一如既往。

美国的学生也给我留下了深刻的印象。

下雨天学校里却很少见有人用伞。有一次下了一天的雨，可是在去往学校餐厅吃饭的路上，不仅很少见人打伞，反倒还见一学生细雨中悠然地边走边吹着口琴。他戴着花格呢帽，身穿花格西服，见到我时朝我微微一笑。还有一位穿着简易雨衣的学生，见到我时一只手举起放帽檐边，做了一个致意的动作，很绅士的样子。我则愉快地以微笑作答。我很喜欢这些学生的气质风貌：大方、从容、优雅、洒脱，而守纪、守时、礼貌、尊重，也是大多数学生的行为特征。

我还有一个突出的印象，那就是他们学得认真，玩得恣意。他们在许多事情上率性而为，执着己见，"我的青春我做主"。但是，一旦认识到所学之必要时，便老老实实、规规矩矩地开始学习，毫不马虎，其认真的程度令人不得不叹服。我的学生中有几位尤其如此。他们从不缺课，但也从不喜欢额外强加什么。作业完成得很好，如果有事耽搁也注意把它补上交来，令我十分满意。

其实，世界上的人是千差万别的。但是，能够有效地教人节制、善意、自律，诸多事项都能在彬彬有礼的状态下进行，这也是教育的成功。

东西方教育文化方面的交流，开阔了我的视野，增进了我对人生目标的企望，我对自己有了更高的要求。

2007年，我第一次申报教授职称，那年我50岁。尽管不那么顺畅，但不再轻易流泪。沉潜学术之海的欢欣与快慰已让我淡然安然，神清气爽，心静如水，能沉稳地应对各种波折。同时我专心致志，心无旁骛，且愈挫愈勇，不断提升自我学养、不断追求学术精进，其间的辛勤自不待言。两年之后，终得如愿。2010 年，我作为主持人带领课程组的教师们，日夜辛劳，又成功申报了教育部人文社会科学研究专项任务项目，并最终如期、优质地完成了全部工作任务，顺利结题，为学院的学科发展和建设作出了重要贡献……

似水流年。从 1978 年考上大学到今天，40 年过去了。站在今天回望以往，首先想到的是，庆幸生逢不断进步的新时代，感恩我的大学对我的培养；再者由衷感慨人生路上，是父母殷殷的照抚，是夫君温暖的陪伴，是朋友们亲切的关怀，以及我自身坚韧、勤勉的努力，让我和我的家人收获了一份生活的快乐与欣慰。

情疏迹远只香留

——我的师范情结

吴筱峰

吴筱峰，1956 年出生。安徽省特级教师，历任安徽省徽州师范学校党总支书记、校长。获省政府特殊津贴。

1982 年 7 月上旬，我揣着安徽师范大学的毕业派遣证来到徽州师范学校报到，正式开启了我数十年的教书生涯。

徽州师范学校是 1905 年在陶行知故乡创办的老校，也是安徽省一所久负盛名的师范学校。其前身徽州府的紫阳师范学堂，末代翰林许承尧与黄宾虹的办学目标就是定位于培育乡村教师。之后的省立二师受到黄炎培的赞赏："余观是校，不觉为之神往"，"出省所见师范，此其第一"。中华人民共和国成立后，政府大胆起用一批旧知识分子任教，赢得了教学质量高的美誉，校长出席全国教育工作会议介绍经验。这所学校曾受到周总理的关爱，他说："要在黄山脚下办好一所师范学校。"学校毕业生尽管绝大多数都默默无闻地在山村学校任教，但也涌现出如著名教育家方与严，中科院外国文学研究所所长吴元迈，北京师范大学教授洪吉昌，北京航空航天大学教授洪丽琴，华东师范大学教授章元石、叶丽芳、黄馥林和国防科大教授李小媚等一大批学者、教师和领导干部。在这样一所学校任教，我自然会感到肩上的压力不小。

"落红不是无情物，化作春泥更护花。"这两句古诗是我的座右铭。我不但自己要当好老师，还要培养出好教师。我的责任感和使命感油然而生。记得开学第一课是教学郭沫若的《石榴》，教室后面是校长、教导主任、语文组长，学生是学校首届四年制后所招收的，都是初中生中的佼佼者，我用了韩愈的"五月榴花照眼明"来导入，非常切合课文内容，获得了校领导和学生们的认可。

首战告捷，我正沉浸在喜悦之中，却偏偏天有不测风云。我走上工作岗位不久，一连串的打击接踵而至。1982 年 12 月，父亲身患绝症，母亲在送父治病途中又遭车祸去世。我带着弟妹匆匆处理好后事，背着家庭的重荷，又投入了工作。当我走上讲台，一个纸包放在讲台上，我打开一看是一包糖果，上面有一张纸条："吴老师，您虽然没有和我们共同度过师范的第一个元旦，但我们全班同学惦念着您，愿您战胜困难！"

顿时，一股暖流涌入心窝，一种情愫悄然迸发，我的眼睛湿润了。在我家庭最困难的时候，学生们给了我莫大的力量！这是何等的宝贵啊！我的一生就这样与师范教坛结下了不解之缘！

从此，学生是我师，我是学生友，一切痛苦悲伤只要一上讲台就消失得无影无踪。面对讲台前的学生，我的血液加快流速，大脑兴奋区一片光亮，思维活跃，课我为一，教我合一。我全身心地倾注到课堂中，恨不得把我所有的知识全掏出来。

因为有了这份情谊，我殚精竭虑地向学生们献出最丰美的珍品，绞尽脑汁地筹谋如何在课堂上展示最美妙的艺术。同事之间相互听课、评课，交流切磋。我和大家既搞教改教研，又参与教学评比。多年来，我一面大量阅读和从事业余写作，一面置身于教改教研第一线，参与学生各种活动，编教材开设《文学欣赏》、《中外文学导读》选修课，把敏锐的时代感觉、新鲜的教研活水、切肤的读写经验，渗进课堂教学内容中，努力追求语文教学的时代性、多样性、实效性、情感性的教学风格。

天道酬勤。经过多年的教学实践和写作磨炼，我的教研文章和文学作品频频见报和获奖，其源泉是教坛，动力来自于一届届学生的支持。为人师表带来的喜悦和由此产生的不断进取的动力，促使我在奋斗的征途上勇往直前，对教坛、学生一往情深，潜心耕耘在师范这块沃土上。

当了八年班主任，更是班我合一。我养成爱讲人格塑造，爱搜集教育新动态、新信息的习惯。我觉得"明日教师，今日做起"，必须要有教研意识，必须及早培养教师人格。我讲陶行知的"捧着一颗心来，不带半根草去"，讲"情境教学法"、"成功教学法"，和学生讨论"什么是献身教育，为人师表"，以兄长身份教育关心学生，被学生称为"想到、说到、做到、管到、帮到"的"五到"班主任。学生犯了错误，则耐心说服，不厌其烦；学生遇到生活困难，则借钱借物，关心解决；学生生病，就和学生一起去医院，代付医药费，精心护理，煮粥熬药，赢得学生爱戴。我带的班级，学风浓，班风正，有个性，有特长。我努力用自己心中炽热的情感，去点燃学生心灵中的火花，学生如雨后春笋，茁壮成长。

在如火如荼的学生兴趣小组活动中，我长期担任校文学社指导教师，在活动中善于发展学生读、写、说的潜能和特长，培养和发展学生个性。编发《苗圃》校刊65期，举办文学讲座30余次。组织辅导学生参加各级作文比赛，连年在全国中师生作文大赛和华东六省一市作文比赛中获奖。在1992年安徽省中师生"烛光杯"作文大赛上，我辅导的学生囊括前五名，特等、一等、二等奖几乎全包了，我被师生誉为"好教练"。我还深入农村，服务小学，向小学生开设作文讲座，并参编或主编《全国小学生作文选》多册。

1988年，我创作了一首朗诵诗《山魂——乡村师范生之歌》，激发和赞扬一种有事业心、热衷于改变山区教育面貌、做陶行知倡导的"改造乡村生活的灵魂"的热情。这首诗在马鞍山举办的全省推广普通话观摩比赛中引起轰动，获最佳优秀节目奖，并成为学校日后的保留节目，多次重排演出，成为一种诗教，受到省教委顾问王世杰、原省人大主任魏心一等老同志的高度评价，他们称我为"陶味很浓的诗人"。1990年，我在《演讲与口才》杂志发表的刊首语《中国话》，也成为全国一些学校推广普通话活动中必有的朗诵节目，延续至今。

徽州师范学校活动多，学校非常注重教育教学改革，主要是"学陶师陶"，我们每个教师都要结合自身教学，体现陶行知"教学做合一"的理念，开展学生兴趣小组活动。此项活动，引起了各地师范学校的关注，参观学习者络绎不绝。上有陶行知的弟子们鼓与呼，下有全国师范学校的积极践行，"学陶师陶"

活动在全国师范学校中蔚然成风。当时师生热情高涨，学生又很优秀，共同创造了中国师范教育的最好时期。徽州师范学校被誉为"学陶师陶先进典范"、"江南师范明珠"，省教育厅发文号召全省师范学校学习，徽州师范学校受到国家教委首批表彰。它确实塑造了一代中师生的芳华。

1991 年，因工作需要，我兼任学校办公室主任。上任伊始，我根据本校实际，提出了"三元三环"农村师范教育新模式，在全省和全国师范评估检查中，徽州师范学校获得省"一类师范"、"窗口师范"的称号。联检团团长在总结中说："以中心小学为中心的兴农教育，学做真人为核心的师表教育，现代科技为重心的师能教育，这种着眼于整体改革的思路，十分难能可贵，值得全国学习，在全国推广。"

1998 年，省教育厅在安徽师范大学办研究生课程进修班，我是第一个报名的。毕业 20 年后又一次受到母校古典文学的熏陶，对作家作品的把握更加深透。1998 年，我获得曾宪梓基金全国优秀教师二等奖奖励，1999 年评上安徽省特级教师。

1999 年，我们承担并完成了省世行贷款师范教育发展项目《安徽省基础教育中长期发展目标与师范教育改革》课题子课题的研究任务，获国家二等奖。

2001 年，主持申报了国家教育部师范司批准的师范教育科研课题《面向 21 世纪，健全和完善农村师范教育体系的研究》，获得省社科成果一等奖。

2004 年，我担任学校副校长，后来又担任书记、校长。肩上的担子重了，我的责任心也更强了。我除了继续向省市争取学校升格外，还认真抓好 6 项工作：一是积极改善办学条件，新建 3 栋学生宿舍楼、2 栋教学楼，抓好运动场改造；二是扩大招生规模，向北扩展到安庆、阜阳，省外扩展到浙江、江苏，学生数达到 2300 多人；三是开拓就业渠道，面向江浙沪广大的民工子弟学校输送毕业生，毕业生供不应求；四是加强教师队伍建设，争取指标招聘年轻教师；五是加强内涵发展，提高教育教学质量；六是大力改善教工福利待遇，提高广大教师工作积极性。功夫不负有心人。前些年，学校获得"安徽省示范学校"、"中陶会陶研实验学校"等称号。

在全国中等师范走向消亡的低谷中，我们坚持挂靠高校办五年制专科师范，牢牢坚守中师这块阵地，在夹缝中求生存，实属不易！因为师范教育于我们早已是一种信念，这种信念既是先辈德业的传承，更是历届校友所赐，尤其是社会百姓的信赖。我们坚信社会所需的人才虽然学历不同，但开放的素养、基本的技能、健康的人格却是共同的标准。这也是我们矢志不渝的。

34 年的工作历程，大半辈子在徽州师范，美好时光在徽州师范，最后近10 年担任校长工作，为了学校的发展，负重前行，艰难不叹息，屈辱无怨言。从设计招生广告到编写学生手册等，我都亲力亲为，一丝不苟。我恪守如山般坚实求己、如水般包容待人的原则。当下，师范教育大环境大气候不利，是非也就不少，但我牢记：即使生活如雨，你也要撑伞原谅它。

识师范，时代之幸也！重师范，教育之基也！兴师范，强国之本也！陶行知说："师范学校负培养改造国民的大责任，国家前途的盛衰，都在他手掌之中。""国家所托命之师范教育"，"可以兴邦，也可以促国之亡"。最近，马云在杭州师范大学 110 周年校庆上疾呼："未来国与国之间的核心竞争点就是教育，而教育的重点、基础就是师范学校、师范生。一个国家应该鼓励最优秀的学生进入师范学校，让热爱当老师、当好老师的学生去做老师，让老师成为真正崇高的职业，成为社会上最受尊敬、待遇最好的职业，让尊师重教这几个字不是写在书上、写在纸上，而是真正写在每一个人心里。"马云不愧是一个理解师范教育的CEO！让师范人听了特别感动，我们但愿他所期待的那一天早日到来！

桃李不言，下自成蹊。退休了，我从过去学生们的一封封来信、一句句留言，到现在每逢节庆的短信微信问候中，深切地感受到他们的真情：

怎能忘记生病时恩师的温暖？伤心时良师给我的安慰？

上您的课，我们成了"研究生"了。

您的眼睛里，映满了我们全体。

最爱听您的人格塑造和助人成功。

您给我们班带来了生机和活力！

您指导的苗圃文学社，是我课余的乐园。

朗诵您写的《山魂》，好像自己就靠近了山村教育的灵魂。

……

我的学生，一届又一届，扎根乡村，奉献爱心，支撑着山区基础教育的发展，培育着教坛群英，这就是我们潜心铸造的山魂。有了这样的山魂，自会有多少人获得劳模、特级教师等表彰，多少人成为校长、教导主任，多少人评为教学新秀、优秀教师。我一一读着他们的话，喜悦之情充溢全身，这是人间最纯真的诗、最美丽的画！

我不想……

胡寅初

胡寅初，1950
年出生。芜湖市第
一中学语文教研组
组长，安徽师范大
学硕士生导师，安
徽省语文教学法专
业委员会学术委员
会副主任。安徽省
中小学教坛新星、
特级教师。

2018 年，是值得我纪念的一个重要年份：高中毕业 50
周年，上山下乡 50 周年，考入安徽师大 40 周年，首批学生
高中毕业 30 周年。

我是一个实诚的人，性格内向，不善言语，不善交际。
性格决定命运，回首往事，人生的重要节点，我都曾经不
想……

我不想考大学

1977 年，我在船厂当工人。年底，中央恢复高考的决
定传来，船台上议论纷纷，不久，就听说某位 66 届高三的
同事被芜湖师专录取了。对此，我却心如止水，无动于衷。

我不想考大学，是觉得这辈子上大学已经和我无关了。

我是 1963 年秋季从小学考进芜湖一中这所安徽省老牌
重点中学的。开学那天，跨进教学大楼，迎面见到的大幅标
语就是"赶超福州一中"，印象极其深刻。据说那年的高考，
芜湖一中仅次于福州一中。

1966 年初夏，我上中三（我们那一届实行学制改革，
五年一贯制）。一天，广播里突然播出了"废除高考制"的

重要新闻，正忙着复课迎考的高三学长们立即作出了"大学可以不考，阶级斗争一定要抓"的表态。我感到考大学与我们无关了。果然，一番大字报、大辩论、大串联、大批判、大斗争、大联合之后，迎来了"老三届"上山下乡的高潮。

然而，对学生时代还是留恋的。下放后，不知什么时候起，知青中悄悄流传开的《南京知青之歌》，引起大家共鸣。往往是几个知青聚到一起，就小声哼唱起来。当唱到"告别了妈妈，再见了家乡，金色的学生时代，已载入了青春史册，一去不复返"时，人人心里都酸酸的。

在广阔天地，我真心接受再教育，不怕苦不怕累，和社员打成一片，学做各种农活。我的表现受到乡亲们交口称誉。所幸那时乡风民风淳朴，我被首批推荐上调当了工人。进工厂后，上大学的机会也曾出现过，先是由单位推荐工农兵上大学，后来厂里也办起了"七二一"工人大学，然而没有我的份。从此对上大学断了念想。

我不想考大学，除了自知实际水平只有初中毕业而底气不足外，还担心单位不会批准。

说起来好笑。进工厂后，由于我在新工人培训班时的表现和能力得到了厂部首肯，分配工种时传出消息，说要重用我。谁知宣布的结果，竟是到船台当起重工——人人心目中的苦工种，好进难出。如此"重"用，打了想好好学技术的我一大闷棍。后来才知道，原属我的技术工种被别人调包了。当时的舆论倡导"一切交给党安排"，性格内向、不善言辞的我虽然觉得自己非常委屈，也不敢去问个究竟讨个说法，只有忍气吞声。

由于我有点文字能力，常常被厂工会、宣传科、保卫科等部门借调，一调就是一两个月甚至半年。对此班组同事有些看法，担心我被调走。其实我哪有那个能耐，但车间领导为了稳定人心，明确表示不会批准。在工厂，车间权力是很大的，话都说到这个份上了，若考上大学，领导会放行吗？我又何必自讨没趣，自寻烦恼！

然而，1978 年的夏天，我却出现在高考的考场（本该 10 年前出现的）。

在朋友们的撺掇下，抱着此生虽上不了大学但该有一次参加高考经历的想法，我和厂里十几位同事一起报名参加了高考。

考前备考，既无复习资料，又无相关信息，还没复习时间，只是每天中午和晚上，在劳累的工作之余，凭着一纸《考试大纲说明》，对照一直未曾舍得扔掉的老课本，对着其中的知识点，落实了一个就划掉一个。

那年高考，天特别热，电风扇在头顶上慵懒地转着，教室后面放了大冰块，监考老师还会不时递上湿毛巾给考生擦汗。考试结束的铃声响了，监考老师习惯性地说道："请同学们……"而我们这些当了近10年工人的大龄考生听了，却有时空穿越、恍如隔世之感！

我不想考大学，居然被安徽师大录取了，从此拥有了年龄相差一二十岁的一批大学同学。和我同时考上的还有另外三个同事。

那年能考上大学，首先是题目不算太难，不少内容是初中的。尽管荒废了整整12年，但由于我在中小学9年学习中受到的良好教育和打下的坚实基础，经过复习，还是得到了一些该得的分数，记得总分是333分，和当时一款洗衣粉同名。而语文是工具，由于喜爱并经常使用，答题就比较顺手，特别是作文，考的是缩写，对我来说，驾轻就熟。结果语文成绩85分，不仅保证了达到录取分数线，还成了进入中文系的一个重要条件。其次，考试的心态特别放松，没有一点压力，只是想了却一桩心愿而已，面对考卷，一道题一道题尽其所能地做下去，因此发挥正常。更为重要的是，分数达线后，不再需要领导批准了。后来才听说，是小平同志高瞻远瞩，果断划掉了"十六字"招生方针中这事关很多人命运的一条。

感恩恢复高考。一次公正的选拔考试，不仅替我讨回了公道，使我心情舒畅，也从此改变了我的人生命运。为了我们这些大龄青年能安心学习，国家还制定了带薪上学的政策。

进入大学，校园里充满了孜孜求学的氛围。同学们都珍惜这来之不易的学习机会，恰似久旱逢甘霖，如饥似渴地吮吸着知识的乳浆：课堂上认真听课记笔记，生怕漏掉一个字；晚自习占位阅览室，迟到者只好悻悻而归；图书馆里人头攒动，名著典籍供不应求……

而我，则像刘姥姥进了大观园，面对许许多多前所未闻的新领域新知识，目不暇接，眼花缭乱，至今还一鳞半爪记得的有德先生与赛先生、黑暗的中世纪、文艺复兴、文心雕龙、史记、古典主义的三一律、形象大于思想……我对各种知识都充满了好奇心。

知识荒废了十几年，要补的东西实在太多了，面对接踵而来的各门功课，为了建立起知识体系，我必须从最基础的补起。针对自己理论修养的不足，我还努力去啃唯物论、辩证法、心理学、逻辑学这些看似枯燥无味的知识。实践证明，这些努力，为我后来从教奠定了良好的基础，成为重要的知识积淀和能力基础。遗憾的是，大学四年转瞬即逝，广泛阅读名著、尽力拓宽知识面成了一种奢望。

一个人各方面素养的形成若过了最佳期，往往就很难弥补了。在我们精力充沛、求知欲旺盛的最好年华，却被推到了"史无前例"的运动与"上山下乡"的风口浪尖，剥夺了受教育的权利，虽然磨炼了意志、丰富了人生阅历，却蹉跎了宝贵的岁月。我和我的中学同学，都错过了大脑形象思维和逻辑思维发展的黄金时期，套用一句现成的话，是知识贫乏限制了我们的想象。而这些不足，最终成为我以后教学生涯中的短板和很难逾越的障碍。

人到中年，记忆力也大不如前。记得我们小组同寝室的同学为了迎接写作课考试，曾经相约半夜起来临阵磨枪。夜色朦胧，昏暗的过道廊灯下、幽幽的寝室台灯旁是一个个口中念念有词的身影，直至东方晨曦初现。我自然不甘落后，参与了磨枪，当时觉得头脑特别清醒，该记的全都记住了。然而白天考试时却把我打回原形，头脑昏昏沉沉，一点儿都回忆不起来了。这时才服年岁不饶人，学习是因人而异的。

我不想当老师

尽管上的是师范大学，我却不想当老师，换句话说，是觉得自己不具备当个好老师的条件。

我对教师职业一直怀有敬畏之心，认为好老师应该口才出众，学识渊博，言传身教，率先垂范；对学生关怀备至，一视同仁，春风化雨，桃李芬芳。我的求学路上，有幸遇到过很多这样的好老师，高山仰止，景行行止。我的中学语文老师蔡澄清先生就是其中之一。作为中学语文界德高望重、获得语文教学终身成就奖的著名教育家、特级教师，他在 1982 年就针对语文教学效率问题提出了"重在点拨"这个观点，奠定了以他名字命名的中学语文点拨教学法的基础。

而我，虽然喜欢语文，却因根底较浅、性格内向、孤陋寡闻、不善言辞等众多局限，理论和思维水平、口头和书面表达能力都欠佳。大学毕业时我的成绩单上论文和教学实习成绩都为"良"，便是明证。

回想起上大学前的十几年中，尽管自己也算爱好学习，但接触到的内容仅限于毛主席语录、毛主席诗词、八个样板戏和两报一刊等。为了提高理论水平，我曾背诵过纪念巴黎公社 100 周年的社论，如今记得的只剩下"暴力革命是无产阶级革命的唯一形式的原则"一句了。

我有自知之明，知道自己不是当老师的那块料，不想误人子弟。在下放时、招工中、进厂后，其实都有当民办教师、公办教师、子弟小学教师的可能，我让它擦肩而过，我为自己能回避当老师而庆幸。

大学快毕业，该考虑今后从事什么工作了。我头脑中"单位人"的概念很深，既然带薪上学，当然该回原单位。我想，学的是师范，最好能回原单位的教育口子，管管职工教育和培训，若从事自己喜爱的文字工作也可。真是英雄所见略同，另外两个同时考上安徽师大的同学，专业虽不同，想法却一致。于是我们相约去了上级机关的教育处。也许我们真是摸错了门，兴冲冲地说明来意之后，回答的只有简单的三个字：不缺人。现在设身处地替人家想一下：这样三个人来求职，不是来抢饭碗的吗？能不防吗？

既然原单位回不去，也就只好听天由命了，我们都接到了去芜湖市教育局接受二次分配的调令。因为女儿太小，托人去教育局反映，要求分得离家近一点。不料被告知，在大学毕业前夕，我已经被芜湖一中预定了。

以前种种不想当老师的努力，终于变成了不得不当的无奈，而且是回到中学母校当老师！早知道当老师是我的宿命，我以前就不该回避的，以至于带薪上师大的学龄不算教龄，如今虽有工龄 43 年，却享受不到全额退休金。

好在安徽师大四年的求学，受到科学民主思想的启蒙和熏陶，在我心中播下了独立自由、平等博爱的人文精神的种子；好在芜湖一中，是适合这种子发芽生长的沃土；好在20世纪80年代，政治宽松，思想活跃，人心思变，改革扬帆，是一个激情燃烧的年代，一个充满希望的年代。那时代的人们，为了把被耽误的十年时间补回来，个个都是铆足了劲；作为教师，就是要为"四化"建设多培养人才。就这样，我开始了我的教学生涯。

"学高为师，身正为范"——进了师范大学，才知道"师范"这二字的含义。我一直认为，爱学生是当老师的天职。回到芜湖一中任教，初上讲台，虽不乏各种尴尬和不适，但面对一张张稚气未脱的脸庞和一双双渴求知识的眼睛，我就决心努力当个好老师，不能让学生因为我而受到委屈。我还有一个十分可笑的想法，那就是要把论文写进学生心里。当时我的心态，就像故事里那个在海边的小男孩，一边把被海浪冲到海滩上的鱼一条条扔回海里，一边喊着：这对它们都重要。

我在芜湖一中的从教经历比较简单：1982—1985学年度带初中两个班语文，1985—1988学年度带高中一个班语文兼班主任，至此完成了一轮大循环，初识中学语文教育教学。1988—1991学年度，为了照顾家庭，我提出不当班主任，经获准带初一两个班语文。不料第一学期期中考试后，初一（2）班的班主任就生病住院了，接着又疗养，不久这个班就陷入混乱。第二学期开学前，学校领导找到我家，做通了妻子的工作，我又当上了班主任，同时仍带两个班语文，直到初三时才减去一个班。

1991年，我获得市、省两级初中语文课堂教学评比一等奖；1991年，我接手的这个班被评为芜湖市行为规范合格班和芜湖市先进集体；1991年，我因全校得票率最高而获"芜湖市优秀园丁"称号，得到市政府表彰，在此也非常感谢老师和同事们对我工作的公正评价。从此以后我成了班主任专业户，每三年带一届，而且专带（2）班，连续四届，直到2003年。

1991年担任教研组长，直到退休，语文教研组多次被评为市级先进集体。1997年起师从蔡澄清先生参加全国课题"蔡澄清中学语文点拨教学法实验研究"，上了一些公开课，也发表了一些教科研文章。其间，获市、省两级"教坛新星"称号，2001年被省政府授予"特级教师"称号。我的所有荣誉和在语文教学、教研中一切成绩的取得，都离不开导师蔡澄清先生的耳提面命，热情指导，及时点拨，不断鞭策。

2003年以后我继续带两个班语文，带了两届。2010年7月，两个班的高一课程带完后退休。

一位在中央电视台当节目主持人的学生，曾在班级微信群发帖子，说到有一次主持节目讨论师德问题，有听众质疑现实生活有没有爱岗敬业、爱生如子的老师，她当即斩钉截铁地回答："有！我的中学老师就是！"这个回答虽为溢美之词，却也不乏事实依据。

女儿高一时写过一篇《我的爸爸》的练笔，不妨全篇录下：

爸爸的学生又来信了，他照例给我看那些来自祖国各地的飞鸿。信出自不同的手，却都或多或少回忆着中学生活，其中关于爸爸的点点滴滴构成一个极为和蔼可亲、充满爱心的班主任形象：他教学生端正坐姿，教他们做眼保健操，带他们去野炊，告诉他们"做人，什么都要会一点，今后会有用的"，"一个人如果不能改造环境，首先就应该适应环境"这样的人生哲理……

爸爸作为班主任是优秀的，学生的交口称赞和那一叠厚厚的荣誉证书让我对此深信不疑；但作为父亲，他又是不称职的。

小时候，爸爸工作的学校离家很远，天还没亮，他就要骑车去上早读课了，晚上往往要到月亮露出脸来他才回家。到了星期天，他又要备课批改作业，让他陪我玩，简直是一种奢望。家务几乎全压在妈妈身上，让她陪我也是不大可能的。当我站在别的孩子身边看他们的父亲陪他们打球，带他们玩耍，我的心中只有羡慕。于是我独自站在夕阳的余晖中，望眼欲穿地等待爸爸回来。多少次，当爸爸出现在我的视野中，我满腹委屈地跑过去，泪水止不住地流下来。爸爸问我怎么了，我只是泣不成声，我怎么能怪他呢？更有许多次，睡在床上，我要爸爸讲故事，那声音每每从清晰到模糊，最后以爸爸的鼾声作为结束。他太累了，他不是不爱我，而是没有多余的精力来爱我了。

我不能怪他，也不能怪他的学生们，要怪就怪我为什么是他的女儿而不是他的学生。

　　随着岁月的流逝，爸爸的学生换了一茬又一茬，爸爸始终以那样博大的爱对待每一位学生。我的心也随着年龄的增长，从嫉妒到平静到理解。

　　我终于不再以拥有这样的父亲而悲伤，我为他骄傲。

录完这段文字，心里五味杂陈。

　　和那个时代的很多人一样，我是一个理想主义者，做事追求完美，充满责任心，宁可牺牲自己，也不愿敷衍。我经常会备课改作业到深夜，体会歌词"静静的深夜群星在闪耀，老师的房间彻夜明亮"的意境。没办法，教书育人是个良心活儿，面对一个个鲜活的生命，有些牺牲是必需的。

　　这种工作过分投入、不顾家庭孩子的人，后来被称为"工作狂"。

　　我从自身遭遇体会到，尊重和侮辱意味着什么，公正和偏袒意味着什么，平等和歧视意味着什么，民主和专横意味着什么，因而在那改革开放的年代，接受了"人人生而平等，师生人格平等"的理念。

　　我的学生观是："学生是成长中的人。因为是'人'，所以要尊重人格，平等相待；唯其在'成长中'，所以应严格要求，热情帮助。"这是发自肺腑之言，从教以来，我就是这样孜孜践行的，这也可以说是我的师德宣言吧！

　　教书育人，育人为先，也即所谓"先成人，后成才"。中小学教育被称为基础教育，对青少年一生的成长起着至关重要的作用，而青少年的未来也就是国家和民族的未来。我在首次当班主任时，就主张"让学生成为班级活动的主角"，我在一篇同名文章中介绍了开学后第一次主题班会"自我介绍"和接下来期中考试后的"学习经验介绍会"，文章的结尾是这样写的："青年学生是本世纪末下世纪初'四化'建设的主力军，因而从小培养他们的民主意识、主人翁精神和高度的责任感，培养他们自己管理自己的能力，对于建设现代化的高度文明、高度民主的社会主义国家，事关重大。教育工作者应从这个战略高度着眼，努力培养学生的'自爱、自强、自觉、自理'精神。当然，在这个过程中，教师的指导、点拨、纠偏、培养的作用必不可少。"

手头上保留了两张"芜湖一中学生评教问卷反馈表"。

2009 年起，学校开始在学年结束时，实行背靠背的"学生评教问卷"制度，即由每个学生分别为自己各位课任老师打分。评分标准包括德育渗透、不唯成绩、仪表风度、出勤上课、板书书写、用语规范、语言表达、教学手段、学法指导、因材施教、教学安排、课堂管理、备课实施、教育方式、作业批改、按时下课、课外活动、家长沟通、资料订购、家教情况等方方面面，共 20 项，每项 5 分，其中涉及当时师德师风建设的一些敏感问题，如对自己学生有偿家教等。

2009 年，我已不当班主任了，带一个高三理科实验班和一个平行班的语文课。反馈的结果让我感动：满分为 100 分，我得了 97.23 分；在学生可填可不填的"你最敬佩的老师"一栏里，我获得的最敬佩率为 40.91%（重点中学学生对老师要求相对高，一般不轻易填"最敬佩"，能有 20% 就不错了）。这是教了三年的学生第三年时给我的"成绩单"。2010 年，我带高一两个平行班（非理科实验班），总分为 95.90 分，最敬佩率为 48.62%。这是教了一年的学生给我的"成绩单"。两张"成绩单"成绩相似。

面对这两张"成绩单"，我感到：老师教书育人，成天面对几十甚至上百学生，其一言一行都在学生的监督中，真情实意或虚情假意都逃不出学生的双眼；同时，孩子的世界是纯洁的，学生是善良和宽容的。以心换取心，以爱博得爱，师生间心心相印的感情是这个世界弥足珍贵的财富，也是当老师的价值和乐趣所在。

学生的认可，是对老师辛勤劳动最好的嘉奖。领到这两张"成绩单"后，我在芜湖一中 28 年的教师生涯也落下了帷幕。我可不可以算是把论文写进了学生的心里呢？

我不想写纪念文章

我们和改革开放同行，入学 40 周年恰逢改革开放 40 周年。热心的组织者为此倡议出一本有分量的文集，展示安徽师大中文"78"人的精神面貌、时代风采和历史担当。倡议发出，得到了热烈响应，一篇又一篇的佳作很快问世，并在微信上交流，引起极大的反响。筹备工作稳步有序地进行着。

我没想过自己会参加到这个行列中来。

首先是乏善可陈。常年在基层、在一线从事极其平凡的工作，无非是备课、上课、批改作业，平平淡淡；自己忝列特级教师，和其他语文老师一样，每天的工作是单调乏味的，连学生都曾好奇地问我怎么能坚持这么多年。其实，班主任和语文教师工作都是消耗性极强的劳动，说红烛，说人梯，都有道理，而我更觉得像摆渡船工，年复一年，默默无闻，把学生送到基础教育的彼岸。

其次是无所建树。虽然感到从教以来已尽其所能，问心无愧，但是在众多从事各行各业的才高八斗、著作等身、成绩斐然、卓有建树的同窗面前，还是感到有负于安徽师大对我的教育培养。就拿当教师来说吧，我所了解到接触到的一些优秀教师，大都很早就有当名师的志向，从而苦练当教师的基本功，广读古今中外教育教学论著，几经磨炼，课堂教学有特色，教学理论有新意，著书立说，值得推广。而自己与他们相比，起步既迟，悟性不高，读书极少，文采不佳，语文教学所持观点见解，又卑之无甚高论，实在没有写作的必要。

然而，同学俞晓红多次劝我写点什么，甚至帮我想好了写作内容。我虽答应努力试试，却一直信心不足，写写停停。但是，她有一句话还是打动了我。她说，安徽师大非常重视坚守在中学基础教育一线默默耕耘的众多毕业生，这是师范大学办学之本；希望我能给在校的学子提供一点借鉴和启迪，这也正是这本纪念文集编写的目的之一。

对此我是感同身受的。当年求学之时，系主任祖保泉教授就说过类似的话："一个好的中学教师一生可以影响成百上千人，而这些人又能影响更多的人。"我默默记下了，并努力践行，从教近30年，直接间接影响的学生真的不下千人。听说祖老先生对我们78级不少同学被评为中学特级教师甚是欣慰。

师大中文系改为文学院后，院领导对来自中学教学一线有经验的语文老师也是委以重任。就我而言，先是被聘为教育硕士研究生导师，参与指导在职研究生培养工作，参加一年一度的论文答辩；后来又被聘为客座教授，给研究生传授教学经验；被聘为国培计划中小学骨干教师高中语文学科培训专家；80 周年校庆时还把我列为文学院服务基础教育培养的优秀语文教师代表。羞愧之余深知，不是我比其他同学高明，而是尽占芜湖地缘优势，近水楼台先得月啊！

母校厚望不可辜负，薪火相传责无旁贷，于是就有了把这篇文章写下去的信心和耐心。我力图通过碎片式细节的回忆，展现真实的自我、曾经的生活和心路历程，使读者了解特殊的历史背景下一个普通中学语文教师成长中的艰辛和甘苦，见微知著。只希望年轻学子们不要有春晚小品中那个孙子听爷爷讲粮票的故事时的隔代和嫌烦的感觉。

很多老生常谈的话不说了，下面把我感悟最深的和语文教学有关的三句话和大家分享。

第一句话是："看不起你！"

这句话关于师德，是从一本《微型小说选刊》上看来的。说的是一位"一贯追求诚实"的乡村老教师，在别人的开导下，为了关系到名誉和评优评职称的考试成绩，在一次统一考试前，先是重排座位，让成绩好的坐中间，成绩差的坐两边；监考时，又想法转移一同监考的邻乡中学老师的注意力，自己也装作打瞌睡，便于学生作弊。考试结束封完试卷后，他打开房门，发现从门缝里塞进来一张纸条，纸上写着："老师，看不起你！"

当时看了就很震撼。这位老师的处境委实令人同情，现实中类似的情况也挺多，但为了评职称，为了迎检查，不得已自毁人格，弄虚作假，让学生失望，这以后对学生的教育还会有多大效果呢？

其实，我对当教师就应该安守清贫这种说法一直很有看法，教师凭什么就不能享受美好的生活呢？市场经济，会因为你是教师另眼相待吗？于是想到，学校领导和上级部门能否给一线教师以更多应有的理解、尊重和关心，就像当年小平同志主动为科教兴国当好后勤部长那样，不多干预，不瞎折腾，做好服务，提高待遇，帮他们解除后顾之忧，让他们有尊严地站好讲台。

我记住了"看不起你"这句话。我经常反躬自问：要求学生做到的你自己首先做到了吗？处理班级事务时力求公平公开公正了吗？教学中让每个学生都享受到同等教育的权利了吗？上课前充分备好课做好各项准备了吗？课堂教学设计有亮点吗？作业处理及时有效吗？……身正和学高，是老师获得学生尊重的重要前提，也是我教学生涯中不断努力追求的目标。

第二句话是："每堂课都滴上一滴自己的心血。"

这句话关于课堂教学，是中文系老主任祖保泉教授的一句教诲。话很通俗很实在，体现的却是量变可以引起质变的哲学思想。这句话使我醍醐灌顶，我在多年课堂教学中坚持这样做，很有成效。

中学语文教学的客观现实是，由于负担太重，除了上教学检查课或公开课为了展示才艺需要精心设计打磨，一般教师尤其是青年教师平日每堂课能够用到课堂教学设计上的时间都很有限，特别是高中语文，因其备课量大，往往一晚上备的课第二天一节课就上掉了，于是便会出现照搬教学参考书或照套现成教案的情况，在网络时代更可直接在网上下载一个打印出来照本宣科。这样做的直接后果是很多教师缺乏思考不会备课了，对教师成长极为不利。

"每堂课都滴上一滴自己的心血"，可以较好地解决这个矛盾。它的前提是自己先要备课，然后再汲取他人课堂教学设计中的精华。这一滴心血，可以是自己在备课时的独特感悟，可以是对教参中某种说法的质疑，也可以是对现成教案中某一环节某一特点的认可和借鉴，如此等等。但有一个标志，就是要运用自己的头脑思考，针对自己学生的学情选择，为优化课堂教学而运用。"每堂课都滴上一滴自己的心血"，这要求不算太高，经过努力应该人人都能做到；但它对教师职业成长却是有效的，日积月累，持之以恒，每位教师可以逐渐形成各人独特的教学风格。

第三句话是："没有内容。"

这句话关于写作，是原工厂工会的宣传干事在看了我写的一些东西后一针见血的批评和忠告，当时就对我触动很大，而且一直影响到现在。

由于内向木讷，我不喜欢说而喜欢写，但写出一些自我感觉还不错的东西投稿给报刊杂志后，却杳无音讯。对此一直比较困惑，这时才一语惊醒梦中人。

"没有内容"，用现在的话来说，是水分多，没干货。我学写作的年代，古今中外名著没读过（找不到也不敢找，怕知识越多越反动），受"高大全、假大空"文风的影响，不会抒真情，不能接地气，写实用文只会穿靴戴帽，引用毛主席语录或诗词，加上一些革命口号和空话套话，写文艺文只会模仿样板戏的构思和套路，然后革命口号加豪言壮语。

知道了自己这个弱点，以后特别是上大学以后我就有了学习写作的目标：从阅读中领悟"有内容"的表现，在写作中克服"没有内容"的积习。后来从教，在分析课文文本和指导学生写作时，我也总是把有内容放在第一位，然后注意形式和内容的统一。

类比一下，上一堂好的语文课也相当于写一篇好的作文，在教学设计的时候应重视内容问题，要给学生以实实在在的语文知识的传授、语文能力的培养、语文素养的提高。那种堂上热热闹闹、形式五花八门，上完课后不知所云的语文课，就要考虑"没有内容"的问题了。

一代人有一代人的生活，一代人有一代人的追求，但是有些东西是难以改变的，希望读到这篇文章的母校学子们能树立起当个好老师的信心。改革开放40周年了，你们现在各方面的条件，无论是外部的还是内部的都远远超过我们那个时代。"精诚所至，金石为开"——我把我的导师蔡澄清先生经常勉励青年教师的这句话转赠给你们。我想，我能做到的，你们也一定能做到，而且会做得更好。

一邂逅　便永恒

潘德安

1978 年 10 月 11 日凌晨三点，"东方红 8 号"轮船终于在芜湖靠岸。

父亲带着我下船，当时的长江边，秋风吹拂，凉意渐生。走出码头，就是北京西路，街道两边灯光昏黄稀疏，像是瞌睡人的眼，走在路上，一个陌生的未知世界在我面前渐次展开。

当时的我，是一个怯生的腼腆的少年，16 岁又 9 个月，身高 1.62，体重 46 公斤。

2018 年 5 月 19—20 日，我应母校邀请，参加安徽师范大学 90 周年庆典。19 日参加了学校举办的基础教育论坛，20 日又参加了卓越教师论坛。参会的基本都是安徽师大各专业历届校友中在任的教育局长或高中校长，从会议材料中得知，我是中文系 78 级唯一的一位来自基础教育的代表，心里既荣幸，又落寞。

40 年，就是这么在不经意间走过，岁月啊！

一

回想起当年高考的情景，懵懂糊涂，不知道紧张，也就

潘德安，1962
年出生。中学语文
特级教师。现任太
湖中学党总支书
记、校长。1991 年
度全国优秀教师；
2009 年安庆市首批
"名校长"。

谈不上焦虑，当时的我，很少想过这次不同寻常的考试会对我以后的人生产生什么影响，我的家乡、我的家庭也没有任何人和我谈过类似的话题，或者说我的乡亲中没有一个人有能力和我谈这一类话题。1978年2月，母校新仓高中从我们班挑选了七个成绩靠前的学生做重点培养，并将一个猪圈打扫干净，作为加班的场所，铺满稻草，我们打地铺睡觉，特许晚上全校熄灯后我们可以点蜡烛看书。一天，校长汪金旺找我到办公室，说：潘德安，我们商量了一下，觉得你各科成绩还均衡，你做好准备，今年高考你就报考文科吧。于是，我就成为七人中唯一报考文科的考生。为了我的高考，当时已经50多岁的历史老师胡振华先生仓促上阵，拿出他上大学时的课堂笔记，让我抄了法国大革命和英国工业革命两节，让我背熟，这是我上高考考场时仅有的世界历史的知识储备。因为学校没有地理老师，我的班主任胡文登老师找了一本地理教材，让我自学，日子依旧平常，晚上就寝后，寝室里七条汉子闲聊的几乎是与高考无关的家长里短，最感兴趣的依旧是谁家能弄到填饱肚子的东西，轻松无序的情绪一直把我们送进了高考考场。

我们当年的高考是在极其炎热的季节进行的。只记得高考期间我一直借住在县城工作的远房舅舅家，天极热，蚊子极多且毒，我睡舅舅家的一只竹床，依旧大汗淋漓，舅舅为我点蚊香，打蒲扇，尽一份长辈的责任。那年作文题为缩写，历史题有孟良崮战役，其他都已经记忆模糊还回了考场。我高考成绩是332.73分，至今感觉怪异，因为这么精确到小数点的计分现在早就不见了。数学不及格，外语13分（只做参考，不计入总分）。

之所以一直牢记着当年的这些细节，应该与我现在的工作直接关联。毕业后，我一直从事教育工作，先在和县幼儿师范待了8年，后调回家乡太湖，在太湖师范待了11年，2001年起，我被调往安徽省太湖中学工作至今，前几年任副校长，后面一直担任校长，研究高考，关注高考，做好高考备考工作一直成为我工作的主线。奇怪的是，当年并不认真对待的高考，现在几乎每年都会在梦里重现，像是无关联的碎片在闪回——我惶急地走进考场，但我的试卷上恍若白雾一个字都看不清；语文考试结束铃已经响起，我的作文还没有完卷；要命的英语考试时，监考老师不停地在我面前踱步……梦醒后回想这些不可思议的窘迫场景，我不能归结出这些梦境有什么特别的意义，但也绝不是莞尔一笑那么轻松。不自觉中，我总把当年我高考时所有准备工作的漫不经心与今天的精益求精相比较，内心深处在唏嘘感慨。

　　安徽师范大学的录取通知书送达的时候，在我的老家一带确实引起了轰动，这个结果不仅出乎我的意料，家乡所有的人都不曾想到。我的母校新仓高中当年只考取了三人，我是文科唯一的代表。随后，有我的同宗乡党写信举报到省，举报信编造、罗列我父亲和我家庭历史的种种不端，质问安徽师范大学为什么要录取我入学，这是一个关系到高等学府为什么阶级培养接班人的严肃问题。随后，调查开始，有陌生人到我家，严肃地和我父亲见面，闭门谈话半天。幸运的是，当时公社书记徐达清对我家情况非常了解，徐书记说我家成分不高，是下中农，属可以团结的对象，我父亲是正派人，只是脾气暴烈，在以前做大队会计时得罪过人，举报信中罗列的多数子虚乌有，且签字画押以示负责。

　　一场风波就这样结束了，1978 年 9 月 27 日，我在山上砍柴时，安徽师范大学的录取通知书送到了我家。

二

　　"师范"一词据说是舶来品，启功先生解释为"学高为师，身正为范"。在师大，我过得平常，学得一般，与考试成绩有关的记忆倒有几次。刚进校，孟庆惠老师组织汉语拼音的随堂测试，我考了 72 分，这个成绩是全年级倒数第一。因为我到师大前从来没有接触过汉语拼音方案，读不准声母韵母，不知道拼写规则，所以这个分数还不算差，但这次的考试给我很强的羞耻感，也知道了在我们中文系高手太多，内心里有了发奋的愿望和动力。另外，就是党史考试考了大学期间唯一的一个 100 分，这个成绩怎么来的，现在我还很莫名，因为是大家都冷对的副课，心里少了喜悦。最难忘的就是被祖保泉老师逮住，让背诵《文心雕龙·神思》，因为早闻祖老师要求严，这事马虎不得，就连续几天早起，到教学楼后面的雪松树下抑抑扬扬地背读，用了几天功，所以顺利过关，祖老师笑吟吟地说：潘德安，还不错啊，回去以后继续读啊，学中文的，要读一辈子《文心雕龙》！

学校，应该是培育情怀的场所，是引导成长的地方，也是一个让人学会思考的地方。

当年的师大，纯净而热烈。我的同学，无论从年龄还是学识，和我基本都是亦师亦友的关系。从 1978 年到 1982 年，我们遇到了一个难得的清明时代，有幸与许许多多的大师同行。舒婷、北岛的诗被疯狂传抄朗诵，《伤痕》引出的话题被广泛讨论，我们的血都热得发烫，思考国家民族的命运，为中华之崛起而读书，是当时大学校园最主流的声音。在这样的环境中，我开始了近乎饥渴的无选择的阅读，我感觉每天都在充沛生长，一个赢弱的少年在告别懵懂，开始长骨骼，丰血肉，开始用自己的双眼去审视自由的天空。

大学之所以重要，不是因为有大楼，而是因为有大师，这是流传很广的名言。

三

现在又到高考季。

这是一个纷扰的季节。

每年一次的高考组织工作从头年 10 月开始，到次年 8 月才结束。考生报名、录入身份证、采像、常规体检及胸透、对考生进行精神动员、研究每年发布的《考试大纲》及《说明》、研究备考方略、组织模拟考试(一般有 5 次考试)、收集来自各种途径的与考试有关的信息、6 月 7—8 日两天的考试、6 月 23 日的高考成绩发布、多轮次的高考志愿填报、为每个即将升入高校的学生准备好完整的档案并负责投递到相应的高校。这一系列流程走完，每年的工作才算告一段落。

如此熟悉，而又永远陌生，这就是高考。

归结起来，40 年连续不断的高考，形同而质异，从知识考试到能力考试，今天已经发展到素质考试，对这种温水煮青蛙式的渐变，我们深有体会。尽管对中国的高考质疑声从没有停止过，改革高考的呼声不绝于耳，但在今后一段时间，高考的模式依旧不会有本质的变化，我坚信。

高考前，我会带领我的团队诚惶诚恐组织好其中的每一个环节，几乎像航天发射那样要求精准。高考后一直到每年高考成绩发布前，总是忐忑，总是有一种无着无落的惶恐，高考成绩的不确定性让人焦灼不安。我所在的安徽省太湖中学是一所有着 112 年历史的老校，她的办学水平和声誉一直良好，在安庆市内，我们一直有着与安庆一中相仿的骄人的高考成绩。2017 年，我们以 9 人录取北大、清华，118 人录取"985"高校，一本达线率 70% 的成绩刷新纪录，2018 年，我们的一本达线已经飙升至 77%，录取北大、清华的人数也达 7 人。在一个总人口只有 56 万、优质生源严重不足的国家扶贫开发县，这份成绩单确实来得不容易。新浪网有一个全省高中百强的排名，我校有幸排到第 13 位，在全国高中排名中，我们跻身 210 名。

四

或许，从本性上说，我是一个容易随遇而安的人。师大的学生，从毕业的那一天起，一生从事教育工作，是一种职业本分。学中文的人从事教育，应该有天然的优势，因为文学和教育都是关于人的学问，打通其中的关联，我们应该比学其他专业的人更容易登堂入室，至少，就我所知，在中文系 79 级学弟中，同样从事高中教育管理的有好几位，他们现在做得比我更棒。

有人说，在中国从事教育的人要懂得三种教育学：一种是官方教育学，即倡导公平均衡的教育；一种是专家教育学，即创新的教育；一种是民间教育学，即高分数好成绩的教育学。作为校长，找到三者之间适度的平衡，显然是一种必须具备的能力。

五

一辈子只做一件事，容易；一辈子做好一件事，很难。从普通老师到校长，我依仗着这份职业养家糊口，凭借着这份职业在基础教育界立足，既然享受着这份职业的快乐，自当承担起这份职业的艰辛和苦涩。即使是在最困难的时候，我也很少有彻底逃离教育的念头，在内心深处，我可能就有好为人师的天然情结。当老师时，走上讲台，我心里就自然宁静；当校长时，走进校园，我会感觉非常亲切。我知道，上天公平，她恩惠给人的往往只有一种才能，所以，作为普通人，就不能有更多的奢望。眼看着我中文系78级的众位同窗，在各个行业中都有人风生水起，我自豪，也羡慕，但我定力依旧。弱水三千，我有一瓢，自当额手称庆。

仅就这一点，我就必须感谢安徽师范大学，感谢中文系，从走近她的第一天起，我就找到了我人生的归宿！

变　化

陈绍斌

1978 年，"十年动乱"后恢复高考。从这一年开始，中国社会发生了翻天覆地的变化。而这些变化对我的思想也产生了巨大影响。

在整个少年时期的读书阶段，我的学习成绩一直都是很好的，但这时候反潮流的黄帅和"白卷英雄"张铁生却红遍了全国。当时最响亮的口号是"宁要社会主义的草，也不要资本主义的苗"，我们这些学习成绩较好的学生被当时的政治研判为"资本主义的苗"，内心非常苦闷！

陈绍斌，1954 年出生。亳州一中高级教师、图书馆馆长。

可是有一段时间，学校领导和我们的老师开始抓起了教学，虽然那时候还没有考大学的目标，但能够全身心地投入到学习当中，内心也感到了一种充实和喜悦——因为有老师的表扬和同学的羡慕。

可是，好景不长，很快，学校到处贴满了"批判修正主义教育路线回潮"的大字报和标语，同学打扑克，老师也不管，来不来上学，更无人过问，全班 50 来个同学，最后来的不到 10 个人。电影《决裂》在全国隆重上映，彻底断送了我们要读书的念想！于是，上课前来授课的老师看到能坚持到校的同学，微笑一下；学生说：老师您回去休息吧，于是老师微笑着走了，剩下的我们，继续打扑克，或者说笑打闹，大家似乎都在等待着，等待着……等待着毕业，等待着上山下乡接受贫下中农再教育。

不以上学为主，就有了去文化馆阅读的时间，一天晚上，我拿到了一份《参考消息》——也只有这个"参考消息"能看到一些国外的情况。我被一则消息震撼了：小日本那个时候已经有了"磁悬浮列车"——小日本是那样的恶贯满盈，凭什么啊！可从此以后，我开始怀疑：不搞教育、不搞科学、不搞生产力，而只以阶级斗争为纲的政治路线是不是真的正确？

还有一次，我们去工厂学工，我被分配到翻砂车间，炽热的铁水映红了我们充满稚气的脸庞——那真有一种红火的大干社会主义的朝气和热情！可正在这时，忽然停电了，听工人师傅说："如果停电时间太长，炼钢炉一旦冷却，就会变成一坨硬铁，小高炉就要报废了。"于是我着急地问："那可怎么办啊？"几个工人师傅都笑嘻嘻地说道："咦，该舒坦不定啥时候。"他们脱下工作服当扇子走到车间外树荫下睡觉去啦。从此以后，我开始怀疑：社会主义的"大锅饭"究竟是不是正确？

在无所事事、百无聊赖中终于等到了高中毕业，为响应毛主席"知识青年要到农村去"的号召，我首批报名下乡并要求到最艰苦的地方去。于是，我被当时的"知青办"安排到亳县张集公社柳行大队毛店生产队插队落户。由于能和贫下中农打成一片，第二年便被推举为生产队长。我亲自看到并体验到了中国农民的贫困：仅举一例吧，老贫农毛秀臣的妻子病卧在床，家里已经缺粮，我看到他的妻子铁青色的面容，看到他家粮食囤里仅够再吃一天的红芋片，还看到这位老实的农民一脸的愁容。他说："连给老婆买点药的两角钱都没有了。"我摸一摸自己的衣服口袋，把仅有的五角钱都掏给他了——不要小看这五角钱，它比现在的五十块钱都要金贵，要知道，那个时候的人都没有钱啊！而后，我为他跑大队、跑公社，申请救济……

1977 年 10 月，知识青年纷纷回城复习迎接高考，我终于耐不住同学们的劝告，也大概在 11 月很正规地向大队部请假，并开始了迎接高考的复习……

1978 年暑假后，我被安徽师范大学中文系正式录取了。我清楚地记得，在去上大学的路上，没有粮票是买不到饭吃的——在改革开放的初期，中国社会的物资仍然十分匮乏。但随后就不一样了，社会经济发展进步很快、人们的

峰回路转——我们的 19 78

思想意识也在日益发展变化。1978 年真理标准问题的讨论，是改革开放历史上第一次思想解放——我们的大部分同学由此认定了"实践是检验真理的唯一标准"而不是领袖的语录！

大学校园的四年，只有如饥似渴地埋头学习，没有多少与这篇文章主题有关联的故事，值得一提的是，有一个星期天去看电影《至爱亲朋》，里面一个香港大老板掏出大哥大与人通电话，这个镜头对那时的我们也产生过很大的震动——那时的中国普通家庭连固定电话都没有，更别说手机了，根本就不知道大哥大为何物！就觉得我们这个社会同世界的距离拉得太远啦！我们这代人应该更加努力学习，让中华民族重新屹立于世界民族之林！

每次寒暑假回家探亲，都能看到家乡的发展变化：

与中学时期的同学在城西散步交谈，发现这里原来低矮的茅草屋变成了砖瓦房，有的甚至还盖起了两层小楼。同学告诉我，这些原本吃了上顿没下顿的没有职业的小市民现在都做起了药材生意——都发财了！亳县原本就是全国有名的中药材产地与批发市场。

在商业区逛街，看到昔日家庭贫困的小伙伴也做起了服装生意——吃穿用度都比以前阔气多了！

后来，私人的门面房越来越多，也越来越大，你进去买东西，老板殷勤嘻笑像迎接上帝——不像以前的国营商店营业员那样对顾客爱理不理。

再到国营商店看看，冷冷清清，真可谓"门可罗雀"，因为同样的商品，私营商店可以讲价，可以便宜一些，而国营商店价钱是定死的，不能讨价还价，你买与不买，营业员都无所谓——反正是国营的，照月领工资就是。但是几年之后，在市场竞争中，国营企业纷纷倒闭，国营企业的职工纷纷下岗——他们为计划经济付出了最惨重的代价，他们是无辜的！所以，现在政府为下岗职工办理养老保险，是完全应该的，不然，我们这个社会就永远不会安宁！

如果说市场的开放搞活让人民的经济收入得到了很大程度的提高；那么，到了 77 级、78 级这两届大学生毕业后走上工作岗位的时候，中国的现代化征程才算是正式开启了。

这两届大学毕业生是 10 多年来首次凭真才实学考上的，"文革"后，人才匮乏，但这时正需要治理整顿——一句话"百废待兴"，所以毕业后他们就陆续成为各行各业的骨干力量。国家由此获得了强大的人才支撑，所以，40年后的今天，我们这个社会的经济腾飞和国家的日益强盛与当年的高考制度的恢复是密不可分的！

我们这一代人，童年时在饥荒中差点儿被饿死；少年时经受了"十年动乱"暴风雨的洗礼；青年时曾在农村晴天一身汗、雨天一身泥地拼命干活——可谓是最能吃苦耐劳的一代。

不会忘记教书育人辛勤耕耘的岁月：为了上好一节高质量的语文课，就要花上两三个小时的备课时间；还要先做好每一课的各种模拟试题、模拟试卷；还要辅导晚自习——要回答学生们提出的各种各样的问题；还要批改两三个班级的作文！就连星期天也不能安稳休息，因为要为星期一早上的那两三节课做好充分的准备！会忙到什么样？忙到如果这个星期天没有抽出理发的时间，至少要到下个星期天看能不能抽出理发的时间了。

我们培养了一批又一批的人才——把他们送进清华、送进北大、送进全国各大高校。我们的祖国就在我们和我们一批又一批学生的辛勤耕耘中日益强大、渐渐起飞了。说到这里，也许有人会反驳我说：难道改革开放的全部成果都是你们这些大学毕业生干出来的？那当然不是，工人、农民永远是我们的衣食父母，他们永远是劳动的主力军！我要说的意思是：知识就是生产力，知识分子也是劳动者，而且是整个劳动大军中一支中坚的力量！举两个世人皆知的例子：挖掘机的出现让亿万劳苦民工不用在寒冷的冬季跳进水里挖沟挖河；小麦亩产过千斤的优选种子技术和袁隆平的水稻杂交技术，解决了近14亿中国人民吃不饱肚子的问题——这就是知识的力量！这就是知识分子的作用！

看看现在的城市面貌：街道宽阔，高楼林立，喷泉靓丽，花木葱茏……

瞧瞧现在的农村景象，机械化耕作，电气化排灌，小麦亩产从40年前的不足100斤，到现在的1000多斤。农民也纷纷住上了小洋楼……

再看看我们的吃穿用度，从40年前的破衣烂衫到现在的西装革履、锦绣丝绒；从40年前的食不果腹到现在的荤素俱全；从40年前的瞎灯灭火到现在的灯火辉煌、电视电脑，一应俱全……

这些成绩的取得，凭的是什么？凭的是改革开放 40 年过程中市场经济的发展；还有就是恢复高考以来 40 年中对知识和人才的尊重，以及每次高考中相对公平的竞争。

有人说：改革开放虽然带来了经济繁荣，但同时也带来了腐败——我不同意这种说法！腐败不是市场经济的必然结果，腐败有另外的更深刻的社会、历史原因，不能因腐败而由此否定改革开放。我赞成 40 年前开始的改革开放，我歌颂 40 年前实行的全国统一高考。

说 "说"

汪 芸

汪芸，1961 年出生。曾任黄山市财政干部教育中心（原财政干校）副主任，国家级普通话水平测试员。

"从进大学到今天 40 年了，都有些什么样的经历和感受呢？说说吧！"

40 年！纷繁芜杂，头绪万千。说就说吧，就说 "说" 吧！

这里的 "说" 指我多年的业余爱好——语言类艺术，我的 "说" 涉及朗诵、演讲、主持和讲课，偶尔参演小话剧，其中以朗诵为最，一见钟情且数十年始终不渝。

回顾走过的路，由自发到自觉，由自觉到自在，起承转合一以贯之的，是爱。

短笛无腔

我并不是特别有语言天赋的人。学方言就像小猴子掰玉米，抓一个丢一个。童年在合肥，父母有时太忙了就把我送到宣城外婆家，九岁时又因父亲下放，举家迁往祁门乡下。我的口音因地而异，江南江北山里山外乱串，混合成自己独有的芸版安徽普通话。

开始喜欢上朗诵，是在公社小学读五年级的时候。

当时农村收听声音媒体就靠有线广播，祁门县广播站的播音员普通话水平曾经被我母亲——公社广播站带着宣城口音的播音员——点评为"不纯正",当然不足为师。

幸而我有个在城里读初中的多才多艺的姐姐,幸而我姐姐初中时遇上了一批部队大院儿出来的有着美丽声音又擅长朗诵的学姐,于是,我的普通话和朗诵的启蒙就从模仿姐姐的模仿开始了。

我们朗诵《海燕》、《我的"自白"书》、《把牢底坐穿》……慷慨激昂的语调,配以刚劲有力的动作,沉浸在不知所云的英雄气概中。

或者模仿电影人物对白,分角色表演,比如王心刚主演的《侦察兵》:

"你府上是……?"

"河南开封。"

"哦?咱们还是老乡啊!"

比如祝新运主演的《闪闪的红星》:

"你爸爸是干什么的?"

"杀猪的。"

"杀猪的?还会杀人吧?"

没有上过培训班,没有专业人士指导,无拘无束,自由自在,在姐姐的带领下,我对"说"的兴趣,就如山野里的青草,在春天这儿冒出一丛那儿冒出一丛,不经意间已经一片烂漫,不可收拾。

爱是一种能力

"爱是一种能力",这句话出自弗洛姆《爱的艺术》,也是我的切身感受。

读中学进入屯溪二中后,上讲台读作文和大批判稿就是常事了。1977 年 1 月,学校纪念周恩来逝世一周年,我朗诵的《周总理,你在哪里?》,收获一片好评。带着满满的自信,1978 年秋天,我走进安徽师大中文系。然而很快的,这份自信就面临危局。

我的小学语文第一课是"毛主席万岁",之后是"共产党万岁"、"中华人民共和国万岁"、"总路线、大跃进、人民公社，三面红旗万万岁"，汉语拼音与我，互不相识。这样的状况在同学中不在少数，因此大一语音课是从最基础的"玻坡摸佛"开始的。学到了鼻音 n 和边音 l，我才明白原来树上唱歌的是小鸟不是小了，田里耕地的是水牛不是水瘤；才知道同学刘艳芳当年不乐意我管她叫老牛是对的，而我坚持不改或许在她眼里简直是无理取闹！

我开始恶补拼音和正音。

那段时间最辛苦的是舌头——即使不说话，也在口腔里反复地卷缩又捋直找发音位置。

我还记得在山脚练习口语，翠色葱茏，和风吹拂，就在这时，从上面艺术系的小楼，飘来练习美声唱法的人声，高高低低的，"啊—啊—啊—啊—啊—"，伴着钢琴，恍如仙乐，让我感到一个有好声音的世界是多么的美妙，也让我明白了艺术是需要技术来支持的，爱是需要能力才能实现的。

用了一个月的时间吧，我完成了鼻边音、前后鼻音的正音，得到孟庆惠老师的肯定，期末语音考试口语得了满分，随后，在中文系 78 级朗诵比赛中获得第二名，自信总算是扑闪着翅膀又飞回来了。

在之后几年的大学生活里，参加诗朗诵、演小话剧、担任校文工团报幕员，一次次登台，一次次进步，积累了舞台表演经验，提升了声音表现和场面控制能力。

风景在路上

1982 年夏天毕业，到休宁中学报到。未满 21 岁的我梳着两根麻花辫儿，稚气未脱。有教师看到，很诧异地说："今年高一新生怎么这么早就来啦？"

我这个"高一新生"回家就把发型换成成熟稳重的盘发，"小汪老师"就这么着"走上社会"了。

第一次站在初一（3）班讲台上的时候，小汪老师并没有露怯，一段沉着而不失激情的开场白，一口流利标准的普通话，立马收获了一批小粉丝。

每天晚饭后，总有十几位迷弟迷妹到我的宿舍门口，等着我把一叠小纸条分发给他们，然后簇拥着我到校园外去散步。小纸条上是我亲手抄写的古诗词，每天一首，不重复的。我们沿着校门口的马路、沿着田间小道漫步，也坐渡船到河对岸的青草地，我边走边讲解边让他们跟着朗读背诵。琅琅的读书声在田野的清风中传送到很远很远，远到几十年后，他们再见到我时依然忘不了那些个读诗的傍晚。

我的"声"名也因此在校园内外传开了，休宁县团委组织演讲队，我便成为当然的人选，以自撰的演讲稿《一切从爱开始》，一路杀进安徽省"振兴中华读书演讲大赛"决赛，为徽州地区夺得团体一等奖立下汗马功劳。

这以后，我算是与"说"结下了不解之缘。巡回演讲、参演话剧、报幕主持，辅导和培养选手，获得国家级普通话水平测试员资格，成为安徽省朗诵艺术学会会员，在各类朗诵、演讲、解说词、经典诵读比赛担任评委。

我希望用我的"说"给别人的生活增添一点美好，而在"说"的过程中，我也收获了很多乐趣，看到了更多生命中美丽的风景。当然，生活是多元的，有幸运，也难免有遗憾，比如参加安徽省首届电视播音大奖赛。

那是 1985 年元旦前后，当时徽州地区（1987 年改为黄山市）没有电视台，派出的领队和参赛的四位选手都没有电视播音的经验。初赛分几项内容，我的自备朗诵节目和抽题播音等项目表现得都相当不错，谁知试镜环节输得很惨！本来面部立体感就不强，又不懂得用化妆和服装提升形象、素面朝天、穿着藏青色滑雪衫的我在镜头里活脱一个暗淡无光的灰姑娘。评委之一、省广播电台的著名播音员房凯老师安慰未能进入决赛还一脸茫然的我说："你这次吃了不上镜的亏，专业水平还是很不错的，如果到省电台做播音员，可以直接上岗了。"在电视台说电台的事儿，总觉得那是别人的另一处风景了。

从心所欲

自参加工作始，我所有的"说"几乎都是服务社会和奉旨造势，真正读自己想读的诗、说自己想说的话的时候并不多。随着年龄增长，尤其到了知命之年，慷慨陈词的激情逐渐消退了，感到回归宁静、重拾最初随性朗读的快乐，才是自己内心深处的召唤。于是重新设计业余生活，由远离演讲开始，逐步退出各项官方活动，婉谢担任各类活动评委的邀请。

退一步，身体的舞台小了，心的舞台大了。

我可以自由选择读什么——

我选择能打动我心的作品，那些可能更偏于"私人叙事"，但也更为真实、更动人心弦，也因此更具普遍性的"叙事"。

我选择适合我的作品，适合我的声音条件，配合我的情感需求，不去纠结如何在个人喜好和听众口味之间费力寻求平衡。

我可以自由选择怎么读——

余光中曾经表示，大陆这边很多人朗诵《乡愁》都曲解了他的意思，"那首诗的意象和词语其实都是童谣式的，但是一些人朗诵得很高亢，甚至很凄厉，摆出痛苦、挣扎的样子"。

他所描述的，在大陆朗诵界不少见，我在最初模仿阶段几乎完全受这种风格的影响。人在固定思维里待久了，会出现认知偏差，这种所谓的追求"感染力"、追求舞台效果，其实大多数时候是对作品的曲解甚至背离。现在我可以把重心放在理解作品上，努力体会作者的写作意图，用合适的分寸控制情绪，尽可能准确地把它传递出来。

摆脱固有的腔调并不难，难的是把握分寸感。急弯慢转，不着急，慢慢儿来吧！

我还可以自由选择在哪儿读——

2007 年，我学会利用录音软件自己在电脑上录制配乐朗诵音频文件，在猫扑朋友圈、格调音乐等网络平台制作音画帖，玩得很开心。可惜这些平台存活时间都不长，在它们陆续关闭之后，腾讯的微信公众号为我打开了新的天地，2016 年 8 月，我开设了个人微信公众号"聆语堂"，发布自己的朗读作品。公众号办得也很休闲，没有合适诗文就不读，没有朗读欲望就不录，不做广告，不怕掉粉，就满足于这种无拘无束的状态。

至于参加群体活动，相比从前，我更喜欢选择参加小范围的沙龙活动。屯溪有一个民间的朗读小团体"与你读诗"，由几位年轻人发起，是比较纯粹的诗歌朗读爱好者的交流平台，每年都会举行几次沙龙活动，我很喜欢它"爱诗歌，爱声音，爱生活"的主题，也喜欢它亲切友好的氛围和自由随性的风格，有中意的主题时，我就会去读一首，很是怡情。2018 年，黄山市朗诵艺术协会成立，作为首届副会长，我当然第一时间把"与你读诗"的一批优秀朗诵爱好者带进了协会的队伍中。

　　"说"已经伴随了我几十年，它提升了我，丰满了我，也愉悦了我。而今，既然年近花甲而"说"兴未减，那么今后的人生路，就这么一路走一路自得其乐地唠叨吧！

满怀激情的感恩之旅

葛桂斌

葛桂斌，1959 年出生。其长期从教，为中学高级教师。深圳市作家学会会员、深圳市继续教育专家库成员。

1978 年 10 月，刚满 19 岁的我走进安徽师范大学，从此与教育结下不解之缘。原本我要走的是毕业回乡务农的路，是恢复高考让我的命运由此转折。我牢牢抓住了那从天而降的机会，凭借自幼喜欢读书的这点资本，成为 1978 年蒙城县应届毕业生中唯一"中举"的文科考生。

大学四年里，我始终铭记着父亲书信上的话语，生活上向低标准看齐，学习上向高标准看齐。亦难忘老校长沙流辉在大会上的教诲，深知对国家还没有尺寸之功的我们，应怀着感恩之心，珍惜每一天的光阴，博览群书，充实自己。毕业时交给母校的两份答卷：毕业论文《闪烁的烛光为何熄灭——试论安娜·卡列尼娜悲剧命运的根源》和毕业实习课《第比利斯的地下印刷所》，均获得优秀成绩。大学岁月里，母校的乳汁让我瘦弱的灵魂一天天强壮起来，也给我童年的梦想插上彩色的翅膀。母校像太阳光照四方，无论我走到哪里，都能沐浴到她的光辉，汲取到她的能量。无论命运的激流把我带向何方，母校那殷切期望的目光都让我从不曾迷失方向。

今年，距离我的高考已有 40 周年了，距离我离开母校也已经 36 个春秋，在离开母校的岁月里，为了摆脱平庸，追寻心中的梦想，我走了很远的路，虽然饱经风雨和坎坷，却始终无怨无悔。

故乡历练

1982 年 7 月，我毕业分配到离故乡两百里外的安徽省界首市第一中学。一个人住在从语文组办公室用篱笆墙隔开的房间里，倍觉孤单寂寞。凭着求学时代打下的扎实功底和内在的激情，我的从教之旅开局不错，受到同事和学生的热情赞誉。那时我最渴望的是回到家乡的师范学校去，因为师范学校不搞应试教育，可以有闲暇的时间让我读书、思考和写作。第一个学期结束后，我如愿调回家乡。追随着我远去的脚步，我最初的学生的数十封纯真动人的书信也接踵而至。直到六年后，我还意外地收到一位名叫齐春蕾的学生从北大寄来的报喜和感恩的明信片。我从这些信件中真切体会到教师是耕耘精神家园的人。你教过的知识可能会被忘记，可是你给予学生的爱、信心和希望，是他们终生难忘的。这是我从教最初的感悟，这感悟深深植根在我的内心。正是这种感悟，让我心中滋生出对于教育最初的情意。由此也让我领悟：师范学校里一万句忠于教育事业的说教，也抵不上一天活生生的教育实践体验。

回到故乡不久因为周遭的环境让我感到压抑，曾经想要通过考研去寻找新的出路，考过两次后去北师大见教授，教授看了成绩单，说中外文学史、中外文论、马列文论、外国文学这些专业课考得比他已经录取的研究生还好很多，可遗憾的是由于当年英语底子薄，始终过不了英语这道关，终究与研究生无缘。为什么大学时代学校不把英语作为必修课？为什么考中文专业研究生也要以英语达标为第一道关卡？既然考研此路不通，当官也无门径，我便安下心来踏实工作，在工作中得到了多方面的锻炼，为我以后走向远方积累了必要的资本，对此我一直心存感激。

我感激自己多年的潜心探索，让我摸到了语文教学的脉搏和规律，让我在语文教学研究上收获了颇为丰硕的成果。

我感激自己曾经多年投身宣传倡导陶行知教育思想的工作，作为学校陶行知研究会秘书长，为学习、研究和实践陶行知教育思想贡献了自己的力量。

我感激自己在担任学校教科室主任期间，大力倡导向教育科研要质量，积极开展教法和学法研究，有力推动了学校教育教学改革的步伐，同时也大大提高了自己的教育理论素养。

我感激自己在工作中始终保持一腔书生意气，虽然有时有点像堂吉诃德那样挥舞着长矛与一切自认为不合理的现实作战。曾经编发过"救救孩子"的《教育实习简报》特刊，向诸多实习学校办学的错误倾向猛烈开火，引起轩然大波。曾经质疑校领导不该肯定有人"把心理学课教得像文学欣赏课"，因为那显然是教变味教走样了，这跟把虎画得像狗像狼没什么两样。曾经凭借这份书生意气替亲戚写过申诉信《一个老公安战士的自述》，得到胡耀邦总书记的批示，使问题得到很好的解决。几十年过去，当年初出茅庐时那样的书生意气至今似乎还在，这些年在功利主义横行的社会里，虽因此碰了很多壁，吃了不少亏，却一直改不了，也不想改。常想这个社会圆滑世故的人已经够多了，还是照着自己书生的本来面目活着吧！不然怎对得起大学里读过的那些书，怎对得起多少老师的谆谆教诲?!

我感激在重要的时刻能有为学校效力的机会。1996年5月，由国家教委师范司20多位领导和专家组成的办学质量评估考察团对我所在的安徽省蒙城师范学校进行了全面深入的考察。作为学校教科室主任，我组织和主持了被列为重点考察项目的"贯彻执行中等师范教学新方案"汇报会，并做主旨发言，得到领导们很高的赞誉。我校在这次考察评估中，综合评分位居全省第一，成功地拿到升格高等师范的入场券。我本人有幸认识考察团的领导，承蒙他的引荐，一年后得以顺利调往锦绣江南。

鹭岛之行

对于自幼渴望不平凡生活的我来说，长期待在小县城的一隅，内心总时时感到壮志难酬的压抑，像久困樊笼的小鸟渴望蓝天，我也朝思暮想地盼望飞到遥远的天地去。就在新方案汇报会后的两个月，我抓住了一个机会，在上千名竞争者中成功应聘到那有白鹭翱翔的厦门。在那里我终于能够舒畅地呼吸，呼吸大海的气息。

1996 年 8 月，我怀着新鲜激动的心情，兴致勃勃地来到厦门。我应聘的厦门英才学校是厦门的第一所民办学校，坐落于厦门杏林九天湖畔，是开发一座荒山后建立起来的。几十座气势不凡的红色建筑，依山傍水，高低错落，形成气势恢宏的建筑群。那是我所见过的最壮观最激动人心的一所学校。从幼儿园到小学、初中和高中，形成完整的基础教育体系。这里的孩子都是闽南的富家子弟，见识广、有头脑、很大气，也很散漫和任性。因此教育他们对我而言，很有挑战性，那是与内地完全不同的教育环境和教育对象。为了在民办教育中杀出一条血路，以求生存和发展，学校提出的办学目标是要使办学水平超越公办学校，为达此目的学校正告全体教师："学校是请你来解决问题的，不是要你成为问题的一部分。"生于忧患，死于安乐，于荆棘丛中开辟一条生路，民办学校的这种创业精神和进取氛围，正是我所向往的，它与内地那种人浮于事、懒散低效的状况形成鲜明对比。在那里，所有教师都是作为精英被挑选来的，学校也相应地给予了比公办学校要优厚得多的待遇，于情于理、每个人也应该做出与那份待遇相称的成绩。如果你不全力以赴，而是像公办学校的一些教师那样混日子，学校会随时让你离开。所以，整个学校洋溢着追求卓越、蓬勃向上的气氛。每天在阵阵海风吹拂下与同学们一起充满激情地唱起由乔羽作词、谷建芬作曲的英才学校校歌《四季芬芳》，心中就禁不住激荡起大海般的豪情：

造一片沃土，播种我们的希望。

引一道清泉，灌溉我们的理想。

让幼苗长成好大好大的树，让花朵每天每天都开放。

我们赢得的是万顷万顷绿荫，我们收获的是四季芬芳。

徜徉集美学村、流连鼓浪屿畔、漫步厦大海滩，这些在我以前的生活中从未有过的情景与我的浪漫主义情怀产生了极大的共鸣，让我在那里的每一天，都那么充实和快慰。高质量的工作，高水平的待遇，对于不甘于平庸生活的我来说，是一个既充满挑战又让人兴奋的机遇。其间家乡单位里曾来电话通知我回去参加选拔中学校长的考试，还说县委书记看到报名名单里没有我，特地派人到学校来动员我参加。几乎未加考虑，我就轻易放弃了这次机会，因为我的心已经放飞。但是由于民办学校难以解决工作关系问题，一年多之后我被迫离开了那让我热血沸腾真心留恋的学校，到江南去寻找新的出路，延续着我的漂泊之旅。

江南育英

离开厦门，回老家办好调动手续，我来到向往已久的苏南，从民办学校又回归公办学校，在无锡高等师范重新干起我熟悉和内行的师范教育。除了教写作和美学课，我还担任一个大专文科班的班主任。在面向未来追求卓越的精神鼓舞下，我深情投入到培养造就杰出小学师资的实验探索活动中，创造性地提出以"培养和造就适应 21 世纪需求的高素质小学师资"为目的的"英才教育计划"。系统地提出和论述了该计划的理论与实践体系：

以培育英才为最终目的，以班训班风为行动准则，以主体教育为管理模式，以世界英才为效法楷模，以素质理念为理论指导，以自我教育为基本途径，以发展特长为根本保证，以完善个性为教育核心，以综合素质为评价标准，以全面发展为最高境界。

为配合上述活动的开展，我编印了素质教育系列探索录，推行班团干部轮换制，组织教育特长培训活动，引导自我完善，开展新女性教育。

校领导在教师大会上称赞这一教育实践探索"完全符合素质教育理念和师范教育的办学规律，是一个既有宏观又有微观、既有理论又有实践的科学严谨的教育计划。这一探索为全校带来了一股新风，给了我们很宝贵的启示"。几年后当我离开无锡高等师范的时候，学校在我的调动鉴定上称赞我是"敢于创新善于创新的学者型科研型教师"。这是整个从教生涯中我所得到的最为满意的一句评语。

扎根鹏城

21 世纪来临之际，因为生活的变故，我被迫再次踏上漂泊之旅。有赖学兄吴功华的热诚帮助，我来到深圳打拼。为了找到一份代课教师的职位，曾经拿着地图，东至盐田、罗湖，西到福田、南山，走遍深圳的大街小巷。终于在罗湖的一所中学找到一份临时代课教师的职位，顶替一位将要分娩的老师教初三语文。那是 1999 年的最后一天，也是决定我能否在此立足的关键的一天。我默念着："杀出一条血路！只许成功，不许失败！"踏上应聘代课教师试教的讲台。因为试教的课文是巴金的《灯》，我于是先讲述了一个古代读书人与一支蜡烛的故事作为导入语。随后我引导学生赏读课文：希望之灯——爱情之灯——信念之灯。还剩最后的五分钟时，我以饱满的激情发表了如下结束语：

同学们！每当夜幕降临，整个鹏城华灯齐上、灯火辉煌。回到家里，坐在桌前，打开台灯，房间里一下子充满了光明！这有形的灯对于我们的生活学习是多么重要。可是，在漫长的人生之路上，我们还需要有一盏属于自己的希望之灯！曾经有一个孤身的行人，夜晚赶路时，不慎跌入一口废弃的矿井中，靠着井壁上渗出的小小的水珠和自己的尿液，他坚持了 7 天 7 夜，最终获救，那是因为他有一盏属于自己的希望之灯！美国作家海明威在《老人与海》中塑造了古巴老渔民桑地亚哥的硬汉形象，他在凶险的大海上与鲨鱼进行了殊死搏斗，虽然最终打到的那条大马林鱼被鲨鱼吃个精光，使得他出海 83 天依然两手空空，但他仍骄傲地说：人生来不是要给打败的，你可以消灭他，可就是打不败他！那是因为他的心中有一盏属于自己的希望之灯！俄罗斯文豪列夫·托尔斯泰晚年曾经产生过严重的信仰危机，但是他从一只乌鸦身上得到启示：人应该有一双心灵的翅膀，当心灵就要堕入万丈深渊时，你要扇起你心灵的翅膀，飞起来，飞到空中！那也是因为他的心中有一盏属于自己的希望之灯！同学们，在我们前进的道路上，有坦途也有坎坷，有成功也有挫折，衷心希望当你在前进的道路上遇到坎坷和挫折时，一定要点亮那盏属于你的希望之灯，让它照亮你的万里前程！谢谢你们！

这篇结束语引起了学生的强烈共鸣。每当我讲到"那是因为他的心中有一盏属于自己的希望之灯！"时，同学们都激情满怀地跟我一起说出这句话。我的话音刚落，教室里响起长时间的热烈的掌声。前来听课考察的领导主动走到讲台前，热情地和我握手，并连声称赞："很精彩，很成功！很有激情！把我都给征服了！"到深圳的这节事关生存和尊严的关键一课大获成功，它深深地铭刻在我的脑海中，让我感悟在艰难黯淡的时刻只有抖擞精神奋力一搏才能迎来光明。

试教后我被派去教高二的两个班，期末考试这两个本来在年级历次考试中名列倒数第一、第二的班级各自提高了一个名次，身为市语文学科带头人的年级组长对我誉曰："教高中的一把好手！"

为了早日调进深圳，一个学期后我从罗湖转战福田。其后的两年里，先后参加了三次在各区举行的调干考试，其中一次在某区面向全国招聘 5 名高中语文教师的考试中，在 75 名应试者中我的笔试成绩以 83 分名列第一，高出第二名 8 分。因为不认识评委，面试后总分被排在了第六位。几经磨难，在到达深圳两年零十个月后，我终于爬上了那梦寐以求的彼岸，成为深圳教育系统在编教师的一员。公布录取名单的那天，我挤进人群从大红榜上找到了自己的名字，那一刻觉得自己就是范进。从待遇"洼地"的内地调入待遇"高原"的深圳，无论对物质还是对精神都具有重大意义，因为从教 20 年后终于摆脱了清贫。从此一颗漂泊的心终于安定下来了。身心早已疲惫，年龄已过不惑，也该是安定下来的时候了。安定下来的日子里，为了追回蹉跎中逝去的光阴，我真的很拼——

2007 年 12 月，经过四年夜以继日的努力，我写出酝酿已久的第一部专著《写作突破》，并由安徽人民出版社出版。

2012 年 10 月，我用了三年时间，在繁重的教学工作之余，完成了"全面提高中学生写作素养的理论与实践"的课题研究工作。课题验收专家组一致认为该课题"成果全面系统丰富"、"课题主持人在理论上卓有建树"、"不少富有创造性的提法之前还没有人提出过，实在难能可贵！"

2015年8月，我获得福田区政府专项出版资金，由江苏凤凰教育出版社出版了我的第二部专著《语文新课程的批判与重建》。

2017年6月，我酝酿写作了将近10年的长篇小说《歧路繁花》由母校安徽师范大学出版社出版发行，《深圳商报》以《福田教师长篇小说〈歧路繁花〉问世》为题专门做了报道，给予很高的评价。

2018年3月，安徽师范大学出版社出版了我耗费5年心血编著的65万字的写作系列教材《写作进阶》。该书受深圳市教科院委托开发，被评为深圳市"好课程"教材，获得深圳市政府专项资金资助。

从教30多年来，我发表和出版了200多万字著述。感念母校当年的栽培，每次出书我都要给母校的图书馆赠送几本，以感谢母校图书馆当年为我提供了那么多知识和精神的营养，使我在毕业后的工作中能够略有所成。

回首往事，我的从教之旅虽然颇多艰辛，却也是充满激情和梦想的希望之旅。如今，因为主客观条件的限制，我奔走多年并没有能找到可以充分发挥才智的位置，因为效力无门，仍常感苦闷。但是，依然要感激生活赐予我许多美好的东西，让我多年前的许多看似遥不可及的愿望——梦想成真。从教之旅本就是寂寞艰难的漫长苦旅，但是寂寞之中也有收获的欢欣，坎坷之中方显岁月的峥嵘。努力过才能无悔，走过的便都成了风景。曾经无数次地问自己：这一生你不辞艰辛、南北辗转，究竟在追求什么呢？答案是：作为一个独特的生命个体，我要竭尽全力找到我梦想的生活，最大限度地实现我的人生价值；作为一个教师，我想燃尽生命的激情，去撒播良知，造就英才，完成自己的职业使命，不辜负我的父母、我的大学、我的母校。30多个春秋里我常常感到是在荒芜的土地上耕耘，常常深感付出的远多于收成，但是尽力了就不会后悔。想到厦门同事来信里的话："你为人正派耿直，工作任劳任怨，实在可敬可佩。特别是你高超的业务水平，给我留下了很深刻的印象。你离开英才，可以说是学校，特别是中学部的一个损失。"想到无锡的学生周记里的话："是您使我接触一种全新的教育，使我明白了教师岗位的不平凡，明白了作为一个人立足的根本。"想到代课学校的领导为我写的评语："葛桂斌同志政治思想觉悟高表现好，德才兼备，表现优秀，人才难得。他知识渊博，而为人谦逊。他能以科研的精神对待教育教学工作，显示出较高的理论水平。"也想到学生在作文中写的："葛老师是一位以追求卓越为人生信念的人，因此最见不得那些不思进取荒废学业的人。他说现在全国还有多少渴望读书的孩子，每天要翻山越岭到透风漏雨的教室去读书，还有很多根本就没地方读书。提起这些，他情绪激动愤愤不平，痛斥他们对这么好的学习条件丝毫也不知道珍惜，痛斥社会的不公，让没资格的有机会，让有资格的没机会。他说对这样的事情他做不到淡定，还嘲讽自己爱激动，是没法改变的老愤青。"虽然多年来我拙于、羞于更耻于奉承领导讨好同事，只专注于做好自己的事情，因此无论是同事选举的还是领导赏赐的荣誉，都视我为路人。但是想到袁隆平不是院士、周国平不是博导，想到同事、领导和学生那些温暖的话语，更清楚自己是一个怎样的人，因此而深感安慰。

回首 30 多年的从教之旅，内心既充满了快慰也满含着辛酸。30 多年间由皖北而闽南而苏南而粤南，辗转 5 个城市，经历 7 所学校，不可谓不坎坷，不可谓不艰辛，然而经历也是一笔财富，它留在生命的记忆里，长长久久，令人回味。常常问自己：你究竟是怎样的一个人，为什么就这么不安分？答案是：假如现在有机会，我还是要启程，去找寻自己，找寻更美的风景，即使命定不能如愿，也决不停下追求的脚步！这是由我的内心所决定了的，而这颗心正是浸润着母校的阳光雨露才发育完成的。

我的教育情结

高　勤

在我记忆的星空里，最值得仰望的，应该是在安徽师范大学求学四年的美好时光。四年里，我有幸与恢复高考制度后的"新三届"都有关联，且结缘都深。正如我在拙作《我的大学》里写过的那样——"睡过 77 级的寝室，坐过 78 级的教室，当然待得最长的还是 79 级。当属与众不同的'跨届'求学者"。

现在社会上把"文革"前 1966、1967、1968 年这三年毕业的大学、高中、初中学生统称为"老三届"，而将"文革"后 1977、1978、1979 年这三年入学的大学生称为"新三届"。"文革"初，我刚上初小，"文革"结束时，我高中毕业在老家小镇上的初级中学当代课教师。当时最大的理想，就是在什么时候去掉"代课"两字，转正为一名有编制的正式的人民教师。对上大学，想都没有想过，更不敢奢望有一天真的能够上。

1977 年，"忽如一夜春风来"，就在我准备在老家当一辈子初中教师、等待转正的时候，国家突然决定废除推荐上大学政策，恢复通过考试上大学的高考制度。我的老家在皖江丘陵地带的无为县西南角，偏僻的程度说起来人们可能难以相信，至今不通公共汽车。恢复高考制度的消息，对于我这样的农村孩子来说，利好太重大，陡然间还反应不过来。

高勤，1956 年出生。当过小学、中学、电大教学点教师、机关干部、图书编辑、新闻记者、公益彩票业管理者。中国作家协会安徽分会会员，有多篇作品获奖。

401

当我回过神来之后，心里又忐忑不安，对能否考上大学心里实在没有底。正当我犹豫不决的时候，我的大字不识一个、文盲到连姓名都用"刘氏"代替的祖母，又一次为我起到了人生导航的作用。她以其独特的教育语言劝导我，话不多，只是淡淡的一句："既然上面给考了，为什么不大胆试试呢！"于是，我一边在课堂上当学生们的老师，一边在家里复习迎考当自己的老师。竟然不仅"试试"考上了，而且还考上了心目中最为向往的安徽师范大学，成为小镇上的第一个大学生，成为那个百废待兴时代骄子中的一员。

在母校安徽师范大学四年求学期间，我不仅系统地学习了当教师所必备的各类学科知识，还有机会聆听唐德刚、吴组缃、朱光潜等多位大家名师的学术讲座。徜徉在知识的世界里，接受熏陶，开阔视野，让自己的人生翻开了新的篇章。

在安徽师范大学毕业后的几十年里，我曾多次调动工作，不断更换城市，但不管是从事什么职业，在什么地方都始终将母校"厚德，重教，博学，笃行"的校训牢记在心，并时刻将这种精神作为自己言行的准则，发扬光大。

在当了八年的高中语文教师后，我调离教育部门改行到文化部门当了一名机关公务员。虽然在机关只待了短短的三年，但其中就有两年的时间仍然贡献给了教育事业。当时的县教委主任，同时兼任县委宣传部副部长，我所在的文化部门，亦从属他的领导。改革开放初期，我国的教育事业得到迅猛的发展，除了常规的普通高等学校教育外，基层的广播电视大学等业余高等教育工作也得到了长足的进步。因县广播电视大学教学点的专职教师奇缺，在这位教委主任的力荐与协调下，我便兼职当起电大教学点教师，承担了《文学概论课》的教学工作，且一教就是两年，直到我调动离开老家无为县为止。

我是从偏僻的山村走出来的，第一份工作是乡村初级中学代课教师，第一学历是师范大学，大学毕业后的第一份工作是高中语文教师，这些经历让我对教育的热爱无法割舍，赋予了我特殊的教育情结，使我对与教育有关的公益慈善事业格外热心。而我后来从事的国家公益彩票这个行业，则为我的这种教育情结提供了绽放的舞台。

尽管我后来调动到省城合肥，多年从事的国家公益彩票职业与教育行业相去甚远，但经过努力，终于还是让它们产生了交集。在当时的主管部门领导的

中文系 78 级蒋晓铭坚守高校领
导岗位之余不忘诗意情怀

中文系 78 级葛桂斌在深圳任教的中学
讲授鲁迅作品

中文系 78 级郑炎贵在马来西亚举行的世界地
质公园大会上发言

中文系 78 级潘德安 36 年扎根中学教
学和管理第一线

2018年本书编委会分别在北京、合肥、蚌埠举行座谈会，商讨本书编写工作。

倡议下，我所供职的安徽省体育彩票管理中心为农村的孩子们成立了公益捐赠助学项目。于是只要一有机会，我便积极主动地创造条件，为贫困地区的教育事业争取倾斜政策，为农村的孩子们争取公益捐赠助学项目。现在社会上一会儿说这个行业是支柱产业，一会儿又说那个行业是朝阳事业。但是，一个民族一个国家真正的未来与希望，应该在于教育。我所在的国家公益彩票行业，早先是一项国家给予相关部门特殊的优惠政策，后来逐渐发展成一个服务于全社会的公益行业，受益的层面与范围也不断扩大。早在 2002 年，安徽省体育彩票管理中心就与安徽省希望工程办公室联合成立了全国第一家"体育彩票希望工程助学基金"，集中利用大奖得主在领取巨奖时捐赠的善款，重点帮助扶持安徽省经济欠发达地区发展教育体育事业，援建希望小学，购置体育教学器材，资助失学学生等。基金成立的当年就决定在蒙城县立仓镇路楼村援建安徽省第一所，也是全国第一所以"体育彩票"命名的"希望小学"。记得，最初考察选址时，我在路楼村小学看到的一幕，至今还记忆犹新。其时已是 9 月底，皖北大地的天气开始凉爽起来。学校门口放置了两口没有盖子的大水缸，下课后孩子们都涌向水缸前，用黑乎乎的葫芦水瓢，从落满灰尘的水缸里舀水解渴。看到这个场景，我的心里很难受，孩子们多么需要一个良好的学习环境啊！值得欣慰的是，这些孩子们是幸运的，他们在一年后终于坐进崭新的教室里安心学习了！

2013 年，国家体育总局体育彩票管理中心面向全国边远贫困地区、缺乏体育教学器材的中小学开展"快乐操场"公益活动。我所在的部门，便立即请示上级主管领导，向主办机构提交材料，积极申报。仅 2013、2014 年这两年，就为黄山、安庆等贫困地区 40 多所中小学，争取到了"快乐操场"项目。尤其是这项活动走进"全国最美乡村教师"潘立华所在的歙县上丰乡吴坦教学点，赢得了社会的广泛赞誉，中央电视台等多家国家级媒体都进行了宣传报道。尽管这所只有 1 名教师、8 名学生，坐落在海拔 1600 米高山上，只能称作为教学点的学校，我们在整理申报材料时不忽略每一个细节，原原本本地展现了学校落后的面貌以及师生们遇到的困难，最终申报成功，真正做到"一个都不能少"，给每一个孩子的未来增添一份人生出彩的机会。

2014 年，国家体育总局体育彩票管理中心开展"新长城助学基金"大型公益活动，为全国优秀的贫困大学生提供资助，减轻他们的生活重担。这个消息一公布，我便在第一时间里，向主管单位领导汇报，对相关的大学进行调研筛选，最终确定在安徽师范大学、安徽医科大学选择符合条件的优秀大学生作为资助对象。由于我的不懈努力，包括安徽师范大学文学院在内的数十名安徽省优秀的贫困大学生获得了"新长城助学基金"的资助，让他们感受到来自国家公益事业的温暖和关爱，向社会传递了满满的正能量。资助给这些优秀学子们的不仅仅是一些财物，更重要的是社会慈善爱心投射在他们心灵上的希望之光，将一直照亮他们成长的道路。

时至如今，"安徽省体育彩票希望工程助学基金"集中起来的大奖得主捐款，已累计向安徽省希望工程办公室、安徽省妇联"春蕾计划"、安徽省红十字会等捐款 700 余万元；援建 9 所体彩希望小学；资助了上万名大、中、小学学生学费和生活费；资助全省 120 余所学校购置体育教学器材。所有的这些，我既是组织策划者之一，又是具体的实施者，更是整个过程的见证者。"安徽省体育彩票希望工程助学基金"、"体育彩票希望小学"，早已成为领跑全国公益彩票行业的慈善品牌项目，曾获得 2007 年"CCTV 公益服务奖"、2009 年安徽省首届"慈善奖"、2009 年全国"希望工程 20 年杰出合作伙伴奖"、连续多年的安徽省"爱心圆梦大学活动奖"等多项荣誉。2016 年 6 月，在我退休之际，国家财政部主办的、国内彩票行业最具权威的《国家彩票》杂志，用了整整四个版的篇幅，刊登了《高勤的体彩人生》一文，对我的职业生涯作了一个总结性专访，虽然说的是彩票，但对我曾从事过的教师、机关干部、记者等工作都涉及了。其中用很大的篇幅讲述了我热心助教公益事业的事迹，以示对我的教育情结的肯定与褒奖。

感谢高考，感恩母校，不仅让我圆了"跨届求学"的大学梦，更让我在"跨届求学"精神的激励下，百折不挠，历经艰难，圆满地实现了"跨界工作"。在我的职业生涯中，从最初到结束，多次"跨界"调动工作，除当过教师外，还当过机关干部、图书编辑、新闻记者、彩票工作管理者，但无论从事何种职业，在什么地方，我都将我的教育情结视作一种人生的责任，初心不移！

母校：我虽平凡但没有辜负您

鲍　玮

今年是母校成立 90 周年，也是我考入大学 40 周年，更是我生命旅程的花甲之年。回顾 1978 年高考，回顾四年的求学生涯和毕业后的学习工作历程，怎一个"感"字萦怀心间！

1966 年"文化大革命"开始，我的家被抄了，藏书被烧了，父亲挨批斗、下放了。此后三年都处在"停课闹革命"的动乱中，我和弟弟被当小学教师的母亲锁在家里，按部就班地"在家里上学"。1969 年学校复课了，当时初中三年制、高中二年制，学校经常开展学工、学农、野营、拉练，我们实在是读书甚少。可以说整个中小学期间的自然科学知识学得很少，语文、英语学习也被政治图解，知识接受很不全面。我这个从小被要求好好学习的"大学迷"，为逃避下放农村，被迫在工厂"做小工"，没有参军、招工、升学的机会。当时，我是"赖在"城里的"暂缓下放对象"，街道同意等我弟弟两年后高中毕业下放，我才能被"改变身份"安排就业……

记得 1977 年春，一个在北京当大学老师的亲戚来信说，国家要恢复高考了，叫你们家的孩子快些准备。从那时候起我和弟弟就开始复习迎考了。弟弟是合肥八中尖子生，参加全国数学比赛获过奖，他复习考大学肯定没问题。我则一边

鲍玮，1958 年出生。中国农业发展银行安徽省分行正处级高级培训专员、高级讲师。曾荣获全国金融教育培训先进个人。

打工一边复习，困难的是复习用的教辅材料不足。

更叫我难过的是，我报名参加1977年末的第一次高考，却被告知因"躲避下放，滞留城里，不予批准报考资格"。1978年全国统一高考，我终于获得了参加考试资格。最终我和弟弟双双考取大学。那一年，是我们家最欢欣鼓舞的一年，也是最扬眉吐气的一年。弟弟作为应届高中毕业生，是合肥市的高考数学状元，被《光明日报》报道，被名校追要。我俩是合肥八中同时考取大学而登上光荣榜的姐弟校友，全家人都喜上眉梢。

1978年高考，它从根本上改变了我的命运。那一年我20岁，芳华奕奕，梦想多多。

1978年10月12日，我如期到母校报到。

自从戴上那枚白底红字的"安徽师范大学"的校徽，我心里美美的。我的祖上是尚学办学的，1949年后其将学校献给了国家。我的母亲是一名教师，报考师范大学立志做一名教师之所以是我的理想，也是受了家族的影响和激励。

入学后的四年大学生活中，我们都很珍惜来之不易的学习机会。每个人似乎都是一块干海绵，拼命吮吸文化甘露，咀嚼文学英华，不是如饥似渴地在课堂聆听老师们的教诲，就是静静地在图书馆的书海里徜徉。如今看来，我们当年的学习劲头较之后来的大学生是特别的执着和刻苦，尤其是那些家在农村、孩子尚小、经济困难的"老三届"学长们，更是手不释卷、毅力非凡。

入学时，校规有"不许谈恋爱不许结婚"一说，除了已经结婚的"老三届"学长们，大多数同学都处在18—25周岁这个年龄段，只有几位小同学低于18周岁，正值恋爱好时光。我们美丽的校园有一方幽静的荷塘，初夏季节，田田的叶子，微微的风，皎皎月色惹人醉。日复一日，同学们总是步履匆匆，一手提个热水瓶一手拎个饭缸子，从食堂径自去教学大楼、图书馆。如此美好的年华，如此美好的环境里，竟然没有几个谈恋爱的。临近大四才有几对私下里正式交往的，还没有见过理直气壮、神采飞扬、欢天喜地地公开谈恋爱的。身处琴声叮咚的艺术系所在的凤凰山，背靠幽静的赭山公园，面对水波粼粼的镜湖公园，很少见到师大学生情侣的踪影。至于我自己，当年也有几位男同学对我怀有美意好感，但有的因藏而不说而错过，有的是因为自己懵懂不尽如人意而没有积极回应。无论怎样，他们在校园里发现了我、关注了我并且愿意结识我，至今想来，还是怀有感激之情。后悔也好，遗憾也罢，那都是青春的过往和记忆。

四年的大学学习，我承蒙几十位教授、老师的谆谆教诲，带着满满的信心、满满的骄傲和满满的人生规划毕业了。我被分配在合肥师范学校任教。

我怀着一颗感恩的心走上了讲台。感恩在我的金色年华自己成为国家改革开放大潮中一个实践者，一个和时代发展同频共振的成长者和见证者。

我当了四年的中师教师，感恩学校领导的重视和培养。

合肥师范是个老学校，年纪大的老教师太多，教研室就我一个二十多岁的年轻人，便给我压担子多排课，记得最多时一周二十四节课，三个课头：四年制的普师平行班，三年制的体育师范班，两年制的小学教师进修班。按照国家教委规定的大纲和统编教材三门课同时举步：文选与写作、现代汉语基础课程、小学语文教材教法。还有学生会工作、教工共青团工作、第二课堂教学等等。说实话，一上手觉得教学压力很大。但是，学校很重视培养我。合肥师范是全省五所重点师范学校的领头学校，凡有联席教研活动、各种评委工作、公开课活动都安排我参加，我所带的班级也多次获奖，个人先进、局先进也有份儿。

1986年初夏，我所带的班级学生全部毕业了，语文学科单项竞赛的我班同学多次获奖。在学生们离校时，看到入学稚子们经过四年的中师学习如期毕业，即将奔赴小学初中教学一线时，我很感动。后来他们很多人走上领导岗位，当上小学校长、初中校长、区领导、街道领导等，每每见到我都会很感谢地说：我们中师阶段遇到了您这位说话声音很好听的老师，不歧视我们是郊县农民的孩子，不笑话我们乡音土语和普通话不过关。您经常给我们加班辅导，给我们超纲讲授文学断代史，举办名家名著讲座。您还总是微笑着鼓励着我们，和我们一起唱歌、跳舞、打球、赛跑。学生们的话感动了我，我应该感恩的是老师的教诲激励着我用心上课用心育人，从而赢得了学生对我的爱。另一方面，学生们也催促我成长，我也要感恩他们！

1986 年夏，我调离了学校，到银行工作。这次调动是因为我的身体原因，我的颌面多发肿瘤致使我不能再长期担任课堂教学工作了。很遗憾，为此也放弃了学校推荐我去北京师范大学进修深造的机会。

职场转换，看似做金融了，还是离不开教育大类。我在中国农业银行安徽省分行教育处一干就是 8 年。很多人不太了解中国农业银行，当时是国家第一大银行，其内设的教育培训部门职能俨然一个教委。总行有教育部和辖属 3 所高校，各省分行有 1 所中专学校，地市分行大多有 1 所干部学校。当年的中国农业银行安徽省分行教育处管理辖着 12 所地、市分行干部学校，专职教师有 200 多人。因为我是点招入行的教育专员，又是从教学一线去的，依然是领导压担子：负责一份全国农行内部发行的双月刊；负责辖属学校的督学和组织教研工作；负责教师职称评审考核工作；负责辖内十几个电大教学班分校管理……在这里我要感恩母校，我的全部的相关文字工作的功底是在安徽师大打下的，每年的计划总结、专题报告、交流材料上报总行，几乎年年得奖，几乎年年被总行借用而参加年度总结工作。这份工作训练了我的组织管理能力、协调能力，强化了我的应用文写作能力。

从一个中师任课教师到一个金融企业的培训主管，实行了角色转换，虽不华丽，但很称职。八年里，我得益于高师学历中师教学经历及尽职出众的培训工作业绩，顺利地按期取得讲师、高级讲师职称，并且是上报国家经委职教司盲评的结果。值得庆幸的是，1993 年春，我成为金融企业的这个非对口专业职场，省行内最年轻的高级职称获得者。感恩这八年的金融企业培训管理岗位的历练，将我转变成一个沉稳、干练的管理者。

1994 年底，我开始接办真正的金融业务了。国家设立农业政策性银行，我被转到中国农业发展银行安徽省分行工商信贷处工作。这对我来说真是一次很大的挑战！从课堂教学到企业学校管理，应该说还是在教育培训的大框架中工作，冷不丁地进入一个完全不了解的银行信贷领域，逼着我要另起炉灶学习了。过去撰写的文字是教案、培训计划总结、年报分析等办公材料，现在满目是国家宏观经济政策、金融走向、企业财务报表分析、农村工商企业项目调研、投资贷款尽职调查报告。我的工作对象从学生、教师、学校和员工转变成了政府和行业主管部门、企业，要学的东西很多。

记得省分行刚成立时，第一次出差就安排我去，已临近春节，按照省委、省政府的要求，去往六安老区调研和解决山区农民的米袋子、菜篮子和危房问题，并且授权带队现场办公，现场请调资金下发。任务新，时间紧，第二天就要出发，面临分管市长、县长、粮食局、商业局各路大员"要贷款要扶贫资金"。于是乎我只好临时抱佛脚，手抱金融实务大全，按图索骥，照猫画虎搞个调研提纲，搞清工作流程，然后请教老处长和我那位堪称老金融的父亲，弄清如何看财务报表？关键指标是哪些？哪些话可以说？哪些钱不能给？等等，以便自己心里有个底。

天亮了，出发了。每到一地最要命的是应酬喝酒，我是组长，于是叫男同志们只管招呼应酬，我自己则去找财政局长报数字看账本，腊月二十三日，新成立的省农发行用于六安老区春节调粮、危房安置修葺的第一笔资金，现场调拨3000万元而成功发放。这项工作后来受到上级的充分肯定，省委、省政府表扬说：新成立的农发行充分履行职责，关心"三农"问题，现场办公卓有成效。一个女同志踏着雪深入山区粮站现场办公，现场调集资金……原来我的新岗位工作这么重要！代表党和国家，代表政府去做好"三农"工作啊。在短短的48小时内，我竟然可以一下子就调动了3000万元的贷款资金，解决了老区的燃眉之急。

我在这个岗位工作了六年，经手专项贷款的几十个项目点、上百份报告，上十亿元贷款投放回收没有差池。让我感到得意的是，我出手的尽调报告、汇编报表做得地道，竟然不像一个外行而经常被表扬。六年来安徽省分行在"全国粮食专项储备建仓贷款管理专项工作"、"全国菜篮子工程市场建设工程贷款管理"、"全国中央储备专项物资贷款管理台账"等方面的工作上都亮点不少，在农发总行38个一级分行评选中，行文通报表扬第一名。因此，我也被评为先进。

这些成绩的取得得益于我的应用文写作的熟练与完善，撰写尽调报告、项目分析报告等，则像我当年写教案一样，将问题条分缕析，层次分明，逻辑性强，可操作性强。可以说熟练地掌握应用文的写作，给我的工作带来很大的便利。

2001年回归金融培训岗位。2001年至2013年底，我回到人力资源部员工教育培训专员岗位，较之先前的企业教育培训工作有很大的区别和更高的要求。银行业的发展和金融业竞争归根结底是人才的竞争。把人作为资源来管理、应用、再造、提升是一个新的表述。人力资源管理本是一门学科。十余年来，我经手招聘的新员工500多人，因为政策性银行和商业性银行、股份制银行员工待遇的悬殊，致使我们难招和难留好员工、好人才。据此，我提出"存量提升、智力再造"的员工培训思路，做了一份《安徽农发行三年六个一百智力再造工程规划》，前后实施六年的45岁以下员工全面提升培训。省农发机构数88个，在职员工2100多人，这个工程培养了150名中科大MBA硕士、100余名工西南财大专升本、100名北大EDP培训结业、100名县支行长央财EDP培训结业，还有香港金融学院高管EDP培训结业，以及各类美标国标金融风控管理考证、金融英语考证、银行业从业资格考证培训……我退休前因为这个规划逐年实施完成，被覆盖全国大金融机构以及财经院校参评的央行行业管理部门评为"中国金融教育培训先进个人"。后来还被推送世界银行学院、北京大学、中央财经大学、香港金融学院培训和带训，成为安徽省大金融系统截至目前唯一的入选者。

2013年底我退休了。例行的欢送会上，领导说了一句感言："我这个行长还没有鲍老师得人心，你尽给员工送好处，招进来，送入岗，推上去，留下来（指享有智力提升培训投资后的继续服务协议制度）。你看全省农发行哪个不识君？全国农发行的HR系统谁人不识君？我们安徽分行的教育培训工作始终是在总行打头牌，兄弟省分行都照搬应用我们分行的培训模板和方案，我这个行长也觉着脸上有光。"

40年来，我深深地感到，不管你做什么样的工作，只要潜下心来，认真、踏实地去努力做好，便会心安。要么不做，要做就要做出点样子！

归根结底还是要心怀感恩，做教师做培训，无愧"师范"二字。几十年来，我最开心的称呼就是鲍老师，最不喜欢的称呼是这长那长。桃李无言，下自成蹊。

78 级大学生是中国教育史上最独特的一个群体，来自不同行业、不同年龄段的人成为同窗。近些年，有几位同学先后故去，叫我唏嘘，令我心痛。

班长王茂新，在他的眼中，我是个不太听话的班员，经常学他说侉话。玩笑归玩笑，尊重归尊重。不想他前几年因为心脏病离开了我们。曾经因为我们 1 班没有集体照片，工作后我们 1 班也鲜有聚会而埋怨班长不关心班集体。后来才知道，班长工作繁忙，家务繁忙，体力不济。现在想想，班长作为"老三届"，从农村考上来，有妻儿老小要照顾，真是一件很不容易的事情。

王先耀同学，一个扎根山区高级中学，一辈子专注高中一线教学的特级教师，令我钦佩、令我感动、令我汗颜。读书时我们年轻，有着城里父母工作供养自己，衣食无忧地学习。他一个"老三届"默默地养家、教学、著述，真是秉持红烛精神，在讲台躬耕终身。30 周年返校日，先耀兄得知我的身体一直不太好，又是一个人抚养孩子成才时，紧握我的双手说：你一定要多保重，一定到我的野寨中学来玩，我有好茶招待你……没成想先耀兄却先走了，令人叹惋。

王希华同学，印象中大大的眼睛，炯炯有神，一辈子没有和他说过几句话，但是知道他好学上进，在中科大人文学院执掌多年，一定是个勤奋好学者。后来听他学院的一位老教授评价过："哦，我们院长是你的同学呀，不错不错！"

邓柏林同学，我和他没有说过三句话，感觉他很风趣、爽直、健谈，乡音较重，竟然也在耳顺之年离世了。

张晓陵同学，印象中是个永远充满活力，疾恶如仇，善于伸张正义的知名刑辩律师。大学毕业 15 周年返校时，晓陵兄说，希望大家都生活美满如意，不要遇到不平事，不要找我。但如遇到不平事一定记得，你有一个同学，他是律师，他是铁嘴，你要记得找他。晓陵兄是有恩于我们家的，当我家至亲遇到别人陷害入狱时，我去南京钟山明镜律师事务所求助，晓陵兄是竭尽全力相助的。毕业 30 年返校时，他告诉我，他生病了，手术很成功。我不禁为他捏把汗，我深知他工作节奏快，工作压力大，嘱咐他一定多保重！谁料他不久也英年离世。

以上几位都是我的学兄，都是职场过度拼搏而英年离的。他们正值人生金秋收获季节就这样撒手人寰了，让人悲伤，为之惋惜。

40 年毕业返校，我们怀念他们，他们是母校的骄傲！

怀抱山水乐平生

郑炎贵

如果说我的前半生特难忘的山水是赭山与镜湖，那么后半生中魂牵梦萦的便是家乡的山与水。

一曲由著名黄梅戏表演艺术家韩再芬演唱的《山河之恋》常常在我的耳畔回响，十分契合我的心声：

"你守着天柱山，我伴着皖河水，天柱的松涛唱，皖河淌热泪。"

"你变成天柱山，我化作皖河水……我们的身影永远相随！"

不过我得续上一段：

"曾经的赭山麓，曾经的镜湖水，母校的身影梦中飞！"

郑炎贵，1949年出生。历任安庆市天柱山管委会副主任，中共潜山县委宣传部长、县人大副主任，安徽张恨水研究会副会长。现为安庆师范大学兼职教授。

书当用活方为宝

印象中从未磨灭的那个毕业季，1982年夏。

临别江城，特意去了一趟相邻的赭山公园，那里有远近瞩目的广济寺宝塔，我去的目的就是看看塔前右边的"滴翠轩"，相传那是宋代大文豪黄庭坚读书处。听宋代文学的授课老师浦金洲说过，黄庭坚之所以号山谷道人，缘于他当年爱上了安庆天柱山麓的"山谷"胜地，那里也有他读书处。他晚年坎坷绝命之期前，曾被起用相继任命为舒州与太平州知州，前者未到任，后者到任仅8天即被罢免。须知，那时舒州的中心，就是今天的潜山县城啊！可叹的是这位以我家乡圣地为号的士子文人，终未逃脱元祐旧党被害的命运，但他因有"绝俗兀傲之气"而备受后人推崇。

从赭山到潜山，由皖江到皖水，我重走了黄庭坚等许多唐宋大家走过的路，返回的皖城就是当年黄庭坚曾抵达过的舒州城，这种机缘巧合仿佛为我后半生热衷文史、投身文化旅游事业播下了种子。

按照上大学前的承诺，我回到了潜山中学继续任教。

语文是培养学生运用祖国语言文字能力的基础课，听、说、读、写，落脚点还是在"写"上。师大仇幼鹤老师讲授写作课时就曾说过："读法要与作法打成一片，徒读而没有训练，收效是大不一样的。"的确，读写结合的讲授语文写作，提倡老师动笔，这样给学生的激励与示范性更强。

20世纪80年代初，一封署名"潘晓"的读者来信，引发了人生价值的大讨论。我在作文辅导时，动笔写了一篇《谈谈人生价值中的加减乘除》的文章，受到广大师生的欢迎。文中我特别提到：自己与不少同龄人一样，直到30岁后才上大学，学成回到原来工作岗位，便奋发踔厉，以那种"一人干两人活，一天干两天事"的先进人物为榜样，全心全意地做好初三毕业班工作。把嘴放快一点，多督促；腿跑勤一点，多家访；觉睡少点，多备课。人瘦了，可班级气象焕然一新，被学校评为先进班，在升学考试中取得较好成绩，这便是自己和同学们一起"做乘法"、加倍干的结果。

不久，我因这篇文章而被入选参加了安庆市振兴中华读书演讲比赛，获得了一等奖，稍后文章发表于《安徽日报》（1984年6月13日）。此举为我带来了意外收获——县委宣传部需要选拔一位能说会写的理论科长，以承担县委学习辅导工作，本人因此而被选中。这样，就结束了前后16年的中小学教育生涯。

此后在新的工作岗位理论联系实际的多次调研中，我感到最大的现实问题是发展的问题：一个近60万人口的贫困县如何富裕起来，真正让老百姓体会到社会主义优越性？我思考着，觉得要从实际出发，走出一条符合经济发展规律的路子来。而潜山最大的优势在山水旅游资源，怎能捧着金饭碗要饭吃呀！我暗自下决心，以掘文兴旅为己任，为开发天柱山旅游业鼓与呼。我执笔撰成了《仰止天柱山》电视脚本，与中央电视台、安徽电视台合作拍成30分钟长度的专题片，于1992年10月19日晚8点在中央电视台一套播出，这是天柱山风光片首次在中央电视台露面，并荣获了全国对外宣传优秀节目长专题优秀奖。

山水之道矻矻行

总想追根溯源探赜，为什么称天柱山为皖之源？弄清这个问题，可以凸显本人家乡与天下众多同名天柱之山的区别。

为此我大量查阅史料，终于从唐杜佑《通典》与宋乐史《太平寰宇记》等文献中钩沉出古本《史记》有载，而今本《史记》缺佚的关于"皖"的片段史料："皖，偃姓，咎繇之后。"原来"皖"之本意在明亮，皖的鼻祖属一个崇拜自然、奉晨光为图腾的部族方国，为东夷集团皋陶之后。"皋陶"即"咎繇"，本为舜手下掌管司法的大臣。史载其后裔南迁至淮南一带，建立了群舒系方国，皖国为其亲族，史称其国君为皖伯大夫。皖在春秋时为楚国最东边的邻国，大约在公元前574年被楚所灭。由于皖伯大夫治政有方，民崇其德，故称天柱山为皖公山，水曰皖水，城曰皖城，以为纪念。从春秋皖国，一直到南宋早期的安庆府，天柱山下的皖城（今潜山县城），曾作为国都与郡、州、府治，前后800多年。为纪念"皖"的根脉，安徽省简称"皖"；以后又通过长江孔道，皖省省会的影响力传导到800里皖江流域，进而形成了包括诸地在内的皖江文化圈，与淮河文化、徽文化并列为安徽三大文化圈。这种山水与历史变迁的轨迹，逐渐在我心中清晰起来，由此我撰成《安徽寻根——说"皖"》一文，发表于《人民共和国党报论坛》（2011年卷），为国内众多报刊媒体所转载，揭示了天柱山之所以称为"安徽源头山"的来龙去脉。

我以一种继承与担当的责任感来为历代皖之先贤把笔，亦为当代建设者讴歌，更为提高天柱山的美誉度奔走呼号。先后撰写了《天柱神思》发表于《人民日报》2012 年 7 月 2 日，《天柱山合章》获安徽省作协首届散文大赛优秀奖，《神奇天柱山》获全国旅游美文大赛优秀奖（2017 年 3 月）。还曾先后八上央视荧屏，其中两次直接走进央视演播室，与《走遍中国》、《走进电视剧》的主持人做面对面的交流。

景观命名是提升旅游品位与内涵、使之可持续影响传播的重要工作。我以"切题、合拍、好听、易记"八字为原则，力求名称雅俗共赏、古今贯通。"神秘谷"是天柱山的拳头景观，所谓华夏"花岗岩洞第一秘府"的提法，就是本人琢磨出来的。2009 年天管会在神秘谷口新建一亭，我从白居易《题天柱峰》诗句"时访左慈高隐处，紫清仙鹤认巢来"中化出，而名其为"高隐亭"，这样便自然地引出汉末道教丹鼎派大师左慈入十四洞天精思炼丹的故事；山中的"仙人洞"，曾是宋代宰相李迪之子李柬之等名人流连处，大文豪苏东坡写信给天柱山地区的朋友说："平生爱舒州风土，欲卜居为终老之计。"管委会在仙人洞边新建了一座卷棚顶的亭子，我便取苏公之意，而名之为"卜居亭"。其他如"还丹亭"（李白《江上望皖公山》"待吾还丹成，投迹归此地"）、"搁笔台"（唐舒州本籍诗人曹松《南岳山》"直是画工须搁笔，更无名画可流传"），以及"犀牛望月"、"八戒巡山"、"龟兔赛跑"、"祖孙乐"、"高奔台"、"揽秀台"等景观的命名，均遵循这一理路而受到欢迎与认同。

在钟情于自然界的山与水的同时，我也着意于文化上的"山"与"水"，即京剧鼻祖程玉山（程长庚，字玉山、玉珊）与通俗文学大师张恨水。非常荣幸的是继关汉卿之后，我的先辈、大老乡程长庚便是我国推荐给联合国教科文组织列入世界文化名人的中华戏曲家代表之一。

分享荣誉与骄傲的同时，我也开始琢磨一个重要问题，那就是程长庚当年创立京剧与家乡的艺术土壤有多少关联？后来我果然发现，程长庚下一辈名角曹心泉与陈墨香、王瑶卿、刘守鹤四人合撰《程长庚专记》里有载：程长庚"由徽班坐科出来，跟着他的师傅们进了三庆班，等到他的艺术成熟到相当程度，创造了脱胎于徽调，变形于汉腔，取善于昆山、秦晋诸腔，熔冶而成皮簧"（即京剧）。原来，程长庚创立京剧声腔的母体应该是"徽腔"，即徽调，那么这徽调是徽州调呢，还是安庆调？

又很幸运的是，本土戏曲工作者在编写戏曲志过程中，竟然在天柱深山区发现了至今尚有活态传承的弹腔，当地人称之为"老徽调"，这已是20世纪80年代的事了。进入新时代以来，国家加大了申报非物质文化遗产的力度。我自觉参与到"潜山弹腔"申非遗的研究中来，多次到天柱山西北部的五庙乡许畈村弹腔班调查，几上晴书如越岭，笔端汲水似廻湾，求真拨冗寻文脉，剥茧抽丝识本颜，终于撰成1.1万字的论文《京剧母体艺术——安庆调·潜山弹腔再探》。全文发表于《中国戏剧》2016年第9期，并在2017年度安徽省文艺评论推优活动中获得二等奖，此文主要澄清的是："徽班"的概念具有历史性。首先，明代徽班，仅指在外地的徽州人所蓄养的昆曲家班。入清后安徽省建制形成，徽班名称的内涵大不相同，为京剧创立做出不朽贡献的清代徽班，是指进京后又驻留下来的以演唱徽调（安庆调）为主的戏曲班社。其次，进京后驻留下来的徽班所唱的徽调绝不是徽州调，而是安庆调，即潜山弹腔。再则，安庆调潜山弹腔的特点就是似京剧而非京剧，不是后来京剧的回流，它比京剧声腔更原始。我感觉，本人上述观点得以呈现，是对任重道远的京剧母体艺术正本清源工作作出的一点努力，弹腔的研究终将改写京剧史！

"丈夫生世会几时？安能蹀躞垂羽翼"，秋水澄明天下计，文史窗前皖梦驰。这"皖梦"当然还包括与程玉山（程长庚）并称为潜阳两大伟人的张恨水的研究。

张恨水以铸就现代通俗文学高峰而名噪南北。在以往很长的一段时间里，却被贬为"鸳鸯蝴蝶派"作家而饱受冷落，受惠于思想解放才得以正名。因此，他成了又一位需要还其本来面目的潜山名家。

记得那是1985年，本县前辈领导徐老参加首届桐城派研讨会归来，率先提出创办张恨水研究会，并牵头成立筹备小组，我忝为小组下辖的办公室负责人，开始了追随他跋"山"（天柱山）涉"水"（张恨水）的征程。记得为筹备大会，我曾陪他搭客车到省城，又在那里借了两部自行车，满合肥城疯跑，不知跨了多少部门单位的门槛，其上下奔波之苦难以尽言。

一晃张恨水研究会已有30年历史了。我从筹备期的办事员到后来担任副会长，一直是"水"军的参与者与见证人。迄今，张恨水研究会已连续召开专题研讨大会 9 次，出版论文集 9 本，联络海内外相关专家学者 300 余人，促进了张恨水与通俗文学的研究及国际化交流。在故乡潜山先是建立张恨水陈列馆，后更新为纪念馆。每当我看到青少年入馆参观，能从本人主导的布展文字内容中有所收益，即觉欣慰不已。

回想起 40 年前入安徽师大读书，首开现代文学课时，一直未听老师提到张恨水半个字，个中缘由不言而喻。1988 年在潜山举办首届张恨水研讨会时，我主动联络，故在第一时间收到了中国现代文学研究会会长、北大教授王瑶的贺信。信中反省了长期以来文学史研究忽视通俗小说的教训，希望深入研究张恨水对中国现代文学的独特贡献。从此，我一头钻进浩如烟海的张恨水著作里，沉浸在默默无声的寻觅中，纠结于莫衷一是的论辩内，最后还是窃喜于厚积之后喷薄而出的一些发现。我先后在《文学评论》、《文艺报》、《安庆师范学院学报》、《池州学院学报》、《苏州教育学院学报》、《重庆评论》、《人民共和国党报论坛》等媒体发表关于张恨水的论文 20 多篇。2016 年 3 月《纵横》"两会特刊"还全文刊发了我的《书生顿首唤国魂》，阐述了张恨水不仅以 3000 万言而成为通俗文学创作的第一人，更是以 800 万言创作量、以《弯弓集》首开国难文学先河，而成为抗战文学第一人！

志在青山山厚道，心同碧水水多情。我大体上跑遍了全县山山水水，见"景"眼开，见兴旅就支持。国学大师余英时的故里官庄镇是乡贤文化亮点，本人早在 2008 年初就要求镇领导把公家占用的余氏支祠腾让出来，恢复乡贤文化传承的环境，并找文物部门确定为县文保单位。我还帮助该镇打造"生态金紫山，贤良孝义乡"的品牌，成为弘扬社会主义核心价值观的重要载体。而今，该镇已获"中国人居环境范例"等国字号称誉。

圆梦挪威奥斯陆

如何推动天柱山走向世界？我为此整整奋斗了 15 年。

回想起来，首先得益于 20 世纪末的一次机遇。那是 1996 年 10 月，刚刚上任天柱山管委会副职的我，奉命赴辽宁本溪参加全国旅游地学年会，并代表天柱山申办第 12 届旅游地学年会获得成功，从此我找到一条从地质门径认识天柱山奥秘的新路。

　　大约在 20 亿年前，包括天柱山在内的整个大别山地区一片汪洋大海。由于地壳运动，使这一地区褶皱隆起，地壳深部岩浆活动、上升，后结晶形成花岗岩，再经断裂带活动影响与风化剥蚀作用，天柱山才得以揭去盖头，呈现于世。科学家判定这里曾经是扬子板块与华北板块激烈运动的经典地段，还是亚洲哺乳类动物发源地之一，以及 6500 万年前"东方晓鼠"等化石的发现地……我把这些极具典型性、珍稀性的地质遗迹与人文资源，写入论文《天柱山旅游资源成因与特点》，在 1997 年 10 月举行的第 12 届旅游地学年会上做报告，由此开始了我从地学角度研究、宣传天柱山的记录，且一发不可收。

　　2004 年潜山县委、县政府与天柱山管委会新的领导班子拍板，决定申报国家地质公园。2005 年 8 月在北京的会议上，本人面向 19 位评委作申报陈述，至今那种进京赶考、通宵不眠、力求最佳表现的场景仍历历在目。不出所料，天柱山从 53 家申报单位中脱颖而出，名列第四，荣膺第四批国家地质公园，取得了进一步申报世界地质公园的资格。

　　2009 年是本人年满 60 岁的退休年，也是潜山县正式启动天柱山申报世界地质公园与 5A 景区的拼搏年。领导要求我全身心地承担两大任务，即申报材料总把关与对外总联络。我与大家一起发扬天柱山精神，仅在三个月内就完成所有材料的编制任务，并如期在 2010 年 1 月进京申报。在与多家单位的竞争中，天柱山以总分第一的成绩，获得 2011 年度中国申报世界地质公园两家候选单位之一的入场券。

　　开弓没有回头箭。接受联合国教科文组织专家现场验收的准备阶段到了。为了走好迈向世界平台的最后一步，我这个退休佬黇出去了！

　　世界地质公园标准共分 5 大方面 222 个子项，要求相当具体，权重分值到点到位，这与 5A 景区的提质增效要求精神一致，体现着殊途而共建的价值取向。我对外求援于北京、合肥等地相关院所，学习求教于福建宁德地质公园申世成功的经验；对内则奔波于山上山下，与同仁一起奋战。

大年初一，雪花飞舞，我照样骑着自行车上路加班。

暑日高温，我头顶骄阳，到施工现场指导。

务虚与务实相济，外宣与内练并举。申报片、申报书、画册本、论文集、标牌解说词……真是山一般的文字堆，渊一样的"理"与"义"！办公室满满当当三橱的书刊资料，我一本一本地啃；大学地质教科书，我一行一行地钻。人说我是"爬格子当饭，转轮子找活，挣牌子拼命"！

"思之过虑伤脾胃。"不久我便感到吃不香，睡不好，身体急遽消瘦竟达20多斤。我没在意好心人要我去省城做胃镜检查的提醒，一时也顾不上癌不癌的事，只是就近问医求治。大伙常常见我一边喝中药，一边参会，做中心发言。

功夫不负苦心人。2011年5月，天柱山被国家旅游局批准晋升为5A景区。7月20日至24日，联合国教科文组织的专家来天柱山实地考察，在省、市有关部门支持下、举全县之力、聚全县之智的申世活动，得到高度赞许，两位专家给出的评价非常令人振奋："天柱山是我们在中国考察过的一座很神奇的地质公园！你们应该对天柱山地质公园发展的各个重要方面感到自豪！"

一个多月后的金秋，我随天柱山地质公园代表团一行，远赴挪威首都奥斯陆的卫星小镇朗厄松，参加欧洲地质公园大会。其间，我无暇到北极圈以内地区去看极光，吃鳕鱼，游峡湾，玩那些非常酷炫的项目，我的全部注意力属于当地时间9月17日夜晚——在科勒第宾馆，与来自50多个国家和地区的250多名代表一起，把目光投向世界地质公园新成员名单发布会。

当联合国教科文组织官员与三位资深评委走向主席台时，几乎所有人都屏住呼吸在倾听，尤其是我：

第一个，陌生的名字。

第二个，陌生的名字。

第三个，依然是陌生的名字！

第四个，果然就是我们的中国天柱山！

安徽省国土厅副厅长俞凤翔等健步上台，神圣地接过世界地质公园网络执行局颁发的证书，各国朋友为亚洲第一个出场的新成员鼓掌欢呼！

喜极而泣，悬念落地，多年来我"欲识丈夫志，心藏孤岳云"，此刻便"愿将黄鹤翅，一借飞云空"，圆了一个漫长的终究走向世界之梦！

跻身世界地质公园的天柱山，从此向世界传递出"发现、保护、发展、共享"的新理念，在地方全域旅游、脱贫攻坚中释放出支柱产业的新能量。

安徽省主打的旅游口号也从过去"两山夹一湖"而变为"安徽三大山"：

　　大美黄山，天下无山；

　　大愿九华，福佑天下；

　　大爱天柱，情系天下！

爱意缱绻，山水人文无限意；瞩情高远，霁和酣畅未朽年！我被中国旅游地学与地质公园研究会授予"地质公园科普工作先进个人"一等奖（2015年5月），被安庆师范大学聘为兼职教授（2016年5月），被地方视为可依赖的学人。

立身巍巍天柱，远眺气吞万里的长江，皖江下游芜湖赭山时时浮现脑际。

有师大同学赠我："前有四年韶华，继有四十年风华。"我的回答是：

　　韶华奕奕可追梦，一路风华盛世恩；

　　格物勤，适道行，家山事业付终身！

78级，时代的幸运儿

——访谈录

贾庆海

贾庆海，1954年出生。曾先后担任重庆杂技艺术团书记、团长，重庆大韩民国临时政府旧址陈列馆书记、馆长。

记者问：您是1978年考入大学的，你们这批大学生有什么特殊之处吗？

我答：作为特定历史时期出现的一个大学生群体，我个人认为，至少有以下几个特点：

其一，录取比例低，年龄悬殊，身份复杂。

众所周知，1966年因为"文化大革命"，大学停止了招生。虽然1970年起，根据毛主席"七二一"指示开始招收"工农兵学员"，但到1977年止，也总共只招了不足百万学员。而1966年至1977年恢复高考间的11年中，从"老三届"到应届生，积压了多少人啊！

于是，从恢复高考开始，就出现了万人争过独木桥的场景。以78级为例，当年全国报考人数为610万人，录取人数（包括大中专）为40.2万人，录取率仅为6.6%。录取数和录取率甚至分别远远低于2016年全国硕士研究生录取的58.9万人和7.3%。由于当时安徽省的大学偏少，录取率就更低。其中文科仅2.5%。

再说年龄和身份。就拿我所在的安徽师大中文系78级来说，最大的32岁，最小的15岁。有工人、农民、复员军人，有教师、知青、应届毕业生，还有师生、兄弟、姐妹甚至夫妻同年入学。女同学中，年龄大的高大姐与丈夫同时考入不同大学，年龄小的应届生汪小妹与姐姐同为我们中文系 78 级同学。我们小组的组长大老徐是公社中学的校长，带着自己的学生一起进校的。班里的学生委员听说育有五子。这种情况，在现在的大学里肯定不会再出现了。

其二，学习的自觉性超高。

因为"文化大革命"的原因，我们这届大学生大多失学多年。在上大学几将成为破碎的梦想的时候，突然之间考进了大学，压抑多年的读书愿望得以实现，学习的热情必然无比强烈。

就说我自己吧，1966 年小学毕业后，失学 2 年，以学工、学农、学军为主的"复课闹革命"2 年，参军 6 年，当工人 2 年，整整 12 年不曾坐在教室里读书。现在终于有了系统学习的机会，哪还舍得浪费？

那时，上课之外的所有下午、晚上、周末、节假日，教室里、阅览室里都坐满了人，大家都争分夺秒地学习、学习、再学习，那股学习劲头用"拼命三郎"来形容绝不为过。有意思的是，由于阅览室座位有限，还有人因为帮助异性同学占位子而最终成就了姻缘。

说到这里，有必要补充一点。对于包括 78 级在内的"新三届"来说有一个最大的短板，就是文化层次的参差不齐。上有"老三届"的师哥师姐，下有占比 20% 左右的应届高中毕业生，多数同学和我一样，真正的学历只是小学毕业，或不系统地学了一些中学课程，基础实在太差。面对大学课程，压力山大是必然的，不狠下功夫肯定跟不上。因此，与其说我们的学习自觉性高，还不如说是环境逼迫所致。

讲三个小笑话。一是在我们读书期间刚刚兴起跳舞热，当了四年团支部书记的我怕耽误学习，竟然没有组织过一次班级舞会，为此还受到一些年轻共青团员的"严厉批评"和"抗议"。二是我们 78 级外语是选修。一开始学校说我们毕业时不能直接考研，我觉得学外语对我这个零基础的人来说太占时间，既然不考研，学他无用，还不如把时间用在正课上。结果临毕业时又说可以考研，而未修外语的我只能望"研"兴叹了。还有更遗憾的是 1999 年我调到文物部门工作，为弥补专业知识的不足，自费读完北大考古及博物馆学硕士研究生课程。虽然 13 门课程都一次性通过，但由于自知无法通过外语的全国统考，只能放弃硕士学位的申请。三是 20 多年前儿子带同学来家里玩，聊天中我讲到了我们当年是如何如饥似渴地学习时，几个孩子大眼瞪小眼地互相看看，冒了一句话，"还有喜欢学习的？"呛得我差点背过气去。

其三，学习能力强。

我们这届大学生中，80% 是 "40 后"、"50 后"，他们有的作为 "老三届" 高中生，在 "文革" 前受过系统的中学教育，基础扎实；有的已工作多年，有丰富的社会阅历。相对来说，阅历丰富理解力就强，这对我们文科生尤其重要。应届高中毕业生虽然年龄小，却是百里挑一地推荐参加高考，用现在的话说，都是 "学霸" 之类的人尖尖。这几类学生聚在一起，学习能力想不强都难。

记得我所在班有一位朱姓同学，在校期间主攻古代汉语，曾在很短的时间内背完篇幅巨大而又杂乱无序的《说文解字》，令背功极差的我瞠目结舌。后来听说他硕士阶段改攻古典文学，博士再改攻美学，学科跨度极大，学习能力实在惊人。还有我班 30 多岁的王姓学习委员，每学期都要回农村老家抢收抢种一个多月，但每次期末考试都轻松拿高分。

其四，对社会贡献大。

我们毕业时是统一分配的，这使我们实现了从读书到工作的无缝链接。迅速融入改革开放的浪潮中，成为各行各业的主力，为祖国的繁荣昌盛做出了贡献。在高校任教的同学，迅速弥补了大学教师队伍的断代，逐步成为教学和科研的中坚力量。前面提到的朱姓同学就在北京大学当博导，著作频出，是国内研究中国古代艺术史和美学方面的著名学者。分配到中小学教书的同学，则是最值得我尊重的人。他们很难像大学教授那样，成为专家，也很少能走上仕途。但他们默默无闻地教书育人，培育了一批批未来的学者、专家、干部。

我们这批大学生长期接受的是革命传统教育，相对比较 "正统"。任何事物都有正反两面。因为 "正统"，我们中间的大部分人以工作、事业为重，老老实实地做人、做学问，扎扎实实地干工作、干事业。同样因为 "正统"，也有少数人思想比较保守，因循守旧，很难接受改革开放带来的新观念、新事物。

记者问：除了前面所说的，四年的大学生活还有哪些给您留下比较深的印象？

我答：印象最深的就是生活条件的艰苦。先说吃。我入校时已有八年工龄，属于带薪上学。36元的月薪被多数同学视为有钱人。开始还觉得挺得意，但很快就笑不出来了。寒暑假三个月的工资，只够支付每年两个学期的学费和教材费。大家都知道中文系人的购书量是最大的，购买日用品和书籍之后，每月的工资所剩不多，吃饭成了问题。无奈之下，就采取了违规行动。我和同寝室的小郝悄悄买了煤油炉和铝锅，每周买来肉和酱，加工成炸酱，早中餐在食堂吃，晚餐就吃炸酱面。这种生活方式一直坚持了四年。对比现在的大学生，你说艰不艰苦？

再说住。我儿子读高中和大学时，每间寝室住4人至5人，每人一组高低架，上面睡觉，下面是写字台和衣橱，房间里有卫生间、空调、热水器、饮水机和洗衣槽。而我们的寝室则住10个人，5组上下铺，加上一张长条桌，基本挤满了房间。不要说空调，就连电扇都没有。一层楼200多人共用一间厕所和一间盥洗室。早晨起来洗漱和解手不抢肯定不行。最痛苦的是每年第二学期的期末，复习考试总是伴随高温天气，寝室里热得无法入睡。记得有一年，天气太热了，连续几天白天考试，晚上坐在过道里借着廊灯复习第二天的考试内容，基本没有睡觉。考完最后一门课的当天下午，直接坐轮渡、乘火车回家。到家后一睡就是一天两夜。

记者问：能介绍一下您毕业后的工作情况和心得吗？

我答：毕业后，我被分配在中铁四局政治部工作。1985年为解决夫妻分居问题，调到重庆市文化局办公室工作。1997年起，我在重庆杂技艺术团当了12年团长，最后在重庆大韩民国临时政府旧址陈列馆当了15年馆长，2014年退休。回顾毕业后的基层工作经历，我最大的体会是：

坚持"正统"是立身之本。这里的"正统"指的是对党、对国家、对人民的忠诚；对工作的敬业；对自身的廉洁自律。这些年，我们看到了太多的"老虎"、"苍蝇"，他们曾经才华横溢、仕途腾达，但迷失在权力、金钱、美色之中，最终以身试法，走向毁灭。而我能够在不同的岗位上做出一点点成绩，并在退休时安全"着陆"，得益于早期来自父辈、来自学校、来自组织的"正统"教育。

不断学习是立足之源。四年的大学学习，影响了我的一生。对别人来说，在大学里是在知识的海洋里遨游，对极其渴求知识而又自知基础缺乏的我来说，则是恨不得在知识的海洋里鲸吞。但光有学习的愿望毕竟不够。学什么？如何学？才是关键。而我一想起这些关键处，就想起我的母校——安徽师范大学，以及我永远难忘并尊重的恩师们。毕业后，我先后从事过三种性质完全不同的工作，虽均与大学学过的东西没有直接关联，但都离不开写作以及对新业务的学习。而写作能力和学习方法，恰恰是学校在大量灌输知识的同时，对我们进行最正规、最严格训练的内容。

在机关工作期间，我一方面自学文秘专业的知识，努力提高公文写作能力；另一方面大量阅读、摘抄文件和报刊中的相关文章，提高对政策的理解及阐述能力，使我很快适应了工作环境，成为相对合格的党委秘书。与此同时，我的组织能力、协调能力也逐步得到提高。

在杂技团工作期间，我在熟悉杂技业务的同时，努力钻研管理学知识，引进现代企业管理的科学方法管理剧团，使得杂技团的艺术生产力不断提高。20世纪90年代，重庆杂技团成为国家文化部向世界推介的中国五大杂技团之一。1995年，我撰写的剧团管理方面的学术论文，在部级刊物上发表，成为迄今为止重庆市剧团团长之中有此殊荣的唯一一人。

在陈列馆工作的15年，是我自工作以来心情最为舒畅的一段时间。人们常说文史哲不分家，对于中文系的学生来说，历史、哲学都是必须掌握的知识。因此，在陈列馆这种博物馆性质的单位工作，与大学所学最为接近。通过考古及博物馆学研究生课程的学习，使我获得了新的知识点。十几年的刻苦学习，使我从一个"门外汉"，成长为一名相对合格的文物工作者。在此期间，我曾参加国际学术研讨会，会上发表的论文被《人民日报》（海外版）摘要刊登。

辩证思维是立业之策。在部队期间，为适应政治形势的需要，我曾初步自学了马克思主义哲学。读大学时的政治课以及自身爱好，让我系统地学习了更多的哲学知识。"无心插柳柳成荫"，正是由于学习哲学过程中形成的辩证思维习惯，使我在担任基层领导期间，工作得心应手，成绩不断出现。例如，面对形形色色的单位员工，我的一贯做法是一分为二地看待每一个人。工作中调动其所长、限制其所短，绝不因为某些缺点而轻易否定一个人，也不因为优点多而放任一个人。再如，面对复杂的社会舆情，我一直保持独立思考，绝不随波逐流。

对我们中文系"78"人的认识，我的同学曾说过一段颇有同感的话：大学四年，我们学习勤奋刻苦，是自觉、自律甚至是自虐的，这为当时大学老师们交口称道。现在回首与反思，在历史大变革时期，我们可以说是"饥不择食、慌不择路"，更多地选择了"两耳不闻窗外事，一心只读专业书"，致力于充实、提升、完善自己。四年里，我们打下了坚实的专业基础，但存在专业学习的局限性，尤其作为师范类大学生，"学为人师，行为世范"的教育养成还不够自觉，"文史哲不分家"的优秀传统和科学精神，在知识结构中并未很好体现，思想观念的现代化与国际视野欠缺。我们这一届大学生没有古贤"天生我材必有用"的自信与狂傲，没有后来被视为"天之骄子"大学生的自视与浮躁，没有遭遇高校扩招后带来的社会对大学和大学生认可度的下降。我们就是埋头读书，求知若渴，不仅有一种诗意情怀，更有对国家强盛的一种责任意识和担当精神！

1978

后记

始于1978年的中国改革开放，无疑是一部扭转国运、震撼乾坤的史诗。那一时代作出的种种拨乱反正之举，又与一个个群体和个人的命运休戚相关。其中，恢复高考这一改革开放序幕中的重要篇章，便直接改变了77、78级大学生群体的人生命运。40年过去了，作为其中的一份子，每每念及于此，便感到已经载入历史的1978年的恢复高考可以作宏大叙事，也可以从个体实事和心灵瞬间的细部写起。因为，作为那年高考的参与者和受益者，无论采用何种表达方式，都已经使我们融入了历史。

　　关于当年这个特定的大学生群体，也许可以用风华正茂、发愤图强的词语，或者如饥似渴于学习知识、坚守素志于回报社会的描述来概括。然而，其中的每个人毕竟有其独特的人生和心路历程。尤其在距离1978这一镌刻在心的年代已经40年之际，我们中间的许多人有意于回望、反思这段属于个人、更属于中国和时代的篇章。于是，就有了安徽师大中文系78级学人编写的本书的问世。

　　与同类书相比，本书并不仅仅停留在1978年高考的回忆上，而是打通了高考前、高考和入学后40年的管道，将毕业后的工作提到重要位置上，讲述出自身不负使命、回报社会的点点滴滴。这就把求学与整个职业生涯、人生历程紧密联系起来了。这其间，正值中国改革开放从起步到拓展，进而进入深水区的重要历史阶段，时代的要求与一代人肩负的使命和实践就是如此同步！中国的发展进步，成为我们为之奋斗的事业和目标。其荣，我们则荣；其衰，我们则衰；其迂回曲折，我们则同样困惑难耐。今年是改革开放40周年。纪念它，就是在纪念我们从1978年起的命运转折、努力进取的人生征程 40 年。虽然，当年的一代学子大多已年过花甲、甚至是望七之人，但既往的人生经历，使得各自有可能对过去 40 年的学习和职业生涯作出回顾、总结，进而实现对个人和群体的反思、反省。

上述的本书主要特点，也是 2018 年 1 月发起编写之初，几经老同学们在微信群里反复讨论而确定的基本思路。5 月初，在合肥召开的编委会上，又予以了进一步深化。为了集思广益，使本书更具文字背后的思想和意义，6 月中、下旬，编委会分别在合肥、北京举行了部分同学的座谈会。上述几次会议，都强调了文集整体内容应有的丰富、丰厚，认真考虑给青年、给历史留下什么？在写法上，提倡多样化，力求真善美。直至 7 月底，编委会又在蚌埠集中 8 位，用 5 天时间，对已经收到的 30 多万字稿件、花费了 10 多名编者数月功夫草编成的文集，进行了认真整理，并大致商定了书名、栏目名等后，交付出版社。

此次参与组织文集编写，使我们知晓了许多鲜为人知的历史事实，感受到令人动容的人间真情，这些都给我们很大的触动，更增添编好本书的责任。同学四年，应该说彼此是熟悉的。然而，在阅读大量来稿和线上线下的交流后，我发现之前其实存在着不少深层次上的陌生。在校期间，同学相处，不太可能具体了解彼此从小到大的成长经历，更不会打听其家庭背景、父辈以至牵连到的祖辈情形。然而，对我们这一代人，提到这些，就是提到历史，它不仅属于个人或家族，更属于整个国家历史中的重要组成部分。在本书中，不少同学和着泪水写来，揭示"文革"以至更早年代的极"左"路线给家庭和个人带来的肉体和精神的摧残。更多的人则写出了离开中学甚至小学后，被迫中断学业，在乡间务农或厂矿做工，根本无缘跨入大学校门的伤痛和沮丧。他们以一吐郁结的爽快，不加掩饰，如实道来，真正让人感到血管里流出的全是血。正因为如此，对于改革开放和恢复高考，有一位长期担任中学语文教师的老同学在文章中直言："我赞成 40 年前的改革开放！我歌颂 40 年前实行的全国统一高考！"可以相信，这也是那个年代过来人的共同心声！

值得一提的是，在本书中，即使写到日常的学习，一些看似信手拈来的细节，却很典型地表现出 78 级学子不一般的高度自律甚至自虐式的刻苦，争分夺秒，竭尽全力，追赶时光。那时候，对很多人而言，似乎没有周末休息，只有星期七的学习安排。同样，也没有一间寝室的人做得到在规定的熄灯之时就睡，总有人就着走廊里的路灯光或被窝里的手电光看书，总有人在卧谈作品与争鸣，争论思想解放运动的新情况、新问题……读到这些场景，真让人感到："赭山书声犹在耳。"而生活中的省吃俭用，以至贫病交加下依然倍加珍惜来之不易的上大学机会，在一些来自贫困农村、育有多子女的年长同学如阚庆田等人身上，表现愈烈，亦更令人心痛。诸如此类的学习和生活场景，后人已难眼见，但确是发生在77、78级学子中并非个案的真实记录。这些历史的真实，不乏认识价值。

对我而言，参与本书编写，似与众人重返了一次40年前的校园，浓郁的同学和师生情谊扑面而来；又像是回看40年成长轨迹，分享同窗步步行进的业绩和思考。作为一本60多名中文系人写成的书，也向读者呈现出了丰富多样的文采。尤有意义的是，众多同学集思广益、协力参与本书编写的过程，在我看来，也是一次民主协商、求同存异、终成善果的有益尝试。

最后，我要代本书的作者、编委会成员和曾经在1978年10月共同走进安徽师大中文系教室的老同学，向为本书作序的严云受老师鞠躬致敬！向踊跃征稿、写稿、编稿、收集照片资料和以不同方式支持、帮助和批评过本书编写工作的老同学们致谢！我们不会忘记，在整个书稿编写、商议过程中，曾经热情接待、安排会务活动的岑杰、李则胜、袁涛、蒋晓铭等同学的付出。这里，也感谢本书责任编辑林敏女士认真负责、卓有成效的工作！尤其应该致谢的是对本书给予了悉心指导和支持的黄书元社长。

应光耀

2018年9月5日于沪上河滨